노가미 야에코

野上彌生子

노가미 야에코 지음

소명선 옮김

어문학사

노가미 야에코(野上彌生子)

본 간행 사업은, 고려대학교 글로벌 일본연구원 〈일본 근현대 여성문학연구회〉가 2018년
일본만국박람회기념기금사업(日本万国博覧会記念基金事業)의 지원을 받아 기획한 것이다.

EXPO'70 FUND
(公財) 関西・大阪21世紀協会

차례

일러두기

1. 번역 저본으로는 1980년에서 1982년에 걸쳐 岩波書店에서 간행된 『野上彌生子全集』을 사용했다.

2. 일본의 지명이나 인명은 외래어표기법에 따랐으며, 중복되는 지명의 경우, 역주를 생략했다.

3. 소설 문장 속에 일본어 외의 다른 언어가 표기된 경우, 원서 그대로 표기하고 각주를 달았다.

4. 번역문 속의 각주는 모두 역자에 의한 역주임을 밝혀둔다.

새끼손가락

소요코曽代子는 그날 밤 잠을 이루지 못해 몇 번이고 깼습니다. 봄부터 이쪽, 신경계통의 병으로 하릴없이 누워서 생활하던 그녀에게 있어서는, 이런 상태는 종종 있는 일이었지만, 그날 밤은 고르지 못한 수면에 하나의 불안이 동반되어 여전히 쉽게 잠이 깨고, 잠을 잘 이루질 못했습니다. 저녁이 되기 전에 하쿠산白山[1]의 치과에 가고 싶다고 나간 하녀 기미きみ가, 언제까지고 돌아오지 않는 것이 마음에 걸린 것이었습니다. 몇 번째인가 잠이 깼을 때, 머리맡의 탁상시계는 이미 12시를 훨씬 넘기고 있었습니다.

"기미는 어떻게 된 걸까요? 너무 늦네요."

소요코는 누워서 아직 뭔가를 읽고 있던 옆의 남편을 향해, 마침내 걱정스럽게 말을 걸었습니다.

"괜찮을까요? 뭔가 잘못된 건 아니겠죠?"

스기야마杉山는 그 시계가 30분 정도 빠르다는 것을 환기시켰습니다.

---

1 도쿄도(東京都) 분쿄구(文京区) 중부의 문화 및 교육의 중심지인 주택지구.

"어머니도 계실 테고, 함께 영화라도 보러갔을 지도 모르지."

그 대답에는 책에 몰입한 머리를 방해받고 싶지 않다고 하는 경계와 냉담함이 있었습니다. 소요코는 더 이상 말을 붙일 수도 없어서 입을 다물었지만, 기미가 치과에서 돌아오는 길에 영화라도 보고 오려는 여자애가 아니라는 것은, 5년 전부터 일하는 태도로 충분히 알고 있었습니다. 하지만 남편이 말하는 대로, 갈 때 어머니와 함께 집을 나간 것은, 지금까지 돌아오지 않는 걱정 가운데에도 단 하나 미더운 부분이었습니다.

걸어서 10분도 안 걸릴 정도의 가까운 곳에 살고 있는 정원수의 안주인으로, 남편이 죽은 후에는 마음 편하게 아들을 의지하고 있는 기미의 모친은, 바쁠 때 집안일을 끝내고 딸의 주인집에도 편하게 출입하고 있었습니다. 그날 저녁에도 세탁물을 가져다주러 와서 저녁밥을 먹은 뒤의 설거지며, 두 아이의 잘 준비를 하는 딸을 도와준 후에, 치과에 간다고 하는 기미와 함께 외출한 것이었습니다. 소요코는 손님방의 문지방 밖에 앉아 돌아간다는 인사를 한 그녀와, 그 뒤를 따르는 기미의 모습을 떠올리고, 그때 자신과 기미와의 사이에 주고받은 대화도 떠올려봤습니다. 기미는 대단히 서둘러서 다녀올 생각이지만, 집을 비운 사이에 혹시 볼일이라도 있으면 안 되니까, 괜찮다면 어머니를 남겨둘까 하고 말했습니다. 소요코는 그렇게 할 필요는 없다고 대답하고,

"아이들은 잘 자고 있지?"

하고 물어보았습니다. 소요코는 아프고 나서 두 아이의 일상

생활의 보살핌은 모두 기미의 손에 맡기고 있었습니다. 기미는 8시로 정해진 아이들의 수면시간이 옴과 동시에, 세 살이 되는 막내에게 우유병을 물리거나, 여섯 살 된 형이 잠이 들 때까지 그 머리맡에서 옛날이야기를 하거나, 책을 읽어 들려주거나 하는 것을 조곤조곤 충실히 해왔습니다. 작은 아이는 이미 잠들었고, 큰 아이는 침상에서 그림책을 보고 있다는 대답이었습니다.

"그러면 괜찮으니 어서 다녀와."

그때 옆방의 아이가 잠자리에서 말을 걸어왔습니다.

"기미, 어디 가?"

"도련님, 기미는 이가 아파서 병원에 다녀올게요."

"그럼, 요전에 약속한 말 사와."

"네. 좋은 말을 사올 테니까 얌전히 주무시고 계세요."

"응. 그리고 내 머리맡에 놔 둬."

"알겠어요. 꼭 사올게요. 그럼 도련님 편히 쉬세요."

그때는 아무것도 눈치 채지 못했지만, 이렇게 말하고 아이에게 고한 이별의 말이 묘하게 억눌러져서 탁해져 있었던 것으로 생각되었습니다.

"기미는 울고 있었던 건 아닐까?"

왠지 울고 있었던 느낌이 든다. 울 일이 뭐가 있었을까? 소요코는 그날 기미의 마음을 상하게 하는 무슨 일이 있었는지를 잠시 이것저것 생각해 보았습니다. 겉으로 드러나는 그럴 법한 이유는 아무것도 없었습니다. 그 순간의 울먹인 듯한 목소리 외에는, 평소와 다를 바 없었고, 아침부터 성실하고 근면하게 바지런히 일했으며, 아이들에 대해서도 쾌활하게 대하고, 웃거나 떠들거나 했던 것입니다. 하지만 5년간 같은 지붕 아래 살면서 그녀의 성향, 특히 열여섯 살 소녀 때부터 점점 어엿한 여자로 성숙해간 몸이나 심리에 대해 자연스레 관찰자의 위치에 있었던 소요코에게는, 기미의 드러나는 침착하고 온화하며 평온한 것을 보고 안심하고만 있을 수 없는 어떤 것을 느끼고 있었습니다. 선량하고 성실하면서 조금 둔감하고 인정과 의리가 두터운 대신에, 이성과 지혜가 부족한 성격이 뒷받침해서, 일종의 깊은 우울증이 있었습니다. 그녀를 나이에도 어울리지 않는 수수하고 조신하며 얌전한 여자로 만든 것도 그 때문이었습니다. 소요코는 모친이 잠시 정신이 이상해졌다고 들었기 때문에, 기미의 우울증도 특별한 원인이 없는 유전적인 것이라 생각했습니다. 하지만 최근 일이년 사이에 그 경향은 점점 뚜렷해지고, 그리고 야기된 병적인 버릇과 비상식적인 행동은, 소요코의 새로운 놀라움과 주의를 불러오지 않을 수 없을 정도가 되었습니다.

　기미는 한때 자신의 왼쪽 새끼손가락이 짧다며 계속 고민했습니다. 이런 짧은 새끼손가락을 갖고 있는 사람은 세상에 아무도 없을 것이다. 신체장애라며 훌쩍훌쩍 울거나, 부끄러워서 사람들과 사귈 수도 없다며 풀이 죽거나 했습니다. 사실은 그렇게 짧은 새끼손가락은 아닙니다. 부엌일을 하는 사람에게 있는 일로 피부가 거칠어지거나 관절의 주름이 두껍게 솟아있기는 하지만, 손톱

모양도 밉지 않고, 끝으로 갈수록 갸름하게 가늘어진 손가락 끝이, 다시 한 번 유두처럼 동그랗게 부풀어서, 직선에서 생긴 소용돌이가 부조처럼 아름답게 드러나 있는 모양 등, 부엌일하는 여자의 손가락으로서는 형태가 잘 갖추어진 훌륭한 손가락이었습니다. 소요코는 그렇게 말하고 위로하려고 해도, 기미는 그런 말은 귀에도 들어오지 않았습니다. 그녀에게 있어서는 그 새끼손가락은 치명적이었습니다. 털벌레보다도 못생기고, 부끄럽고, 슬픈 것으로 생각되어지는 것이었습니다. 시간만 나면 기미는 어쩐지 기분이 나쁠 정도로 진지한 얼굴로, 그 저주받은 작은 손가락을 지긋이 응시하고 있었습니다. 소요코는 이럴 때에는 일부러 꾸짖거나 놀리거나 했습니다.

"기미도 정말 상당히 자부심이 강하네. 이런 바쁜 세상에 짧다느니 길다느니 하며 네 새끼손가락까지 신경 써서 봐 주는 사람이 있다고 생각하다니."

하지만 기미의 새끼손가락의 한탄은 좀처럼 가시지 않았습니다. 그 때문에 자신을 신체장애자 취급하고 슬퍼하고 부끄러워하고, 심부름 갈 때 같은 경우는 사람들의 눈에 띄지 않도록 손가락에 끼우는 고무색을 사와서 끼우고 있었습니다. 그녀의 성실함과 순박함과 근면함, 그리고 두 어린 아이에게 보여주는 순수한 사랑에 대해 마음으로부터 감사하며 아끼고 있는 소요코는, 자신의 가장 가까이에 살며, 성장하고 있는 유일한 여자애로서, 주인이라든가 하녀라든가 하는 계급이라는 생각 없이, 그 젊은 여자애가 가족처럼 마음에 걸렸습니다. 그리고 종종 감정의 변화나 행동을 세심하게 눈여겨보고 있자, 나이가 듦에 따라 더해져온 그런 불행한 경향은 생리적인 원인이 상당히 부가되어있는 것이 느껴졌습니다. 소요코에게 이런 상상을 품게 하기까지의 경로에는 여러 가지 일이 있었습니다만, 다음 이야기도 그 한 예입니다.

여섯 살이 되는 형은 두 살 무렵부터 그림에 흥미를 가지고, 지금까지도 그 유희시간의 절반은 그림을 그리는 것으로 소비되어지고 있었습니다. 그 때문에 몇 년 사이에 그 놀이상대를 해온 기미는 그와 유아용 책상에 나란히 앉아, 장난감 사생을 하거나 그림물감으로 채색하거나 하는 것에 익숙해져 있었습니다. 고등과 2학년에 올라갈 때까지 미술에서 좋은 성적을 받았다는 그녀는 원시적인 재미있는 그림을 그렸습니다. 어느 날 아이의 방에서 언제나처럼 그런 것을 하면서 놀고 있었을 때, 갑자기 너무나도 재미있는 일이 생긴 것처럼, 둘은 광적으로 떠들어대는 소리를 내며 웃기 시작하고, 잠시 동안 몇 번이나 그 웃음소리가 반복되었습니다. 서재에 있던 소요코는 무엇이 그렇게 우스운 걸까 생각하면서, 슬며시 아이의 방에 가서 들여다보았습니다. 둘은 책상 위의 사생첩에 그린 것을 보고 계속 자지러지게 웃고 있는 것입니다. 사생첩에는 까까머리의 아이의 나체 그림이 몇 개나 있고, 그 작은 고추에서 분수처럼 물을 뿜어내고 있는 것이었습니다. 이런 그림을 그리게 해서는 안 되지 않나, 너한테도 어울리지 않아, 옆에 있으면서 어떻게 된 거냐, 하고 주의하자, 기미는 새빨간 얼굴을 하고 입을 다물었습니다. 소요코는 특별히 외설적인 감정에서 그리게 한 것이라고는 처음부터 생각하지 않았지만, 그녀가 자신도 모르게 가지게 된 호기심이 그것을 시킨 것이라고 생각하지 않을 수 없었습니다.

그 즈음의 나이와 육체에 밀접한 교섭을 가진 성적 동경, 혹은 성적 공상이라는 부드러운 정서가 무의식적으로 생겨나면서 자유롭게 그 속에 던질 수 없는 번뇌, 불만, 수치, 다른 것을 부러워하는 감정과 절망적인 단념, 그런 감정이 복잡하게 뒤섞이면서 타고난 성실함과 순박함으로 마침내 고통스럽게 억눌러지고, 더욱더 그 우울함이 더해지는 것으로 보였습니다. 아무리 순수해도, 아무리 얌전한 여자여도, 나이와 육체로부터 빠져나오는 것은 어려웠던 데다, 기미는 또 특별히 발육이 좋은 몸을 가지고 있었습니다. 그것은 손발의 길이가 충분히 자랐기 때문에 탄탄하고 풍만한 살조차, 조금도 답답한 느낌을 주지 않을 정도로 균형이 잡힌 몸이었습니다. 용모는 보통이지만, 젊음과 계속해서 운동하고 있는 활발한 혈행이, 무위도식하는 부인에게는 찾아볼 수 없는 아름다움과 광채를 마구 풍겼습니다. 청소할 때 머리에 쓰는 수건에 동그란 볼의 절반을 숨기면서, 손도 발도 대부분 그대로 드러낸 경쾌한 차림으로, 그리고 맨발로, 푸른 정원수에 물을 뿌리며 걷거나, 좌우의 팔에 강한 근육을 보이며 두 개의 들통을 동시에 우물가에서 들고 오거나, 또는 먼지떨이를 들고 다다미방 청소를 하거나, 세탁을 하거나, 쌀을 씻는다며 상반신을 완전히 거꾸로 접어서, 마치 여물통에 목을 찔러 넣고 있는 망아지 같은 자세로, 쓱쓱 하며 하얀 곡물의 낟알을 문질러 비비대거나 하고 있는 순간 등, 회화적으로도 조각적으로도 대단히 아름다운 선과 형태가 드러났습니다.

"기미는 정말 좋은 몸을 갖고 있어."

소요코는 일의 수고를 위로함과 동시에, 무엇이든 못하는 일이 없고, 모든 것을 쉽게 해내는 젊음의 힘을 칭찬하지 않을 수 없었습니다. 하지만 기미는 일할 때의 자신이 남에게 어떻게 보일까하는 것은, 생각한 적도 없는 듯했습니다. 단지 노동은 지금 그녀에게 있어서는 무엇보다 중요한 정신의 전환법이고, 아무리 우울해질 때라도, 바쁘게 손발을 움직이고만 있으면, 쉽게 어두운 그림자로부터 구제될 수 있는 것처럼 보였습니다. 그 외에는 아이들 상대를 하며 노는 것으로, 그들의 티 없는 웃음과 장난으로 기분을 달래고 있지만, 이쪽은 부지런히 일하는 것과는 달리 가만히 있는 경우가 많은 만큼, 자칫하면 머리와 몸이 따로따로가 되어, 손으로는 아이들의 장난감을 일렬로 늘어놓거나, 그림책을 펼치거나 하면서, 머릿속에서는 여러 가지 망념이 솟아나는 것 같고, 기미는 갑자기 눈물을 흘리며 두 어린 주인을 꼭 껴안고 말했습니다.

"도련님, 기미 같은 것은 죽는 편이 낫겠죠."

동생 쪽은 말의 의미를 알지도 못해 대답도 할 수 없었지만, 형은 어렴풋하지만 죽음이 꺼리고 피해야 하는 것, 두려워해야 하는 것임을 알고 있었습니다.

"죽어선 안 돼. 기미는 죽어서는 안 돼."

하고 부정하면,

　　"그렇게 말씀해 주시는 건 도련님뿐이에요."

　　기미는 더 많은 눈물을 흘리며 울었습니다. 어떤 때는 또,

　　"여보세요. 거북님. 거북님."

　　이라고 하는 천진난만한 창가唱歌를 따라 부르고 있는 사이에, 어느 샌가 그 목소리는 구슬프고 감상적인 어조가 되어,

　　"카튜샤 사랑스러워, 이별의 고통——"

　　마침 그 즈음 유행하기 시작한 그런 노래로 바뀌었습니다. ——무엇보다 그 노래는 어린 주인들의 귀에 넣어서는 안 된다는 마음씨 고운 반성으로, 뚝 하고 바로 노래를 멈추긴 했지만.

　　소요코는 이 모든 것을 알고 있었습니다. 그럴 때 자신도 확실히 정체를 모르는 근심과 번민, 불만스러운 권태에 더해지는 아련한 비애감을 어떻게 할 수도 없어, 아이 방의 창가에서 깊은 한숨을 쉬면서, 높은 하늘을 멍하니 보고 있는 기미를, 잘 알고 있었습니다. 만약 이런 경향이 심해진다면, 아이들에 대한 영향도 생각하지 않을 수 없고, 동시에 그녀의 젊은 인생에서의 첫 위기를, 부디 무사히 빠져나가게 해주고 싶다고도 생각했습니다. 그렇지 않으면, 하룻밤 귀가가 늦은 정도로 이렇게까지 마음을 쓰지 않았겠죠.

　　여러 가지 것을 계속해서 더듬어가자, 소요코는 더더욱 잠이 오지 않았습니다. 남편은 이미 책을 머리맡에 엎어놓은 채 잠들어 있었습니다. 시계를 보니 1시를 지나고 있었습니다. 만일 노는 곳

에 들렀다고 해서, 지금 이 시간까지 돌아오지 않을 리는 없다. 그것이 아직 돌아오지 않았다고 한다면 어디에 있는 것일까? 어디에서 무엇을 하고 있는 것일까?

바람도 쐴 겸 어머니도 함께 치과병원까지 가서, 여름밤의 흥청거림에 신이 나서 빙수가게에 들르거나, 포목전의 불빛이 아름다운 창문에 도취되거나, 영화관에 들어가거나 하는 사이에 늦어져서, 새벽 일찍 돌아오기로 하고 어머니 집에 묵고 있는 것일까? 이렇게 상상할 수 있다면, 그것은 가장 안심되는 것이었습니다. 하지만 소요코는 아무래도 그렇게는 생각되지 않았습니다. 거미가 줄을 치듯이, 계속해서 그녀의 주위에 던져져 있던 무언가 이상한 올가미가, 그녀의 오늘밤의 외출을 기다리고 있었던 것처럼 느껴졌습니다. 특히 병을 앓고 난 후 상태의 변화에 민감해진 소요코의 신경은, 평소부터 기미에 대해 가지고 있던 관찰을 배경으로 하여, 모든 의구심과 공포를 그려내기에 충분했습니다. 이 외곽의 입구인 소메이교染井橋² 옆의 숲. 뜻하지 않은 나쁜 사람과 맞부딪쳐서, 그런 곳으로 끌려가지 않을 거라고도 할 수 없다. 그 다리 아래를 달리고 있는 교외전차 레일. 거기도 무서운 밤의 영역이었습니다. 이 전차길이 생기고 나서 그 근처의 자살자는 목을 매거나, 투신하거나 하는 자는 적어졌습니다. 먹고 살아갈 수 없게 된 정원사 독

---

2 분쿄구(文京区) 혼코마고메(本駒込)에서 도시마구(豊島区) 고메고마(駒込)로 이어지는 다리.

거노인이, 수로 제방을 따라 그곳에 내려갔다는 소문, 계모를 가진 소심한 가난한 농부의 딸이, 붉은 띠를 끌며 치여 있었다고 하는 소문은 자주 듣고 있었습니다. 소요코는 이들 잘 알지 못하는 사건들을, 돌아오지 않는 기미와 겹쳐서 생각하며 몸서리쳤습니다. 동시에,

"왜 나는 이런 걱정을 시작한 것일까? 아무리 기미가 우울증에 빠져있다고 해도, 특별히 죽을 정도의 일이 있을 리는 없는데. 이런 쓸데없는 망상을 하는 것도 병 때문인 걸까?"

이런 때에는 자는 것이 가장 좋다고 생각했습니다. 반듯이 누운 위치를 잡고 깊은 숨을 쉬어보거나, 모기장에 댄 작은 바대천의 이음선을 응시하며 시력을 약하게 하려고 하거나, 여러 가지를 시도하며 안달하면 할수록 더한층 잠을 이룰 수 없게 되었습니다. 눈은 피곤하고, 눈꺼풀 주변에 경련을 일으키는 통증이 생기는데도 여전히 예리하게 뜨고, 뇌에도 일부의 혼미한 탁함이 있으면서 그것이 아무래도 수면으로 유도하지 않기 때문에, 초조하고 불쾌해서 견딜 수가 없었습니다. 이런 괴로운 생각에 상관없이 문득 소요코의 의식에 떠오른 어떤 기억은, 그 경우의 엄숙한 불안과 의구심 앞에, 현저한 대조를 이룬 우스꽝스러움을 자아냈습니다. 소요코는 자신도 모르게 쓴 웃음을 짓고 3년 전의 어느 밤을 떠올렸습니다.

그것은 역시 기미에 관한 사건이었습니다. 마침 여름축제 때

로, 기미는 조금의 용돈을 받고 근처의 아사마신사浅間神社에 갔는데, 평소와 달리 많이 늦어져서 모두가 잠든 후에 돌아온 적이 있었습니다. 다음 날 아침, 시간이 되어도 전혀 일어나는 기척이 없어 가보니, 기미는 이불도 모기장도 정리하고, 띠도 제대로 두르고, 어깨띠까지 해서 아침 일을 할 준비는 하고 있으면서, 멍하니 정신이 나간 사람처럼 앉아있었습니다. 입구의 장지문은 열린 채였습니다.

"기미, 무얼 하고 있는 거니?"

느닷없이 이렇게 말하고 들여다본 소요코를 보자, 기미는 당황해서 얼굴이 새빨개지면서, 무릎에 올려놓은 네모난 것을 뒤로 숨기려고 했습니다. 그것이 거울이라는 것을 소요코는 알아차렸습니다.

"자, 멋 내는 건 나중에 천천히 하기로 하고, 부엌일을 시작하지 않으면 늦어져."

웃으면서 이렇게 말하자, 기미는 더더욱 빨개지며, 갑자기 머리를 숙였습니다. 너무도 평소와 다른 모습에 소요코는 조금 정색을 하고, 왜 그러고 있는 거냐고 캐물으려고 했습니다.

"사모님, 저는 이제 세상 사람들에게 얼굴을 들 수가 없어요."

기미는 이렇게 말하곤 흐느껴 울었습니다. 소요코는 그 순간 깜짝 놀랐습니다. 방종한 기분에 이끌리기 쉬운 여름밤의 축제와, 그것에 몰려드는 남녀와, 기미의 어젯밤의 늦은 귀가를 연결시켜서 위험하고 걱정스러운 연상을 금치 못했던 것입니다.

"잘 모르겠구나. 느닷없이 울거나 하니까. 대체 어찌 된 일이니?"

　기미는 잠시 동안 가만히 흐느낀 끝에 겨우 입을 열었습니다. 그것은 정말 의외의 자백이었습니다. 기미는 어젯밤 어느 의사한테 가서 코를 높이는 수술을 받았다고 합니다. 아사마신사에서 아름다운 여자가 목을 자유로이 늘였다 줄였다 하는 연기를 구경하고 있는데, 거기서 소학교 때 사이가 좋았던 시게※라는 친구를 만났습니다. 젊은 여자애들은 보기 드문 해후에 놀라면서, 그 후 같이 다니면서 음식점에 들어가거나, 비녀가게에 멈춰서거나 하고 있는 사이에, 기미는 시게의 용모가 학교 때와 상당히 달라져있는 것을 알아차렸습니다. 피부도 하예지고, 화장과 몸단장을 하는 것도 능숙해져 있지만, 그 외의 무언가의 변화가 용모에 좋은 인상을 주고 있는 느낌이 계속 들었습니다. 그래서 아무렇지 않게 말이 나온 김에 그렇게 말하고, 그녀가 정말 예뻐진 것을 칭찬하자, 시게는 의기양양하게 웃었습니다. 그 뒤로 정말이지 큰 비밀이라도 밝히는 것처럼, 자신을 아름다운 용모로 만들어준 비법을 털어놓았습니다. 그것은 단순한, 그리고 자신의 용모를 실질 이상으로 비탄하고 있는 같은 또래의 여자를 유혹하기에 충분했습니다. 기미는 그대로 시게를 따라서 큰 어머니집에 같이 살고 있다는, 아직 개업할 수 없는 한 의사를 찾아갔다고 합니다. 하지만 아침이 되고 보니 진날 밤의 일은 모두가 악몽이었습니다. 기미는 이런 얼굴이 되어버려서는 이제 물을 길으러 가는 것조차 부끄럽다며 울었습니다. 소요코는 사연을 듣고 있자, 자신의 경솔한 생각과 두려움이 흔적도 없는 것이었음을 기뻐함과 동시에, 나쁜 유혹자를 만났다면 어떻게 되었을지도 모르는 그녀의 어수룩한 대담성에 놀라기도 하고, 걱정하기도 했습니다. 그러나 또 일이 일인 만큼, 그 놀라움과 걱정은 곧 그 후에 가벼운 우스꽝스러움에 완화되어, 진지하게 자신의 코의 모험을 후회하며 한탄하고 있는 눈앞의 처자에 대해, 염치없는 웃음을 참으려고 하는 것이 괴로울 정도였습니다.

"그래서 높아졌니? 잘 보여주렴. 별로 크게 달라진 것도 없잖아. 정말이야. 아무것도 눈에 띌 정도로 높아지진 않았어."

그런 수술까지 했음에도 불구하고, 그 코가 눈에 띌 정도의 높이를 늘리지 않았다는 것은, 원래 그것이 얼마나 낮았는가를 증명하는 것으로 평소라면 엄청난 모욕이어야 하겠지만, 이 경우에는 반대였습니다. 기미에게 있어서는 그것이 무엇보다도 위안이고 동정이었습니다.

"괜찮으니까 모르는 척해버려. 누가 눈치 챘다고, 설령 알려졌다고 해도 네가 특별히 나쁜 일을 한 것도 아니고, 자신의 코인 걸. 안 그래? 높이든 낮추든 네 마음이야."

그 후에도 이렇게 해서 몇 번인가 확인받거나 격려받거나 한 끝에, 기미는 겨우 마음을 가다듬고 우물가로 물을 길으러 갈 정도의 용기를 되찾았습니다. 물통을 들고 기운 없이 뒷문으로 걸어가는 뒷모습을 보면 가련하기도 했습니다만, 파라핀을 주입한 구멍 흉터 같은, 두 개의 작은 반창고를 좌우에 붙이고 빨갛고 이상하게 높아진 콧대를 생각하면 무심결에 미소가 지어졌습니다.

마침 그 즈음부터 기미의 몸은 여자로서 눈을 뜨기 시작한 것이다, 특히 여름이 되자 그것이 현저하게 보였다고 소요코는 곰곰이 생각했습니다. 그러는 사이에도 멀리 거실의 괘종시계가 땡땡하고 두 번 울린 것으로 새삼스레 밤이 깊었음을 깨달았습니다. 그 순간 문득 기미는 이미 어느 샌가 돌아와서 자고 있는 건 아닐까, 하는 의문이 들었습니다. 아무 일 없이 무사히 돌아온 것을, 꾸벅꾸벅 졸면서 알아차리지 못한 것일지도 모른다. 이런 생각이 들자, 누워 있을 수 없게 되었습니다. 소요코는 일어나서 한밤중의 조용한 집안을 하녀 방까지 가보았습니다. 부엌에 인접한 3첩 방은 캄캄했습니다. 모기장을 더듬어 찾을 생각으로 손을 뻗어보았지만, 다섯 개의 손가락에는 단지 검은 어둠이 만져질 뿐이었습니다.

"기미, 자고 있는 거니?"

대답하는 소리가 없을 거라는 예상은 충분히 들면서, 그래도 이렇게 불러보지 않고는 직성이 풀리지 않았습니다. 소요코는 이번에는 손으로 더듬어서 고방의 선반에서 성냥을 가져와서 켰습니다. 암흑에서 품어지기 시작하는 복숭앗빛의 작은 불꽃으로 그 3첩의 작은 방이 마침내 텅 비어있는 것을 확인하자, 소요코는 뜨거워진 손끝의 불을 불어서 끄고 마룻바닥에 던져서 버렸습니다. 빛으로 바뀐 순간의 암흑은 왔을 때의 어둠에는 느낄 수 없었던 비밀과 공포를 숨기며 다가왔습니다. 소요코는 자신도 모르게 도망치듯 침실로 되돌아와서 남편을 불러 깨웠습니다.

"기미가 걱정이 되어서 아무래도 잘 수가 없어요. 미안하지만 집에 가봐줘요."

"지금 몇 시야?"

"좀 전 2시 종을 쳤어요."

"계속 못 잔 거야?"

"네."

소요코는 여러 가지 불안한 망상에 시달리는 것과, 하녀 방을 들여다보러 가서 묘하게 무서웠던 일을 이야기했습니다.

"이런 것이 프레센치멘투³라고 하는 게 아닐까 생각해요."

"듣고 보니 걱정이 되는군. 어쨌든 쓸데없는 걱정을 해서 잠들지 않는 것은 몸에 독이야."

하지만 기미의 집에 갔다 오는 사이에 혼자서 괜찮겠냐며 남편은 그것을 신경 썼습니다. 소요코는 아이들 방에 가서 자고 있겠다고 했습니다. 1년에 몇 번 사용하는 일이 없는 동그란 제등을 고방에서 꺼내왔습니다. 희미하게 고풍스러운 그 등불을 들고, 어두운 한밤중에 문 밖으로 나간 남편을 배웅했을 때 진심으로 다시 한번,

"미안해요."

---

3 pressentimento는 예감이란 의미의 포르투갈어.

라고 되풀이하지 않을 수 없었습니다.

"진정하고 누워 있는 편이 좋아."

남편은 이렇게 말하면서 현관문을 닫았습니다. 곧 그 후로부터 앞뜰 쪽에서 명랑한 휘파람소리가 난 것 같더니, 신호를 향해 달리는 듯한 동물의 강한 기세가 느껴졌습니다. 존이 따라 간 것을 알았습니다. 소요코는 영리한 개가 여느 때보다 믿음직스럽고, 정말 좋은 일을 해주는 느낌이 들었습니다.

옆방에 들어가 보니, 아이들은 넓은 모기장 안에서 아무 것도 모르고 편안히 잠들어 있었습니다. 소요코는 둘 사이에 누우면서 며칠 만에 같이 눕는 걸까 생각하고, 자신의 오랜 병과 그것 때문에 아이들이 참아내야 하는 여러 가지 불편함과 허전함을 생각하니, 눈물이 날 것 같은 약한 기분이 되었습니다. 하지만 그 부족함도 기미가 있어서 대부분 채워주고 있었던 것입니다. 만약 이대로 그녀가 돌아오지 않는다면 아이들은 얼마나 섭섭해 할지 모릅니다. 특히 작은 아이에게 있어 기미는 하녀라기보다는 오히려 유모이고, 보모였기 때문입니다. 정말 무사히 돌아와 주지 않으면 곤란하다고 생각했습니다. 그러나 이 순간 소요코의 마음에는 기미에 대해 타인이라는 생각을 떠난, 사랑이 충분함과 동시에 이익계산에서 온 제멋대로인 생각――결코 나쁜 뜻은 없다고는 해도――이 뒤섞여 있음도 부정할 수는 없었습니다. 정이 있다거나 비정하거나에 상관없이 자신의 주변에 대해서는 극도로 신경이 예민하고, 일상생활에서 조금이라도 자신과 관계가 있는 사람이라면,

서로 마음이 맞지 않는 상태로 살아가는 것은 잠시도 견딜 수 없는 소요코에게 있어서는, 하녀와 같은, 안주인으로서의 자신과 가장 친밀한 관계를 맺어야 하는 신참은 엄청난 마음고생, 불안, 초조의 원인이었습니다. 집안일을 처리해 가는 수완과 기량이라면 어느 정도까지 참을 수 있을 테죠. 다만 그 사람에게 자신의 가정의 분위기를 이해시키고, 부모자식 네 명의 작은 가정생활 속에 어울리는 일원으로 변화시키고자 하려면 남보다 갑절은 고생해야 하는 것입니다. 기미는 완전하지는 않다 해도, 그것에 거의 가깝게 완성되었습니다. 침착하고 온화하며 질서 있게, 그리고 쾌활하게 이루어지고 있는 가정생활의 안정에는 분명 기미의 힘이 관여하고 있었습니다. 소요코가 기미를 잃는 것을 아까워한 이기적인 생각이라는 것도, 결국 그 안정을 깨뜨리고 싶지 않다는 바람에 지나지 않는 것이었습니다. 소요코는 그녀의 버릇처럼 된 이런 자기해부에 몰두하면서도 열심히 남편을 기다렸습니다. 귀가만 하면 모든 것을 알게 될 것 같았습니다.

"그건 그렇지만, 기미의 집은 금방 알 수 있었을까?"

비슷한 정원수 가게가 늘어선 쓸쓸한 거리에, 한밤중의 별과 제등의 희미한 불빛으로 그것다운 나무울타리 문을 찾고 있는 모습이 상상되었습니다. 그 사이에 앞쪽에서 개 짖는 소리가 들려오기 시작했습니다. 소요코는 일어나 현관까지 갔습니다.

"있었어요?"

"없어."

부부는 격자문 안과 밖에 서서, 이 정도의 문답을 주고받은 뒤에 겨우 함께 다다미방으로 돌아왔습니다. 이 침묵은 기미가 결국 없었다고 하는 놀라움을 극복했기 때문이 아니었습니다. 이것은 이미 정해진 대답처럼 받아들여졌습니다. 조금 전까지의 격심한 불안과 걱정, 공포 때문에 극도의 긴장이 계속된 신경이 시간과 함께 점점 이완되어, 반동적인 냉정이 생겨나기 시작하고 생리적으로도 더 이상 걱정하거나 놀라거나 슬퍼하거나 할 기능이 모두 소모된 것처럼 지친 것이었습니다. 소요코는 무서운 꿈에 위협받은 뒤의 사람처럼 묘하게 멍하니 눈만 크게 뜨고 있었습니다.

남편의 말에 의해, 기미는 집을 나가자 곧 모친과 헤어졌다는 사실을 알았습니다.

"내가 문을 두드려 깨워서 이러저러하다고 했더니, 어머니도 오빠도 모두 일어나 나와서 얼굴을 마주하고——."

남편은 심야에 이렇게 알리는 것이 기미의 부모형제를 얼마나 놀라게 했는지를 이야기했습니다. 특히 지금부터 오빠가 자전거로 그녀가 간다면서 나간 하쿠산의 치과의원으로 가서, 정말 왔는지, 만약 왔다면 몇 시쯤 돌아갔는지를 알아보고 올 것이라고 했습니다.

"아무튼 정황을 알게 되는대로 알려줄 테니까, 걱정하지 말고 이제 자는 편이 좋아."

"네. 그렇지만 대체 어디로 간 걸까요? 기미도 참 싫네요. 모두에게 걱정을 끼치고."

"자, 이제 자는 게 좋아."

"잡시다."

만약 볼일이 있어도 일어나서 나오는 기미가 없기 때문이라고 생각하며, 둘은 그대로 아이들 방에 자기로 했습니다. 하지만 꾸벅꾸벅 졸 새도 없이 또 어떤 부르는 목소리에 잠이 깨서 벌떡 일어났습니다. 현관문을 열자, 기미의 어머니와 단정한 옷차림을 한 그 오빠가 자전거를 잡고 서 있었습니다.

"치과에는 들르지 않은 것 같습니다."

인품이 좋은 오빠는 정중한 어조로 이렇게 말하고, 방금 갔다 온 의원의 집의 보고를 가지고 왔습니다. 모친은 그 뒤를 이어서 자신이 딸과 헤어졌을 때의 분위기를 이야기하기 시작했습니다.

"아무것도, 평소와 다르게는 보이지 않았어요. 어머니, 어머니는 공중목욕탕 쪽부터 먼저 갈 거죠. 그렇다면 저는 이쪽에서 가는 편이 가까우니까, 하며 말이죠, 그곳의 골목 길모퉁이에서 왼쪽과 오른쪽으로 헤어졌어요. 이런 지경이 될 줄 알았다면, 어디까지고 함께 따라 갔을 텐데."

모친은 눈에 눈물을 글썽이며 떨고 있었습니다. 소요코는 그 창백해진 큰 얼굴을 보고 있으니, 평소와는 달리 이 사람이 미치광이였다는 사실이 떠올라 어쩐지 기분 나쁜 두려움을 느꼈습니다. 언젠가 위의 언니가 툇마루에서 감은 머리를 빗고 있자, 뭔가 화가 난 어머니가 갑자기 그 긴 머리를 거꾸로 움켜잡고 밀어 떨어뜨렸다. 그리고 마당 안을 질질 끌고 다녔다. 옆에 있던 어린 형제들은 너무나도 무서워서 말리지도 못하고, 모두가 소리를 지르면서 그 뒤를 쫓았다고 하는, 기미에게 들은 당시의 광란의 모습도 떠올랐습니다. 그 후 제정신으로 돌아왔다고는 하지만, 표정에도 거동에도 아무렇지도 않게 보통 사람과 다른 점은 발견되지 않았습니다. 언뜻 봐서는 알아차리지 못해도, 이야기를 하면 잘 알 수 있었습니다. 말 수가 대단히 많고, 게다가 빠르고 발작적이며 이상한 새의 지저귐처럼 말하는 데다가, 하나의 이야기가 횡설수설 종잡을 수 없고, 그것을 또 몇 번이고 반복하는 것이었습니다. 분명 뇌의 언어중추에 뭔가 잘못된 것이 있어서, 광기도 또한 정말 나은 게 아닐지도 모릅니다. 기미에게 이변이 생긴 때인 만큼 그 버릇이 더욱 뚜렷하게 눈에 띄었습니다.

"기미의 몸에는 역시 이 부모에게 물려받은 무서운 병이 있었던 것이다."

이런 생각이 퍼뜩 스치는 소요코 앞에서 그 창백한 큰 얼굴이 흥분해서 떨고, 눈물을 흘리며 어젯밤의 일, 그 낮의 일, 그리고 그 전날의 일, 훨씬 먼 과거의 일, 기미와 자신에 관련된 모든 사건과 추억을, 이 잠깐 동안 모조리 다 이야기하려는 것처럼, 계속해서 말했습니다.

"이렇게 말씀드려서 뭐하지만, 저 애는 있잖아요, 사모님, 대단히 완고한 편이라서 남자 따위와 이러쿵저러쿵하는 일은 절대 없을 겁니다. 게다가 도련님들로 말씀드리자면 이미 육친처럼 너무나도 사랑스러워합니다. 얼마 전에도 싸라기설탕을 10전어치 사올 테니까, 카라멜로를 구워두라고 하지 않겠습니까? 뭐지, 다 큰 계집애가 카라멜로는 무슨 카라멜로냐고 했더니, 아니라며, 도련님들에게 드릴 거라는 거예요. 요전에 큰 길에서 팔고 있던 것을 보시고 갖고 싶다고 하셨다며. 하지만 댁에서는 큰 길로 팔러 온 것은 사지 않는 것으로 되어 있기 때문에, 어머니에게 부탁한다고 하길래, 그런 일이라면 굳이 네 용돈에서 내지 않아도 되잖아, 일부러 후지마에富士前의 미카와야三河屋까지 싸라기설탕을 사러가서, 엄청 맛있게 만들어 도련님들을 기쁘게 해주고 싶어 했는데, 공교롭게도 조금도 부풀지 않는 겁니다. 야단났네 하고 있었더니, 집에 오는 두부장수로 도라虎씨라고 하는데, 맛있는 두부장수입니다. 그 사람이 마침 와서 제가 해드리죠……"

현관 문간과 현간마루 위에 서서 그 이야기를 듣고 있던 세 사람은 시간도 경우도 잊고, 언제 멈출지도 모르는 모친의 말의 홍수에 휩쓸려, 망연자실해버렸습니다. 얌전한 오빠는 주인들의 당혹을 알아차리고는 있지만, 노인네를 강한 소리로 제지하지도 못하고 절절매고 있었습니다. 만약 스기야마가 겨우 하나의 빈틈을 잡아, 모든 의논은 내일 하기로 하고, 이야기를 끊지 않았다면 세 사람은 아마 새벽까지 그 병적인 수다에서 벗어날 수 없었을지도 몰랐습니다.

"경찰에 신고한다고 해도 날이 밝아서가 아니면 하는 수 없으니까요."

"그렇고 말구요. 그럼 어차피 또 내일 아침에 찾아뵙는 걸로 하겠습니다."

"그렇게 하기로 합시다."

듣는 사람이 이렇게 말을 중단시켜도 모친은 별로 기분이 상한 것 같지는 않았습니다. 게다가 지금까지의 수다는 잊어버린 것처럼 태연한 모습으로, 이번에는 정중하게 작별을 고하는 말을 늘어놓았습니다.

"그럼 사모님, 편히 쉬십시오. 내일은 밥이든 무엇이든, 여러 가지로 불편하실 테니까 제가 도우러오겠습니다. 안녕히 계십시오."

"안녕히 가세요."

이 기이한 심야의 방문자가 겨우 돌아가 버리자, 부부는 맥이 빠져서 다시 아이들의 모기장으로 들어갔습니다.

"정말 이상한 아주머니군. 저렇게 말하고 있을 때에는 이미 오늘밤 일 같은 건 잊고 있는 거예요."

"정말 난감하군."

날이 밝기까지는 얼마 남지 않았다고 서로 이야기하고, 둘은 아침까지 조금이라도 자두려고 했습니다. 소요코는 아이들이 잠을 깨지 않고 잘 자준 것을 다행이라 생각하면서 마음과 함께 마비된 듯한 몸을 그 옆에 누이었습니다.

하지만 충분한 수면으로 모든 피로를 풀어줄 때까지 자고 있을 수는 없었습니다. 아침은 금방 왔습니다. 일찍 일어나는 아이들은 잠이 깨서 어두컴컴한 모기장 속에서, 기미의 이름을 불러댔습니다. 평소처럼 그 부르는 소리에 대답해주는 기미가 없는 대신, 어머니가 아프고 나서부터는 함께 자지 않았던 부모를 자신들의 방에서 발견했기 때문에 그들은 놀랐습니다. 그리고 기뻤습니다.

"어머니 이제 병이 다 나은 거야?"

형 쪽은 이렇게 물을 정도의 상상력이 있어서 기뻐했습니다. 하지만 그 기쁨과 보기 드문 일도, 둘을 언제까지고 따분한 모기장 속에 가둬둘 수는 없었습니다. 그들은 자유로운 넓은 곳으로 나가고 싶어 하고, 땀이 밴 잠옷을 벗고 싶어 했습니다. 형은 혼자서 끈을 풀고, 작은 맨몸으로 모기장에서 뛰쳐나갔습니다. 동생은 잠이 깨자 늘 먹던 아침 우유를 찾으며 울기 시작했습니다. 소요코는 그들을 내버려둘 수는 없었습니다. 어젯밤부터 시작된 걱정과 피로 때문에 또 열이 난 듯한 고통스러운 몸을 움직여서 옷을 갈아입히거나, 부엌 쪽으로 비틀거리며 나가서 우유를 데우거나 했습니다. 스기야마는 병든 아내에게 그런 일을 시키는 것을 마음 아파하며 가능한 가만히 있도록 스스로 할 수 있는 것은 무엇이든 해 주려고, 빈지문을 하나씩 밀어서 열거나 침상 정리를 하거나 했습니다. 소요코에게는 그것이 또 슬프게 받아들여졌습니다. 평소에는 잠이 깨어보면 어느 방도 문이 활짝 열려있고, 깨끗하게 청소되어 있어서, 시원한 여름 아침의 햇살은 하루의 생활의 출발을 축하는 조명처럼 온 집안에 넘치고 있었습니다. 부엌 쪽에서는 갓 지은 밥 냄새, 된장국이 끓는 구수한 냄새가 흘러나왔습니다. 그 사이를 여기저기 일하고 있는 기미의 모습도 행복한 아침의 한 장면이었습니다. 그렇지만 오늘 아침은 모든 것이 달라져버렸습니다. 빈지문을 열지 않은 어두운 방, 어제 그대로인 먼지투성이의 복도, 마루방, 다다미 열네다섯 장이나 깔리는 부엌은 수챗구멍이 막혀 있는데다 밥 지을 불도 없고, 하룻밤 사이에 빈 집처럼 황폐해져 보였습니다. 얼굴 하나 씻으려고 해도 물독의 물은 미적지근해져 있고, 매일 아침 갓 길어온 시원한 물을 접할 수는 없었습니다. 이렇게 온갖 것에 무질서와 혼란이 있었습니다.

적당히 기분 좋게 잘 갖추어져 있던 하루의 생활 질서는 모두 깨져버린 것이었습니다. 학생시절의 지식욕을 아직 잃지 않고, 매일 한 시간이라도 많이 자신의 공부시간을 갖고자 하는 생각에서, 한편으로는 꼼꼼하고 빈틈이 없는 것을 좋아하는 성격에서 모든 가사를 가능한 단순화시키고, 규칙적으로 하도록 하는 것에 익숙해져 있는 소요코에게 있어서는, 이런 상태는 무엇보다 견디기 어려운 것이었습니다. 그렇다고 해서 지금 병든 몸으로는 자신의 힘으로 그 질서를 회복하고, 꺼림칙한 혼란으로부터 벗어날 수도 없었습니다. 소요코는 이루 말로 표현 못할 한심하고 비참한 기분이 들었습니다.

"기미의 변덕으로 호되게 당하고 있네요."

소요코는 음울한 얼굴을 하고 남편에게 이렇게 말했습니다. 이 시간은 기미에 대해서도 어젯밤과 같은 따뜻한 배려를 해줄 수 없게 되었습니다. 오히려 그녀에게 화가 나고 괘씸하게 조차 생각했습니다. 언제까지고 기미가 보이지 않는 것을 이상하게 여겨서 묻는 아이들에 대한 대답에도 그 냉담함이 옮아갔습니다.

"기미는 이제 다른 집에 가버렸으니까, 그렇게 기미, 기미하고 있으면 안 돼."

소요코의 감정에는 왠지 모르게 거칠고 지친 것이 있었습니다.

하지만 잠시 후, 뒷문에서 불쑥 들어온 모친에게서 기미에 대한 새로운 보고를 들었을 때에는 소요코의 감정은 또 일변했습니다. 기미는, 어젯밤 시노바즈못不忍池[4]에 투신한 것을 구조해서 지금 경찰서에서 돌아왔다고 하는 것입니다. 거실 한구석은 금세 엄숙한 침묵과, 동정과, 연민의 흥분으로 채워졌습니다. 스기야마도 소요코도 무심한 두 아이들까지도 기미의 모친을 둘러싸고 진지하게, 그 창백한 얼굴을 응시했습니다. 특히 소요코는 일순간 전의 자신의 이기적인, 이치에 맞지 않는 노여움을 후회하고 부끄러워하는 심정이 되어 귀를 기울였습니다.

"간밤에 그렇게 말씀드려 두었기 때문에, 오늘아침은 빨리 오려고 엄청 서둘러서 우에킨植金씨의 집 골목을 도니까, 뒤를 차가 지나가는 겁니다. 혹시나 하고 되돌아가서 봤더니, 역시 저희 집 문간에 멈추는 게 아닙니까……"

기미는 머리에서부터 온 몸이 흙탕물에 잠긴 채 그 차 안에 있

---

4 도쿄도(東京都) 다이토구(台東区)에 위치한 우에노공원(上野公園) 안에 자리한 천연 연못.

었습니다. 집에 들어가도 울고만 있고, 뭘 물어도 한 마디도 말을 하지 않았습니다. 모든 것은 파출소에서 부탁받고 왔다는 차부의 이야기로 분명해진 거라고 합니다.

"그래서 말이죠, 이제 아무것도 묻지 않고 안정시키는 편이 좋다고 해서. 질척질척한 옷을 벗기고 머리를 닦고 해서 겨우 지금 잠들었습니다만, 무엇보다 먼저 이 사실을 댁에 알리지 않으면, 간밤에 그렇게도 걱정해주셨기 때문에 말씀드리고 있는 겁니다만, 저 애가 침상에서 어머니, 어머니 하고 부르는 겁니다. 그리고 무슨 말을 하는가 했더니 도련님들에게 약속한 말이 두 개, 하녀 방 찬장에 넣어두었으니까, 어머니가 빨리 가서 꺼내서 드려주세요, 하는 겁니다. 어떤 말입니까? 도련님! 찬장을 찾아봅시다."

"아아, 나 알겠어. 그건 말이지, 기미가 나한테 약속한 거야. 조만간 좋은 장난감 말을 사주겠다고. 어제저녁에도 그렇게 말했어. 안 그래요, 어머니."

소요코는 남편과 얼굴을 맞댔습니다. 어젯밤 밤새도록 신경 쓰며 두려워했던 것이 모두 사실이었던 것입니다.

"아이고 도련님, 보세요. 이런 큰 말입니다."

딸이 말한 대로 그 찬장을 찾아보러 간 모친은, 그때 하녀 방 쪽에서 큰 소리로 불렀습니다. 형은 그 목소리 쪽으로 달려갔습니다. 어린 동생도 그 뒤를 아장아장 따라갔습니다. 기쁨의 함성소리가 금세 그쪽에서 일어났습니다.

"아버지, 멋지죠?"

사자를 둘러멘 헤라클레스만큼의 긍지와 승리로 기운이 솟으면서 형은 머리가 큰 말을 한 마리 껴안고 나타났습니다. 동생 것은 기미의 모친이 가지고 왔습니다. 어린 그의 힘으로는 버거울 정도로, 그것은 그들에게 있어서 위대한 말이었습니다.

"와와 큰 말. 탈수 있는 말이네. 구니오 것도 형 것과 한 쌍으로. 좋구나. 기미가 사 준 것이란다. 그렇구나. 기미는 정말 착한 사람이네!"

소요코는 아이들의 순수한 기쁨을 함께 기뻐해주려고 선물을 마구 칭찬하면서 가슴은 벅차올랐습니다. 이제 눈물 없이 그 두 개의 말을 보거나, 어젯밤부터의 일을 생각하거나 하는 일은 할 수 없게 되었습니다. 여주인이 우는 것을 보고 기미의 모친도 눈물을 글썽였습니다.

"아마 도련님들께 죽으면서 기념 선물로 드릴 생각이었던 게죠. 다른 건 아무것도 말하지 않았는데, 단지 빨리 말을 꺼내서 드려달라고만 했어요."

소요코는 이때만큼 기미를 가엾고 사랑스럽게 생각한 적은 없었습니다. 모친이 그것을 계기로 어느 때와 같은 참을 수 없는 수다의 발작에 빠졌다고 해도, 그것이 기미를 화제로 한 것이라면 싫은 내색하지 않고 언제까지고 얌전히 들어주었겠죠.

남편은 여러 가지 감정을 맛본 듯이 침묵하고 있었습니다만, 그때 이 말은 언제 사 둔 것일까 하며 말을 하기 시작했습니다.

"이 근처의 장난감 가게에 있는 말이 아니야, 그건. 혼고本郷 근처에라도 갔을 때 사와서 둔 것일 거야."

　세 사람의 어른의 시선은 아이들이 기쁨에 흠뻑 젖어서 타거나 끌거나 하고 있는 두 마리의 말에 모여 있었습니다. 남몰래 이런 아이들이 기뻐하는 것까지 사두었다고 하는 것이, 한층 더 모두의 연민을 두텁게 했습니다. 동생 쪽의 말에는 1엔 80전이라고 정가가 붙은 작은 종이 팻말이 아직 붙어있었습니다. 그것보다 더 큰 형의 말은 그 이상으로 고가여야 할 겁니다. 그것은 정말 기미에게서는 대담한 훌륭한 선물이었습니다. 어느 쪽도 회색 돈점박이에 금사로 가선을 두른 주홍색 나사로 만든 안장이 붙어있고, 네 개의 튼튼하고 강한 다리는 마찬가지 네 개의 바퀴를 가진 사각형의 검은 상자에 끼워 넣어져 있었습니다. 끌어도 타도 좋은 것입니다. 갈기와 꼬리는 그들 조상의 깊은 순백의 털을, 그대로 피부째 이용한 것이었습니다. 특히 갈기가 검은 가죽으로 만들어진 작은 귀 중앙에서 등 위를 한 일자로, 이삭이 나온 억새처럼 나부끼고 있는 모습은 용맹스러움 그 자체였습니다. 형은 자신 쪽의 말의 눈이, 동생의 단지 옻칠로 그린 것과 달리 셀룰로이드를 끼워 넣어, 색도 모양도 정말 외계의 물상을 비추려는 것처럼 보이는 것을, 대단히 자랑스럽게 생각하는 것 같았습니다. 그렇다고 해서 동생은 우열에 불만을 느낄 정도로 아직 성장하지 않았기 때문에, 둘 다 뜻밖의 선물을 놀라워하고, 기뻐하고, 만족하며, 감사하는 마음에는 다를 바가 전혀 없었습니다. 기미가 어떤 심정으로 그것을 자신들의 손에 건넸는지에 대해서는 알지 못하고. 또 알려고도 하지 않고.

하지만 이런 기쁜 선물을 준 기미가 언제까지고 모습을 보이지 않는다는 것은――특히 형은, 어젯밤 치과에 갈 때 했던 약속으로 이 말을 사온 거라고 생각하고 있어서――게다가 조금 전에 들은 투신이야기라 해도, 확실히 기미와 연결시켜 모든 사건을 이해하기에는 아직 너무나도 어리기 때문에――그들의 일치된 의문이었습니다. 두 아이는 왜 기미는 돌아오지 않는 거냐, 언제가 되면 돌아오는 거냐며 성가시게 물었습니다. 특히 평소의 기미 대신에 어머니가 밥을 짓거나, 청소를 하거나 하기 시작한 것을 보자, 마침내 그 질문을 반복했습니다.

"도련님, 이제부터는 기미 대신에 할머니가 온 겁니다요."

기미의 모친이 놀리며 이렇게 말하자, 형은 진지하게 반대했습니다.

"싫어. 할머니는 정말 싫어. 돌아가."

"저런, 저런. 그렇게 말씀하지 않아도 좋을 텐데요, 도련님. 할머니도 무엇이든 도련님 마음에 들도록 할 겁니다. 병사놀이도, 학교놀이도――"

"이상하잖아, 이런 할머니가 병사가 될 수 있냐고. 그럼 총도 쏠 수 있어?"

"그럼요, 총이든 대포든 쏠 수 있답니다."

"싫어, 싫어. 기미가 돌아오지 않으면 안 돼. 할머니 따윈 안 돼."

선량한 점에서는 기미를 많이 닮은 모친은 이렇게 거부당해도 웃으면서 어린 주인과 딸과의 친밀함을 기뻐하는 듯 눈물이 글썽글썽해졌습니다. 소요코도 그 일에는 깊게 감동받은 한 사람이었습니다. 이런 사건이 있고 보니, 마침내 자신들과 기미와의 사이에 흐르고 있는 정서가 피상적인 것이 아니었음을 알게 되었습니다. 특히 어린 동생이 뭔가 부족한 쓸쓸한 얼굴을 하고 기미, 기미, 하고 여기저기 찾는 것처럼 하녀 방을 들여다보러 가거나 하는 것을 보면, 슬픈 생각이 들었습니다.

소요코는 느낀 것을 남편에게 말했습니다. 그리고 기미는 이제부터 어떻게 할 생각인 걸까 생각해보았습니다. 다시 돌아오지 않겠다고 결심한 세상에, 또 몇 년이나 더 살아가야 한다면, 어떻게 살 것인지 생각하는 것은 이런 때에 가장 필요한 것이었습니다. 하지만 기미에게 지금 그런 것을 생각할 여유가 없는 것은 알고 있지만, 지금까지의 생활은 오늘까지 갖고 있던 이상의 것, 예를 들어 결혼과 같이 그녀가 무의식중에 꿈꾸고 있던 새로운 생활을 하게 될 때까지는, 그녀에게 있어서는 결코 불리한 것이 아님을 믿고 있습니다. 기미도 그 위치를 잃는 것은 바람직하지 않을 것이고, 소요코의 가정에 있어서도 그것이 제격이었습니다. ――다만 그녀의 불행한 우울증이 아이들에게 나쁘게 영향을 미칠 우려만 없다면――하지만 그것은 기미가 스스로 뿌리쳐버린 것입니다. 그러면서도 또 자기 마음대로――죽지 못했기 때문에 돌아오려고 하는 것은, 너무도 염치가 없다고 생각하거나, 부끄럽게 여기거나 해서는 또 불쌍했습니다. 소요코는 그녀가 원래대로 되는 것을 바란다면, 이쪽에서는 기꺼이 맞아들일 것이라는 것을 알리고 싶었습니다. 남편은 제가 편지라도 써서 주면 어떨까 라고 해서 소요코는 붓을 들었습니다.

기미, 우리들은 어젯밤 밤새도록 당신의 일을 걱정했습니다. 밤중에 남편이 당신의 집에 가보기도 했습니다. 정말 걱정했답니다. 하지만 그래도 무사해서 무엇보다 다행입니다. 마음이 조금 안정되면 돌아와 줘요. 아무것도 거리끼거나 부끄러워할 건 없습니다. 우리들은 이번 일을 책망도 아무것도 하지 않으니까 안심하고 돌아와요. 무엇보다도 지금 당신에게 가장 있기 편한 곳은 역시 이 집일 거라고 저는 믿고 있습니다. 잘 생각해보세요. 게다가 아이들이 얼마나 당신을 보고 싶어 하는지. 말은 고마워요. 둘 다 대단히 기뻐하며 끌거나 타거나 하면서 놀고 있어요. 어쨌든 아무것도 걱정할 게 없으니 빨리 돌아와 줘요.
6월 20일
기미 님
소요

소요코는 이 편지를 모친이 돌아갈 때 맡기고 그 사람에게도 내용을 전했습니다.
"집에 있어도 하는 수 없고, 게다가 올케언니도 있으니, 그렇죠? 부인."

"그렇고말고요."

"고맙습니다. 정말 병환이신데. 여러 가지로 심려를 끼쳐드려서."

모친은 편지를 소중하게 띠 사이에 넣으면서, 허리를 굽혀서 몇 번이고 예를 표했습니다. 그리고 점심 준비 때는 또 오겠다고 말하고 돌아갔습니다.

소요코는 혼자가 되자 이제 몸도 움직일 수 없을 정도로 지쳐 있음이 느껴졌습니다. 그녀는 기다시피 하며 방 침실로 돌아왔습니다. 열이 나고 있는 거라고 생각하면서 찬장의 체온계를 가지러 가는 것도 귀찮았습니다. 병이 심할 때 자주 발생한 신경성의 불쾌한 치통이, 잘못하다간 또 도질 것 같은 느낌도 들었습니다. 그런 때에는 그저 가만히 누워있어야 하는 것이었습니다. 무감각하게, 무자극으로, 소요코는 아직 새로운 말로 떠들고 있는 아이들에게, 이번에는 그림책이라도 좀 보면서 놀도록 부탁하고, 조용히 잠이 들려고 했습니다. 그런데 또 현관에서 부르는 소리가 났습니다. 집배원의 목소리입니다. 그런 일로까지 일어나야 하는 것이 견딜 수 없어서, 그저 대답만 하니, 집배원은 언제나처럼 던져 넣어두고 가는 대신에, 계속해서 크게 불러댔습니다.

"얘야, 미안하지만 우편물 좀 받아와 주렴."

소요코는 옆방의 아이를 불러 부탁했습니다. 아이는 달려 나갔습니다. 그렇게 해서 되돌아왔을 때에는 작은 종이쪽지가 첨부된 푸른 색 봉투를 가지고 왔습니다.

"있잖아, 이것에 우표가 붙어있지 않았대."

소요코는 잔돈을 찾아서 건네줘야 했던 것입니다. 하필 이런 때에 누가 이런 귀찮은 수고를 하게 만드는 걸까, 하고 화를 내면서 받아들어 보니, 연필로 쓴 희미한 글자로 뒷면에 기미의 이름이 있었습니다. 소요코는 직감적으로 유서라는 생각이 들었습니다. 소인을 알아보니 시타야下谷에서 보낸 것이었습니다.

"아버지한테 좀 와 달라고 해 주렴."

소요코는 또 아이에게 부탁해서 서재의 남편을 불러오게 했습니다. 유서의 우편요금은 스기야마의 손에서 지불되었습니다. 내용은 오랫동안 신세를 졌는데 보답도 못하고 죽는 것을 용서해 달라는 것에서 시작된 10줄 정도의 간단한 내용으로, 끝에는 아이들에 대한 마지막 인사가 있었습니다.

……어린 주인님, 잘 자라 주십시오. 그리고 빨리 크게 되셔서 출세하시길 바랍니다. 기미는 저 세상에서 기도하고 있겠습니다. 정말 그리운 도련님. 안녕, 안녕히 계십시오.

타향에서 기미로부터

그것은 읽고 어두운 슬픔을 느끼게 만드는 대신에 귀엽게, 또한 조금 우습게 여겨지는 미소를 두 사람에게 주었습니다. 유서의 당사자가 죽지 않고 끝난 안심에서이기도 하겠지만, 그 쓰는 법과 또 투신 장소의 선택 방법 등이 신문의 3면기사에서라도 배운 듯 모두 틀에 박힌 양식에 너무 맞춰져 있었기 때문입니다. 특히 '타향에서 기미로부터'에는 웃음이 나왔습니다.

"완전히 자살자를 자처하고 있군."

"언제 이런 것을 쓴 것일까요?"

"분명, 그럴 거야, 그런 건 아주 예전부터 몇 개 써둔 걸지도 몰라. 그걸 쓰거나 생각하거나 하는 것이 흥미롭기도 하고 유쾌하기도 했을 테니까. 이것으로 자신이 마련한 로망스를 현실로 만들려고 한 걸 거야."

소요코도 그것에 같은 의견이었습니다. 특히 기미는 청춘시절의 하나의 전환기를 어젯밤 위태롭게 넘긴 것이었습니다.

기미가 모친과 함께 돌아온 것은 그날 밤이었습니다.

"사모님 여러 가지로 심려를 끼쳐드려서——"

그녀는 모기장 밖에 손을 짚었습니다. 울고 있는 것을 알 수 있었습니다. 소요코도 남편과 낮에 이야기했을 때와 같은 동떨어진 태도는 취할 수 없었습니다.

"잘 돌아와 줬다. 몸에는 지장이 없는 거니?"

"아뇨, 별로."

"그렇다면, 잘 됐네. 잘 됐어."

기미는 눈물을 닦고 자리에서 일어났습니다. 무엇을 하는가 싶었더니, 이번에는 활짝 열린 옆방의 아이들의 모기장 쪽으로 갔습니다.

"도련님들 잘 주무시네요."

"내일 아침에는 기뻐할 거야, 네가 돌아와 있어서."

기미는 그 말에는 침묵한 채, 파란 천에 얼굴을 갖다 대는 것처럼 하며 어두운 안을 들여다보았습니다.

다음날 아침부터 그녀는 또 익숙한 부엌일을 시작했습니다. 어떤 모습을 보일까 하고 몰래 신경이 쓰였던 소요코는, 그녀가 이전대로 일찍 일어나 차례대로 일하고, 성실하게 순서를 지켜가는 것을 보고 안심했습니다. 그렇다고는 해도 대체로 가라앉아있는 것 같기는 했지만, 그것은 오히려 그녀의 마음을 윤택해지게 하고, 평소보다 한층 더 온순하고 조신하게 만들었습니다.

"기미가 돌아왔다."

눈을 떴을 때의 아이들의 기뻐하는 모습은 기미도 대단히 기쁘게 한 것으로 보였습니다. 그들은 들떠서 잠옷을 입은 채 뛰어다녔습니다. 기미는 옷을 가지고 두 알몸의 아이들을 쫓아다녔습니다. 셋 모두 웃으면서.

소요코도 오늘아침만은 조용히 하도록 제지하려고는 하지 않았습니다. 그들이 그렇게 해서 서로 기뻐하고 있는 광경에는 육친이나 혈통의 인연이 아니라도, 사람과 사람 사이에 흐르고 있는 아름다운 것을 볼 수 있었습니다. 소요코는 행복한 느낌으로 채워졌습니다. 게다가 자신에 대해서 말해도 어제아침과 같은 불쾌한 혼란을 맛보는 일 없이, 조용히 침상에 머물면서, 여름꽃 등이 핀 시원한 아침 정원을 바라보거나 하는 여유가 있는 것은 기쁜 일이었습니다.

아침 잡무가 끝났을 때, 기미는 어깨끈을 벗고 머리도 산뜻하게 빗어 올리고 소요코의 방으로 들어왔습니다. 조금 주저하는 태도로, 그리고 엷은 미소를 지으면서,

"나한테 용무라도?"

그 모습을 보고 소요코는 기미가 뭔가 이야기하고 싶은 것이 있어서 온 것임을 알아차렸기 때문에, 말을 꺼내기 쉽도록 먼저 말을 걸어주었습니다. 기미는 얼굴을 붉혔습니다.

"저, 어제 편지가 도착했습니까?"

"유서 말하는 거니? 도착했어."

소요코는 농담으로 넘길 생각으로 웃으며 이렇게 말했지만, 기미가 당황해서 점점 얼굴이 빨갛게 된 것을 보자, 측은해졌습니다. 그녀는 어찌해야 좋을지 몰라 당황하며 말했습니다.

"그것에는 우표가 붙어있지 않았을 텐데요––"

기미는 미납인 6전은 당연히 자신이 지불해야 한다고 했습니다. 소요코는 물론 거절했습니다. 그리고 그것과 함께 물어보았습니다.

"돈을 갖고 가지 않았니?"

"아뇨, 지갑을 어딘가에서 잃어버렸는지 우표를 붙이려고 했더니 없어서."

"그럼 도중에 쓴 거네, 그건."

기미는 잠시 입을 다물고 고개를 숙였습니다. 하지만 대답하기 싫어하는 눈치도 아니었습니다. 그녀는 곧 이어서 말했습니다.

"시타야의 우체국에서 썼어요."

둘은 자연스럽게 어제의 일에 관해 이야기하게 되었습니다. 소요코는 처음에는 당분간 이 사건에 대해서 언급하지 않겠다, 아무것도 묻거나 하지 않는 쪽이 나을 거라고 생각했지만, 유서 얘기가 나와서 이야기는 이런 식으로 전개되고, 게다가 본인이 비교적 편하게 그것을 말하는 것을 보자, 호기심도 발동해서 자세히 물어보고 싶은 생각이 들었습니다.

"치과에는 가지 않은 거라며? 그리고 나서 대체 어떻게 된 거니?"

"아사쿠사浅草에 있는 오빠한테 갔어요."

기미는 하쿠산에서 혼고 길을 따라 이케노하타池之端⁵로 내려오자, 시타야의 우체국에 들러 마지막 편지를 썼습니다. 그리고 아사쿠사의 건어물가게에 양자로 가있는 둘째 오빠에게, 긴 이별을 고하기 위해 거기로 간 것이었습니다. 여동생의 진짜 마음을 모르는 오빠는, 갑작스러운 방문을 기뻐할 뿐이었습니다. 돌아가는 길이 늦어져서라며, 함께 우에노上野까지 바래다주고, 이케노하타의 국수가게로 데리고 갔습니다.

"넌 튀김을 좋아했었지 하고 두 개를 집어주었지만 목구멍으로 넘어가지 않았어요."

---

5 도쿄도(東京都) 다이토구(台東区)에 위치하는 시노바즈못(不忍池)의 서쪽으로 펼쳐진 지역의 지명으로 시노바즈못 근처에 있다는 데서 붙여진 이름이다.

라고 기미는 쓸쓸히 웃었습니다.

　처음에 기미는 어딘가의 바다로 갈 생각이었다고 합니다. 하지만 오빠와 함께 있는 바람에 시간이 지체되어 곧 그 근처의 못을 떠올렸습니다. 그녀는 그 국수집 문간에서 오빠와 헤어지자, 혼자서 그 연못 쪽으로 걸어갔습니다. 그러나 여름밤의 못가는 아직 사람들로 북적였고, 하얀 유카타를 걸친 사람들이 여기저기 산책하고 있었습니다. 연못을 가로지르는 하얀 다리가 놓인 벤텐도弁天堂[6] 가까운 쪽에서는 학생으로 보이는 한 무리가 있어서 하모니카를 불고 있었습니다. 기미는 사람이 없어지는 것을 기다릴 생각으로 연못을 떠나 또 우에노공원 아래로 나왔습니다. 그리고 아무 생각 없이 교외전차를 타고 우구이스자카鶯坂까지 가서, 이번에는 거기에서 또 공원의 산 속으로 들어갔습니다. 어두운 나무숲 속을 그녀는 그냥 무턱대고 걸어 다녔습니다. 몇 시가 되었을까, 시간도 아무 것도 모르게 되었습니다.

　"무섭지는 않았어? 그런 한밤중에."

　"정신이 없었던 거죠."

　그녀는 이런 모든 것을 남의 일이기라도 한 듯 말했습니다.

　"그리고 나서 산을 내려와 봤더니, 아직 불고 있는 거예요. 전

---

6 시노바즈못 안에 벤텐지마(弁天島)라 불리는 인공섬을 축조하여 그곳에 벤텐도(弁天堂)를 만들었는데, 그곳에는 불교의 수호신의 하나인 벤자이텐(弁財天)을 모시고 있다. 이곳으로의 참배를 용이하게 하기 위해 1670년(寛文10)경 다리가 가설되었다.

맥이 빠졌어요."

기미의 정말이지 낙담한 그 말투가, 소요코를 미소 짓게 만들었습니다. 소요코는 이제 거리낌 없이 가능한 자세하게 물으려고 했습니다. 단순한 동정에서만이 아니라, 오히려 멜로드라마라도 보는 듯한 흥미가 앞섰던 거죠. 또 상당히 냉혹한 비평안을 발휘하기도 하면서.

"그리고 어떻게 됐어?"

기미가 말을 멈추자 재촉했습니다.

"언제까지고 기다려도 하는 수 없다 싶어서 이케노하타를 우회해서 가능한 그 피리와 먼 건너편으로 갔습니다."

그리고 다리에 매달려서, 2겐間[7] 정도 되는 지점에서 뛰어내렸다고 합니다.

몸은 한번 가라앉았다 다시 떠올랐습니다. 흙탕물이 눈에 귀에 코에 들어왔습니다. 기미는 발버둥 쳤습니다. 허우적거릴 때마다 흙탕물을 마셨습니다. 머리가 물에서 떠올랐다 가라앉았다 했습니다.

"죽는다는 게 이런 고통스러운 것인가 싶었습니다."

라고 기미는 말했습니다. 마침내 새벽이 오고, 못의 표면이 하예졌을 무렵, 지나가던 사람에게 발견되기까지, 기미는 밤새도록

---

7 길이 단위인 1겐(間)은 1.81미터에 해당되므로, 2겐은 약 3.6미터 높이에 해당한다.

물속에서 계속 고통스러워했던 것입니다.

"위험했겠구나, 정말로."

소요코는 진심으로 이 가련한 여자애가 죽지 않고 끝난 것을 기뻐했습니다.

"보렴, 아무리 네가 죽으려고 해도 죽을 때가 오지 않으면 죽지 않는 거라고. 두 번 다시 이런 일을 하면 안 된다."

소요코는 처음으로 이 사건에 관해 교훈다운 말을 했습니다. 그리고 그렇게 말하면서 왠지 슬퍼졌습니다. 기미도 눈물을 흘렸습니다.

"순경도 그렇게 말했어요."

기미는 그리고 데려가진 파출소 안에서의 일을 이야기했습니다. 순경은 그녀의 죽음의 원인에 대해 여러 가지 질문을 했습니다. 부모에게서 혹은 남편한테서 무언가 야단맞았는지, 친구끼리의 싸움에 원인이 있는 건지, 혹은 집에 돌아갈 수 없는 실책이라도 했는지, 이런 종류의 투신자에게 있을법한 원인을 들어가며 물었습니다.

"계속해서 화가 나는 심한 말까지 하는 겁니다. 그리고 솔직히 털어놓지 않으면 신문에 나오게 해 주겠다고——"

기미가 마지막으로 덧붙인 심한 질문이라는 것은 남자관계를 가리킨 것임을 알아차렸습니다. 하지만 기미가 너무나도 어처구니가 없다는 표정을 보여서 소요코는 일부러 묻지 않았습니다.

"그래서 어떻게 대답했어?"

이것은 파출소 순경보다는 소요코가 가장 듣고 싶은 것이었습니다. 자살의 동기――그날 밤 기미의 마음을 붙잡고 마지막 파국에까지 끌고 간, 진짜 원인――를 알고 싶었습니다.

"저 같은 못생긴 어리석은 사람은 살아 있어도 별 도리가 없기 때문이라고 했더니, 순경은 거짓말하지 말라며 화를 냈어요. 단지 그만한 일로 죽는 사람이 있냐며 심하게 화를 냈어요."

소요코는 순경의 의심을 무리라고는 생각하지 않았습니다. 자신도 기미의 지금의 심리상태를 관찰하지 않았더라면 역시 그대로 믿기는 어려웠을 테죠.

소요코는 조용히 물어보려고 했습니다.

"정말로 그만한 일로 죽는다는 건 시시하지 않니? 자신은 바보라고 하지만 백치도 아니고, 또 못생겼다고 하지만 불구도 아니고, 살아갈 수 없을 리가 없어. 특히 바보라느니, 못생겼다느니 하는 것은 너 혼자만의 망상이야."

"불구고 말구요, 사모님. 이런 짧은 보기 흉한 손가락을 하고. 정말 이런 손가락을 갖고 있는 사람은 또 없어요."

기미는 슬픈 듯이 그렇게 말하고 무릎 위에 겹친 손의 왼쪽 새끼손가락을 바라보았습니다. 소요코는 그녀의 몸에 잠자고 있는 무서운 짐승을 본 듯한 느낌이 들어, 슬며시 말을 돌렸습니다.

어머니의 편지

어머니――

　요전에 오빠한테서 받은 편지에 어머니가 아이들이 잘 지내고 있는지, 아기가 분명 많이 자랐을 테지 하며 보고 싶어 하신다고, 적혀있었던 것을 보았을 때, 저는 한번 천천히 어린 세 아이의 이 맘때의 생활을 가능한 자세하게 써서 보여드리고자 마음먹었습니다. 그런데 저는 훨씬 이전부터 이 신문에 무언가 써서 보내겠다는 약속을 했기 때문에 이러한 것을 떠올렸습니다. 이 서신을 이 신문――구슈九州의 대부분의 가정에서 구독되고 있는 신문――지상에 실는다면, 어머니의 매일의 즐거움이 될 뿐 아니라, 동시에 저의 오랫동안 마음에 걸렸던 원고 집필도 할 수 있게 되는 것이라고.

　　이제부터 그들은 매일 어머니 앞에 나타나겠지요. 그들의 혈색 좋은, 포동포동한 볼을 보세요. 이번 겨울은 특히 건강합니다. 저 장난치는 모습을 보세요. 그리고 또 재잘거리는 모습을. 울거나, 웃거나, 뒹굴거나, 맞붙어 싸우거나, 어떤 큰 소란을 피우기 시작할지 모릅니다. 하지만 저는 믿습니다. 그들을 사랑하는 것에 있어서는, 그들이 우는 것은 그들이 웃는 것 못지않게 사랑스런 볼

거리이고, 그들의 눈물은 그들의 미소와 마찬가지로 애처로운 매력인 것을. 그러기 때문에 저는, 얌전하게 있으라, 떠들지 말고 있으라, 와 같은 훈계와 주의 없이 자연스럽게, 날거나 뛰어오르거나 하고 있는 그대로의 그들의 모습을 보내고자 합니다. 하지만 그들이 오늘까지 어느 새 부모에게서 물려받은 습관, 버릇, 취미――어머니, 이른 것은 아니겠죠. 유이치友―는 이제 열 살이 되었습니다. 구니오邦夫는 이제 일곱 살입니다. 태어나서 9개월밖에 안 된 아기만은, 이 걱정으로부터는 거리가 멀지만――어머니가 아이들에게 그랬으면 하고 바라고 계시는 그것과, 완전히 일치하고 있는지 어떤지, 다만 그것만큼은 우려하고 있습니다. 그 외에는, 저는 지금으로서는 대체로 안심하고 있습니다. 큰 아이 둘 다 정직하고 선량하고 건강하기 때문입니다. 얼굴도 그렇게 못생기지 않았어요.

어머니, 제 자식들은 모두 착한 아이들이 아닙니까? 저 사랑스러운 모습을 봐주세요!

라고 소리치고 싶습니다. 특히 아기의 얼굴을 보고 있으면, 이런 감정이 심하게 생깁니다.

이 아기를 봐주세요. 이 아름다운, 귀여운 얼굴을 칭찬해주세요!

어머니의 이 요청은 누구도 거부할 수 있는 것이 아니라는 생각이 듭니다. 제가 아기를 안고 있을 때, 그 어린 것에게 인사도 하지 않고 저에게 말을 거는 사람이 있으면, 그 사람은 적어도 그 한 순간은 분명 저의 신용을 잃을 것입니다.

"이 사람은 정말로 사랑한다고 하는 것을 모르는 사람이다."
라고.

정말이지 아이를 사랑하지 않고 무언가를 사랑한다는 것은
절대 불가능합니다. 또 사랑한다는 것은 정말 어떤 것인지를 가르
쳐주는 가장 좋은 교사는, 아이 이외에는 존재하지 않는 것으로 여
겨집니다. 어머니, 그 때문에 이 아이들이 당신 곁으로 달려감과
함께 일반 사람들 앞에 나타나는 것은, 결코 무의미하지 않을 거라
고 믿습니다. 사람들은 그들이 느끼는 것, 보는 것, 말하는 것, 그
외 모든 생활 속에 인간이 신에게서 받았음에 틀림없지만, 이 지상
에서 긴 여행을 하는 동안 놓치거나, 잃어버리거나 한 많은 좋은
것을, 다시금 찾아내는 기쁨을 가질 수 있을 거라고 생각하기 때문
입니다.

지금 마침 모유 수유를 할 시간이 되어서, 아기는 그의 착한
노야のうゃ[8]의 품에 안기어, 덩실거리며 저에게 다가왔습니다. 수
유가 끝나면, 우선 이 제일 어린 아기에 관해서부터 쓰겠습니다.

아기에 관해 이야기하기 위해서는 노야에 관해서부터 이야기
해야 합니다.

아시는 대로, 위의 아이는 둘 다 보모의 손에 맡긴 적이 없었
습니다. 하지만 어린애가 셋이 되고는 한 명뿐인 하녀로는 손이 부

---

8 가정부이면서 보모인 노부(のぶ)에 대한 아이들의 애칭.

족해서, 또 한 명의 고용인이 아무래도 필요하게 되었습니다. 그것은 주로 아기에 관해서 늘어난 일을 채우기 위해서에 지나지 않았기 때문에, 저는 단지 막연하게 아기를 돌보는 여자아이를 고용하면 된다는 생각이 들었습니다. 집에 출입하는 사람의 도움으로 열네 살이 되는 어린 여자아이가 고용되었습니다. 이제까지 한두 집더부살이로 아이를 돌본 적도 있다고 해서, 다소 몸집이 작을 뿐그렇게 못나지도 않은 여자아이였습니다.

"잘 됐어. 이것으로 나도 조금은 여유가 생기겠지."

저는 그 여자애의, 많이 입어 색이 바랜 유카타를 입은 등에 아기를 업혀주면서, 오랜만에 마음껏 착수할 여유가 없었던 일에 대한 생각 쪽으로 내달렸습니다. 하지만 저의 만족은 그 순간뿐이었습니다. 반나절도 지나지 않아서 저는 자신의 계획이 대단히 미비했던 것을 후회하지 않으면 안 되게 되었습니다.

마침 여름방학으로 매일 집에 있던 형을 위해, 아침부터 활기차고 재미있게 놀고 있던 형제의 놀이가, 이 신참 구경꾼을 위해, ㅡㅡ그녀는 기회가 있을 때마다 그 지위를 바꾸려고 했습니다. 구경꾼에서 노는 쪽으로. 나중에는 훨씬 대담해져서, 그 지배자의 지위에 조차ㅡㅡ뜻밖에 묘한 상황으로 돌아가는 것을 저는 간과할 수가 없었습니다. 그녀는 형제에게 있어 도무지 알 수 없는 행동을 하거나, 금지되어 있는 저속한 말을 사용하거나, 옳지 않은 교활한 놀이방식을 하거나 했습니다. 형의 얼굴에는 경멸과 불만의 색이 현저하게 드러났습니다.

다음날이 되자, 그는 자신의 책장의 책과 또 장난감 같은 것을, 그녀가 마음대로 만지는 것에 대해 호소했습니다. 그는 동생과 공동으로 3첩 방 한 칸을 쓰고 있습니다. 거기에는 아름다운 그림이 들어간 서책과 진귀한 장난감과 혹은 소중히 간직해둔 과자 꾸러미 등, 모든 것이 아기 돌보는 여자애를 유혹하는 것들로 가득 차 있었습니다. 풍부하지 못한 집에서 태어나 그러한 것에 대한 욕망이 봉인된 그녀의 눈에, 너무나도 재미있는 것을 너무 많이 보였다는 생각이, 강하게 들었습니다. 동시에, 저는, 허락 없이 그 방에 들어가는 일, 또 그들의 장난감에 손을 대어서는 안 된다든가, 엄한 금지령을 내리는 것은, 도저히 견딜 수 없었습니다. 그것은 불과 서너 살밖에 나이 차이가 없는 아이와 아이 사이에 주인과 노예의 도덕을 제정하는 것이었기 때문입니다. 그렇다고 해서 그녀를 두 형제와 안심하고 함께 놀도록 친구로 만들어주기에는, 저는 분명 자신의 딸 한 명을 키울 정도의 사랑과 노력을 다해야겠지요. 그것도 성공 못했을지도 모릅니다. 새롭게 만드는 것이 아니라 고쳐 만드는 것이니까요.

이러한 생각지도 못한 문제는 잠시 두고라도, 그녀의 등 넓이로는 비교적 큰 아기가 답답한 듯 업혀있는 것을 보는 것은, 저에게는 도저히 참을 수 있을 것 같지 않았습니다. 그녀는 이 귀중한 짐을 짊어진 채, 어디로 튀어나갈지 모릅니다. 어딘가 시원한 나무 그늘에서 유쾌한 술래잡기라도 하기 위해서는 업고 있는 것은 그 근처 길바닥에 내동댕이치지 않을 거라고도 할 수 없겠죠.

저는 갑자기 두려워졌습니다.

빤한 결과를 걱정한 소개인을 향해, 저는 그저 아기에 비해서는 그녀가 너무도 어리기 때문이라는 것을 이유로 함께 데리고 가달라고 했습니다. 이 일을 언도받은 그녀가 분명히 실망한 안색을 보이고, 거절당한 자가 면목 없게 느끼는 것처럼 갑자기 작아져있는 것을 보자, 저는 왠지 잔인한 짓을 한 생각이 들어, 하다못해 마지막으로 할 수 있는 것을 해서, 그녀를 기쁘게 해주고 싶었습니다. 어린 형제는 저의 권유를 따라, 그녀의 눈을 끌만한 아름다운 그림이 딸린 잡지를 두 권씩 그녀에게 보냈습니다. 저는 얼마 안 되는 돈과 한 꾸러미의 과자를 그것에 보탰습니다. 그것을 싸려고 그녀가 펼친 보자기 속에는 잠옷과 수건, 작은 빗 등과 함께, 붉은색과 파란 색의 색종이가 조금, 그리고 이상한 값싼 인형이 정성껏 넣어져 있었습니다.

"장난감을 가지고 걷는 작은 봉공인."

이라는 생각이 저의 애처로운 동정을 불러일으켰습니다. 어떤 이유에서든 그녀가 그대로 자리 잡지 못하고, 아직 모르는 집의, 모르는 사람 손에 보내지는 불행은, 제가 짊어져야 할 책임처럼 느껴졌습니다.

저는 그녀를 부엌 입구에서 배웅한 후, 저의 감정을 노부のぶ에게 흘렸습니다. 그리고 상황을 잘 고려하지 않은 후회와 실망을 이야기하고, 다음번에 고용한다면 제 구실을 하는 하녀여야 한다고 했습니다. 그 말을 듣자 노부는 그녀의 희망을 말했습니다. 자

신이 아기를 돌보겠다는 것이었습니다.

　"그렇게 해 주면 무엇보다 좋지만, 하지만 괜찮겠어? 중간에 보모일은 싫어졌다고 그만두면 곤란해."

　"그런 일을 절대로 없을 겁니다. 저는 밥 짓기보다도 아기 돌보는 일을 하고 싶으니까요."

　　이렇게 해서 부엌일하는 하녀가 얼마 안 있어 들어오게 됨과 동시에 노부는 완전히 아기 돌보는 일을 자신의 주된 일로 인수한 것이었습니다. 이 새로운 계약이 저를 얼마나 안심시키고, 또 얼마나 기쁘게 했는지는, 도저히 상상이 안 되는 것이었습니다. 그만큼 저는 이 삼사 년 동안 본 그녀의 선량함과 타고난 순진한 마음에 완전히 심취해 있는 것입니다. 저는 그녀가 4년 전에 처음으로 저희 집에 오고 나서, 오늘까지 그녀의 화난 얼굴을 한 번도 본 적이 없습니다. 또 그 말, 그 행동에, 한 점의 부정직함도 허위도 느끼지 않았습니다. 어떠한 순간에도 그녀는 항상 선량하고, 쾌활하고, 유순 그 자체 같았습니다. 그녀는 벌써 스물세 살입니다만, 그래도 몸집이 작고, 에치고越後[9] 여자의 하얀 피부의, 동그란 얼굴을 한 덕분에, 누구도 그녀의 진짜 나이를 알아맞힐 수 없을 정도로 어리고 천진난만하게 보입니다. 굳이 결점을 찾는다면, 연약하다는 글자가 사용될 수 있을 정도의 아름다운 그녀의 몸집이, 어떤 많은 잡

9 옛 지방 이름으로 현재의 사도가섬(佐渡島)을 제외한 니가타현(新潟県)에 해당한다.

일에도 견딜 수 있을 완강함이라고 하는 하녀의 필요조건을 갖추고 있지 못하다는 것과, 마찬가지 원인에서 아마 늦잠을 잘 것이라는 정도겠지요. 그러나 저는 한 번이나 두 번 아파서 누울 정도의 것과 아침에 이삼십 분 늦게 일어나는 정도의 것은 그녀의 빼어난 성격으로 인해 기꺼이 참겠습니다. 완전히 송아지 같은 튼튼한 하녀라는 것은, 조금은 분명 불쾌한, 험악한 거침과 뻔뻔함을 갖고 있을 것으로 생각되어집니다. 노부는 그러한 사람들에 비하면 거의 숙녀라고 해도 좋을 만큼, 단아하고 의젓합니다. 그것이 또한 그녀에게는 조금의 젠체함도 부자연스럽지 않은 것은, 그녀의 소탈한, 어린애 같은 웃음소리를 들으면 금방 알 것입니다.

그녀는 정말 자주 웃습니다. 그렇게 해서 함께 웃는 사람은 분명 아이들이고, 그 웃음의 대상물은 아이들의 별거 아닌 귀여운 행동이라든가 우스갯소리라든가, 그렇지 않으면 그것에 관한 것입니다. 그녀 안에는 일곱 살이나 여덟 살의 아이가 있는 것 같습니다. 그래서 그 웃음은 아부도 아니라면 억지웃음도 아니고, 그녀 속의 아이가 아이들끼리의 공명, 같은 흥미, 같은 감격으로 그대로 튀어나와 큰 소리를 내고 웃는 것과 같은 것이었습니다. 이렇게 해서 그녀와 아이들이 있는 곳에는 반드시 이 밝고 쾌활한 홍소로, 유쾌한 즐거운 분위기가 만들어내지는 것이었습니다. 물론 그녀는 그들이 대단히 좋아하는 노야입니다. 그리고 그들의 재미있는 놀이나 또 익살스런 몸짓, 그 외 만화 그림인형의 삼각모자가 떨어졌다든가, 솜으로 만든 개와 고양이가 스모를 해서 개가 졌다고 하는 것이라든가, 그녀의 깔깔 웃는 소리를 알아차리는 것으로 드디어 굉장히 재미있는, 웃기는 대사건이 되어가는 것입니다.

그녀의 별명을 하나 얘기하죠. 그것은 두 형제에 의해 붙여진 것으로, 해파리라는 것입니다. 그녀의 앞머리에는 귀밑머리가 있어서 아이들과 큰 소동을 벌이며 놀고 난 후에는, 그 귀밑머리가 해파리 다리처럼 하얗고 둥근 이마에 늘어지는 것에서 생긴 별명이었습니다. 그녀에 대한 저의 편애는, 어떤 때, 그녀를 대단히 아름다운 딸처럼도 느끼게 합니다. 특히 그 앞머리인 갈색의 부드러운 귀밑머리에 둘러싸인, 아이들의 이른바 '해파리 노야'의 얼굴에는, 반 다이크[10]가 남긴 찰스 1세의 황후의 이마를 연상시키는 데가 있습니다.

이렇게 말하면 그녀가 얼마나 선량하고 또 얼마나 쾌활하고, 또한 상당한 미인인가를 알 기라고 생각합니다. 하지만 그녀의 처지는 아주 불행합니다. 양친도 없고 형제와 친척이라는 것도 거의 없습니다. 에치고의 시골마을의 어느 작은 고아원에서 자랐다는 것만으로도, 이미 얼마나 불행한 사람인지 상상이 될 거라고 믿습니다. 아니, 그 이야기를 자세하게 한다면, ──언젠가 또 그 기회가 반드시 있을 거라고 생각합니다만──그것이 상상 이상의 것

10 안토니 반 다이크(Anthony van Dyck:1599-1641)는 벨기에 출신의 화가이자 판화가. 우아하고 아름다우며 고아한 화풍을 자랑하는 초상화를 많이 남겼다. 대표작에는 〈십자가 강하〉, 〈찰스 1세의 초상〉 등이 있다.

이었다는 것에 놀라시겠죠. 저는 생각합니다. 그만큼 불쌍한 환경에서 성장한 사람이라면, 설령 그 사람이 아무리 음울하고 아무리 삐뚤어져 있어도, 또 아무리 삐뚤어진 인생관을 갖고 있다고 해도, 그 불행을 헤아려주는 것으로 쉽게 용서되어야 한다고. 그런데 그녀의 경우는 완전히 반대입니다. 그녀는 그 불행의 흔적을 얼굴에도 마음에도 조금도 담아두고 있지 않습니다. 타고난 그녀의 투명한 아름다운 마음에는, 인위적인 불행과 재난과 같은 것은 가벼운 티끌처럼, 그 근본 성질을 손상하는 힘 없이, 단지 표면을 건드렸다는 정도로, 그대로 미끄러져 떨어진 것 같은 생각이 듭니다. 부디 이제부터 앞으로 그녀에게 그 불행을 보상할 만큼의 행복이 있기를 바랍니다.

아기는 이미 확실히 그녀에게 강한 편애를 보입니다. 어떤 경우에라도 그녀의 모습을 보자마자, 아직 말의 형태를 취할 수 없는 이상한 고함소리로 부르고, 기뻐서 펄쩍 뛰어오르고, 온몸을 내밉니다. 그녀의 손과 밥을 짓는 쓰네야つね의 손은 바로 선택됩니다.

"자, 아가야, 전차 고고 타자."

이렇게 말하고 두 사람이 뒤를 돌아보고 나란히 선 등에도 아기는 예리하게 자신이 업힐 등을 찾아냅니다.

"어머나, 영리한 아기."

그녀는 어린 그를 태우면서, 한동안 그 일대를 뛰어다닙니다. 그녀는 얼마나 기쁜지 모르는 것입니다. 이렇게 해서 이 어린 주인을 사랑하는 것, 또 그에게 사랑받는 것은, 자신의 특권처럼 생각하고 있습니다. 그것과 함께 그녀는 그녀다운 취미에서, 아기의 신변에 대해 여러 가지 주문과 불평을 제기해 옵니다. ――더욱 예쁜 모자를 씌우고 싶다거나, 아기용 앞치마가 두세 장 더 필요하다든가, 이런 옷은 별로 어울리지 않는다든가.

"아기는 무엇이든 형이 입던 것뿐이라서 불쌍해요."

이것은 그녀가 매사에 반복하는 탄성입니다.

그러네요. 여기에 그의 어린 초상을 스케치해 보죠.

아기는, 요즘은 모슬린 유젠[11]의 방한용 속옷 위에 화려한 모양의 견직물 옷을 입고 있습니다. 이것도 역시 형에게 물려받은 것입니다. ――윗도리는 오시마大島산 명주[12]입니다. ――미리 말씀드리자면 이것은 물려받은 것이 아닙니다. T가의 아주머니가 주신 선물입니다. ――그 위에 타월 천의, 초록과 빨강의 격자무늬로 된 네모난 턱받이를 하고 있습니다. 모자는 털실로 짠 빨간 삼각모자입니다. 이것이 그의 평상복 중에서 가장 잘 어울리는 복장입니다. 그 모자 아래에 있는 건강한, 항상 잘 웃는, 그리고 조금 이마가, 눈이 동글동글한 둥근 얼굴을 상상해주세요. 또 그 좌우의 소매에서 나와 있는 포동포동한 손목과, 직경 3.5센티 정도 되는

---

11 모슬린 천에 화려한 채색으로 다양한 무늬를 선명하게 염색하는 유젠(友禅)염색 처리를 한 것.

12 가고시마현(鹿児島県) 아마미대도(奄美大島)의 특산품인 명주실로 짠 견직물의 일종.

엷은 분홍색의 손바닥을 상상해 주세요. 그리고 또 그 양손의 손가락 끝에 붙어있는 열 개의 작은 손톱을. 이 손은 이미 상당한 장난꾼입니다. 장지를 찢는 것도 알고 있다면, 형들의 소중한 장난감을 휘젓는 것도 알고 있습니다.

"봐, 애기가 왔어."

하고 외치고 있는 두 형에게 있어서는 폭도의 습격을 의미하는 것과 같습니다. 모든 경계와 방어로 이 작은, 하지만 무서운 하나의 무기――그것은 그가 우는 것입니다. 저 온 힘을 다해서 내는 슬피 우는 소리에는 그 대단한 형들도 갑자기 항복해버립니다. 저런 어린 것이 저런 큰 소리를 내며, 저런 눈물을 흘리며 운다는 것은, 그들의 정직하고 상냥한 마음이 도저히 보고 있을 수 없는 것입니다. ――를 가진 적을 격퇴시키려고 합니다. 결국 노야의 중재와 탄원으로 아기가 빌려서 나오는 것은, 그 중에서 가장 냉대받고 있는 가장 빈약한, 고장나려고 하는 말이나 뭔가의 하나로 정해져있습니다.

이런 경우는 그렇다 해도 두 형제들은 이미 충분히 이 어린 아기를 사랑하는 것을 알고 있고, 또 그 아이를 기쁘게 하는 방법에도 익숙해져있습니다.

"아가야, 아가야, 아가야."

그들은 그들이 갖고 있는 가장 상냥한 목소리로 부르고, 가장 친근한 미소로 웃어 보입니다. 그의 칭찬을 얻기 위해서는 그들은 무용수도 되고, 곡예사도 되고, 또 음악가도 되고, 마침내는 즉흥

시인조차 됩니다.

아가야, 아가야,

보렴.

야옹이를 보렴.

멍멍이를 보렴.

야옹이도 아기를 보고 있어.

멍멍이도 아기를 보고 있어.

구구도 아기를 보고 있어.

구니오가 무용수가 될 때에는, 꼭 발판을 꺼내옵니다. ㅡㅡ아기는 대부분이 업히거나 안겨서 구경하고 있으니까, 올려다보며 춤추게 되는 불편함을 피하기 위해ㅡㅡ양다리를 겨우 올릴 수 있을 정도의 기묘한 작은 무대 위에서, 형이 얼마나 웃기는 춤을 추는지. 만약 미끄러져 떨어지면 결국, 그것은 더욱 재미있는 춤이 되는 것입니다. 이렇게 해서 그들의 여러 가지 노력도 아기의 만족한 미소와 떠들어대는 기쁨의 고함소리로, 충분히 보상받는 것이었습니다.

하지만 둘이 이 정도로 귀여워하는 것을 알고 있는 아기도, 그들의 다른 종류의 애완동물ㅡㅡ세 마리의 고양이와 두 마리의 개ㅡㅡ과 비교해서 어느 쪽이 그들에게 중요한지를 묻는다면, 그들은 물론 말이 떨어지자마자 고양이를 들고, 혹은 개를 들겠죠. 아기가 아무리 재미있는 볼거리라고 해도, 요컨대, 그 외관은 아무런 신기한 점도 없다면 독특한 것도 발견되지 않는, 자신들의 소형 모형에 지나지 않기 때문이죠.

그것에 비하면 그들의 고양이와 개는 얼마나 특수한, 흥미 있는 생물인지 모릅니다. 다양한 아름다운 반점이 있는, 매끄러운 그들의 외투가, 우선 충분히 감탄할 가치가 있습니다. 어떤 높은 곳에서 뛰어내려도, 또 아무리 빠른 걸음으로 뛰기 시작해도 결코 소리가 나지 않는, 그 네 개의 기묘한 구슬 모양의 발도, 또 얼마나 신기한 것일까요. 특히 그 눈은 그들에게 있어서는 경이 그 자체에 지나지 않는 것입니다. 형제는 각자 한 마리씩을 그 무릎에 앉히고, 동물학자의 세심함과, 시인의 감격으로 언제까지고 그 두 개의 살아있는 구슬을 응시합니다. 때에 따라서 그것은 여러 가지 것으로 연상됩니다. 푸른 바다와 노란 육지와 검은 산이 뒤섞여 그려져 있는, 작은 지구모형처럼 상상될 때도 있다면, 미세한 푸른 벌레, 노란 벌레, 검은 벌레가 무수히 모여 있는 이상한 소굴처럼 보일 때도 있었습니다. 시각에 따라 커지거나 작아지거나 하는 눈동자를 둘은 고양이 시계라고 부르고 있습니다.

"지금 몇 시?"

"고양이 시계를 봐."

중앙의 검은 구슬이 원주에서 0.9밀리미터 정도의 지점까지 퍼져있는 것을 발견해냈을 때가, 그들에게는 가장 기쁜 때였습니다. 그것은 간식시간이 가까운 것을 가리키는 것이었기 때문에. 정말이지 놀라운 편리한 시계죠.

개한테서는, 그들은 또 고양이와는 다른 종류의 여러 가지 흥미를 불러일으킵니다. 그들은 그 가축의 활발한 동작 속에 강한 용기를 암시받습니다. 위엄이 있는 날카로운 짖는 소리는 특히 유쾌합니다. 개가 땅바닥을 뒹구는 것을 보고 있으면 그들도 함께 뒹굴고 싶어집니다. 짖고 있으면 함께 짖고 싶어집니다. 실제 그들은 그렇게 합니다. 개와 마찬가지로 크게 입을 벌리고 멍멍 하고 온 힘을 다해 짖어봅니다. 그리고 혀를 쑥 내밀고 헐떡이는 흉내도 냅니다. 그 단순한 마음에 있어서, 또 그 정직함에 있어서, 무모한 헛소동에 있어서, 그들은 인간끼리 보다도 그 집밖의 친구 쪽에, 얼마나 많은 공명과 경도를 갖고 있는지 모릅니다.

같은 기분에서 호랑이든가 사자라든가 곰이라든가 코끼리와 같은 맹수는 그들에게는 이미 일종의 영웅입니다. 동시에 그들에 대한 아이의 감정은 사랑이라기보다는 분명 숭배이고, 흥미에서 변해 경건한 동경이 되어있는 경우가 가끔 보입니다. 최근의 어느 저녁 식사 후의 일이었습니다.

"너희들은 크면 무엇이 될 생각이니?"

형제는 얼굴을 서로 마주보며 씩 웃기만 하고 가만히 있었습니다.

"구니오는 무엇이 될 거니?"

"나, 뭐가 될지 모르겠어."

일곱 살의 그는 정직하게 이렇게 대답하고, 대단히 곤란한 듯한, 난처한 얼굴을 했습니다. 아비지의 이 질문에는 이유가 있었습니다. 요즘 H구의 어느 소학교에서 같은 질문을 학생들에게 했더니 남학생인 1학년생에서 3학년생까지는 거의 모두가 군인 지망이었다. 5, 6학년생이 되면, 부모의 뒤를 이어서 상인이 되겠다는 대답이 많았다. 그것에 비하면 여학생의 희망은 대단히 막연한 것으로, 훌륭한 사람이 되고 싶다든가, 무엇이든 여러 가지 일을 아는 사람이 되고 싶다는 식으로 대답했습니다. 그 중에는 군고구마 장수가 되고 싶다는 희망을 이야기한 여자아이도 있었습니다. ──그녀의 집은 양갱을 만드는 집이었습니다. 양갱은 집에 있지만, 좋아하는 군고구마가 없었다는 이유로.

아버지의 이 이야기는 둘을 웃게 했습니다. 그리고 그 문제에 대해 진지한 주의를 불러일으켰습니다. 그러나 군인지망이라는 그들의 생각은 둘에게는 도저히 동감되지 않는 것이었습니다.

"나, 군인 따위 싫어, 죽는단 말이야."

유이치는 단번에 분명하게 이렇게 반대했습니다. 구니오는 역시 말을 하지 않고 싱글싱글 웃고 있었습니다. ──고구마장수도 나쁘지는 않다, 고라도 생각하고 있었던 건지 모르겠습니다.

"그럼 유이치는 동물을 좋아하니까 동물학자가 되면 어떨까? 아니면 동물원의 기사 쪽이 좋을지도 모르겠네. 매일 좋아하는 여러 가지 동물을 보고 있을 수 있으니까."

아버지의 이 권고는 의외의 답변을 끌어냈습니다. 그는 엄숙하게 보일만큼 성실하게 대답했습니다.

"기사 따위 싫어. 동물이라면, 되어도 좋지만."

그에게는 하나의 이상 국가가 있습니다. 그것은 인간이 한사람도 없는 동물과 조류만의 세계입니다. 거기에는 그는 그들을 위한 대리석과 황금으로 훌륭한 집을 지어서 제공하겠죠. 그렇게 해서 모든 맛있는 음식과 음료를 제공하겠죠. 그렇게 하면 서로가 결코 물어뜯거나 죽이거나 하지 않아도 되기 때문에. 그곳은 영구히 평화롭고, 영구히 자유롭고, 어떤 것은 단지 동물끼리의 천진난만한 쾌활한 장난, 그렇지 않으면 용감한, 민첩한 경기나 혹은 즐거운 지혜와 취미로 가득 찬 모임입니다. 그곳에서는 작은 토끼가 사자와 달라붙어 장난치고 있고, 곰이 그 큰 손바닥으로 새끼 산양을 위해 한 덩어리의 설탕을 집어주거나 합니다. 코끼리아저씨의 집으로는 원숭이나 여우나 겨울잠쥐가 모이고, 그의 우스운 옛날이야기에 즐거운 듯이 웃음소리를 내고 있습니다. 거기로 작은 새의 음악대가 대열을 이루어 들어옵니다. 간사 역할의 타조가 가슴을 부풀리고 대단히 젠체하며 선두에 서서 걷습니다. 학과 공작은 무용수입니다. ――그에게는 분명 이런 세계가 있을 듯한 생각이 듭니다. 어딘가의 산 뒤편이라든가 들판 끝이라든가 숲속이라든가 그렇지 않으면 높은 구름 속에라도 숨어 있을 것처럼 생각되어져 어쩔 수 없는 것입니다. 이것은 그의 초콜릿과 밤 만두의 꿈과 함께, 항상 그의 머릿속을 떠나지 않는 즐거운 동경입니다. 즉, 작은 돈키호테의 사랑과 평화와 정의에 대한 이상의 구체화입니다.

동시에 스페인의 라만차의 기사가 데리고 있던 유명한 종복 역할을 다하는 것은, 동생인 구니오입니다. 형의 이상과 흥미에 곧바로 공명하는 점에 있어서, 또한 그를 절대로 신용하고 있는 점에서, 불평하면서도 아무리 울려도 결코 그에게서 떨어지지 않는 점에서, 그는 끝까지 산초 판사입니다. 아니, 이야기 속의 종복인, 인품이 좋은 교활함과 노골적인 얼간이 같은 타산이 결여되었을 뿐, 더욱 더 제격인 산초 판사겠죠.

이렇게 해서 연결된 둘 사이에는 둘만이 들여다보는 것이 허락된 즐거운 비밀의 세계가 있습니다. 그들은 그 이상국을 언제라도 좋아하는 때에 현실로 창조할 수 있습니다. 숲속과 구름 속에 상상한 것이 일순간에 쉽게 그들의 눈앞에 나타나는 것입니다. 놀이용 테이블을 펼치면 금세 넓은 들판이 나타납니다. 그 위에 뿌려진 종이로 만든 동물은 그들이 공상한 대로의 동작을 가리키고, 그들이 말했으면 하는 것을 막힘없이 당당하게 그들에게 말해줍니다.

"거기는 바다야."

이렇게 단 한 마디를 하고 손가락을 가리키면 푸른 다다미가 파도가 넘실대는 큰 바다가 되겠죠. 산초 판사는 물고기가 되어 그 위를 헤엄쳐 다닙니다.

그들은 벽의 웃음소리를 들을 수도 있습니다. 기둥은 항상 주의 깊은 구경꾼입니다. 뜰의 수목은 뜰에서 말을 겁니다. 차 선반 위에 떠 있는 다호茶壺의 춤은, 둘을 자지러지게 웃게 합니다. ──드디어 신바람이 나서 형이 빗자루 하나를 짊어지고 뛰어오면, 동생은 먼지떨이를 가지고 뛰어나갑니다. 그래서 후나벤케船弁慶의

마지막 장면[13]도 연기하는가 하면, 이치노타니전투―の谷の合戦[14]도 되고, 헥토르와 아킬레우스의 일대일 승부가 되기도 합니다. 아킬 레우스의 아홉 개의 황금투구란 그 근처의 빵 봉지 같은 것으로 충 분했다. (『돈키호테』에서)마을 이발소의 놋쇠 대야가 만브리노의 황 금투구로 된 것과 마찬가지로.

　　그들의 이러한 초자연적, 초이성적인 세계에서, 인간인 어른 이라는 자가 얼마나 어울리지 않는, 들어가기 어려운 외국인인가 는 쉽게 상상될 것입니다. 어떤 상냥한 어머니라도, 친절한 보모라 도 그 몽환적인 공기 속에 계속해서 완전히 융화된다고 하는 점에 서는, 그들이 사랑하는 개와 고양이, 혹은 작은 새가 가지는 절반 정도의 조화를 가지는 것은 대단히 어렵습니다. 보세요. 그들 사이 에 한 마리의 고양이가 앉아있다는 것, 그들 앞에 한 마리의 개가 뛰고 있다는 것, 또 그들의 창에 작은 새의 둥지가 걸려 있다는 것 때문에, 그들은 그들의 자식도 특유의 아름다움이라든가 사랑스 러움을 몇 배로 만들지 모릅니다. 그러니까 그들의 어린 마음과 어 린 생물의 마음이 한 점의 무리도 없는, 자연스러운 사랑과 선량함 으로 연결되어 있는 조화로운 형태이기 위해서.

---

13 후나벤케(船弁慶)란 일본의 전통 가무극인 노(能) 작품의 하나. 『헤이케이야기(平家物語)』와 『아즈마카가미(吾妻鏡)』에서 제재를 취한 작품으로 작자는 간제 노부미쓰(観世信光)로 추정되고 있다. 소설 속의 후나벤케의 마지막 장면이란 다이라노 도모노리(平知盛)의 망령과 벤케가 싸우는 장면을 가리킨다.

14 일본의 전통예능의 하나인 조루리(浄瑠璃)의 「이치노타니후타바군기(一谷嫩軍記)」를 가리키는 것으로 이치노타니의 겐지(源氏)와 헤이케(平家)의 싸움을 각색한 내용이다.

단지 개나 고양이에 한정하지 않고, 일반 동물에 대한 깊은 사랑이 두 형제의 두드러진 성향이 되어있는 것을 보는 것은, 저로서는 대단히 기쁜 일입니다.

둘은 모든 생물에 흥미를 가집니다. 동물원에서 크고 작은 여러 종류의 동물은 물론이고, 마당에 오는 참새, 나비, 잠자리, 매미, 혹은 털벌레, 지렁이, 벌, 개미, 벼룩 같은 것까지 절대로 죽이지 않습니다. 어떤 미미한 생명이라도 그 생명의 고귀함을 무의식적으로 자각하고 있는 것처럼. ──다만 털벌레만은 예외이지만, 그것은 오히려 저의 책임입니다. 제가 만약 그 보기 흉한 모습에 두려워하지 않고, 그것을 죽이지 않았더라면, 둘은 결코 털벌레라도 죽이는 일은 하지 않았을 테니까요. ──여름이 되면, 형은 개미 때문에 다다미방 가장자리 밑에 설탕을 뿌립니다. 그리고 하녀에게 부탁합니다. 개미에게 설탕을 줘 놨으니 가장자리 밑만은 쓸지 말아달라고. 그리고 그 자신은 툇마루에 길게 엎드려 누워 그 검고 근면한 작은 곤충을 열심히 들여다봅니다. 그 순간 그는 이미 개미의 왕국에 있는 것이었습니다. 그의 공상의 눈은 니혼바시日本橋의 강기슭과 나란히 있는 듯한, 많은, 큰 개미의 창고를 봅니다. 요요기代々木의 관병식을 보는 듯한 정연한 개미의 군세를 봅니다. 마지막으로 게으름뱅이인 매미가 눈 속을 먹을 것이 없어 얻으러 오면,

"당신은 여름 내내 태평하게 노래만 부르며 놀았던 게 아닙니까?"

라는 유명한 대사로 그 지기 싫어하는, 어린 아주머니가 호되게 꾸짖는 극적인 장면까지도.

동생과 벼룩이야기는 또 기묘한 것입니다. 그는 벼룩에게 잘 물리는 편으로, 가렵다고 하면 등 전체를 새빨개질 정도로 긁어 주지 않으면 안 되는 주제에, 기모노를 벗겨서 찾으려고 하면 그는 그 자리에서 큰 소리로 외칩니다.

"도망쳐. 도망치라고. 노야에게 붙잡히니까 도망쳐."

근처의 전차 길에 있는 뱀을 파는 집을 찾아가 문안 인사하는 것도 그들의 두드러진 동물 사랑을 증명하는 것이겠지요.

그들은 그 가게의, 뱀을 넣어둔 직사각형 상자의 유리문에 얼굴을 들이밀고 열심히 관찰합니다. 모든 종류의 뱀의, 모든 형태와 운동은 거의 황홀하다는 형용사를 사용해도 좋을 만큼 그들을 매료시킵니다. 물리면 무서울지도 모르겠지만, 보는 것뿐이라면 전혀 무섭지는 않은 것이다, 라는 것이 둘의 일치된 의견이었습니다. 구니오는 말합니다.

"귀여운 얼굴을 하고 있구나!"

그는 뱀조차 귀여운 것의 하나로 추가합니다.

그들은 또 자신들이 태어난 연운年運으로부터 그 해를 상징하는 동물에 대해 이상한 애착을 갖고 있습니다. 유이치가 어느 동물보다도 개한테 특수한 친근함과 사랑을 보이는 것은 개의 해에 태어났기 때문이고, 구니오는 같은 이유에서 그 자신과 소와는 때려야 뗄 수 없는 깊은 숙명적인 인연으로 연결되어 있다고 철석같

이 믿고 있습니다. 이것은 전에 있었던 그들의 사이가 좋은 기미야
きみや의 영향으로, ――도쿄 태생인 기미야는 어떤 것에 관해서
도 연운이나 별자리를 가지고 이야기했기 때문에, ――그것이 그
들의 동물에 대한 호기심과 연결되어, 이런 특수한 사상을 그들에
게 품게 만든 것 같습니다. 정말이지 그들이 자기 자신을 표상하고
있다고 믿고 있는 동물에 대한 태도는, 그것의 주인이고, 보호자이
며, 친구임과 동시에 그것의 제자이고, 하인이고, 아니 그것 자체
이기도 한 것처럼 보입니다.

"개야."

이렇게 불릴 때의 '개'의 만족스런 웃는 얼굴을 상상해주세
요.

"끈적한 소야."

소는 형의 개에 비하면 상당히 점액질 같은 미소를 드러내고
있기 때문에, 그 별명에 '끈적한'이라는 성질 형용사를 붙여서 부
르고 있는 것입니다. 이렇게 해서 개와 소를 자처하고 있는 둘은,
다른 사람들의 표상의 동물도 찾아내는 것에 대단히 열심입니다.
아버지가 양띠면 아버지가 양인 것이고, 제가 닭띠면 어머니가 닭
인 것이고, 아기 데쓰야欣哉가 소띠인 것은, 데쓰야가 망아지인 것
입니다. 아버지보다 열두 살 어린 양띠인 노야는

"아버지의 친구야."

라든가 또,

"양과 양이니까 형제야."

라고 해서 그들로부터 특별한 축하를 받습니다. 동시에 부엌 일을 하는 쓰네야도 대단히 무서운 쓰네야였습니다. 그녀는 뱀의 해에 태어났기 때문에.

그들은 집안사람들만으로는 만족하지 못했습니다. 그들은 모든 사람에 대해 그 기묘한 연구를 계속하려고 했습니다. 적어도 그들이 동석하는 것을 허락받을 만큼의 친한 아저씨와 아주머니들은 모조리 그들의 재료로 제공되었습니다.

"아주머니는 무슨 띠예요?"

이런 갑작스런 질문에 몇몇 젊은 아주머니들이 얼마나 놀랐겠어요. 이 용감한 질문자는 대체로 동생 쪽이었습니다. 형은 조금은 수줍음을 타는 아이로, 이웃집 사람 앞에서는 대담해지지 못합니다. 하지만 그의 침묵 속에는 대단한 열심과 호기심이 작용하고 있는 것이었습니다. 그는 면밀한 주의로 그 사람의 얼굴에서, 모양에서, 혹은 목소리에서, 몸짓에서, 어떤 것을 찾아내려고 고생합니다. 다시 말해 그 사람에게서 그 사람을 대표하는 뭔가의 동물다운 것을 찾아내려고 합니다.

이렇게 해서 그들에게는 원숭이아줌마도 있다면, 호랑이아저씨도 있었지만, 특히 그 정원수가게의 할아범이 멧돼지였던 것은 얼마나 유쾌한 발견이었을까요. 또 하나 그것에 못지않게 그들을 기쁘게 한 것은 작고 어린 귀여운 토끼를 발견해낸 일이었습니다.

작년 봄, 마침 그들이 그 기묘한 흥미에 가장 강하게 사로잡혀 있던 때였습니다. 어느 날 N아주머니라 부르는 분이 거의 몇 년 만에 방문해주셨습니다. 아주머니는 예쁘게 차려입은 작은, 막내딸을 동반하고 있었습니다. 오랜만인 아주머니에게 인사를 하도록, 또 그 어린 손님과 함께 놀도록 말하려고, 그들을 손님방으로 불렀을 때, 금세 두 사람의 마음속에 공통된 문제가 되어 생겨난 것은, 저 여자아이는 무슨 해에 태어난 것일까 하는 것이었습니다. 둘은 유심히 그 여자아이의 둥글고 작은 얼굴을 바라보았습니다. 그리고 여자애한테서 눈을 돌려 서로에게 눈길을 주며 의미 있는 미소를 교환했습니다. 형은 하지만 언제나처럼 입을 다물고 있었습니다. 동생이 용감하게 나아갔습니다. 하지만, 그는 역시 친숙하지 않은 손님에게 직접 질문할 만큼, 버릇없이 행동할 수는 없었던 것으로 보였고, 저를 향해 물었습니다.

"어머니 저 애 무슨 띠예요?"

저는 둘의 호기심을 간략하게 말하고, 그의 질문의 의미를 해석하자, 아주머니는 재미있어하며 웃었습니다. 그렇게 해서 직접 둘을 향해 대답했습니다.

"이 아이는 토끼띠란다."

"그렇다면 토끼다."

이것은 지금 둘에게 있어서는 뜻밖의 수확물이어야 했습니다. 그렇게 생각하고 보니 그 여자애가 어디까지고 토끼처럼 보였습니다. 얼굴이 새하얀 것에서 시작해 눈이 동글동글한 것에서, 귀가 쭉 뻗은 모양에서. 그들은 교묘한 사금 채취자 같습니다. 어떤 모래 속에서도 분명 어느 정도의 황금을 찾아냅니다. 불과 이 정도의 것, 그 작은 여자아이가 토끼띠였다는 것으로, 이미 충분히 유쾌하고 행복한 것입니다. 우스워서 재미있어서 실컷 자지러지게 웃을 수 있는 것이었습니다.

저는 조금 전, 둘이 고양이와 개를 가지고 있다는 것을 이야기했습니다. 그들의 동물과의 사이에 있는 특수한 친밀함을 이렇게 적어보니, 당연한 순서로 그것이 어떤 방법으로 그들의 손에 들어왔는가를 이야기하지 않으면 안 된다고 생각합니다. 왜냐하면 그것을 이야기하는 것은 결국 그들의 동물에 대한 사랑을 더욱 명료하게 하는 것이고, 동시에 또 그 사랑에 동반하는 매력의, 흥미 있는 기록을 써서 보이는 것이기 때문입니다.

저는 지금 다시 한 번 말씀드립니다. 형제는 세 마리의 고양이와 두 마리의 개를 가지고 있습니다. 하지만 진실을 말하자면 한 마리도 그들의 것이 아니라고 할 수 있습니다. 미이ﾐぃ는 옆집에서 키우는 고양이였습니다. 그녀는 경계인 대나무로 만든 울타리를 넘어 놀러오는 사이에 그들의 환대가 예사롭지 않을 것을 완전히 파악했습니다.

"미이가 왔다! 미이가 왔어!"

둘은 대단히 소란스럽게 부엌 쪽으로 달려갑니다. 과자 선반을 찾습니다. 그녀를 기쁘게 해주기에 충분한 고기 한 덩어리나, 과자 하나를 찾아낼 때까지는 도저히 직성이 풀리지 않는 모양이었습니다. 왕관 모양의 카스텔라의, 장식 꽃이 가장 크다거나 또 그것이 빨간색이라는 이유로, 분배되었을 때에는 상당히 경쟁이 되었던 과자라도, 그녀 앞에는 아낌없이 내놓아졌습니다. 그녀가 점점 대담해져 식탁 아래까지 와서 앉게 되자, 둘은 맛있을 것 같은 고기를 일부러 무릎 위에 엎질렀습니다. 먹고 싶지도 않은 생선회를 사달라고 요구했습니다. "내가 먹다 남은 것"이라는 명목으로 그녀에게 주고 싶다는 생각만으로.

미이는 시기를 잘 알고 있었습니다. 간식 시간이라든가 또 저녁에 뭔가 맛있는 냄새가 날 때가 되면 그녀는 꼭 찾아와서 특별히 애교 있는, 친숙한 울음소리를 내고 두 사람 뒤를 따라 돌아다녔습니다. 이렇게 해서 그녀는 하루에 몇 번이고 두 사람을 찾아온 것이죠. 그러는 사이에 잇속에 밝은 빈틈없는 이 동물은, 마지막 결심을 했습니다. 그것은 말할 필요도 없이 그녀의 옛 주인을 저버리는 것이었습니다. 그녀의 태도는 조금의 미련도 없다면, 고려도 없는, 과감한 것이었습니다. 그녀는 지금까지의 자신의 집을 되돌아보려고도 하지 않았습니다.

"댁의 미이가 집으로 돌아가지 않아서 맡아두고 있습니다."

라는 의미의 인사를 양쪽 집안 모두 출입하는 상인의 입을 통해 상대방에게 말하고 나서 벌써 거의 2년이 됩니다.

작년 봄, 그녀의 새끼가 세 마리 태어났습니다. 그녀의 산실은 뒤편의 헛간 방이었습니다. 형제는 그 때까지 아무것도 몰랐습니다. 다만 그 때가 되어 그녀가 이상하게 살이 찐 것, 그럼에도 불구하고 움직이는 것이 대단히 귀찮은 듯 누워만 있고, 게다가 자신들에 대해서 아주 무뚝뚝해진 것을 눈치 챈 정도였습니다. 그래도 그들은 모든 것을 병 때문이라 생각했습니다.

"미이는 몸이 안 좋으니까 만지면 불쌍해."

형제는 이렇게 말하고 서로 주의했습니다. 어느 날 그녀가 특별히 의미가 있는 듯 슬픈 울음소리를 내고 무언가를 찾아다니는 것처럼 이 방에서 저 방으로 여기저기 다니는 것을 노야가 안아 올리자, 헛간으로 데리고 가는 것을 그들은 보았습니다. 자신들 주위의 모든 사건에 관해서 항상 위대한 극시인인 그들, 또 그들의 머릿속 시의 명제에 뛰어난 능력과 기술을 가진 그들은, 금세 그 헛간을 '병든 미이의 병원'이라 노래하고, 그녀가 그곳으로 옮겨진 것을 '미이의 입원'이라 명명했습니다. 하지만 그들은 잠시 동안 미이를 가만히 내버려두도록 하는 주의로, 그녀를 찾아 병원에 방문하는 것을 금지당했습니다. 하지만 다음 날 아침이 되자, 어땠을까요? 그녀는 이미 퇴원해 있었습니다. 그리고 왠지 치친 듯한 모습으로, 봄날의 따스한 마루 끝에 오래 엎드려 누워서 혀 브러시로 그녀의 윗옷 청소를 하고 있었습니다. 그들은 미이가 엄청나게 야위었다고 생각했습니다.

"미이, 미이야."

그들은 병을 앓고 난 사람에 대한 친절한 마음 씀씀이로부터 특별히 상냥한 목소리로 부르자, 미이도 반가운 듯 그들에게 울면서 다가왔습니다. 그녀는 이미 이전만큼 귀찮아하지도 않고, 무뚝뚝하지도 않았습니다. 아아, 이제 완전히 다 나은 것입니다. 게다가 그녀가 더욱 민첩하게 그녀의 병실 출입을 계속하고 있는 것은 무엇 때문일까요? 이 일이 민감한 그들의 주의를 언제까지고 끌지 않고 있을 수는 없었습니다. 무엇 때문인지는 모르겠지만, 무언가가 분명 거기에 있을 것임에 틀림없다. 희귀하고 이상한, 또 재미있는 무언가.

그들의 이 호기심은 하지만 당분간은 만족시켜주지 못했습니다. ——아직 너무나도 어린 것에게 있어 그들이 예뻐하는 방식은 너무도 맹렬한 것이 걱정되었기 때문에 집안사람은 가능한 아이들을 그쪽으로는 가지 못하도록 하고 있었던 것입니다. 하지만 그들의 주의는 기회가 있을 때마다 그 헛간 방과 그녀와의 사이에 연결된 비밀로 향해지지 않을 수 없었습니다.

형이 학교에 가서 놀 상대를 잃은 구니오가 아기를 돌보고 있는 노야와 마당에서 걷고 있을 때에는 그의 발길은 왠지 모르게 그쪽을 향해 옮겨졌습니다.

그는 오래된 두 장의 판자문 앞에 멈춰 서서, 일순간 주의 깊게 귀를 기울였습니다. 미이는 지금 이 안에 들어있는지 없는지 하는 것이 둘 사이에 문제가 되었습니다. 노야가 묘하게 웃고 있는 것도, 점점 더 그의 호기심을 돋우는 것이었습니다. 어떤 때, 역시 그러고 있는 곳에 그는 갑자기 그 안에서 새어나오는 희미한 이상한 울음소리로 인해 놀랐습니다.

"어어, 뭐지?"

그는 의혹과 동시에 이상한 기대가 뒤섞인 표정으로 노야를

올려다보았습니다. 노야는 역시 생글생글 웃고 있고, 그리고 침착하게,

"거기 열어서 보렴."

라고 말했습니다. 그는 판자문에 손을 대고 6센티 정도 밀어서 열어보았습니다. 헛간 방 안은 캄캄했습니다. 하지만 자세히 보니 숯가마니, 대야, 물통, 그밖에 여러 잡동사니가 쌓아져 있는 가운데, 귤 상자 정도 크기의, 직사각형 모양의 상자가 있고, 그 안에 무언가 하얀 것, 검은 것이 움직이고 있는 것을 확인했습니다. 그리고 그들은 울고 있었습니다. 그가 문 밖에서 들은, 그 작디작은 소리로.

"저거, 뭐야?"

그녀는 뒤에 서서 역시 생글생글 웃고 있는 노야를 돌아보며, 민저와 똑같은 질문을 했습니다. 하지만 이번에는 노야는 안에 들어가서 자세히 보라고는 하지 않았습니다.

"곧 알게 될 테니까, 자, 빨리 이쪽으로 오렴."

하고 그를 재촉하며 그 자리를 떠나게 했습니다. 그도 반은 왠지 모르게 기분이 나빴기 때문에, 얌전히 노야의 말을 따랐습니다.

하지만 형은 학교에서 돌아와서, 그에게 그 보고를 들음과 동시에, 짐작이 가는 일이 있는 것 같았습니다. 적어도 그 보고는 언제라고 할 것 없이, 또 뭐라고 하는 이유도 없이, 그의 머릿속에 번뜩이던 일종의 의혹에, 분명한 형태를 준 것이어야 했습니다. 그는 이제 주저하지 않았습니다. 작은 배낭을 자신의 방에 던져 넣자 곧

뜰로 달려 나갔습니다. 물론 어린 동생도 그 뒤에서.

　어머니를 쏙 닮은 두 마리의 얼룩고양이와 한 마리의 흰 고양이, 세 마리의 새끼고양이를 상자 안에서 발견했을 때의, 두 모험자의 기쁨과 의기양양함을 상상해주세요. 동시에 형제는 그런 어둡고 더러운 곳에 그들을 놔두는 것은 대단히 무자비한 것으로 느껴졌습니다. 그들은 즉시 자신들의 방으로 옮기지 않으면 안 됩니다. 그리고 흙투성이의 상자와 누더기 솜 대신에 더욱 훌륭한 집과 깨끗한 이불이 주어져야 합니다. 즉 그들의 작은 크기에 상당하는 모든 작은 가구가 갖추어져야 하는 것이었습니다. 아아, 그리고 이전과 동시에 앞으로 그들의 이웃이 되어 친한 교제를 해야 하는 말, 토끼, 개, 닭, 그 외 장난감 선반에 있는 모든 동물과 인형에게 그들을 소개하는 것을 잊어서는 안 됩니다. 여러 가지로 바빠졌습니다. 그러나 이렇게 해서 둘이 먼지투성이의 헛간 방에 웅크리고 앉아, 이 즐거운 계획에 정신이 팔려 있을 때, 노야가 나타났습니다. 그녀는 새끼고양이를 움직이게 하는 것은 아직 이르다며 놀라울만한 보고를 했습니다.

　"이렇게 우리가 너무 만지고 있으면 빼앗기는 건 아닌가 싶어 어미고양이가 걱정해서 어딘가 모르는 곳에 숨겨버린다고 해. 자칫하다간 어미고양이가 새끼를 모두 먹어버려."

　이 말에 둘 다 깜짝 놀라 부들부들 떨었습니다. 그런 끔찍한 일이 있어서는 견딜 수 없습니다. 그 때문에 그들의 모든 계획은 당분간 연기하는 것으로 결정되었습니다.

그러나 그들은 오래 실망하고 있게 하지는 않았습니다. 얼마 안 있어 미이가 어미의 주밀한 사려로 그녀의 새끼고양이를 산실에서 내 올 시기가 온 것을 알았을 때, 가장 안전한, 마음이 편한 이전처로서 고른 것은, 그들의 방이었습니다. 그때 형제의 이상대로의 설비와 대우로 그 작은 가족을 맞아들인 것은 말할 필요도 없습니다. 햇살이 잘 드는, 그 작은 방 한 모퉁이에서 그들은 충분히 사랑받고, 윤택한 먹을거리가 주어지고, 평화롭고 행복하게 살고 있었습니다. 이제 쥐를 잡을까 하는 것이 슬슬 문제가 되기 시작할 무렵이었습니다. 전부터 그 한 마리를 받아주기로 한 약속이 되어 있었던 K씨라는 댁에서 이삼 일 안에 따님이 가지로 온다는 통지가 있었기 때문에, 저녁식사를 할 때 저는 아무렇지 않게 그 이야기를 꺼냈습니다. 그리고 가쓰오부시[15]라도 같이 줘야한다는 말을 하고 있자, 오른쪽 옆에 앉아서 젓가락질을 하고 있던 유이치가,

"아앙."

하고 울기 시작했습니다. 그 목소리가 너무 컸던 것과, 너무 갑작스러웠던 것에, 식탁 주변에 있던 사람은 조금 놀랐을 정도였습니다.

"왜 그러니? 왜 우는 거니?"

그는, 하지만 한마디도 대답을 하지 않고 여전히 점점 더 큰

---

15 가쓰오부시(鰹節)는 가다랑어 살을 훈제해서 말린 후 3, 4개월 정도 발효시켜서 만든 가공 식품으로 주로 육수를 내는 데 사용하며 음식 위의 고명으로도 사용된다.

소리를 내며 계속 울었습니다. 형이 울기 시작하면 꼭 따라서 우는 구니오가, 또 훌쩍거리기 시작한 것입니다. 구니오는 그것보다도 형이 우는 것이 슬퍼서, 우는 것이었습니다. 어느 쪽이든 간에 둘이 우는 방식이 요란하고 진지한 것은 아버지도 저도 당혹스러웠습니다. 그리고 자식의 이러한 외곬의 감정 앞에는 오히려 부끄러운 억지라고는 생각하면서, 역시 '어른의 핑계'를 가지고 나오게 되었습니다. 우리들은 새끼고양이를 준다는 것은 고양이에게 있어 대단한 명예이고 안성맞춤이기도 한 것, ――왜냐하면 내년에 또 분명 미이가 이 이상의 새끼고양이, 적어도 이번과 같은 수의 새끼고양이를 반드시 데리고 올 테니까. 그렇게 되면 모든 새끼고양이를 도저히 집에 둘 수는 없으니까――라고 말하면서 K씨 집으로 가는 고양이의 행복을 있는 대로 전부 열거해서 그의 슬픔을 완화시키려고 고생했습니다. 그러나 그에게는 그런 일은 이차적인 문제에 지나지 않았습니다. 저런 어린 것을 부모 옆에서 떼어놓고, ――그것도 단 한 혼자서. 알지도 못하는 남의 집으로 보내진다고 하는 것, 그것이 그의 감정에 있어서는 가장 중요한, 가장 슬픈, 견딜 수 없는 것이었습니다.

"그런 잔인한 일이 있을까."

그는 바로 이대로의 말을 사용해서 항변했습니다. 우리들은 얼굴을 마주보았습니다. 그리고 그가 이런 아름다운 마음씨를 가지고 있어 주는 것을 감사히 여기면서, 하지만 역시 '어른의 핑계'를 늘어놓으며 어떻게 해서든 그를 납득시켜야 했습니다. ――어른이란 어쩌면 이토록 싫은 존재일까요. ――우리들은 저 세 마리 중에서 그가 가장 싫다고 생각하는 고양이를 주면 어떨까 하고 권했습니다. 그는 어느 것도 모두 좋아한다고 대답했습니다. 저 하얀 고양이가 좀 추레하다. 저것으로 하면 어떠냐고 묻자, 이번에는 다른 쪽에서,

"하양이는 내 고양이야."

하고 외치며 구니오가 훌쩍훌쩍하던 것이 드디어 본격적인 울음으로 변해버렸습니다.

마침내 아버지가 장난감 고양이를 둘에게 하나씩 사줄 테니까, 라는 조건으로 그 어려운 문제는 겨우 해결되었지만, 그래도 유이치의 눈물은 오랫동안 멈추지 않았습니다. 그는 흐느껴 울면서 말했습니다.

"우리들을 떠올리고 슬퍼한게 틀림없어."

개는 다쓰タッ라고 합니다. 역시 미이와 마찬가지로 M가에서 키우던 개로, 소형의 하얀색과 갈색의 포인터종입니다. 왜 그런지 눈병을 갖고 있는 것으로 보이고 항상 침침한 눈을 하고, 눈가가 빨갛게 짓물러 있는데다가 곳곳에 털이 빠져서, 외관상으로는 빈약한 작은 개이지만, 그래도 아이들에게는 그의 흉측함 따위는 조금도 마음에 걸리지 않았습니다. 무엇이든 좋은 것이었습니다. 그들은 다만 자신들의 사랑을 던질 목적물만 발견되면 그것으로 만족했습니다.

"다쓰, 다쓰야."

그들은 꾀죄죄한 작은 개를 더할 나위 없는 것처럼 애지중지했습니다. 그리고 놀러올 때마다 과자를 주거나, 생선 토막을 던져주거나 한 결과는 마침내 미이의 경우와 마찬가지로 되었습니다. 그는 이제 돌아가지 않게 된 것입니다. 밤에도 아이들 방 툇마루 아래서 잡니다.

"다쓰는 돌아가, 돌아가. 놀러만 와 주면 돼."

M가에서 어떻게 생각할지도 걱정되어서, 저희들은 이렇게 말하며 쫓아내려고 했습니다만, 그는 이제 완전히 형제의 사랑을 믿고 기대고 있었습니다. 별거 아닌 정도의 위협은 오히려 못된 장난을 칠 기회를 제공하는 것이었습니다.

"다쓰는 우리들이 좋아하니까 돌아가지 않는 거야."

그들에게는 옆집 개라는 구별은 없었습니다. 그를 사랑하는 것은 '동물 친구'를 자처하고 있는 그들의 특권이고, 또 사랑하는 것이 사랑받는 것은 당연하다고 믿고 있었습니다.

구마クマ가 그들의 개가 된 것도 비슷한 절차였습니다. 수개월 전의 어느 날 오후, 학교에서 돌아온 그는 서재에 있던 저에게로 언제나처럼 "다녀왔습니다"란 말을 하러 와서 곧 그 말에 이어서,

"나 오늘은 정말 곤란했어."

라고 참으로 곤란한 듯 말했습니다.

"왜 그래? 준비물을 잊은 거니?"

하지만, 글쎄요. 그는 정말 난처하다고 말하면서 묘하게 기쁜 듯한 표정을 하고 있는 것입니다. 곤란하다는 식의 표정을 지으면서 웃고 있는 것입니다.

"왜 무슨 일이야?"

제가 다시 한 번 이렇게 되묻자,

"아니, 개가 따라와서 어쩔 수가 없단 말이야. 벼랑 아래쯤부터 아무리 쫓아도 따라오는 거야. 나, 정말 난처했어."

"그래서 어떻게 됐니?"

"역시 따라왔어."

"집까지?"

"응"

이 마지막 한 마디는 그는 가능한 매우 조심스럽게, 그리고 너무나도 달갑지 않은 듯이 말하고 싶었던 것입니다. ──남의 것을 무엇이든 떠맡아버려요, 라는 비난을 집안사람에게 자주 받고 있기 때문이죠. ──하지만 드러난 것은 완전히 반대였습니다. 겨우 경계를 하고 있는 표정을 한 번 봤을 뿐, 그가 그 뜻밖의 수확물에 얼마나 만족하고 있는지를 저는 잘 알 수 있었습니다.

"주인이 있는 개가 아닐까?"

"길 잃은 개예요. 목줄도 아무것도 없어요. 배고픈 것 같으니까 뭔가 줘요."

제가 펜을 놓고 일어서자, 그는 재빨리 앞서 달려 나가 기세 좋게 쿵쿵하고 계단을 뛰어 내려갔습니다. 이렇게 소리치면서. ──

"다쓰보다 훨씬 좋은 개예요. 크고 새까맣고 꼭 진짜 곰 같아."

그 외에 서쪽 이웃인 루카스씨라는 영국인 목사의 집의 시로 しろ도, 거의 반 정도는 그들의 개라고 해도 좋을 정도로 둘을 잘 따르고 있습니다. 이것은 시로라 불러도 거친 희끗희끗한 무늬가 있는 세터로, 다쓰와 구마를 두 마리 합친 것보다 더 클 정도의 개입니다. 용모는 사진으로 보는 앙리 푸앵카레씨[16]를 많이 닮았습니다. 눈 있는 곳이 좌우 모두 꼭 검고 둥근 얼룩이 져 있기 때문에, 큰 갈색 눈이 실제 이상으로 부리부리한 것까지 아무리 봐도 푸앵카레씨입니다. 또 그의 털 결의 훌륭함은 프랑스대통령의 외투로 해도 결코 부끄럽지 않은 것이겠죠. 가지런한 털이 깊고 진하고 탐스럽고 보들보들하고 비단 같은 광택을 가지고 있습니다. 그리고 좀 전에 말한 대로 희끗희끗한 무늬입니다. 잿빛을 띤 흰 바탕에 여러 가지 모양의 흑점이 머리에서 긴 곱슬털로 된 꼬리까지 무수하게 흩어져 있는 훌륭한 무늬입니다. 그가 그 크기와 그 얼굴과 또 그 훌륭한 털로 느릿느릿 걸어오는 모습은 백만장자인 노신사 같은 느낌이 있습니다. 젠체하고 있다고 해도 좋을 정도로 매우 침착하고, 느긋하게 자세를 취하고 있습니다. 그러면서 아이들 손에

---

16 레몽 푸앵카레(Raymond Poincaré:1860~1934)는 프랑스의 정치가로 1912년에는 수상, 1913년에는 프랑스 제3공화제 대통령을 지닌 인물로 제1차 세계대전 때에는 대독일 강경정책을 추진하여 전쟁을 승리로 이끌었고, 1920년 독일과의 강화가 이루어지려 하자 대통령직에서 물러났다. 수학, 수리물리학, 천체역학 등의 중요한 기본원리를 확립하여 공적을 남긴 수학자 앙리 푸앵카레(Jules-Henri Poincaré:1854~1912)의 사촌동생이기도 하다.

서 한 장이라도 많은 비스킷을 졸라대는 것에서는 그가 가장 열심이고 또 가장 교묘하고 또한 가장 우스운 야단법석도 떱니다. 그가 받은 비스킷은 분명 구로의 입으로 들어가 버립니다. 현재 상태는 다쓰가 그의 정당한 몫을 안심하고 받을 수 있는 것은 7월부터 9월까지 정도겠죠. 그동안 시로는 그 녀석들로부터 모습을 감춥니다. 그는 루카스씨의 가족과 함께 매년 가루이자와軽井沢로 피서를 가게 되어 있기 때문입니다.

"이제 시로가 돌아올 것 같은데."

이것은 여름휴가가 끝날 무렵이 되자, 하루에 적어도 한 번은 아이들의 화제로 떠오르는 기대였습니다. 루카스씨의 가족은 항상 오래 체류합니다. 산 위의 별장에서는 이미 스토브에 불이 필요할 즈음까지 돌아오지 않는 일이 있습니다. 작년은 비교적 빨랐지만, 어찌된 일인지 시로가 보이지 않았습니다. 노야가 그 집의 할아범에게 물었더니 시로는 병 때문에 귀경하자 우에노上野에서 곧장 쓰키지築地의 가축병원으로 보내졌다는 것을 알게 되었습니다. 그 소식은 두 사람을 상당히 걱정시켰지만, 동시에 그가 놓인 진귀한 환경을 상상하는 것은 흥미진진한 것이었습니다. 둘은 다양한 개, 고양이 등이 그들의 침상에서 잠들어 있는 곳, 또 진찰을 받고 있는 곳, 약을 먹고 있는 곳, 또 흡입을 하고 있는 곳, 찜질을 하고 있는 곳, 모든 것이 있을 법한 광경을 서로의 공상 속에 그려냈습니다. 둘은 이세 걱정보다 엄청난 유쾌함으로 열심히 그 이야기를 서로 했습니다.

"있잖아, 형, 개의 의사선생님이란 역시 개인 거야?"

이것은 이 경우에 있어서 구니오의 일리 있는 질문이었습니다.

거실의 큰 테이블 위에 수첩과 색연필 등을 어지럽혀놓고 둘이서 경쟁하며 그림을 그리고 있던 형제 사이에, 다음과 같은 대화가 시작되고 있었습니다. ——어디에서 이야기가 시작된 것인지, 저도 도중에 들었기 때문에 모르겠습니다만,

"인간이란 무엇이든 죽여서 먹어버려."

"그러네. 소니 물고기니 모두 살아있는 건데."

이것은 동생입니다.

"그래. 야채도 살아있는 거야. 식물에도 생명이 있으니까."

"미역은?"

그날 아침 된장국 건더기는 미역이었습니다.

"미역도 생명이 있어. 바다의 식물이야."

집을 짓는 나무에도 생명이 있습니다. 옷을 만드는 재료도 모두 생명이 있는 것에서 가져와야 합니다. 그러면 다른 것의 생명을 훼손하는 일 없이 생활하려면 어떻게 하면 좋을까, 하는 생각이 당연한 순서로 둘의 머릿속에 생겨난 것이었습니다.

"공기는 생명이 없어."

형은 이번에는 생명이 없는 것을 열거하기 시작했습니다. 동생도 곧 뒤를 이어 계속했습니다.

"흙도 생명이 없어."

"바위도 없어."

"물도 없어."

"그러면 땅에 구멍을 파서 거기를 집으로 하면 돼. 그리고 물만 마시면 되는 거야. 하지만 비가 내리면 곤란한데."

"나 좋은 생각이 있어."

구니오는 그의 계획을 자못 독창성을 과시하듯 이야기했습니다. 그것은 구멍을 모두 옆으로 판다고 하는 제안이었습니다. 둘은 이것으로 만족했습니다. 마침내 그 대화가 끝났을 때에는 그들의 공책 면은 기묘한 혈거생활을 하는 주민의 다양한 스케치로 가득 채워졌습니다.

이것은 그들의 대화의 불과 한 예에 지나지 않습니다. 제가 모든 그들의 대화를 적어둔다면, 그 안에서 우수한 대화집을 편집할 수 있을 거라고 생각되어질 정도, 대단히 암시적이고 철학적이며 인간문제의 근본에 관한 테마가 아주 많이 발견될 것입니다. 요전에 둘은 신은 어떤 얼굴을 하고 있을까, 하는 것을 오랫동안 토론했습니다. 생명의 문제, 죽음의 문제, 부의 분배 문제, 왕과 거지의 문제, 그 외, 왜 꽃이 피는가, 별이 반짝이는가의 문제, ──고래의 철학자와 종교가와 사회정책가, 또 많은 학자들의 머리에서 문제가 된 것이, 이 작은 두 형제에게도 가끔 문제가 되어 나타납니다. 그들은 그것에 대해 그들의 독특한 해석을 합니다. 그리고 모르게 되면, 모두 신의 영역으로 가져갑니다.

유이치는 그의 계획에 의하면 적어도 천년 정도는 살아 있을 셈인 것 같습니다. 아니, 자신만 살아서는 안 됩니다. 그가 사랑하는 것은, 어머니, 당신도, 그의 아버지도, 저도, 구니오도, 아기도, 또 노야도, 쓰네도 모든 것이 현재의 상태대로 건강하게 젊어야 하는 것입니다. 저는 그에게 엔디미온[17] 의 이야기를 들려주었습니다. '미'와 '젊음'을 영원히 잃고 싶지 않다는 그의 희망은 이루어졌다. 그 대신에 그는 영원히 잠들어 있어야 했다고 하는 그리스신화 중 유명한 이야기를.

"나, 가끔, 잠이 깨는 엔디미온이 되고 싶어."

여기까지 와서 다시 읽어보니, 유이치의 학교생활이 조금도 적혀 있지 않은 것을 깨달았습니다. 이 일은 학교 공부를 잘 하고 있는지, 학우들과는 사이좋게 잘 지내고 있는지, 와 같은 것을 항상 걱정해 주시는 어머니에게는 정말 부족한 것일 테죠. 그래서 이 긴 편지를 끝내기 전에 저는 꼭 이 일만은 써야 한다고 생각합니다.

한마디로 말씀드리면 그는 학교에서는 대단히 평범한, 아무런 특색도 없는, 단지 얌전한 학생이라고 합니다. 언제였던가, 담임 선생님을 만나서 그의 학교에서의 행동을 물었더니, 성적도 좋

---

17 엔디미온(Endymion)은 그리스신화에 등장하는 인물. 엘리스 지방의 왕이지만, 신화에서는 젊고 아름다운 목동으로 등장한다. 달의 여신 셀레네가 엔디미온에게 첫눈에 반해 그에게 영원한 생명을 주도록 제우스에게 부탁하지만, 제우스는 영원한 생명을 주는 대신 엔디미온을 영원히 잠들게 만들었고, 셀레네는 밤마다 잠든 엔디미온을 찾아갔다는 슬픈 사랑이야기로 유명하다.

고, 게다가 정직하고 착한 학생이라고 칭찬해주셨습니다. 그리고 이어서 대단히 의젓하다는 말씀을 몇 번이고 하셨는데, 뜻밖에 저를 미소 짓게 만들었습니다. 선생님이 말씀하신 그 의젓함이라는 의미는 다른 학생들에 비하면 조금 우둔할 정도로, 선량하고 멍하다고 하는 것에 지나지 않기 때문입니다. 저는 그것을 인정합니다. 그는 집에서조차 가끔 '바보'라는 별명이 붙여지는 경우가 있을 정도로, 어떤 점에서는 너무나도 어수룩하고, 멍합니다. 그리고 같은 또래의 어린이에 비하면 말이 안 될 정도로 아기 같습니다. 이것은 그러니까, 그가 남동생 이외의 친구를 한 명도 갖고 있지 않기 때문일 거라 생각됩니다. 둘은 형제임과 동시에 통째로 된 옷에서 난 친한 벗입니다. 잘 때에도, 일어날 때도, 놀 때도, 먹을 때도, 웃을 때도, 화낼 때도, 울 때도, 떼를 쓸 때도, 단 둘만의 상대로, 한 사람 일에 둘이 되어 움직이고 있다고 해도 좋을 정도입니다. 따라서 거기에는 자연스러운 흥미 있는 모방이 나타납니다. ——동생이 형의 흉내를 내는 동시에, 형이 동생의 흉내를 냅니다. 그리고 동생이 어느 정도 조숙해지는 것과 반대로, 형은 거꾸로 아이 같아집니다.

　형제의 이 강한 결합에 충분히 만족하고 있는 유이치는, 학교 친구라는 것에 대해서도, 대단히 엷은 감정과 교섭밖에 갖고 있지 않습니다. 친구라고 하면 동급생이 모조리 친구입니다만, 학교 이외에서 왕래를 하는 특별한 친구 같은 친구는 아직 한명도 없습니다. 그는 자신이 그것을 바라지도 않습니다. 그는 어떻게 말을 해서 설명해야 좋을지 모르겠지만, 그들과 그와의 사이에는 모든 것을 바라보는 시각, 생각하는 방식, 느끼는 방식에 있어서 어느 지점까지 가면 분명 차이가 생기는 것 같습니다. 그는 항상 판단할 때 망설였습니다. 적어도 동생과 이야기하거나 논쟁하거나 할 때처럼 모든 것이 꼭 맞아 떨어지지는 않기 때문입니다. 그 때문에 그는 학교친구들끼리는 말하는 쪽이 아니라 항상 듣는 쪽이 됩니다. 그리고 가만히 듣고 있으면 여러 가지 기묘한, 놀라울만한, 신기한 이야기를 캐묻습니다. K의 집 창문에서는 니이다카산新高山이 보인다고 말할 때, S는 여름휴가로 잠항정을 타고 보슈房州[18]로 갔다는 이야기, O의 집은 마법사가 갖고 있던 금지팡이가 있다는 이야기, A의 집 연못에는 몇 백 마리나 되는 거위가 있어서, 그 중의 한 마리가 붉은 알을 낳았다는 이야기, B의 집 할머니는 올해 125세로, 그러면서 만두를 10개 정도 먹는다는 이야기. ——그는 의심한다는 것을 모르기 때문에 들은 것은 모두 사실입니다. 그는 무엇을 들어도 감탄합니다. 그리고 이 재미있는 이야기를 한시라도 빨리 동생에게 들려주어, 둘이서 또 새롭게 재미있어하려고 얼른 서둘러서, 그리고 굉장히 좋은 기분으로 부리나케 학교에서 돌아옵니다.

그가 학교에 들어가고 나서 아직 한 달도 지나지 않았을 무렵의 일이었습니다. 어느 날 그의 담임 선생님은 학생들을 향해서,

---

18 보수(房州)는 아와노구니(安房国)의 별칭. 아와노구니는 현재의 도카이도(東海道)에 속한다.

"여러분은 무엇 때문에 학교에 오는 겁니까?"

라는 질문을 했습니다. 지명받은 학생은 순서대로 자리에서 일어나서 자신 있게 각자의 포부를 말했습니다. 훌륭한 사람이 되기 위해서라든가, 학문을 하기 위해서라든가, 나라를 위해서 애쓰기 위해서라든가. ――그는 자신의 친구들이 여러 가지 훌륭한 결심과 희망을 갖고 있는 것을 감탄함과 동시에 남몰래 큰 두려움을 품기 시작했습니다. 만약 자신의 이름이 호출된다면 어떡할까 하고 걱정했던 것이었습니다. 왜냐하면 무엇 때문에 학교에 오는 것인지, 그는 그런 것을 생각해 본적은 한 번도 없었고, 갑자기 생각해 보려고 해도, 조금도 짐작이 가지 않는, 처음 대하는 문제였기 때문이었습니다. 하지만 그는 모면할 수는 없었습니다. 운명의 질문은 마침내 그에게도 떨어졌습니다. 그는 당혹해 하며 가슴이 두근두근했습니다. 기계적으로 의자에서 일어나기는 했지만, 뭐라고 대답해야 좋을지 몰랐습니다.

"저, 모르겠습니다."

그는 겨우 이 말만 하고 얼굴을 붉히며 자리에 앉았습니다. 동급생은 웃었습니다. 그는 매우 부끄러웠습니다.

그날부터 3년의 시간이 지났습니다. 그는 지금은 이제 완전히 '소학교 교육의 틀'이라는 것을 이해해버렸습니다.

"천황폐하에 대해서는 어떻게 해야 합니까?"

라는 질문에 대해서도, 금세,

"충의를 다해야 합니다."

라고, 바라는 대로의 대답, 즉 만점이 되는 답변을 할 수 있습니다. 하지만, 다시 한 번 학교에는 무엇 때문에 오는가, 라는 질문을 다시 받게 된다면, 그는 역시 당혹하겠죠. 이전만큼은 아니라도, 또,

"저, 모르겠습니다."

라고 하는 대신에, 어떻게든 더욱 재치 있는 대답을 찾아낼 수가 있었다고 해도, 마음속에서는 대단히 곤란했을 것임에 틀림없습니다. 솔직히 말하면 그 문제에 관해 확신이 없는 것은 3년 전과 아무것도 달라지지는 않았기 때문입니다. 그는 결코 학교를 싫어한다든가, 재미없다고 생각한 적은 한 번도 없음은 분명합니다. 아니, 그는 분명 남보다 배나 강한 지식욕을 갖고 있습니다. 모르는 것을 학교에서 여러 가지로 배우는 즐거움도 알고 있습니다. 그러나 더 놀 시간이 듬뿍 있다면, 더더욱 즐겁다고 생각하겠죠.

아침 8시가 지나서 집을 나와, 돌아오면 3시입니다. 간식을 먹어버리면 복습, 그리고 산수문제가 기다리고 있습니다.

"밥은 딱딱하게 해서, 썩지 않으면……"

과 같은 기묘한 문장도, 구어체로 번역해야 합니다. 그것이 끝나면 이번에는 새로 배운 한자 받아쓰기. ――불쌍한 일본의 소학교 학생, 그들은 언제까지 이 네모난, 이상한 형상문자의 귀신에게 위협받아야 하는 것일까요. 그가 그 작은 서재 속에 격리되어 '기다리다待'라는 글자의 변은 彳이었는지, 그렇지 않으면 亻이었는지, 혹은 '배船'라는 글자의 방은, 㕣이었는지 아니면 台였는지 헤

매고 있는 사이에, 뜰 쪽에서는 동생의 즐거운 웃음소리가 들려옵니다. 아기가 왠지 기분 좋은 듯 귀여운 고함소리를 지르고 있습니다. 그 둘의 목소리를 서로 연결시켜서 노야의 아름다운 알토가 울려 퍼집니다. 그러자 주변의 나무숲 속의 참새들까지 날이 저물기 전에 또 한 번 마지막 한바탕 떠들썩하게 놀기 위해 여기저기서 모여듭니다. 나뭇잎이라는 나뭇잎은 그들의 무수한 작고 파란 손을 내밀어 그 놀이에 찬성의 뜻을 표합니다. 오후 4시가 지난, 조금은 노랗게 나이 들기 시작한 태양 아줌마는, 그들의 재미있는 경기의 심판관이겠지요.

　그러나 우리들의 가련한 소학생은 그때에도 그의 작은 책상에서 떨어질 수가 없는 것입니다. 게다가,

　규칙을 지켜라.

　라는 식의 수신修身 시간 때의 훈화에 근거해서 한 편의 작문도 생각해두지 않으면 안 됩니다. 그리고 그것들의 복습, 예습, 숙제 모든 것을 완전히, 만족하게 끝내기 위해서는, 상당히 용의주도하지 않으면 저녁 하늘의 아름다운 구름 한 조각을 천천히 느긋한 기분으로 바라보고 즐길 기회조차도 잃겠죠.

　한 신뢰할 만한 박사의 말에 의하면 일본의 초·중학교 교과서 안에서 성가시고 아무런 소용도 없고 거추장스러운 과정――한자와 낯선 문어체 기술記述과 같은 것――을 떨쳐버린다면 근본적인 지적 과정이 지금보다 이삼 년 빨리 학생의 머릿속에 받아들일 수 있을 것이라고 합니다. 우리들은 그것을 알고 있으면서도 역

시 자신의 자식의 어깨 위에 그 쓸데없는 짐을 짊어지게 하는 현재의 교육제도와 사회 상태를 슬퍼합니다.

어머니, 그러나 이 말에 대해 너무 많은 걱정을 하시면 안 됩니다. 제 말은 다소 너무 강하게 들릴지도 모르지만, 당사자는 아직 너무나도 태평하게 공부하고 있으니까요. 그렇습니다. 하기 시작하면 꽤 끈기 있게 공부합니다. 그것이 1분이라도 빨리 끝내는 것을 바라는 건 오히려 기다리고 있는 구니오 쪽입니다.

"형, 공부 아직 안 끝났어?"

그는 몇 번이고 이렇게 말하고는 유리창 너머로 정찰하러 갔다 옵니다. 뭐라 해도 그에게는 그 유력한 동지 없이는 진심으로 재미있고 용감한 놀이는 할 수 없기 때문입니다. 그렇게 해서 또, 그 소위 용감한 놀이가 종종 용감한 싸움으로까지 발전하는 일도 늘 있는 순서이기는 하지만요.

그렇지만 어제 저녁에 발생한 장면은 조금 색달랐습니다. 아아, 이런 일조차도 훌륭한 싸움의 재료가 되는 것입니다.

둘은 언제나처럼 서로 찰싹 달라붙어서 장난치고 있었습니다. 그러자 어찌된 기회에서인지, 동생의 짧게 자른 파리한 까까중 머리의 두피에 밤 알정도의 하얀 점점이 있는 것을 형이 발견했습니다.

"어어, 구니오한테 대머리가 있어."

"대머리 따위 없어."

"있잖아. 그게 대머리라는 거야."

"대머리가 아니야."

"대머리야, 대머리."

"대머리가 아니야, 대머리가 아니라고."

"끈질긴 소, 고집이 세군. 봐, 귀 위에 하얀 동그란 것이 있잖아. 그게 대머리야."

"이건 부스럼 흉터야."

"그러니까 대머리란 거야. 지금 봐봐. 저 고기잡이 아저씨처럼 머리가 반짝반짝하게 대머리가 되는 거야."

"아앙."

구니오는 마침내 울기 시작했습니다. 무서운 고기잡이 아저씨, 그는 이미 거의 일흔이 가까울지도 모릅니다, 야위고 성격이 까다롭고 그리고 보통사람보다 분명 5인치씩은 긴 그 팔다리는, 인간이라기보다는 오히려 거대한 게의 일종처럼 두 아이의 눈에 비치는 그 아저씨, 그리고 또, 일주일에 반드시 2번은 부엌 입구에 나타나는 그의 이상한, 털 하나 없는 머리, 정말이지 이전에 그곳에 털이 자랐다는 흔적조차 찾아볼 수 없을 정도, 완전히 벗겨진 섬뜩한 둥근 것, ――만일 그것을 자신의 머리와 같은 카테고리에 넣어 논해지는 것은 도저히 견딜 수 없는 일이었습니다. 구니오의 눈에서는 울어도 울어도 끝이 없는 눈물이 흐르고 있습니다.

"형은 나를 대머리라고 해. 그리고 고기잡이 아저씨 같은 대머리가 될 거라고 했단 말이야."

이렇게 말하고 그가 울면서 제가 있는 곳으로 와서 호소했을 무렵에는, 원고는 그의 별거 아닌 장난이, 너무 지나치게 성공한 것에 오히려 당황해서, 어딘가의 방구석을 노리고 몰래 도망치기 시작하고 있었습니다.

아아, 어머니, 저를 대신해서 불쌍한 그에게, 그의 두피에 있는 하얀 점은, 그가 주장하는 것이 맞고, 부스럼 흉터지 절대로 대머리가 아니라는 것, 아직, 그가 150년 산다고 해도 고기잡이 아저씨와 같은 대머리가 될 걱정은 없다는 것을 증명해서, 그의 슬픔을 달래주세요. 또 그것의 가장 빠른 방법은, 마침 집에 있는 찹쌀떡 과자 하나라도 그의 눈물로 더럽혀진 손에 올려주시는 것입니다. 그러는 사이에 저주할 대머리 유령은 모조리 퇴치되겠죠. 그리고 그의 눈앞에는 천국이 열 개 정도 나타날 것임에 틀림없습니다.

천국까지 오면 그것으로 이야기는 충분하다는 서양의 속담이 있습니다. 저도, 이제 이것으로 이 긴 편지를 끝내고자 합니다. 만약 이 편지가 제가 기대하고 있던 절반이라도, 당신의 위안이 된다면, 저는 대단히 만족하게 생각합니다. 그리고 또 기회가 있으면 이런 식의 편지를 쓰겠습니다, 라는 약속을 해두어도 좋습니다.

마지막으로 이 편지는 오랫동안 어머니 손에 보관해 주셨으면 하는 저의 부탁을 받아들여 주세요. 그리고 저 어린 세 명이 어엿한 청년이 되어 당신이 계신 곳에 가서 여러 가지로 잘난 체하는 듯한 말을 할 때에는, 부디 꺼내서 읽어서 들려주세요. ――그럼, 부디 평안하시길 빕니다.

가이진마루

12월 25일 새벽 5시, 메인 탑 스쿠너형 65톤 가이진마루海神丸는 동규슈九州 해안에 임하는 K항을 출범했다. 목적지는 그곳으로부터 약 90해리인 휴가日向[19] 부근의 바다에 산재해 있는 두세 개의 섬들이었다. 섬에서는 목탄과 목재, 그리고 숙련자들 사이에서 고토五島[20] 이상이라고 전해지는 대단히 훌륭한 오징어가 나온다. 그밖에 무엇 때문인지 해산물은 1년 내내 끊이지 않는데다가 왕복하는데 며칠 걸리지 않아서 수지가 좋은 점에서는 이 이상 좋은 항해는 없었다. 가이진마루의 젊은 선장은 그것을 잘 알고 있었다. 그는 한신阪神[21] 방면과 쥬고쿠中国 일대를 한 바퀴 돌아온 후에는 틀림없이 이 섬 쪽으로 방향타를 돌렸다. ――섬에서 적절한 짐이

---

19 휴가시(日向)는 미야자키현(宮崎県) 북동부에 위치.

20 고토열도(五島列島)를 가리키고 있으며, 고토열도는 규슈(九州) 최서단, 나가사키항(長崎港)에서 서쪽으로 100km 지점에 위치, 북동쪽에서 남서쪽으로 80km에 걸쳐 140여 개의 크고 작은 섬들이 늘어선 열도.

21 오사카시(大阪市)와 고베시(神戸市)를 중심으로 한 지역.

없으면 오스미大隅[22] 부근으로 나아가는 것이었다.

이번 항해는 시내 도매상의 콩을 모지門司[23]에서 실어서 돌아온 직후였다. 그대로 고향 해안으로 돌아가 다다미 위에서 정월을 기다리는 것은 아까웠다. 아직 사오일은 남았다. 섬이라면 그 사이에 꽤 큰일을 할 수 있을 터였다. 목탄이라도 목재라도 좋다. 그믐까지 무언가 한가득 싣고 돌아와, 정월에 쓸 돈을 좀 더 챙겨둬야지. 이것이 그의 계획이었다. 다만 유감스러운 것은, 날짜가 너무도 촉박해서, 섬에 사는 집들의 정월 준비는 이미 누군가의 빠른 배로 다 되어 있음에 틀림없었다. 그래서 그는 항상 싣고 가는 술, 쌀, 간장 또 그 밖의 사소한 잡화류 같은 것을, 이번에는 전부 싣지 않고 빈 배로 나갔다.

추위는 강했지만, 하늘은 쾌청하고, 바람은 순풍으로, 출발하는 배에는 더할 나위 없는 아침이었다. 가이진마루는 여섯 장의 돛을 모두 가득 부풀려서, 점차 밝아져온 바닷길을 큰 새처럼 가볍게 날았다. 배 안쪽에서는 네 명의 선원이 각자 아침 일을 하고 있었다. 선장의 조카라고 하는 선원답지도 않게 연약한 체격을 한 열일곱 살의 상키치三吉는, 오사카大阪풍인 검은 무명 상의에 띠를 매고, 후갑판 선장실 옆의 취사장에서 아침식사 준비를 하고 있었다. 그는 머리 위의 작은 창 쪽에서 찰싹찰싹 출렁이는 파도를 모르는

---

22 오스미반도(大隅半島). 오스미반도는 구슈 남부에 위치하는 반도.
23 후쿠오카현(福岡県) 기타큐슈시(北九州市)에 있는 지역명.

사람처럼, 마치 여자가 아침의 부엌에서 일하고 있는 것과 다르지 않는, 침착하고 익숙하게 밥을 짓거나 된장을 으깨거나 하고 있었다. 고로스케五郎助는 중심 돛대 아래서, 같은 복장으로, 수건으로 머리를 동여매고 책상다리를 한 채, 콧노래를 부르면서 배의 용구를 수리하고 있었다. 하치조八藏는 방향타를 잡고 있었다. 이 두 젊은이는 둘 다 네다섯 살 상키치보다 나이가 위이고 몸집도 크고 단단했다. 특히 방향키를 쥔 하치조의 굵고 검게 털이 많은 팔뚝은, 기항지의 선술집에서, 다소 주정하는 버릇이 있는 그가 취해서 상대를 가리지 않고 휘두를 때의 강한 주먹을 떠올리기에 충분했다. 그리고 고로스케가 뱃사람다운 난폭함과 함께, 어딘가 얼빠진 듯한 데가 보이는 것과 반대로, 그는 보통내기가 아닌 것 같은 고집이 센 얼굴을 하고 있었다. 선장은 이제 막 일어나 자신의 방에 있었다. 그것은 입구를 판자로 깔아놓은 다다미 네 장 크기의 길고 좁은 작은 방으로, 정면에는 초라한 침대가 하나 놓여 있고, 그 아래에는 이불장과 작은 옷장으로 되어 있었다. 그것뿐으로 방 안에는 아무것도 없고, 청결하게 잘 정리되어 있었는데, 다만 바로 옆의 선원실을 향한 판자벽 위에, 소중한 두 개의 작은 선반이 매달려 있었다. 선반 한쪽은 해도나 나침반, 기압계, 자석, 항해일지, 그밖에 어엿한 선원의 방이라면 누구나의 방에도 반드시 있을 법한 물건들이, 값싼 것들이지만 전부 갖춰져 늘어놓고 있었다. 또 그 선반 바로 왼쪽 벽에는 병종乙種 운전수로서 시내의 해양경찰서가 인가한 증명 목패가, 오다니 기고로小谷龜五郎라는 그의 이름과 본

적과 생년월일――그것에 의하면 그는 아직 마흔이 되지 않았다
――을 적은 데를 뒷면으로 하여 못으로 박아두었다.

침대에 가까운 쪽의 또 하나의 선반은 그들 선원들이 수호신
으로 받들고 있는 금비라金比羅신단[24]이었다. 벌써 등불이 켜져 있
었다. 그 등은, 어제 출범 전에 올린 파릇파릇한 비쭈기나무와 작
은 술병, 홍백의 신장대 사이에서 맑게 깜박이고 있었다. 이윽고
선장은 그 선반 아래에 앉아, 바닷바람에 거칠어진 커다란 손으로
박수를 탁탁 치면서, 아침마다 올리는 배례를 시작했다. 그는 이
번 항해가 무사하길 빌었다. 섬들의 짐이 계획대로 잘 돼서, 정월
에 쓸 돈을 많이 벌 수 있도록 기도했다. 또 육지에 남겨둔 집에 대
해――집에는 연로한 부모와 수년 전에 결혼하여 아직 아이가 없
는 아내가 있었다.――비는 것도 잊지 않았다. 그는 선원들이 가
지고 있는 전통적인 강한 신앙을 갖고 있었다. 변덕스런 저 바람
과, 대수롭지 않은 일에도 금세 노해서 거세지는 파도를 상대로 살
아가는 자신들의 생활에서, 신의 힘보다 달리 무엇이 의지가 될 수
있을까? 이 결정적인 신뢰는, 한 장의 지폐 앞에서도 그들을 어린
이처럼 손을 모으게 했다. 선장은 언제까지고 열심히 계속 기도했
다. 그 진솔하게 기도하는 태도는, 머리 위의 등불의 아련한 빛과
함께, 그의 선원다운 거친 모습과 복장에서 오는, 평소의 느낌과는

---

24 갠지스강의 악어가 신격화되어 불교의 수호신이 된 것으로, 일본에서는 항해의 안전
  등 해상의 수호신으로서 널리 민간에 신앙되고 있다.

다른, 조심스러운, 종교적인 공기로 그 방을 채웠다.

어느 쪽인가 하면 그는 몸집이 작은 남자였는데, 네모난 잘 단련된 신체와 희번덕거리는 검은 큰 눈동자, 검은 각진 턱은 예리하고 사나운 야수를 연상시켰다. 하지만 영리해 보이는 넓은 이마와 꼭 다문 천박하지 않은 입매는, 그가 결코 용맹하기만 한 젊은이가 아님을 증명하고 있었다. 코도 비천하지는 않았다. 그리하여 머리카락이 새까맣고 약간 곱슬진 것과, 햇볕에 그을린 귀에서 볼에 걸친 윤곽은 어딘가 모르게 상키치와 닮았다. 옷은 상키치나 다른 젊은이와 같은 무명옷을 입고 있었지만, 띠는 그만이 감색의 금사로 만든 폭이 넓은 것을 매고 있었다.

"고로스케, 어이, 어젯밤에 밧줄을 어디에 실었지?"

선장은 이윽고 방을 나오자, 돛대 밑에 있는 고로스케를 보고 갑자기 불렀다.

"저는 몰라요, 하치조가 알고 있어요."

고로스케도 지지 않고 소리쳐 대답했다.

"하치, 밧줄 어디에 두었냐?"

선장은 몸을 움직이지 않고 얼굴만 선수를 향해 소리쳤다.

"앞쪽 아래에 넣어두었어요."

하치조의 낮고 굵직한 목소리가, 방향키가 있는 곳으로부터, 화난 듯이 대답을 했다. 하지만 그들은 정말 화난 것도, 싸움을 하고 있는 것도 아니었다. 그것은 평소 파도 소리에 파묻히지 않도록 말하는데 익숙해진, 선원 특유의 말투에 지나지 않았다. 선장은 그 밧줄을 보기 위해 선수 쪽으로 걸어갔다. 그는 마치 집의 복도라도 산보하듯이 느릿느릿 걸었다. 아래가 용구를 두는 곳으로 되어 있는, 선수의 해치에 도달했을 때, 그 사각 구멍에 몸을 구부리기 전에, 그는 발을 뱃머리의 삼각 돛 앞에서 멈추고, 앞바다의 희미하게 보랏빛이 이는 수평선 위로 가만히 시선을 두고 있었다.

"오늘도 서풍이 강하군."

그는 혼잣말을 했다.

그러는 사이에 상키치의 손으로 완성된 아침밥이, 배에서 유일하게 넓은 방인 선장실 바로 옆의 선원실로 옮겨졌다. 상키치는 갑판으로 튀어나와, 한 사람 한 사람에게 큰 소리로 말하며 돌아다녔다.

"삼촌, 밥이 준비됐어요. ――고로스케, 밥 안 먹어요?"

그러나 그는 두 사람을 기다리지 않고, 자신만 먼저 먹기 시작했다. 그렇게 해서 선원들의 자랑거리인 바닷물로 지은 맛 좋은 밥을――그들은 육지에서의 밥은 싱겁고 맛이 없다고 한다.――큰 밥그릇에 고봉으로 담아서, 정말 맛있는 듯이, 재빠르게 먹었다. 그는 하치조와 교대해야 했다. 그 때문에 선장과 고로스케가 들어와서 한 공기의 밥을 채 비우지도 않은 사이에, 그는 먹고 싶을 만큼의 밥을 먹고, 마시고 싶을 만큼의 된장국을 마시고, 이미 일어났다. 그렇게 해서 문 안에서 고함치며 갑판으로 튀어나갔다.

"하치, 자 교대다. 밥 먹고 와."

바다에는 이미 모든 종류의 배가 아침햇살에 반짝이며 떠있었다. 밤 낚싯배는 밤새 낚아 올린 고기를 시내의 새벽시장에 내기 위해, 서둘러서 배를 저어 돌아가고 있었다. 반대로 이제부터 슬슬 출발해, 먼 어장에서 큰 것을 잡으려는 어선도 있었다. 그 외 노인과 아낙네, 아이, 특히 많은 여자들을 배 한가득 채울 정도로 싣고——실제 여자들은 분말 봉지나 해조류 다발 위에까지 피라미드 형태로 타고 있었다.——물결을 헤치며 오는 큰 거룻배가 몇 척이나 있었다. 이것은 그 해안의 좌우 둔덕에 늘어선 어촌의 부락에서, 시내로 정월용 물품을 구입하러 가는 배였다. ——시가지는 앞바다를 비스듬히 바라보면서, 바다가 둥글게 좁아진 안쪽에 펼쳐져 있었다. 그들의 배는 보기만 해도 밝고 활기찼다. 특히 여자들은 장 보는 이야기나 정월놀이의 즐거운 계획을 재잘재잘 말하고는, 계속해서 거리낌 없이 큰 웃음을 파도에 퍼뜨리고 있었다. 노는 대체로 누군가의 남편이나 아들이 젓고 있었다. 그 가운데에는 여자만 교대로 훌륭하게 젓는 배도 있었다.

상키치는 이제 젊은 여자의 목소리가 귀에 들어오지 않는 나이가 아니었기 때문에, 이들의 활기찬 웃음소리가 들릴 때마다, 방향키를 움켜쥐면서 그 쪽의 배를 주시했다. 무슨 포, 무슨 마을의 배인지는 금방 분별할 수 있었다. 한 둘 안면이 있는 선박과도 스쳐지나갔다.

"가이진마루, 어디에 가는 거야?"

"심이야."

"빨리 돌아와. 벌써 정월이라구."

그들은 사람들이 시내 길거리에서 마주쳤을 때처럼, 자유롭게 바다 위에서도 인사를 서로 주고받았다. 상키치는 저편의 배 위의 여자들이 일제히 이쪽을 보고 있었기 때문에, 평소보다 더한층 크게, 부자연스럽게 고함치듯 대답했다. 그렇게 하여 방향키를 꽉 쥐었다.

같은 해안에 사는 친구의 낚싯배도 만났다.

"고기잡이는 어때?"

"낚았지, 낚았어."

"한 상 올려."

"좋지!"

노를 담당하고 있던 젊은이가 배를 저어 갖다 대자, 배 중앙에 있던 또 한명이, 활어조에서 두 마리의 물고기를 잡아내서 내던졌다. 상키치가 방향키에서 뛰어나왔을 때에는, 가이진마루 갑판에는, 큰 푸른 고등어가 은색 배를 드러내며 팔딱팔딱 뛰어오르고 있었다. 한 마리는, 마침 밥을 다 먹고 방에서 나와 목을 내민 고로스케가 달려들어 잡았다.

"이런 녀석이 두 마리 있으면 점심은 잘 먹겠어!"

그는 물고기를 쥔 채, 큰 말상의 얼굴을 히죽히죽하며 웃었다.

하지만 네다섯 시간 지나서 배가 외해로 나와 버리자, 이런 인간미 있는 광경은 모조리 그들 주변에서 사라져버렸다. 눈에 들어오는 것 모두 지금은 이제 태양과 하늘과 바다 외에는 없었다. 그것과 함께, 이제까지는 단지 배 옆구리에서 찰싹찰싹거리거나, 선미에 부딪쳐서 희롱거리거나, 선수를 들어 올려 들썩여보거나, 장난꾸러기 아이 같은 장난을 계속 치고 있었던 것에 지나지 않았던 파도가, 갑자기 배신자처럼 태도를 바꾸고, 광포한 모습으로 덮쳐왔다. 높이는 5, 60미터 탱크보다 낮지 않았다. 그 탱크가 몇 척이나 연결되어 엄청난 길이가 되어, 일제히 굴러온다. 그리고 배로 다가오면서, 기지개를 켜고, 부풀어서, 팽창의 정점에서, 일순간, 뱀이 목을 쳐든 듯한 자세로, 방어 태세를 갖추는가 싶더니, 쏴아 하며 배를 향해 밀어닥쳤다. 색도 아침에 안정된 군청색은 완전히 사라지고, 검붉게 울려 퍼지고 탁해져왔다. ――휴가곶에 가까워진 것이었다.

그때부터 바람도 바뀌었다. 이제까지의 북서풍이 서풍이 되었다. 그것이 대단한 기세로 점점 심해지고, 파도와 경쟁하며 배를 가지고 놀았다.

"쳇, 굉장한 손님이군!"

가이진마루의 젊은이들은 혀를 차며 꺼림칙하게 여겼다. 그들은 파도라면 대개는 태연했다. 아무리 미쳐 날뛰어도, 갑판 아래까지 쳐들어와도, 결국 파도는 뿌리가 없는 헛소동으로, 선원들의 위를 빨리 비우게 하는 정도로 끝난다고 우습게보고 있지만, 바람만은 결코 그렇게 되지 않았다. 그렇게 해서 이 바다의 폭군을 시중들 방법은, 영리한 하인이 인간 폭군을 모시는 태도를, 그대로 배울 수밖에 방도가 없음을 알고 있었다. 그것은 저항하지 않는 것이었다. 분노할 만큼 분노하게 내버려두는 것이었다. 그렇게 해서 조금이라도 그 분노를 좋은 쪽으로 이용하는 것이었다. 가이진마루는 여섯 장의 돛을 각각 정교하게 조절하는 것으로, 가능한 가볍게 그 난폭한 위세를 받아들이고자 했다. 하지만 바람은 종일 힘이 약해지지 않았다. 밤이 되어 조금 진정되었나 싶었을 때에는, 배는 항로에서 멀리 동쪽으로 떠내려가 있었다.

"엄청난 놈을 만났군. 제대로라면 지금쯤은 섬에 도착해 있을 시간인데."

"그렇고말고. 이 상태라면 내일도 어떻게 될는지."

"불고 싶으면 불라지 뭐."

저녁밥을 먹고 난 후의 선실에서, 희미한 석유등 불빛을 받으며 세 명의 젊은이는 태평하게 누워있었다. 뒤따라오는 배가 많으면 10시간 안에 도달할 섬도, 운이 나쁘면 사흘, 나흘 걸리는 것은 예사였기 때문에, 하루 떠내려간 정도로 신경도 쓰지 않았다. 그들은 마치 육지의 집에서 화로를 둘러싸고 이야기하는 느낌으로 이야기에 열중했다. 고로스케가 제일 많이 우스갯소리를 했다. 하치조는 무뚝뚝하니 재미있지도 않다는 척하면서, 음란한 이야기가 되자, 달마대사 같은 수염 난 얼굴을 히죽거리며, 눈매가 이상하게 빛났다. 섬의 할머니와 쓰바키모치椿餅[25]이야기도 나왔다. 하지만 주로 섬의 여자 이야기가 많았다. 이것만큼은 상키치에게는 모두

---

25 찹쌀가루에 감미료를 넣거나 팥소를 넣어 둥글게 만든 후 동백잎 두 장으로 싸서 찐 떡으로, 헤이안시대에는 가벼운 아침식사 대신으로 먹었다고 전해진다.

미지의 세계였다. 그만큼 순진한 호기심을 자아내는 것을, 그는 아직 때 묻지 않은 젊은이의 부끄러움으로 억누르고, 일부러 선측 쪽으로 얼굴을 돌려 안 듣는 척 했다. 고로스케가 그것을 놀리자, 상키치는 갑자기 강아지처럼 발딱 일어나, 얼굴을 새빨갛게 하면서, 고로스케의 가슴팍에 맹렬하게 달려들었다.

그러는 사이, 조타기 앞에는 선장이 앉아있었다. 그는 뛰어난 조마사가 말고삐를 잡을 때의 능숙함으로 방향키를 꽉 잡고, 실험실의 과학자의 냉정함과 주의력으로 하늘과 바다를 주시하고 있었다. 달은 없지만 별이 아름다운 밤으로, 하늘은 그 빛으로 온통 하얀 가루를 뿌린 듯한 그림자가 감돌았다. 그 때문에 아직 낮의 분노를 가라앉히지 못하고 부풀어 오른 바다는, 더한층 무섭고 검게 보였다. 가끔, 찬바람이, 두 개의 돛대와 세 장의 돛 천 사이를 누비며, 예리한, 그리고 슬픈 듯한 소리를 낼 때마다, 별은 검은 바다 위에서 일제히 반짝거리며, 어떤 무서운 의미를 암시하는 것처럼 반짝였다. 선장은 승무원만이 가지는 독특한, 멀리 바라볼 수 있는 눈으로, 아득한 수평선으로 보이는 부근을 열심히 살폈다. 그 선 위의 서쪽으로 접한 한 점에, 희미하게 혜성이 꼬리를 끈 듯한 빛이 나타나 있는 것을 발견했을 때, 그는 내일도 서풍이 강할 것임을 알았다.

그의 관측은 틀리지 않았다. 밤이 밝아오자 바람은 어제와 같은 진로로, 게다가 어제보다 두 배의 기세로 거세게 불기 시작했다. 동시에 배는 밤사이에 어느 정도는 되돌아가고 있었던 항로에서, 순식간에 되밀려나가, 다시금 동쪽으로 떠내려가기 시작했다. 엄청난 바람의 힘은, 선원에게 모든 돛에 대한 조종 기교를 빼앗아버렸다. 여섯 장의 돛은, 마치 무서운 자에게 위협받은 아이들 무리처럼, 제각기 당황하거나, 허둥대거나, 몸부림치며 소리치거나 했다. 그들은 몇 번이고 위험에 처했다. 그 상황을 서로 엉겨 붙거나, 흩어지거나 하며 도망쳐 다녔다. 선수 부분에 있던 삼각돛이 제일 먼저 날아가 버렸다. 돛대에서 뜯겨져 나가 검은 바다에 흩어져 갔을 때, 그것은 한 조각의 대패쓰레기 이상으로는 보이지 않았다. 2시간 후에는 중심 돛대에 친 큰 돛이 날아갔다. 저녁에는 또 선수의 스테이 세일이 없어졌다. 폭풍은 밤이 되어도 그치지 않았다.

이 무렵부터 선장은 은밀히 처음의 계획을 바꿨다. 그는 이후 바람이 그쳤다고 해도, 섬으로 되돌아가기 보다는, 도사土佐[26]로 가는 편이 유리하다고 생각했다. 가다랑어 포든 목재든 거기까지 가면, 짐을 싣는 데 부족할 리는 없다. 내일이라도 바람이 바뀐다면, 하루 이틀 내에 도사만의 동쪽 반도에 도달하는 것은 어렵지 않을 거라고 믿었다. 다만 정월의 떡국을 먹지 못하는 젊은이들의 실망을 생각하면, 가엾기도 했기에, 그는 평소보다는 소탈하게 쓸데없는 농담을 하기도 했다.

---

26 지금의 고치현(高知県)의 일부에 해당하는 옛 지방 이름.

"고로스케, 이번에 돌아가 봐. 도톤보리道頓堀[27]의 여자한테서 편지가 와 있을 거야. 내 천리안이 통해 맞추지 않았어? 틀림없을 거야."

"하치도 상당히 언변이 좋아. 이번에 한 번 마을회 의원이라도 나가는 게 좋아. 내가 고로스케와 같이 운동해 줄 게."

"이봐 상키치, 산호수珊瑚樹를 선물로 갖고 가려면 내일 즈음 바닷속을 눈을 크게 뜨고 봐. 이 근처는 온통 산호수 숲이야."

이런 식이었다. 원래 과묵하고, 그것이 자연스런 관록이 되어 있는 그도, 상황으로 좌절되자, 누구보다도 더 애교와 재치를 보였다.

다소 우울한 기색이 된 상키치도, 그의 그런 말을 듣자, 평상시의 웃는 얼굴을 되찾았다. 고로스케도 바보처럼 싱글거렸다. 다만 하치조만은 무뚝뚝한 채로 웃지도 않았다. 계속해서 꺼림칙한 듯 불어제치는 바람과, 한없이 날뛰는 바다와, 어마어마한 조각구름이 날아다니는 하늘을 번갈아 바라보고 있었다.

나흘째 아침이 되자 바람은 북풍으로 변해버렸다. 이것은 도사 방면에 걸었던 선장의 희망을 완전히 좌절시킨 것이었다. 엄청나게 추워지고, 온통 잿빛으로 흐린 하늘에서는 가끔 싸라기눈이 내렸다.

---

27 오사카시 중앙구에 위치한 번화가 혹은 거리명.

"뭐 이런 날씨가 다 있담, 이젠 싸라기눈까지 내려대는구만!"

하치조는 방향키를 잡으면서, 사람한테 호통 치기라도 하듯 소리를 지르며 화를 냈다. 그는 이 사나흘의 화가 치미는 날씨에 대한 언짢은 기분을, 당치도 않은 그 싸라기눈에 덮어씌운 것이었다. 저녁에는 선장이 좋아하는 것으로, 얼마 남지 않은 값싼 밀가루를 반죽해서, 뜨거운 경단국이 만들어졌다.

"이 상태라면 집 쪽은 눈이겠는 걸."

그들은 밥그릇을 후후 불면서, 두세 마디 고향 이야기를 했다. 삼일 지나면 정월이라 생각했지만, 아무도 길게 그 화제에 머무르는 자는 없었다. 배를 탄 이상, 배 외에 집은 없다. ——선원들 사이의 이런 신조를 조금이라도 흩트리는 이야기는, 특히 이런 경우에는 피해야 한다는 것을, 그들은 대부분 본능적으로 알고 있었다. 하치조조차 다소 불만스런 얼굴은 해도 그것만큼은 깨지 않았다. 다음날은 추위는 어느 정도 누그러졌지만, 그 대신 하늘은 더한층 험악하게 흐려서 파도가 미친 듯이 높아져왔다. 바다는 이제 바다가 아니었다. 길게 이어진 산봉우리와 바닥이 없는 계곡과 예리한 정상과, 산등성이와 산허리가 뒤범벅이 되었다. 게다가 엄청나게 방대한 산악지대로 일변해보였다. 그 봉우리 하나에 기어오를 때, 바다는 거의 90도에 가까운 각도로 기울고, 떨어질 때는 미끄럼 비탈에서 미끄러지는 아이처럼, 곤두박질해서 깊은 골짜기에 뒹굴어 들어갔다. 그것을 보자 두텁고 시퍼런 물의 벽은, 사방팔방에서 무너져 내리고, 그 배를 끌어넣으려고 한다. 배는 휘말려들지 않으려고 몸부림치며 싸운다. 바로 그때 분연처럼 바닷물 기둥이, 뱃전 바로 아래에서 솟기 시작하고 배는 아슬아슬하게 살았다고 생각하자, 그것은 단지 두 번째 봉우리의 산허리에 올랐을 뿐이었던 것이다. 배는 새로이 정상까지 떠밀어 올라진다. 또 미끄러져 떨어진다. 이 전락과 승등은 어지러운 속도로 반복되었다. 그리고 그때마다 그들의 눈앞에는 두 개의 상이한 수평선이 나타나, 새하얀 물보라 밖에서 서로 교차했다. 하나는 머리 위에 있었다. 또 하나는 발밑에 있었다.

고로스케와 하치조는 방향키에 매달려 있었다. 그들은 파도에 휩쓸려가지 않으려고, 서로의 몸을 연결해서 그 밧줄을 또 옆의 닻에 묶고 있었다. 그들은 우천용 비옷을 입고 있었음에도 불구하고, 온몸이 흠뻑 젖어 있었다. 파도는 몇 번이고 그들의 머리 위를 뛰어넘었다. 그런데도 그들은 풀이 죽어 있지는 않았다. 오히려 요 사나흘 사이에 없던 활기에 차 있었다. 하치조도 결코 지금은 불만스러운 찌푸린 얼굴은 하지 않았다. 그의 수염 난 얼굴은 긴장하면서도 밝고, 눈은 남자다운 용기로 빛나고 있었다. 종잡을 수도 없다면 눈에도 보이지도 않고, 그래서 그들을 제멋대로 자유롭게 농락하는 바람에 비하면, 파도는 확실히 정체를 드러내며 덤벼드는 만큼 유쾌하게 싸울 수 있는 것이었다. 고로스케의 얼굴조차 어엿한 전사답게 씩씩해 보였다.

선장과 상키치는 선구가 떠내려가지 않도록 뭉치거나, 물의 침수를 막거나 하는 것으로 바빴다. 파도와 싸우며 몸을 움직이는 만큼, 그저 방향키를 붙들고 있는 것보다는 위험이 많았다. 하지만 그들은 하치조와 고로스케에 뒤지지 않게 기분 좋게 일했다. 위험이 많으면 많을수록 침착해지고, 또 멋져지는 것처럼도 보였다. 지나치게 경사가 심해진 배의 안정을 유지하기 위해, 또 하나는 세 장의 돛을 잃고, 반 이상 빼앗긴 항해력을 보완하기 위해, 선수에 닻줄을 끌게 해서 조류 속을 떠내려 보내고자 했을 때에는, 선장은 거의 성난 파도 사이에 몸을 거꾸로 해서 움직였다. 상키치는 선장의 허리에 묶은 또 하나의 밧줄을, 선측의 굵은 철 고리에 묶어서 그것을 꽉 잡고 있었다.

"저런, 왔어! 이영차!"

파도가 온몸에 덮칠 때마다 선장은 소리를 질렀다. 상키치도 폭포 같은 물보라를 뒤집어쓰면서 하얀 이를 드러내며 웃었다. 밧줄은 마침내 묶였다. 지금 가이진마루는 긴 뿔을 가진 이상한 새처럼 보였다. 그 새가 가슴 아래서 솟아오르는 엄청난 조수 덩어리에 부딪쳐, 몸을 하늘로 젖혀 몸부림칠 때마다, 뿔은 뱀처럼 휘어 구부러지며 튀어 올라, 화가 난 듯 바다를 때렸다.

파도뿐이라면 그래도 아직 어떻게든 되었다. 하지만 새벽부터 그 파도에 남서의 강풍이 더해져, 남아있던 앞부분의 넓은 돛과, 선수 맨 뒤에 있는 삼각돛이 날아가버렸을 때에는, 선장은 이번 항해가 마침내 곤란에 빠졌다고 생각하지 않을 수 없었다. 하지만 배가 이대로 어떻게든 이 상태로 떠 있어 주기만 한다면, 그러는 사이에 날씨도 회복될 것이고, 설령 불운한 바람과 파도가 계속

되어, 배는 박살나, 단지 판자 한 장만으로 되었다고 해도, 오가사와라제도小笠原諸島[28]를 다니는 배가, 혹은 자신과 마찬가지로 항로를 잃고 나온 어딘가의 배에 발견되지 않는다고도 할 수 없다. ——아니, 결코 이 배가 그때까지 처참하게 망가질 리는 없다. 겨우 재작년에 새로 만든 얼마 안 된 새 배다. 게다가 철물이든 목재든 이 등급의 배로서는 분에 넘칠 정도로 돈을 들인 것이다. ——선장은 이 점에 강한 자신을 갖고 있었다. 그 때문에 다만 경계를 요하는 것은 이 이상 멀리 가지 않는 것이었다. 결코 일본 영해를 벗어나지 않도록 하는 것이었다. 그것에 관해 가장 두려운 것은, 지금 불기 시작한 바람이었다. 만약 이 바람이 이대로의 기세로 이삼일이나 계속되어, 배가 그 바람을 타고 달린다면, 그들은 어느 바다 끝으로 갈지 모른다. 그렇지 않으면 전복해 버릴 게 틀림없다. ——

"상키치, 톱을 가져 와. 고로스케도 와."

이 걱정이 선장에게 최후의 결심을 하게 했다. 선원실 안에서 겨우 한숨 돌리고 있었던 두 젊은이는, 그의 고함소리에 일어섰다. 그들은 선장과 함께 몸을 묶었다. 그렇게 해서 셋이서 갑판에 나오자 선장은 중심 돛대가 붙어있는 곳을 상키치가 건넨 톱으로 갑판과 거의 닿을 듯한 곳부터 자르기 시작했다. 그는 이들의 불행한

---

28 일본 도쿄(東京)에서 남쪽으로 약 1,000킬로미터 떨어진 태평양 위의 30여개의 섬들로 이루어짐. 행정구역상으로는 도쿄도에 속한다.

작업을 조금도 슬퍼하는 기색도 없다면, 당황하는 모습도 없이, 마치 나무꾼이 오두막에서 나무를 자르는 듯한 태도로 했다. 쓰러져 가는 돛 기둥은 상키치와 고로스케가 받아냈다. 꼭대기에 붙어 있었던 톱 마스트는, 삼각의 작은 톱 세일과 함께 분해해서 소중히 보관했다. 정말이라면 선장은 앞부분에 하나 남은 돛 기둥도 자르고 싶었지만, 그것만큼은 단념했다. 만약 날씨가 좋아져 멀리 기선의 연기라도 보인 경우에는, 그 기둥을 신호대로 사용할 필요가 있었기 때문이다.

날이 밝자, 이상하게 남풍으로 바뀌어, 파도가 높은 것에 비해 바람은 잦아왔다. 선장은 어제 소중하게 분해해 둔 톱 세일을 앞부분의 돛 기둥 위에 달고, 선수에 내려둔 닻줄을 끌어올려, 북쪽을 향해 조금이라도 바른 진로로 나아가려 했다. 하지만 끝없이 운이 나빴다. 오후가 되자 바람은 북서의 폭풍으로 변하고, 게다가 무시무시한 비가 억수같이 쏟아져 내렸다. 이것은 세 종류의 적이 일시에 엄습해 온 것 같았다. 바람이 할퀴고 지나간 것은 파도가 휩쓸었다. 파도가 미처 손대지 못한 곳은 비가 떠맡았다. 여러 가지 것이 쓸어갔다. 선수에 두었던, 오늘까지 어떻게든 무사했던 한 통의 단무지도, 그 날의 파도가 앗아갔다. 그러나 무엇보다 타격은 앞 기둥에 달았던 톱 세일이 끝내 날아가 버린 것이었다. 이것으로 배에는 한 장의 돛도 없게 되었다. 이렇게 하여 가이진마루는 단 한 개의 돛 기둥을 가졌을 뿐으로 어묵판 한 장을 물에 띄운 것과 다름없는 무능한, 순전한 표류선이 되어 떠돌기 시작했다.

그날 밤 상키치는 뒤주의 쌀이 이제 한 말도 남지 않았다는 사실을 삼촌에게 보고했다.

"좋아! 그렇다면 내일부터는 죽으로 하자."

선장의 이 명령은 하치조의 격심한 반대를 샀다.

"지금에 와서 그런 걸 먹고 견딜 수 있을까!"

그는 이렇게 외쳤다. 지금 또 한 번 폭풍우를 만난다면 도저히 살아날 가망은 없다. 게다가 이 날씨 상황으로는 언제 어느 때 날 뛰기 시작하지 않는다고도 할 수 없는데, 쌀을 아껴 먹으며 무엇을 기다리려고 하는 건가. 어차피 죽을 거라면 가능한 맛있는 밥을 먹고 죽자. 지금은 그것이 그나마 유일한 즐거움이다. 인간의 즐거움이라는 즐거움에서 격리된, 그렇게 해서 언제 죽을지 모르는 자신들의, 단 하나의 희망은 그것뿐이다.

"이봐 고로스케, 그렇지 않냐?"

"그렇고말고. 죽과 당근은 내가 제일 좋아하지 않는 거야"

그 좋아하지 않는 것을 먹으려고 하는 사람보다, 좋아하는 것을 먹자고 권하는 사람에게 동의하는 것은 이 바보에게 있어서는 너무나도 당연한 일이었다.

"고로스케 너까지 뭐라고 하는 거냐. 그런 나쁜 말을 해도 된다고 생각하는 거냐?"

선장이 그렇게 매섭게 노려보자, 고로스케는 여자아이가 꾸지람을 들은 것처럼 얼굴을 붉히고, 그것으로 동정을 구하듯 히죽히죽 웃었다. 하지만 하치조는 끝까지 굽히지 않았다.

"어쨌든 죽을 때 죽만 먹어 힘이 없는 상태로는 죽고 싶지 않아."

그는 의기양양하게 말을 내던졌다.

"단지 7, 8일 바다 위에 떠 있다고 해서 하치, 넌 벌써 죽을 때의 일까지 생각하고 있는 거냐? 재수 없어! 이 무슨 바보 같은 소리야! 그래 가지고 선원 체면이 선단 말이냐!"

선장은 젊은이의 기선을 꺾어놓을 생각으로, 일부러 엄하게 꾸짖었다. 마지막 한 마디는 하치조에게 있어서도 가장 아픈 부분을 건드렸을 것이다. 하지만 그는 가만히 있지는 않았다.

"억지로 버틴다고 해서 뭐가 달라져? 이런 폭풍우를 만나는 사이에 돛이랑 닻이 끊겨버리고, 게다가 어딘지도 모르는 바다까지 떠밀려 와서. 아무리 선원이라도 살아날 방도는 없어. 난 이미 그런 생각이 들어."

"그것이 겁쟁이 귀신이 달라붙어 있다는 증거다. 하치, 가슴에 손을 얹고 잘 생각해 봐. 우린 어떤 일을 만나도 죽지는 않아. 금비라님이 함께 계신다는 마음으로 있으니 괜찮아. 죽을 먹든 물을 마시든, 설령 이 배가 부서져서 판자 한 장이 되든, 가만히 참고 기다려야 해. 성급하게 엉뚱한 짓을 하면, 아무리 금비라님이 도우려고 해도, 돕기 전에 스스로가 신세를 망칠뿐이야. 살아날 목숨도 살지 못하게 되는 거야. 그런 어리석은 짓, 난 할 수 없어!"

선장의 말에는 강한 신앙과 어디까지나 살고자 하는 자의 격렬한 욕구가 불타고 있었다. 그 이야기에 가장 감동받은 것은, 가장 나이가 어린 상키치였다. 그의 툭하면 겁을 먹는 마음은 밝아지고, 자신의 삼촌에 대한 새로운 신뢰와 일종의 영웅숭배와 같은 감격으로, 유쾌해지기 조차 했다. 동시에 그 조카인 자신이 결코 약한 소리를 하거나, 자포자기하는 마음이 되거나 해서는 안 된다고 하는 자존심이, 그를 사나이답고 용감하게, 또 사실 이상으로 침착하게 행동하게 했다. 고로스케조차도 선장의 말을 감탄하며 듣고 있는 것 같았다. 다만 하치조만은 마지막까지 주장을 굽히지 않았다.

"핑계를 늘어놓으면 끝이 없어. 난 단지 죽은 안 먹겠다고 하는 것뿐이야."

그들은 저녁 식사를 막 끝내고, 모두 선실에 모여 있었다. 평소의 항해라면, 그 방은 매일 밤 그들의 오락실이 되어, 태평하게 소담을 나누거나, 선원들 사이의 유행가를 부르거나, 때로는 고로스케의 서투른 기다유부시義太夫節[29]가 시작되어, 모두의 배를 움켜쥐게 하는 때였다. 이번에도 첫 하루 이틀은 그러한 상태가 계속되었다. 하지만 불운한 날씨가 지속됨에 따라, 그 방의 밤은 점점 쓸쓸하고, 음울하게 변해갔다. 선장은 지금은 이미 식사를 마치고 30분도 지나지 않아 바로 옆에 있는 자신의 방으로 돌아갔다. 남은 젊은이들에게도 노래할 여유는 없었다. 이야기도 많이 하지는

---

29 에도시대 전기, 오사카의 다케모토 기다유(竹本義太夫)가 시작한 죠루리(浄瑠璃)의 일종.

않았다. 천정에 매달린 등의 어두운 빛 아래 눕거나 선구에 기대거나, 또는 혼자 우두커니 책상다리를 하거나 한 채, 세 명은 모두 입을 다물고 각자 생각에 잠겨 있었다. 상키치와 고로스케는 그래도 그럭저럭 건전한 잠에 빠질 수 있었지만, 하치조는 언제까지고 잠을 이루지 못하고 있었다. 어떤 애타는 회한과 풀리지 않는 불평이 잠을 방해하고 있었다.

"바보 같아! 놈의 구변에 걸려들어 터무니없는 꼴을 당하고 있어."

그는 가축처럼 쿵쿵대며 화를 냈다. ──놈이란 선장을 가리켰다.

모든 원인은, 하치조가 본래 가이진마루의 선원이 아니라 임시 고용 선원이라는 것에 있었다. 그는 이웃마을 사람으로, 가이진마루를 탄 것도, 배가 요전 모지에 콩을 실으러 갔을 때부터였다. 그는 올해는 이제 그것만 하고 배를 내려서, 집에서 신년 축하주를 마시며 갓 만든 정월 떡을 배불리 먹을 것을 기대하고 있었다. 그것을 선장이 억지로 끌어낸 것이었다.

"노인이나 여자애도 아니고, 지금부터 난롯가에서 정월을 기다리는 자가 있을까. 사람들한테 비웃음 살 거야. 자 한 번 더 갔다 오자. 섬이라면 단 이삼일이야. 오사카 배도 조선 배도 아직 한척도 돌아오지 않았지 않았냐. 그 배들이 돌아올 때까지라면 이쪽도 돌아올 수 있어. 정월에 쓸 돈은 조금이라도 많은 편이 좋잖아."

하치조는 일단 들어앉았던 집의 난롯가를 마지못해 일어섰다. 그때 왜 계속 버티며 육지에 머무르지 않았던가. ——그것을 생각하면 그는 화가 나서 참을 수 없었다.

"흥, 터무니없는 정월 돈이다. 저승으로 가는 뱃삯도 안 되겠다."

그의 거칠고 집요한 마음에는, 죽음의 공포보다도 오히려 이 꺼림칙함 쪽이 먼저 작용했다. 그리고 그것이 그의 태도를 점점 고집을 부리며, 대담하게 만들어갔다. 선장에게도 거리끼지 않고 대들었다. ——죽 문제는 그 일례에 지나지 않았다.

선장은 그의 마음의 변화를 충분히 알고 있었기 때문에, 어릴 때부터 함께 한 부하라면 그 따위 말을 지껄이게 내버려두지 않겠지만, 그에게는 참았다. 이 난리 속에 추한 내분을 일으켜서는 안 된다고 생각했다. 다만 오늘밤의 태도만은 참을 수 없었다. 그래서 그는 방을 나올 때 엄한 목소리로 상키치에게 명령했다.

"상키치, 하치가 안 먹는다면 안 먹는다고 신경 쓸 필요 없다. 내일 아침부터 반드시 죽을 쒀. 알겠냐?"

문을 열고 자신의 방으로 들어가려고 했을 때, 문득 뭔가를 떠올렸다. 단호하게 되돌아가서, 상키치를 불러 주의를 줄까 하고 생각했다. 하지만 스스로도 너무나도 비루한 상상이 부끄러워 그대로 뒀다.

날이 밝았다. 그는 역시 손을 쓰지 않은 것을 후회하게 되었다. 하치조는 그날 아침에 한해서 혼자 먼저 일어나, 자기가 밥을 지었다. 상키치와 고로스케가 잠을 깼을 때에는, 바늘처럼 딱딱한

밥이 서 되짜리 밥통에 가득 담길 만큼 지어져 있었다.

그러나 죽을 쑤든 밥을 짓든, 어느 쪽을 해도 며칠 후에는 그들은 어디를 찾아도 한 톨의 쌀도 볼 수는 없었다. 잠시 섬까지 갈 생각이었기 때문에, 처음부터 많이 준비하지도 않았다. 그래도 쌀은 한 가마 가까이 있고, 그 외에는 된장이 여덟 관 정도 있고 토란과 무, 푸성귀류가 한 가마니, 모지에서 먹다 남은 단무지가 한 통 ――, 파도에 떠내려간 것, ――게다가 또 금비라님에게 바칠 술이라는 명목으로 항상 조금씩 가지고 들어가게 되어 있는, 그들의 밤을 즐겁게 할 술이 두 되 남짓 있었다. 쌀이 떨어진 후에는, 그들은 삼시세끼 된장에 토란을 넣어 먹었다.

이번에는 물이 부족해졌다. 비는 마지막 폭풍우 이후에는 이미 한 번도 내리지 않았다. 그리고 가능한 절약했음에도 불구하고 마침내 물이 끊기는 날이 왔다. 이미 반은 기아상태가 된 그들의 목에 바닷물은 들어가지 않았다. 바닷물은 식도가 메마른 점막을 자극해서 침으로 찌르는 듯한 통증을 주었다. 그들은 바닷물을 솥에 펄펄 끓여, 일종의 증류법에 의지하여 최소한의 물이라도 얻으려고 했지만, 그것도 성공하지 못했다. 게다가 날씨는 순조롭게 나아져, 매일 맑은 하늘이 계속되고, 바람도 없고, 파도도 잔잔하고, 따뜻하기도 했다. 그만큼 또 그들에게는 언제 비가 올지 예상할 수 없었다.

이즈음부터, 선장은 굳건한 각오를 했다. 만약 이번 조난이 선원으로서의 자신이 받아들여야 할 운명이라고 한다면, 기꺼이 받아들여도 좋다. 형들도 모두 바다에서 죽었다. ――그의 형은 조선 앞바다에 고기를 잡으러 나간 채 행방불명이 되었다. 삼촌은 러일전쟁 때 어용선을 탔는데, 그 배와 함께 침몰했다. ――하지만 언제 죽는다고 해도, 그나마 일생의 마지막 물은 마시고 죽고 싶다. 자신은 어찌되었든, 저 젊은이들에게 물만큼은 충분히 마시게 해서 죽게 하고 싶다. 그는 이것을 최근 금비라님을 향한 기도문에 넣고 있었다.

그러자, 어느 밤 꿈을 꿨다. 그의 앞에는 조즈산象頭山[30]의 푸른 산이 솟아 있고, 금비라신궁琴平神宮의 장엄한 궁성이 아른아른 들여다보였다. 마침 산중턱의 분수가 있는 부근의 경치가, 특히 선명하게 보였다. 분수에는 물이 말라있었다. 여기에도 물이 없는가 보다 생각하면서 선장이 슬퍼하며 멈춰서 있자, 난데없이 한 목소리가,

"물은 있어. 걱정할 거 없다. 배 한 가득 마시게 해 줄 테니 기다려라. 자, 이렇게."

라고 소리쳤다고 생각하자, 마른 분수에서 곧 한 줄기의 물이 내뿜어지고, 금세 그것은 폭포처럼 사방팔방으로 용솟음쳤다. 선장은 너무나도 기쁜 나머지 정신없이 달려가려고 하자 잠이 깼다. 아직 어두웠다. 그는 이것이 어쩌면 신의 계시라는 것이 아닐까,

---

30 가가와현(香川県) 서부에 위치한 산으로, 인접한 곤피라산(琴平山)과 함께 조즈산으로서 세토나이카이국립공원, 명승, 천연기념물로 지정되어 있다.

생각하면서 침상에서 밤이 밝아오기를 기다렸다. 어쩐지 좋은 일이 있을 것 같은 생각이 들었다.

하지만 날이 샌 아침은 최근보다 더 맑은 하늘로, 어디를 봐도 구름 한 점 보이지 않았다. 이렇다면 비가 내릴 리는 없을 것이다. ――선장은 완전히 실망했다. 그는 어젯밤의 기대할 만한 꿈 이야기를 입에 올릴 용기조차 없었다. 그래서 울고 싶을 만큼 낙담해서, 그러한 경우에는 그 표정을 다른 사람에게 보이지 않도록 그가 언제나 하는 것처럼, 방에 틀어박혀 침대에 누워있었다. 그러나 그는 아직 완전히 포기할 수 없었다. 그래서 가끔 갑판에 나가서는, 눈을 팔방으로 돌리며 날씨를 살폈다.

정확히 오후 3시라고 생각할 즈음이었다. ――배의 시계는 팔각시계도, 자신의 주머니 속 시계도 파도를 맞아서 녹이 슬거나, 선체의 흔들림으로 침이 멈췄거나 해서 움직이지 않게 된 이래, 선장은 나침반으로 태양의 위치를 가늠해서는, 그나마 시간의 짐작을 하고 있었다. ――북쪽 하늘에 한 방울의 먹물을 떨어뜨린 정도의 작은 점이 나타났다. 그의 물 밑까지 탐색하는 데 익숙해진 눈은, 쉽게 그것을 발견해낼 수 있었다. 그는 곧 쌍안경을 가지고 나와 열심히 그 한 점에 조준을 맞췄다. 동시에 너무 기쁜 나머지 큰 소리를 내며 외쳤다.

"보인다! ――모두 와. 보인다구!"

아무런 할 일도 없어, 지금은 매일 갑판에 서서는 정처 없이 배와 섬을 찾는 것을 일로 삼고 있었던 젊은이들은, 이 목소리에 놀라서 그의 주변으로 달려왔다.

"섬이에요?"

"배예요?"

그들은 흥분해서 제각기 아우성쳤다.

"구름이야, 비구름이야! 비가 올 거야, 비가 온다고!"

선장은 거의 제정신이 아니었다. 젊은이들은 이미 그때는 선장에게 쌍안경을 빌릴 필요는 없었다. 한 점의 구름은 금세 독수리날개 정도로 커지고, 계속해서 광대한 융단만큼 퍼져서, 그 융단이 여러 겹으로 무한히 넓게 퍼질 거라고 생각하고 있는 사이에, 하늘의 한쪽이 검게 변하고, 태양은 소멸하고, 그것을 대신해 바람의 일군一軍이 하늘을 점령했다. 그러고 나서 아직 30분도 지나지 않은 사이에 굉장한 호우가 쏟아졌다. 선장을 비롯해 젊은이들은 이 기쁨에 모든 고생도, 슬픔도, 불행도 잊고 폭포 같은 빗속을 뛰어다니며 물을 모았다. 물론 마시고 싶을 만큼 벌컥벌컥 마셨다. 저녁에 비가 그쳤을 무렵에는 그들은 일곱, 여덟 되의 쌀을 씻는 통하나, 한 말들이 빈 간장병 두 개, 네 말들이 큰 통에 하나, 한 되들이 술병 세 개, 그 밖의 배 안에 있는 용기라는 용기에 모조리 물을 채울 수 있었다.

그 후에 선장은 그들에게 자신의 지난밤의 꿈 이야기를 했다.

"그런 이상한 일이 있고 보니 낙담해서는 안 돼. 금비라님은 역시 우리를 걱정해주시는 거야! 감사하게 생각하고 모두 신불에게 기원해."

그는 엄숙한 말투로, 타이르듯, 또 부탁하듯 말했다. 젊은이들은 감동했다. 하치조까지도 기특하게 머리를 숙이고 들었다.

하지만 젊은이들은, 이 감동을 오래 지속하는 것은 어려웠다. 물이 풍부해져서 그들의 오랜만의 소망이 이루어지고, 게다가 언제라도 마시고 싶을 만큼 마실 수 있게 되자, 신에 대한 감사도 신념도 어느 새 사라지고, 그들의 마음은 또 절망상태로 돌아갔다. 가장 나쁜 것은, 배의 모든 일에서 벗어난 손과 마음을 달랠 길이 없다는 것이었다. 만약 날씨라도 안 좋다면, 그것에 대비할 필요상에서도 오히려 긴장했을지 모른다. 하지만 매일 아름다운 날만 계속되었다. 날이 밝아도 저물어도 눈에 들어오는 것은 텅 빈 무한히 넓은 두 개의 공간——하늘과 바다, 그 사이에 단 하나의 큰 징처럼 머물러 있는 태양뿐이었다. 인간, 개, 고양이, 말, 산, 강, 들판, 풀, 나무와 새 모든 물상이 저만큼 풍부하게 충만해 있었던 세계는 어디로 소멸한 것일까? ——그들은 그곳에서 쫓겨나와 이미 몇 천 년이나 지난 듯한 느낌이었다. 이 공허한 생각과, 언제 그곳에서 벗어날 방도도 없는, 초조한 분노, 슬픔, 한탄. 모든 표류선의 선원을 반미치광이로 만들게 하는 그 공통의 두려운 발작이, 지금 가이진마루에도 엄습해 오고 있었다. 된장과 토란의 양이 점점 부족해짐에 따라, 상태는 더한층 비극적인 장면을 더해갔다.

선장은 하치조의 무모한 취사에 질리고 난 후는, 남은 음식물을 전부 자신이 보관하며 매일의 분량만을, 그것도 극도로 줄일 만큼 줄인 양을 때마다 상키치에게 건네기로 했다. 이것이 하치조를 분노케 했다. 그는 빼앗는 것을 시작했다. 개처럼 코를 킁킁대며, 있을 만한 장소를 끈기 있게 찾아다녔다. 된장 냄새로 금세 알아차릴 수 있었다. 어차피 배 안이라면, 어디에 숨겨두어도, 그에게는 자신의 품안을 찾는 것과 마찬가지로 쉬웠던 것이다. 선장은 결국 자신의 방에 가지고 왔다. 자신이 그 장소를 나갈 때에는 상키치에게 망을 보게 했다.

"빌어먹을. 우리들에게는 벽을 씻은 국물 같은 된장국만 마시게 하고, 자기들은 나중에 둘이서 먹고 싶을 만큼 먹거나 하는 게 틀림없어. 그런 어이없는 이야기에 참을 수 있어? 응? 고로스케."

"그래도 저쪽은 선장이니까 어쩔 수 없어."

고로스케의 이 대답은 더욱 그를 화나게 했다.

"바보 같은 녀석! 네가 그런 생각을 가지고 있으니까 두 사람한데서 우리들이 짓밟히고 있는 거야. 홍, 선장이 어처구니없어. 단 2원 50전으로 선장이 될 수 있다면, 해변의 섶나무가지 줍는 사람은 모두 선장이야."

가이진마루는 지금의 가이진마루가 최초가 아니었다. 첫 번째 배는, 3년 전에 오사카에 석회를 실어가는 도중, 하리마나다播磨灘[31]에서 석회에 바닷물이 들어가, 배에 화재가 나서 전소해버렸다. 두 번째 가이진마루인 현재의 배는 그의 용기와 숙련을 알고

---

31 세토나이카이(瀬戸内海) 동부의 해역으로 효고현(兵庫県) 서남부의 남쪽에 위치.

있는 시내의 도매상 계통과, 큰 상가가 모여서 장만해 준 곗돈의 부금으로 만들어진 것이었다. 한 구좌 2원 50전의 부금으로 그는 그저 계원이 된다는 의미로 한 구좌밖에 들지 않았다. 하치조의 매도는 그것을 의미하는 것이었다.

"아무래도 괜찮아. 난 가만히 있지 않을 거야. 이제부터 선장을 만나서 실컷 말해줄 거야. 너도 같이 따라와!"

"따라 가서 내가 어떻게 말하라는 거야?

"바보! ––뭐든 괜찮으니까 와."

두 사람은 일어서서, 문을 열고, 뒤에 있는 선장실로 갔다. 그곳에는 상키치가 혼자서 슬픈 얼굴로, 다리를 뻗은 채 벽에 기대 있었지만, 입구에 나타난 두 사람의 모습을 보자, 그의 얼굴색이 싹 변했다. 방 침실 밑의 이불 넣는 곳에는 된장과 토란이 숨겨져 있었다. 젊은 상키치는 어떤 두려운 상상에 몹시 놀랐던 것이다.

"삼촌––, 삼촌––."

그는 산토끼처럼 방을 뛰쳐나와, 날카로운 목소리로 삼촌을 불러댔다. 선수에 서서 언제나처럼 섬과 배를 찾고 있던 선장은, 그 목소리를 듣자 놀라서 뛰어 돌아왔다.

"너희들 무슨 일이냐! 둘이 나란히 와서?"

그는 입구에 가로막고 서 있는 그들을 거들떠보지도 않고, 멈춰 서지도 않고 그대로 쑥 안으로 들어가, 금비라님 아래에 책상다리를 하고 앉았다.

"할 말이 있다면 들어와 앉아도 좋아. 그렇지 않으면 앉아 있을 수 없을 정도로 급한 용무라도 생긴 거야?"

그는 그렇게 말하고 혼자서 껄껄 웃었다. 이 활달한 웃음소리에 가장 먼저 끌려 들어간 것은 고로스케였다. 사실 그는 하치조가 어떤 중대한 용무로 자신까지 끌고 왔는지, 그 순간까지 알아채지 못하고 있었던 것으로, 싱글싱글 웃으며 그대로 앉아서 쓸데없는 말이라도 시작할 듯한 태도였다. 하치조는 꺼림칙하다는 듯 우둔한 모습을 노려보았다. 그렇게 해서 자신만은 말려들지 않을 거라는 기세로, 사납게 선장에게 대들었다.

"난 먹을 것을 나눠 줬으면 하고 왔어요."

"흠"

선장은 놀라지 않았다. 그는 예리한 눈으로 엄하게 하치조의 털북숭이 얼굴을 응시하며 반문했다.

"그렇다면 된장도 토란도 반으로 나눠두자는 거야?"

"그래요! 이런 어느 세상의 끝인지도 모르는 바다까지 끌려와서, 게다가 먹을 것까지 당신과 상키치가 마음대로 한다면, 죽어도 성불할 수 없죠. 지금 당신네들 몫은 당신네들이, 나와 고로스케의 분은 또 따로 해서, 불만이 없도록 나눠주세요."

선장의 예리한 매 같은 눈 속이 조금 흐려졌다.

"하치, 넌 이 상황에서, 우리들이 토란 하나라도 더 먹고 있을 거라 생각하는 거냐?"

라고 말하고 있는 것처럼 보였다. 하지만, 그는 그런 말은 하지 않았다.

"좋다! 그것도 괜찮아. 곧 나눠주겠다. 너희들의 넣을 것을 가져와."

고로스케는 소쿠리 하나를 가지고 오도록 재촉받았다. 곧 가져왔다. 그리고 나서 선장의 명령으로 상키치는 이불 넣는 곳에서 모든 저장물을 가지고 나왔다. 된장은 200눈금도 안 남았지만, 토란은 절약해서 먹었기 때문에 아직 세 되 정도 있었다. 그는 그것을 일일이 세어서 똑같이 이등분했다. 그 외에 하나 더 의외의 배당이 추가되었다. 그것은 상키치가 갑자기 생각해내서 취사장 구석에서 가지고 온 매실장아찌 씨였다. 선원들 사이에서는, 매실 씨를 바다에 버리는 것은 천신天神이 싫어한다고 하는 옛날부터 전해져 오는 말을 지켜서, 결코 바닷속에는 버리지 않았다. 가이진마루에서도 물론 버리지 않고, 먹은 후의 씨앗은 모두 한 곳에 모아 빈 깡통에 넣어두었다. 상키치가 생각해낸 것은 그것이었다. 아직 어느 정도는 소금기가 남은, 그 매실장아찌 씨는 지금의 경우 최고의 진미라 할만 했다. 수를 세어보니 꼭 60개 있어서 그것도 꼭 같이 30개씩 나눴다. 단, 물만큼은 아직 충분히 있었고, 또 비가 올 거라 생각되어졌기 때문에 지금까지 대로 공동으로 사용하기로 했다. 그것으로 거래는 끝났다. 고로스케는 된장과 토란, 매실장아찌 씨로 거의 한 가득이 된 소쿠리를 보자, 쌀 천가마니라도 받은 것처럼 기뻐하고 있었다.

"어이, 어이, 하치!"

두 사람이 선수로 향한 쪽의 문을 통해 갑판으로 나간 뒤, 선장은 급히 큰 목소리로 불러 세웠다. 하치조는 뒤돌아보았다. 소쿠리를 안고 앞에 선 고로스케도 함께 멍하니 얼굴을 돌렸다.

"다시 한 번 주의를 주는데 이제 이것뿐이다. 그것이 없어져도 여기에는 더 이상 줄 것은 아무것도 없다. 그야말로 돛대 줄이라도 먹는 수밖엔 별도리가 없어. 알겠냐? 그걸 잊어서는 안 돼!"

하치조는 대답도 하지 않고 흥하고 냉담한 태도로 몸을 돌렸다. 선장은 두 사람의 모습이 바로 옆의 선원실로는 들어가지 않고, 저편의 선수의 작은 창구 쪽으로 멀어져가는 것을 지켜봤다. 그는 모든 것을 알고 있었다. 이제부터 그들이 어디에서 기거하려고 하는지를. ――또한 하나 더 알고 있었다. 그들의 손에 맡겨진 이상 먹을 것은 삼일을 못 넘긴다는 것을. ――그러나 이 경우 요구를 거부할 수는 없었다. 그들은 당연히 몫을 받으려고 할 것임에 틀림없다. 설령 그들의 위태로운 운명을 연장시키기 위해서든, 무리하게 그 권리를 보류하려고 한다면――그러기에는 한명이 너무나도 어리석고, 또 한명은 너무나도 난폭했다. 선장은 하치조가 분노에 눈이 뒤집히면 어떤 무모한 흉내를 낼지 모르는 남자라는 것을 알고 있었다. 그는 자리에 돌아오자, 상키치와 마주하며 다리를 뻗은 채, 언제까지고 가만히 생각에 잠겼다. 요즘 그는 어떤 때라도 상키치에게만은 슬픔과 절망을 보이지 않고, 생긋생긋 웃는 척을 해왔는데, 오늘만은 숨기지 않았다. 20일 가까이나 자랄 대로 자란 머리와 수염으로, 배에 탄 자의 얼굴이 대체로 변한 가운데에도, 그의 변화는 가장 눈에 띄었다. 햇볕에 그을려서, 처짐 하나 없었던 이마와 볼 위에, 몇 가닥이나 고뇌의 흔적이 생겼다. 야위고 검푸르게 변했다. 단, 변하지 않는 것은 눈뿐이었다. 눈은 오히려 그의 강한 의지를 증명하는 램프로서 더한층 활활 타오르고 있었지만, 그것도 지금은 움푹해진 눈꺼풀에 싸여, 서로 엉긴 상하의 긴 속눈썹이, 그 밑에 둥근 그늘을 만들고 있었다. 상키치는 삼촌의 얼굴을 보는 것이 견딜 수 없었다. 그는 복받쳐오는 눈물을 입술을 깨물면서 참고 있었다.

곧 바다에 석양이 찾아왔다. 배는 한동안 불길에 휩싸인 집처럼 새빨갛게 타올랐다. 단 하나 남아 우뚝 서 있는 선수의 돛 기둥은, 화염 기둥을 방불케 했다. 불길은 열어놓은 출입구에서 선장실 안으로까지 침입했다. 그 맹렬한 광선도, 실내의 입을 다문 검은 두 개의 형상에 대해서는, 음산한 요괴 같은 붉은 배경을 더하는 것에 지나지 않았다.

마침내 지는 해는 저녁 어둠으로 바뀌기 시작했다. 그래도 그들은 여전히 꼼짝도 하지 않고, 어두운 방에 원래 그대로의 자세로 앉아 있었다. ――불을 켜지 않는 것에 그들은 이미 익숙해있었다. 기름도, 촛불도 오래 전에 다 떨어졌다. 그들은 또 방문을 닫으려고도 하지 않았다. 이것은 그들의 고뇌가, 일어나서 그것을 닫을 여유를 빼앗았다고 하는 것만이 아니었다. 이 근처의 바다의 기후는 일본의 6월보다 춥지는 않았다.

이날 이후, 배는 두 집으로 확연히 나뉘어졌다. 하치조와 고로스케는 선구를 두는 방을 근거지로 하여 선수 갑판 아래에 있고,

선장과 상키치는 갑판 위의 선장실과 그 옆방을 차지하여 선미 쪽에 있었다. 사이가 틀어진 이웃처럼, 그들은 왕래도 하지 않게 되었다. 선수에 있는 자들은 갑판에 나와도 결코 선미 쪽으로는 접근하지 않았다. 다만 선미 쪽 사람들만은 하루에 적어도 두 세 번은 선수로 발길을 향해야 하는 용무가 있었다. 그것은 비가 올 때마다 고생해서 모아온 수조가, 선수에 놓여 있기 때문이었다. 물을 길러오는 것은 상키치가 했다. 상키치는 선수의 창구 가를 지날 때, 아래 선실에 대자로 누운 채, 눈알을 부라리며 그를 올려다보는 고로스케의 눈과 자주 마주쳤다. 하루하루 날이 지남에 따라, 그의 눈은 한층 끔찍하게 불타오는 것처럼 보였다. 상키치는 왠지 무서운 자에게 쫓기는 느낌이 들어, 가능한 빠른 걸음으로 그곳을 지났다.

"상키치!"

어느 날, 하치조는 누운 채로 큰 목소리로 상키치를 불러 세웠다.

"무슨 일이야?"

상키치가 멈춰 서서 들여다보자, 어두컴컴한 창구 아래에서 그 눈이 희번덕거렸다. 고로스케도 함께 누워있는 것으로 보이고, 그의 두 개의 큰 정강이가 하치조의 머리 위로 뻗어있었다.

"너희들한텐 아직 있지?"

"뭐가요?"

"무엇이가 뭐야! 시치미 떼지 마! 너희들은 우리들과 나눈 것 외에 따로 숨겨뒀음에 틀림없어. 그렇지 않아? 그때 그것을 내오게 하지 못한 게 내 실수였어."

하치조는 정말 원통한 듯 분해했다.

"그럴 리가 있나. 된장도 토란도 더 있을 거야. 나한테 거짓말은 안 통해."

"틀림없는 거지?"

"틀림없어요!"

순간 모두 입을 다물었다. 그러고 나서 하치조는 또 다시 물었다.

"그게 사실이라면 너희 쪽도 이제 먹을 게 없을 게 아니야?"

"그때 삼촌이 말하지 않았어요? 아무것도 없어요. 삼촌도 나도 요 며칠 물만 마시고 있어요."

그렇게 대답해 버리자 상키치는 갑자기 슬퍼졌다. 그는 작은 통을 바닥에 놓은 채, 얼굴에 양손을 대고 격하게 울기 시작했다.

같은 상태는 하치조와 고로스케 쪽에는 훨씬 일찍 와있었다. 그들이 무리하게 나눈 음식물은, 선장의 예언보다 하루도 길게는 가지 않았다. 그들은 극심한 굶주림에 시달리기 시작했다. 지금 위장은 단순한 내장 주머니가 아니라, 그 자신이 탐욕스럽고 두려워해야 할 거대한 이빨을 가진 하나의 괴물로 일변한 것처럼 보였다. 그는 끊임없이 먹을 것을 요구했다. 1초도 그 고집을 버리지 않았다. 다른 모든 기관은 얌전하게 잠이 들려고 할 때에도, 그 생물만은 자지 않고 무언가 먹으려고 안달했다. 아무리 안달해도, 바래도, 한번 씹을 음식물조차 들어오지 않는 것을 알아차릴 때마다,

그는 어두운 흉강胸腔 속에서 이를 갈며 분노하고, 자포자기가 되어 날뛰었다. 이 소란으로 다른 사람의 잠도 모두 방해했다. ――
하치조와 고로스케는 자는 동안에도 허기를 잊을 수 없었다. 잠이 살짝 들면 곧 먹는 꿈을 꿔서 잠이 깼다. 깨어 있을 때조차 같은 환각에 계속 시달렸다. 그들은 그들의 석 되짜리 밥솥이 푸푸거리며 넘치고 있는 장면, 맛있는 된장국 냄비가 끓고 있는 광경을 자주 꿈꿨다. 또 새빨간 생선회나 맛있는 냄새를 풍기고 있는 다랑어요리, 초밥, 떡, 모든 음식물이 계속해서 눈앞에 떠올랐다. 이들 환각이 특히 좋은 점은 모두가 놀랄 만큼 크고 부피가 크며 풍성했다. 생선회는 작은 산만큼 많아 보였다. 다랑어요리 냄비는 빨래 대야보다 작지는 않았다. 또한 생선구이라고 하면 그것이 몇 마리나 있고, 모두 몇 자나 되는 큰 것으로 갖춰져 있었다. 그들은 걸신들린 듯 그 집단 속에 돌입했다. 닥치는 대로 먹어치웠다. ――

이 환상의 식사는, 그들을 더욱 배고프게 하고, 채워지지 않는 허기에 대한 고뇌와 초조를 점점 심각하게 맛보게 되는 것에 지나지 않았다.

"배고파! ――뭔가 먹었으면 좋겠다. ――갯장어 전골이 먹고 싶어! ――떡이 먹고 싶어! ――뭐라도 상관없어, 아아 먹고 싶다! ――"

고로스케는 우는 듯한 어조로 이런 고함소리를 지르면서 온 방을 몸부림치며 뒹굴었다.

하치조에게는 이들 음식물 이외에 또 하나의 것이 기억에서 되살아나, 이상한 매력으로 그를 매혹시키고 있었다. 그것은 오사카의 축항築港 거리의 분잡한 뒷골목에 있는 정육점 앞에서, 지나가다 본 소의 살찐 다릿살이었다. 그는 어촌에서 자란 만큼, 소고기를 한 근 먹기보다는 잡아도 생선을 선택하는 편이고, 노인들이 네발 동물을 꺼려하는 것과는 다른 의미에서, 스스로 고기를 사고자 한 적은 없었다. 그것이 묘하게도 지금은, 그 친숙하지 않은 육고기 맛이 그를 유혹하기 시작했다. 접시의 싱싱한 검붉은 고기가 썰어져, 쇠꼬챙이 위에서 지글지글 구워지는 것, 하얀 양파와 두부와 곤약 등과 함께, 맛있게 오그라들며 익혀져가는 광경이 눈앞에 아른거렸다.

"얼마나 맛있을지 몰라. 생선보다 훨씬 맛있을 게 틀림없어. 지금까지 그걸 먹지 않았던 게 유감이야."

물밖에 입어 넣을 수 없게 되고나서, 이제 나른해져 온 신체를, 큰 대자처럼 뒤집은 채, 그는 해가 져도 날이 밝아도 같은 음식 망상에 빠져 있었다. 상키치가 물을 길을 때마다 그의 무서운 눈을 발견한 것은 바로 그런 때였다. 그 눈이 나날이 빛나기 시작한 것을 느낀 것도, 상키치의 짐작만은 아니었다. 실제로 하치조는 하나의 전율할 만한 생각에 사로잡히기 시작했던 것이다.

그는 하루에 몇 번인가 머리 위를 지나가는 상키치를 보고 있는 사이에, 자신의 음식물 망상과 그 소년을 떼놓고 생각할 수가 없게 되었다. 요즘은 더워서 짧은 무명옷을 입고 있었기 때문에 밑에서라면 한눈에 보이는 상키치의 늘씬한 두 다리와 푸른 바지를 입은, 아직 그다지 여위지도 않은 계집애와 같은 포동포동한 둥근 허벅지는, 하치조의 잔인한 흥미를 돋웠다. 저 다리 모양이며 가랑이 밑의 상태로 보아 인간도 동물도 다르지 않은 것이다. ――저 축항 뒤의 정육점 앞에 매달려 있던 소의 허벅지살은, 단지 저것보다 좀 더 크다고 할 뿐이다. ――그렇게 생각하면서 그는 가만히 자신의 머리 위를 지나가는 또 하나의 허벅지와 다리를 응시했다. ――그 순간 가게 앞의 고기에 석양이 살짝 내리쬐었다. 고기는 새빨간 융단처럼 타올랐다. 하치조는 이를 갈며, 갑자기 그 큰 고기조각에 달려들어, 게걸스럽게 먹었다. 하지만 그것이 진짜 소고기였던가, 아니면 상키치의 잘려진 허벅지였던가, 그의 의식에는 구별이 되지 않았다.

정신을 차리자 정말이지 그는 자신의 무서운 욕망에 몸을 떨었다.

"이런 걸 생각하다니 난 괴물일지도 모르겠다."

그는 모든 것을 잠으로 잊으려고 눈을 감았다. 하지만 허기는 깊은 잠을 잘 수 없게 했다. 그러는 사이에 갑판 위를 선미에서 이쪽으로 걸어오는 상키치의 발소리가 들려오기 시작한다. 맨발의 힘이 없는, 조금은 질질 끄는 듯한 발소리가. ――그 소리가 옅은 잠에 빠졌던 귀에 들어오자, 하치조의 눈은 저절로 확 떠진다. 그는 머리 위를 노리며 기다린다. 거기에 맛있는 살찐 허벅지와 늘씬한 다리가 지나간다. ――그는 온몸이 떨렸다. 일어나는 것이 두려웠다. 튀어나가 닥치는 대로 먹어치우고 싶을 만큼 배가 고팠다.

그는 신음했다. 먹잇감을 발견하고도, 두 눈을 멀뚱히 뜨고서 놓친 늑대처럼.

이 두려운 발작은 허기에 비례해서 더해 갔다. 그는 스스로 자신을 제어할 수 없게 되자,

"고로스케!"

라고 큰 소리로 불렀다.

"뭔가 이야기하자."

그는 담화로 마음을 딴 데로 돌리려고 했다. 하지만 무엇을 이야기할 수 있을까. 먹는 것 외에는 입에 담지 않았다. 두 사람은 알고 있는 모든 음식이야기를 했다.

"고로스케, 내가 원숭이를 먹은 적이 있다고 했었지?

"작년에 천연두가 유행했을 때 주술呪術이라면서 할머니가 먹였어."

"어떤 맛이 나는 걸까?"

"어떤 맛? 네발 달린 짐승의 맛이란 모두 대체로 비슷한 거야."

"너구리는 냄새나."

"너구리도 먹을 수 있는데."

"뱀도 맛있지 않을까?"

"그렇지. 휴가의 나무꾼은 독사를 잡아서 구워서 먹는데, 장어 맛에는 못 미친대."

"그러고 보면 살아 움직이는 건 이 세상에 못 먹을 게 하나도 없어."

"살아 움직이는 것만이 아니야, 옛날의 대기근 때에는, 모 뿌리나 식물 뿌리를 캐서 먹었다고 해. 우리들이라도 산 속에서 헤매고 있었다면, 식물 열매를 따거나 나무뿌리를 캐든지 해서, 무언가 먹을 건 있었을 텐데. ――그래, 생각하니 배가 고파서 못 참겠다."

고로스케는 엉엉 울었다.

"고로스케 그렇게 울지 마. 나한테 좋은 생각이 있어."

어떤 좋은 것을 생각하고 있는 것일까?――하치조는 입에 담고 보니 무서웠다. 하지만, 그는 그 이야기를 멈출 수가 없었다.

"고로스케, 인간은 어떤 맛이 날까?"

"석류 열매 같은 맛이 나지 않을까?"

"난 더 맛있을 게 틀림없다고 생각하는데."

"그럴까?"

"물론이지. 생선도 네발 동물도 그렇게 맛있는데, 인간만 맛이 없을 리 없지 않을까? 나는 소고기보다 더 담백하고, 생선에 비하면, 더 기름기가 있을 게 분명하다고 생각해."

"그렇다면 제일 맛있는 거네."

"그렇지, 제일 맛있는 거지."

"아아 이제 그런 이야기 그만해. 이야기가 뱃속에 쌓이는 것도 아니고. 오히려 더 배고파질 뿐이야."

"말만이 아니야. 네 생각에 달려있어. 그런 가장 맛있는 것을 둘이서 배불리 먹을 수 있어."

하치조는 거기까지의 결심은 아직 하지 않았을 터였다. 하지만 말이 먼저 그것을 해버렸다. 그러자 이상하게도 나중에는 아무런 마음의 비난도 없다면 두려움도 없는 냉정함으로 이야기를 계속할 수 있었다. 고로스케가 끔찍한 계획에 깜짝 놀라,

"아무리 그렇다고 해도 난 그런 일은 할 수 없어!"

라며 겁을 먹었을 때에는 그는 기개 없는 고로스케를 비웃기조차 했다.

"흥, 겁쟁이 같으니라구! 너한테 죽이라는 게 아니야. 녀석이 위를 지날 때 불러서 내려오게만 하는 게 뭐가 겁나는 거야?"

"그렇게 말해도 상키치도 불쌍하지 않아?"

"뭐가 불쌍해? 선장하고 둘이서 지금까지 교활한 짓만 하고 있는 놈이. 된장도 토란도 저 녀석들 우리들의 몇 배나 가져갔어. 그것만으로 죽여도 되는 거야. ——아무래도 좋아. 네가 겁먹고 있다면 난 너한테 부탁 안 해. 그 대신 나중에 아무것도 안 줄 거니까 기억해둬."

고로스케는 지금 그에게 내버려져서는 살수 없을 거라 생각했다. 그는 마침내 애원했다.

"그런 말 하지 마. 무엇이든 시키는 일 할 게."

"그 말 잊지 마."

"안 잊을 게."

하치조는 자신에 대해서는 상키치가 왠지 본능적으로 경계를 늦추지 않게 된 것을 눈치 채고 있었다. 그 때문에 고로스케를 이용할 필요가 있었던 것이다. 그날 저녁 그는 몰래 갑판에 나갔다.

그들이 장작 패는 것에 사용하던 큰 도끼를 가지고 왔다. 도끼는 작지는 않았지만 녹슬어 있는데다, 베어 넘긴 돛 기둥을 장작 대신에 패던 것이라 날도 나간 상태였다. 그는 숫돌을 찾기 위해 혈안이 되어 배 안을 어슬렁거렸다. 선미의 선저에 이제 사용하지 않게 된 잡동사니류와 함께 뒹굴고 있었다. 이 두 개가 갖춰지자, 그는 이번에는 방구석에 책상다리를 하고 앉아, 세심하게 갈기 시작했다. 가끔 일어서서 뱃전의 높은 창 아래로 가져가서는, 밝은 별빛으로 도끼날을 비춰보았다. 마지막으로 그것은, 방 한구석에 넣어두었던 돛 조각 천 아래에 숨겼다.

날이 밝았다. 하치조는 오늘아침은 언제까지나 누워있지는 않았다. 서둘러 일어나, 띠를 꽉 다시 죄자,

"이봐 고로스케 일어나."

라고 부르면서, 누워있는 고로스케의 큰 몸집을 거칠게 흔들었다. 동시에 대단히 강압적인 목소리로 속삭였다.

"제대로 해. 이제 곧 올 시간이야."

그들은 오래는 기다리지 않았다. 선미 쪽에는 마침내 상키치의 귀에 익은 발소리가 나고, 그것이 점점 다가왔다. 하치조의 눈은 불타올랐다. 하지만 그는 가능한 아무렇지도 않은 태도를 취하기 위해, 일부러 뱃전 쪽을 향해 책상다리를 하고, 물을 끓이는 듯한 식으로 도자기로 만든 작은 화로에 불을 피우고 있었다.

드디어 발소리는 선수 위에 왔다.

"상키치!"

하치조는 재빠르게 말을 걸었다.

"무슨 일이죠?"

상키치는 멈춰 섰다. 이제 막 일어난 그는 아직 옷을 걸치지 않고 있었다. 하치조는 그 통통한 몸의 살집을 연기 속에서 달려들어 무는 것처럼 올려다보면서, 어투만은 쾌활하게 말했다.

"내 토란을 줄려고 기다리고 있었어. 가지러와."

"지금 이때 무슨 토란이 있으려고. 나를 속이지 마."

"멍청하긴. 널 속여서 무슨 도움이 된다고. 어제저녁 내가 숫돌을 찾아서 돌아다녔더니 잡동사니 넣어두는 곳의 가마니 속에서 나왔어. 세 개 있어서 너한테도 하나 주려고 생각해서 챙겨둔 거야. 고맙게 생각해. 안 그래, 고로스케."

하치조가 바로 옆에 있는 듯한 고로스케에게 보증을 요구하자, 이번에는 고로스케가 외쳤다.

"상키치, 거짓말이 아니야. 진짜 토란이 있어. ——오랜만에 먹고 싶지?"

이 마지막 말이 상키치로부터 모든 추리력을 빼앗았다. 특히 어제저녁 하치조가 무언가를 찾아서 어슬렁거리고 있던 것을, 그도 어렴풋이 알고 있었다. ——그는 마침내 빈 물통을 갑판에 내버려두고, 선수에서 그들의 방으로 뛰어 내려가자,

"어서 줘. 그 토란을 나한테 달라구!"

라고 우는 듯한 목소리로 졸랐다.

"거기 있지 않아?"

"어디?"

"봐, 고로스케 맞은편에 있는 소쿠리를 봐."

"연기가 나서 모르겠어."

상키치는 눈을 깜빡거리면서 어찌할 바를 몰라 했다. 그 사이에 하치조의 손에는 이미 도끼가 쥐어져있었다. 상키치가 하치조가 있는 쪽으로 맨몸의 등을 향해, 무릎을 꿇고, 어두컴컴한 뱃전 쪽 구석에 토란을 찾기 시작한 순간, 도끼를 쳐들어 내리쳤다. 끔찍한 비명소리가 났다. 상키치는 정수리를 맞고 머리에서 피를 흘리며 쓰러졌다.

도끼가 상키치의 머리 뒤에서 번쩍함과 동시에, 제정신을 잃고 엎드렸던 고로스케는, 시체가 쓰러진 소리에 왠지 모르게 안도하고, 몹시 조심스럽게 고개를 들었다. 하지만 피와 처참한 그 자리의 광경은 그의 공포를 배증시켰다. 그는 달달 떨기 시작했다. 떨면서, 디프테리아[32] 환자의 목에서 나오는 듯한 목소리로 멍하니 반복했다.

"괜찮은 거야? ——죽은 거야? ——살아나진 않겠지?"

그는 살점이 뜯겨나간 연어 알 같은, 새빨간 피투성이가 된 머리가, 지금이라도 묵묵히 움직이기 시작해, 자신을 향해 달려들 것 같은 생각이 들어서 견딜 수 없었다.

---

32 디프테리아(diphtheria): 디프테리아균을 병원체로 하는 디프테리아 독소에 의해 발생하는 급성 감염질환. 디프테리아가 발병하면 목이 굵고 짧은 자라목처럼 된다.

"괜찮을 거야. 이미 죽었어."

하치조는 태연한 척하고 있었다. 하지만 고로스케 못지않게 떨고 있었다. 실제로 살아있는 동안은, 정어리 한 마리 정도의 생물체로밖에 생각하지 않았던 작은 상키치가, 시체가 됨과 동시에 갑자기 이상한 위력을 가지고 그에게 다가 왔던 것이다. 반항이라면, 어떤 반항도 두렵지 않았다. 나서서, 싸워서, 때려눕히면 그만이다. 하지만 피투성이의, 말이 없는, 차가운 위압과 맞서서는 싸울 방도가 없었다. 그만큼 무서웠다. 그는 한시라도 빨리 뒤처리를 해야 한다고 초조해하면서, 손도 발도 움직이지 않았다. 어떻게 하면 좋을지 몰랐다. 더구나 어디의 살점을 자르겠다는, 어느 쪽 다리를 찢겠다는 욕망 따위는, 완전히 사라지고, 다만 자신도 모르는 전율과 공포 속에 몇 분간 모든 것을 잊고 우두커니 서있었다. ――그는 도끼조차 아직 쥐고 있는 채였다.

마침 그때, 선미 쪽에서 선장이 조카를 부르는 목소리가 들리기 시작했다.

"상키치, 상키치."

삼촌은 계속 불렀다. 시체 옆의 두 사람은 그 목소리에 얼굴을 마주봤다. 고로스케는 더한층 떨었다. 하치조는 오히려 그 새로운 자극으로 평상심을 되찾았다. 무엇을 해야 할 것인지 곧 알았다.

"고로스케, 일어나."

그는 허둥대는 고로스케를 답답한 듯이 질타하면서, 돕게 하고, 그 전에 도끼를 숨겨두었던 넝마 조각 속에 상키치의 시체를 둘둘 말아 넣었다. 주변에 쏟아진 피와 아직 자신의 손과 얼굴에 튄 피는, 두 사람의 오래된 수건으로 문질러 닦고, 그것도 함께 시체 밑에 밀어 넣었다. 하지만 도끼는 숨기려고도 하지 않았다. 하치조는 피만 수건으로 닦고, 만일의 경우 금방이라도 잡을 수 있도록 화로 옆에 두었다. ――해치에서는 그곳이 보이지 않았다.

선장은 상키치가 물을 떠오기 위해 나갔을 때에는, 여느 아침과 마찬가지로 금비라님 앞에서 열심히 기도하고 있었기 때문에, 선수에서 일어난 사건은 아무것도 몰랐다. 하지만 그의 꽤 긴 배례가 끝날 때까지 상키치가 아직 돌아오지 않은 것을 봤을 때, 그는 왠지 걱정이 되었다. 그래서 그는 방 밖으로 나와 불러봤다. 대답이 없었다. 돛을 잃고 그 외의 무거운 선구도 모두 잃어버리고, 한 개의 돛 기둥은 밑동에서 잘려나가고, 얼마 남지 않은 돛이 마을 변두리의 전신주처럼 달랑 서있을 뿐인 텅 빈 갑판은, 한 눈에 봐도 선수까지 다 보였는데도, 상키치의 모습은 어디에도 없었다. 하지만 단 하나의 물건이 멀리서 선장의 주의를 끌었다. 그것은 선수의 해치 입구에 놓인 상키치의 물통이었다.

저 물통이 어째서 저기에 있는 거지?

이 수상함은 격심하게 선장의 가슴을 뛰게 했다. 상키치가 물을 뜨러 간 김에 아래에 있는 방에 놀러라도 간 것일까? ――지금 사정으로는 그것은 있을 수 없는 일이었다. 만약 또 물통이 뱃전에 가깝기라도 하다면, 굶주려 쇠약해진 몸이 어쩌다가 바다에 미끄러져 떨어졌다고도 생각할 수 있을 것이다. 하지만 그 장소에서는 결코 그렇게는 여겨지지 않았다. 그렇다면 무엇이 상키치를 숨기고 물통만을 남겨뒀을까? ——더군다나 저 장소에. ——사리분별이 없는 건달과 짐승 같은 바보가, 굶주림에 미쳐서, 화를 내거나, 소란을 피우거나, 짖어대거나 하고 있는 위험한 굴 입구에. ——그 순간 그는 인류가 할 수 있는 한 가장 무서운 상상을——동시에 그것은 사실에 가까운 통찰이었지만——쉽게 그려낼 수 있었다. 그는 상키치의 피범벅이 된 시체를 보았다. 해체된 팔과 다리를 보았다. 그리고 찢어진 살. 그 살을 물고 놓지 않는 두 개의, 새빨간 피에 물든 인간의 이빨을. ——그는 죄인이 죄인을 알아차리는 것처럼 모든 것을 꿰뚫어 보았다. ——그도 똑같이 심하게 굶주려 있는 한 사람이었기 때문에.

그는 한시도 주저할 수 없음을 느꼈다. 그래서 방에 돌아가 하역용 짧은 검을 잡는 것보다 빨리 그들의 해치로 다가갔다. 분노의 목소리로 이렇게 외치면서.

"어이, 하치, 고로스케, 상키치를 내놔! ——상키치를 내놔!"

그때는 아래의 선구 방에 있던 두 사람이 시체의 뒤처리를 끝내고 나서 채 5분도 지나지 않았다. 그들은 물론 대답을 하지 않았다. 그 침묵이 선장에게 더더욱 분노와 공포를 주었다.

"왜 입 다물고 있는 거야? 상키치를 어떻게 한 거야?——너희들 둘이 모를 리가 없어. ——이놈, 어이, 하치, 나와라. 고로스케, 너까지 대체 어떻게 된 거냐. 왜 대답을 하지 않는 거야? 너희들은 나한테 대답할 수 없는 일을 한 거냐? 이놈들 자백해."

선장은 분해하면서 검으로 해치 가장자리를 쳤다. 그러자 마침내 하치조가 고함쳤다.

"시끄러워. ――상키치가 어떻게 되든 우리가 알 바 아니다! 안 보이면 당신이 찾아. 우리들은 상키치의 망을 보거나 하진 않아."

"뭐라고 하치, 네가 그렇게 큰소리쳤단 말이지?――난 모든 걸 알고 있어. 너희들이 상키치를 죽였지. 자, 어때?"

선장은 증오와 복수심으로 불타오르면서도, 그대로 뛰어 들어가 맞설 만큼의 용기는 없었다. 그것은 자진해서 맹수의 굴에 뛰어드는 것과 마찬가지였다. 그들은 대기하고 있어, 발이 아직 선저에 도달하기 전에 그도 상키치와 같은 운명에 빠질 것이다. 선장은 어떻게 해서든 그들을 갑판 위로 끌어내야 한다고 생각했다. 상키치의 시신에 더 이상 끔찍한 오욕을 가하지 않기 위해서라도, 그것이 가장 필요했다. 그러기 위해서는 단 한 가지 방법밖에 없었다. 선장은 혹독한 어투로 계속했다.

"자 봐라, 대답을 할 수 없지 않냐, 아무리 너라도 한 일을 하지 않았다고는 할 수 없어. 그러지 말고 잘 생각해봐. 선원이 되어 한 배를 타고 있으면 타인도 친형제다. 좋든 나쁘든 서로 도와가야 하는데 너희들 둘은 요사이 실컷 나쁜 말만 하고, 마침내 이런 일까지 저질렀다. 나도 오늘만큼은 각오를 했다. 너희들은 사람까지 죽여 놓고 그대로 두려고 생각하고 있진 않겠지. 자 순순히 나와. 상키치의 복수를 해주겠다. ――왜 가만히 있는 거지? 왜 올라오지 않는 거냐? ――두려운 거냐?"

선장은 이번에는 비웃음과 욕설과 조롱을 퍼부었다.

"흥. 말도 안 되는 녀석. 너희들은 둘이다. 나는 혼자다. 그런데 무엇이 두려운 거냐. 그런 겁쟁이가 사람을 잘도 죽일 수가 있었구나. 좋아, 그러면 이렇게 해 주겠다."

선장은 쥐고 있던 검을 쨍그랑 하며 앞쪽으로 던졌다.

"자, 이제 맨손이다, 아무것도 가지고 있지 않아. 게다가 너희들이 갑판에 올라와 순순히 승부를 겨룰 때까지 내 쪽에서 결코 손을 대지는 않을 거다. 안심하고 올라와. 하치, 고로스케. ――뭐냐, 그래도 너희들은 아직 안 올라오는 거냐? ――흥, 둘도 없는 겁쟁이가 모여 있군. 입만 언제나 호기를 부리고 부끄럽지 않냐? 비겁한 놈! 줏대 없는 놈! 해파리 같은 놈!"

이 때 아래에서는 다툼이 일어났다. 그것은 하치조가 화가 나서 뛰어나가려고 하자, 그것을 고로스케가 안 보내려고 하는 몸싸움이었다. 선장의 심한 모욕은, 야수의 굴 입구에서 품어지는 괴로운 연기였다. 특히 평상시부터 선원들 사이에서도 강한 자임을 자랑으로 여기던 하치조의 자존심은 도저히 참을 수 없는 연기였다. 그는 마침내 엉겨 붙는 고로스케를 밀치고, 한손에 도끼를 쥔 채 상상도 못할 민첩함으로 갑판에 뛰어올라갔다.

"자, 이제 아무것도 숨기지 않겠다. 상키치는 우리들이 죽였다. 죽여서 먹으려고 했다. 그게 어쨌다는 거야?"

그는 오히려 고자세로 달려들었다. 도끼를 쳐들어 다가오면 단번에 치겠다는 자세로, 선장을 노려보고 선 형상은, 이미 인간이 아니었다. 그는 사람의 마음을 잃음과 동시에 사람의 모습도 잃어가고 있는 것처럼 보였다. 특히 누구보다 털이 많은, 자랄 대로 자란 머리카락과 수염은, 살이 빠져 평소보다 더 크고 험악해진 눈과 함께, 그의 상반신을 굶주린 사자의 머리로 바꿔놓고 있었다. 그리고 포효에 가까운 고함소리로 여전히 무시무시한 말을 계속했다.

"그것이 나쁘다면 뭐라도 좋으니까 먹을 걸 줘. 자, 달라고. 자, 내봐. 자, 먹게 해줘. ──먹게 해줄 수 없잖아! ──아무것도 없잖아. 어쩌라고. 우리들은 배가 고파 견딜 수가 없어. 죽을 만큼 배고파. ──이렇게 되면 인간이든 뭐든 상관없지 않아? 우리들은 먹지 않고는 견딜 수 없어."

"우리들은 생지옥에 빠졌다."

이 한마디가 겨우 선장이 할 수 있었던 한마디였다. 검은 다시 그의 손에 있었다.

"그런 지옥에는 누가 빠뜨린 거야? 모든 게 네 녀석이 한 짓이잖아."

"내가 한 짓인지 누가 한 짓인지 조사해 볼 사람이 보면 알 이야기지."

"흥, 간사한 놈!"

하치조는 드디어 도끼를 내리쳤다.

"빌어먹을!"

선장은 몸을 비키면서 소리치고, 자신도 검을 쳐들고 맞섰다.

둘 다 평소의 걸음걸이는 굶주려서 비틀거리게 되었으면서, 대진할 때에는 이상한 힘이 나왔다.

하지만 그들은 오래는 싸우지 않았다. 마침 그때 고로스케는 갑판에 올라와 두 사람 사이에 뛰어들었다. 그는 하치조의 다리에 매달리며 소리쳤다.

"하치, 그만둬. 그 손 내려. ――우리들이 나빴어. ――아무리 배고파도 인간이 인간을 먹는다고 하는 법은 없어. 우리들이 잘못 생각한 거야. 저기에 혼자 있으니까 난 무서워졌어. 상키치가 유령이 되어 나올 것 같은 생각이 들어 견딜 수가 없었어. 자 선장에게 사죄하고 이제 모두 화해하자. ――선장님, 용서해줘요. 우리들이 거듭거듭 나빴어요. 이렇게 머리 숙여 사죄할 게요. 당신이 용서해 줘요. 그렇지 않으면 난 무서워서 견딜 수가 없어요."

고로스케는 선장 앞에 엎드려 얼굴을 갑판 바닥에 대고는 엄청나게 흐느껴 울었다. 이 눈물에 반항할 수 있는 인간은 결코 없었다. 선장은 무기를 내리자, 어느새 눈시울을 적시며 함께 흐느껴 울었다. 하치조도 사죄의 말은 하지 않았지만, 그래도 묵묵히 서서, 머리를 숙이고 있었다.

그날 저녁 상키치의 시신은 살해당한 장소에서 죽인 자의 손에 의해 갑판에 옮겨졌다. 삼촌은 불경도 한 번 읽지 않고 매장될 조카를 위해, 금비라님의 부적을 한 장 시신의 가슴에 놓았다. 그렇게 하여 피로 물든 돛의 천을 그대로 하얀 수의로 해서, 그 위를 밧줄로 단단히 묶어 시체를 바다에 던져 넣었다.

이 사건은 큰 슬픔과 함께 강한 공포를 선장의 가슴에 심어주었다. 그것은 이번과 같은 끔찍한 생각이 만약 하치조의 마음에 뿌리를 내리고 있다면, 이번 실패로 그런 생각이 그대로 사라질 리는 없다. ――기아가 소멸하지 않는 이상. ――그리고 지금 또 다시 같은 일이 계획된다고 한다면, 이번에는 자신의 차례다. 그는 그렇게 생각한 것이었다. 그는 겁은 나지 않았다. 그러나 평상시의 몸과 달리 쇠약해진 이상 어쨌든 저쪽은 혼자가 아니었다. 고로스케의 눈물은 오래토록은 믿을 수 없다. 그는 하치조의 한 마디로 또 언제라도 행동을 같이 할 것임에 틀림없었다. 만약 갑자기 두 사람이 덤벼들기라도 한다면 이길 자신은 없다고 생각했기 때문에 선장은 극도로 경계하기 시작했다. 그는 자신의 방과 그 옆방인 선장실 문을 안에서 전부 못으로 박아, 외부에서는 결코 침입할 수 없도록 했다. 또 자신도 좀처럼 방을 나갈 필요가 없도록, 남은 물을 이등분해서 자신의 몫을 방 마루 위에 가져왔다. 그것은 짐을 나르는 통과 빈 간장 통 쪽이 남아있었다. 빈 통에 채운 것은 간장의 소금기와 냄새가 배어서 맛이 안 좋았지만 선장은 자신이 그 쪽을 가지고, 맛있는 쪽 물을 하치조와 고로스케에게 양보했다. 그렇게 하여 그의 농성 준비는 완료되었다.

그 후에는 그는 거의 방에만 틀어박혀 오로지 금비라님에게 마음으로 빌었다. 아무리 포기하려 해도, 또 완전히 포기한 셈으로 있어도, 그 아래에는 여전히 살고자 하는 힘이 밀치고 올라왔다. 어떻게든 하면 살아날 듯한 생각이 들었다. 금방이라도 갑자기 어딘가의 섬이 보이거나, 무언가의 배가 나타나 줄 것만 같았다. 그가 못을 박아둔 문 하나를 안쪽에서 열고, 비틀거리며 갑판에 나타나는 것은, 그런 생각에 가만히 있을 수 없어질 때였다. 그래도 그는 방심하지 않고, 가능한 하치조와 고로스케가 있는 해치에서 떨어진 뱃전으로 가서, 사방팔방을 열심히 둘러보았지만, 아무것도 없었다. 변함없는, 질리도록 본 하늘과 바다와 태양뿐으로 세계는 아무것도 없었다. 그는 그때마다 새삼 절망하고는 방으로 되돌아갔다. 침대에 기어 올라가 잤다. 때로는 이틀이나 방에서 나오지 않는 일도 있었다. 하지만 달력이 한차례 바닷물에 젖었지만, 찢어지지 않고 온전하게 남아있어서 날짜만은 잘 알았다. 그것에 의하면 그들은 고향의 해안을 떠난 지 벌써 40일 이상이 되었다. 그는 또 가끔 부모나 젊은 아내 꿈을 꿨다. 잠이 깨면 미쳐버릴 정도로 그리웠다. 선장은 베개에 얼굴을 박고 좀처럼 울지 않는 남자가 복받쳐 울었다. 그러한 꿈을 꾼 후에는 그의 기분은 평상시와는 전혀 다를 정도로 감상적이 되어, 현재의 고독의 고통이 더한층 가슴을 찔렀다. 곤충이라도 모여서 같이 살고 싶은 지금 상황에 그것도 같은 운명을 나눠가진 난파선 위에서, 동지들끼리가 서로를 두려워하고, 서로 성내며 떨어져서 산다고 하는 것은, 얼마나 불운한 일인가를 절감했다.

"하치, 고로스케. 이야기하러 오지 않을래?"

그는 그렇게 호소하고 싶은 충동에 가끔 사로잡혔다. 하지만 그 순간 상키치의 피투성이가 된 시신이 눈에 아른거렸다.

표류하기 시작해 꼭 45일째 되는 날이었다. 12일 전부터 안 좋아진 날씨는 이 날이 되자 대단한 강풍으로 변하고, 비는 내리지 않았지만 그 대신 배에서 자란 선장조차도 지금까지 보지 못한 큰 파도를 동반했다. 그 하나는 방의 다다미 위에 누워있던 그가 탄환 장치 기계에서 튕겨진 것처럼 곧바로 박혀서 그 여력으로 맞은편 의 침대에 무릎을 찍고, 무릎의 살점을 뼈가 드러나도록 찢겨질 만 큼 거센 파도였다. 물을 담아둔 간장 통은 좁은 방을 데굴데굴 굴 러 돌아다녔다. 선장은 허리띠를 풀어서 그것으로 몸을 침대에 묶 어서, 두 번 다시 튕겨나가지 않도록 고안을 했다.

그리고 얼마 지나지 않아서였다.

"선장님, 선장님!"

하고 부르는 고로스케의 소리가 파도의 함성 사이로 들려왔 다. 그 목소리는 이윽고 못을 박아둔 입구의 문을 탕탕 두드렸다.

"선장님, 여기에 들어가게 해주세요. 바깥쪽은 파도가 쳐 들어 와서 있을 수가 없어요. 제발 저희 둘을 살려주신다고 생각하시고 들어가게 해주세요."

고로스케는 계속 소리쳤다. 선장은 금방은 대답하지 않고, 가 만히 그 말을 듣고 있는 사이에, 가장 냉정한 판단을 모색하고 있 었다. 그는 고로스케의 말을 믿었다. 이 파도로 선구을 두는 방에 있을 수 없다는 것도 알고 있었다. 하지만 왜 하치조는 입 다물고 있는 것일까? ——이것은 그의 주의를 환기시켰지만, 설마 이 소 동 속에, 서슴지 않고, 고로스케를 앞장세워 쳐들어올 미치광이는 아닐 것이다. 그렇다고 한다면, 그들은 쫓겨서 둥지를 찾아 온 새였다. 내버려둘 수는 없었다. 선장은 마침내 결심하고 몸을 침대에서 풀고 문을 열었다. 고로스케가 앞에 서고, 그 뒤에 하치조가 가만히 서 있었다.

하지만, 선장은 곧 들이지는 않았다.

"여기에 들어오고 싶으면 들어오게 해주겠다. 두 사람 모두 알몸이 되어봐."

그는 반항을 허락하지 않는 엄격한 어조로 명령했다. 고로스케는 곧 무명옷을 벗고, 재빠르게 바지를 벗어 팬츠 한 장 차림이 되었다.

"좋아 들어와도 돼."

고로스케는 허락받았다. 하지만 하치조 쪽은 언제까지고 우물쭈물하며 옷을 벗지 않았다.

"하치 어떻게 된 거냐? 왜 옷을 벗지 못하는 거지?"

선장은 그렇게 재촉하면서, 하치조의 무명옷의 등 부분이 왠지 부자연스럽게 헐렁한 것이 눈에 들어왔다.

"하치, 좀 보여 봐, 네 등을."

그는 재빨리 손을 뻗어 등을 잡아 보았다. 딱딱했다. 억지로 옷을 벗기자 도끼가 보였다.

"하치, 이거 어떻게 된 거야? 넌 무슨 용무가 있어 이곳에 도끼를 들고 온 거야?"

선장은 분노와 놀라움에 얼굴색이 변하며 힐책했다. 그러나 하치조는 오히려 놀라지 않고 태연하게 대답했다.

"내가 먼저 어떻게든 할 생각은 없지만 요전의 일도 있고, 만약 당신이 검이라도 휘두른다면 그 때에는 무언가 없으면 곤란하니까 가지고 온 거요."

만약 그 말이 거짓이 아니라면, 그것은 누구라도 취하지 않을 수 없는 방도였다. 자신도 그랬을지 모른다고 선장은 생각했다. 때문에 그는 다시금 맹세하게 했다.

"분명 네가 말한 대로지?"

"틀림없소."

하치조는 단호하게 대답했다.

"좋다, 그렇다면 네 앞에서 이렇게 하면 되겠다."

그는 그 도끼와 침대 밑에서 꺼낸 검을 수건으로 묶어서 그것을 가지고 방 밖에 나가, 하치조와 고로스케가 지켜보고 있는 앞에서 바다 속에 던져 넣었다.

"자 들어와, 그 대신 수상한 짓 하면 용납하지 않아."

그날 밤부터 셋은 선장실의 좁은 방에 엉겨 붙어 잤다. 이 방만은 침대 위쪽에 있는 하나의 창과, 선원실로 통하는 문과, 후갑판으로 나가는 또 하나의 문, 열리는 곳은 세 개밖에 없고, 그것도 단단히 빈틈없이 만들어졌기 때문에, 아무리 파도가 덮쳐도 안쪽까지 적실 걱정은 없었다. 하지만 그 한 방에서의 생활은 선장에게 있어서는 두려운 것이었다. 그는 자신의 조카의 가해자이고, 동시에 또 마음만 먹으면, 언제 어느 때 자신의 몸에 손을 댈지도 모르는 인간과 몸을 맞대고 자는 것이었다. 그는 자는 동안에도 방심하지 않았다. 또 무기도 도끼와 함께 바다에 던져 넣은 검만이 아니었다. 그는 원래 취사장에 있던 양날 식칼을 따로 몰래 가지고 있고, 잘 때에는 침대의 이불 위에 또 한 장의 이불을 깔아 그 사이에 식칼을 숨겨두고 잤다.

"와 보기만 해. 찔러줄 테니."

그는 끊임없이 이런 결심을 하고 있었다. 그러는 사이에 또 물이 부족해졌다. 요전에 큰 파도가 쳤을 때, 선수에 있었던 하치조와 고로스케의 물은 통째 휩쓸려간 데다, 오랫동안 비가 오지 않아서, 옮겨온 이후는 선장이 남겨 둔 간장 통의 물을, 셋이서 마시고 있었기 때문이었다. 그 통은 세 명이 옮겨오고 나서는 방이 좁아졌기 때문에, 옆의 선원실에 두었다. 일어나 있을 힘을 점점 잃은 세 사람은, 하루 종일 침상 위에 누워 물을 마시러 갈 때만 기어나가서는, 찻잔에 고작 한두 잔씩의 물을 소중히 마셨다.

그 물도 마침내 떨어진 날이 왔다.

"드디어 이대로 죽어버리는 건가! 비참하다!"

이제 목이 잠겨 크게 나오지 않게 된 목소리를 내며 엉엉 우는 고로스케를 가운데 두고 선장은 안쪽의 침대에, 하치조는 입구의 침상에, 마찬가지 한탄과 번민에 시달리며 누워있었다.

"하지만 생각해 보면 우리들은 살아남지 못할 거야. 안 그래 하치? 상키치를 둘이서 그렇게 만들었으니까 아무리 금비라님한테 빌어도 신심이 먹히지 않는 거야. 아아 그런 짓을 하지 말았으면 좋았을 걸. 상키치——용서해줘. 제발 용서해줘. 우리들이 잘 못했어. 내가 하치조를 끝까지 말리지 못한 게 잘못이었어. 상키치 내가 사죄할게."

고로스케는 그렇게 말하며 계속해서 상키치의 일을 입에 담았다. 상키치의 환영이 보이기라도 하는 것처럼, 크게 뜬 눈으로 마침 그의 머리 위에 위치한 신단 근처를 응시하고는, 울면서 사죄하거나, 호소하거나 했다. 선장은 그것을 들으면 어쩐지 두려워지기도 했지만, 불운한 조카를 애통해 하는 마음이 새삼 떠올라 슬퍼지기도 해서 저지했다.

"고로스케, 상키치의 일은 이제 그만 이야기해. 네가 그렇게 사죄할 마음이 있으면 상키치라도 아무렇지 않게 여길 거야. 모두 운명이라고 생각하고 원망하지 않을 거야. 이제 말하지 마."

"선장님, 저는 상키치를 죽인 것만으로도 죽어서 지옥에 떨어질 거라 생각하면 죽는 것이 두려워서 참을 수가 없어요."

그의 해골에 근접한 얼굴은 공포로 떨고 있었다.

"이렇게 배고파서 며칠이나 물도 못 마실 바에는 차라리 바다에 뛰어들어 단숨에 죽는 편이 더 낫겠다고 생각하지만, 그런 일을 생각하면 죽을 수도 없어요. 무섭고 두려워서 견딜 수가 없어요!"

"그런 걱정은 하지 마. 모두가 마찬가지니까."

선장은 다정하게 위로해 주었지만, 고로스케의 공포는 결코 남의 일이 아니었던 것이다. 평소는 선원의 단순함으로 배가 침몰하면 그냥 죽는 거지, 또 저 세상은 배 바닥 밑에 어디에라도 가로

놓여있는 정도로밖에 생각하지 않았던 문제가, 이 오랜 죽음과 싸우는 사이에, 점점 복잡한 양상을 띠며 그를 위협하고 있었다. 저세상은 정말 있는 것일까, 없는 것일까? 지옥은? 극락은? 어릴 때부터 운명이라든가 신이라든가 인간의 힘 이상의 특수한 위대한 힘을 믿는 것과 전통적으로 결부되어 자란 선원인 그에게는, 내세를 받아들이는 것은 어렵지 않았다. 하지만 그것이 어떤 형태를 띠고 존재하고 있는 것인지, 자신은 극락에 보내질지 지옥에 떨어뜨려질지 아무것도 몰랐다. 그 모른다는 것이 두려웠다. 그는 열심히 금비라님에게 매달리는 것에 의존해서 그 공포로부터 도망치려고 했다. 종일 빌고 있을 뿐이었다. 그러자 그 기도는, 저 세상의 끔찍한 지옥으로부터 자신을 막아 주십사 하는 애원만으로는 끝나지 않았다. 그는 역시 죽지 않고 살아남게 되는 것을 빌고 있었다. 살고 싶다는 일념을 완전히 버리지 못했다.

어느 날 밤, 그는 또 이상한 꿈을 꿨다. 꿈속에서 금비라님이 나타나서, 샌프란시스코에서 석유를 싣고 돌아가는 기선이, 항로를 잘못 들어 내일쯤 가이진마루 부근을 지난다. 구조 받고 싶으면 그 배다. 만약 그것을 놓치면 두 번 다시 기회는 없다, 고 한 듯한 느낌이 들었던 것이다. 선장은 신통한 물의 계시라 생각하고, 용기가 났다.

날이 밝자 그는 꿈 이야기를 두 사람에게 들려줬다.

"갑판에 나가서 보자. 저 금비라님이 말씀하신 것이 나에게는 아무래도 거짓말이라고는 여겨지지 않아."

세 사람은 함께 일어나, 오랜만에 갑판에 나갔다. 근래에 보기 드문 좋은 날씨로, 투명한 하늘에서 쏟아 내리는 눈부신 햇살은, 굶주린 그들의 눈을 잠시 따끔따끔 아프게 했다. 하지만 시력의 조절이 가능해지자 그들은 모든 신경을 모조리 그 기관에 모으고, 제각각 방향을 탐색했다. 지금 세 사람에게 있어서는 자신들을 둘러싸고 있는 사방의 바다는, 운명의 원반이고, 그것을 두르고 있는 주위의 둥근 일선은, 생사를 가르는 눈금과 같았다. 만약 그 선의 어느 일점에선가 희미한 그림자가 나타나 주기만 한다면. ──그들은 제 정신이 아닌 것 같은 소원에 불타면서, 휘청휘청하는 몸을 움직여서는, 한 장소에서 다른 장소로 비틀거리며 걸었다. 불과 두세 척尺[33] 의 위치의 변화가, 눈에 들어오는 것을 바꿔버리기라도 하는 것처럼. 그리고 거기에서 잠자코 잠시 멈춰 서서, 바라보고, 역시 텅 비어 아무것도 없는 것에 실망하면, 신음하고, 눈을 돌려, 또 장소를 이동시켜갔다. 하나밖에 없는 선장의 쌍안경은 손에서 손으로 서로 뺏고 빼앗겼다. 마침내 태양이 배 바로 위에 올 시간까지 기다려도 아무것도 모습을 드러내지 않았을 때, 그들은 기다림에 지쳤다.

"아무것도 안 보여, 한심한 짓을 했어."

하치조는 그 불평과 실망을 제일 먼저 입 밖에 내고 고로스케

---

33 길이의 단위로 1尺은 약 30.3센티에 해당한다.

에게 이제 선실로 돌아가자고 했다.

"자 이제 가자, 고로스케, 언제까지 기다려도 마찬가지야."

"안 갈 거냐? ——비참한 일이야."

그는 갑판 위에 우두커니 선 채 한탄했다.

"이렇게 되면 신도 부처님도 기댈 수 있는 게 아냐. 그런 걸 기대는 쪽이 바보다."

하치조는 명백히 선장을 빗대어 빈정대듯 말하고, 따분한 헛소동으로 약해진 몸에 현기증이 났다고 불평을 쏟으면서, 혼자 후갑판의 선실 쪽으로 걸어갔다. 고로스케는 잠시 남아 있었지만, 그래도 30분이나 지나자,

"선장님 이제 저도 갈 겁니다. ——당신도 들어가요."

라 말하며 비틀비틀 하치조의 뒤를 따랐다. 선장은 혼자서 가만히 남아있었다. 그는 다시금 확인해 보려 하는 듯, 갑판 전체에 단 하나 남은 돛 기둥 아래로 기어가서 그 기둥에 매달려 붙은 채 둥근 수평선의 동쪽에서 북쪽을, 북쪽에서 서쪽을, 서쪽에서 남쪽을 열심히 탐색했다. 여전히 텅 비어 아무것도 없고, 파랗고, 멀고, 무한히 넓을 뿐인 것을 보았을 때, 그는 돛 기둥 아래로 쓰러지며 소리 내어 울었다.

"이렇게 좋은 날씨인데, 서로 도우면서 얼마든지 일을 해도 좋을 거라 생각하는데, 정말이지 운이 없어!"

그는 그렇게 말하고 하소연하며, 언제까지고 혼자 넋을 잃고 슬퍼했다.

그러고 몇 시간이 지났는지 그는 몰랐다. 잠들었다고는 생각되지 않았지만, 잠들었을 것이다. 그는 기선 소리에 잠을 깼다.

그는 또 꿈을 꾼 것이라고 생각했다. 하지만 몸을 일으켜 동쪽 바다를 바라본 순간, 그의 전신의 피가 일시에 끓었다.

"배다! 배가 왔어! ――하치, 고로스케――나와 봐."

선장은 큰 소리를 지르며 외쳐댔다. 마침 그와 마찬가지로 지쳐서 선장실에서 자고 있던 두 젊은이는, 이 목소리가 귀에 들어오자 일어나 갑판으로 튀어나왔다. 배는――그것도 돛이 세 개인 검고 훌륭한 화물선 같은 배는, 이미 1해리도 안 되는 저편에 나타나서, 자신들 쪽을 향해 다가오는 것을 알았다.

"잘 봤군. 이쪽으로 오고 있어."

"정말이다, ――오고 있다――오고 있어!"

"고맙다, 고마워!"

그들은 그쪽으로 고개를 뻗어, 제각기 기뻐 날뛰고, 마침내는 세 사람 모두 서로 달라붙어 울기 시작했다. 하치조조차도 순수한 기쁨과 감사로 털북숭이 얼굴에 빛을 발하며 고로스케와 함께 선장을 부둥켜안고 있었다. 선장도 이 큰 환희 앞에 무엇을 생각하고, 무엇을 마음에 담아둘 여유가 있을까. 그는 두 사람에게 안긴 채 흐느껴 우는 사이에,

"기쁘지, 하치? 어때? 고로스케도 기쁘지? ――누구에게든 이렇게 기쁜 일이 있을까?"

라고 소리치고 있었다. 하지만 그들은 아무리 정신이 팔려도,

이때 제일 먼저 무엇을 해야 할지를 잊고는 있지 않았다. 두 젊은 이는 선장의 명령으로 선실로 되돌아가자, 두 장의 신호기를 가지고 와서, 또 이때를 위해 남겨둔 돛 기둥 위로, 그것도 소중하게 남겨둔 한 줄의 밧줄로 끌어올렸다. 파란색과 하얀색으로 겐로쿠元禄무늬[34]로 된 깃발과, 하얀 바탕에 작게 붉은 원을 물들인 삼각형의 작은 깃발이, 돛 기둥 꼭대기에 휘날림과 동시에, 기선 쪽에서는 다시금 크게 기적을 울렸다.

"신호가 있었어. 구조하러 와주는 거야."

"계속 오고 있어. 봐, 보라고!"

"금비라님! 금비라님! 모두 당신의 덕분입니다."

선장은 돛 기둥 아래 앉아서, 선장실 쪽을 향해 손을 모아 배례했다. 그는 기쁨으로 버릇없이 구는 어린아이처럼, 신전 아래까지 갈 마음이 들지 않았던 것이다. ——잠시라도 그 구조선에서 눈을 떼고 싶지 않았던 것이다.

그 사이 기선은 점점 다가와서, 5리 정도인 곳에 오자, 조용히 멈췄다. 가이진마루에서는 그 배의 갑판에 많은 선원들 무리가 나와 있고, 신기한 듯이 이쪽을 바라보고 있는 것과, 또 자신들에 대해 이제부터 이루어지려고 하는 작업의 준비가 손바닥 보듯이 알수 있었다. 마침내 보트가 6정의 노로 저어서 왔다. 배까지 오자,

---

34 겐로쿠시대(1688-1704)에 유행한 옷의 무늬로 큼직큼직하고 화려하고 현란한 것이 특징이다.

그들은 보트를 바람이 불어오는 쪽의 뱃전에 대고, 그 뱃전에, 한 줄의 밧줄로 묶고 나서, 그 밧줄을 잡고 한 사람의 민첩한 얼굴을 한 서른 쯤 되어 보이는 선원이 올라왔다. 휘장을 보고, 일등조종사임을 그들도 알 수 있었다. 하지만 그 조종사는 거기서 세 명의 조난자가 말도 할 수 없게 되어, 서로 엉긴 채 합장하며 인사만 하고 있는 모습을 발견해도, 그냥 슬쩍 한번 본 것이 전부이고, 상냥한 말 한 마디 건네지 않았다. 그는 아래의 보트 쪽을 향해,

"조심해"

"더 떨어져, 떨어져. 파도가 높아. 휩쓸리지 마."

라는 식의 지시를 냉정하게 내리고 있었다. 마지막으로,

"좋아, 괜찮아. 노를 줘."

라고 명령하자 밑에서 2정의 노가 내밀어지고, 가이진마루 뱃전 쪽에서 보트를 향해 다리가 만들어졌다.

"자 내려가. 그 다리에 오르는 거야."

선원은 그때 처음으로 그들에게 말을 걸고, 엄한 어조로 재촉했다. 하치조는 그 말을 듣자 대기하고 있었다는 듯이, 몸을 일으켜 양쪽의 노를 두 손으로 잡고, 다리가 불편한 사람처럼 아래에 있는 보트로 미끄러져 들어갔다. 하지만 선장과 고로스케는 곧 그의 뒤를 따라갈 수 없었다. 두 사람은 하반신을 못 썼다. 아무리 노 쪽으로 기어가려 해도, 갈 수 없었다. 고로스케는 마침내 우는 소리를 내며 애원했다.

"조종사님. 죄송하지만 업어서 내려주세요. 제가 일어서질 못

합니다."

그러자 조종사는 무서운 목소리를 내며 호통을 쳤다.

"뭐야. 혼자서 내려갈 수 없으면 내려가지 않아도 돼. 그런 놈은 남겨둔다."

두 사람은 그 위협에 깜짝 놀랐다. 순간 저절로 일어섰다. 그들은 남겨져서는 안 된다는 일념으로, 노에 매달려 보트에 굴러 들어갔다.

본선 아래까지 당도하자, 그들은 갑판의 무리들의 얼굴이 모조리 놀라움과 호기심과 그리고 약간의 동정을 갖고 자신들을 지켜보고 있는 것을 알았다. 모든 얼굴이 그림에 그린 듯이 아름답게 보였다. 그리움은 또 그것 못지않았다. 그들은 상대를 불문하고 부등켜안고 싶을 정도였다. 하지만 그들은 거기에서도 결코 상냥한 목소리로는 맞아들여지지 않았다.

"이봐 정신 차려! 꾸물대고 있는 놈은 가리지 않고 바다 속에 던져 넣을 거야."

한 남자가 갑판 위에서 그렇게 외침과 동시에 위에서 밧줄이 하나 내려왔다. 그 밧줄을 선장의 가슴에 감아서 제일 먼저 그를 끌어올렸다. 그러고 나서 하치조와 고로스케가 같은 방법으로 차례로 끌어올려졌다. 그 사이 내내 그들은 계속 호통 쳤다.

"눈을 감고 있어. 뜨면 할 수 없어. 똑바로 해."

30분 후에는 그들은 세 명 모두 갑판 위에 있었다. ーー하늘과 바다와 태양뿐이었던 텅 빈 공간에서, 오른쪽을 향해도 왼쪽을 향해도 인간이 있는, 그리고 이야기 소리가 들리는 세계로 돌아왔다. 그들이 규슈의 해안을 출발한 날부터 세어보니, 꼭 59일째였다.

기선에 태워지자 그들은 지금까지와는 완전히 다른 선원들의 친절한 목소리와 손길에 둘러싸였다. 그때 의사가 건넨, 긴 다리가 붙은 잔에 거의 가득 채워진 연붉은 액체는, 가이진마루의 선장이 세상에서 이런 맛있는 것이 있을까 놀랄 정도였다. 그는 평생 그 한 잔의 붉은 물의 맛을 잊을 수 없었다.

배는 생각했던 대로 화물선이고, 선원의 침대 외에 여분의 침대는 없었기 때문에, 후갑판의 야채밭으로 쓰는 곳에 천막을 치고, 그들은 그곳에서 임시 침대를 만들어서 자게 했다. 선원이 한 명씩 교대로 수발을 들며 간호를 했다. 다른 선원들도 자주 들여다보러 와서 세세하게 보살폈다. 이삼일 지나 죽을 먹을 수 있게 되었을 무렵에는, 한명의 선원이 그들의 바닷속 해조류처럼 자란 머리카락을 잘라주었다. 그리고 얼굴도 손발도 알코올로 두루 닦아서, 세 사람에게 그럭저럭 원래의 인간의 형상을 되찾아주었다. 다만 옷만은 아직 바꿀 수가 없었다. 그들의 극도로 야위고 쇠약해진 몸은, 매 맞은 후처럼 보라색으로 변색해서, 피부가 없는 골격뿐인 상태로, 드러난 신경은 조금만 만져도 아기처럼 울부짖게 했다. 구조된 것에 긴장이 풀린 탓도 있었다. 세 사람 모두 지금은 진짜 병자이고, 목소리도 속삭이는 정도로밖에 내지 않았다.

이런 상태였기 때문에, 선원들은 물론, 그 세 사람의 선원에게 그들의 조난에 대한 자세한 이야기를 들을 수는 없었다. 하지만 그들 쪽은 청각은 그다지 쇠약해지지 않았기 때문에, 그 화물선이 어째서 자신들을 찾아냈는지만은 들을 수 있었다. 그것은 고토부키마루壽丸라고 해서 고베神戶의 한 기선회사의 배로, 샌프란시스코에서 돌아가는 도중 폭풍우를 만나, 열흘 이상이나 항해일수를 넘겨서, 항로를 이탈한 사실을 알았다. 이것은 그대로 가이진마루 선장의 꿈과 부합하는 것이었다. 그는 새삼 금비라님의 위덕에 감동하면서, 두 사람에게 속삭였다.

"하치, 고로스케, 이런 은혜를 아무렇지 않게 생각하면 안 돼. 모두 당신의 덕분입니다, 무사히 돌아온 것도. 셋이서 감사 참배로 시코쿠四国순례[35]를 하지 않을래?"

셋은 그렇게 하기로 맹세했다.

그렇게 해서 이 배의 채소밭 침대 위에서 13일 밤낮을 보낸 후, 내일은 드디어 요코하마横浜에 도착한다는 소식을 접했을 때에는, 그들은 새삼 꿈같다는 생각이 들었다. 오전 2시 지나서는 오시마大島[36] 앞바다를 지날 것이다. 그리고 미하라산三原山[37]의 분연은, 희미한 검은 섬 그림자와 함께 넓은 방 멀찍이 둔 재떨이의 연기처

---

35 구카이(空海)라는 시호로 널리 알려진 헤이안시대의 승려 홍법대사(弘法大師)의 유서가 있는 시코쿠의 여든여덟 군데의 영지 사원을 순례하는 것을 가리킨다.
36 도쿄도 도서부의 이즈(伊豆)제도 북단에 있는 이즈오시마(伊豆大島) 전 지역을 가리킨다.
37 이즈오시마에 있는 화산.

럼 왼쪽 하늘에 나타나는 것이 보통이었다. 그들 옆에 자주 있었던 한 젊은 선원은, 그들에게 그 사실을 알려줘 기쁘게 했다. 동시에 그는, 만약 그 두 개가 그들의 눈에 들어왔다고 해도 결코 지나치게 기뻐해서는 안 된다고, 단단히 주의를 주었다.

하지만 그 명령은 가장 지키기 어려운 명령이었다. 마침내 그 시각이 다가와서, 아무것도 아닌 선원들까지, 여행에서 돌아온 사람이 멀리 자신의 집 문을 바라보았을 때와 마찬가지 기분으로, 그 쪽으로 얼굴을 돌려 바쁜 용무가 있는 자도 손을 멈추고 인사하려고 하는 듯한 기분에 빠져들 때, 그 세 사람이 냉정하게 모르는 얼굴을 하고 있을 수는 없었다. 그들은 배의 사람들이,

"섬이다, 섬이야."

라든가

"오늘은 엄청 연기가 짙네."

라든가 제각각 떠들어대기 시작하고 있는, 하나의 활기찬 소리를 듣자, 어떻게 해서든 자신들도 보려고 안달했다. 하지만 그들은 몸을 일으킬 수 없었다. 물론 아직 뱃전까지 걸어갈 힘은 없었다. 그들은 엄청난 노력으로, 아픈 몸을 그나마 왼쪽으로 돌렸다. 하지만 섬 그림자도, 연기의 끝도, 시야에는 들어오지 않았다.

"보고 싶어, --잠깐 저기까지 가면 볼 수 있는데!"

고로스케는 처음에는 그렇게 말하고 있었는데, 어떻게 일어났는지 마침내 혼자서 침상 위에 몸을 반쯤 일으키자, 이번에는 정말이지 기쁨을 참을 수 없는 모습으로, 잠긴 목소리로 외치기 시작

했다.

"상관없어, 상관없다구. 섬이라면 볼 필요 없어! 내일이면 요코하마야. 어찌됐든 요코하마라구. 그렇게 되면 집에 돌아가는 것과 마찬가지야. 선장님, 기쁘지 않은 것 같네요. ――하치, 넌 그런 얼굴을 하고 가만히 누워서, 기쁘지 않은 거야? 난 생각만 해도 기뻐 죽겠어. 누워있을 수 없을 만큼 기뻐. 춤추고 싶을 만큼 기뻐. 나 춤춘다. ――춤 출거야."

그는 실제로 침상 속에서 양팔을 물고기의 지느러미처럼 흔들면서, 상반신을 흔들고 미치광이 같은 눈을 응시하며 춤추기 시작했다. 선장이 놀라서,

"고로스케 너 정신이 나간 거냐? 조금 전 뱃사람이 말했잖아. 지금의 몸으로 그런 소란을 피우면 죽게 된다구."

하고 자제시켜도 그는 귀담아듣지 않았다.

"죽어도 좋아, 아무래도 좋아. 돌아가는 거잖아. 내일은 요코하마다. 춤추지 않고 있을 수 있어?"

그는 여전히 계속 춤을 췄다. 그 사이에 어떻게 된 건지 비틀비틀하는가 싶더니, 고로스케의 팅긴 몸은 침상에서 미끄러져, 갑판의 차가운 철판 위에 굴러 떨어졌다. 선장과 하치조는 깜짝 놀라서,

"고로스케 어떻게 된 거야. 빨리 일어나."

"어디 다친 거 아냐? 이봐, 고로스케."

라고 아무리 불러도, 고로스케는 대답을 하지 않고, 괴로운 듯

이 신음하고 있었다. 침대 위의 두 사람은 조마조마해하며 마음을 졸이고 있었지만, 침대는 높고, 게다가 아직 몸이 말을 듣지 않았기 때문에, 내려가서 그를 도울 수는 없었다. 갑작스러운 놀라움은 그럴 기력조차도 빼앗았다. 그나마 누군가가 와주었으면 하고 애를 태워도, 멀리 있는 사람을 불러 세울 만큼의 큰 목소리는 나오지 않았다. 게다가 평소는 곁을 떠나도 이삼십 분마다 반드시 둘러보러오는 선원들도, 내일의 입항 준비에 마음을 빼앗겨 모습을 보이지 않았다. 그리고 두 시간정도 지난 후 겨우 찾아온 선원이 침대에서 떨어진 고로스케를 알아차리고, 놀라서 달려와 봤을 때에는, 그는 이미 싸늘해져 숨을 쉬지 않았다.

다음날 오전 10시, 고토부키마루는 요코하마항에 들어갔다. 관원들은 후갑판의 채소밭에 와서 조사했다. 그들은 가이진마루의 오랜 표류에 대해 강한 호기심과 흥미를 가지고, 가능한 상세하게 그 이야기를 들으려고 했다. 하지만 그 사이에도 그들은 자신들의 역할을 잊지는 않았다. 중요한 부분에 대해서는 예리한 질문을 했다. 그 중에서도 가장 엄중한 신문의 대상이 된 것은 상키치의 죽음에 관해서였다.

"병으로 죽은 거죠?"

"그렇습니다."

가이진마루의 선장은 끝까지 병사를 주장했다.

"어떤 병이죠?"

"먹을 것이 없어졌을 무렵 열병을 앓았습니다."

"며칠 정도 상태가 안 좋았죠?"

"글쎄 4, 5일이나 앓았을까. ――잘 기억이 나질 않습니다만."

"5일째 죽었다고 해두죠. 그래서 수장을 한 건가요?"

"그렇습니다. 돛의 면포에 싸서 바다에 던져 넣었습니다."

그때 갑자기 격심한 울음소리가 하치조의 침대에서 났다. 그는 바로 누운 채 뼈만 남은 양손으로 얼굴을 덮고, 간질 발작처럼 전신을 경련시키며 울어댔다. 선원들이 다가가서, 너무 흥분하지 말라고 상냥하게 위로해도, 그는 알아듣지 못한 듯, 더욱 흐느껴 울었다. 관원들은 그는 불운한 동지의 죽음을 새삼 떠올려서 우는 것이라 생각하고, 그대로 두고 꺼리지 않고 신문을 계속해갔다. 하지만 선장에게만은 하치조가 갑자기 왜 울기 시작했는지, 잘 알고 있었다. 선장은 오히려 그의 현재의 심정을 불쌍히 여겼다. 아무것도 걱정할 것 없다, 하고 말해주고 싶기조차 했다. 하지만 지금 그런 말을 할 수는 없었다. 그는 냉정한 태도로, 모르는 척하고 관원의 신문에 대답하고 있었다. (1922년 10월)

어린 아들

1

땡, 땡, 땡, 땡.

오후 3시의 방과 벨이 교정의 푸른 잎과 5월의 빛나는 구름 사이로 울렸다.

백발의 독일어 교수는 강의하면서 손의 장난감으로 삼았던 분필을 칠판의 분필가루받이에 던져 넣고, 쐐기모양의 턱을 학생들 쪽으로 조금 치켜 올리고 교단에서 문으로 새우등의 목을 움츠리고 나간다.

바깥쪽의 복도에는 짙은 갈색의 테리어가 자고 있었다. 개는 문이 열리는 소리에 앞발 사이에 끼워둔 얼굴을 들고 벌떡 일어나 수업 중 얌전하게 기다리던 충실함을, 말아 올린 꼬리로 자랑하면서 달리기 시작한다. ――이 노교수와 개는 기념제를 할 때마다 조형물이 되었다. 지치부秩父고등학교의 고전의 하나였다.

학생들 대부분은 창에서 뛰어내렸다. 기숙사로는 그 쪽이 훨씬 가까웠다. 와세다早稻田대학과 게이오慶應대학의 2회전이 열리는 오후다. 입장권을 얻게 되어, 대리출석을 부탁하고, 아침부터 도쿄를 빠져나간 운 좋은 친구를 부러워하면서, 그들은 홀의 라디

오로 돌진한다.

——안타! 안타! 안타! 주자 2루와 3루. 와세다 절호의 찬스.

——말굽 모양의 스탠드. 활자상자의 활자처럼 가득 메운 인간의 경사면이, 그 전면에서 일렁이고, 펄쩍 뛰어오르고, 고함치고, 절규한다. 학생들은 각자의 텔레비전을 두개골 안쪽에 장착했다.

"넣을 거야."

"배터 순서가 좋으니까."

"탁 하고 오면 2점이야."

"제기랄!"

벽에 가까운 테이블을 비집고 들어가 있던 게이지圭次는 5전짜리 홍차 한잔으로 3회 초에서 4회 말까지 들었다. 그의 눈은 귀와는 따로 움직이고 있었다. 문3갑文三甲[38]의 다키무라瀧村와 그는 만나기로 되어 있었다. 열어놓은 채인 입구에는, 백양의 가로수와, 뒤의 회색으로 칠한 도서실이 투시화가 되어 보였다.

와앗! ——20킬로 앞의 구장에서 그때 폭발한 함성이, 같은 순간, 같은 양의 목소리 다발로 그들에게 분출했다.

홈 인! 홈 인! ——바로 옆에 앉아 있던 와세다 팬인 야세八瀬는, 갑자기 게이지의 머리에서 모자를 낚아채고, 하얀 치아로, 입

---

38 구(旧)고등학교에서 문과를 분류하는 형태의 하나로 문과와 이과를 각각 갑, 을, 병 등으로 세분화했다. 예를 들어 문1갑은 독일어, 문3갑은 서양사와 같은 식으로 분류하였고, 교육내용은 현재의 대학 교양과정에 해당된다.

한 가득 소리를 낼 수 없는 웃음을 보였다. 제지당하지 않는다면, 그는 2점 리드인 기쁨을 온 방안에 고함쳐대고 싶었을 것이다. 게이지도 빼앗긴 모자 대신으로, 정십이면체라는 별명을 가진 상대의 얼굴을 싫어하는 줄 알면서 일부러 만져주는 것으로, 같은 환희를 나타냈다. 겨우 원아웃이다. 게이오의 위기. 잘 반격할 수 있을까? 긴장의 침묵이 모든 테이블을 지배했다. 아나운서의 목소리가 신탁이었다.

다키무라는 두텁고 넓은 어깨로, 통로까지 막은 친구를 밀어제치면서, 그때 들어갔다. 옆에 다가와도 게이지가 눈치 채지 못하고 라디오에 몰두해 있는 것을 보고, 둥글게 바대를 댄 교복의 팔꿈치로 쿡 쳤다. 게이지는 턱을 괴고 있던 테이블에서 당황하며 돌아보았다. 뭔가 좋지 못한 면을 보인 듯한 가벼운 수줍음으로, 갈색 빛을 띤 광택 있는 눈을 끔뻑거렸다.

"오래 기다렸지?"

"그렇지도 않아."

"나가자."

"응."

그렇지 않으면 아직 더 들을 거야?――그의 얼굴의 절반만 웃고 있는 거뭇한 얼굴의 친근하고 애정 어린 위압에 대해, 게이지는 조용히 의자를 뒤로 젖혔다. 이 1, 2개월, 학교 신문에서 다키무라는 학생 스포츠의 직업화와 선수제 폐지에 관해 격렬한 논쟁을 이어가고 있었다. 익명이긴 했지만, 지금 대표적인 선수전을 방송하고 있는 도중에 게이지를 데리고 사라지는, 칼라가 없는 낮은 옷 깃이 목에 꽉 낀 강건한 뒷모습은 많은 주목과 소곤거림으로 지켜 봐졌다.

"모두 너라는 걸 알고 있군."

"어제 후루타古田에게 불려갔었어."

"뭐라고 그래?"

"빤하잖아. 그런 남자가 학교 교사라든가 학생 사무주관자가 되는 건 잘못됐어. 그자는 타고난 형사야."

"학생 사무주관자이면서 형사가 아닌 자가 지금 고등학교에 있을까?"

"Nein, Nein! Natürlich!"[39]

그 ch에 다키무라는 개 미치광이인 노교수――교과서에 사용한 퀴겔겐[40] 의 자서전에서 학생들은 퓨탸틴 공작[41] 이라 부르고 있었다.――의 발성을 능숙하게 흉내 냈다.

기숙사 뒷문 주변에 있는 밭길에서, 두 사람은 숲 쪽으로 걸었다. 운동장과는 낮은 울타리로 구획되어 있을 뿐인, 일대의 상록

---

39 "아니, 아니야! 당연하지!"란 의미의 독일어.

40 프란츠 폰 제라르 퀴겔겐(Franz Gerhard von Kügelgen:1772-1820)은 초상화와 역사화로 알려진 독일의 화가로 드레스덴의 예술학원에서 강사를 했고, 프로이센과 러시아제국의 예술학원 회원이었다.

41 제정 러시아의 해군 군인이자 정치가로 교육대신을 지낸 에프피미 푸탸틴(Yevfimy Vasilyevich Putyatin:1803-1883)을 가리킨다.

지대는 교정의 연장에 지나지 않았다. 학생들은 키 큰 소나무, 졸참나무, 상수리나무 사이에 숨겨진 작은 길을 훤히 잘 알고 있었다. 오히려 그것은 젊은 3년간을 바로 옆의 계란 색의 학교 기숙사에서 보내고 가는 그들의 청춘의 우수가, 사색의 산보가, 동성애가 만든 것이었다.

다키무라는 깍지 낀 손으로 후두부를 감싸고, 색이 바랜 교복의 팔을 얼굴 양쪽에 갖다 대고 걸었다. 무언가 생각할 게 있을 때의 그의 버릇이었다. 게이지는 좁은 길에서 조금 벗어나면서, 길가의 잎과 덩굴이 뻗어있는 잡초를, 먼지투성이의 구두로 짓밟았다. 마른 가지가 징을 박은 신발 바닥에서 뿌지직하고 소리가 났다. 다키무라가 생각하고 있는 것은 짐작이 갔다. 그러나 멍하니 화제 거리로 내기에는, 너무나도 중요성을 띠고 있었다. 게이지는 상대의 바대가 동그란 만큼 하얗게 빛나고 있는 팔꿈치에 지긋이 눈길을 주고, 또 그 눈으로 발밑의 수풀의 초라한 꽃을 찾았다. 잔디밭 사이에는 쑥이 한창 때가 되었다. 아직 소학교 무렵, 아버지의 관저 뒤뜰에서 그는 국화의 어린 싹을 쑥으로 잘못 알고 뜯어서 웃음거리가 되었다. 같은 관저 내에 살고 있어, 자주 함께 놀았던 부하의 집의 작은 딸들에게 남아 있는 어린애 같은 추억과 함께, 결이 섬세한, 하얀 뒷받침이 있는 연꽃잎은, 소년 시절의 목가적 기억을 어렴풋이 그의 머릿속에 담고 있다.

그때 다키무라는 갑자기 깍지 낀 손을 풀고, 팔을 쭉 내밀어 가리고 있던 얼굴을 돌렸다.

"넌 아직 에스페란토[42] 모임에 나가고 있어?"

"통학하게 되고나서부터는 시간이 잘 안 나."

"회원은 몇 명 정도 있을까?"

"전교를 통틀자면 서른 명은 넘을 거야. 나오는 사람은 대체로 열두세 명이지만."

"가장 열심인 사람은?"

"네, 다섯 명은 분명 있어."

"그런 녀석들――"

이삼 초 후에, 그는 특수한 의미를 그 대명사에 부여했다. "――학교의 그런 모임에 언제까지 만족하고 있을 수 있을까? 오늘날 에스페란토라도 하려고 하는 이상, 단지 '초록별'[43]을 목표로 할 정도로 그들도 태평한 자들이 아니지 않을까?"

"하지만 SEU[44] 사람이라도 강사에게 부탁하면 해산은 빤한 거니까."

"그러니까 지금 상태에서 나아가지 못할 정도라면, 그런 모임

---

42 언어가 다른 민족 간의 의사소통과 상호 이해, 인류 평화를 위해 만들어진, 정치적으로는 중립적인 인공어. 명칭은 1887년 유대계 폴란드인으로 언어학자이면서 안과의사이기도 한 라자로 루드비코 자멘호프(Ludoviko Lazaro Zamenhof:1859-1917)의 필명인 '에스페란토 박사'에서 유래되었다.

43 초록색의 별모양은 다양한 조직의 상징 마크로 사용되는 것으로, 특히 에스페란토의 경우 깃발과 뱃지에 초록별을 사용하고 있고, 녹색은 희망을, 별모양의 5개의 각은 5대륙을 대표한다.

44 소비에트 에스페란토 동맹.

은 쓸데없는 시간낭비라고 생각해. 존재성이 없어."

게이지는 그의 생각에 찬부를 표현하는 대신, 적당한 체중에 늘씬한 몸으로 휙 공중으로 뛰어올라, 뻗은 어린 가지를 머리 위에서 잡아당겨 뜯었다. 뛰어서 흔들리는 푸른 잎 사이로, 하늘이 섬세한 파편이 되어 반짝였다.

"어이, 구도工藤"

"응."

"그자들을 우리들 모임으로 끌어당겨 올 수 없을까?"

게이지는 셋째 시간 수업인 영어가 시작되려고 하기 전에, 옆 교실에서 얼굴을 내민 다키무라와 그 만남을 약속했을 때, 희미하게 예감되었던 것 속에 완전히 갇힌 자신을 발견했다. 뛰어난 두뇌와 남자다운 냉정한 성격으로 그를 끌어당기고 있는 학과가 다른 동급생이, R·S[45]의 유력한 멤버인 것을 안 것은 최근이었다.

얇은 나무껍질이 연두색의 뒷면을 향해 꼬여 있고, 줄이 되어 늘어져있는 가지를 게이지는 그대로 잡목 속에 던져 넣었다.

"네가 지금도 중심이 되어서 하고 있는 거야?"

"그렇지도 않지만, 조금 침체되어 있어서 이참에 굉장히 적극적으로 움직여서 서로 공부하기로 한 거야. 에스페란토 녀석들이

---

45 사회과학연구회.

라도, 그러니까 회원으로 들일 수 있다면 꼭 들이고 싶고, 네가 움직여 줄 마음이 있으면 분명 할 수 있다고 생각해."

"녀석들은 어려워."

"그러면 너만이라도 나와. 어때?"

다키무라의 움푹 들어간 가느다란 눈은, 응시하자 조금 사팔뜨기가 되었다. 오른쪽은 똑바른데, 왼쪽만 조금 흔들리는 불균형한 눈동자가, 이런 때 보통의 눈에서는 찾기 어려운 응시로 사람을 재촉했다.

게이지는 이렇게 압박해 올 때의 다키무라에 대해서는, 항상 무력했다. 그러나 오늘의 그는 무언가 물질적인, 묘하게 참고 견디는 듯한 근기로, 꽉 다문 입술을 쉽게 열려고 하지 않았다.

그러자 다키무라의 짝짝이 시선이 언뜻 차갑게 빛났다가 풀렸다.

"기회주의자도 적당히 하지 않으면 못 쓰게 되는 법이야."

"기회주의자가 아니야."

"하지만 너의 사상으로 치자면, 당연히 R·S에 속해야 하는데, 저런 에스페란토로 속이고 있는 건 기회주의자가 아니야? 절대로 그렇지 않다고 한다면, 너는 두려워하고 있는 거야."

"그런 비판은 틀리진 않아. 하지만 의미는 달라."

"어떻게 다르다는 거야?"

다키무라의 눈은 짙은 눈썹 아래 움푹 들어간 데서, 잠시 또 사팔뜨기가 되어가고 있었다. 훤히 들여다보이는 높은 가지 사이에 빛나고 있는 한 조각의 구름을, 게이지는 수 초간 말없이 바라보았다.

"두려워하고 있다고 네가 생각하고 있는 것처럼, 학교 따위의 탄압을 두려워하고 있는 게 아니야. 그것도 전혀 없다고 하면 거짓말이겠지만, 그것보다 내가 두려운 것은 나 자신이야."

"그런 생각을 하는 건 너——."

"좀 들어 봐."

말을 공간적으로 차단하려고 하는 것처럼 크게 손을 저었지만, 금세는 이어지지 않았다.

갑자기 말문을 트기에는 너무도 많은 것이 일시에 덮쳐 와서 사유를 하게끔 했다.

"——요컨대 나는 부르주아도 프롤레타리아도 아닌 중간층인 자가 가지는, 모든 약점을 갖고 있는 인간이야. 모든 좌익적인 이론은, 너희들 못지않은 강대한 매력으로 나를 끌어당겨. 하지만 그것을 실천으로까지 밀고나갈 수 있을지 어떨지에 관해서는 자신이 없어. 설령 거기까지 발을 들여놓을 수 있다한들, 발이 걸려 넘어지거나 헤매거나 되돌아오거나 해서 실패할 것 같아. 나는 모든 프롤레타리아운동을 대단히 훌륭하지만, 자신이 한번 입어보고자 하기에는 조금 부끄러운 기모노처럼 느낄 때가 있어. 나는 다만 자연스럽게 정직하게 행동하고 싶어. R·S에 바로 뛰어들 수 없는 것도 비슷한 기분이야. 이 정도 내가 비틀비틀하는 것을 안다면, 너라도 권유는 하지 않았을 거야."

"아니, 엄청나게 권유했을 거야." 그 말을 일부러 가장된 미소와 과장으로 다키무라는 말했다. "R·S는 그런 너한테 더욱 필요한 거야. 너를 끌어당기고 있다는 이론에 대해서도, 잘못 파악하고 있지 않다고도 할 수 없고, 자연스럽고 정직한 행동을 취하고 싶다고 해도 이데올로기적으로 보면 상당히 애매한, 빠져나갈 길이 많은 말일 거야. 요컨대 R·S에서 함께 공부한다고 하는 것은, 서로에게 오류가 있으면 서로 고치고, 정당한 인식에 도달하는 가장 좋은 방법이기 때문이야."

"그것은 알고 있어."

"그걸 알고 있으면서, 아직 무언가 불만을 이야기한다는 건 이상하잖아."

오히려 따뜻하고 친밀한 말이, 게이지의 연갈색을 띤, 어딘가 아직 소년 같은 통통함이 남은 볼을 살짝 빨갛게 만들었다. 자신이 늘어놓은 것은, 그 한 마디 전에는 무의미한 푸념에 지나지 않았던 것처럼 여겨졌다.

"어쨌든 나와 봐."

"언제야?"

"토요일 밤이야. 아직 4일 남았으니까, 그때까지는 아직 두세 명은 늘어날 거야. 장소와 정확한 시간은 그날 학교에서 알려줄게."

그 말에 담긴 일종의 비밀감과 함께 새로운, 부딪쳐야 할 것에 부딪쳤다고 하는 흥분이 게이지를 압박했다. 그는 대부분의 고등학생이 그런 것처럼 허리춤에 매달아 놓은 수건으로, 제모 창 아래에 흘린 땀을 거칠게 닦고, 또 그 수건 끝으로 양손가락 끝을 신경질적으로 문질렀다. 가지를 꺾었을 때, 나무의 진이 묻었던 것이다.

"텍스트에 관해서도 그때 자세하게 말하겠지만" 일부러 대수롭지 않게 말을 이어가면서, 다키무라의 검은 얼굴은 상대의 반응을 면밀하게 놓치지 않겠다는 주의로 무게감을 띠고 있었다. "한 종류만은 원서로 읽을지도 몰라. 책만 갖춰지면 물론 그 쪽이 유효하고——."

"그렇게 몇 권이나 필요한 건 아닐 거잖아."

"응." 하고 수는 말하지 않고, "그렇게 되면 너의 독일어가 필요할 거니까. 어쨌든 토요일 밤은 여러 가지 의논할 것도 있고, 꼭 나와. 알겠지? 모두들 엄청나게 기대하고 있어."

두세 명의 얼굴이 상상의 스크린 위에 이중으로 비치고, 서로 엇갈린 윤곽인 채 희미하게 아른거렸다. 인원수조차 세려고 하지 않는 다키무라의 주의가 철부지 같았음과 동시에, 그 정도로 취급받아도 어쩔 수 없는 자신이라는 사실이, 주눅 든 쓸쓸함을 게이지에게 느끼게 했다.

그는 스며든 수액으로 파랗게 반달모양의 선이 그어진 엄지손가락의 손톱을 지긋이 바라보고, 갑자기 그것을 깨물었다.

덜컹, 덜컹, 덜컹, 덜컹, 덜컹——

오후 4시 15분 하행열차. 몇 개의 마디로 칸막이 된, 곤충을 닮은 검은 열차가, 뒤로 길게 늘어뜨린 연기 갈기로, 나아가는 방향의 숲의 한쪽 끝을 마찰시키면서 달려 나갔다.

2

사람들은 구도부인인 히사코ㅅ子를, 싹싹하고 재미있는 부인이라고 한다. 몸집이 크고 뽀얗게 살이 찐 사십 대의 무게와 함께, 옛날의 아름다움을 아직 다분히 남기고 있으면서, 거짓말처럼 사람들의 시선을 개의치 않고 항상 뒤로 바싹 잡아당겨 묶은 머리를 하고, 온통 검정색 옷을 입고 있다. 게이지와 둘이서 여행 같은 걸 하고 있으면, 자주 미망인 취급을 받았다. 아들과 많이 닮은 갈색의 큰 눈에 넓은 이마와 굵고 형태가 좋은 코를 가지고, 오히려 화려한 생김새이면서, 그렇게 말하면 어딘가 미망인 같아 보이는, 혹은 비구니 승려로 보이는 중성적인 면모가 아련히 있었다. 남편이 진짜 남편이 아니게 된 것은, 벌써 십 수 년 전부터였다. 정변 때마다 흥망성쇠가 있는 관리생활에서 능숙하게 빠져나와, 식민지에 있는 반관반민의 은행에 중요한 자리를 차지하게 되고나서부터는, 가장 자연스러운 별거를 할 수 있었다.

"처음만큼은 꼭 부인도 함께 오시는 거죠. 그렇지 않으면 어떤 구도부인이 뛰어들지 도 모르니까요. 가장 중요한 것은 사람들의 평판이 나빠요."

내부 사람이 그런 걱정을 해 주었을 때도, 그녀는 송곳니 사이의 가느다란 백금을 내보이며, 느긋하게 웃었다.

"하지만 말이에요, 제가 도쿄에 돌아간 뒤에, 또 다른 구도부인이 나타나거나 한다면, 그거야말로 사람들의 시선이 좋지 않을 테니까, 잠시 보류. 그쪽이 어느 정도 마음이 편할지도 모르잖아요?"

북쪽 지방의, 마지막 열차가 도착한 역은, 인기척이 없고, 전등만 공허하고 차갑게 빛나고 있었다. 그녀는 긴 여행에 지쳐서 창백하고, 왜소해져, 온 몸으로 가죽으로 된 손가방에 매달린 것처럼 하며 개찰구를 나왔다. 앞의 광장에 한창인 하얀 꽃을 달고 우거져 있던 한 그루의 아카시아를, 그 달콤하고 중후한 꽃향기가, 무엇이든 곧 싫어진 그때의 그녀를, 자칫하면 화가 치밀어오를 뻔하게 되었던 것과 함께, 지금도 잊지 않고 있다.

겨우 시간에 맞춰 나타난 남편은, 그녀가 도중의 환승에서 실수를 해서 그런 터무니없는 시각에 도착한 것에 갑자기 잔소리를 했다. 차에 타서까지도 기분이 언짢아서 쌀쌀맞게 팔짱을 끼고 있었다. 본 적이 없는 감색의 새 홑옷을 입고 있었다.

그녀는 반년 만에 보는 보기 드물게 술기운이 도는 남편의 옆얼굴을, 눈물이 가득 고인 눈으로 봤다. 원망도 슬픔도 입에 담을 힘이 없을 만큼 완전히 지쳐 있었다. 잘 모르는 심야의 시가지가, 흘러나오는 눈물방울 속에서 번뜩이다 희미해지면서 빠져나갔다.

어두운 주택가에 다다랐을 때, 그녀는 겨우 그것만큼은 물어볼 기력을 불러일으켰다.

"아직 멀어요?"

곧이라고 대답하고 나서, 그는 떨어져 앉아 있던 몸을 갑자기 밀착시키며 운전수의 등을 힐끔 보고는 억누른 낮은 목소리로, 명령조로 속삭였다.

"미인이 와 있으니까 그렇게 알고 있어."

A현청 관사의 작은 문 앞에서 차는 멈췄다. 현관에 들어가서, 그녀가 가장 먼저 본 것은, 신발 벗는 곳 옆에 밀쳐놓은 화려한 펠트지의 샌들이었다. 연지색의 끈. 완전히 꼭 같은 샌들을 그녀자신도 신고 있었다.——

그녀는 현관마루에서 움직이려고 하지 않았다. 샌들 끈이 암시하는 것은 그녀와 동등한 자가 이미 있음을, 올 필요가 없었던 곳에 온 것을, 사실로써 고했다. 그녀는 그 기둥으로 겨우, 토방에 주저앉지 않겠다고 하는 것처럼 양손으로 얼굴을 누르고, 처음으로 흐느껴 울었다.

반나절, 도쿄에서부터 친숙해진 레일의 유혹을 위태롭게 막아낸 것은, 그 눈물 사이에도 기세 좋게 내밀어지는, 띠 아래의 그녀의 작은 주먹이었다.

히사코는 그날 밤의 스무 살인 자신을, 깊은 측은함으로 떠올린다. 하지만 잘도 죽지 않았다고 여겨지는 것은 그때만이 아니었다. 만약 단 하나 잘 자란 아들이, 그날 밤의 어머니를 작은 주먹으로 구한 것처럼, 그때마다 구해주지 않았다면 어떻게 되었을지 몰랐다. 적어도 그녀의 오늘의 침착함과 체념은 그런 가운데서 생겨난 것이고, 그것을 또한 감수성이 예민한 조숙하고 상냥한 아들은, 그녀가 모르기를 바랐던 것 이상으로 잘 알고 있었다. 두 사람은 모자간의 보통의 애정 외에, 특수한 뿌리 깊은 점착력으로 연결되어 있었다.

"다바타田端[46]에서도, 가루이자와軽井沢[47]의 별장 짓는 공사가 거의 완성되었다네."

"여름방학이 되면 가볼까?"

"누나와 게이지가 와주면, 올해부터는 느긋하게 쉴 수 있다고 했으니, 네가 가주렴. 네 몸에는 바다보다 산 쪽이 좋으니까."

아들은 한번 기관지염을 악화시킨 적이 있었다. 그것이 지금도 어머니의 유일한 걱정거리였다.

"손님이 들이닥쳐서 책도 제대로 읽을 수 없다면, 간다고 해도 시시할지 모르겠네."

"그런 일은 없어. 숙부는 토요일이나 일요일이고, 숙모도"

"더더욱 안 좋아요. 좋은 가정교사가 되어버릴 거예요."

"그럴까?"

어머니는 입으로 가져간 엽차 찻잔의, 깊은, 반원으로 기운 테두리 위에서 호의가 있는 탐색의 눈길을 아들에게 향했다. ――두 사람만의 조용한 저녁식사가 막 끝났을 때였다.

---

46 지명. 도쿄의 북구에 위치.
47 지명. 나가노현(長野県) 동부에 위치.

아들은 과일 접시의 딸기를 우유 속에 으깨면서, 보지 않는 어머니의 표정을 알고 있었다. 그는 능글맞게 재미있어 하고 있었다. 그래서 관심 없는 척하며, 한쪽의 비어 있는 손을 식탁에 길게 뻗어, 맞은편의 다다미방에서 석간신문을 집어 들었다.

"또 자동차 강도인 건가. 위험하군."

하지만 너무도 일부러인 듯한 말투에 본인도 싫어져, 그대로 신문을 내던지자, 어머니의 둥근 어깨에서 전등으로 가려진 찬장의 시계를, 상반신을 옆으로 비틀어 들여다보았다.

"7시 5분. ──늦지는 않았어요, 어머니."

어머니도 찻잔을 놓고 그쪽으로 돌아보았다.

"그렇지도 않을 걸."

"오늘밤은 조금이 계속되지 않으면 안 되니까 10시가 되면 또 커피를 내려주세요."

"너무 진하게는 내리지 않을 거야. 몸에 독이 되니까."

"안 돼요. 완전 진한 것이 아니면. 그리고 과자도 많이."

"제멋대로 말하고 있네."

라고는 하지만, 아들이 요구하는 것이 기뻐서, 얼굴은 화색을 띠고 있었다.

그러는 차에 전화벨이 울렸다. 서재로 돌아가려고 열어둔 미닫이문 옆에서, 통화 내용을 들은 게이지는 제복을 입은 채로인 길쭉한 몸이, 아슬아슬하게 겨우 들어가는 문 아래에서, 어둑어둑한 현관 쪽으로 소리를 질렀다.

"난 아니야."

옆에까지 가지 않고 끝낸 가정부 기요きょ는, 복도 중간에서, 수고를 던 만큼의 거리를 목소리로 보충했다.

"다바타의 따님에게서 온 전화예요."

한 살 차이인 사촌여동생은, 수화기 아래서 그를 기다리고 있었다.

"응, 들려. ――그렇군. 그것도 좋아. ――수업을 빼먹으면 한 시간 빨리 돌아갈 수 있어. ――응응, 그럼 그렇게 하지. ――실수하지는 않아. ――그럼, 안녕."

되돌아오자, 열어놓은 채였던 한 장분의 미닫이문 사이에서, 어머니가 물었다.

"하쓰코初子니?"

"네."

"학교에 간 뒤에 편지도 왔어. 보렴."

"같은 얘길 했어요."

"오늘 다바타에 갔을 때는, 피아노 연습인가 해서 만날 수 없었는데. ――무슨 얘기인 걸까?"

어머니는 농담조로 물을 때의 일부러 친근한 말투로, 한쪽 눈만 웃었다. 게이지도 그런 분위기를 깨지 않고 조금 비밀스런 것이라고 말했다.

"아니, 그건 또――."

"사실은 급하게 상의할 일이 생겨서, 내일 제가 학교에서 돌아갈 즈음에 아카바네赤羽[48]에서 기다린다고 하네요."

"꼭 아카바네에서 만날 필요가 있니? 집에 오면 좋을걸."

학교 친구들에게도 주목받을 테고, ――하지만 그것에 대해서 특별히 경계하는 말을 하는 것은 오히려 부자연스러울 정도로, 두 사람은 사이가 좋은 사촌형제로 자랐다. 어머니는 다른 말투로, 권한다기 보다 기분을 맞추려는 상냥함으로, 계속했다.

"――그렇게 하면 맛있는 요리를 만들어주겠다고 말해 주렴. 하쓰코에게는 중국요리를 사 주겠다고 약속한 일도 있고, 요전에 와 주었을 때에는 내가 집을 비웠기 때문에, 내일이라면 같이 먹으러가도 좋아."

그런 여유가 내일은 없다고 아들은 말했다.

"그러니까 아카바네에서 끝낼 이야기라면 저도 그쪽이 좋아요."

"그렇기는 해도――."

하지만 이어지는 말은 등에다 대고밖에 할 수 없었다. 어머니는 생략한 말을, 다시 한 번 탐색하는 시선으로 바꾸고, 큰 걸음으로 서재로 사라져가는 아들을 뒤따라 미닫이 너머를 주시했다.

게이지는 어두운 복도에서 코를 찡그렸다. 막다른 곳의, 거기서부터는 서양식 방으로 되어 있는 계단의 벽 스위치를 켰다. 어

---

48 도쿄 북구에 위치한 지명.

머니에 대해 스스럼없는, 반쯤 놀리는 재미로 숨기고 있었던 것이, 조금 바보스러워졌다. 말하려고 하면 못할 것도 없었다. 그러나 지금은 귀찮고, 시간낭비인 것 같은 생각이 들었다.

그는 니스 칠을 한 넓은 계단을, 쿵쿵거리며 올라갔다.

3

동생의 책상 위에서 가져온 『신청년新青年』[49]에서는, 신부新婦가 교회에서 돌아가는 길에 사라지고, 도둑인 백만장자의 비밀이 드러나고, 복싱선수가 시합 전날 밤에 원인 모를 죽음을 당했다. 이들 세상을 깜짝 놀라게 하는 사건도 하쓰코의 눈에서 내부로는 들어오지 않았다. 그녀는 케임브릭의 하얀 블라우스를 입고, 등을 벤치에 기대어, 둘둘 만 잡지를 세워 입마개로 해서 작은 하품을 했다.

우에노上野에서 출발한 전차가, 한가한 시각에 몇 안 되는 손님을 태우고 미끄러져 들어왔다. 그녀는 일어서서 반대편 쪽으로 나가자, 옥상처럼 높아진 플랫폼을 따라 왔다 갔다 했다. 몸체에서

---

49 1920년 1월에 창간되어 1950년 7월호로 종간되었다. 1920년대에서 30년대에 유행한 모더니즘의 대표적인 잡지의 하나로, 도심부의 인텔리 청년층 사이에서 인기를 누렸다. 현대소설, 시대소설, 영화, 연예, 스포츠 등 다양한 영역에 걸친 오락종합잡지였으며, 특히 탐정소설 전문지는 아니었지만, 탐정소설가를 배출하고 그들의 활동의 장이 되기도 했기 때문에 일본의 탐정소설사에 있어서 중요한 위치를 차지하고 있는 잡지이다.

3인치 여분으로 튀어나온 갈색 가죽 구두의 뒤축이, 한걸음 한걸음을 작은 소리로, 콘크리트 위에 울렸다.

9월에 들어 일가가 가루이자와를 떠날 때에는, 이곳 아카바네에서 전차를 갈아탄다. 붉은 빛깔의 석양이 건너편의 병영의 대지에 떨어지고 있다. 선로 옆의 집에서 고시엔甲子園[50]의 야구방송이 들려온다. 어딘가의 공장에서 기적이 울린다. 오랜만에 도쿄의 소리를 들은 느낌으로, 하쓰코는 낙엽송과 자작나무와 화산의 연기가 아직 망막에서 사라지지 않은 눈을 깜박거리며, 플랫폼 아래의 그을음이 낀 지붕의 들쭉날쭉한 모양과 높은 굴뚝의 직선을 바라본다. ――어린 남동생과 여동생은, 여기에 내리기만 하면, 꼭 전차를 탈 때까지 건너편의 공중화장실을 향해 달려갔다.

하쓰코는 그런 시시한 일까지 떠올린 것이 바보스럽고 웃겨서 게이지를 닮은, 게이지의 얼굴이 소년과 청년의 중간에 있는 것처럼, 어딘가 소녀 같은 유치함이 남은 장밋빛 볼로 혼자서 웃었다.

하지만 그 웃음이 채 사라지기 전에, 그녀는 조금 안달이 나서 화를 내고 있었다. 아무리 기다려도 게이지가 보이지 않았다. 하쓰코는 왔다 갔다 하는 사이에 게을리 하지 않는 망보기를 드러내놓고 시작했다. 결국 올라오는 계단 입구까지 걸어가서 이제 거기에

---

50 효고현(兵庫県) 니시노미야시(西宮市)에 위치한 야구장 한신고시엔 구장(阪神甲子園球場)을 가리킴.

서 움직이려고 하지 않고, 거의 1분마다 플랫폼 중앙에 걸린 시계와 자신의 손목시계를 번갈아가며 들여다보았다. 마침내 2시가 되려고 했다. 사람을 완전 무시하고 있다. 1시 반까지는 와있을 거라고 한 주제에. ――거짓말쟁이.

2시를 15분 지나, 쓱하고 계단 아래에 나타난, 사촌오빠의 하얀 선이 더럽혀진 모자를 발견하자, 위에까지 올라오는 것을 기다리지 않고 갑자기 큰 소리로, 불만을 내던졌다.

"어떻게 된 거야, 오빠. 난 1시부터 기다리고 있었단 말이야."

그녀가 그를 알아봤을 때에 그녀를 본 게이지는, 그 목소리에 갑자기 올라오던 계단에 멈춰 서서, 미간에 두 줄의 주름을 세로로 깊게 찌푸렸다. 그는 하쓰코 못지않게 화를 냈다. 그래서 일부러 한 계단 한 계단 천천히 올라오자, 이제 편안하게 미소짓는 사촌여동생을, 예리하게 흘겨보면서 다가오려고 하지 않았다.

"그런 곳에서 기다리고 있으면 어쩌자는 거야."

"어머, 하지만"

윗옷과 마찬가지로 하얀 베레모로 가선을 두른, 그대로 노출된 피부결이 매끈한 작은 얼굴에는 아주 미세한 당황도 숨길 수가 없었다. 하지만 그녀는 금방 져주려고는 하지 않고, "전화할 때 그렇게 말했잖아, 이 플랫폼에서 기다리고 있을 거라고."

"내가 내리는 플랫폼이라고 했어, 하쓰코는. 그렇게 말하면 아래인 거잖아. 그러니까 나는 저기서 실컷 기다렸다구."

"그건 오빠가 마음대로 생각한 거야. 난 처음부터 여기라고 생각했단 말이야."

"말이 안 되는 녀석이네."

유연한, 변덕이 없는 성격이면서 이런 때가 되면, 하쓰코는 기묘한 비논리를 고수하며 모른 척 했다. 사이가 좋은 두 사람이 싸움이 되는 것은 항상 그런 것 때문이고, 게이지는 그때마다 호되게 혼내줬다. 하지만 지금은 불과 대여섯 명밖에 없었지만, 전차를 기다리며 벤치에 앉았거나 돌아다니거나 하는 사람이 있었다. 그들은 아마 게이지의 어머니가 상상한 것과 동일한 상상을 했는데, 젊은 두 사람이 느닷없이 말다툼을 시작했기 때문에, 놀라면서도 재미있어했다. 지나갈 때마다 그녀 쪽을 유심히 보며 어떤 애인이 나타날 것인가 기대하며 기다리고 있던, 말라깽이의 안경을 낀 창백한 역원은, 때마침 들어온 전차를 맞이하는 척하며, 거리낌 없이 두 사람을 보고, 잠시 고개를 갸우뚱하더니, 실망하고는 가버렸다.

"타자, 오빠"

이미 싸움을 잊은 하쓰코는, 그렇게 말을 걸었을 때는 걷기 시작하고 있었다. 타고 대체 어디로 갈 셈인가. ――그런 문답으로 플랫폼의 주의를 새롭게 받고 싶지는 않았기 때문에, 게이지는 소소한 화풀이로, 큰 걸음으로 앞질러가서 먼저 뛰어서 타고, 그녀가 들어오자 선수를 쳤다.

"난 다바타까지밖에 안 샀어."

"집에서는 안 돼."

"왜 안 되는 거야?"

"오늘은 엄마도 있고, 게다가 게이지 오빠라고 하면 모두가 몰려와서, 비밀얘기 같은 건 할 수 없잖아."

게이지는 휘파람을 부는 듯한 입모양을 하고 옆을 보았다. 비밀이라는 한 단어에 붙은 강음기호가 낯간지러웠던 것과, 자신도 같은 말로 어머니를 놀렸던 것을 떠올렸다. 실제 그것은 비밀이 아닌 건 아니었지만, 드디어 질주하기 시작한 전차 소음을 이용하면, 저쪽 끝에 두세 명 앉아 있어도 쉽게 말할 수 있었고, 특히 전차가 지나는 사이에는, 아무리 큰 소리로 말해도 말할 수 있을 정도의 것이었다.

다바타까지 요점은 해결되고, 하쓰코가 산 우구이스다니鶯谷[51]까지 타고 가는 사이에 다른 얘기도 추가했다. 하쓰코는 구야空也[52]에 들렀다 와야 한다고 하며, 공원을 가로지르자는 제의를 했다. 하지만 사람 눈이 적은, 그야말로 어떤 비밀이라도 이야기할 수 있는 공원을 빠져나갈 때에는, 되풀이하는 것 외에는 남겨져 있지 않았다.

간단히 말하자면, 그녀는 모르는 사람과 사랑을 하고 있었다. 정당하게 말하면, 모르는 사람이 그녀에게 마음을 주고 있었다. 시와 장미와 달빛으로 이루어진 편지가 그 남자에게서 배달되었다.

---

51 지명. 도쿄도(東京都) 다이토구(台東区)에 위치.

52 메이지17년(1884)에 창업한 일본 화과자 전문점으로 전쟁으로 소실된 후 1949년에 긴자(銀座)로 옮겨 현재에 이르고 있음. 특히 모나카로 유명한 전통 과자점이다.

물론 첫 두세 통에 대해서는 중세기의 여성과 크게 다르지 않은 굳은 신조가 지켜졌다. 그렇다고는 해도 여학교를 막 졸업하고, 건강의 염려로 상급학교로도 진학하지 않았지만, 가게 점원이 될 필요도 없었던 그녀는, 분명 시간이 남아돌아 주체를 못하고 있었다.

어느 날 밤 극장에서 돌아오자, 창문을 열고 창틀에 팔꿈치를 괴고, 눅눅한 손바닥으로 깍지를 낀 손에 볼을 얹었다. 어두운 뜰의 잔디밭에는 꽃이 하얗게 거품처럼 떠 있었다. 별이 흐려서 낮은 하늘에 떠있었다. 서향 향기가 났다. 그녀는 숨을 깊게 들이마시고 깊은 한숨을 내쉬었다. 눈물이 뚝뚝 손 등에 떨어졌다. 지금 막 보고 온 영화의 한 장면을 자신도 모르는 사이에 따라하고 있었다. 마침내 그 여자주인공이 쓴 것처럼, 자신도 답장을 쓸 결심을 했다. 쓴 답장은 모르는 구애의 기사騎士에게 보내는 것이었는지, 배우 게리 쿠퍼 쪽이었는지, 그녀 자신도 몰랐다.

용기가 생긴 남자의 편지가 빈번하고 대담해짐에 따라, 조금 두려워졌다. 하지만 그 두려움은 사랑의 즐거움에 새로운 효모를 추가했을 뿐이었다. 부풀어 부피가 늘어난 비밀이 그녀를 억눌렀다. 그녀는 이제 입을 다물고 있을 수 없게 되었다. 그대로는 두려워서 견딜 수 없었다. 정말은 기뻐서 견딜 수 없었다. 정말은 단 하나뿐인 심장에 가득 찬 것을, 생리적으로 토해내지 않으면 안 되었다.

들판에 구멍을 파서 그것을 묻는 대신에, 그녀는 사이가 좋은 사촌오빠에게 고백했다. 마치 중세기의 여성이라면 참회승에게 참회하러 가는 것처럼. ——게이지는 그녀의 바보스러움과 한가함을 저주하며, 답장을 해서는 안 된다고 명령했다. 그녀는 약속했다. 하지만 가끔은 깨트렸다. 그렇게 해서 새로운 편지를 받아들자 곤혹스러워하고, 기뻐하고, 사색에 빠지고, 황홀해하고, 그때마다 사촌오빠 앞으로 호소의 편지를 썼다. 그 때문에 사촌오빠에게 보내는 편지가 많아지면 많아질수록, 모르는 구애자가 받는 답장은 적어졌다. 감정의 다량을 소비시키는 긴 편지를, 두 통이나 동시에 쓸 만큼의 근기가 그녀에게는 없었기 때문에.

애를 태우기 시작한 남자는, 그때까지도 몇 번인가 만나자는 말을 마침내 버젓이, 어느 정도의 위협을 보이며 요청했다. 시일은 다음 토요일, 장소는 히비야공원日比谷公園. 그녀가 가입해 있는 음악회의 특별연주가 그날 오후 공회당에서 개최될 예정이었다. 1부와 2부 사이의 휴식시간에, 그는 회장 앞의 공원 입구에서 기다리고 있겠다고 했다.

그녀는 사촌오빠에게 함께 가 달라고 부탁했지만 거절당했다. 혼자 만나고자 할 만큼의 용기는, 경고받을 필요도 없이, 갖고 있지 않았다. 다만 알고 있는 다양한 얼굴을 오늘까지 갖다 붙여둔 연인이——실제 첫 게리 쿠퍼 얼굴에서 거의 개봉할 때마다 달라졌다고 해도 좋았고, 또 그때의 기분 나름으로 남자는 다른 느낌의 용모를 가지고 나타났기 때문에——정말은 어떤 얼굴을 하고 있을지, 그것을 볼 수 없는 것은 죽고 싶을 만큼 유감이라는 생각이 들었다.

아무리 게이지라 해도 거기까지는 털어놓지 않았기 때문에, 그녀는 다른 앙큼한 표현을 한 것이었다. 함께 가서 이제 편지를 보내지 않도록 말해줬으면 한다고. ━━

"오빠만 만나도 좋겠지만, 그러면 상대방도 모를 테고 오빠도 모르잖아. 그러니까 역시 내가 함께 가야 하는 거야. 하지만 저쪽에서 눈여겨보고 가까이 다가오면 난 도망칠 테니까 오빠가 얘기를 매듭지어 줬으면 좋겠어. 재미있는 게 아니야. 분명 깜짝 놀랄거야."

말하면서 옆구리에 끼고 걷고 있는 그『신청년』풍의 흥미만으로도, 그녀는 모레의 기회를 놓쳐서는 안 된다고 생각했다.

미술관 앞의 클로버의 좁은 길을 빠져나가면서, 몇 번째인가의 탄원이 반복되었다.

"있잖아, 아무래도 안 되겠어? 오빠."

"몇 번을 얘기해도 마찬가지야."

"그러면 앞으로도 편지 보내올 거야. 그럼 곤란하잖아."

"내버려두면 곤란한 일은 없을 거야. 그렇게 얘기했는데 답장같은 걸 보내니까, 틈을 타고 들어오는 거라구."

"답장이라고 해도 그렇게 많이 보낸 게 아니야."

"어쨌든 몇 번이고 말한 대로, 토요일은 학교의 모임이 있어서 밤늦게야 돌아오고, 그런 바보스러운 랑데부에 어울릴 시간 나한테는 없어."

"오빠의 모임이란, 하지만 밤이잖아. 도대체 몇 시부터인 거야."

그것은 게이지 자신에게도 그날이 될 때까지는 알 수 없는 것이었다. 다키무라도 그때 이후 만나지 않았다. 교실에 나와 있는 것일까? 장소는? 텍스트는? 인원수는? 누구와 누가? ――

"그 봐, 가 줄 마음이라면 갈 수 없는 것도 아니잖아."

대답이 끊긴 그를, 한쪽으로 치우친 검은 눈동자와 삐죽 내민 입술로 조르며, 동그란 어깨 한쪽만을 움츠렸다.

"그게 아니라고 해도, 그런 모임에 한번 정도 안 나가도 되잖아. 내가 이만큼 부탁하고 있잖아."

다소 칙칙한 핑크색의 창이 없는 벽을 따라, 미술학교 쪽에서 순사가 이삼십 명이 줄을 지어서 급하게 왔다. 금색 견장을 두른 경위가 선두에 서있다.

순사가 차고 있는 사벨이, 걸을 때마다 한 사람 한 사람 바지 무릎에 부딪쳐 울리고, 뱃전의 생선처럼 하얗게 튀어 올랐다. 맨 뒤의 신참으로 보이는 어린애 같은 얼굴의 한 사람은 끈으로 맨 장갑이 빠진 것을 2, 3미터 가서야 알아차리고, 당황하며 달려서 되돌아와 줍고, 또 당황하며 대열의 뒤를 쫓았다. 닛포리日暮里나 미카와시마三河島 근처에서도 무슨 일이 있는 것일까? ――

게이지는 동물원 길 쪽에서 검은 대열을 뒤로 하고 꺾으면서, 하쓰코에게 모임에 관해 말한 것은 어리석었다는 생각이 들어, 화가 치밀고 후회했다. 굳이 정직하게 이유를 설명할 필요는 없었다. 동시에 그 문제를 이유로 친다면, 그녀가 말하는 것처럼 토요일의

R·S를 한번 정도 안 나갈 수 없을까?——위험하고 수치를 모르는 유희로부터 단절시키기 위해서는, 분명 그 남자를 한번 만나서 단호한 선고를 하지 않으면 안 되었고, 그러기에는 이번 토요일의 기회를 이용하는 것이 가장 편리한 것이니까.

　이 생각은 생각한 그 자신을 놀라게 했다. 그것이 지금 우연히 목격한 검은 행렬의 미세한 영향이라기보다, 더욱 미세한 연상의 하나였던 것을 깨닫지는 못했지만, 무언가 결벽하게 속죄를 하고 싶었기 때문에, 하쓰코가 여전히 시간문제를 버리지 않을 것이라는 것에 대해, 그는 고압적인 태도로 나갔다. 시간이 된다 해도 갈 생각은 없다고 했다.

　"알겠어, 좋아. 심술쟁이."

　하쓰코는 분한 마음에 눈물어린 눈이 되어, 얇은 콧방울을 무언가 꽃잎처럼 실룩실룩거렸다. "그런 사람에게 무리하게 부탁하지 않아도. 혼자 가서 해줄 테니까."

　금방이라도 달려 나갈 기세로, 짙은 갈색의 뾰족한 구두 끝으로 차박차박, 그녀는 자갈을 짓밟았다. 게이지는 그런 위협에는 익숙해져 있었기 때문에, 오히려 역수를 써서 그렇다면 마음대로 하면 되잖아, 그 대신 앞으로는 그는 전혀 상관하지 않겠다고 했다.

　"이 일에 관해서 전화를 걸거나, 찾아오거나, 편지를 보내거나 하는 일은 일절 그만둬."

　하쓰코는 대답하지 않고 멈춰 서서, 머리만 자신보다 커져 있는 사촌오빠를 옆으로 올려다보았다. 그가 진심으로 말하고 있는 것을 알자, 갑자기 슬픔에 약해진 얼굴로, 양팔을 축 앞으로 늘어 뜨리고, 은회색의 스커트의 미세한 주름 위에서 흔들거렸다. 그 선 고는 무엇보다 무서웠다. 남자는 앞으로도 계속 편지를 보낼 것임에 틀림없었고, 그것에 대해 숨김없이 이야기를 털어놓을 수 있는 사람은, 게이지 외에는 없었기 때문에.

"안 가면 되잖아, 오빠. 간다고 한 건 거짓말이야, 난 안 갈 거야. 그러니까ㅡㅡ."

"하여간 매일 편지를 보내거나, 전화를 걸어오거나 하는 것은 그만둬 줘."

"하지만"

"덕분에 내가 성가시게 되었단 말이야."

"그러니까 토요일에 가서, 확실히 거절하면, 오빠도 나도 귀찮아지는 일 없이 끝날 거잖아."

"달라, 그런 것과는."

"다르다니?"

"무터[53]에게 오해받고 있다는 걸 몰라?"

하쓰코는 내디딘 한쪽 발끝을 그대로 멈추고, 눈을 크게 뜨고 검은 구멍이 된 움직이지 않는 눈동자로, 그를 뚫어지게 바라보았다. 그러자 그것에 이끌려 여기까지 말해 버린 자신에게, 게이지는

---

53 무터(mutter)는 어머니란 의미의 독일어.

조롱과 비슷한 것을 느끼고, 눈을 돌렸다.

도쇼구東照宮[54]의 나무숲을 투과해서 우에노공원上野公園의 연못의 회색빛을 띤 흰색의 일편이 무언가 산중의 호소처럼 완만한 경사 아래로 보였다.

두 사람은 우에노세요켄上野精養軒[55] 뒤편의 비탈길을 내려가려고 하고 있었다.

"그게 무슨 말이야?"

하쓰코는 아직 발을 멈춘 채인 자세로 물었다.

"바보네. 모른다면 그걸로 됐어."

"좋지 않아, 말을 꺼내놓고 하지 않는 건."

"그럼 말해 줄까?"

세요켄의 뒤쪽 입구에서 달려 나와, 일부러 두 사람 사이를 뚫고 지나간 손수레에, 게이지는 자극을 받았다.

"무터는 우리들을 의심하고 있어. 지나치게 편지를 보내거나 전화를 걸거나 해서."

"— — — — ?"

"하쓰코가 모션을 걸고 있다고 생각하고 있는 거야."

예리한 피리 같은 웃음소리가, 그녀의 매끄럽고 하얀 목에서 쏟아졌다. 웃음의 그 폭발과 함께, 상반신이 앞뒤로 흔들리며 경련

---

54 에도막부의 초대 정이대장군인 도쿠가와 이에야스(東照宮)의 위패를 모신 신사.
55 우에노공원 내에 있는 오래된 점포인 서양요리점.

했다. 그녀는 걸을 수 없었다. 다시 길게 말은 『신청년』으로, 둥글게 유방 형태로 솟아있는 가슴을 두드리며, 그래도 겨우 길거리라고 생각하며 억제하려고 애쓴 목소리로, 띄엄띄엄 말했다.

"누가 게이지 오빠에게. ――말도 안 돼. 코미디 아냐? ――그러니까 큰어머니 어떻게 되신 거야. ――아무리 생각해 봐도, 나, 배가 아플 정도로 웃겨. ――"

그녀는 어딘가 분명 생리적으로 괴로운 것처럼, 땀이 맺힌 듯 상기된 얼굴로, 식식거리면서 그 친애하는 사촌오빠를 반쯤 뜬 눈으로 바라보며, 모자 테두리에서 한 움큼 삐져나온 이마의 머리칼을, 연한 분홍빛의 약지로 끌어올렸다.

게이지는 막연히 자신은 깨닫지 못한 그녀의 사랑을, 처음으로 그때 느꼈다.

어머니의 의혹은 근거가 없는 것은 아니었다. ――그렇다고 한다면 그녀가 스스로도 모르면서 자신을 사랑하고 있는 것처럼, 자신도 또 사이가 좋은, 하지만 똑똑하지 않은, 오히려 경멸하고 있는 아름다운 사촌여동생을, 자신도 모르게 사랑하고 있었는지도 몰랐다.

이 부끄럽고 어이없고 유쾌하지 않은 발견은, 게이지를 조금 상기시킴과 동시에, 화가 나게 했다. 그는 쑥스러움을 감추려고 팔꿈치로 쿡쿡 찌르거나, 길에서 웃거나 하면 창피하다고 화를 내자, 그녀는 몸을 흔들고 일부러 코맹맹이 소리로 반항했다.

"하지만 웃겨서 웃지 않을 수 없어. ――게다가 아무도 지나가지 않잖아."

그렇게 말했을 때, 뒤에서 묵직하고 성급한 발자국 소리를 내며, 일행인 두 남자가 다가왔다. 게이지는 하쓰코 옆에서 떨어져, 그들에게 바로 지나갈 수 있도록 통로를 만들어주려고 하는 것 이상의 주의는, 일부러 하려고 하지 않았다. 하지만 한쪽의, 비옷을 입고 세운 옷깃으로 귀에서 아래를 덮은 남자가, 깊게 눌러쓴 중절모자의 검은 창 그림자에서, 스쳐지나갈 바로 그때 힐끗하며 민첩하게 던지고 간 엇갈리는 시선은, 무언가 뜨끔 하는 것을 그에게 남겼다.

"다키무라ーー."

어쩌면 게이지는 그렇게 불렀는지도 몰랐다. 그러나 기숙사의 다키무라가, 지금 이 시간에 이 근처를 돌아다니고 있는 것일까? ーー특히 중절모자 같은 것을 쓰고. ーー아니, 결코 다키무라일 리가 없다는 걸, 그것으로 확인하려고 하는 것처럼, 나란히 서서 탄력이 붙은 큰 걸음으로 서둘러 비탈을 내려가는 일행의 남자의, 얇은 고무단화를, 그 위에 단단히 찬 각반을, 낡은 양복의 두터운 몸통을, 그 몸통에서 곧 머리가 된, 그렇게 해서 그 머리에 얹은, 양복과 같은 정도의 오래된 헌팅캡을 뒤에서 경사졌지만 눈으로 쫓았다. 학교가 있는 C역 부근에, 집촌을 이루며 경영되어지고 있기 때문에 자주 만나는, 유명한 주물공장 직공들을, 그에게 연상시켰다.

그러자 갑자기 한 가지 사실이, 조용한 수면에 툭 하고 떨어진 부표처럼, 기억에 떠올랐다. 오늘 아침 통학 기차 속에서, 바로 옆 사람의 신문에서 훔쳐본 기사로, 그 주물공장에 발생하고 있는 쟁의를 보도한 것이었다.

어쩌면?――검은 중절모 아래에 있는 얼굴을 확인하고 싶은 충동에 사로잡혔다. 두 사람의 뒷모습은 마침 언덕을 다 내려가려 하고 있었다. 만약 왼쪽으로 꺾는다면, 확인하고 싶은 얼굴은 당연히 그의 시선에 실루엣을 던질 것이다. 하지만 껴입은 갈색의 비옷으로, 빈틈없이 꽉 끼는 형태의 넓은 어깨의 등은, 오른쪽 어깨만 흔드는 그 걸음걸이와 함께 설령 옆 실루엣은 다키무라가 아니라도 다키무라였다.

게이지의 짙은 눈썹은 노려보는 눈 위에서 좁혀지고, 버릇이 되어있는 두 개의 주름살이 그 사이에 새겨졌다. 그는 자신도 모르게 발을 멈췄다. 다음 순간 갑자기 몸을 돌려, 반대 방향으로 언덕 길을 대여섯 걸음 되돌아오나 싶더니, 그대로 도죠구의 숲 입구로 거의 뛰다시피 하며 들어갔다.

"오빠, 갑자기 어떻게 된 거야. 그런 곳으로 가다니――."

뒤에서 하쓰코의 놀란, 하지만 흥미가 없지도 않은, 들뜬 목소리가 울렸다. 그녀는 갑자기 당한 일에, 따라가려고 높은 구두 굽에 걸려 넘어져, 다리를 절듯이 하며 따라왔다.

게이지는 대답도 하지 않을뿐더러, 되돌아보려고도 하지 않았다. 무언가 방대한 용적이 쑥쑥 머릿속에 밀려들어왔다. 그는 석등롱과 관목에 무거운 숨을 내뱉었다. 가령 거기에 열 명의 다키무라가 있었다고 해도, 절대로 다키무라임을 발견해서는 안 되는 것처럼 그는 느꼈다.

4

토요일 밤은, 어둡고 눅눅하고 바람이 단속적으로 지면에서 불어 올랐다.

그들은 함께는 돌아가지 않았다. 한 사람이나 두 사람씩 따로따로 집을 나왔다. 게이지 일행은 세 명이 동반했다. 정십이면체라는 별명을 가진 야세에 문3갑甲인 미요시三好.

야세는 허리의 수건에 준하는 전형적인 고등학생 차림으로, 제복에 나막신을 신고 있었다. 자신도 모르게 조심을 해서 네 개의 목편은 평소처럼 필요 이상의 소리는 내지 않았다. 비슷한 조심성은 다른 두 쌍의 신발에도 있었다. 밭을 변형하여 만든 지 얼마 안 된 길은, 짐승가죽과 식물로 이루어진 두 가지 색깔의 발자국 소리를, 검은, 보잘 것 없는 부식토 위로 빨아들였다.

세 사람은 침묵하다시피 하며 걸었다. 말할 게 없다기보다 너무나도 지나치게 많았다. 그래서 입 밖으로 내면 전혀 다른 것이 되었다.

"Etwas hungrig"[56]

---

56 "약간 배고픈데"라는 의미의 독일어.

이것은 그저 야세의 입버릇에 가까웠다.

"홀이라면 아직 뭔가 먹을 수 있을 거야."

게이지가 말하자, 야세는 고개를 끄덕였다.

"차라리 A씨 집으로 몰려갈까, 삼용사의 연극[57]을 보러갔다 돌아가는 길이라고 말하면 메밀국수정도는 될 거야."

"삼용사는 좋았어."

미요시의 입속에서 우물거리는 맑은 소리에 대해, 삼중주의 웃음소리가 일었다. 신사神社신앙의 거의 광신자인 학생주임과 그 강요한 듯한 환대를 가정해보고, 그들은 그날 밤이 특별하게 자아내는 우스꽝스러움으로 감자밭 너머로 학교의 숲을 바라보았다. 모든 것은 아직 사라지지 않은 창의 높은 불빛으로 장식되어, 기숙사는 검게 뻗은 그 반도 앞에, 어두운 밤의 해양에 떠 있는 기선을 닮아보였다.

흙과 분뇨의 달콤한 향기를 섞은 바람이 지나갔다.

미요시는 빠른 출생인 일곱 살에 소학교에 들어갔기 때문에, 2학년에서 4학년으로 바로 올라가는 새해에는 일종의 지치부고등학교의 우수학생의 본보기로, 한 학급 위라도 나이는 게이지보다 한 살 아래였다. 그의 외모와 친구들 사이에 차지하고 있는 위치

---

57 제1차 상해사변 중인 1932년 2월 22일, 적진에 돌입해서 철조망을 파괴하여 돌격로를 만들기 위해 자폭으로써 일본군의 길을 열어준 3명의 병사의 이야기를 '육탄삼용사', '폭탄삼용사'와 같은 식으로 신파, 가부키 등의 무대를 통해 공연했는데, 그러한 무대의 하나를 가리키는 것으로 추정된다.

는, 다스 킨[58]이라는 별명이 증명하고 있었다. 속성재배식의 교육이고, 거기까지 끌어올려진 그는, 온실에서 자라는 야채와 과일이 어딘가 비현실적인 것처럼, 정당한 과정을 밟은, 드물게는 세 번째 시험에서 겨우 입학한 강자도 섞여있는 무리에서는, 존재감이 크지 않았다. 볼이 빨간, 누구에 대해서도 주뼛주뼛하며 수줍어하는 미소를 띠는, 소위 다스 킨답게 유치하고 온순한 학생으로 알려져 있는 그를, 오늘밤의 멤버에서 발견한 것은 야구, 테니스, 축구, 탁구 부원에서 산악부, 승마부, 수영부에 이르기까지 계속해서 가입해, 그래서 모든 것에 서툴러서 결코 쓸모 있는 인물이 되지 못한, 밝은 익살꾼인 야세를 발견한 것 이상으로 게이지에게는 의외였다.

외곽의 주택지는, 분리파풍[59]의 붉은 지붕과 넝쿨식물이 휘감긴 창문과, 꽃과 관목이 있는 앞뜰에, 이미 깊은 꿈을 감돌게 하며 조용했다. 이들 소위 문화생활자의 한 지대는 매일아침 그 세련된, 영화 세트 같은 문에서 도쿄의 근무지로, 마침 통학생들과 엇갈리며 나가는 주인들에게는, 양복이며 모자며 끌어안은 가방에 공통된 것이 있는 것과 마찬가지로, 어느 집도 꿀벌의 방이 닮은 것처

---

58 독일어 'das kind'으로 의미는 '아이'. 소설에서는 미요시가 어린아이 같은 인물이라는 의미에서 친구들 사이에 '다스 킨'이라는 별명으로 불리고 있다.

59 1920년에 새로운 건축을 목표로 활동한 청년건축가 그룹이 분리파건축회를 결성했다. 이들 분리파는 과거의 디자인 양식에서 벗어나 건축에 있어서의 예술성 해방을 지향했는데, 소설에서 분리파풍이라는 것은 이러한 분리파의 영향을 받은 건축양식을 지칭한다.

럼 ─ ─ 그것이야말로 여자들의 서투른 피아노까지 쏙 빼닮은 ─
─서로 비슷해서 하나의 미로였다.

문3병丙의 이시즈石津 ─ ─오오, 그도 오늘밤의 멤버였다─
─가 기시다 구니오岸田國士[60] 풍의 비애감과 해학에 아직 방황하
고 있었을 무렵, 학교 잡지에 발표한, 이웃집 주인이, 늦은 귀가에
출입문을 잘못 안 것에서 생겨난 소희극의 모델은 이 주택지이고,
동시에 야세가 몰려가자고 제안한 학생주임 집도 그곳에 있었다.

"분명 이 부근에서 도는 게 아니었어?"

"아직 하나 더 앞일 거야, 안 그래 미요시?"

"선도善導 모임으로 왔을 때 자주 실수했었지."

"선도 골목이 아니라서."

야세는 목청소리가 짧은 웃음으로 자신의 재치에 만족을 드
러냈다. 그들은 작은 사거리에서 어두운 골목길을 빠져나오려 하
고 있었다. 그러자 갑자기 위협적인 개 짖는 소리가 담장 안쪽에서
일었다. 앞뜰의 배롱나무에 감겨있는 쇠사슬과 그 아래의 엷은 청
색의 큰 개집을, 통학생들은 매일 보고 다녔다. 푸탸틴 공작의 테
리어가 그의 종순함과 온량함으로 유명한 것처럼, 그 세퍼드의 사
나움은 유명했다.

개는 태양과 함께 침상에 들어가지 않는 것은, 하늘에 대한 모

---

60 기시다 구니오(岸田國士:1890-1954)는 극작가이자 소설가로 많은 희곡 작품을 남겼다.

독이라고 믿고 있었다. 밤의 어둠에 뒤섞인 사람 그림자는 그 때문에 살인자가 아니라도, 도둑이 아니라도 죄가 있는 자였기 때문에, 개는 다가오는 세 사람에게 분노하며 예민하게 짖어댔다. 장미가 희뿌옇게 엉긴 담장을 따라, 개는 그들이 가는 쪽으로 돌진했다. 튀어나와 추적할 수 없는 것을 분해하고, 연갈색의 긴 털로 뒤덮인 몸 전체로, 출입구의 하얗게 칠한 문짝 창살에 부딪쳤다.

"쳇, 성가신 녀석이군."

야세는 대문에 달린 등의 그곳만 구슬 모양으로 밝게 도려낸 빛으로, 창살 저편에서 미쳐 날뛰고 있는 개를 가만히 보더니, 발밑의 작은 돌을 주워 어깨를 올려 내던졌다. 전에 없던 증오심이 그를 갑자기 난폭하게 만든 것 같았다.

실수해서 창살에 맞은 돌의 딱딱한 울림이, 짖는 소리를 더욱 격하게 만들었다. 개의 붉고 긴 혀는, 목에서 비틀어내는 예리한 소리들을 방해하지 않도록 아래턱에 붙여서, 그 턱이 격심하게 아래위로 흔들릴 때마다 늘어선 뽀족한 이빨이, 벌어진 구강에서 도자기를 씌운 것처럼 번쩍였다.

"그만 둬."

오기가 나서 다시 한 번 걷어찰 것처럼 뒤돌아본 야세를, 게이지는 제지했다. 야세가 막연한 증오로 느낀 것이, 그 자체가 확실한 형태로 그를 사로잡았다. 개가 문을 밀어서 넘어뜨리고 달려들 것 같은 느낌이 그는 들었다. 그 소리에 집안의 사람들이 일어나서 나올 것 같은, 이웃 사람들이 몰려올 듯한, 그렇게 해서 순사가, ―

―그렇게 해서. ――살인자나 도둑이 밤에 짖어대는 개에게 느끼는 것과 그것은 다르지 않았다.

문득 미요시가 아름다운 테너로 노래하기 시작했다.

봄이 찾아오면

지치부 들판과

상수리나무 숲에――

야세가 개한테 발산시키지 못한 감정은, 풀어낼 적당한 강바닥을 찾아냈다. 게이지의 바리톤도, 그의 풍부한 콘트라베이스를 따라 흘러들어왔다.

――새가 울어

젊은 기분의

자극일까.

여름은 푸른 잎

그늘 깊은

상수리나무 숲의 산책에

고매한 소망을

찾아갈까.

가을의 고상하고

하늘 맑고――

세 명은 개 소리와 불안을 뒤로 하면서, 고등학교 풍의 조잡한 이상주의적 감상의 넝마조각을 이어붙인 것에 지나지 않는 기숙사노래를, 대단히 열심히 불렀다. 그러나 높게 울리는 여울의, 본 류는 숲과 깊은 풀이 우거진 곳에 숨겨져 있는 것처럼 그들은 '상수리나무 숲의 노래'를 부르면서, 정말은 '적기가赤旗歌'[61]를, '인터내셔널가'[62]를 그 맞닿은 어깨로 자갈에 삐걱거리는 발소리로, 특히 야세는『유물변증법 교정唯物辨證法敎程』과『사회주의의 전개 Entwicklung des Sozialismus』가 들어있는 천으로 된 학교 가방을 오른팔로 한껏 휘두르며 당당히 불렀다.

깊은 밤의 어둠에 상업지구의 불빛을 불그스름하게 흡수한 하늘이, 그들이 향하는 방향에 있었다. 세 사람의 노래를 동반한 행진은, 마지막 열차를 놓치지 않으려고 빨라졌다.

어딘가에서 목욕탕의 김이, 어두운 바람에 뜯겨져, 폭신폭신한 하얀 반점이 되어 흘렀다.

어머니는 거실에서 아직 자지 않고 뜨개질을 하고 있었다. 늦은 아들을 애타게 기다리며, 뽕나무로 만든 차 선반의 시계를 몇 번이고 돌아보았음에 틀림없었다. 그래서 돌아온 아들을 보자, 배가 고프지는 않았냐고 말하는 것 외에 물으려고는 하지 않았다. 그렇게 물으면서, 끼고 있던 뿔테의 큰 안경을 서둘러 벗었다.

게이지는 어머니가 가끔 끼는 안경 낀 얼굴을 좋아하지 않았

---

61 The Red Flag. 노동가·혁명가의 하나로 독일 민요를 번안한 노래.
62 사회주의·공산주의를 대표하는 곡. 소비에트 연방에서는 1917년의 10월 혁명에서 제2차 세계대전까지 국가였으며, 일본에서도 노동가로 불린 노래.

다. 두 개의 번쩍번쩍하는 유리구슬은, 어머니의 눈에서 흘러나오는 즐겁고 유쾌한 것을, 아직 특정한 연인이 없는 젊고 민감한 아들에게 있어서는, 여성적인 감미로움을 부여할 수 있는 유일한 것을, 뭔가 부자연스럽게 차단하는 느낌이 들었다. 특히 금속성의 큰 둥근 테는, 어머니의 넓은 하얀 이마로 특이한 느낌을 주는 얼굴 상반부의 아름다움을, 대단히 손상시키는 것이라고 생각했다.

"신토미新富스시가 있는데, 먹을래?"

"안 먹어요."

이 퉁명스러운 대답은 그러나 안경으로 인한 언짢음이 아니라, 오히려 일찍 잠드는 것을 좋아하는 모친을 지금까지 기다리게 한 미안함을, 얼버무린 것에 지나지 않았다. 어머니의 사랑을 듬뿍 받고 있는 그는, 이런 제멋대로인 표현을 했다. 그래서 곧바로 뭔가의 형태로 메우려고 하는 상냥함으로, 그는 물어보았다.

"웬 스시?"

"다바타의 숙모가 가져오신 선물"

"혼자?"

"응. 저녁에 갑자기 오셨어."

"하쓰코는 오늘 음악회에 갔다고 하지 않았어요?"

그 순간까지 잊고 있으면서, 그 질문은 그에게 뭔가를 걸고 있는 것처럼 느껴졌다. 그는 어머니의, 안경으로 양옆에 검푸르게 묻은 콧등의 움푹 팬 곳을 자신도 모르게 응시했다.

그러자 어머니는 그 패인 곳의 양쪽으로 띄운 미소로, 생각지도 못한 것을 고하려고 하는 전조를 보이면서, 하쓰코는 가루이자와에 가있다고 했다.

"가루이자와"

"토목공사 일로, 엊그제 삼촌이 급하게 밤에 가신다고 해서, 숙모도 하쓰코도 함께 하룻밤 묵을 생각으로 따라 갔더니, 일요일까지 쭉 계시게 되어서, 하쓰코를 있게 하고 숙모만 돌아온 거래."

"그 이상한 하쓰코식의 라이스 카레로, 삼촌 힘 빠지셨겠네."

그것이 그를 유쾌하게 만들어, ――정말은 음악회에 가지 않은 것이 마음을 즐겁게 만들어, ――웃음소리를 내게 했다. 그는 안 먹을 거라고 했던 스시를, 바로 옆에 있으면 먹어도 좋다고 말했다. 이것도 그의 방식이었다.

"참으로 감사한 행복이네."

어머니는 애정을 담아 흘겨보듯 웃고, 덜어둔 한 접시를 찬장에서 쟁반째 테이블 위에 내 주자, 흐트러져 있던 뜨개질 거리를 넣기 시작했다. 가루이자와는 아직 춥다는 이야기를 하면서.

"어젯밤 같은 경우엔 스토브를 켰다고 하니까, 놀랬어."

"――――"

"하지만 반달쯤 지나 낙엽송이 싹을 틔우면, 은방울꽃도 철쭉도 일시에 필 테고, 그 즈음부터 점점 그 일대는 좋아지겠지."

"――――"

"다만 아사마가 여전히 험악해져 있는 것 같고, 오늘 아침에도 새벽에 폭발이 있었다고 하니――."

"숙모들은 본 거예요?"

5시 반에 홀의 식당에서 밥을 먹은 것뿐이라서, 그때까지 오물오물하고 단지 식욕을 위해서만 움직이고 있던 입을, 아들은 처음으로 그 질문에 양도했다. "어땠대요?"

"확실히는 모르지만 쾅하고 밑에서 받힌 듯한 느낌이 들어서 잠이 깼다고 해. 그것과 함께 벼락이 떨어진 듯한 소리가 나서, 그대로 테라스로 뛰어나가 봤더니, 지진 때처럼 연기가 산 위로 뿜어져 나오고, 화구에서 불이 번쩍번쩍 하고 있는 것이 손바닥 보듯 보였다고 하더라."

"나도 봤으면 좋았을 텐데."

"농담이 아니야."

"왜요, 어머니."

"그러니까 재미있어하며 보고 있을 수 있는 정도라면 괜찮지만, 자칫 잘못하다간 엄청난 소동이 될 수도 있는 거고, 그걸 생각하면 가루이자와는 무서워서."

"그런 말하기 시작하면."

깨끗이 비운 남빛 스시 접시에, 그는 젓가락을 놓았다. 신슈信州의 높은 하늘에 전형적인 conide[63]로 우뚝 솟아있는, 연기와 불을 뿜는 산이, 그가 갑자기 생각이 깊은 듯 부릅뜬 속눈썹에 있었다.

---

63 원뿔 화산.

——하지만 연기와 불을 뿜는 것이 저 산꼭대기만일까? 더욱 다른 연기와 불이, 더한층 무서운 폭발이, 사회의 모든 기구에 걸쳐 생겨나고 있는 것을 만약 안다면. ——동시에 그는 생각했다. 그들의 R·S는 그 사회의 필연적인 폭발을, 아사마산이 어떻게 해서 불을 뿜는가를 과학자가 연구하는 것처럼 연구하려고 하는 것일 뿐이라고. ——

하지만 그런 이야기가, 지금은 단지 어머니를 놀라게 할 뿐임을 알고 있는 그는, 식은 짙은 차를 꿀꺽하고 한 번에 다 마시고, 뒤로 물러나면서 테이블 아래에 넣고 있던 바지 차림의 긴 다리를 빼내자, 그대로 일어서서 기지개를 켰다. 그렇게 해서 다소 과장이라고, 의식한, 무언가를 칠해서 지워버리려고 할 때의 응석으로 그는 말했다.

"아아 졸린다, 졸려. 자요, 어머니. 늦었어요. 내일은 점심때까지 자야지."

2층에 있는 아버지의 침실이, 지금은 아들의 침실이었다.

게이지는 곧바로 침대에 누우려고는 하지 않았다. 그는 옆방의 암홍색의 방장으로 가려진, 그것도 아버지의 것이었던 서재 쪽으로 가자, 벽 쪽에 둔 가죽소파에 벌렁 누웠다. 늦은 시각의 달이 너무나도 명료하게 떠서, 책상 앞의 창문 가득 달빛이 사각형의 방패를 만들고 있었다. 아직 멎지 않은 바람으로 정원수의 검은 조각이 방패 앞에 흔들렸다.

어머니한테 그렇게 졸린 듯이 말한 게이지의 눈은, 방의 어둑한 불빛 속에 점점 크게 확대되어 갔다. 그는 그 눈이 보고 있는 것을 보고는 있지 않았다. 천정에 매달린 터키 풍의 샹들리에도, 한쪽의 벽을 메우고 있는, 아버지의 것과 함께 된 책장도, 어머니의 막내 동생으로 저명한 젊은 이학자의 유학 선물인 칸트의 하얀 흉상도, 그 옆의 핀으로 고정한 마르크스의 사진판 초상도, 끊임없이 어머니에 의해 새롭게 갈아지는 구석 테이블의 화병의, 때마침 커튼 틈새에서 떨어져 내리는 인색의 비스듬한 빛으로, 뭔가 신비하게 빛나는 발광체처럼 보이는 달리아의 한 덩어리도. ─ ─

　　한 시간 반 전까지 있었던, 문이 잠긴 방 한 칸의 생생한 필름이 추억의 $Na2S2O2$[64]로 서서히 씻기고 있었다. 그에게 있어서 현상된 것의 대부분은 아마 이러할 거라고 생각했던 형태로 그렇게 나타난 것에 지나지 않았다. 적어도 그 인물 속에 야세와 미요시를, 내지는 그 집이 문3병의 다우에田上와 요시타케吉武와 하타秦가 내년의 입학시험을 계속해서 볼 것임을 표방하며 빌리고 있는, 또 그러한 자를 위해 학교의 숲 부근에 산재해 있는 작은 방갈로의 하나로, 특히 다우에가 다키무라와 나란히 지도자의 지위를 확보하고 있는 것을 발견한 이상으로, 기이하지는 않았다.

　　다우에는 빈질러 선, 뻣뻣하고 새까만 머리카락에 다갈색의,

---

64 유기화합물의 합성이나 염료의 환원제, 표백제로 사용되는 하이드로설파이트.

매끄럽다기보다 피부가 뼈 위에 착 달라붙은 듯한 얼굴을 하고 있었다. 말이 없고 거만하고 쉽게는 사람을 다가서지 못하게 하지만, 친한 친구끼리 이야기하면, 각막이 창백하게 매달아 올려진 눈과 조금 튀어나온 치아의 두터운 입술에, 일종의 야만적인 정열을 불태웠다. 다키무라의 어떠한 격심한 감정의 격함도, 겉으로는 드러내지 않는 숨겨진 열정의 냉정함이나 사무 재능과 대조를 이루고 있었다. 오늘밤의 R·S는 두 사람의 각각의 특별한 장점으로 충분히 효과적이었다고 해도 좋았다.

그럼에도 불구하고 게이지의 마음에는, 어떤 거리가 생겨나 있었다. 분명 그 장소에 있어서는 공통적으로 있었던, 적어도 어두운 길을 야세와 미요시와 노래하면서 돌아갈 때까지 잃지 않았던 흥분이, 몸 아래의 차가운 가죽 감촉 속에 식어가는 것을 느꼈다.

그는 휙 옆으로 몸을 돌렸다. 구겨진 제복의 등에서 용수철이 튀어, 가죽이 울렸다. 기대는 쿠션을 그는 뒤의 벽에 밀어젖히고, 가죽에 바로 얼굴을 갖다 댔다.

과연 이대로, 그들과 함께 나아가는 것이 가능할까? ――학교 숲에서 다키무라에게 이 모임에 대해 들은 이후, 가끔 머릿속 한편에 스치는 의문이, 지금 또 새로운 윤곽으로 그에게 나타났다. 그것은 그러나 그때 다키무라에게 고백한 것처럼, 그 자신의 인텔리겐치아성에 대한 불안이라기보다, 더욱 적극적인 초조함이고 야심 있는 고민이었다.

한마디로 말하면, 그는 지식에 대해 탐욕스런 욕망을 갖고 있었다. 무엇보다 아는 것 없이, 올바른 인식을 가질 수 없을 것이다. 그 의미에 대해 지식이 항상 그의 출발점이 되었다. 동시에 그가 무엇보다 잘 알고 있는 것은, 그 자신이 무엇 하나 알고 있지 않다는 사실이었다. 특히 과학적인 것에서 느끼지 않을 수 없는 무지는, 예를 들어 이과 사람들이 영구운동이 불가능한 이유에 대해 Buffon의 바늘의 확률문제[65]에 대해, 또 생물의 기원론에 대해 이야기하는 것을 백치처럼 그저 듣고만 있는 경우, 그 자신이 지향하는 철학 연구에 있어서도 이 과학의 기초 확립의 중요성이 생각되어졌다. 대학 과정을 밟고 본 후, 필요에 따라서는 새롭게 이 방면에서 다시 시작해도 좋다고 생각할 정도의 집착을, 그는 이 학과에 대해 갖고 있었다.

R·S의 대다수와 그와의 사이에 그어진 일선은 이 점에 있었다. 그들은, 젊은 성급한 사회적 관심이, 가까이 있는 도움이 되지 않는 것을 되돌아볼 여유를 주지 않기 때문에, 혹은 그것이 발달시키는 조직에 대한 반발로부터 모든 것이 부르주아적 지식이라는 명목 하에 일괄되어, 그가 중요시하는 것이 때로는 멸시되었다. 이일은 그 자신이 가지고 있는, 노동자와 빈농이 가질 수 없는 특권을 올바르게 이용하는 것을 잊은 것처럼 게이지에게는 보였다. 어떠한 시대가 초래해도, 지식이 쓸모없게 될 리는 없었다. 소위 부

---

65 프랑스의 수학자 뷔퐁이 제시한 것으로, 간격이 일정한 평행선들이 그어져 있는 평면에 바늘을 던질 때, 이 바늘이 평행선과 만나게 될 확률을 묻는 문제.

르주아적 지식조차도, 운용에 따라서는 프롤레타리아의 세계에 필요하지 않을까? 동시에 그 흡수 수단으로서는, 그들이 부정하는 부르주아대학의 설비에 따르는 것이, 지금에 있어서는 어쨌든 가장 편리하고, 과학에 의해서는 그 이상의 방법은 없을 터였다. 아직 R·S에 대해 듣지 않았을 때, 게이지는 다키무라와 우연히 그 문제에 대해 얘기한 적이 있다.

"하지만 지식이 빵이 될까? 저 내팽겨진 자들이라고 해도, ──두 사람의 이야기는 그 즈음 유명했던 지치부고등학교의 좌경 분자에 대한 엄중한 처분에서 비롯되었다. ──지적 실업자가 되는 것이 3년 빨라졌을 뿐이라고 생각하면, 소위 그들의 특권에도 그다지 미련은 없을 거야."

이것은 지금에 와서 보면, 동시에 다키무라 자신의 심경이었던 것 같았다. 어떻게든 해서 같은 처지에 놓였다고 해서, 게이지가 그런 담백한 기분이 될 수 있었을까? 적어도 대학에서 얻은 지식을 곧 돈으로 바꿀 필요가 그에게는 없었다. 팔리지 않으면 팔릴 때까지 저장되어 있다가, 그것이 쌓이면 저절로 학자가 될 수도 있는 것이었다.

이러한 사고는 생각만 했을 뿐인데, 무언가 생각지도 못한 욕정적인 꿈에 놀란 순간과 비슷한 부끄러움을 그에게 느끼게 했다. 그는 한쪽만 신은 발끝의 슬리퍼를, 무릎에서 아래만 움직여 내동댕이치고, 갑자기 옆으로 의자에서 미끄러져 내렸다.

창피한 그 이성에 눈을 뜬 후에 하는 것처럼, 그는 바닥에서 양손바닥으로 목덜미를 탁탁 쳤다.

바람이 가라앉았다. 꽃밭의 달리아에 비췄던 달빛이, 이동해서 책상 한쪽 끝에서 굴절되어, 그가 늘 사전을 옆에 두고, 5분의 3은 모르면서 읽고 있는 『존재와 시간Sein und Zeit』의 펼쳐둔 채인 페이지를, 푸른 은색으로 비추었다.

5

연못 끝에서 네즈根津로 빠지는 도랑가를, 레인 코트에 검은 모자를 쓴 젊은이가 서둘러서 걸어갔다.

양쪽에서 다 들여다보이는 지붕의 갈라진 틈새에서 딱 오후 4시의 햇살이, 바나나 껍질, 막과자 봉지, 파리, 넝마조각이 흩어진 땅바닥에, 지금 혼자인 그를 오랫동안 질질 끌고 있었다. 시간의 이러한 단정에는 아마 5분임에 틀림없었다. 저편의 오래된 절의 문 앞의 공터에서 울리는 그림연극의 딱따기가, 그 일대의 싸구려 시계보다 훨씬 정확한 시간을 가리키고 있었기 때문이다.

젊은이는 레인 코트 깃을 세우고, 모자 창을 깊숙하게 내리고 있었다. 이런 방식과 복장은, 견갑골이 발달한 두터운 등과 오른손만 흔들며 걷는 걸음걸이와 함께, 바로 게이지가 세요켄의 비탈길에서 다키무라 같다는 의혹을 가진 인물로, 다른 것은 그때의 직공 풍의 동행인을 오늘은 잃고 있는 것뿐이었다.

그림연극에서는 B대좌[66]의 옛 전쟁 장면이 시작되려하고 있었다. 철포 탄환이 밀감이 부딪치는 것처럼 마구 흩어졌고, 수염이 있는 병사의 어깨에 일본 검이 내리쳐지고, 방사선처럼 피 비가 공중으로 내품어졌다. 어린 관객에게, 어째서 그런 일이 일어났는지, 왜 인간이 서로 죽이고 있는 건지 설명해 주지는 않았다. 그들은 단지 철포와 검과 피가 자아내는, 그렇게 해서 가두극장의 지배인이고, 무대감독이며, 프롬프터인 자가 교묘하게 현실화하는 전쟁 풍경을, 1전의 사탕과 함께 친숙하게 즐기고 있었다.

지나가던 길에 젊은이는 검은 모자챙에서 특별한 주의를 그 집단에 쏟았다. 하지만 멈춰 설 만큼의 시간을 아마 갖고 있지 않았던 그는, 그대로 지나치고, 절의 썩기 시작한 판자 울타리를 따라 돌자, 한 채의 미장공의 흙먼지투성이의 유리문을 드르르 열었다. 옛날의 아이조메가와藍染川[67]의, 소위 지류인 도랑이 비로 넘치면, 마을에서 가장 먼저 침입하는 것은 이 미장공의 가게였다. 도로에서 움푹 들어간 어두운 울퉁불퉁한 이 토방에는, 반죽통과 삽이 나뒹굴고 석회와 밀기울 풀 냄새가 눅눅하게 고여 있으며, 벽의 붉은 벽돌을 쌓아올린 위를, 쥐가 문이 열려도 아무렇지도 않게 돌

---

66 대좌(大佐)는 한국의 대령에 해당하는 구 일본군의 계급을 뜻함.

67 소메이 공동묘지(染井靈園)부근에서 남동쪽으로 고마고메역(駒込駅)의 동쪽을 빠져 센다기(千駄木)·네즈(根津)를 거쳐 시노바스못(不忍池)으로 흘러들어가는 하천을 야타가와(谷田川)라고 하는데, 특히 그 하류부를 다이토구(台東区) 일대에서는 아이조메가와(藍染川)라고도 부른다.

아다니고 있었다.

장지문 안에서 아기의 가냘픈 울음소리가 났다.

젊은이는 말없이 토방을 가로질러, 색이 바랜 감색 포렴을 넓은 어깨 끝으로 밀어 헤쳤다. 뒷문이 닫혀 있기 때문에, 좁은 통로는 거의 캄캄하고 가마니와 빈 상자 등 그 밖의 잡동사니로 막힌 사이에서, 2층으로 올라가는 입구를 찾아내는 것은 쉽지 않은 난관이라 해도 좋았다. 하지만 젊은이는 그 암흑에는 특별한 촉각을 가지고 있었다. 소리도 내지 않고 구두를 벗자, 그는 벗은 구두를 한손에 쥔 채 덧댄 판자가 없는 주판처럼 우뚝 선 사다리 계단을, 삐걱삐걱 올라갔다.

"어땠어?"

한 칸뿐인 6첩 방 한가운데에서, 등사판에 허리를 굽히고 있는 두 사람 중의 한 사람이, 뒷문이 열리자 고개를 돌렸다. 제복을 입은 채인 다우에였다.

젊은이는 선 채 검은 모자를 벗고 레인 코트를 벗으며, 서서히 다키무라의 정체를 드러내면서, 그것만큼은 가장한 동안에도 헷갈리지 않았을 목소리로 말했다.

"전화 걸어봤더니 없어."

"구도 녀석 어쩔 수 없어. 그 반은 오늘 한문과 영어 수업이 없어서, 점심때까지라 돌아와 있는 걸 내가 봤어. 신주쿠라도 어슬렁거리고 있는 거 아냐?"

"어쨌든 밤에는 일찍 돌아온다고 하니까 그때쯤 다시 찾아간다고 말해뒀어."

"어느 정도는 목돈을 가로채봐. 구도라면 아무리 받아내도 좋아. 넌 그를 봐주고 있어."

"어떻게 봐주고 있다는 거지?"

다우에는 잠시 등사판에서 손을 놓자, 엷은 복숭아 빛의, 흡묵지 같은 색을 띤, 크기도 그 정도인 전단지를 인쇄하는 옆에서 모으고 있는 상대 쪽에게 먼저 말했다.

"도쿠德씨, 인쇄가 너무 나쁜 것은 치워놔 줘요. 글자가 선명하지 않은 전단지만큼 화가 나는 것은, 아마 없을 테니까."

"올라엣."

검은 모자가 다키무라였던 것처럼 그때의 다키무라와 동행한 도쿠씨의 말끝을 올리는 올라잇all right은 항상 친구들을 웃게 만들었다. i가 e로 바뀌었을 뿐 아니라, 그 올라잇은 도쿠씨에 의해 보다 다양한 방식으로 사용되었다. 예를 들어 동지들 사이에 무언가 시시한 감정 갈등이 생기거나 해서, 간토關東금속조합 C정町 지부에서 맡고 있는 중요한 역할이, 그 자신에게 조정을 하거나 한다. 그러면 도쿠씨는 프롤레타리아는 이데올로기적인 것 이외에 서로 다투어서는 안 된다고 하는, 헌 보따리 제일 아래에 단 한 장의 감색 바탕의 비백무늬 천과 함께, 도쿠씨에게는 비장의 신조를 피력했을 뿐으로 말한다.

"그러니까 쓸데없는 각을 곤두세우는 건 그만두고, 이 정도에서 하나, 올라엣하고 박수 짝짝 칩시다."

또 그 말이 나왔구나 하며, 쌍방의 격한 감정이 드러난 얼굴색이 왠지 모르게 누그러지기 시작하고, 화해의 실마리가 잡힌다고 하는 것이었다.

제대로 부풀지 못한 빵처럼 찌그러져 부풀어 오른 둥근 얼굴과, 계속 만지고 있어서 피부보다는 철판에 가까운 손바닥을 가진, 에치고越後[68] 사투리의, 소학교를 나오는 데에도 빈농의 자식이라면 누구나가 경험하는 것처럼, 아기를 업고 가야 해서 만족스러운 과정도 밟지 못한 이 젊은 금속공이, 생각지도 못한 곳에 줄을 쳐가는 거미와 같은 조직력을 갖고 있었다. C정 지부를 지치부고등학교의 R·S에 지금까지 없던 강인함으로 연결시킨 것도 그라면, 요사이 발생하고 있는 노동쟁의를, 담합해서 서로 통한 C정의 주물공장의 동맹파업에까지 진전시키려는 활발한 활동의 실린더도 그 사람 외에는 없었다.

"도쿠씨뿐이니까 여기에서 정직하게 모조리 털어놓는데, ——"

이 말로 다우에는 큼직하게 타서 눌은 자리가 있는 다다미에서 배트를 집어 들어, 먹으로 더럽혀진 손으로 성냥을 그었다. "단지 구도에 대해서만이 아니야. 너의 R·S 동원은 너무도 소극적이었어. 좀 더 적극적으로 해도. ——"

---

68 옛 지방 명칭으로 현재의 니가타현(新潟県).

"그런 의미였어? 쓸모없게 만들고 있다고 하는 것은."

"그것 이상의 악을 범하고 있다고 해도 좋아."

도쿠씨가 임대하고 있는 이 2층에 모일 때, 항상 그들의 책상이 되는, 신문과 잡지, 아직 재단되지 않은 복숭아색 종이의 넓은 여자 허리띠처럼 막대기에 감긴 것, 잉크병 등이, 어수선하게 놓여 있는 낮은 밥상의 작은 일부가 비어있는 면에서, 수첩에 절반은 기호로 메모를 적어 넣은 다키무라는, 만년필을 내려놓고 연기 뒤로 창백하게 치켜 올려 뜬 각막을 보았다.

"그건 견해의 차이에 의한 거니까."

"어느 쪽이든, 이런 기회에 야무지게 단련시키지 않는다는 건 잘못된 거야."

"그러니까 끌어낼 수 있는 건 내고 있는 게 아냐? 미요시와 하타는 행동대를 지원하고 있어. 하지만 도쿠씨 앞이지만 모든 R·S를 이번을 위해 동원시키는 것만은, 네가 뭐라고 하든 난 찬성할 수 없어. 생각해 봐, 완성돼서 아직 2주일도 안 됐어. 그런 것을 전쟁터에 보내서 한사람 몫의 활동이 가능하다고 생각해?"

"많이 보내면 좋은 거야. 그것이 단련한다고 하는 게 아닐까?"

"단지 전쟁터라면 그것도 좋겠지. 하지만 벌벌 떨면서 진군한다 해도, 철모를 뒤집어쓰고 총을 메고 있으면 확실히 군대에서 통용되는 거니까. 하지만 우리들의 진영에 관한 것을 문제 삼았기 때문에 그를 예로 들어도 좋지만."

다키무라는 자신도 모르게 네모난 작은 밥상을, 그 위에 쌓인

것과 함께 상대 쪽으로 밀어대면서,

"그는 안에서 불타오를 때까지는 쉽게 불을 붙이기 어려운 남자야. 수목이라 해도 그렇잖아. 산에서 억수같이 쏟아지는 빗속에서 잘라도, 자작나무 같은 건 금세 활활 잘 타지만, 상수리나무나 떡갈나무는 그렇게는 되지 않아. 그 대신 그쪽은 활활 타는 숯으로 구워내지는 거잖아. 구도는 성공할 거라고 나는 믿고 있지만, 다만 급하게는 되지 않아. 그러니까 이번 일에서는 무리하게 하지 말고, 저대로 이용하는 편이 이득이야. 현재 단계의 구도보다는 그에게서 받을 수 있는 돈 쪽이 요사이 얼마나 필요한지 모르지 않잖아."

"그래서 그 자신은 자연발화에 맡겨두자고 하는 것이군."

"거기까지 오면, 단지 때와 계기 문제야."

"아아, 정말 싫어진다."

다우에는 일부러 과장된 탄식을 하며 나둥그러졌다. 머리 위의 벽 구석에 붙은 작은 창문을 열면, 묘지와 푸른 하늘과 기저귀를 널어놓은 장대와 녹슨 함석 차양이 초현실주의 화면이 되어 비쳤다. 그는 눈을 위로 치켜뜨고 거꾸로 담배꽁초를 그 창으로 내던지자, 반사작용처럼 다리부터 일어나 딱 담배 한 대 피울 시간만큼 이어진 두 사람의 논의에는 참견하지 않고, 잠자코 포기된 전단지를 인수하고 있던 도쿠씨 쪽으로, 새삼스럽게 책상다리를 하고 그 일그러져 부푼 얼굴을 들여다보았다.

"이봐요, 도쿠씨, 다키무라와 저의 싸움은 항상 이래요. 이 녀석은 무슨 일이든 이에야스家康류[69]라서, 울 때까지 기다리는 쪽이기 때문이죠."

"넌 또 무리하게 울리는 것밖에 모르고, 자칫하다간 죽여 버릴 수도 있는 쪽이지. 안 그래요, 도쿠씨?"

도쿠씨는 두터운 눈꺼풀 아래의 가는 눈을 생긋거리며, 청결하고 치열이 좋은 이를 생기 있는 잇몸과 함께 드러내고, 작은 말처럼 쿵쿵거릴 뿐이었다.

도쿠씨에게는 그들의 인유법의 진짜 묘미를 몰랐다. 도쿠씨는 그저 아무리 확고한 학생이라도, 논쟁이 되면 때와 상황에 상관하지 않고 몰입하게 되는 것에 놀라고 있었다. 그런 것보다, 마침내 인쇄가 끝난 전단지를 어떤 방법으로 C정의 아지트까지 운반하는가, 그것을 생각하는 쪽이 먼저가 아닌가? 인쇄된 것이 모여져 무언가 큰 꽃잎이 흩어져 겹쳐진 것처럼 수북이 쌓인 전단지를, 한 장씩 정돈하는 쪽으로 간 다우에의, 호리호리한, 아마 운동장의 흙이나 잉크 외에 더럽혀진 적이 없었던 손가락 위에서, 도쿠씨의 눈은 순간적으로 험악하게 빛났다. 그것은 그와 같은 거친 손을 가진 자가, 노동을 모르는 손에 대한 무의식적인, 개인적인 친밀을 넘어선 증오라고 해도 좋았다. 하지만 이 경우는 다른 원인에서 생겨나고 있었다.

---

69 에도막부의 초대 정이대장군인 도쿠가와 이에야스(德川家康)를 가리킨다.

한 달 전, 겨우 인쇄된 『아카하타赤旗』[70]를 비밀스런 출판사에서 운반해 내려고 양복차림에 큰 보자기로, 행상 포목전처럼 짊어지고 어슬렁어슬렁 걷고 있다가 붙잡혔다고 하는, 들어도 화가 나는 얼간이 같은 사건을, 도쿠씨는 문득 떠올린 것이었다.

다키무라의 두 번째 방문은, 헛걸음을 시켰기 때문에 이제 오지 않는 것은 아닐까 하고 오히려 걱정하고 있던 게이지를 어린아이처럼 기쁘게 했다.

다키무라는 게이지를 집으로 찾아온 것은 그렇게 많지 않았다. 게다가 R·S의 새로운 관계가 시작되고 나서는, 어떤 일이든 경계하지 않고 행동하는 것이 허락되지 않게 되었다. 그들은 겉으로 보기에는 전보다 훨씬 서먹서먹하게 행동했다. 숲의 산책에도, 홀에서의 잡담에도, 서로에게 세심하게 기울이는 주의는 동지를 피하는 것이고, 그것이 그들의 새로운 도덕의 제1조가 되었다.

가장된 이 냉담함은 그들의 결합에 일종의 비밀스런, 마치 깊숙이 남의 눈을 피해 만나는 연인들 같은 견인력을 주고, 또 그 연인들이 어떤 곤란한 장애 속에도 마음을 통하게 하는 길을 발견하는 것처럼, 교실 창문에서 평범하게 부른다거나, 운동장에서 달리면서 재빠르게 슬쩍 본다거나, 빗나간 공을 차서 돌려줄 정도의 아

---

70 일본공산당 중앙위원회가 발행하는 일간 기관지로 치안유지법이 존재했던 1928년 2월 1일에 창간하여 현재도 발행 중이다. 일본 이외에도 세계 각 국에 지국을 갖고 있으며, 일본의 정당 기관지로서는 최대 규모이다.

무렇지도 않은 동작――그러는 사이에 그들만이 느낄 수 있는 감지법으로, 비밀스런 동지로서의 인사를, 신호를, 받고, 보내고, 그렇게 하는 것에 즐거움을 발견해냈다.

"왠지 굉장히 오랫동안 만나지 않은 느낌이군."

"그럴 리는 없어. 그저께도 복도에서 만났잖아. 합동교실에 갈 때."

"하지만"

둘이서만 이렇게 느긋하게 만난 적은, 그 숲 산책 날로부터 자주는 없었기 때문에, 뭔가 특별한 기회처럼 오늘밤은 여겨졌다.

게이지의 심장 아래에는 이상하게 두근두근하는 것이 있었다. 너무도 지나치게 많은 이야기를 무엇부터 시작하면 좋을지 몰랐다. 책상 끝에 가지고 온 갓이 달린 푸른 스탠드 빛으로, 놋쇠 압정이 반짝반짝하는 가죽을 씌운 회전의자를, 그는 티 테이블 앞으로 오른쪽, 왼쪽으로 번갈아 돌리거나 당기거나 했다. 그러자 이런 때, 곧잘 누구나가 하는 것처럼, 준비하고 기다리던 이야기의 역점으로부터는 완전히 동떨어진 것을 갑자기 질문했다.

"너, 아직 저녁밥 안 먹은 거 아냐?"

"아니야, 먹었어."

역 근처 국수집에서 급히 먹고 온 한 그릇으로, 그렇게 먹었다고 말할 수 없는 것은 아니었다.

"오랜만에 어머니한테 사달라고 했으면 좋았을 텐데."

"지금부터라도 괜찮아."

“그렇군. 그럼 전화해 줄래?”

빙 돌린 의자에서, 바로 일어서려고 하는 그에게, 다키무라는 집어 들었던 프랑스과자를 접시 위에 올려놓고, 손을 저었다.

“이봐, 농담이야.”

“어째서?”

“오늘밤은 그럴 때가 아니야. 더욱 중대한 사항이 있어.”

하얀 가루가 묻은 두 개의 손가락을, 허리춤의 수건으로 보지도 않고 닦으면서, 기세에 이끌려 의자를 앞으로 쑥 내민 상대의, 심상치 않은 것을 기대하면서, 어째서 그것이 있는지를 설명할 수 없어서, 멍하니 부릅뜬 눈 속에, 다키무라는 가느다랗게, 강하고 딱 부러진 목소리를 쏟아 넣었다.

“난 돈을 빌리러 왔어. 빌린다고 해도 돌려줄 수 있는 것이 아니라서, 그냥 받는 것이 되지만, 어디에 사용할 지에 대해서는 설명하지 않는 편이 낫다고 생각해.”

“————”

“그렇지 않고 듣고 싶다고 한다면 말하겠지만.”

짧은 침묵 사이에서, 찡하고 의자가 삐걱거렸다.

“주물공장에 발생하고 있는 것에 관계가 있는 거야?”

게이지는 우에노의 언덕길에서 검은 중절모인 사냥 모자를 떠올리고 있었다. 오히려 그 두 개에 의해 그 말은 나왔다.

“뭐 그럴 생각이야. 돈을 내줄 수 있어?”

그 말은 낼 수 있느냐 없느냐를 새삼 묻는다기보다, 일종의 독촉의 말로써 한 것에 지나지 않았다. "오늘 올 때까지 난 다우에와 논쟁을 좀 했는데, 하여튼 너의 지금의 기분에 부자연스러운 걸 강요하고 싶진 않아. 그건 널 곤란하게 할 뿐이야. 네가 현재 어느 단계에 있는가 하는 건 다우에보다 더 잘 알고 있다고 생각하고 있고, 그것을 돌파하기를 기대하고는 있지만, 당면 문제로서는 너의 입장에서 할 수 있는 의무를 다해주면 되는 거야. 너도 역시 그걸 거부하지는 않을 거라고 믿고 왔어. 다만 네가 마음대로 쓸 수 있는 돈이 바로 옆에 있는지 어떤지, 그것이 걱정인데, 어때?"

"얼마 정도?"

가장 침착하게 응수했다고 해도, 작은 헛기침을 동반했지만, 그동안의 복잡한 마음의 움직임을 다 내보인 듯한 생각이 들었다.

"많을수록 물론 좋아."

다키무라는 하얀 이를 드러내며 짧게 웃고, 곧 "백 엔도 이백 엔도 좋아. 그리고 빠른 편이. ――현금이 안 된다면 시계나 보석 같은 것이라도 없을까?"

이 암시가, 자작나무 삼각대에 놓인 아틀라스를 게이지에게 돌아보게 했다. 지구 표면에 정확히 7시 10분을 가리킨 눈금판이 박힌 금도금과 대리석의 장식시계는, 가지고 나가면 회중시계 따위보다도 돈이 될 것임에 틀림없었다. 하지만 그것은 거인의 어깨에서 운명적으로 무거운 짐을 제거할 수 없는 것과 마찬가지로 불가능했다.

대체로 게이지는 용돈이라는 것을 특별히 원하지 않았다. 필요한 돈은 얼마라도 어머니에게 받을 수 있었으니까. 또 이런 아들에 대해 생일이라든가, 그 밖의 축하할 일이 있을 때마다 친한 친척이 돈으로 사랑과 호의를 보일 필요는 없었기 때문이다. 그는 모아둔 돈이라는 것을 갖고 있지 않았다. 그런 것이 자신에게 있는지 없는지도 그는 몰랐다. 다만 식민지에 계신 아버지가 보내주시는 돈은, 어머니와 둘이서 상당히 호화롭게 지내고도 남을 정도이고, 또 그 송금을 기다리지 않아도, 그가 좋아하는 세월을 학문에 소비할 수 있을 정도의 것은 어머니 손에 보관되어 있는 것을, 말끝으로 멍하니 상상하고 있는 것에 지나지 않았다.

"무터에게 말하면 안 되는 거야?"

오히려 겸손하게, 들은 대로 피할 수 없는 의무로서 게이지는 그런 말을 하면서, 용도에 따라서는, 하고 말하는 대신, 어떻게 말하느냐에 따라서는 하고 주석하지 않으면 안 되었지만, 상대가 어머니인 만큼, 그렇게 해서 사정이 돈 문제와 관련된 만큼, 어떠한 이유에서라도 그의 결백한 성격에는 조금 싫었다. "어쨌든 무터한테는 넌 신용이 있으니까――."

다키무라의 한쪽으로만 빛을 받아서, 그것에 의해 콧마루에서 세로로 뚜렷하게 명암이 갈린 얼굴 위에서, 그의 반쪽 시선이 한순간 멈췄다.

"그 신용을 이용해서, 너의 어머니를 속이려는 짓은, 나도 하지 않고 끝내면――."

"그런 의미가 아니야."

"하지만 말이야. 일을 위해서는, 내가 엄청나게 뻔뻔스러워질 수련을 이제부터 쌓지 않으면 안 된다고 생각해. 그러니까 오늘밤, 너의 어머니한테도 감히 거짓말을 할 작정이야. 이번 학기 수업료가 밀려있다든가, 친구가 입원한다든가 말이지. 하지만 만나주실까? 손님이 계시잖아."

저녁 청소 때 뿌린 물로 반들반들하게 젖은 현관의 신발 벗는 곳에, 수수한 남빛의 끈이 달린 나막신과 나란히 갈색 가죽의 가냘픈 여자구두가, 방추형의 작은 발끝을 가지런히 하고, 쇠장식이 붙은 가죽에 발등이 아름다운 부풀림을 조금 보이면서, 해변의 하얀 모래에 끌어올려진 두 척의 보트처럼 놓여있었다.

다키무라는 그것을 어디에서 한번 보았던 것을 떠올릴 수 있었다. 지금 주제가 되고 있는 것과는 거의 동떨어진 부드러운 젊은이다운 흥미로, 그의 짝짝이 눈은, 밝은 반쪽과 어두운 반쪽으로, 그렇게 해서 그 양면으로 보는 것으로, 보다 의미 있는 듯한 일그러진 시선을, 상대방에게 쏟았다.

"너한테도 실례인 거 아니야?"

"바보. 무슨 소릴 하는 거야."

흥분한 게이지의 볼록하고 둥근 귓불이, 등불에 비치어, 앵두처럼 빛났다. 하지만 그는 목에 힘을 주고, 입술 한쪽 끝을 이빨 사이로 말아 넣고는, 오히려 화가 나있었다.

그의 아름답지만 영리하지는 않은 사촌 여동생과의 관계가, 올바른 형태로 인정받을 수 없을 때의, 또 그것이 어쩔 수 없는 입장에 몰릴 때의, 이것은 언제나 있는 자기 울분이라고 해도 좋았지만, 지금은 그 외에 다른 원인이 뒤따르고 있었다.

그는 학교를 낮에 끝내고 돌아오니, 다우에의 상상에 가까운 행동을 취하고 있었다. 오늘로 마지막이라고 하는 어떤 영화를 보기 위해 제국극장에서 숙모와 사촌 여동생과 만났다. ──그의 어머니는 노안과 근시의 혼란기에 있는 시력이, 스크린의 은색 미립의 세세한 전율을 견딜 수 없다는 것을 이유로, 어떤 고명한 영화도 거의 보지 않았다.

이삼일이라도 도쿄를 떠난 후에는 누구라도 그러한 것처럼, 두 사람은 어머니도 딸도 들떠서, 입으로는 맛있는 것을, 눈으로는 재미있는 것을, 어느 쪽도 탐욕스럽게 만끽하려고 고대하고 있기라도 한 것처럼 행동했다.

하쓰코의 코와 볼은, 초여름의 고원의 자외선을 받아 벌써 옅은 갈색을 띠고 있었다. 항상 얇은 듯이 젖은 빨간 입술과, 눈가로 말려올라간 긴 눈썹이, 갑작스레 햇볕에 그을린 피부에 반해 이상하게 고혹적으로 보였다. 입을 열면, 바보처럼 생각되어지면서, 주변에서 본 어느 여성보다도, 분명 아름다운 것만은 인정하지 않을 수 없었고, 또 그 빼어나게 아름다운 것이 자신의 동반자인 사실에, 유쾌한 기분을 느끼지 않는 것도 아니었다.

그녀는 그에게 준 오늘의 영향을 알고 있는 것 같았다. 가끔 갑자기 젠체하며, 그가 뭔가 말을 걸어도 대답도 하지 않는가 하면, 해도 짧은 두 마디로 대답했다. 그런가 하면, 바로 옆의 그만이 아니라 스크린 화면도 의식 밖에 있는 것 같은 방심한 듯한 곁눈질로, 좌석에서 일어서서 나가는 모르는 남자를 바라보았다.

그녀는 손목시계를 초조하게 들여다보기 시작했다. 두 번째 필름이 상영되자, 보려고 했던 영화는 이제부터 시작되는데도 불구하고, 갑자기 나가자고 했다. 두통이 좀 오기 시작했다고 했다. 긴자銀座까지 걷는 동안에 좋아질 것이고, 거기에서 뭔가 맛있는 거라도 먹으면 완전히 좋아질 것임에 틀림없다. ——

숙모는 불만을 토로했다. 게이지도 물론 불만이었다. 하지만 긴자로 가서, 무언가 맛있는 것을 먹자고 하는 바람만큼은 공통된 것이었기 때문에, 제의는 받아들여졌다. 숙모는 비만성의 40대 여성이 가지는, 살이 어깨에도 허리에도 잔뜩 붙어, 항상 자처해서 가장자리 좌석을 고르기 때문에 누구보다도 빠져나가기 쉬웠다. 하지만 가장 안쪽에 앉아있던 하쓰코가,

"나 먼저 나가게 해줘."

그렇게 성급하게 말하자, 아직 일어서려고 하지 않았던 사촌 오빠의 무릎에 부딪치고, 마침 일어서려던 어머니의 소매를 거칠게 피해, 그대로 어두운 통로를, 두 사람을 기다리지 않고 뚫고 나갔다. 아픈 관자놀이 때문에 숨 막힐 듯 덥고 탁한 공기로부터 잠시라도 빨리 도망치려고 하는 신경질적인 초조함으로서, 그것은 부자연스럽게는 보이지 않았다.

하지만 극장 입구에 가까워지면서, 그녀는 속력을 늦췄다. 유행하는 얇은 소매가, 어둠 속에서, 큰 하얀 나방처럼 걸쳐져 있는

어깨로 힐끔 뒤를 돌아보았다. 그렇게 해서 어머니와 사촌오빠가 몇 미터 뒤를 따르고 있는 것을 확인하고 나서, 갑자기 나아가 문을 앞으로 밀었다.

휴게실 창에 박아 넣은 백금색의 외광과 바닥의 주홍색 카펫이, 어둠에 일그러진 눈동자를 정면으로 긴장시켰다. 그녀는 양지에 나가 있는 새끼고양이처럼 찌푸린 눈으로, 문을 등 뒤로 하고, 거기에 멈춰 섰다. 하지만 말려 올라간 상하의 속눈썹을 두세 번 깜빡거리는 것으로 시력을 조절하자, 가르보[71]를 닮은 눈썹 아래에서, 대비하고 기다린 듯 번쩍 뜬 눈을, 휴게실을 향해 대담하게 내던졌다.

정면의 창문에서 직각으로 굽은 형태로 놓인 의자 한 구석에서, 큼직한 사진잡지 같은 것을 펼치고 있는 남자가, 갑자기 용수철 인형처럼 벌떡 일어났다. 누렇고 뼈가 앙상한, 30대에서 50대까지라면 몇 살이라 해도 통할 것 같은 유형의 작은 남자였다. 그저 명색만 읽는 척하고 있던, 그렇게 해서 마름질한 채로인 가장자리에서 눈을 치켜뜨고만 있을 뿐인 잡지가 가슴에서 떨어지자, 쥐색의 춘추복 상의의 단춧구멍에, 한 송이 빨간 카네이션이 보였다.

---

[71] 그레타 가르보((Greta Garbo:1905-1990)는 스웨덴 출신의 미국 여배우로, 무성영화시대와 유성영화 최기의 전설적인 스타이다. 아카데미여우주연상에 세 번이나 노미네이트되었고, 1954년에는 아카데미명예상을 수상했다. ≪안나 카레니나≫(1935)와 ≪춘희≫(1936)로 뉴욕영화비평가협회상 주연여우상을 수상하기도 한 영화계 역사에서 가장 유명한 배우들 중의 한 명이다.

순간, 확 하고 하쓰코는 그 카네이션처럼 빨개졌다. 이것은 하지만, 약속이 발생시킨 반응에 지나지 않았다. 그녀는 그것을 가슴의 단춧고리에 장식하고 나타난, 그렇게 하고 있으면 만나고 싶었던 편지의 환영이, 과연 어떤 실체를 가지고 있었는지를 재빨리 힐끗 봄으로써 식별하자, 수줍음은 순간적으로 분노로 변했다. 남자의 추함이, 생각지도 못한 나이가——그녀에게는 30대의 남자는 이미 노인이었다.——그녀의 여자애다운 순진한 공상을 짓밟았을 뿐 아니라, 뭔가 생리적으로도 돌이킬 수 없는 수치를 준 듯한 분노를 주었다.

그래서 남자가 당황하며 다가오려고 하다가, 옆의 소파에 부딪칠 뻔해서 비틀거리며, 어두운 갈색의 짧은 수염이 있는 입가로 주뼛주뼛 웃으면서 다가오자, 그녀는 새침하게, 어깨 끝을 조금 움츠리며 옆을 향했다. 그렇게 해서 때마침 거기로 문에서 나타난 어머니와 사촌오빠 사이에 끼자, 오른쪽의 게이지의 옆구리를 팔꿈치 한가득 힘을 주어 찔렀다. 이렇게 가르쳐주기 위해,

"있잖아, 저 아저씨가 나를 유혹하려고 한 나쁜 사람이야."

하지만 게이지는 이렇게 말한 것이라고 생각했다.

"광대처럼 붉은 꽃 같은 걸 꽂고, 싫은 녀석이야. 게다가 우리들 쪽만 보고."

회사 거리의 플라타너스 그늘을, 유라쿠쵸有楽町 쪽으로 걸어가면서, 하쓰코는 우울해져 말도 하지 않았다. 정말 두통이 온 것이었다. 괴롭고 슬펐다. 그래, 자신의 너무나도 처참하게 찢긴 꿈

은 아무리 슬퍼해도 부족한 생각이 들었다. 그녀의 볼에서 고원의 광채가 퇴색하고, 창백한 그늘이 이마에 나타났다. 평소 때와는 다른 뇌빈혈을 일으키기 전에 그런 안색을 했기 때문에, 쾌활하고 대범한 어머니도 역시 걱정하며, 곧 돌아가는 편이 좋지 않을까 하고 말했을 정도였다. 그녀는 고개를 저었다. 아무렇지 않다고 했다. 말하면서 어머니와 사촌오빠를 앞서 가게 하고, 거미줄에 맺힌 이슬방울처럼 미세한 입자로 속눈썹에 걸린 눈물을, 색종이 정도의 작은 손수건으로 닦았다.

그리고 3분도 지나지 않아서, 손수건을 갑자기 입 쪽으로 갖다 댔다. 그녀는 킥킥하고 목 안쪽에서 밀고 올라오는 압착음과 함께, 어깨를 움츠리고, 길가의 패커드[72] 그늘에 멈춰 섰다. 온 몸의 신경으로 전파된 경련이, 입가의 손수건 레이스 테두리까지도 가늘게 떨게 했다. 참으로 기묘하게, 그것은 격한 웃음의 발작이었다.

"어떻게 된 거야. 울다가 웃다가."

쓸데없는 걱정을 한 만큼, 어머니는 화를 냈다.

"미치광이라고 생각해, 지나가는 사람이."

"하지만, 웃기는 걸 어떡해. 게이지오빠, ――게이지오빠."

히스테리에 휘말려들지 않기 위해, 재빨리 앞서 가던 게이지

---

72 미국의 윌리엄 패커드(William Doud Packard:1861-1923)와 제임스 패커드(James Ward Packard:1863-1928) 형제에 의해 탄생된 미국의 자동차 브랜드.

에게 대여섯 걸음, 술래가 된 것처럼 달려가 따라붙자, 준비한 낮은 목소리로 속삭였다. "어머 몰랐어? 저 빨간 꽃 꽂은 사람이 누구인지."

"누구라고?"

"있잖아, 편지의 ― ―."

"불렀구나. 그것을 표식으로 해서."

"보일런[73]한테서 생각해냈어. 하지만 어처구니가 없어."

"바보"

이 한마디에 하쓰코는 대놓고 큰 소리를 내며, 높은 신 뒤축을 빙글 하고 춤추듯이 그에게서 홱 물러섰다.

긴자 뒷거리의 프랑스요리점에서 이른 저녁식사를 하고 있는 동안에, 말하지 않기로 한 약속이었던 그날의 사건을, 게이지는 숙모에게 폭로할 생각이 들었다.

"숙모님, 하쓰코는 정말이지 불량해요."

이런 식으로. ― ―그것으로 그녀의 비밀을 근절시킬 수 있었고, 또 이 일에 관해 어머니에게 생기게끔 한 같은 의혹을 혹시 숙모도 갖고 있었다고 한다면, 이 기회에 소멸시키고 싶었던 것이었다.

숙모는 화내기보다 놀라서, 터무니없는 애라고 했다. 마음대

---

73 제임스 조이스의 장편소설 『율리시스(Ulysses)』(1922)의 등장인물. 일본에서는 1932년 이와나미서점(岩波書店)에서 다섯 권으로 이루어진 번역본이 발행되었다.

로 하게 내버려두면 무슨 일을 저지를지 모르니까, 앞으로는 엄하게 감독할 필요가 있다고 했다. 그럼에도 불구하고 숙모는 이 사건을 재미있어하지 않는 것은 아니었다. 자세한 내용에 관해 열심히 질문했다.

그렇게 되자 하쓰코는 그녀의 일면 어린애 같은 순진함을 발휘했다. 그녀는 조금도 숨기지 않았다. 자신의 어수룩한 면을, 얼빠진 부분을, 거짓말을, 계략을, 그 비밀스런 로맨스에 관한 모든 어리석음을. ――그렇게 해서 겨우 볼 수 있었던 주인공이 아름다운 보일런처럼 붉은 카네이션까지 꽂았는데――그녀는 게이지에게 만약 『율리시스』를, 그가 『존재와 시간』을 몰랐던 것과 마찬가지로 모르는 채 읽고 있었던――의외로 초라한 30대 남자였던 슬픔과 분노를 정직하게 고백했을 때에는, 숙모에게 웃음을 터뜨리게 만들었다.

"이런 바보 같은 딸은 세상에 또 없을 거야, 안 그러니 게이지."

이 탄식으로 식은 커피에 은수저를 겨우 넣으면서, 숙모는 그 중년남자를 자기가 보지 못한 것을 분명 유감스러워했다.

이러한 공기는 그림물감이 서로 번지듯 게이지의 기분에도 반영되었다. 오늘의 사촌여동생이 한 일을 그는 결코 긍정하지 않음에도 불구하고, 또 그 자리에서도 부끄러움을 모른다니, 질이 좋지 않다느니, 시간이 남아돌아서 하는 장난이라고 공격했음에도 불구하고, 그렇다고 상대방 남자를 정말 동정했던 것은 결코 아니었다. 나타난 자가 소설적 과정에 적합한 인물이 아니었던 것에 은밀한 만족조차 했다. 그것이 생각지도 않은 변태 중년남자였던 사실에, 그녀가 잘못한 행위도 조금은 용서해줘도 좋은 것으로 느껴졌다.

맛있는 식사 영향도 있어서, 레스토랑에 들어갈 때까지는 엄숙한 심의를 요하는 것처럼 보였던 것이, 나올 때에는 하나의 소극笑劇으로서, 그들의 혀와 위장을 만끽시킨 음식에, 꼭 맞는 디저트처럼 사람들을 즐겁게 만들었다.

쾌활하고 개방적이라서 일을 비밀로 해 둘 수 없는 숙모는, 이 소극을 가게의 과자와 함께 게이지의 어머니에게 선물했다. ── 다키무라에게 내놓은 것은 그 과자였다. 하쓰코는 거기에 들렀다가 질타당하고, 놀림당하고, 바보취급당하고, 비웃음을 샀다. 무엇보다 게이지의 어머니만은, 그 경망스러움 때문에 귀여워하지 않는 것은 아니지만, 마음에 안 드는 조카가, 아들에게는 역시 단지 사촌여동생에 지나지 않았다는 사실을 알게 된 기쁨으로, 한편으로는 밝게 웃었지만, 어쨌든, 그 추사醜事로 인해, 모두가 그날 밤 밝고 활기차게 된 것은 사실이었다. 게이지 자신도 다키무라의 재차 방문 벨을 들을 때까지, 내일 두 개나 가지고 갈 독일어 작문을 아직 쓰기 시작하려고도 하지 않고, 거실에서 꾸물대고 있었던 것은, 과연 그가 또 올지 어떨지 마음에 걸렸기 때문만은 아니었다.

수십 분 후, 그는 돌아가는 다키무라를 역까지 배웅했다.

"그럼 무터에게 안부 전해줘."

"안녕."

빛나는 창이 계속해서 옆으로 스쳐지나갔다. ——그렇게 보고 있는 사이에 금세 세로로 반으로 재단된, 휘날리는 파편이 되어 날아갔다.

달리는 방향으로 발밑에서 채갈 것 같은 진동을, 겨우 견디면서, 선 플랫폼 지점을, 게이지는 금방은 움직이지 않았다. 용맹스러운 전쟁터를 향해 가는 병사를, 얼마 안 되는 몸값으로 의무를 교환하고 멍하니 바라보고 있는 모습에, 자신을 느꼈다.

뒤에 남아서 무엇을 하려고 하는 것일까?

이제까지 눈부신 모양으로 불타고 있었던, 그것에 의해서만 자신을 지탱해온 모든 지적 욕망이 모조리 재가 되어가는 생각이 들었다. 오히려 처음부터 그런 것은 존재하지 않았던 것이고, 만약 있었다고 해도, 오늘 반나절과 같은, 어이없는 생활을 흉내 내기 위한 무의식적인 도피였던 것일지도 몰랐다. 꼬투리 속의 한 알의 콩이 다른 한 알과 닮은 것처럼, 그 자신이 요컨대 그 경멸하고 있는 사촌여동생과 생성의 형태를 똑같이 하는, 동일조직내의 세포라는 느낌이, 이때만큼 확실히 든 적은 없었다.

역 앞의 거울과 가게 한가득인 거울이, 하나하나 붙여진 붉은 종이의 긴 혀를 그에게 내밀었다.

아래 노선에는 연무가 있었다. 그는 풀 냄새가 나는 제방을 따라 되돌아오면서, 집 쪽으로 도는 오래된 가로수가 있는 길모퉁이

를, 일부러 지나쳤다. 거실에는, 사촌여동생과 숙모와 아직 이야기
하고 있는 그 자신이 있는 듯한 느낌이 들었다.

점착성의 어두운 5월의 밤이 심장에 들러붙었다. 그는 길가
의, 작은 물소리를 내고 있는 도랑에, 계속해서 마른침을 뱉었다.

6

세찬 바람이 있는 이른 아침이었다.

나이 든 사환은, 처음에 학생이 떨어뜨린 흡묵지라고 생각했
다. 마침 그 정도 크기의 분홍색 종이가, 교문 쪽에서 팔랑팔랑 날
아왔다.

교장은 교내 청소에 있어서는, 특히 엄중했다.

나이든 사환은, 8시 15분 전에는 꼭 등교하는 교장의 눈에 띄
지 않게 하기 위해, 서둘러서 주우러 갔다. 아니, 그곳까지 가지 않
은 사이에, 꼭 같은 흡묵지가, 계속해서 낮은 바람을 타고 날아왔
다. 어떤 것은 떨어져 흙 위를 게처럼 기고, 멈췄다고 생각하자, 빙
글빙글 날아올랐다.

나이든 사환은 쫓아가서, 흙먼지로 까슬까슬한 한 장에 달려
들었다.

지치부고등학생들에게 고한다!

바야흐로 세계의 자본주의는――

확 하고 종잇조각의 위험성이 대머리에 왔다. 나이 든 사환의

종이를 쥔 손이, 종이와 함께 떨렸다. 그는 2년 전, 비슷한 인쇄물로 인해 발생한 학교의 대소동을 경험한 적이 있다. 다만 그때는 보통의 종이였기 때문에 색으로 속아 넘어갈 뻔했지만, 몹시 부아가 치밀었다. 나이 든 사환은 계속해서 두세 장 긁어모으자, 그것이 어떤 방법으로 내려온 것인지는 파헤칠 여유 없이 숙직실을 향해 서둘렀다.

일어나, 와이셔츠에 바지를 입었을 뿐으로 양치질을 하고 있던 학생주임 앞에는, 한걸음 먼저 다른 사환이 달려와 있었다. 교실 벽에 생긴 이변이 보고되었던 것이었다.

이른 아침부터 허둥대며 뭐냐고 하는 얼굴로, 위장병을 앓고 있어 아침에 일어났을 때의 잠투정처럼 언짢은 기분으로, 한편으로는 의무적으로 사환 쪽으로 던진 학생주임의 부석부석한 눈이, 듣고 있는 사이에 반짝반짝 빛을 냈다. 그는 장밋빛의 박하성 거품을 고개를 끄덕일 때마다 들이마셨다. 그는 사환의 세 배나 당황하고 있었다. 바지 멜빵으로, 마치 바쁘게 어깨띠를 십자모양으로 맨 것처럼 된 와이셔츠를 입은 채로 튀어나와, 정신을 차리고 방에서 윗옷을 낚아채서 나오자, 그곳에 나이 든 사환이 중간에 있었다. 학생주임의 양팔은, 머리 위에서 윗옷 소매로 찔러 넣어져 있고, 내밀어진 증거물건을 바로 조사할 수는 없었지만, 붉은 종이의 색깔을 본 것만으로, 발끈하고 격분의 정도가 더해졌다. 겨우 소매 끝으로 나온 손으로 전단지를 주머니에 밀어 넣자, 우선 무엇보다 먼저 교실이라고 생각했다. 모두 양동이와 수세미를 가지고 와.

——하지만, 교실에 이미 누군가 와있을지도 몰랐다. 교장에게도 전화해야 한다. 만약 어긋나서 나와 있다고 한다면, 교문 쪽이 먼저다. 양동이보다 빗자루다. 쓰레받기다. 있는 대로 가져와. —— 하지만, 전단지는 바람으로 넓은 교정에 어지럽게 흩어져있다. 조금씩 찾아오기 시작한 학생이 사환들과 함께 전단지를 쫓아서 돌아다녔다.

"주우면 안 돼, 주우면 안 된다고."

학생들은 거의 미치광이가 된 학생주임의 쉰 목소리를 재미있어하면서, 천천히 집은 것을 읽으면서 걸어갔다. 오오, 그들을 오늘 아침만큼은 아직 교실에 들어가게 해서는 안 되었다. 사환, ——양동이와 수세미다. 저쪽이다. 교실이다. 빨리 전부 떼 버려. ——

그의 격분도, Sturm und Drang[74]에 비하면, 별거 아닌 최초의 자그마한 물보라에 지나지 않았다.

무엇보다 정의감이 강한, 이성적인 교육가로 일컬어지고 있는 교장이, 이 사건을 알자 제일 먼저 취한 수단은, 경찰에 전화를 걸게 하는 것이었다. 이러한 위법적인 중대사건이 발생한 경우, 단지 교내의 사사로운 사건으로 은폐해서는 안 된다. 이것이 그의 의견이었다. 이 보고 후 3분이 채 지나지 않아서, 때마침 마음을 담

---

74 슈투름 운트 드랑. 질풍노도. 18세기 말 독일 낭만주의문학운동을 일컫는 말.

은 선물에 대한 정중한 답례처럼, 경찰 쪽으로부터도 하나의 보고가 도착했다. C정 주물공장, C정차장, 우에노정차장에 오늘아침 학교에 뿌려진 것과 같은 종류의 전단지가 뿌려졌고, 범인의 과반수는 붙잡혔다. 그 중 지치부고등학교 학생 세 명을 찾아냈다고 한다.

교장의 고풍스런 프록코트로 싸인 심장은, 놀라움과 분노, 그것에 뒤섞인 인품 좋은 슬픔으로 쓰라렸다. 지치부고등학교의 학생이기도 한 자가, 어째서 그런 바보스런 흉내를 낸 건지 알 수 없었다. 2년 전의 엄중한 처분을 잊은 것일까? 그의 사고방식에 의하면, 전단지 배포라고 하는 것은 광고장이나 막일꾼이 하는 것이었다. 또 C정 주물공장의 인원 삭감과 일급의 2할 인하가 그들에게 무슨 관계가 있는 것인가. 그들은 노동자가 아니고, 훌륭한 학생이 아닌가. 그것이 노동자와 한패가 되어 광고장이나 막일꾼의 흉내를 내서, 특히나 국법으로 금지되어 있는 불온한 전단지를 뿌린다고 하는 것에 이르러서는――.

교장은 방에 가만히 있을 수가 없었다. 어딘가 아직 사환들의 눈이 닿지 않은 곳에, 분홍색 전단지가 발견될 것만 같은 생각이 들었다. 그렇지 않으면 생각지도 못한 곳에서, 휙 하고 가을나뭇잎이 바람에 지는 것처럼 내려올 것 같았다. ――벼룩을 싫어하는 자가 한 마리의 톡톡 튀는 그 작은 생물로, 온 몸의 피부가 근질근질해지는 것과 비슷한 감각이었다. 교장은 마침내 학교 내부를 교정에서, 운동장에서, 교실의 복도까지 순시하고자 결심했다. 학생주임과 조금 전의 사무관, 체조 교사, 한가한 직원이 졸졸 뒤를 따랐다.

이러한 분위기에 대해, 푸탸틴공작의 테리어가 둔감할 리가 없었다. 주인인 노교수가, 교실 문에 모습을 감추었을 때, 힐끗 남기고 가는 관례와 같은 친밀한 고별을 잊고, 탁 하고 개의 뾰족한 코끝에서 완전히 닫은 것만으로도, 이상한 일이었기 때문에, 개는 여느 때처럼 얌전하게 누워 있으려고는 하지 않았다. 그는 복도를 여기저기 뛰어서 돌아다니고, 짧게 울부짖고, 열어주지 않을 것이라는 것을 알고 있으면서도 갈색의 작은 신체를 문에 비벼댔다.

그곳으로 교장의 행렬이 나타났다. 개는 창백하게 굳은, 그렇게 해서 두터운 테의 안경 때문에 시점을 바꿀 때마다 번쩍하고 폭넓은 빛을 발산시키는 얼굴을, 바닥에서 천진난만하게 올려다봤다. 그를 수상히 여기고 있는 것이, 무언가 그 사람과 관련되어 있는 듯한 것을, 본능이 가르쳐주었다. 개는 행렬을 따라, 꼬리를 흔들며 졸랑졸랑 걷기 시작했다. 그러자 체조교사의 23관이나 되는 중량을, 그것으로 지상에 지탱하고 있는 큰 바닥에 징을 박은 구두로 위태롭게 앞발을 밟힐 뻔하고, 놀라서 문 앞의 항상 있던 자리로 되돌아갔다.

새로운 사건에 대해 개와 소동 방식을 항상 똑같이 하는 학생들은, 오늘 수업을 성실하게 받을 기분이 되지 않았다.

"이봐, 잘 했어, 오늘 아침의 전단지 살포는."

"뭐가 잘한 거야, 붙잡혀버렸는데."

"붙잡힌 것은 다른 곳에서 뿌린 녀석일 거야. 학교의 것은 잡히지 않아. 범인은 바람이잖아."

"뭐라고?"

"A nous, la liberté !⁷⁵로 한 거라면서."

　말을 타듯 올라탄 창문에서 말을 끼어든 학생은, 한쪽은 정원에, 한쪽은 교실에 늘어뜨린 양쪽 다리로 빗물막이 판자와 벽을, 그 A nous, la liberté !의 주제가로 북처럼 쳤다.

　첫 시간이 끝난 뒤 15분간의 쉬는 시간이다.

　옆의 보리밭 가운데에 자리한 농가의 사다리가, 교문을 들어와서 바로 왼쪽에 있는 건물의 함석지붕에서 발견되었다. 행동대는 새벽부터 불어댄 바람으로, 급히 그 프랑스영화의 한 장면을 이용할 것을 떠올렸음에 틀림없었다.

　"녀석은 분명 새로운 전법이었지만, 전단지를 분홍색으로 한 것도 즉흥적인 것이야."

　"그런 일은 혼고 부근에서는 자주 하고 있는 일일거야."

　"그런가."

　처음부터 듣는 사람은 항상 듣는 쪽이 되었다.

　"일종의 카무플라주야. 노트에 넣은 흡묵지가 조금 비어져 나오면, 수위란 작자가 전단지라고 생각하고 갑자기 낚아채려고 한

---

75 '우리에게 자유를!'이란 의미의 프랑스어.

대."

"내 형 친구인 법대생 중에 재미있는 자가 있어. 불온 전단지 수집가야."

이 기발한 화제는 옆의 이야기하는 두 사람뿐 아니라, 근처의 책상과 의자에서 같은 주제에 대해 와자지껄 서로 논의하고 있던 급우를, 모두 그가 걸터앉은 창문 쪽으로 향하게 했다.

그 법대생은 도쿄와 그 부근 학교만이 아니라, 전국의 고등학교와 대학에 다리를 놔서, 모든 방법으로, 좌익적인 학생운동을 선전하는 전단지를, 사람들이 성냥갑의 레테르나 우표를 열광적으로 모으는 것처럼, 모으고 있다는 것이었다.

"중학교나 고등학교 친구가 전국으로 흩어져 있잖아. 그래서 여기저기 연줄이 있는 것 같아. 난 안 봤지만, 꽤 큰 트렁크에, 이제 들어갈 수 없을 정도로 쌓여서 엄청나게 자랑하고 있대. 그 남자의 표현을 빌자면 하나의 문화사적 자료라고 한다더군. 나중에 사오십 년 지나면, 혁명정부의 국립도서관이 기꺼이 사들여줄 거라고.——"

잡다하게 뒤섞인 웃음소리가 이어졌다. 명랑한, 의심이 없는, 항상 새롭게 생겨나는 것에 대해 솔직한 기대를 걸려고 하는, 어느 시대에도 반드시 학생들만이 웃을 수 있는 웃는 방식으로, 그것은 있었다.

땡! 땡! 땡! 땡!

둘째 시간은 역사다. 뾰족한 머리에 닭 벼슬처럼 한 움큼의 머리카락을 항상 세운, 천식성 기침을 하는 야윈 교수는, 루이16세가 단두대에 처형되기 전후의 프랑스 부르주아의 대두에 대해, ――그것은 세계적으로 지금에야 사라지려고 하고 있는 물결의 발생이고, 오늘 아침 학교에서의 소동도, 말하자면 그것과 이어진 하나의 잔물결인 것에 대해, 우연히 강의하기 위해 (그러나 그것은 학생들이 듣고 싶은 대로는 설명하지 않고 단지 기록과 옛날이야기로 된 것이지만) 나타났다.

게이지의 교실에서도 다른 것은 아무것도 말하지 않았다. 그 자신도 그 권내에서 벗어나지 않도록 조심했다. 전단지가 퍼져 가면, 함께 재미있어하며 읽었다. 그것은 대단히 효과적이라는 평을 얻었다. 게이지도 그래서 찬성했다. 하지만 그것 이상, 누구에 의해 쓰인 것인가를 말해도 좋다면, 말할 수 있다고 생각했다. 고심하며 숨기고 있었음에도 불구하고, 어법과 구를 끊는 방법에 있어서, 또 부르주아를 짧게 발음하는 식으로 적어서 표현하는 서법에 있어서, 틀림없이 다키무라의 문장이었다. 그러면 쓴 것은, ――게이지에게는 그것은 알 수 없었다. 다우에일 지도 몰랐다.

가만히 보고 있으면, 그의 머리는 액체수소에 잠긴 물체처럼 텅 비게 되고, 무언가에 부딪치면, 유리가 파편이 되는 것처럼 깨져서 튈 듯한 느낌이 들었다. 그 속에 어머니의 수표가 전단지에 뒤섞여 흩어졌다.

그러나 공포의 실감은 아직 확실히는 오지 않았다. 그 점은 자신도 이상할 정도였다. 지금 갑자기 끌려갈 것 같은 일이 발생했다고 해도, 침착하게 끌려갈 수 있을 것 같은 기분이었다. 처음 실전에 임한 젊은 병사가, 최초의 발포와, 화약의 작열과, 모래먼지와, 널브러진 시체로부터 받는, 일종의 허무적인 무감동과 같은 것이었다.

그는 복도를 산책하듯 걸어보았다. 칠하지 않은, 거친 판자가 가끔 구두 앞에 수직으로 올라와 있었다. 발견한 얼굴은 발견하기를 바란 2분의 1에 지나지 않았다.

하지만, 오오, 야세. ——

첫 시간째에는 모습을 보이지 않았던 그가, 다음 영어시간이 되어 불쑥 들어왔다.

어이, 무사했어?

이렇게 자리에서 고함치고 싶은 충동을, 45분간 억누르고 있는 것이, 찢어진 상처를 응급처치하지 않고 내팽개쳐 둔 것과 비슷한 통증을 그에게 주었다.

유학에서 두 달 전에 막 돌아와서, 앵글로 색슨풍의 정확한 처세법을, 일본에 있어서도 단연 계속 지켜나갈 결심을 하고 있는 교수는, 45분의 마지막 1초까지 남기지 않았다.

탁 하고 칠판 앞에서 교과서가 닫힌 순간, 게이지는 오히려 분해하는 기색으로 야세를 향해 돌진했다. 야세도 책상에서 일어선 채 움직이지 않고, 그 검은 다각형의 얼굴을 그쪽으로 돌아보았다. 고개를 돌리는 것으로 게이지는 그가 자신을 만나기 위해서만 학교에 온 것임을 알았다.

둘이서 교실을 나오려고, 게이지는 입구 근처에 있던 주근깨의 둥근 얼굴의 동급생을 불렀다.

"A―, 다음 시간의 대출 부탁해, 야세와 내 출석, 알겠지?"

아무렇지도 않은 듯 가장해서 말하기보다, 그것은 단지 습관에 지나지 않았다. 게이지는 그 주근깨의 동급생이, 정말은 모든 것을 알고 있다는 생각이 동시에 들었다. 그만이 아닌, 반 친구들 모두가 그가 알고 있는 것을 알고 있고, 두 사람의 뒤에서 눈짓과 속삭임으로 보고 있는 듯한. ――

격심한 전율이, 처음에는 척추를 따라 세로로 관통했다.

그가 오랜만에 드러내놓고, 그것도 수업 중에 야세와 나란히 걸은 것은, 그들의 새로운 도덕의 제1조를, 지금에 와서 이제 대담하게 포기하려고 한 것이 아니라, 그것을 따를 여유가 없어진 것이었다.

그에게 나타난 두려움은 같은 진동으로 야세에게도 전해져 있었다. 교실에서는 게이지 못지않게 침착하고 온화해보였던 검은 얼굴이, 차가운 바다에 잠긴 뒤처럼 그 많은 모서리와 면에 보랏빛을 드러내고 있었다. 두 사람은 숲을 향해 걸었다기보다, 오히려 도망쳐 들어갔다.

"검은 중절모자 같은 걸 쓰고 와서, 누군가 하고 봤더니 다키무라더라구."

야세는 C정 바로 앞 역에서 통학하고 있었다.

자기 자신은 도망칠 수 없을지도 모른다. R·S도 어쩌면 무사하지 않을 것이다. 단지 어떤 경우에도 수표의 비밀만은 지키지 않으면 안 된다. ――다키무라로부터 그전언만 가지고 야세는 온 것이었다.

"붙잡힌 건 그럼 누구야?"

"미요시와 하타 같아. 또 한 명은 몰라. 어쨌든 현관에 서서 한 이야기라서 자세하게 물을 여유가 없었어."

"그렇구나, 미요시가 간 거였어?"

그 다스 킨의, 한 개만 덧니인 앞니를 입술 사이로 내보이고, 항상 생글생글하고 있던 미요시를, R·S에서 발견했을 때조차 의외라는 생각이 들었는데. ――

게이지는 완전한 여름풀로 변한 길가에 멈춰 서서, 이마의 땀을 닦았다. 한 달 전 다키무라와 걸었던 길이었다. 그는 올곧게 그의 길을 걸어갔다. 아마 일생 그 길을 바꾸지 않을 것이다. 그것에 반해――

한명의 동지와, 어딘지 모르는 숲을 마구 돌아다니고 있는, 도망병인 것 같은 느낌이 게이지는 들었다. 멈춰 선 사이에 한 걸음 먼저 가고 있던 야세를, 일부러   아가려고 하지 않았다. 겨우 햇살과 하늘이 보이는, 양쪽으로 무성해진 초록의 두터운 층 아래에, 고개를 숙인, 결코 평상시의 야세일 리 없는, 무력한 뒷모습을 보니, 그 비참한 동행자에 대해, 서로 그들만이 느낄 수 있는 연민을 느끼면서, 한편으로는 무언가 화가 나는, 그 겁약과 도피를 욕해주고 싶은 생각을 금할 수 없었다. 하지만 정말은 그에게 느꼈다기보다는, 자신에게 그것은 느낀 것이었다.

게이지는 그대로, 둘이서 계속 걷는 것을 참을 수 없었다.

"이봐, 야세."

소나무 사이의 좁은 갈림길에서 매미가 시끄럽게 울어대는 속에서, 게이지는 뒤에서 불러 세웠다. "여기에서 헤어질까?"

오른쪽 길을 따라가면 운동장으로, 왼쪽 길이라면 기숙사 쪽으로 나갈 수 있었다.

야세는 거친, 진이 배어나온 하나의 나무줄기에, 희끗희끗한 여름옷의 등만 기댔다.

"오후에도 있을 거야?"

"지금 새삼 도망쳐 숨을 수는 없어."

"나도 결심했어. 바보 같은 답변만 하지 않으면 별일 없이 끝날 거라고 생각해. 그래서――아아, 다키무라가 말한 것은 알아들었지? 수표라던가 하는 것――그렇게 말하면 알 거라고 했는데. ――"

"응, 알고 있어."

헤어져서 걷기 시작하자, 그의 입술은 뜨뜻미지근하고 짠 눈물로 젖었다. 아마 1초도 중대했을 때에 보여준 호의와 배신하지 않을 거라고 애쓴 행위에, 무엇보다도 그다운 영웅적인 것을 게이지는 보았다.

그 위험한 선물에 대해, 어머니에 대한 그 자신의 두려움과 책망을, 느껴야 할 정도로 결코 느끼지 않았던 것도, 친구의 이 행위에 대한 강한 감동에서였다.

당연히 일어나야 할 것이 이삼일 후에 일어났다. 어떤 조직은 거의 절반이 되었다. R·S의 초등 클래스가 새롭게 발견된 것이다.

게이지는 7일간 유치장에 있은 후, 병을 이유로 누구보다도 빨리 자유롭게 되었다.

7

게이지의 일기

－－고원의 집에서－－

8월 *일

오늘 아침은 아사마의 연기가 왼쪽을 향해 흐르고 있다. 예쁜 잿빛을 띤 보라색.

요 며칠 좋은 날씨다. 저 연기가 왼쪽이라면 맑을 것이고, 오른쪽이라면 폭풍우일 것이고, 앞으로 곧장 늘어뜨리면 비가 온다고 한다.

이 고원에 오고 나서 꼭 12일째, 어머니가 돌아가고 4일, 목장의 집에 목욕물을 받으러 갈 때와, 거기에서 나이든 목부가 저녁 식사를 가져다주러 올 때 외에, 거의 인간의 얼굴을 보지 않는다.

토스트가 오늘도 맛있게 구워졌다.

어머니는 해발 1200미터의, 한 개의 목장과 그 경영자가 이번 여름에 시험 삼아 마련한 세 채의 대여별장 외에, 농가 하나 없는 산 위에 아들을 몰아넣어두는 것이, 그녀가 가장 두려워하고 있는 것으로부터 그를 격리하는 최상의 수단이라고 믿은 것 같다. 그렇게 해서 이 고원의 자외선이, 아들이 정상치 이상으로 조금 부푼 폐문임파선에 작용하는 것처럼, 그 자신의 사상에도 무언가의 효과가 있을 것을. ——덕분에 500미터 낮은 아래의 가루이자와역의 숙부의 별장으로 보내지 않고 해결된 것은 다행이다.

저녁에 낙엽송 숲까지 산보. 두견새가 코앞을 가로질러 운다. 이렇게 되면 두견새도 아니다. 사물의 희소가치. 두견새는 낙엽송에 붙은 벌레를 즐겨 먹는다고 한다.

그 외, 휘파람새, 울새, 뻐꾸기, 쏙독새.

——*일

오전, 뒤쪽 언덕의 가을 풀 속에 접이식 의자를 꺼내와, 반나체로 일광욕.

조금, 존 듯하다.

토끼를 여섯 마리 삼키고 잠들어 있는 뱀. ——이 말을 떠올렸다. '차라투스트라'의 시인으로 하여금, 만약 『자본론』의 저자를 평가하게 한다면. ——

아사마가 종일토록 요란하게 계속 울렸다. 이 명동은 폭발보다도 기분 나쁜, 우울하게 만드는 압박을 사람에게 준다. 눈에 보이지 않는 거대한 모터가, 깊은 땅 속에서 저절로 갑자기 돌기 시작한 것 같은 느낌이다. ——공기가 그 진동으로 미세하게 떤다.

벽에 기대면 벽에도 같은 진동이 있다. 그것이 기댄 등에서 몸 전체의 신경에 율동적으로 전파한다. ——자동차가 멈추고 기계만 움직이고 있을 때, 차체를 통해서 전해져 오는 그 이상하게 초조한, 근질근질한 듯한 떨림과 꼭 같은 것이. ——

읽고 있었던 『존재와 시간』을 내던지고, 차가운 마룻바닥에 대자로 누웠다.

지금까지 뜻하던 모든 것이 우둔하고 답답하고, 게다가 이기적이고, 견디기 어려운 것처럼 보이는 것은, 그것을 포기하는 것이 저 한 권을 내던지기보다도 쉬운 생각이 드는 것은, 때마침 이런 떨림으로, ……마음을 흔들어댈 때이다.

가엾은 어머니여, 당신은 나를 어떤 곳으로 보냈는지 모릅니다.

——*일

최근 이삼일 책 따위 한 페이지도 읽지 않았다. 창문으로 아사마만 바라보고 있다.

오늘 아침의 폭발 방식은 이상했다. 갑자기 대그락, 대그락, 대그락 ——하고 방울뱀이 울기 시작한 건가 싶더니, 흐린 산꼭대기의, 시트 한 장 정도 파랗게 비친 하늘에 연기가 치솟아 오르는 것이 보였다. 그러고 나서 3분도 지나지 않아서, 지붕이 빠직, 빠직, 소리를 냈다. 돌이 떨어져 내린 것이다. 재가 내리지 않고 느닷없이 돌이 떨어진 것도 이상하다. 호두 정도 되는, 석판색의 굳어서 딱딱한 돌이다. 열 개 정도 빈 과자상자에 채집한다.

그 후에는 언제나처럼 미세한 재가 되었다.

밤이 되어 회중전등을 켜고 목욕하러 간다. 아직 계속되고 있는 재가, 겨울밤의 가랑눈처럼, 가는 길에 파랗게 얼룩이 진 빛을 따라, 새하얗게 소리 없이 내렸다.

문득 정신을 차리니, 아사마의 분화구가, 낮에 봤을 때 예리하게 끌로 도려내진 것처럼 되었던 오른쪽 귀퉁이가, 활활 타는 석탄 불꽃색으로, 희미하게 화구의 윤곽모양으로 빨개져 있었다.

목장 뒤의 산골짜기에서, 작년겨울에 두 마리의 곰을 쏴 죽였다는 이야기를 듣는다. 시미즈清水터널[76] 쪽으로 온 것 같다. 이 이야기는 어머니에게는 들려주어서는 안 된다. 이 집을 빌릴 때의 그녀의 단 하나의 걱정은, 이어진 언덕의 낙엽송 숲에서, 혹시 곰이 나타나지는 않을까 하는 것이었기 때문에.

그러나 곰 대신에, 이삼일 전에 목장의 홀스타인종의 큰 젖소가 자작나무 숲과 언덕과 강을 넘어, 이 집 테라스 앞에, 큰 구멍을 파고 자고 있었던 것을 아침에 일어나 발견했다는 이야기는, 그녀를 즐겁게 할 것이다.

---

76 재래선인 죠에쓰선(上越線)의 군마현(群馬県)과 니가타현(新潟県) 사이에 있는 터널로, 1922년에 착공되어 1931년 9월에 개통된 9,702미터 길이의 터널이다.

ㅡㅡ*일

어젯밤에 어머니를 생각했던 탓인지, 오늘 아침은 소포와 편지. 또 초콜릿에 통조림이다. 어머니는 내가 아무것도 주문하지 않는 것이 대단히 불만이다. 장난감이라도 보내 달라고 말해 줄까? 그렇게 하면 분명 그녀를 만족시킬 것이다.

하지만 어머니, 아침은 갓 짜낸 맛있는 우유를 360ml 마십니다. 낮에는 빵에, 목장에서 제조하는, 그것도 우유와 마찬가지로 신선한 버터를 잔뜩 바릅니다.

저녁밥도 민물송어나 잉어 같은 것이 나옵니다. 도쿄의 어머니보다 지금은 산에 있는 제 쪽이 훨씬 미식생활을 하고 있습니다.

ㅡㅡ*일

소들은 총명하다.

재가 내리지 않은 풀을 고르기 위해, 모두 자작나무 그늘에 모여 있다. 나도 재만 없으면 언덕의 초원에 알몸으로 뒹굴어 주겠지만. ㅡㅡ어쩔 수 없이 또 접이식 의자로 일광욕.

병은 여러 가지이지만, 건강은 하나다.

하지만 나를 누구보다도 자유롭게 한 것은, 그래서 다른 사람처럼, 상처도 긁힌 자리가 부어오르지도 않게 한 것은, 과연 나 자신의 임파선 덕분만이었을까? ㅡㅡ이 의혹은, 7일간의 열 배나 그 유치장에 쳐 넣어지지 않은 것을, 오히려 후회하는 기분을, 가끔 강하게 들게 한다.

이상하게 아사마가 하루 동안 얌전했다. 그 대신 같은 정도로 이상하게 더웠다. 방 안에 있어도 낮 동안에 두세 시간은 스웨터 없이 지낼 수 있었다.

쾌청하고, 심하게 뜨겁게 한 공기는, 멋진 저녁놀을 가져다주었다. 황금의 주홍빛, 보랏빛, 초록빛, 또 그것들의 친밀한 반구*球는, 또 하나의 반구의 어두운 지배에 그것을 양도하기 전에, 그녀의 고귀한 수집물을 있는 대로 펼쳐 보이려 했던 것이다.

아사마는 왼쪽 하늘을 향해, 길게 황금색 꼬리를 끈 수성을 정상에 가지고, 하나의 큰 광석처럼 침묵했다.

목장으로 흘러들어오는 강이 있는 곳까지――오오, 붉은 색 비단 한 조각이 물에 떨어지고 있다――어슬렁어슬렁 가 본다. 저편의 별장에 있는 화가가 길가에서 열심히 그림을 그리고 있었다. 방해하지 않도록, 가을 풀 속으로 빙 돌아서 갔지만, 알아차리고 이젤에서 힐끗 눈을 들었다. 그 덤불 너머로 본 모습은, 어딘가 다키무라를 닮았다.

저녁놀이 갑자기 마음에서 사라졌다. 이미 나온 것일까? 더울 텐데. 그에 관해 떠올리는 이 생활이 괴로워진다.

――*일

다키무라의 꿈을 꿨다. 그와 스모를 했다. 분명 기숙사의 그의 방이다. 그는 나를 대굴대굴 넘어뜨렸다. 그렇게 해서 스스로 웃기 시작하며 말했다. ――

겁쟁이군. 조금 더 강해져.

나는 분해서 3층 창문에서 뛰어내려 보일 결심을 했다. 어디에서라도 뛸 수 있다고 말하고, 나는 어딘가 이상한 높은 곳에서 뛰었다. 그렇게 해서 잠이 깼다.

녀석만은 진짜다.

읽을 마음이 들지 않는다. 일광욕도 게을리 한다. 아사마만 재미있다.

오후 2시, 또 폭발.

빠지직, 빠지직, 빠지직. ──하고, 뭔가 활활 타는 것과 비슷한 울림이 계속되고, 쾅──하고 멀리서 울리는 천둥 같은 음향. 서둘러 창문으로 달려가 보았지만 산은 구름에 가려져 있었다. 조금 불고 있는 바람을 탄 재가 팔랑팔랑 내려왔다. ──고 생각할 틈도 없이, 입자가 큰 돌멩이가 우박처럼 지붕에 세차게 흩날렸다. 현관 입구에 떨어진 것이, 문에 튀어서, 퉁, 퉁 하고 울린다.

몇 분 만에 돌은 세찬 소나기가 되었다. 거친, 빛나는, 철 막대기를 알맹이로 절단하는 듯한 비.

고원은 반 달 전부터 재와 모래를 씻어냈다. 눈에 들어오는 모든 것이 생기 있는 초록색의 소생.

아직 완전히는 멈추지 않은 빗속을 숲 근처까지 산책. 낙엽송이 밀생한, 수초 같은 잎에 고인 물방울이, 아래의 창 모양으로 펼쳐진 가지를 따라, 마찬가지로 농밀하게 붙어있는 잎에 순순히 떨어지는 것으로, 이 수목 특유의 촉촉하고, 조용하게 풍성한 비 소리가 그 길에 있었다.

ーー*일

오늘 아침은 놀랐다.

탁! 일발의 총성이 귓전을 스치며 울려 퍼졌다.

무의식중에 언덕을 달려 내려갔다. 뒤에서 저격당한 느낌이
들었다. 총살 형장의 광경ーー도스토옙스키의 전기에서 읽은 모
습이, 죽음의 선고의 순간, 그가 꼼짝 않고 보고 있었다고 하는 사
원의 지붕의 황금 십자가까지, 선명하게 보인 느낌이 들었다.

물론 여기는 아사마다.

ーー*일

밤 8시 40분

처음에는 지진인가 생각했다. 의자에 앉은 채로 넘어졌다. 책
상 위로 끌어 당겨둔 전등이, 코드 끝에서 매달린 인형처럼 흔들렸
다. 창유리가 창틀째 밖으로 튕겨 날아갔다.

아사마 정상에서, 불 막대기가 치솟아 있었다. 분출해서 넘쳐
나온 용암은, 붉은 색이 고귀한 병 입구에서 넘쳐 나오듯이, 산의
검은 피부를 따라 흘렀다. 분화구의 불꽃 사이에 펜촉을 흩뿌리는
듯한 섬광이 번쩍이고 있는 것은, 밀어 올려진 바위와 바위가 부딪
쳐서 발하는 빛 같다.

하늘은 짙은 포도색으로 개이고, 별이 보석 핀처럼 박혀 있다.

불기둥은 오른쪽으로도 왼쪽으로도 쉽게 넘어지지 않는다. 그렇게 해서 하부에서 끊임없이 몽글몽글 부풀어 오르는 한 덩어리씩의 빛나는 연기에 의해 아직도 똑 바로 서서 자라고 있고, 거기에서 머리 쪽만 서서히 동그랗게 찌부러지기 시작한 것으로 보이는 사이에, 화염의 위대한 ?을, 그것은 하늘 한가운데에 부착시켰다.

명동이 시작되었다. 그 후에 찾아온 것이다. 쉴 새 없이 계속 울린다. 지금까지 중에서 가장 높은, 가장 대단한 울림이다. 집까지도, 붕붕 울린다.

언제까지고 잠들지 못했다. 불기둥이, 아교풀을 칠한 것처럼 굳어진 머리에 꽂혔다.

선생님, 저 불을 무엇으로 끄려고 하는 것입니까?

물대포입니까? 소변입니까?

ㅡㅡ*일

어머니로부터의 안부 편지. 그리고 또 초콜릿과 사탕. 아아!

이번의 폭발만은 어머니를 정말로 두려워하게 한 것 같다. 나를 위해서는, 생리적이라기보다는 오히려 정신적 요양소라 믿고 보낸 이 고원을, 그녀는 분명히 증오하고 있다. 지금이라도 돌아오라고 전해 왔다.

안심하십시오, 어머니. 여기는 모든 의미에서 저에게는 점점 더 좋은 요양소입니다.

——*일

하타노波多野 씨의 『그리스종교사希臘宗教史』를 겨우 완독.

지금쯤 그리스의 종교도 철학도 하나의 시인 듯한 느낌이 든다. 『일리아스』나 『오디세이아』와 크게 다르지 않다. ——마치 칼리오페도 클리오도 같은 아홉 명의 무사 자매인 것처럼.

오후에 뜻밖에 야세로부터 엽서.

놀러 와도 좋은지 묻는 것 외에는 아무것도 적혀 있지 않다. 사촌형이 가 있는 K—온천까지 가 있을 거니까, 답장을 그곳으로 달라고, 호텔 이름을 알려주었다. 사오일 지나면 달빛이 좋아지기 때문에 밤길을 걸을 지도 모른다고도 했다.

그 온천이라면 아사마의 왼쪽으로 이어지는 세 개의 봉우리의 바로 맞은편이다. 여기에서 답장을 보내면 삼일이나 걸리기 때문에, 목장에서 매일 아침 해 뜰 무렵 아래의 가루이자와로 우유를 실어가는 마차 편에 부탁하기로 한다.

그렇지만 어째서 여기에 있는 것을 안 것일까? 나 때문에 반 개월 병상에 누웠던 어머니에게 일종의 속죄의 의미로, 그 일에 관계한 친구들에게는 주소를 알리지 않을 것과, 소위 붉은 종류의 서책은 한 권도 산에는 가지고 오지 않을 것을 약속했고, 또 실행했는데. 가루이자와의 집에 출입하는 자에게서 새어나온 것일지도 모른다.

ーー＊일

일광욕, 요즘은 재가 적기 때문에 싸리와 여랑화와 참억새 속에 드러눕는다.

중추처럼 화창하게 맑은 에나멜 하늘. 아사마는 분화구 위에 우윳빛을 띤, 뒤틀린 전함 무쓰陸奧의 굴뚝이라는 느낌의 분연을 싣고 있다. 연기 그림자가 산의 거칠고 그대로 노출된 코끼리 살갗 같은 산 중턱에, 남빛 보자기를 펼치고 있다. 그러고 보면 아사마는 큰 코끼리 머리다.

지금까지는 단순한 자연의, 소박한 친구일 뿐이었던 연결된 세 개의 봉우리가, 야세의 한 장의 엽서로, 갑자기 인간적 사모로 연결되는 대상이 되었다. 바로 옆이 아닌가. 그저 한 달음에 갈 수 있는 거리다. 조금 뛰어넘으면 된다. ーー이미 와있을지도 모른다. 한번 불러볼까?

어이. ーー있는 힘껏 큰 소리로 고함쳐 봤다. 어이. ーー정말 산 저편에서 야세가 대답한 것처럼, 메아리가 대답했다.

해가 저물고 나서 산책. 오늘은 자작나무 숲 쪽으로. 달이 금색 풍선을 띄우고 있다. 애기원추리 꽃이, 긴 몸집 끝에 달린 촛불 모양의 봉우리를, 일제히 노란색 불꽃으로 만들며 길 양쪽에 올렸다.

ーー＊일

어머니에게 부탁한 미키三木씨의 『유물사관과 현대의 의식唯

物史観と現代の意識』이 도착했다. 이것이라면 패스시켜주니까 유쾌하다.

문득 생각이 나서 겉 상자의 두꺼운 종이로, 큰 팻말을 두 장 만들었다.

한 장에는,

산책 중이야, 들어와서 기다려.

다른 한 장에는,

뒤로 돌아가서, 바로 보고 오른쪽 창문을 두드려.

앞의 것은, 야세가 부재중에 도착해서 당황하면 안 된다고 생각했기 때문. 뒤의 것은 달빛의 밤길을 걸어왔을 때의 준비.

요즘은 건강을 되찾아서 잠들면 푹 아침까지 잔다. 야세가 지쳐서 도착했을 때, 금방 깨지 않으면 불쌍해서이다. 게다가 이 집은 겨울 스키 손님을 기대하고 방이 네 개나 있고, 나는 뒷방에 자고 있는 거니까.

ーー*일

바보 같은 녀석. 뭘 꾸물대고 있는 것일까?

지금까지는 아무런 외로움도 고독도 느끼지 않았는데, 갑자기 몹시 기다려졌다. 꽤 싫은 손님이라도 환영받을 것 같다.

산책하러 나갈 때에는 한 쪽의 한 장을, 밤에는 다른 한 장을 입구 문손잡이에 걸어둔다.

이 고원의 달의 광채로는 이런 큰 글자로 쓴 것이 오히려 우습게 보인다.

　　——*일

점심 식사 후, 강 상류의 언젠가 민물송어를 낚고 있는 것을 본 곳까지 걸었다.

가볍게 지쳐서 돌아와, 집이 가까워지자, 나갈 때까지는 없었던 어떤 낌새——같은 족속의 생물과 생물 사이에서만 서로 통하는, 친밀한 새로운 뭔가를 그곳에 느꼈다. 왔구나. ——마음이 요동쳤다. 밟혔을 뿐으로, 풀이 조금 뉘어져서 생겨난 길을 문까지 뛰어올라갔다. 뛰어 들어갔다. ——

하지만, 야세가 아니라, 가루이자와의 하쓰코와 그 어린 형제들이었다.

게이지의 이 일기는 여기에서 생략되고, 두 장의 빈 페이지 뒤에 거칠게 쓴 글자로 다음과 같이 가필되어 있었다.

　　——친애하는 멜히오르[77]여. 오늘 내가 마침내 나일 수 있고, 네가 되지 않았던 것은, 이상할 정도다.

---

77 ‘어린이 비극’이라는 부제가 붙은 독일의 프랑크 베데킨트(Frank Wedekind:1864-1918)의 1890년작 희곡 『눈 뜨는 봄(Frühlings Erwachen)』에 등장하는 인물명. 멜히오르는 자유분방한 어머니를 둔 모범생이지만 조숙한 진보적 사고의 영향으로 문제를 일으킨 인물이고, 벤들라는 보수적인 어머니의 영향과 성에 대한 무지로 인해 잘못된 성적 수치심의 희생자가 된다.

그러나 지금의 일본의 학교와 가정은, 내가 어느 순간 네가 되었다고 해도, 아마 나를 퇴교시킨다거나, 감화원에 보내거나 하지는 않을 것이다. 네가 불행하게 저지른 죄악은, 한 권의 책을 몰래 서로 공부하는 것과 가난한 노동자에게 빵을 사기에 족한 임금을 지불하게 하는 것이 아닌가, 라고 쓴 간단한 종잇조각을 뿌리는 것에 비하면, 거의 죄가 아닌 것이니까.

　　같은 의미에서, 그녀의 부모들도 그녀가 벤들라였던 대신에, 가루이자와의 테니스장을 쏘다니는 동안에 사랑에서도, 또 확고한 욕정에서도 아니고, 단지 한가한 것에서 오는 호기심에서――마치 그 편지의 연인의 경우와 마찬가지로――푸른 눈의 아기 엄마가 될 것 같은 일이 생겼다고 해도, R·S도 전단지 살포도 아니었다고 하는 이유로, 아버지도 어머니도 쉽게 그 수치를 잊을 수 있을 것이다.

　　게다가 우리들 젊은이는, 지금은 단지 두 개의 길밖에 갖고 있지 않다. 너처럼 감화원에 가든가, 혹은 또 유치장을 선택하든가. ――

　　이 추기에서, 그의 '고원 산막의 일기'는 끝났다.

　　아마, 그 두 장의 빈 페이지에 숨은 혐오가, 그 잡기장을 가방 속에 집어넣고 그것을 끝으로 손을 대지 않게 했음에 틀림없었다.

　　그러나 작자의 심술궂은 임무는, 그의 빈 페이지를 그대로 자신이 쓰는 글 속의 빈 페이지로 할 수는 없다. 다만 그의 명예와, 젊은 마음의 결벽을 존중하고, 정말 간단한 기술에 멈추기로 하겠다.

하쓰코는 그을려서 빛나고 온화함이 더해 있었다.

그래서 별장의 벽에 연필로 온 가족이 매년 표기해 가는 신장선이, 요전 여름보다 3.3cm 컸다고 자랑했다.

"빈둥빈둥 놀고만 있으니까 자라는 거야. 지렁이처럼."

"뭐야, 지렁이라니. ――따라잡힐까봐서."

"바보 같은 소리 하지 마."

"그러면 비교해 봐도 좋아. 게이지오빠와라면 얼마 차이 나지 않아. ――봐봐, ――그렇지?"

창문을 뒤로 하고, 뜨뜻미지근하게, 눅눅한 신체 전체로, 그녀는 사촌오빠에 바싹 붙어서, 더구나 양말을 벗은 맨발로 바닥에 발돋움하는 것과, 하얀 산책 옷의, 거의 소매가 없는 어깨에서 뻗은 통통한 커피색의 팔을, 상대의 셔츠 한 장만 입은 팔에 착 달라붙어, 자신의 것만 가능한 위쪽으로 밀어 올리는 것으로 더한층 커 보이려고 했다.

"누나는 약았어."

"약다, 약아."

열세 살과 열 살의 형제가, 곤충망과 바구니와 꽃과 과자와 샌드위치 속에서 소리쳤다.

그들은 오늘 행해지는 테니스대회를 위해 오빠만 남기고, 아사마 포도를 따기 위해 숙모와 하녀와 함께 아침부터 자동차로 왔다.

숙모는 게이지를 보러 오기 전에, 목장과는 반대편이 된 별장지의 오랜 친척을 방문해야 했다. 50대가 넘어 보이는 부인들이 네 명이나 모여 있었다. 그렇게 해서 두 사람은 미망인이고, 나머지 두 사람은 노처녀로, 교회와 성서 이야기밖에 하지 않는다. 성결교 신자인 그 가족은, 숙모와 같은 사람에게 있어서 결코 즐거운 방문처는 아니었다. 그래서 하쓰코가, 먼저 게이지가 있는 곳으로 가서 기다리고 있겠다고 말한 것도, 오히려 자연스럽다고 여겨졌다.

"그럼 그렇게 하렴. 어머니는 자동차니까, 두세 시간쯤 지나면 곧 데리러 갈 테니."

네 명의 사촌형제는 브리지를 하고, 은행놀이를 하고, 수수께끼를 서로 내고, 제스처 게임을 했다. 게이지는 부과된 환대를 아끼지 않았다. 야세를 위해 준비되어 있던 것이, 일정 부분 그대로 쏟아 부어졌다. 아이들은 게이지의 어머니가 있는 사이에 한 번 놀러 온 것뿐이었다. 게다가 6월의 일 이후, 그 태평한 사람인 숙모까지, 다정하게 동정은 하고 있으면서 격리병원에서 막 나왔을 때의, 아직 방심할 수 없는 보균자를 접하는 것과 비슷한 태도를 어딘가 버리지 않은 가운데, 아이들만은 격의가 없었지만, 특히 하쓰코가 평소의 익숙해져 있는 친숙함을 고치지 않은 것이, 그녀의 생활태도에 더욱더 부정적으로 되어 있는 지금에 있어서도, 그에게는 기뻤다.

그는 쾌활하게 떠들고, 어린 사촌동생을 상대로 물구나무서기를 하거나, 바닥에 엎드려서 어깨 양쪽에 짚은 손과 발끝으로,

신체를 지탱하며 결코 무릎을 내리지 않고 상하운동하는 것을 겨우 보여주거나 했다. 결국 조금 피로가 가시자, ――그들은 2㎞ 가까이 고원 길을 걸어서 온 것이다. ――그대로 집 안에서 어머니를 기다리려고는 하지 않았다.

"어머니, 곤란해 하고 계신 거야, 분명."

목장으로 통하는 높은 참억새 속의 길을, 형제들 뒤에서, 하쓰코는 드러낸 커피색 팔을 흔들흔들 옆으로 흔들며 걸으면서, 아사마의 긴 오른쪽 산기슭에, 하얗게 손수건처럼 걸린 구름을 밀짚모자 테두리로 바라보았다. "저기의 집이라면 말이야. 연극이야기라도, 영화이야기라도, 기모노이야기라도 모두 죄악이 될 거야. 무엇이든 예수님이라고 하면 된다고 해. 나 언제나 이상해져 버려."

"좋은 약이야, 숙모님에게는. 하쓰코도 왜 안 간 거야?"

"싫어. 나 왠지 기분이 나빠져. 저런 사람들 보고 있으면. ――아사마가 이렇게 폭발하는 것도, 드디어 심판의 날이 다가온 증거라네, 심한 분화가 있을 때마다 온가족이 기도하거나 한다고 해."

"다양한 관점이 있군."

이 자연현상이, 이 여름 자신에게 준 감동을 게이지는 새롭게 떠올리며, 지금은 거무스름해진 잿빛에, 분화구에서 송이처럼 아래를 향해 쳐진 산의 연기를 올려다보았다.

희미한 이삭의 물결로 흔들리고 있던, 검붉은 색의 한쪽 면의 참억새가 펼쳐진 곳이, 점점 연기와 같은 색깔로 그늘지기 시작했다.

"이상해졌어. 조금 서두르자. 쏟아지기 시작하면 곤란해."

"괜찮아, 저쪽은 저렇잖아."

 분명 반대편의 시라네白根의 하늘은, 프러시안 블루의 선명함을 잃지 않고, 늘어선 외륜산의 낮은 반원 모양으로 굳은 것은, 거친 산 주름의, 남색과 갈색의 빛이 있는 조각으로 빛나고 있었다. 게이지는 선명한 산과 밝은 하늘에 방심은 할 수 없다는 것을, 그것보다도 연기를 믿어야 하는 것을, 한 달 남짓한 경험으로 알고 있었다. 넓은 고원은 맹렬한 빗속에 한쪽은 해가 비치고, 선명한 윤곽으로 우뚝 솟은 산을 손쉽게 가질 수 있는 것이었다.

 하쓰코는 재촉받아, 아직 맨발인 채로 아무렇게나 신은 샌들처럼 신은 하얀 낮은 구두로, 옛날의 분화 재와 모랫길을 큰 걸음으로 서벅서벅 밟았다. 그렇게 해서 발에 이끌린 빠른 어조로 여전히 계속 이야기하려고 했다. 요전날 밤, 가련한 미치광이 부인들이 눈앞에 닥친 심판을 생각하고 떨면서 기도하고 있었을 때, 그녀들은 옆집의 M— 집에서 얼마나 즐겁게 춤추고 있었던가를 말하는 것을. ——

"지금까지 중에서 제일 예뻤어. 모두 예쁘다, 예쁘다며, 춤추는 것을 멈추고 보고 있었어. 테니스 코트까지도 확 하고 밝았어. 여기서도 춤출 수 있다고 모두 말했을 정도야."

"그렇게 해서 춤추거나, 예쁘다며 무사태평하게 바라보거나 하고 있는 곳이 당하는 거야."

"뭐라구?"

"용암 속에서 모두 딱딱하게 굳어버린다는 거야, 폼페이처럼."

"혁명의 수수께끼."

"최후의 심판 말이야."

"흥. 또 끌려들어갈 거라고 생각해서."

모자의 얇은 창 너머로 하쓰코는 한쪽 눈만으로 비웃으며, 팔과 같은 색으로 그을린 얼굴의 반의, 붉게 바른 입술을 옆으로 펼치며 웃었다.

게이지는 조금 언짢은 듯 외면하며 걸었다. 그의 마음은 자신도 모르게 무겁게 가라앉아 있었다. 그녀와 있는 동안은, 무엇을 이야기해도 그녀 못지않게 시시해지고, 자신의 입에서 나오는 모든 말이 쓸데없는 잡담처럼 여겨졌다. 용암 바닥에서 딱딱하게 굳어진다는 것은, 결코 그녀들만이 아니라는 생각이 들었다. ——무엇이든 오늘 찾아오거나 하는 것이다.

그러고 있으면서 그의 감각은, 끊임없이 자신의 옆에 있는 아름다운 유기체에 대해, 이제까지 없던 미세한 움직임을 하고 있었다. 봄 무렵이라면, 주문하면 목장에서 데워준다고 하는 우유 목욕물까지, 그는 그 하나의 신체에 연결하지 않으면 생각할 수 없었다. 눈앞에 빈둥대고 있는, 커피색의 포동포동 살찐 매끈한 팔을, 우유 거품이 하얗게 반짝이는 알갱이가 되어 데굴데굴 미끄러졌다. ——하고, 다음 순간, 그것은 차가운 큰 비 얼룩으로 변해있었다.

그녀는 처음으로 당황하며 달리기 시작했다. 게이지도 모자를 쓰지 않은 머리에 몇 방울을 느끼면서, 어떻게 해서든 심하게 젖지 않은 사이에, 하다못해 목장까지 달려가고 싶다고 생각했다. 긴 테이블 마운트 형태로 뻗은 언덕의 축사가 있는 길에는, 사촌형과 누나를 일찌감치 저버린 어린 형제의, 긴 곤충망과 하얀 모자가 이미 있었다.

게이지는 곧장 그 뒤를 쫓는 대신, 도중에 낙엽송 숲을 빠져나가는 지름길로 나가려고 했다. 그들은 방향을 바꿨다. 비는 바꾼 길로 또 따라왔다. 처음엔 살금살금 발소리를 줄여 걸었던 것이 점점 행진 보조로 변했다. 이미 그것은 거칠고 예리하며 사나운 산의 비의 밀집 부대였다.

두 사람은 아직 숲에까지 도달하지도 못했다. 그녀는 흠뻑 젖어 있으면서, 그래도 빛나는 비의 명석 너머에, 마찬가지로 비에 젖어있는 사촌오빠를 보고 웃으려고 했다. 그녀의 젊은 탄력으로 가득 찬 마음은, 진귀한 경험이라면 어떤 것이라도 어느 정도는 재미있었던 것이다. ――하지만, 그녀의 반쯤 웃기 시작한 얼굴은, 갑자기 빛의 폭넓은 판자로 찌부러졌다. 그녀는 날카롭게 소리쳤다. 천둥이 빛과 음파의 속력이 가지는 차이만큼 늦어져, 울려 퍼졌다.

게이지는 하쓰코가 천둥을 싫어하는 것을 알고 있었다. 그렇게 해서 그녀가 무서움 때문에 거의 미치광이 같은 속도로 숲을 향해 돌진하고, 처음에 이곳에 왔을 때 그 자신도 한두 번 비가 그치기를 잠시 기다린 적이 있는 숯막으로 쏜살같이 뛰어 들어간 것을 보자, 함께, 거의 정신없이, 등 뒤로 튀어오르고 있는 하얀 구두 뒤에서 달려들었다.

천둥은 이 고원 특유의 울림 방식으로, 외륜산의, 지금은 구름이 아래로 깔린 범위를 따라, 낮게, 둥근 소용돌이가 되어 메아리쳤다. 그렇게 해서 비는 그 위에 번개가 예리한 균열을 끊임없이 가진, 쪽 곧은, 두텁고 강고한 물의 벽이었다.

두 번째 것은 쉽게 그칠 것 같지 않았다.

하지만 그 속에서 피난소의 오래된 멍석 집이 갑자기 안쪽에서 밀어젖혀졌다. 게이지는 10분 전에 정신없이 뛰어들었을 때와 같은 정도의 집중력으로 뛰쳐나왔다. 그는 뒤에서 놀라서 소리치는 사촌여동생을 되돌아보려고도 하지 않고, 흙과 재의 가루로 더럽혀진 셔츠로, 천둥과 소나기가 쏟아지는 한가운데로 달려가기 시작했다.

다음 날 아침부터, 게이지는 일광욕을 그만두고 체조를 시작했다. 오후에는 어제의 피난소의 숲으로 이어지는 졸참나무 숲에서, 이윽고 구워지기 시작하는 숯의 원료로 잘려져 있는 벌목을 조금 도왔다. 항상 식사를 가지고 오는 노목부의 그것은 일이었다.

게이지는 이 일과를 빠지지 않고 지키기로 결심했다. 그는 너무 많이 섭취한 우유와 버터의, 사십일 가까운 고원 생활에서 흡수한 자외선의, 오히려 지나치게 많은 효과를 두려워하기 시작했다.

그러나 일과가 삼일 이어졌을 때, 그는 야세의 편지를 받아들었다.

――너의 철학수업은 어떠냐? 미요시의 스님 수업과 하타의 동양도덕 수업보다는 잘 어울리겠지, 라는 평이다.

〔자주自註〕 미요시는 나오자 선종 절의 스님이 되었다. 하타는 아버지의 오랜 친구라는 한학 선생의 학원에 맡겨져 매일 논어 강의를 듣고 있다고 한다.

나는 선종 절에도, 한학 학원에도 들어가지는 않았지만, 완전히 감시인을 필요로 하는 인물 대우로 난처해졌다. 너한테 알린 K―온천에는 사촌형이 문관시험 공부하러 가 있기 때문에, 그곳만은 가도 되는 것으로 되었지만, 그것도 사촌형이 갑자기 돌아오게 되어 갈 수 없었다. ――

게이지는 창틀에, 아사마를 등지고 걸터앉으면서, 긴 다리를 흔들흔들 벽에 치면서 읽고 있었다. 오랜만에 친구의 소식이 즐거웠던 것이다. 하지만 서양풍의 네 번 접은 푸른 종이의 한 면에서, 다음 한 면으로 옮겨감에 따라, 그의 다리 운동은 점점 둔해지고, 마침내 바싹 붙인 양 무릎과 함께, 예리한 각도로 그것은 벽의 중간에 강직됐다.

야세는 중요한 보고를 가져다주고 있었다. 학교의 처벌이 거의 결정된다고 한다. 그렇게 해서 어느 때와 같은 예로, 새로운 학기가 시작되기 전에 비밀리에 선고된다고 한다. 비밀 정보에 의하면 엄청난 엄벌이라고 한다. ――

29명 모조리 퇴학이라는 소문도 있지만, 설마 그런 말도 안 되는 이야기는 없을 거라고 생각하고 있다. 나는 너와 같은 죄니까, 이삼 개월 정학 정도라면 포기할 생각이다. 그러나 너는 학교 당국에는 엄청난 신용이 있으니까, 그리고 나는 그 반대라서, 생각하면 조금 걱정이 된다.

하여튼 그런 일로 의논할 일이 있으면 하고 싶다고 모두 말하고 있어. 네가 돌아와 주면 아주 제격이야. 돌아올 수 없니? 어때?

다키무라는 이미 나왔다고 해. 나는 만나지 않았지만 요시타케가 만났다고 해. 너에 관해 묻더라더군. ――

게이지는 편지를 주머니에 찔러 넣고, 아직 창에 기댄 채 아사마를 뒤돌아보았다. 오늘 아침에도 폭발이 있었다. 검은 연기가 길게 뻗어 있었다. 그는 그 연기를 향해 2, 3분 움직이지 않았다. 그러고 나서 훌쩍 뛰어내리자, 책상으로 다가가 선 채로 서랍을 휘저어서 전보용지를 꺼냈다. 어머니 앞으로 썼다.

내일 돌아간다, 게이지

그러나 정말은 모레라는 뜻이었다. 새벽의 우유 마차에, 이것도 부탁해서 전보를 치는 것이었기 때문에.

8

구도부인은 요즘 다시금 행복했다.

염려한 아들의 처벌은 한 달 근신으로 끝났다. 11명의 퇴학, 5

명의 무기정학, 4명의 1년 정학, 3명의 한 학기 정학, 나머지는 근신, 훈계――이들 대담한 처분 중에서, 그녀의 아들은 가장 관대하게 처벌받은 몇 명 중의 한 사람이었다. 말할 필요도 없이, 이것은 비밀 회합에 그가 깊이 관여하고 있지 않았던 증거라고 어머니는 믿었다. 그렇게 해서 또, 호출을 받아 간 그녀에게 학생주임이 말한 것처럼, 그의 탁월한 성적과 평상시의 온후한 성정을 고려한 특별한 취급인 것이라고.

어머니는 학교 당국에 깊은 감사를 표함과 동시에, 아들에 대해 새로운 신뢰와 사랑이 더해졌다. 한때 떳떳하지 못했던 만큼 더 한층 자랑하고 싶어졌다. 그렇고말고, 그런 일에만 관여하지 않았다면 나무랄 데 없는 아들인 것이다. ――그도 학교에 그것을 맹세했다. 전보다 훨씬 열심히 공부했다. 어머니는 안심했다.

다만 한 가지 실망은 한 달의 근신이 풀리고 등교하기 시작하면서, 그가 기숙사에 들어가 버린 것이었다. 모자는 그 점에서 처음으로 충돌했다. 그러나 아들은 결정적이었다. 이번에 새롭게 부임한 독일인 교사에 대한, 일주일에 이틀 있는 과외 독일어 공부와 중단되었던 아식 축구 연습, 두 가지가 주된 이유였다. 교사는 학교의 숲에 가까운 관사에 살고 있었다. 연습은 밤이었다. 어머니는 양보하지 않을 수 없었다. 여분의 독일어 공부는 내년 봄 대학 입학시험을 한층 더 쉽게 할 것이고, 또한 축구는 그의 건강과 사상의 양쪽에 도움이 될 것이다. ――무언가 스포츠를 시키도록 학교에서도 들었기 때문이다.

어머니는 마침내 들어가서 다행이라고 생각하기 시작했다. 아들은 토요일 저녁에 돌아와서, 월요일 아침이 되어 돌아갔다. 그때마다 여러 가지 생각해 놨다가 먹이려고 하는 맛있는 과자나 음식과 함께 새로운, 저장된 애정으로 어머니는 아들을 맞이했다. 결코 손에 넣을 수 없는 먼지투성이의, 무릎이 튀어나온 기숙사생 같은 제복. 흙투성이의 구두. 그래도 뭔가 긁어모아서 가지고 오는 세탁물의 작은 꾸러미. 조금 자라서 덥수룩해진 머리카락. ――5일째마다, 아들은 달라진 사랑스러움을 더해 어머니에게 나타났다.

어느 토요일 저녁, 어머니는 처음으로 바람을 맞았다. 식은 장어로 2시간 늦어진 식사를 혼자서 조용히 끝냈다. 아마 급하게 볼일이라도 생긴 것이라고 생각되어졌다. 오늘밤에 늦어져서 돌아오지 않아도, 내일은 돌아올 것이다. 그러나 일요일에도 그는 끝내 모습을 보이지 않았다. 해가 저물고 나서, 어머니는 전화를 걸어보려는 생각까지 들었다.

시외전화로 겨우 연결되어도, 먼 기숙사 방까지 연결되는 전화는, 5분, 10분으로는 해결이 안 되는 경우가 많았다. 하지만 그때에는 그가 곧 받아서, 공부로 조금 바빴다고 했다. 다음 주는 돌아간다고 했다.

그 토요일이 와도 그는 역시 돌아오지 않았다. 그 대신 오후가 되어 생각지도 못한 방문자가, 아들의 주임교수로 부보증인인 우에쿠사植草교수――개를 좋아하는 푸타틴공작이, 어머니를 찾아왔다.

"어머나, 선생님, 어서 오세요. ——건강하신 것 같아 다행입니다. 게이지한테서 분위기만 듣고, 항상 평판은 여쭙고 있습니다만, 그만 오랫동안 소식을 전하지 못해서. ——그 애도, 이번에는 그런 대로 차분하게 공부하고 있는 것 같아서, 이것도 모두 선생님들 덕분이라고 여기고, 정말 감사하게 생각하고 있습니다. ——"

넓은 이마 위의 덥수룩한 흰머리에 살이 찌진 않았지만, 광택이 있는 홍백색의 피부를 하고 있고, 높고 오뚝한 코와 큰 야무진 입을 가진 교수의 용모는, 그 별명이 결코 개 때문에만 붙여진 것이 아니라고 해도 좋을 정도로, 품위가 있는 위엄을 가지고 있었다. 그래서 얼굴이 나타내는 느낌과는 반대로 마음이 약하고, 사람 좋고, 개와 괴테와 실러 외에는 무엇에 대해서도 열정을 갖지 않는, 어딘가 초속超俗적이고 온순한 그는, 부인의 정중한 인사말에 당황해서 새우등의 목을 빨갛게 하고, 겨우 낮은 목소리로 한마디 했다.

"오늘 게이지군은?"

"네, 아직 돌아오지 않았어요. ——하지만 곧 돌아올 거라고 생각합니다만."

"그렇군요."

그는 목 안에서 짧게 신음하고, 주름진 긴 열 개의 손가락을 테이블 위에서 서로 비벼댔다.

"저, 무언가 게이지에게 볼일이라도. ——"

어머니의 얼굴에서는 사교적인 장식의 미소가 사라지고 곧바로 손님을 향한 눈이 더욱 동그래졌다.

"어쩐지, 부인, 대단히 난처하게 되었습니다."

교수는 부인보다는 테이블 위의, 술잔 모양을 한 재떨이를 향해 오히려 이야기하고 있는 것처럼, "요전의 일로 퇴학 처분된 학생을 복교시켜달라고 하는 운동이 일어나고 있습니다만, 있는 그대로 말씀드리자면 게이지군이 그 선봉에 서 있습니다."

"어머나, 그렇습니까? 그런 일일 거라고는 전혀 몰랐습니다."

그래서 돌아오지 않은 거라고 생각했다. 어머니에게는 복교 운동의 중대성을 아직 확실히 몰랐다. 그래서 이런 경우, 얼마든지 감쌀 수 있을 만큼은 감싸려고 하는 어머니의 고운 마음으로, "전에도 그런 일로 폐를 끼치고, 이런 말씀을 드리는 것은 이상하겠지만, 그 아이는 심지가 곧고, 사리에 맞지 않는 일과 비뚤어진 일은 결코 하지 않는다는 것, 그것만은 저도 믿고 있기 때문에, 말씀하신 것도 퇴학이 된 친구를 가엽게 생각한 나머지, 그만——"

"그렇습니다, 그래요,"

교수는 그가 사랑하는 개에 가까운 쐐기모양의 턱 운동으로, 부인에게 동의를 표했지만, 동시에 그 동정이라는 것이 얼마나 위험한지, 공산당은 그것을 약점으로 그를 붙잡아, 그들 진영에 끌어들인다, 그렇게 해서 그의 교내에서의 좋은 평판과 신용을 자신들의 책동에 이용하려고 하는 것이다, 라는 것을 설명해야 했다. 말솜씨가 좋지 않은 교수에게는 이것은 어려운 일이었다. 오히려 이런 이야기를 좋아하지 않았다. 개와 괴테와 실러에 아무런 관계가 없는 일이고, 또한 그 자신이 말하고자 하는 대로는 말해지지 않고, 그것은 그저 교수실에 있는 한 개의 의자가 말을 하는 것으로밖에 전해지지 않았기 때문에. ──교수는 이해력이 나쁜 학생에게, 설화說話의 조동사의 설명을 하고 있을 때의 화가 난다기보다 슬픈 듯이 찌푸린 얼굴로, 띄엄띄엄 겨우 그래도 임무를 다했다.

"그렇기 때문에, 학교로서는 결코 복교는 허가하지 않을 방침이라서, 만약 운동이 그대로 진전해서 동맹휴교라도 되면, 게이지군은 지도자로서, 이번에는 당연히 엄중한 처분을 면치 못할 것이라고 생각합니다."

"────"

"때문에 이번에 어떻게 해서라도 그 속에서 손을 떼게 하는 방법은 없을까 하고, 학교 내에서도 게이지군의 장래를 기대하고 있는 사람은 모두 안타까워하고 있습니다만, 어떨까요, 이것은 저의 착상입니다만, 뭔가 구실을 만들어 부친의 부임지에라도 잠시 몸을 피하게 하는 것 같은 일이 가능하다면──."

이 덧붙인 말이, 마지막으로 얼마 남지 않은 인내를 부인에게서 앗아갔다. 밀랍 색으로 굳은, 콧방울 양쪽에 갑자기 깊은 주름이 생긴 얼굴에, 그녀는 서둘러서 손수건을 갖다 댔다.

교수는 자신의 제안의 효과에 놀라서 눈이 휘둥그레졌다. 그는 목 안에서 다시금 신음하고, 이마의 백발을 쓸어 올렸다.

손님을 내보내자, 부인은 치아가 아프다며 자리를 펴게 했다. 중대한 타격에 있어서는, 일어나 있을 힘을 그녀는 제일 먼저 빼앗겼다. 베개 위의 머리는 모든 괴로운 충전물로 가득 찬, 그렇게 해서 그것 때문에 본래의 기능을 잃은, 하나의 자루가 되었다. 어떻게 그 안의 것을 처리해야 할까, 금방은 알 수 없었다. 다만 처음부터 명백한 것은, 어떤 사정에서라도 아들을 아버지의 부임지에는 보낼 수 없다는 것이었다. 아버지는 아들이 불러일으킨 사건을 모두 어머니의 책임으로 돌렸다. 그렇게 해서 그 자신의 훼손된 명예와 위신에 대해 아내를 나무랐다.

어머니는 차라리 기숙사에 있는 아들을 만나러 갈까 하고 생각했다. 기념제 때를 제외하고 손쉽게 외부인을 근접시키지 않는 기숙사에서는, 그런 방법은 단지 사람들의 시선을 끌 뿐일 것이다.

어머니는 10분도 채 누워 있지 않고 다시 일어나서, 서재의 창 아래의 작은 책상에 앉았다. 그녀는 편지를 쓰기 시작했다. 심부름꾼에게 가져가게 하면 우편보다는 빠를 것이고, 전화보다는 뜻을 다 전할 수 있다고 생각한 것이었다.

하지만 몇 줄 쓰지 않고 포기했다. 학교에서 전화가 걸려왔다. 학생주임은 흥분한 쉰 목소리로, 거의 고함치듯 말했다. 학생들은 오늘 대회를 가졌다. 사건은 갑자기 중대해졌다. 동맹휴교는 모면할 수 없다. 구도를 빨리 불러들여라. 그렇지 않으면 엄청난 결과에 이르게 될 것이다. ——

어머니는 한번 내린 수화기를, 1초도 쉬지 않고 회전반의 102

를 거칠게 돌렸다. 교환수를 성급하게 불렀다. 항상 쉽게 연결되지 않는 기숙사의 전화가, 열 배의 초조함을 오늘은 느끼게 했다. 어머니의 온몸의 신경망이, 에보나이트의 검은 관에 밀어 넣어졌다.

한 젊은 냉담한 목소리가, 겨우, 관 저편에 나타났다. 아들의 호출을 부탁하자 용건을 물었다. 이런 일은 지금까지 결코 없었다.

"불러내 주시면 알 거기 때문에."

"하지만 가정에서의 전화는, 오늘은 전부 연결하지 않기로 되어 있습니다."

"그런 이해 안 되는 말은 없지 않나요? 대체 어떤 이유로 연결할 수 없다는 겁니까? 당신은 학생입니까?"

수화기를 받치고 있을 수 없을 정도로, 어머니의 손은 떨리고 있었다. 기숙사가 이미 전시상태에 있는 것이 분명했다. "어쨌든 전해주세요. 동東 숙소 8번의 구도입니다. ――친척인 환자가 위독해서 모두 급히 달려가고 있습니다. 그것을 전할 수 없다는 법은 없지 않습니까?"

거짓말이 처음부터 준비되어 있었던 것처럼 할 수 있었다. 둘 셋 다른 목소리가 멀리 있는 가지의 새의 지저귐과 비슷하게 뒤섞인 후, 잠시 기다리라고 했다. 이미 어두워지기 시작한 전화실에서, 어머니는 30분 내내 서 있었다. 하지만 아들은 결국 나오지 않고 대답만이 돌아왔다. 밤에 조금 늦어질지 모르겠지만, 환자는 틀림없이 병문안하겠다고.

아들은 야위고 창백해져, 그리고 더럽혀지고 흙이 묻은 망토를 두르고 돌아왔다. 그는 그것을 입은 채 인사도 하지 않고, 성큼성큼 서재로 올라갔다. 이것도 가만히 뒤쫓아 온 어머니를, 방 안쪽에서 기다렸다가 쾅 하고 문을 스스로 닫자, 18cm 위에서 어머니를 내려다보며 앉지도 않고 물었다.

"오늘 밤에 저를 불러서, 어떻게 하실 생각이세요?"

"어떻게 할 생각이라니, 그것은 어머니가 게이지한테 할 얘기야. 정말 어떻게 할 생각인 거냐? ――정말, 그 후로 학교에서 뭘 시작하고 있는 거냐?"

"그 일이라면, 오늘 밤 어머니에게 모조리 말할게요. 그 때문에 환자라는 거 거짓말인 줄 알고 있으면서 저는 돌아온 겁니다."

정말로 조금 아프기 시작한 오른쪽 어금니를, 어머니는 볼 위에서 깊이 패도록 눌렀다. 마음이 아프고 화가 나고 가슴이 메면서도, 터무니없는 자신의 거짓말을 부끄러워했다.

학교의 통고도 주임교수의 방문도, 아들에게는 모두 예기되었던 것처럼 보였다.

"그런 여유가 있으면 이번의 처분이 과연 공평한가, 불공평한가를 생각해 주시면 됩니다. 그런 것을 생각해 주는 교사는 아무도 없어요. 생각한다 해도 아무도 말하지 않아요. 학생보다 자신의 지위 쪽이 중요하니까요. 문부성이 두려워서, 내보내진 학생이 어떻게 될지 따위 생각하려고도 하지 않고, 그저 엄벌을 줘서 빈틈없다는 평판만 받으면 되는 겁니다. 이런 속에서 얌전한 방법으로 우리들의 탄원이 통할 거라고 어머니는 생각하십니까?"

"하지만 게이지, 어떤 엄벌이라도 그만큼의 일을 했다면——."

"그렇습니다, 한 일에 상당하는 엄벌이라면 불만은 없습니다만."

얼마나 불공평하게 그것이 판가름되었는가. 학교는 그 기회에 조금 날카로운 이빨을 가진 자와 다루기 어려운 뿔을 가진 자를 감방에서 쫓아낸 것이다. ——그 예의 하나로, 게이지는 불행한 야세를 예로 들었다. 야세는 고원의 산장에 보낸 편지에도 적혀 있었던 것처럼 그와 표면상은 같은 죄였다. 자세히 말하자면 R·S에 단지 세 번 출석했다. 그것으로 한쪽이 한 달의 근신으로 끝나고, 그는 퇴학 처분을 받았다.

짐작이 가는 이유가 두 개 있었다. 야세는 정월부터 담배를 피기 시작했다. 현기증이 나고 가슴이 메슥메슥하는 것을 참으며 코에서 연기가 나오는 것을 자랑했다. 뿐만 아니라 그는 그것으로 근엄하고 절도를 중시하는 영어 교수를 조롱했다. 활달한 그는 교수가 너무나도 영국신사 타입이라서 몹시 싫어했다. 교수가 교실에 들어와도 피기 시작한 배트[78]를 버리려 하지 않았다. 책상 위에는 금색의 박쥐 상자로 만든 인형이 장식되어 있었다. 때로는 교수 자

---

[78] 일본담배산업에서 발매되고 있는 궐련담배의 상표의 하나로, 일본에서 담배 전매제가 개시되고 얼마 되지 않은 1906년에 현재의 일본전매공사에 해당하는 대장성전매국에서 발매하기 시작한 것으로, 담뱃갑에 황금 박쥐(golden bat) 그림이 그려져 있다. '골덴 배트'라는 정식 명칭보다 '배트'라는 통칭으로 더욱 친숙한 상표이다.

신의 희극적인 입상立像도. ——이들의 오히려 순진한 장난이, 야세를 더할 나위 없는 불량 학생으로 학생주임에게 신고하게끔 한 것 같다. 또 하나는 더욱 불운했다. 야세는 다키무라와는 같은 중학교 후배이고, 4월부터 통학하게 될 때까지는 그의 방에 있었다.

"저런 생기 있는 녀석이 불쌍할 정도로 기가 푹 죽어 있어요, 어머니. 이런 불공평은 야세만이 아니에요. 문1갑의, 저는 잘 모르지만, 그 녀석은——"

그는 말하기 시작하며, 아직 벗지 않은 망토의 검은 날개 밑에서 주머니처럼 부푼 상의 주머니 안의 것을 끄집어냈다. 파란 표지의, 작은 장부로 된 학생증, 도서관 열람권, 휴지, 더러워진 손수건, 연필, 은색 클립, 지우개, 5전짜리 동전. ——어머니와 나란히 앉은 소파의, 무게로 두터운 주름이 진 가죽 표면에, 학생 주머니 속에 든 공통의 물건들이 흩어졌다. 틀림없이 넣어둔 것이 없었다.

"신문기사를 오려낸 것을 어머니에게 보여주려고 했는데."

한손으로 다시 한 번 그 내용물을 원래 장소에 밀어 넣으면서, 건너편 책상 위의 푸른 샷갓 등을, 부어서 부석부석한 충혈된 눈으로 비추었다.

"——그 녀석은 자살하려고 해요, 어머니. 학교에서는 쫓겨나고, 집에서는 그런 놈은 얼씬 못하게 한다고 하죠. 마음이 약한 녀석으로 많이 망설인 것 같아요. 노선에 뛰어들어서는 치어 내동댕이쳐졌어요."

"그야 어머니라고 해도, 그런 이야기를 들으면 너희들이 불쌍하게 여기는 기분을 모르는 건 아니지만."

불쌍한 것을 불쌍히 여기는 무서움에 대해서, 몇 시간 전에 주입된 지식으로 계속하려고 하는 어머니를, 아들은 기다리지 않았다. 그는 그런 번거로운 감정을 오히려 갖고 있지 않다고 했다. 불운한 친구를 위해 그들이 단결하는 것은 당연한 권리이고, 의무이며, 하나의 정의이기조차 했다.

"그러니 결코 무리한 요구를 하는 게 아닙니다. 제가 퇴학당하지 않고 끝난다면, 저와 똑같은 일밖에 하지 않은 자는 퇴학시키지 말아달라고 부탁할 뿐입니다. 그것도 다키무라나 다우에처럼, 정말 실행운동에 들어갈 수 있는 자를 문제 삼는 게 아닙니다. 다시 한 번 얌전하게 학교에서 공부하고 싶어 하는 자를, 무리하게 내쫓지 말아달라고 부탁하는 겁니다."

"분명히 그것뿐이지, 게이지."

"그것뿐이라는 것은?"

"어머니에게 약속해 줘."

요청한 서약의 중대함이 몇 초간 혀를 단지 무능한 한 장의 잎으로 만들었다.

"——동맹휴교는 단지 그 이유만으로 시작된 것이네. 달리 아무런 이유도 없다면, 관계도 없다면, 선동도 없겠구나. 우에쿠사선생님은 너희들의 동정이 좌익운동에 이용당하고 있다고 말씀하셨다. 게이지, 만약 그런 일이 있다면 이번에야말로 남의 일이 아니야, 네가 제일 먼저 쫓겨나갈 테니까. 경찰이라 해도 요전과 같이는 안 될 거야. 그것을 생각하면 어머니는――.”

참을 수 없어, 거기서 끊긴 목소리가, 갑자기 세찬 울음소리가
되어 용솟음쳤다. 어머니는 양손으로 얼굴을 덮고, 소파의 무릎에
쭈그리고 솟구치는 슬픔의 덩어리를 억누르려고 하지 않고, 아이
처럼 어마어마하게 소리를 내며 계속 울었다.

20년 전, 남편의 부임지의 집의 어두운 현관에서 그녀는 지금
울고 있는 것처럼 울었다. 그것은 남편을 잃은 젊은 아내의 슬픔이
었다. 그리고 지금은 그 슬픔도 그것으로 보상받는 것으로 살아온
아들을, 또다시 잃게 되는 불행한 어머니로서 울었다.

게이지는 차가운 가죽 소파에 비스듬히 앉아, 떠받친 쪽에 한
쪽 면만 경직된 창백한 얼굴을 하고, 어머니가 울음을 그치는 것을
기다렸다. 어머니는 언제까지고 흐느껴 울었다. 아들은 의자에서
일어나, 어머니 앞으로 다가가자, 가늘게 떨고 있는 어깨 위에서
다정하게 불렀다.

“어머니, 울지 마세요. 진정하세요. ――저는 이제 돌아갑니
다.”

어머니는 눈물로 흠뻑 젖은 얼굴에서 손을 뗐다. 모든 감정이
다 쏟아내진 후의, 텅 빈, 그저 검게 쑥 들어간 눈으로 무슨 말을 들
었는지, 아주 어렵게 이해하려고 하는 것처럼, 아들을 올려다보았
다. 아들이 선, 키 큰 몸의 움직임이, 겨우 그것을 알려주었다. 어머
니는 갑자기 망토를 붙잡았다.

“안 된다, 안 돼. 어디에 가려는 거냐, 게이지.”

"모두 저를 기다리고 있어요, 어머니. 통학생까지 기숙사에 묵고 있어요. 게다가 제가——."

"자신만 생각하는 구나, 너는. 어머니의 기분 따위——."

"어머니도 저를 배신자로 만들고 싶지는 않잖아요."

"————"

"지금에 와서 도망쳐서 자신만을 생각하는, 그런 비겁한 아들을 두고 싶지는 않잖아요."

"게이지, 어머니도 그것은 잘 알고 있지만——."

"그렇다면 붙잡지 말고, 오히려 끝까지 잘 하라고 말씀해 주시는 것이 정상이죠."

아아, 그것이 말해서 들어지는 것이라면. ——어머니는 새로이 북받치는 눈물을 통해서, 아들을 올려다보았다. 그만큼 훌륭한, 사랑스런 아들을, 이때까지 본 적은 없었다는 생각이 들었다. 어머니는 젊은 올곧은 마음의 가치를 알고 있었다. 그러한 외곬의 사고방식이라는 것은, 나이가 들고 나서 가지려고 해도 가질 수 없는 아름다운 것이라는 것을. ——하지만 그러면서도 어머니는 그 사나이다움도 아름다움도, 부정해야 했다.

"좀 전에도 말한 대로, 이번 일은 저로서는 당연한 의무를 다하고 있을 뿐이에요. 만약 이 책임을 회피하면 친구들에 대해 배신자가 될 뿐 아니라, 그 이상으로, 어떠한 타락을 저라는 인간은 하지 않을 거라고는 할 수 없어요."

"그런 말도 안 되는 소릴——."

"아뇨, 어머니는 모르십니다."

커피색의 통통하게 흔들거리는 팔과, 고원의 빛나는 비를 그는 떠올리고 있었다. "그런 난봉꾼이 될 정도라면, 저는 학교를 쫓겨나도 좋아요. 이미 결심은 했어요. 사실을 말하면, 야세 따위보다 제 쪽이 퇴학당해야 했던 거예요."

"그것은 왜냐, 게이지."

"― ― ― ―"

"그런 말을 하다니, ― ―그럼 넌 역시, 게이지, 넌, ― ―너는.― ―"

아직까지도 다키무라의 친구의 입원비가 된 수표를 가리킨 말이, 어머니의 가장 두려운 걱정거리와 연결되어졌다.

게이지는 입을 다문 채 선 위치에서, 어머니의 소파 위의 통곡을 지켜보았다. 그는 그 해석을 굳이 정정하려고는 하지 않았다. 분화구에서 뿜어져 오른 한 덩어리의 돌에 그는 그 자신을 느끼고 있었다. 자연의 폭발이 두어야 할 위치에 그를 두었다. 용암이 혼자 힘으로 튀어오를 수 없었던 것과 마찬가지 과학적 이유로, 그는 원래의 구멍 속에, 다시금 놓일 수는 없었다.

그는 손목의 시계를 들여다보았다. 10시 15분 전이었다. 10시까지는 돌아갈 약속을 해 두었다. 그는 가만히 다시 한 번 어머니를 바라보았다. 그리고 나서 서둘러서 문 쪽으로 다가가 문을 열었다. 그는 뛰어 내려갔다.

"게이지, 게이지."

머리 위에서, 반 나선의 넓은 계단을 어머니가 미끄러지듯 내려왔다. 응접실로 나가는 복도 모퉁이에서 따라잡혔다. 어머니는 이제 붙잡으려고는 하지 않았다. 그믐날 전이 되면 나타나는 큰 악어가죽의 지갑이 손에 있었다. 어머니는 가만히 아들에게 내밀었다. 색이 없는, 구강이 말려 들어간 입술은, 아들이 원했던 격려 대신, 단지 간신히 다음의 말을 속삭였다.

"ㅡㅡ추워지니까ㅡㅡ감기 걸리지 마. ㅡㅡ어머니는, 어머니는. ㅡㅡ"

1932년 12월

슬픈 소년

S·L병원의 면회소는, 흰색과 검정색의 바둑판 모양으로 된 대리석 바닥으로, 댄스 룸처럼 매끈매끈했다. 한가운데의 등나무 테이블에는 빨간 장미가 넝쿨져 드리워져 있었다. 미국풍의 모가 난 하얀 작은 모자를 틀어 올린 머리에 얹은 간호사가, 같은 대리석 평면으로 이어진 앞의 복도를, 어떤 무언극의 등장인물처럼 조용히 나타났다가는 사라졌다. 약 냄새가 풍기는 조용한 오전이다. 창문에는 가을비가 내리고 있었다.

삼년 팔 개월의 류隆는, 두 형과 누나와 함께 널빤지를 따라 꽃무늬의 폭신폭신한 이불이 붙은 의자에 나란히 앉아 있었다. 바로 위의 네 살 터울의 형으로, 류를 계속해서 놀리고는 꾸지람을 듣는, 이마가 조금 튀어나온, 콧구멍이 큰 다케시健도 진지한 척하는 얼굴로 짧은 바지에서 튀어나온 다리를 흔들거리고 있다. 두 달 전에 신장병으로 입원한 아버지가 마침내 중태에 빠졌기 때문이다.

집에서라면 오후에는 아직 한 시간 정도 낮잠을 재울 수 있는 류는, 초등학생인 누나의 네모난 세일러복 옷깃에 한쪽 뺨을 대고, 조금 졸리는 듯 창을 올려다보고 있었다. 반짝이는 빗방울이, 미끄럼틀의 아이처럼 계속해서 유리에 미끄러져 떨어지고, 쪽 곧은 물 띠를 마구 떨어뜨렸다. 류는 어린아이 같은 통통한 발그스름한 손가락으로, 그것이 젖지 않는 것이 이상한 듯 투명한 수직면을 띠 선을 따라 어루만졌다.

푸른 새틴의 나이트가운을 입은 외국인이 들어왔다. 넓은 어깨가 흔들리고, 한쪽 다리가 다른 한쪽 다리를 뒤쫓는 듯한 걸음걸이를 하는 절름발이였다. 그는 일제히 향해진 아이들의 신기한 듯한 얼굴에 푸른색의 시선을 던지고 나서, 장미 테이블의 등나무 의자에 앉아, 갖고 온 외국어신문을 펼쳤다. 병석에서 일어난 것처럼 피부가 탁한, 턱뼈가 튀어나온 젊은 남자로, 짧은 흰 코에 머리카락은 아름다운 금발이었다. 약 쟁반을 든 간호사가, 지나가다가 매끄러운 영어로 말을 걸었다. 그러자 외국인 환자는 고개를 들어, 엷은 윗입술만 씽긋 웃으면서 의자를 옮기는 바람에, 신문지가 한 장 툭 떨어졌다. 거기에 간호사와 엇갈리며, 창백하고 작아진 어머니가 뭔가에 쫓기고 있는 듯한 다급한 발걸음으로 데리러 나왔다.

아버지는 아이들이 들어온 것을 알자, 벽 앞의 하얀 침대에서 혼자 창 쪽으로 돌아누워 비가 오는데 모두 잘 와줬구나 하고 말했다. 일요일이니까 돌아가면 떠들면서 놀라고 했다. 그리고 잠시 말을 끊고 어머니를 소중히 여겨야 하는 거라고 덧붙였을 때, 두 눈 가득 고인 눈물이 마침 창유리를 타고 내리는 비처럼 자줏빛으로 부은 얼굴을 줄기가 되어 흘렀다. 어머니도 급히 얼굴에 손수건을 댔다. 침대의 하얀 모포에 온 몸으로 기대고 있던 류는, 어른이 우는 것이 뭔가 이상하고 겸연쩍어 구석의 유리로 된 작은 선반 쪽을 바라보았다. 니켈 기둥에 이단으로 되어 반짝반짝 환히 들여다보이는 그 달아맨 선반은 류의 마음에 들었다. 그것만큼은 저승에까지 망막에 새겨두려고 하는 것처럼 아이들에게 쏟아진 아버지의 눈이, 이미 아무것도 안 보이게 된 것은 큰 아이들도 몰랐다.

면회소에 돌아와 보니 외국인은 아직 신문을 읽고 있었다. 비에는 바람이 더해져 창유리에 소리를 냈다. 아버지는 그날 저녁 돌아가셨다. 류는 아버지의 죽음에 대해서는 그 외에는 거의 기억이 없는데, 다만 절름발이의, 푸른 가운의 외국인만을 이상하게 확실히 기억하고 있었다.

초등학교에서는 류는 성적이 좋은 학생에 속하지 않았다. 게다가 말이 없고 어딘가 어둡고 고집이 셌기 때문에 선생님도 좋아하지 않았다. 싸움은 좀처럼 하지 않았지만, 시작하면 손이 빠르고 군데군데 후려갈겨 벌을 받았다. 그런 후에도 류를 무시하는 아이는 없었다. 선생님에 대해서보다는 친구들에게는 훨씬 솔직하고, 담장을 넘은 공을 제일 먼저 달려가 주우러 가 준다거나, 당번이라도 모두 와자지껄 꾀부리고 있는 사이에 충실하게 양동이의 물을 길러 오거나 하는 그가, 경멸에만큼은 예리하게 곤두서는 가시를 가지고 있었다. 게다가 수학은 월등히 잘 했기 때문에 45등을 해도 얕잡아볼 수 없었다.

"다른 과목도 공부하면 결코 못하는 아이가 아닌데, 싫어하는 것은 아예 해 오지 않는다는 식이라서 말이죠."

"잘 타일러도 저런 식으로 독특한 아이라서."

"지금은 괜찮다고 해도 입학시험 준비라도 시작되면 학교에서도 곤란하고, 아무데도 못 들어가게 되어서는, 댁에서도 걱정이실 거라 생각해서."

"정말 죄송해요. 저 아이한테는 저도 어떻게 해야 할지를 모르겠어요."

학기말 학부모 간담회 때마다 이런 이야기가 반복되고, 돌아오면 어머니는 다시 꾸짖거나 달래거나 해서 조금 더 공부시키려고 했다.

"난 싫어. 선생님은 엉터리를 가르쳐준단 말이야."

"선생님이 그럴 리는 없다. 네가 잘 안 듣고 있어서."

"들었다고 해도 마찬가지야."

"류, 그것이 너의 나쁜 버릇이야. 잘 듣고 이해가 안 되면 질문을 할 수 있지 않니? 돌아와서 형들에게 물어도 좋고, 어머니한테라도."

"난 아무한테도 배우고 싶지 않아."

휙 방향을 돌려 의자에 걸터앉은 류는, 티크재의 등받이를 붙잡고 덜커덩덜커덩 소리를 냈다. 수학 이외의 과목에 대한 류의 태만은, 왜 그런 생각이 드는 것인지 자신도 모르는 만큼 뭔가 막연하게 의심과도 같은 것이 되어 있었다. 수신修身[79] 시간에는 항상 꾸중을 듣거나, 빈축을 사고 있는 듯한 느낌이 들었다. 역사 시간에 선생님이 모두가 구스노키 마사쓰라楠木正行[80]가 되어야 한다고 격려하자, 류는 곤혹스러워졌다. 그에게는 마사시게正成와 같은 아버지는 없었고, 얼굴도 기억이 안 나기 때문이다. 그러나 손을 들어 그렇게 말하면 눈총을 받았다. 국어 시간에 대화를 두세 명이서 연극 같은 대사로 하게 할 때는, 류는 늘 교단에 우두커니 서서 입을 다물었다. 때로는 교사가 억지로 어떻게 해서든 말하게 하려고 하면, 류는 입술을 안쪽으로 말아 넣고 눈을 흘기며 버텼다. 결국 그대로 수업종이 울려 혼자 남아있어야 했다.

　　류가 수학을 좋아하는 것은, 그런 싫은 것과 곤란한 것이 수학에만은 없고, 더해도 빼도 나눠도 곱해도 진짜 답을 단 하나 내면 되고, 계산법만 틀리지 않으면, 그것은 태양이 동쪽 하늘에서 나오는 것처럼 틀림없이 답이 나오는 것이 무엇보다 안심이 되어서 기분이 좋았다. 게다가 식을 순서대로 세우거나 대괄호나 소괄호로 줄이거나, 그것을 비례로 다시 풀어보거나 하는 것이, 유치원 다닐 때 나무토막으로 성과 건물을 짓거나, 납으로 만든 병정 인형을 일

---

[79] 제2차 세계대전 이전의 소학교와 중학교에서 도덕교육을 중심으로 가르친 교과목이다.

[80] 구스노키 마사쓰라(楠木正行:1326-1348): 남북조시대의 무장. 구스노키 마사시게(楠木正成)의 장남으로 부친의 사후, 그 가르침을 지켜서 아시카가씨(足利氏) 토벌을 맡았지만, 시죠나와테 전투(四條畷の戦い)에서 패배하고 동생 마사토키(正時)와 함께 자살했다. 2차 대전 전에는 교육현장에서 효자와 충신의 모범으로 가르쳤다.

292　노가미 야에코 野上彌生子

렬로 세우며 놀거나 한 것과 같은 즐거움을 류에게 주었다. 용감한 그들 병사들이 한 사람 한 사람 몰래 별명을 가지고 있었던 것처럼, 류의 수학에도 그의 어린애 같은 연상에서 나오는 기묘한, 모든 종류의 애칭이 붙어 있었다. 예를 들면 1은 궐련, 2는 백조, 3은 오뚝이, 4는 외팔 병사, 5는 신호 깃발, 6은 달팽이, 7은 지팡이라는 식으로 8은 안경이고 9는 비눗방울, 10은 계란빵이었다.

5월의 흰 구름이 흘러가는 오후, 류는 옆집과의 경계가 된 오래된 떡갈나무에 올라가 있었다.

아버지가 죽은 후에 지은 교외의 집은, 아이들 중심의 간소한 것이었지만, 잔디 정원이 넓고 나무가 많았다. 막 이사 왔을 무렵의, 한번은 신기함 때문에 한창 시작한 형들의 나무타기가 류도 재빨리 훈련시켜, 어머니가 걱정하는데도 몰래 빠져나와서는 올랐기 때문에, 발 디딜 곳이 전혀 없는 나무라도, 개구리처럼 양 다리를 접어서 온몸으로 찰싹 나무줄기에 달라붙듯이 하며 능숙하게 기어올랐다. 지금도 집에 있으면서 날씨만 좋으면 류는 집 안보다는 나무 위에 자주 있었다.

조금 흔들려도 와스스하고 건조한 소리로 서로 부딪치며 떨어지는 마른 잎이 모조리 떨어지고, 연둣빛을 띤 녹색으로, 무언가 털갈이하는 큰 새처럼 울창하게 젊어진 그 떡갈나무 노목에는 앉기 좋은 자리가 몇 개나 있고, 가지를 베개 삼아 다리를 쭉 뻗으면 해먹처럼 오래 잘 수 있는 곳도 있어서, 류에게는 가장 마음에 들었다.

가벼운 바람에 구름이 움직이고 가렸던 햇살이 확 벗겨진 것처럼 나타나자, 여러 층으로 된 떡갈나무의 잎 뒷면까지 윤이 나고 싱싱하게 빛났다. 류는 나무줄기가 갈라진 곳에 폭 끼어, 마치 바다에 들어가서 실눈으로 밝은 수면을 올려다보는 것처럼, 머리 위의 하늘을 멍하니 바라보고 있었다. 주변의 짙은 녹색의 반사가, 엷은 남빛의 두터운 해수 벽을 느끼게 하고, 그것이 어느새 하야마葉山[81]의 별장의 즐거웠던 여름방학까지 떠오르게 했다. 나뭇잎 사이로 비치는 햇빛의 하얀 조각이 그 바다의 작은 물고기처럼 류의 어깨와, 가지에 걸친 팔에서 장난을 쳤다.

류는 또 그렇게 해서 나무에 올라 있을 때에만 떠올리는 것이 하나 있었다. 그것은 돌아가신 아버지가 입관하던 날 저녁, 아버지가 이미 하늘나라에 올라가 있다고 들어서, 그렇다면 떨어질 거야, 조만간 쿵하고 떨어져, 라고 떠들어대며 방을 뛰어다녔다고 한다. 물론 류 자신에게는 기억이 없었고, 지금 그 말을 들으면 화를 내겠지만, 혼자 나무 위에서 문득 떠올리니, 뭔가 익살스런 그리움과 함께 평소에는 잊고 있던 아버지의 일이 남자아이다운 솔직한 애정으로 떠올랐다. 류는 아버지도 하늘의 높은 나무 위에 올라가 있으면 좋겠다고 생각했다. 어쨌거나 네 살인 그가 상상한 것처럼 다

---

81 가나가와현(神奈川県)의 미우라반도(三浦半島) 서부에 위치하는 도시명.

시 한 번 이 세상에 떨어져 올 리는 없었기 때문에 시시했다.

"아버지는 바보야, 죽어버리거나 하고."

류는 소리를 내서 욕하고, 뭔가 목이 메는 것을 꿀꺽 삼키고 거칠고 싸늘한 나무껍질에 셔츠 한 장밖에 입지 않은 등을 문질렀다. 그러나 10분 후에는 해수욕과 아버지는 퀼런, 백조, 신호 깃발, 안경과 그 밖의 것으로 대체되었다.

갑, 을, 병 세 사람이 동시에 동일지점을 출발하여 총 200마일을 달리는 경쟁을 하고, 출발 후 갑이 50마일 달렸을 때, 을은 갑에게 2마일 뒤처지고, 병은 을보다 1마일 뒤처졌다. 만약 갑, 을, 병이 그 후에도 제각각 지금까지와 같은 속도로 달린다고 한다면 갑은 병에게 얼마만큼 앞서고, 을은 병에게 얼마만큼 앞서게 되는가? ——어제부터 아직 풀지 못하고 있는 이 한 문제 때문에, 류의 머리는 숫자 관념의 장난감 상자가 되었다.

오늘 아침부터 시원한 여름옷으로 갈아입은 누나인 미와코美和子가 뜰의 잔디를 가로지르며 하얀 돛처럼 달려왔다.

"류, 이제 공부할 시간이야. 소기曾木씨가 아까부터 기다리고 있어. 빨리 내려와."

졸업 전의 여자애다운, 높고 청아한 목소리로 누나는 멀리서부터 불렀다. 그리고 나서 나무 둥지로 다가와서 웃으며 올려다보고 있는 둥근 턱과 하얀 통 같은 목을, 류는 푸르스름한 공중에서 내려다보면서 코를 킁킁거리며 어린잎의 달콤한 냄새를 들이마셨다.

"요전에도 공부한다는 약속을 어겼으니까 오늘 또 땡땡이치면 엄마가 엄청 화내실 거야. 그러니까 빨리 내려와서 공부해. 그러면 간식으로 맛있는 타르트 만들어줄게."

딸기와 파인애플이 보석처럼 얹혀 있는 타르트는 생각만으로도 마음이 설렜지만, 국어 받아쓰기를 300자나 해야 하는 것은 싫었다. 이 분함이, 생각하기 시작한 산술을 방해한 것에 대한 분노와 하나가 되어 류는 대답을 하지 않았다. 미와코가 재촉하자 갑자기 움푹한 곳에서 몸을 내밀고, 떡갈나무의 어린잎을 작은 가지째 잡아 뜯어서 던졌다. 누나는 짧게 비명을 지르고, 다 드러낸 양팔로, 머리 위에서 불시에 떨어지는 것을 막으면서 그런 심술쟁이, 게으름뱅이한테 타르트는 안 줄 거고, 내년 봄에 입학도 할 수 없다고 했다. 류는 형제들 중에서 제일 좋아하는 누나까지 그런 말을 하자 밉살스러워져, 휙 몸을 돌려서 가기 시작한 등에 또 닥치는 대로 쥐어뜯은 나뭇잎을 던지며 소리쳤다.

"그 봐, 도망쳤다. 타르트 따위 누가 먹어 주냔 말이야."

4학년이 되자 맹렬하게 시작한 시험 준비는 오히려 교사 때문이었다. 마찬가지로 교사와 하나가 되어 안달복달하고 있는 어머니도, 류가 진학할 수 없는 것을 걱정해서만은 아닌 것 같았다. 그렇다 치더라도 소기씨까지 어째서 쓸데없는 참견을 하는 것인가? 류는 위의 형인, 이과와 문과로 다르긴 하지만, 고등학교 때부터 친한 친구인 이 대학생이 요즘 갑자기 싫어지기 시작했다. 오늘만하더라도 그는 류의 상대는 둘째 문제고, 정말은 누나들과 테니스를 치고 싶어서 온 것이다. 류는 확실히 알고 있다는 생각이 들었다. 그래서 미와코가 퇴짜 맞고 돌아오는 것을 맏형인 료亮와 현관에서 웃으면서 바라보고 있었던 소기가, 이번에는 자기가 데리러 와서, 어이 류, 내려와, 내려와, 내려오지 않으면 올라가서 끌어내릴 거야, 라고 고함쳐도 더욱더 날다람쥐처럼 나무에 들러붙어 있었다.

이런 류가 시험 서너 달 전부터 갑자기 맹렬하게 공부하기 시작해, 무엇보다 어렵다고 여겨졌던 7년제 학교에 입학했다. 위의 형은 두 사람 다 그 심상과尋常科[82]에서 진학했지만, 보통의 중학교조차도 어려울 거라고 걱정되던 류에게는 어림도 없는 일이라고 단념하고 있었던 만큼, 어머니의 환희는 눈부셨다. 그녀는 드러내놓고 류를 칭찬하고 무엇이든 좋아하는 것을 사 줄 테고, 먹고 싶은 맛있는 음식도 먹여주겠다고 했다. 그래서 살 것은 스키화와 사진기를 고르고, 맛있는 음식은 중국요리로 하겠다고 하니, 어머니는 매일이라도 데려가 줄 듯한 얼굴을 했다.

그러나 그 후 류는 어머니는 사실은 구두쇠라고 단정했다. 입학 발표와 함께 주문을 받으러 온 양복점 주인에게 어머니가 산 것

---

[82] 학교교육법 시행 이전의 학교 과정 명칭으로 이것의 상위 과정은 고등과(高等科)라 불렸다. 구소학교에서는 심상과를 의무교육기간인 심상소학교 과정이라고 하고, 수업 연수는 취학연령인 6살부터 6년간이었다.

은 모자뿐으로, 교복은 잘 넣어두었던 형들의 헌 옷을 꿰매거나 펴거나 해서 어떻게든 아쉬운 대로 한 벌을 만들어냈다.

"이것 봐, 7년제에 들어갔기 때문에 형들의 것을 입을 수 있지 않니?"

어머니의 이 말은, 형들의 헌옷을 입을 명예를 얻기 위해 일부러 7년제 학교에 입학하기로도 한 것처럼 들렸기 때문에, 류는 바보취급당하고 있다고 생각했다. 그러나 아버지가 없는 만큼 오히려 스파르타식의 엄격함으로 임하고 있는 어머니에게는, 몸에 걸치는 것 따위 이러니저러니 하지 않도록 교육받았지만, 외투까지 바로 위의 형인 다케시가 고등과에서 망토로 바뀌면서 그때까지 입었던 것이 돌아왔다. 학교에 가 보니, 모두 새 교복으로, 외투도 새로 재단한 묵직한 것을 걸치고 있었다. 류는 그것이 부럽다기보다 입학의 공훈을 그렇게까지 칭찬하고, 무엇이든 사 주겠다고 하고선 그런 헌 것만 입히려고 하는 어머니에 대한 불신이 일종의 강한 격분이 되었다.

"외투, 난 필요 없어."

"류, 너 감기 걸렸잖니."

"괜찮다니까."

"안 돼."

"싫어."

4월도 중순이 가까워지고, 피기 시작한 꽃이 가지 끝에 얼어붙을 듯한 찬비가 계속되어 류는 기침을 했다. 그래서 매일 아침 어머니와 이런 실랑이를 벌인 끝에 결국 심한 대결이 시작되었다.

"류, 넌 왜 어머니가 말하는 대로 외투를 입고 가지 않는 거니? 또 기관지라도 나빠지면 애써 갓 입학한 학교를 오랫동안 쉬게 돼."

"저런 외투 못 입어."

"어째서? 저건 학교 옷으로는 아까울 만큼 좋은 나사羅紗로 만들어졌는데."

"나사가 좋다고 해도 다른 애들 것과는 달라."

"다르다니, 어디가 친구들 것과 다른 거니?"

"단추가 더 많이 달려 있어."

그런 터무니없는 말이 어째서 나온 것인지 자신도 이상했다. 그러나 형의 헌옷에 비하면 그들의 새 외투 단추는 그 열 배는 달렸다고 해도 좋을 만큼 반짝거리고 있었던 것은 분명했다. 어머니는 조금 난시라서 눈여겨보면 화가 나지 않아도 노려보는 것처럼 되는 눈을, 볼록하니 빨간 여드름이 하나 난 류의 이마에 멈추고 거듭 확인했다.

"류, 단추만 고치면 그럼 틀림없이 입고 가는 거지?"

"응."

"그렇다면 내일 잊지 말고 사 오렴. 마침 용돈도 주려던 참이니까."

분하게 궁지에 몰린 느낌으로 류는 다다미 위의 50전짜리 은화의, 뭔가 잔혹하게 새하얀 두 개의 원을 바라보았다. 그러자 갑자기 그것이 안개 속의 눈처럼 희미하게 크게 퍼지면서 서로 겹쳐졌다. 류는 눈물을 보이지 않으려고 낚아채듯 은화를 쥐고 어머니 방을 나왔다.

정문 바로 앞길에 학교의 양복점이 있어서 쇼윈도에는 제복, 제모와 함께 계절 옷감이 높게 삼각돛처럼 드리워지거나 말거나 해서 진열되어 있고, 구석에는 프랑스 인형과 색이 바란 장미 조화까지 장식되어 있는 것이, 정말 변두리 같았다. 류는 금색 글자가 붙은 유리문을 가방으로 밀고 들어가 외투의 단추를 달라고 하자, 가게를 보면서 여자 아이에게 종이풍선을 불어주고 있던 점원이 몇 개 필요하냐고 물었다. 류는 지갑을 열어 어머니에게 받은 50전짜리 동전을 두 개를 탁하고 재단판 위에 놓았다. 점원은 휘파람을 부는 듯한 입모양을 하고, 은화와 류를 잠시 번갈아 보았지만, 그대로 서서 뒤에 있는 서랍에서 하얀 종이에 10개씩 싼 것을 5개 가지고 왔다.

50개의 금단추는 어머니도 놀라게 했다.

"대체 어떻게 할 생각이니, 이렇게 많은 단추를. ──전부 달아 줘?"

류 자신도 어떻게 할 건지 몰랐다. 다만 받은 1엔을 다른 것에는 1전도 쓰고 싶지 않았을 뿐이었지만, 그렇게 묻자 끝까지 전부 달 거라고 주장하지 않을 수 없었다.

"그럼, 됐으니까, 두고 가. 오늘 밤에 꼭 달아둘 테니까."

말할 필요도 없이 단추는 구실임을 어머니는 처음부터 알고 있었지만, 류와 같은 고집쟁이는 이런 때야말로 세게 몰아붙이지 않으면 도움이 안 된다고 각오를 했던 것이다. 그렇다고 해도 50개의 단추를, 한 벌의 외투에 다는 것은 상당히 연구가 필요한 일이었다. 가슴에 두 줄로 5개씩 붙어 있던 것은 그 배로 늘어나고, 그 밖에 양쪽 소매, 옆 솔기, 등줄기를 따라서 마침내 하나도 남기지 않고 달아버리자, 물려받은 헌 외투는 그 장식으로 뭔가 연극의 번쩍거리는 의상처럼 빛나 보였다. 어머니는 아무리 류라도 이것은 입고 갈 수 없을 거라고 생각했다. 그러나 다음날 아침, 류는 화를 내며 울음을 터트릴 듯이 아랫입술을 내밀면서 그래도 현관 옆의 외투걸이에서 잽싸게 낚아채서 입었다. 쓸데없는 거짓말로 이런 처지에 빠진 자신이 슬프고, 그것을 알고 있으면서 모든 단추를 단 어머니가 밉고, 또 분명 이것을 재미있어하고 있는 형들과 누나가 괘씸했다.

그러나 돌아왔을 때에는 외투는 비늘을 벗겨낸 듯이 다시 한 번 이전의 낡은 옷감을 드러내고 있었다. 류는 박물博物[83] 시간 후, 해부용 가위로 새 단추의 실을 뚝뚝 끊어버린 것이었다.

이듬해 봄, 맏형인 료가 이학부理学部를 졸업하고, 누나인 미와코도 여학교를 마쳤지만, 그녀는 상급학교에는 이제 가려고 하지 않고 피아노와 양재와 요리 연습을 계속했다. 이것은 긴 바지가

---

83 박물학(博物学)의 약칭으로 소화 초기까지 소학교와 중학교에서 동물·식물·광물에 대해 배운 학과명.

겨우 익숙해질 무렵부터 왕성해진 류의 중학생다운 식욕에는 무엇보다 안성맞춤이었다. 미와코는 요리에는 특히 손재주가 있고, 배우고 온 만큼의 맛있는 음식이 계속해서 식탁에 올랐고, 과자도 여학교 시절의 타르트와는 비교도 안 되는 본격적인 것을 만들어 주었기 때문이다.

"어머, 이것으로 여섯 그릇째야."

저녁식사 시중을 들어주고 미와코는 마침내 웃음을 터뜨린다. "하지만 류처럼 위세 좋게 먹으면 누나도 보람이 있어. 식사 후의 푸딩도, 요전의 코코아가 들어간 게 맛있다고 해서 너한테 만들어 준 거야."――그래서 류의 것만은 특별한 것이 된 거라고 덧붙여 말하면서, 의자에서 뒤의 배식구 쪽으로 선이 드러나는 꼭 맞는 블라우스 차림으로 돌아보며, 그녀는 높고 귀여운 목소리로 가정부를 부른다. "가네かね, 가네, 디저트 가져 올 때 류 것 잘 챙겨. 하나만 크게 만든 게 그거니까."

질주전자의 뚜껑 정도 되는 한 개의 푸딩을 앞에 두고 류는 행복하고, 또 우쭐해 있었다. 누나는 자신을 위해서라면 무엇이든 만들어준다고 생각하고, 그것은 누구보다도 자신을 애지중지해 주기 때문이라고 생각했다. 어머니도 귀여워해 주기는 했지만, 도를 지나치면 곧 잔소리가 나오기 때문에 방심할 수 없었고, 위의 형은 밤 12시까지도 실험실에 있어 류와는 이삼일이나 보지 못하는 일이 있으며, 둘째 형은 고등과의 럭비 선수다운 난폭함으로 류를 꼬맹이 취급했기 때문에 싫어하고, 그만큼 누나를 더 좋아하는 것이었다. 그는 학교에서 돌아와 집에 들어가기 전에 누나가 있는지 없는지를 알아차렸다. 그런데도 어쩌다가 그 소매 끝이, 짧게 잘라 파란 까까중머리에 닿거나 어깨에 뭔가의 먼지를 그 부드러운 손으로 잠시 떼 주거나 하면, 그는 움찔하며 펄쩍 뛰면서 일부러 난폭하게 밀쳐냈다.

그러나 류는 이 누나를 이제 좋아해서는 안 된다고 가끔 결심하는 일이 있었는데, 그것은 소기가 놀러 오는 날만 그랬다. 소기는 료와 같이 졸업하고 곧바로 문과의 조교가 되었기 때문에, 어머니가 이전보다 더 애지중지해서 집에 오면 밤까지 가지 못하게 붙잡았다. 그날의 미와코는 어쩐지 새삼 아름다워지고, 테니스 코트에서도 평소보다 민첩하게 뛰거나 소리치거나 했다. 그러나 저녁에 가까운 석양이, 화창한 날에는 후지산이 보이는 경계 지점의 상수리나무 숲을 훤하게 조명장치처럼 밝게 할 무렵이 되자, 미와코는 근심스러운 듯 손목을 들여다보고, 점수가 어떻든 라켓을 버린다. 그렇게 해서 오늘 저녁은 류가 엄청 좋아하는 고추잡채와 탕수육을 만들어줄 거란 예고를 해 두고 돌아간다. 그 하얀 날씬한 운동복의 허리를 테처럼 꽉 쥔 에나멜의 검은 허리띠를 류는 적의를 갖고 지켜보고, 야, 거짓말하면, 하고 고함치는 대신에 료와 한편인 앞쪽의 소기를 겨냥해 마구 공을 내친다.

오후의 환하게 밝은 부엌의 조리대에는 가정부가 시장까지 사러 갔다 온 계절 채소가 갖가지 신선함으로 바구니 가득 담겨져 있었다. 옆에 아직 보자기에 싸인 채로인 또 한 꾸러미. 벽의 요리용 작은 칠판에는 미와코의 오른쪽 아래로 처지는 꼬불꼬불한 글자로 적혀 있다.

저녁

쇠고기볶음

계란찜

프랑스식 토마토 샐러드

사 올 것

쇠고기 2근, 닭고기 188그램, 백합근 3개, 풋강낭콩 꼬투리 10개, 토마토 8개, 당근 3개, 샐러드 야채 참나물,

그밖에 감자, 사과, 양파, 양배추, 오이, 파슬리 조금.

류가 우유색의 작은 주전자를 들고 들어왔다. 숙제인 지도를 칠하기 위해 물을 가지러 온 것인데, 아무도 없는 부엌에 뭔가 구도화된 것처럼 놓인 그 다채로운 바구니의 야채가 그의 관심을 끌었다. 열어놓은 부엌문에서 보이는 일렬의 오동나무 저편이 곧 테니스 코트이고, 퐁, 퐁, 퐁 하고 튀는 느낌이 좋은 공 소리가 울려퍼져 왔다. 일요일인 오늘도 소기가 와있고, 밤에는 모두가 무사시노관武蔵野館[84]에 갈 예정이었다. 마룻바닥에 우두커니 서서 코를 찡그리고 야채바구니로부터 힐끗 벽의 칠판에 눈을 돌린 류는, 두 걸음 크게 떼서 조리대로 다가갔다. 그리고 주전자와 함께 바구니

---

84 도쿄의 신쥬쿠(新宿)에 있는 영화관.

의 활모양의 손잡이를 잡자, 식당에서 오후 간식 뒤처리를 하고 있던 어머니에게 들키지 않도록 욕실을 빠져나가 손쉽게 방에 가지고 왔다. 저녁이 다가와, 겨우 야채바구니가 사라진 것을 부엌에서 알아차렸을 무렵에는 손수건처럼 한 장 한 장 벗겨진 양배추, 불그스름한 피부처럼 껍질이 벗겨진 감자, 풋강낭콩 꼬투리, 양파, 오이 썬 것을, 류는 6첩 방 가득 흩뜨려놓고 있었다. 왜 그런 충동을 일으켰는지도 잊은 채, 그저 잘게 써는 것의 재미에 류는 푹 빠져 있었다.

그날 밤처럼 형들이 함께인 때는 좋았지만, 료는 일요일이라도 실험실에 나가는 일이 자주 있고, 다케시는 또 시합과 연습이 계속 있어서, 소기와 미와코를 둘이서만 내보내서는 안 된다고 한다면 어머니가 따라가야 했다. 그러나 영화관의 공기는 30분도 지나지 않은 사이에 위장이 약한 어머니를 메슥거리게 했기 때문에, 그 보호자 역할이 류에게 돌아온다.

"누나와 함께 다녀와. 오늘 영화는 류도 봐 두는 편이 좋은 거니까."

실제 또 이렇게 말을 꺼낼 때는 진귀한 기록영화나 만화가, 유명한 아역이 주연하는 가정물과 조합된 것 같은 프로그램으로 한정되었지만, 그러나 아무리 엄격하게 선택해서 본다고 한들, 다양한 기쁘고 또 슬픈 사랑을, 입맞춤과 포옹이 없는 영화는, 수목이 없는 숲은 숲이 아닌 것처럼 영화가 아니었다.

가끔 친구와 가서 볼 때에는 열네 살의 류는 우연히 어쩌다가 웃음을 터뜨릴 뻔하게 된다. 남자와 여자의 긴 튀어나온 코와 코가 서로 엇갈리며 딱 겹쳐지듯 하지 않으면 입술이 닿지 않는 것이 묘하게 우습게 보여 견딜 수가 없었다. 그러나 미와코와 소기가 함께라면 류는 웃을 수 없었다. 몸이 갑자기 뜨거워져 목구멍이 아릿하게 막혀서, 지금까지의 자신과는 뭔가 다른 자신이 몸속에서 부풀어 오르는 듯한 느낌으로 부끄럽고 불안해졌다. 류는 자리에 앉을 때 항상 재빨리 가운데 앉았다. 그래서 소기한테 이긴 셈이 되지만, 그러는 사이 희미하게 누나의 한숨을 들은 듯한 느낌이 들었다. 소기도 짧지만 뭔가 억누른 듯한 헛기침을 한다. 그렇게 해서 뭔가 눈에 보이지 않는 것이 양쪽에서 류를 밀어내듯 하며 바짝바짝 다가온다. 스크린에서는 남자가 여자를 안고, 붙잡혀 있는 성에서 당장이라도 도망치자고 말하고 있다. 문득 그것이 자신의 바로 옆에서 일어나고 있는 듯한 착각에 사로잡힌다. 그래서 깜짝 놀라서 누나의 얼굴을 어둠 속에서 들여다보고, 그래도 걱정이 되어서 잠깐 몸을 움직이는 척하면서 그 틈에 어깨나 팔을 만져 본다. 어떻게든 빨리 밝아지는 편이 좋았다. 그 다음에 빙산이 하얀 설탕의 큰 덩어리처럼 나타나거나, 고래잡이 어선이 다가오거나, 에스키모인의 썰매가 달리거나, 연미복을 입은 펭귄이 원유회園遊會처럼 무리지어 있거나 하는 것을 보는 것으로 비로소 유쾌해진다. 류는 소기에 대한 반감과 경계를 잊어버린다. 그래서 돌아가는 길에 들른 찻집에까지 북극의 장대한 환상을 갖고, 자신도 언젠가 꼭 가보겠다고, 내년 여름에는 백마를 타겠다는 것과 마찬가지로 유치한 확신으로 과자와 커피를 걸고 맹세하는 것이었다.

그러나 어느 날의 류는 겁에 질리고 심한 타격을 입은 얼굴로 영화관을 나왔다. 차를 마시고 있는 동안에도 말을 하지 않고, 과자를 먹는 포크를 쥔 채 멍한 눈을 하고 있어서, 미와코가 배가 아픈 게 아니냐고 묻자, 역시 입을 다물고 고개를 저었다. 배는 아프지 않지만 머리가 멍하고, 본 것이 파란 눈송이처럼 그 일대에 아른거리고 있었다.

배낭을 짊어지고, 갑옷으로 무장한 병사들이 움직이는 검은 벽이 되어 시가지를 행진한다. 싸각, 싸각, 싸각. 큰 마수가 뭔가를 씹어 부수는 것 같은 소리, 각반으로 단단히 쥔 무수한 다리. 감자를 억지로 자루에 집어넣은 것처럼, 그들 병사로 꽉 찬 군용열차. 스크린 전체가 갑자기 황량한 바다처럼 울리기 시작한다. 연막 뒤에서 보병이 대여섯 명씩 총을 어깨에 메고, 앞으로 구부정하게 해서 달리기 시작한다. 툭, 툭 쓰러진다. 하얀 연기 속에서 그저 뜨거나 가라앉거나 하는 것처럼 보인다. 갑자기 지면이 바닥에서 뿜어 올라져 새까맣게 변한다. 대포 연기가 점차 걷힌 철조망에 시체가 열 구 정도 모여 있다. 비행기로 파괴된 참호, 시체와 함께 흩어진 모래주머니 사이에 몸통뿐인 병사가 혼자 큰 두꺼비처럼 들러붙어 움찔움찔하고 있다. 성급한, 때려 부수는 듯한 기관총 소리. 그 속에 쾅하는 폭음이 일고, 새까만 순양함巡洋艦이 연기에 휩싸인다. 오른쪽 뱃전으로 급격한 경사, 중갑판에서 상갑판으로 물이 침수한다. 하얀 제복의 승무원이 갑판과 함교에 누에처럼 찰싹 모여 들어 있었다. 갑자기 해군 병사가 세 명, 바다를 향해 난다. 그 순간, 휙 왼쪽 뱃전이 들춰지며 전복하고 순식간에 가라앉아간다. 그후 큰 소용돌이. 그러자 그것이 포탄으로 깊이 팬 곳이 되고, 기병이 말 머리를 아래로 해서 꽂힌 것처럼 죽어 있다. 한곳에 모인 포로, 수염을 기른 노병과 함께 아직 팽이를 좋아할 것 같은 소년병이 섞여 있다. 동그랗고 천진난만한 눈. 새로운 포격, 탱크, 미란성 독가스, 스크린 한 가득 청어를 말려 늘어놓은 듯한 시체. 야전병원 침대와 휴양실. 외팔, 외다리, 양쪽 다 잃은 자, 돌과 벽돌 파편이 된 시가지, 흙에 잠긴 촌락.

눈에 들어오는 것 모두가 하얀 묘표.

다음날은 첫째 시간이 군사교육이었다. 류는 평소대로 총기 창고에서 각반을 꽉 매면서, 어제 참호 안에서 누군가가 하고 있던 것을 그대로 흉내 내고 있는 것 같다고 문득 생각했다. 훌륭한 군인은, 처음 발성영화에서 연설하고, 이것을 유럽대전 영화로 생각해서는 안 된다, 방심하면 같은 참화가 곧 우리들에게도 발생하기 때문에 얼마나 국방이 중대한가를 잊어서는 안 된다고 연설했는데, 류는 그런 말은 기억하고 있지 않았다. 그것보다도 그런 전쟁이 시작되는 것이 이상하고 이해할 수 없었다. 류의 친구들조차 소학교에서 했던 서로 맞붙어 싸우는 일은 더 이상 결코 하지 않았다. 그럼에도 불구하고――

그러나 종이 울렸다. 배속 장교가 학교 건물 쪽에서 큰 걸음으로 다가왔다. 이열횡대로 넓은 운동장에 이미 정렬해 있었다. 학생들은 전체 대표의,

"우로 봐!"

라는 호령으로 중좌의 군모 아래의, 햇볕에 탄 검붉은 얼굴을 일제히 주시한다. 볼에서 턱에 걸쳐 깎아낸 듯한 뾰족한 얼굴이 포로를 심문하고 있던 프랑스 장교를 빼닮았다. 얼굴에 비해 두툼한 깃 위의 울룩불룩한 목의 살도, 몸통 아래까지 오는 긴 상의도, 사벨도, 긴 장화도. 그러고 나서 또――그러나 중좌는 저음의 끊기는 듯한 빠른 어조로 세 명의 분대장을 지명하고, 전 대원이 세 개의 분대로 나뉘어졌다. 류는 제2분대에 소속했다. 그러자 주근깨가 있는, 멀뚱멀뚱한 눈빛을 한 장난치기 좋아하는 스즈키鈴木가, 완전히는 아직 다 변하지 않은 어린애 같은 목소리로, 가능한 분대장다움을 가장하고 소리친다.

"탄약을 넣어!"

학생들은 총을 정면으로 가져와, 오른 손으로 탄약함을 열고 나서 지렛대를 당기고 의제탄을 넣고 안전장치를 한다. 깜빡 이것을 잊어서는 모두가 꾸지람을 듣는 것이다.

이어서 두 번째 호령.

"탄환을 빼!"

로, 이번에는 역순으로 넣은 탄환을 뺀다.

"서서 쏘기 자세로, 총!"

"목표, 전방의 적, 거리 400!"

"쏴!"

오른발을 반걸음 앞으로 내고, 양손으로 오른쪽 허리에 찼던 총에 다시 한 번 탄약을 넣고 나서, 개머리판을 오른쪽 어깨에 대고 방아쇠를 당긴다. 납으로 만든 군인 인형에서 손을 놓은 지 아직 그렇게 오래되지 않은 학생들에게는, 이것은 재미없는 놀이는 아니었다. 특히 넣는 것도 빼는 것도 지금까지는 단지 흉내 내는 것뿐이었는데, 2학기가 되어 진랍의 반짝거리는 의제탄이 각자에게 다섯 발씩 주어지고 나서는, 그 전쟁놀이는 학생들을 더 한층 자극시켰지만, 오늘 류에게 생긴 하나의 막은, 그에게서 평상시의 어린애 같은 기쁨을 차단했다. 어제부터 시작된 회전을 아직 머릿속에 멈추지 않은 대전大戰 필름은, 거기에 자세를 취하거나, 쏘거나 하는 그 자신도, 자칫하면 함께 말려들게 하여, 중령의 뾰족한 얼굴에 프랑스 장교를 느끼게 한 것과 마찬가지로 그 자신도 포로 소년으로 만들고 있었다. 류는 아직 그들과 함께 돌격하고, 수류탄을 던지고, 독가스를 뒤집어썼다. 넓은 교정의 가장자리를 따라, 조금 노래진 잎을 풍성하게 지니고 가을 아침답게 조용히 서 있는 포플러나무 위에, 금방이라도 그 스크린 구석에서 나타난 듯한 잠자리가 나타날 듯한, 그렇게 해서 직사각형의 이등변을 만든 세 개의 분대 위에 폭탄이 낙하될 것 같은 생각이 들었다. 류는 두렵지는 않았다. 영화에 대해서도 그러한 생생한 실감은 조금도 나지 않고, 오히려 두렵다고 느끼는 기능을 잃은, 뭔가 일종의 무거운 압

력처럼 막연하게 그를 감싼 허무감이, 이때에도 류를 사로잡고 있었다.

"엎드려 쏘기 자세로, 총!"

분대장의 호령이 아주 멀리에서부터——아마 일망의 벌판을 경계 짓는 벨기에 영토의 지평선에서 울려 퍼져 올 것이다.——학생은 이번에는 한 사람 한 사람 순서대로 왼 발을 반걸음 앞으로 내고, 오른쪽에서 왼쪽으로 양쪽 무릎에서 땅 위에 몸을 가로누이고 조준한다.

"목표, 전방의 적, 거리 300!"

"쏴!"

학생은 방아쇠를 당긴다. 그러나 류는 그저 멍하니 바라보고만 있다. 이 지평선에 단화를 뒤집어놓은 형태로 떠 있는 적의 기구気球를. 그것이 점점 커져서 다가오는 것을. ——마침내 그의 순서가 되었다. 몇 번째인가의 호령이 떨어졌다. 그 때 기구는 유성처럼 불타오르면서 날았다. 파괴된 곤돌라 속의 검게 탄 시체. ——류는 왼손으로 총을 땅에 대고, 마찬가지로 왼발을 앞으로 내민 쉬는 자세로, 그대로 계속 그것에 넋을 잃고 보고 있었다.

누군가가 성큼성큼 다가와서 뭐라고 고함쳤다. 그러자 금속성의 찰카닥하는 소리와 함께 오른 팔을 얻어맞았다. 류의 깜짝 놀라 돌아본 얼굴이 교관의 화나서 더한층 날카롭게 뾰족해진 얼굴에 부딪친 것과, 학생들이 와하고 웃음을 터뜨린 것과 동시였다. 허리에 찬 채인 사벨을 칼집째 뽑아낸 것이었는데, 뭔가 긴, 빛나는 꼬리로 때린 것처럼 보였다. 교관은 이 웃음소리에 화가 치밀어 올라 소리쳤다.

"뭘 멍하니 하고 있는 거냐. 호령이 안 들리는 거야?"

류는 비로소 정신이 들고, 곧 3미터 앞에 와 있는 분대장 스즈키의 맥 빠진 듯 계속 깜빡이고 있는 눈을 힐끔 보고, 입술을 꽉 깨물었다. 오히려 학생들은 그의 군인다운 급한 성격에 익숙해져 있었다. 자주 얻어맞았던 것이다. 그래서 갓난아기 같은 일면이 있는 점을 이용해, 곧 사벨에 손을 대도 옆에서 웃을 수 있을 만큼 모두 태연했음에도 불구하고, 그때의 류는 평소와 달리 대단히 화가 났다. 얻어맞은 것이 억울한 것만은 아니었다. 깊은 분노와 적의와 비슷한 것이, 격렬하게 온몸에 부글부글 끓어오르는 것을 느꼈다.

"다시 새로 한다."

중좌는 단호하게 호통 쳤다. 그렇게 해서 지나치게 꾸짖은 아버지가 어색함을 숨기려고, 일부러 위엄 있게 천천히 뒷걸음질 쳐 물러나자, 분대장은 다시금 부동의 자세로 류의 정면에 대고 소리쳤다.

"엎드려 쏘기 자세로, 총!"

류는 말뚝처럼 움직이지 않았다. 그의 누나를 빼닮은 칠한 듯한 검은 눈동자가, 교관을, 분대장을, 다른 대열에 선 친구들을, 순간, 어쩐지 반짝반짝하며 둘러보았다고 생각하자, 류는 휙 뒤로 돌아, 총을 쥐고 달리기 시작했다. 그리고 나서 놀라서 불러 세우려 한 교관과 어안이 벙벙한 세 개의 분대를 뒤로 하고, 그는 무기고를 향해 전력을 다해 운동장을 가로질러 달려갔다.

　나무 위는 싸늘하고 조용하며 가을다운 이끼 냄새가 났다. 그렇게 해서 지상을 공간적으로 떠났을 때만 아는 자유롭고 쓸쓸한 고독감에 가득 차 있었다. 학교 가방을 멘 채, 자주 오르는 그 떡갈나무의 두껍고 거무스름해진 줄기의 갈라진 곳에 뭔가 내던져진 형태로 상반신을 집어넣은 류는, 양말만 신은 양쪽 발을 아래의 가지에 뻗고, 엷은 푸른 잎 뒷면을 새처럼 크게 뜬 눈으로 뚫어지게 쳐다보았다. 그는 벌써 몇 시간이나 그렇게 하고 있는 느낌이었다. 그러는 사이에 멀리 기적이 울렸다. 주택지 언덕 뒤에 오래전부터 풍향에 따라 때때로 유황냄새가 나는 연기를 흘려보내는 제약회사의 이른 기관차다. 학교에서는 4교시의 대수代數가 끝났을 시간이다. 칠판닦이를 내려놓자, 팔꿈치에서 한쪽만 하얗게 묻은 분필가루를 왼쪽 손가락 끝으로 팅기면서 나가는 교사의 구부정한 등을, 류는 언뜻 떠올렸다. 지금도 수학은 가장 좋아해서 수업을 빼먹거나 한 적은 없었지만, 오늘만은 그대로 수업을 받을 기분이 들지 않았던 것이었다.

　그러나 그때 어째서 갑자기 도망쳐 돌아왔는지는, 자신도 알 수 없었다. 맞았다는 억울함도, 또 그것 이상의 뭔가 온몸으로 부딪쳐 보고 싶은 듯한 분노도, 마개가 빠진 것처럼 이제 남아있지는 않고, 그는 혼자서 장난을 친 후와 같은 자책으로 마음이 약하고 겁쟁이가 되어 있었다. 오늘 일이 무사히 끝날 리는 없었다. 게다가 교련 시간 도중이기 때문에 더욱 엄하게 꾸지람을 들을 테고,

어쩌면 어머니까지 학교에 불려오게 될지 모른다. 류는 일부러 뒷문으로 들어와 그대로 떡갈나무에 기어 올라갔을 때, 나무 밑에 벗어둔 신발이 갑자기 신경이 쓰이기 시작했다. 어머니는 점심식사가 끝나면 원에 장갑을 끼고 자주 이 시간에 뜰에 나오기 때문에, 어쩌면 이 근처까지 온다면 구두는 곧 발견될 것임에 틀림없었다. 류는 가지 사이에서 푸른 이끼가 무성한 밑동에 왠지 우둔하게 언제까지고 기다리고 있을 것 같은 구두를 초조하게 내려다보았다. 내려가서 가지고 오기는 쉽지만, 거기를 어머니에게 들키면 끝장이다. 이쪽에 이유가 있으면 어떠한 질책도 남다른 고집으로 물리칠 수 있는 만큼, 이러한 경우는 아이답게 솔직히 류는 어찌할 바랄 몰랐던 것이었다. 자신도 이유를 알 수 없게 된 조퇴를 어떻게 설명할 수 있을까? 교련 시간 내내 그의 머릿속에 오버랩되었던, 어제의 영화를 이야기한들, 어째서 그것이 조퇴의 이유가 되냐고 물을 게 틀림없었다. 평소는 편을 들어주는 누나도 오늘은 감싸주지 않을 것이고, 오히려 원숭이처럼 나무 위에 숨은 것을 소기에게 이야기해 웃을 지도 모른다고 생각하자, 맞았을 때와는 또 다른 억울함이 온몸에 새로이 되살아났다. 그런 누나에게 동정받지 않아도 충분하고, 그 대신 영화도 이제 같이 가주지 않겠다고 결심했다. 그리고 보면 그런 곳에 데려가진 것이 안 좋았다. 그렇게 해서 유럽대전 같은 것을 보고 온 것이. ——진짜 전쟁이 그렇게 후다닥 닥치는 대로 사람이 죽는 것일까? 그 전까지는 그 사람들은 참호 속에서 담배를 피거나, 뭔가를 먹거나, 웃거나, 편지를 읽거나 하고 있었다. 류는 거짓말처럼 생각되어져 견딜 수 없었다. 그러자 그 영화도, 오늘 아침 교정에서 맞은 일도 모두 꿈이었던 것 같은 느낌이 들어, 머리 위의 엇갈린 가지와 잎 사이에 쪽빛 류의 얇은 접시처럼 빛나는 하늘을 멍하니 미추고 있자, 거기에도 꿈의 한 조각이 병원의 면회소에서 본 절름발이 외국인의 푸른 새틴의 가운이 어느 새 떠올랐다.

"아버지."

류는 문득 아버지를 마음속에서 높이 불렀다. 바로 위의 가지에라도 있는 것처럼, 그때 아버지가 가깝고 친근하게 느껴졌고, 또 아버지만은 류가 자신도 모르게 저지른 오늘의 잘못을 나무라지 않을 것 같은 생각이 들었다. 뜨거운 눈물이 뭔가 터진 것처럼 반짝반짝 양쪽 눈에서 넘쳐흘러, 짭조름하게 입 안으로 흘러 들어가자, 류는 견딜 수 없이 슬퍼지고, 그 슬픔이, 또 갑자기 배고픔을 깨닫게 했다. 점심밥은 학교에서 마련하는 것으로 되어 있어, 가방에도 도시락은 들어있지 않았기 때문에, 매일같이 돌아가는 시각까지 숨어 있다고 하면, 서너 시간이나 더 참아야 했다. 그렇게 생각하자 더욱 슬퍼져, 옆의 검게 튀어나온 가지에 제모를 쓴 채 얼굴을 갖다 대고, 작은 코를 벌름거리면서 흐느꼈다.

류는 지금은 배고픔 때문에 오로지 흐느껴 우는 것이었다.

(1935년 11월)

여우

하기오카 신이치萩岡伸一가 여우 사육을 생각해낸 것은, 정말 우연이었다.

연말에 걸린 감기가, 대학생 때 앓은 폐결핵의 초기증상이 본격적으로 진행되어, 이삼년 철저하게 요양할 생각으로, 근무하던 미쓰비시三菱를 미련 없이 그만둔 그는, 친구인 사사키佐々木의 기타카루이자와北軽井沢[85]에 있는 자그마한 산장에, 5월이 되자 곧, 아내인 요시코芳子를 데리고 찾아왔다. 고등학교 시절부터 산은 좋아했다. 게다가 사사키와 같은 영문과에 들어가고 싶었지만, 집안 사정으로 경제를 하게 된 그는, 종종 학교를 빼먹고는, 두세 권의 책을 배낭에 넣어서 산행을 했기 때문에, 그 즈음의 산지의 늦은 봄의 아름다움, 조용함, 상쾌함은 은행의 철망 속에 갇히고 나

---

[85] 아사마산(浅間山) 북쪽 산기슭 일대로 표고 1,000~1,400미터에 위치하는 지역에 해당된다. 아사마산(浅間山)은 군마현(群馬県) 아가쓰마군(吾妻郡) 쓰마고이촌(嬬恋村)과 나가노현(長野県) 기타사쿠군(北佐久郡) 가루이자와정(軽井沢町), 미요타정(御代田町)의 경계에 있는 표고 2,542m의 성층 화산이다. 산 모양은 원추형으로 칼데라도 형성되어 있고, 활발한 활화산으로 알려져 있다. 산허리에는 소나무가 울창하고 남쪽 기슭에는 가루이자와 고원이 펼쳐져 있다.

서부터는 특히 강한 향수가 되었다.

도쿄를 떠나기 전에, 이런 대화가 남편과 아내 사이에 있었다.

"결핵요양소에 입원한 셈 치고, 난 당분간 그곳에 있는 거니까. 당신도 그 결심이 아니라면 처음부터 따라 오지 마."

"결심은 섰어요."

"아래쪽의 가루이자와輕井沢와는 전혀 달라. 여름휴가가 끝나면 사람은 모두 사라지고, 특히 추워지고 마침내 눈에 파묻히는 계절이 되면, 11월부터 지금 이 시기까지 눈의 세계라서, 사회와는 단절돼. 참아낼 수 있겠어?"

"견뎌낼 수 있든 없든 어쩔 수 없잖아요."

그렇게 대답한 입술의 희미한 떨림은, 그녀의 두 개의 큰 검은 눈동자에서, 두 방울의 눈물을 밀어냈다. 풀에 맺힌 이슬이 잎사귀에 고이는 것처럼, 그것은 속눈썹 그늘까지 동그랗게 떠올라 반짝반짝 빛나고 있었지만, 눈을 깜박이자, 아름다운 쭉 뻗은 콧등 선을 따라서 굴러 떨어졌다.

하기오카도 침묵해버리고, 담배 성냥을 세게 그었다. 이번 기획은 조기요양이라는 필요 이외에, 일종의 로맨틱한 즐거움을 그에게 남몰래 갖게 했고, 아내에게 일부러 과장된 표현을 한 것도, 그 기분이 드러난 것이라서, 눈물로 성가신 현실 얘기가 되는 것이 조금 불쾌했다. 수년 전에 미망인이 되고 나서 한층 더 까다로워진, 그러나 표면은 너무나도 친절하고 정중한 의붓어머니. 이 어머니가 낳은 한 명의 딸로 조금 다리를 절고, 혼기가 늦어진 고집이

센 의붓동생. 그들의 냉담함과 경멸의 표적이 되고 있는 아내. ━━친구 집의 하녀였던 요시코와, 주위의 반대를 무릅쓰고 결혼한 이후로, 하기오카는, 같은 땅으로 연결되면서 뒷골목으로 향한 외국의 대사관원 등에게 자주 빌려준 양옥집에 아내와 둘이서만 살고, 계모와 여동생은 부친이 나고야名古屋에서 장인과 목수를 불러 들여서 짓게 한, 그다지 크고 훌륭하지는 않지만, 취향이 좋은 일본식 건축물에서 생전대로의 격식과 습관을 지키고 있었다. 기타카루이자와로의 이번의 전지요양은, 이 별거를 지리적으로 멀게 하는 것이었다. 지금의 마음고생에 비하면, 산에서 사는 쓸쓸함과 불편함 정도는 요시코도 포기할 수 있는 것이다. 어머니는 또 적당한 양자를 찾아내면 된다. 그 남자가 집안을 보살펴주면, 그것에 관해서는 책임은 자신에게서 해방되고, 은행도 그만두는 거니까, 고생하며 성가신 도쿄에 머무를 필요가 어디에 있겠는가. 하기오카의 이러한 태도를, 미망인은 관리에서 실업계로 옮겨 활약한 남편의 방식과 비교하며, 기개 없고, 퇴영적이라고 못 박아 버린다. 그것도 잘못된 결혼 때문이었다. 만약 제대로 된 혼인이었다면, 저 정도 병으로, 미쓰비시를 그만두면서까지 낙향을 한다느니, 무분별한 흉내를 남편에게 시켜지는 않을 것이다. 우선 세상 소문이 나쁘고, 남들에게 말할 수도 없다. 이런 울분이, 소위 '뒷집'에서 하루에 한번은 반드시 얼굴을 내밀어야 하는 요시코에 대한, 강한 비난이 되었다. 죽은 남편의 동생으로, 해군 장관인 숙부 가바樺가 적극적으로 편을 들어주지 않았다면, 두 사람은 남들처럼 피로연도

할 수 없었을 정도였다. 하기오카가, 하야마葉山의 부모가 물려준 완비된 별장을 일부러 피하고, 몇 배나 먼 불편한 친구의 산장을 빌린 것도 그 때문이었다. 요시코도, 지진 때 니혼바시日本橋에서 부모를 잃고 나서 우시고메牛込의 큰어머니 집에서 가난하게 자라, 그래도 어떻게든 들어가게 해 준 실과実科 여학교의 소풍으로, 처음 기차를 탄 정도라서, 하기오카 없이는 살아갈 수 없는 몸이라고 철석같이 믿고 있긴 해도, 그냥 도쿄를 떠나는 것이라면 더욱 쓸쓸했을 지도 모른다.

어쨌든 그들은 이런 상태로 온 것이다. 그렇게 해서 표면은 어디까지나 전지요양이었지만, 그것이 여우 사육으로 바뀐 것은 처음에 말한 대로 정말 우연으로, 하기오카가 산에 올 때마다 놀러가는, 역 맞은편의 양호장養狐場을 처음인 요시코에게 구경시켜주려고 찾아간 것이 계기였다.

"이번에는 저도 아내도 당신들과 합류해서 토박이가 될 생각으로 왔으니 부디 잘 부탁드립니다. 병이라 해도, 도쿄를 도망칠 구실에 지나지 않는 정도라서, 차차 감자라도 심어서 농부를 해 볼까 합니다. 청경우독晴耕雨読입니다."

하기오카가 그렇게 말한 것을 듣고, 주인인 히라세平瀬는 그 정도라면 여우를 키우라고 권했다.

"청경우독이라지만, 농부일은 그런 쉬운 게 아닙니다. 게다가 여기는 씨를 뿌릴 수 있는 건 겨우 5월 중순이고, 9월 말에는 이미 서리가 내리는 형편이라서, 쫓기는 마음에 고생만 할 뿐 그리 대단한 것은 수확할 수 없어요. 그보다 여우가 좋아요. 처음에는 한 쌍이나 두 쌍으로 해서 소규모로 하면, 이익문제는 제쳐놓고 상당히 즐거우니까요. 어쨌든 살아있는 것을 상대로, 아침에도 날이 밝으면 일어나서, 규칙적으로 돌보지 않으면 안 되니까, 조금 약한 몸은 오히려 그 때문에 건강해져요."

"그것만큼은 고마운 일이네요. 하지만, 내가 여우 사육을 할 수 있으려나. 하긴 은행원도 자신이 있었던 건 아니지만."

하기오카는 선병질腺病質 같은 긴 목의, 조금 튀어나온 울대뼈를 옷깃 위로 내보이며 위를 향해 웃었다. 자조적이지만, 도쿄에서는 좀처럼 들을 수 없었던 고조된 목소리로, 생기가 넘치고 있었다. 히라세는 두 번째의 짙은 차를 따라 내놓고, 할 마음이 생기면 문제없다고 여전히 여우 얘기를 계속했다.

"다른 키우는 것도 마찬가지지만, 여우도 귀여워해주는 것이 가장 좋은 비결이랍니다. 실제 보살피고 있는 사이에 친밀한 정이 솟아나오니까요. 저는 집사람한테 당신은 마누라보다 여우 쪽이 사랑스럽죠, 라는 말을 들었답니다."

그 부인인 오나미お浪는, 여름철에 아래의 가루이자와에서 찾아오는 외국인 손님을 대비한, 서양풍의, 구두로 밟을 수 있도록 시멘트 바닥이지만 싸구려 벽지까지 바른 방 한 편에, 쇼윈도처럼 놔 둔 유리찬장을 앞에 두고, 요시코를 상대로 계속해서 떠들어대고 있었다. 안쪽에 장식한 은색 여우목도리와 머프, 흰색이 얼마나 훌륭한 물건이고, 얼마나 저렴한가, 미쓰코시三越백화점 같은 것과

비교하면 반값이다, 라고 그녀는 말한다. 몸통이 굵은 큰 몸집의 40대 여자로, 둥글고 두툼한 볼에 이 고원 주민은 대체로 그렇지만, 자외선에 탄 붉은 기가 짙은 반점을 바른 것 같고, 손도 다리도 강건하고, 야성적이고 당당한 체격은 옆에 있는 원피스 차림의 요시코를, 키는 뒤지지 않고 살집도 풍만한데, 이상하게 가냘프고 연약하다고 느끼게 만들고, 특히 이미 반백이 된 조금 구부정한 등에 몸집이 작은 히라세라면 남편보다도 아버지처럼 보이게 했다. 연령도 스무 살 이상은 차이가 나는 후처였다. 둘 다 타지에 나가 있는 아들들이, 자기 집의 여우라는 것은 이 안주인을 가리킨다고 소문을 냈다. 그러나 하기오카는 히라세를 두고 한편에서는 사기꾼이라고들 하지만, 의외로 선량한 데가 있는 것처럼, 안주인도 소문만큼은 아니라고 믿고 있었다. 자신의 계모와의 관계에서 오히려 그 여자를 나쁘게 생각하고 싶지 않았다. 하기오카에게는 그런 기분이 다분히 있었다. 실제 소년시절부터 있던 괴로운 감정을, 그는 항상 반성적으로 다루고 미워하거나 항쟁하거나 한 적은 없고, 요시코와의 결혼이 단 한 번의 예외가 되었던 것이다.

유리 찬장 위의 고풍스러운 벽걸이시계가, 그때 느슨한 소리로 10시를 알렸다.

"이봐, 이봐."

마지막 소리가 멈춘 것을 신호처럼, 히라세는 아내를 불러서 사육장으로 안내하고 오는 사이에, 옥수수경단이라도 만들어두라고 일러두면서 의자에서 일어나 뒤뜰로 손님을 데리고 갔다.

정면에 마루를 바닥에서 조금 높게 틈새를 두고 설치한 오두막과, 그 앞에 2평 정도의 공터가 한 쌍의 여우 집과 운동장이었다. 이 구획은 철망으로 칸막이가 되어있고 옆에서 옆으로 연결되며, 밖을 둘러싼 같은 철조망 담장에 의해 장방형의 부락을 형성하고 있다. 원래만큼은 아니라고 해도, 아직 스무 쌍은 넘는 가족을 위해 일본풍의 두루마리 그림에서 보는 것처럼, 천정이 없는, 철망틀만으로 된 이들 집이, 일찍 파종하는 완두가 겨우 싹을 내밀고 있는 텅 빈 밭과, 산양이 묶여있는, 아직 엷은 갈색의 초지 사이에 몇 개인가 발견되었다. 그러나 거기에 특별한 외관을 주고 있는 건물은, 집단이 된 여우 축사를 한눈에 내려다볼 수 있도록 된, 높은 계단의, 탑처럼 된 망루였다.

여우들은, 오두막에 들어가 있지 않은 것은, 각자 칸막이가 된 운동장에서 햇볕을 쬐고 있었다. 다가간 사람 소리에, 그들은 경계하며 돌아보고, 탐스러운 긴 그루터기 모양의 꼬리로, 획 하고 몸을 돌려 도망쳐 들어가거나, 그렇지 않으면 예리한 각도의 귀를 더욱 빳빳하게 펴고, 은회색의 치켜 올라간 눈으로 가만히 응시하고, 그 시선을 곧 딴 데로 돌려, 튀어나온 코를 철망에 붙이고 웅크려 앉아있었다. 느릿느릿 꼬리를 흔들면서 돌아다니는 것을, 멈추려고 하지 않는 녀석도 있었다. 털색은 소위 은빛 여우의 특별한 장점으로 한줄기 한줄기를 보면, 끝이 검고, 가운데가 새하얗고 피부에 접한 부분은 회색으로, 전체로서는 그것으로 희끗희끗해지고, 선명한 하얀 자국이 많을수록 우량종으로 목도리로서의 가격도 비싸고, 특히 귀중하게 여겨지는 것은 하얀 털 부분이 모여서, 꼬리 끝에 뭔가 하얀 구슬 장식이라도 붙인 것처럼 되어있는 것이라고 한다. 그런 것은 보이지 않았다. 그러나 잡곡 외에 어류까지 사용하는 충분한 사료와 빈틈없는 조처로 매끈하고 반들반들한 털이, 고원의, 아낌없는 쨍쨍한 5월의 햇살에 반짝이고, 한 철망 가까이에, 마침 한창인 작은 배나무가 가지 한가득 하얀 꽃을 달고 서 있는 것도, 인상파의 서양화 같은 정경을 부여하고 있었다.

"이렇게 보니 예쁘고, 무서운 것도 아니네요."

한 마리의 여우도, 그 정도로 가까이서, 차분히 바라본 적이 없는 요시코는, 아이처럼 재미있어하면서 들여다보며 걸었다. 그녀의 말투에는, 옛날이야기를 비롯해, 무엇에 관해서도 평판이 좋지 않은 짐승에 대해, 동정적인 어조가 있었다.

"무서워하고 있는 것은 여우 쪽이에요, 부인."

옆에 있던 남편보다는, 선두에 선 히라세가 말참견을 했다.

"음험하다니, 시의심이 강하다니 하는 것도, 여우가 너무나도 조심성이 많아서 인간에게 지속적으로 공포심을 갖고 있기 때문입니다. 또 그만큼 영리한 것이고, 그런 감정을 알고 다뤄주면, 이런 무해한 동물은 없을 정도입니다."

"여우들이 당신의 동상을 세울 거예요."

"하하하. 하지만 이 정도의 동정을 가져주지 않으면, 보살필 수 없어요. 부인도 살아있는 것은 좋아하시는 것 같군요."

"그 점 아내는 당신의 동지네요. 개든 고양이든 작은 새든 무

엇이든 키우고 싶은 쪽으로, 부엌에서 온갖 못된 짓을 하는 쥐한테
도, 쥐약 경단을 만들어줄 수 없으니까요. 오히려 당신은 히라세씨
이상일지도 몰라."

"하지만 작은 쥐가 쪼르르 돌아다니고 있는 것은, 귀엽단 말이
에요."

"마음씨가 고운 부인이라면 그럴 겁니다. 남들을 봐도, 살아
있는 건 싫어한다는 여자 중에, 제대로 된 사람은 없어요."

그래서 히라세는 또 여우 사육을 권유하기 시작하고, 부인이
이 정도라면, 최상의 조수가 있는 것이라고 했다.

오나미가 조촐하게 만들어서 기다리고 있던 튀김 옥수수경단
과, 막 짜낸 산양 우유로, 하기오카와 요시코는, 이른 점심을 끝낸
형태로 돌아왔다.

"어때? 여우 사육해 볼까?"

"설마. 아무리 생물을 좋아한다고 해도, 여우까지는."

"하지만 정말 키운다면, 도쿄에서는 엄청 놀랄 거야."

"미쳤다고 생각할 거예요."

"폐병과 미치광이인가. 그들로서는 더더욱 체면이 말이 아닐
테지."

"도쿄의 일은 이제 생각하지 않기로 약속했잖아요."

가볍게 지쳐서, 등나무의자에 기대, 긴 포물선이 된 눈썹 선을
따라, 약간 푸르스름해진 눈꺼풀로, 실눈처럼 뜨고 황홀해 하면서,
그녀는 혼잣말처럼 말한다. "이 얼마나 조용하고, 이 얼마나 좋은

기분인 걸까요. 당신이 산, 산 했던 걸, 여기에 와서 비로소 알게 됐어요. 정말은 와서 볼 때까지 전 조금 걱정했었어요. 너무나도 조용하고 너무 쓸쓸해서 불안해지지는 않을까 해서요. 같은 조용함이라도 이곳의 조용함은 다르네요. 도쿄의 집이라면 당신이 밤 모임에서 언제까지고 돌아오지 않거나 하면, 주변의 조용함이 무서워졌지만, 여기는 아무렇지 않고 조용할수록 즐거울 정도네요."

"잡념과 야심이 없는 솔직한 기분을 갖고 있으면 누구라도 그렇게 될 거야. 원래 인간은 이런 자연 속에서 생활을 시작한 거니까. 그것이 좋아지는 것은 몇 천 년이나 몇 만 년 이전의 생활에 대한 애정의 부활이야."

"그런 이론은 모르지만, 매일아침 일어나서 창을 열 때에는, 전 분명 아사마산淺間山에 잘 잤니? 하고 말해 줘요. 그도 그럴 것이 산 쪽에서도, 그렇게 말하며 인사하고 있는 것 같거든요."

"산만이 아니야. 우리들은 그 일대의 풀과도, 숲의 나무와도, 계곡의 바위와 물과도 아침저녁으로 인사하거나, 인사받거나 하게 될 거야. 모든 것에 영혼이 있는 것처럼 느껴져. 그렇게만 되면 완전히 자연과 융화된 생활이 가능한 거야. 지금 봐 둬. 어떤 인간이라도 그런 기분이 되지 않고서는 안 될 만큼, 자연은 아름답고 풍부해질 거야. 이 고원을 철쭉이 새빨갛게 만드는 것도 머지않았고, 낙엽송은 싱싱한 초록으로 바뀌고, 앵초가 피고, 뻐꾸기와 휘파람새가 이제 노래하기 시작하지. 당신이 땅에 피어 있는 걸 한번 보고 싶다고 한 은방울꽃이, 저 하얀 얌전한 꽃을 다는 것도 그 즈음이야."

"정말 기대돼요."

요시코는 아이처럼, 완전히 들뜬 목소리로 말했다.

6월에 들어서자, 산의 늦은 봄도 완전히 형태를 갖추어왔다. 지난달까지는 벚꽃과 배나무꽃이 피어있으면서도, 이른 아침의 아사마는 때때로 눈이 살짝 덮였지만, 지금은 산 중턱의 움푹 팬 한 곳에 겨울의 흔적을 남기고 있을 뿐으로, 매일 잿빛이 감도는 보라색의 부드러운 색을 더해갔다. 경사면의 우묵한 곳의 잔설은, 산기슭 마을 사람들에게 '한 뿌리 파의 흰 밑둥'이라 불리고, 그것이 열기를 가한 이른 봄에 선명하게 도드라지는 것을 신호로, 이제 서리 걱정도 없다며 안심하고 파종하는 것이다. 고원 일대의 풀이, 서서히 초록으로 변하는 것을 보는 것도 그 즈음부터이다. 우선 햇살이 잘 드는 길가의 잔디의 뿌리 부분에 희미한 초록이 싹을 틔운다. 마침 유리병의 물에 두세 방울의 파란 잉크를 떨어뜨린 것처럼, 담수는 아니지만, 물이 들었다고도 할 수 없는, 아주 자그마한 변화처럼 보이면서, 하루하루 갈색이 초록의 기세에 눌려, 어느 샌가 선명한 푸른 풀이 되어간다. 언덕의 경사면부터 수풀 사이로, 다갈색과 회색으로 초목의 끝이 마르고, 제 멋대로 군집해있으면서도, 눈에 짓눌린 채 쓰러져있던, 키 큰 억새와 잡초도 그 사이에 늠름하게 파릇파릇 일어섰다. 이들 산에서 나는 풀을 와스스 밀어 헤치며, 마을여자들과 아이들이 외대덧버섯을 찾으러온다. 술잔 모양으로 움푹 팬, 회갈색의 맛이 좋은 버섯으로, 마침내 고비

와 고사리, 땅두릅 등 이 일대에서는 우립파ɔりっば라고 부르는 옥잠화 채취의, 이것을 선두로, 11월부터 저장해둔 온실의 야채가 다 떨어져도 밭에 새로 수확할 수 있는 것은, 8월이기 때문에, 이들 산에서 나는 것은, 마을 사람들에게는 그 사이를 메울 중요한 먹거리였다. 하기오카와 요시코는 바로 옆 남향의 경사면의 들판에 자주 나갔다. 그녀가 바구니를 한 손에 고사리를 꺾으면, 하기오카는 주머니에 넣어온 작은 삽으로 어린 땅두릅을 팠다. 뿌리 부분이 선명하고 아름다운 붉은 자주색으로 물든, 보는 것만으로도 아름답고, 향기는 더욱이 비할 데 없는 두릅을 된장으로 아삭아삭 먹는 것과, 굵직한 고사리를 기름에 볶은 것은, 산행을 하던 시절부터 하기오카는 대단한 매력을 느끼고 있었다.

"도쿄에서 시들어서 배달되는 야채는 야채라고도 할 수 없어."

"그렇게 말하면, 모처럼 보내주신 어머니에게 죄송하잖아요."

"터무니없는 곳에 가버려서, 야채까지 이쪽에서 보내는 형편이란 말을 들어도?"

"여기까지는 안 들리니까 아무렇지 않아요."

"당신은 산에 와서 완전히 느긋한 사람이 되었어."

"그 때문에 살이 쪄서 창피해요, 요즘은. 당신도 완전히 변해버렸지만."

"너무 지나치게 튼튼해져서 중국에 끌려가는 건 싫으니까, 건강회복도 빠르지 않은 편이 좋아."

그것을 생각하면 요시코는, 무엇보다 마음에 걸리는 남편의
병약함도 차라리 고맙게 여겨졌고, 결혼 때 그만큼 힘이 되어주신
숙부의 외동아들이, 보통의 병사로 출정하자 곧 상하이사변에서
죽어버린 것을 떠올린 것이었다. 그러나 한 달 남짓한 산 생활이,
하기오카에게 미친 변화는 놀라웠다. 몸에도 얼굴에도 살이 붙고,
좋아하는 독서도, 산 스케치에서 시작된 아마추어다운 솔직한 느
낌이 좋은 것이 가끔 완성되는 유화도 안정되어오고, 남색 스웨터
로 휘파람을 불면서 테라스로 훌쩍 뛰어내리는 동작 하나에조차,
지금까지 없던 경쾌한 탄력성이 나왔다. 태어나서 처음으로 이런
장소에서 자유롭고 편안하게 생활하는 요시코는, 같은 영향도 더
욱 심하게 외면적으로 나타났다. 스스로 말하는 것처럼 살이 쪘을
뿐 아니라, 산의 햇살은 그녀의 어딘가 혼혈아 같은 이마와 반듯
한 콧등을 연갈색으로 태웠다. 도쿄에서는 다홍색을 진하게 발라
도 금방 속에서부터 색이 바래져간 볼에는, 항상 자두색의 붉은 기
가 있었다. 더위를 타는 편이라 낮 동안에는 얇은 스웨터도 반소매
이기 때문에, 팔에서 손가락 끝까지 얼굴보다도 더 그을려서, 작은
손바닥만이 엷은 다홍색을 띤 하얀색이고, 통통해져 있었다. 요시
코는 그 두 손을 가슴에 깍지를 끼고 스커트 아래에, 그것도 그대
로 드러낸, 나긋나긋하면서도 어쩐지 중량이 붙은 종아리에 눈길
을 주면서 말한다.

"머지않아 저도 여우가게의 아주머니처럼 될 것 같아요."

이것은 여우 사육장의 히라세의 부인인 오나미를 말하는 것

으로, 그 걱정은 요시코에게는 가장 무서웠다. 그녀는 이미 이렇게 새까맣고 볼품없는 시골아낙이 되었다며 살짝 부끄러워하고, 오히려 얼마나 아름다움이 더해왔는지는 몰랐다. 하기오카는 가끔, 그때까지와는 다른 눈길로, 생기 있게 그을린 아내를 지긋이 바라보았다. 원래 그가 요시코에게 끌린 것에는, 불행하고 가난하고, 게다가 순진하며 상냥한 고아에 대한 연민이 다분히 섞여있었다. 소년시절부터 모친의 사랑에 굶주린 그의 외로운 마음이, 같은 외로운 마음에 고향을 갈구한 것이라고 해도 좋았다. 그 때문에 그의 사랑은 바닥이 맑고, 안정되어있고 강하지만, 온화해서 감정이 끓어올라도 거칠어지지는 않았다. 혈담이 나오고, 고열이 계속된 동안에도, 자신의 죽음보다는 그 후의 그녀를 행복하게 해 줄 것만 생각했다. 마침 배에서 돌아와 있던 숙부와 사사키에게, 그는 넌지시 모든 것을 부탁했다. 덧없이 짧은 결혼생활이었더라도, 어쨌든 한사람의 불쌍한 여자를, 비천함과 경멸과 궁핍으로부터 구제해 냈다고 생각하는 것으로, 마음 편히 눈을 감을 수 있을 것 같았다. 그러나 요즘의 하기오카의 기분은 달라졌다. 그는, 만약 또 병이 도져서, 같은 위험이 닥쳐온다면, 아내를 남기고 죽을 수 있다고는 생각되지 않았다. 과연 숙부와 사사키의 수완 좋은 처세로, 그녀는 계모와 여동생과의 성가신 관계도 별로 없고, 마음 편하게 생활할 수 있을까? 하지만 그것이 평생 미망인으로 만들어 둘 보증은 되지 않는다. 오히려 해군답게 세상물정에 밝은 숙부가 도리어 재혼을 권하지 않는다고 할 수 없었다. 어딘가의 모르는 남자가 나타나, 그녀의 저 상냥함과 성실함과 헌신을, 자신과 그녀만의 비밀이었던 사랑스러운 몸짓과 속삭임까지, 그 가치도 정말은 모르고 빼앗는 것을, 땅 아래에서 바라보고 있어야 하는 것일까?

식탁에 마주앉았으면서도, 하기오카는 상아로 만든 부부 젓가락을 탁하고 놓는다.

"아니, 왜 그러세요?"

"덜 익었잖아. 못 먹겠어."

"저런, 미안해요. 제 것은 괜찮은데."

요시코는 순수하게 놀라며, 자신의 접시의 소금구이한 산천어를 내민다. 하기오카의 언짢은 기분은 생선이 잘 익었는지 아닌지가 아니라, 환상의 다른 남자와 그녀와의 있을 수 있을지도 모르는, 두 사람이 마주한 식사를 잠깐 상상했기 때문이었다.

"됐어, 됐어."

그는 곧 후회하고, 실제 그 정도로 골고루 잘 구워지지 않은 것도 아닌 산천어에, 다시 젓가락을 댄다.

어떤 때는, 2.5킬로 가까이 떨어진 마을의 우체국에서 오는 젊은 배달부를 요시코가 너무 추켜세웠다며, 하기오카는 엄청 무섭게 큰 소리로 나무랐다. 그들에게, 마침 그 자리에 있던 차 한 잔이라도 대접하는 것은, 지역 습관이고, 이쪽에서 부치는 편지나 엽서를, 그 참에 가져가주는 것에 대한 사례이기도 했다. 그날은 소포까지 부탁하기 때문에, 이스트로 그녀가 능숙하게 구운 빵을 한 조각 같이 줬는데, 처음 있는 일도 아니고, 어째서 오늘에 한해서 책망하는 건지 알 수 없었다. 요시코는 남편의 질투를, 그때까지는 몰랐다. 하기오카도 자존심과 수치 때문에 입 밖에 내지는 않았다. 하지만 그 후에 보이는 열정과 애무의 격함은 아내를 놀라게 했고, 또 남편이 그것으로 용서를 구하고 있는 것임을 깨닫고, 기쁘게 미소 지으며 눈물을 흘렸다. 남편의 사랑이 흔들림 없고, 더욱 깊어진 것도 건강해진 증거라고 생각하면, 더욱 강한 기쁨이 그녀의 몸에도 넘쳐났다.

그러나 어느 밤, 하기오카는 모든 것을 털어놓았다. 그것을 들은 요시코는 남편의 가슴에 대고 몸부림치며 울고, 그런 이상한 것을 상상하면서 혼자 괴로워하고, 자신에게는 말해주지 않았던 것을 원망하고, 질책하고, 또 어머니 마냥 꾸짖기조차 했다. 요사이처럼 강건한 그가, 병이니 죽느니, 그런 쓸데없는 것을 생각할 필요가 있을까 하고. ——그러나 자신은 언제라도 그와 함께 죽을 것이고, 그가 없이 이 세상에서 살아가지는 않을 거라고 맹세했다. 이런 맹세는 결코 지켜지지 않는 것이 보통이지만, 그녀만은 지킬 것처럼 하기오카에게는 생각되었다. 이런 산에도 따라오라고 하면 온 것처럼, 함께 죽자고 하면, 금방이라도 간단히 죽겠다고 말할 것임에 틀림없었다. 요즘의 자신의, 제어할 수 없는 충동적인 이상한 질투, 과거와는 깨끗하게 연을 끊어도 미래를 확정할 수 없는 마음의 동요가, 사변이라는 이름으로는 이미 어떻게 할 수도 없게 된 전쟁을 중심으로 야기되고 있는 바깥세상의 모든 꺼림칙한 것에 대한 증오와 불쾌와 연결된 허무감, 병세가 좋아지면 끌려간다는 절망, 이들 모든 것이, 서서히 회복된 것처럼 보여도, 완전히 건강해질 수는 없다고 믿고 있는 하기오카에게, 가끔 죽음의 달콤한 유혹을 던지기조차 했다. 하지만 그 비밀만은 요시코에게도 흘리지 않았다. 그렇게 해서 일부러 가장된 쾌활함으로 그는 어느 때 한 가지 이야기를 시작했다.

"이런 재미있는 이야기가 있어. 일본의 얘기가 아니야. 서양도 그리스의 오래된 옛날이야기야. 처음부터 이야기하면 길어지지만, 아무튼 어느 마을에 신앙심이 깊은 할아버지와 할머니가 살고 있었는데, 신이 곤혹에 빠졌을 때 도와준 적이 있어. 그 답례로 무엇이든 소원대로 이루어지게 해주겠다고 했더니, 할아버지는 이런 소원을 말했대. 우리들은 젊었을 때부터 사이좋게 살아오고 있으니까, 점점 나이가 들어 죽을 때가 되어도, 자기가 먼저 할멈을 남겨두거나, 혹은 자기 쪽이 남겨져서 할멈이 슬픈 장례를 치르거나 하는 일이 없도록, 두 사람 다 같은 날 같은 시각에 숨을 거둘 수 있도록 해달라고. 그 할아버지, 좋은 생각을 하지 않았어?"

"원하는 대로 됐어요?"

"물론, 상대는 신이야. 그때부터 할아버지와 할머니는 신을 지키는 역할을 맡고 있었는데, 그 일도 이행하기 어려울 정도의 나이가 되어, 어느 저녁, 앞의 넓은 뜰에서, 둘이서 근처의 아름다운 호수를 바라보고 있는 사이에, 할아버지의 몸에서 나뭇잎이 싹을 틔운 거야. 깜짝 놀란 할머니의 몸도, 마찬가지로 나무가 되어가기 시작했어. 그렇게 해서 순식간에 두 사람 모두 온몸이 나뭇잎으로 뒤덮이고, 다리는 뿌리가 되고, 몸통은 줄기가 되었으며, 양 팔은 가지가 되었어. 그래도 얼굴이 우듬지가 될 때까지 조금 시간이 있었기 때문에, 두 사람은 서로 마주한 채 그러면 할멈, 안녕. 신에게 부탁해 둔 때가 왔어. 정말 감사한 일이에요. 안녕, 할아버지. 하고 마지막까지 이별의 말을 주고받고 있는 사이에 싱싱한 나뭇잎이 두 사람의 입을 동시에 막고, 할아버지는 튼튼한 떡갈나무로, 할머니는 다정한 보리수가 되어 언제까지고 그 호숫가에 나란히 서 있었다고 해. 어때? 좋은 이야기지?"

요시코는 작은 턱으로 끄덕이고, 소리도 낼 수 없을 만큼 감동해서 눈물을 글썽이고 있었다. 자신들에게도 그런 행복이 찾아와준다면, 무슨 나무가 될까 생각했다. 낙엽송이니 전나무니 하며, 그 후 며칠간은, 그것이 요시코의 즐거운 선택이 되었다.

"난 단연코 후박나무야."

"어머나, 난 싫어요, 그런 나무는."

나막신의 굽이 후박나무로 만들어진다고 들어서, 요시코는 장대한 타원모양의 잎을 무성하게 단 이 나무를 경멸하고 있기 때문에, 하기오카는 일부러 그런 주장을 하며 웃는다. 미개인이 산꼭대기의 바위에서 조상을 보거나, 벼락에 찢겨도 씩씩하게 우뚝 선 나무에 신을 느끼거나 하는 것과 마찬가지 감정에서, 이런 이야기도 여기에서는 자연스럽고, 진실미가 넘치게 들렸다.

여우 사육장의 히라세가, 부탁해둔 계란바구니를 들고 찾아온 것은 그 즈음이다. 계란은 대체로 그들 쪽에서 놀이삼아 가지러

가든가, 오나미가 갖다 주고 있었기 때문에, 오늘 특별히 몸소 가져온 그는, 그것과 함께 이야기할 게 있어서 온 것이었다.

"안성맞춤인 물건이 있는데, 과감하게 하나 어떻습니까?"

홀의 등나무의자에 앉자, 그는 곧바로 이야기를 꺼냈다. 바로 옆의 사육장을 사지 않겠냐는 것이었다.

"언젠가 말씀드렸다고 생각하지만, 저것은 마에바시前橋의 자산가가 반은 취미삼아 시작한 것으로, 여우 막사는 대여섯 쌍이나 키울 수는 없을 정도이지만, 별장풍의 아담한 집이 붙어있어서, 당신들에게는 안성맞춤입니다. 게다가 대지도 3천 평은 되는데 3만 엔으로 판다고 하니까, 그저 공짜나 마찬가지죠."

"어째서 그렇게 급하게 파는 겁니까?"

"이 근처에 한때는 열두 채까지 늘어난 여우 사육장이, 요즘은 모두 그런 상태예요. 중국과의 분쟁이 현실이 되어서 국책, 국책하며 여분의 세금은 모두 그쪽으로 가져가는 요즘이다 보니, 은빛 여우 목도리도 필요 없을 거라는 생각이 순식간에 퍼진 겁니다. 지금은 건물만은 그대로라도, 여우가 남아 있는 곳은 두세 집도 없을 거라고. 이런 와중에 당신에게 여우 사육을 권하는 것은 모순되는 것 같지만, 그것으로 한밑천 벌겠다는 마음으로 시작하는 분들도 아니고, 농사일보다는 어울릴 것 같고, 분명 건강해질 테니까요. 여우에 손을 대는 것이 내키지 않는다면, 저 집만 생각하고 사도 결코 손해 보는 물건은 아닙니다."

"여우는 딸려 있습니까?"

"세 쌍이 남아 있습니다. 그것은 서로 이야기해서 제가 인수해도 좋습니다. 어차피 여우와는 평생 끊으려야 끊을 수 없는 악연이라, 저는 죽으려면 다 같이 죽자는 각오라서. 하하하."

담뱃진으로 누렇게 물든 뻐드렁니의, 큰 입 한가득 웃음소리를 히라세는 냈다. 그렇게 해서 결국 점심식사 때가 될 때까지 눌러앉은 그에게 그 악연이 어디에서 시작된 것인가 하는 이야기, ──그것은 그의 반평생의 이력이고 동시에 일본 양호업의 역사라고 할 만한 것을 들어야 했다.

히라세가 사할린에서 여우 사육을 시작한 것은 다이쇼 4년(1915)으로, 장소는 도요하라豊原시에서 북쪽으로 2.5킬러 더 들어간 한촌이었다. 본래 러시아 이름으로는 알렉산드롭스키고, 이미 일본식으로 고누마마을小沼村이라 불리고 있었는데, 일흔 수 채의 집 중에는 아직 러시아인이 네 채 섞여있는 상태였다. 광막한 습지의 초원으로 작은 강과 늪이 도처에 있었다. 새로운 마을의 명칭은 거기에서 생겨난 것이다.

이 초원에는 여우가 많이 살고 있었다. 머리에서 꼬리까지 등줄기를 따라 한줄의 검은 선이 있고, 목을 중심으로 어깨에도 같은 선이 지나서 십자가를 그리고 있는 십자여우도 있다면, 얼룩 여우도, 붉은 여우도 있었다. 화창한 때에는 강한 햇볕이 뜨겁게 내리쬐고, 그것에 가끔 늪과 못의 안개와 아지랑이가 자욱이 끼는 것은 여우의 생태에 가장 적합한 조건이었다.

이듬해, 붉은 여우와 얼룩 여우와의 잡종으로 다섯 마리가 태어난 새끼 여우 중, 세 마리는 십자 여우였지만, 두 마리는 희귀하게 은빛 여우를 얻을 수 있었다. 이것이 일본 최초의 은색 여우라고 히라세는 말한다. 머지않아 그는 홋카이도北海道로 옮겨서 오누마호반大沼湖畔에서 일을 시작했다. 여우 축사의 철망 하나 사는 것도 사할린에서는 비싼 운송료가 들고, 벗긴 모피를 내다 파는 것에도 도쿄에 조금이라도 가까운 쪽이 편리하다면, 자본을 담당할 한 어업회사도 그것을 희망한 것이었다. 그래서 국제적인 피서촌인 가루이자와의 외국인의 구매력을 노리고, 여기로 또 한 번 옮겨오기까지의 14년간의 호반에서의 일은, 그에게는 추억이 깊은 것이었다. 당국에 맹렬한 운동을 해서 미국의 프린스에드워드 섬의 로저스양호장에서 처음으로 외국의 순수한 은빛 여우를 수입하는 것에 성공한 것도, 그 사이의 일이었다.

"마침 데라우치내각寺内内閣[86] 때로 미국대사는 가네코金子씨였습니다. 그분이 여러 가지로 고생을 해주셔서, 일부러 여우 같은 것을 외국에서 주문해 가져오지 않아도 된다는 분위기 속에, 열 쌍을 매입해주셨습니다. 배에서 세 쌍이 죽고, 무사히 도착한 것은 일곱 쌍이었지만, 한 쌍에 천 엔으로 그 당시로서는 상당한 가격입니다. 저는 홋카이도에서 일부러 상경해서 요코하마橫浜까지 받으러 갔지만, 사진으로 조금 봐서 알고 있는 정도의 외국의 우량종

---

86 데라우치 마사타케(寺内正毅:1852-1919)가 제18대 내각총리대신에 임명되어 1916년 10월 9일에서 1918년 9월 29일까지 이어진 내각.

을, 드디어 자신이 직접 다루게 될 것을 생각하자, 조금이라도 빨리 보고 싶고, 또 홋카이도까지 이상 없이 데리고 돌아갈 수 있을지 걱정도 돼서, 그야말로 밤에도 마음 놓고 잘 수 없을 정도였답니다."

그것이 정말 어제 일이기라도 한 듯 감격과 기쁨으로 그는 말을 이어갔습니다. 그 상태에는 무슨 일이든 하나의 일에 몸담은 인간의 천진난만한 아름다움이 있고, 보통 때와 달리 자기광고가 섞이는 것도 참을 만했기 때문에, 하기오카도 요시코가 민첩하게 가져온 점심밥을 함께 하면서, 동감하며 귀를 기울였다. 단편적으로는 그때까지도 들었지만, 이런 자세한 이야기는 처음이었다.

"오늘은 부인에게 대단히 수고를 끼쳤습니다. 양식 같은 건 저희들은 맛도 잘 모를 정도예요."

두텁게 자른 빵을, 히라세는 입을 크게 벌려 집어넣으면서 구워진 정도가 적당하다고 칭찬하고, 언제 한번 여우고기도 먹어달라고 했다.

"어머나, 여우를 먹을 수 있나요?"

"지금은 안 되지만, 가을부터 겨울에 걸쳐 살이 오를 때에는, 꽤 먹을 만합니다."

"냄새가 나지 않을까?"

"모두 그걸 걱정하지만, 괜찮습니다. 도쿄도 점점 육류를 손에 넣기 어렵다고 들어서, 이번 설에 두 마리 정도 친한 사람 집에 보내주었더니, 몹시 기뻐하시고 깜짝 놀랄 정도의 돈을 보내며, 더 살 수 있다면 얼마든지 인수하겠다고 하셨어요. 집사람이 그것으로 신이 나서, 모피도 지금까지와 같은 가격으로 팔 수 있을 리는 없고, 일손과 사료 때문에 유지할 수 없을 정도라면, 이참에 고기로 팔아버리고 여우 사육은 단념하고, 닭 쪽을 전문으로 하는 편이 이득이라고 주장하는 것에는 두 손 들었어요. 저는 그런 때는 말해 줍니다. 난 오늘까지 여우로 살아온 사람이라서, 손해를 보든 득을 보든 여우로 죽을 작정이다. 그것이 싫으면 나가라고. 하하하."

히라세는 평소와 같은 입 한가득 높은 건조한 웃음소리를 냈다. 여우 사육이 불경기인 비밀이, 새로 양호장을 사게 하려는 상대에게 어떤 영향을 줄지를 잊고 있는 것이, 하기오카에게는 더욱 재미있었다. 일부러 그 이야기를 가지고 온 것도, 단지 친절하기 때문만이 아닌 것은, 23년간, 어쨌든 은행원을 한 그 자신에게는 알 수 있을 정도이고, 대체 히라세는 어디까지 사람이 좋고, 또 얼마나 교활한 것인지 예측을 하기 어려웠다. 그렇게 해서 또 여우 사육 경력은 경력이라 해도, 어째서 사할린 같은 곳에, 아직 젊었을 무렵의 그가 간 것인가? 가까이 있지 않은 아들이 두 명이나 있다고 한다면, 지금의 오나미 외에 전처가 있었던 것이고, 그것은 어떻게 된 것일까? 또 오나미와는 아버지와 딸 정도로 보일뿐 아니라, 실제 열대여섯 살이나 차이가 나는 것 같은데, 어떤 경위로 함께 되었는지. 또 대체 그는 어디에서 태어난 인간이고, 어떤 동기로 그런 특수한 일에 흥미를 가지기 시작한 것일까? 하기오카는 전혀 몰랐다. 마지막 이야기는 알아듣기 쉬웠다. 하지만 타인의 생활에 끼어드는 것에는 극도로 조심하는 그는, 당신의 고향은 어디냐고 한마디 물어보면 단서가 잡히는 그 밖의 신상 이야기를, 감히 건드리려고 하지 않았다.

다음날 아침, 하기오카는 밤새 그것을 계속 생각한 표정으로 말했다.

"오늘은 여우 축사에 가 보자고."

"사실 생각이에요?"

"아무튼 보기만이라도 하고 오려고. 모처럼 이야기를 가지고 왔으니까."

두 사람은 외출했다. 대기하고 있던 히라세는 곧 안내했다. 매물인 양호장은 이식이 끝난 감자밭과 닭 축사를 경계로 해서, 바로 옆이라기보다 히라세의 땅이나 마찬가지일 정도로, 한쪽은 자작나무와 졸참나무 숲으로 되어있고, 그 사이의 작은 샘에서는 깨끗한 물이 졸졸 흐르고, 이른 미나리가 무성히 자라있었다.

"어머나 바구니라도 가져왔으면 좋았을 걸."

남편에 이어서, 하얀 산책 운동화로 경쾌하게 뛰어넘은 요시코는, 이봐, 그런 일은 나중이라며 재촉하지 않았더라면, 물가에 그대로 웅크려 앉아버릴 것 같았다.

"그랬군요. 이 분수는 어제 이야기하지 않았네요. 이것이 값어치가 있는 것이에요."

히라세는 선두에서 뒤돌아보면서, 이 주변의 우물은 아사마에서 내려온 자갈 지층에 판 것이라, 어쩌다가 나오지 않는 일도 있지만, 그럴 때에도 이 작은 샘만은 마르지 않고, 혹독한 겨울눈 속에도 콸콸 흐르고, 특히 미적지근할 정도로 따뜻한 것이라고 말했다.

"그러고 보니 눈은 몇 센티 정도입니까? 히라세씨. 스키라도 우리들은 마루누마丸沼나 가자와鹿沢 쪽에 자리 잡고, 이 일대는 항상 그냥 지나쳤어요."

"아사마 때문인지, 30센티까지는 쌓이지 않습니다. 그 대신, 영하의 기온의 세기는 사할린과 다르지 않을 정도로, 여우 사육 조건에도 적합하죠. 다만 그렇기 때문에, 당신들이 겨울에도 이쪽에 계신다면 충분한 준비를 하지 않으면 살아갈 수 없겠지만, 저 집이라면 그것이 가능하니까, 그 점에서라도 사서 손해는 아니라고 저는 생각합니다."

세 사람은 이미 집에 가까이 가 있었다. 크림색 페인트가 바랜, 상자 같은 양옥집으로, 원래의 잔디가 황폐해진 채로 된 앞의 초지에는, 도중에 숨은 작은 냇물이 완만한 활모양으로 다시 한 번 나타났다. 그러나 그것이 정원다운 운치를 더하고 있는 것도 아니고, 내부도 정취가 없는 날림공사이면서 10첩 방, 8첩 방, 6첩 방에 비교적 넓은 부엌과 목욕탕이 딸려있었다. 지금 빌리고 있는 사사키의 방 두 칸인 산장에서 힘든 것은 욕조가 없다는 것이었다. 여름 휴가철에만 오는 사람들은 그 사이에 클럽의 미적지근한 온천물을 데우는 공동목욕탕을 이용했지만, 그것은 다른 별장촌의 일종의 사교기관이고, 따라서 일반적으로 욕조는 없었다.

"결국 들어가고 싶으면 배낭에 수건과 비누만 넣어서 구사쓰草
津까지 목욕하러 가."

그 불편이 문제가 될 때에는, 하기오카는 그렇게 말해서 요시
코를 웃게 만들었다. 그것으로 끝나는 것도 지대가 공기가 건조하
고 깨끗한 지역 덕분으로, 매일 뜨거운 물로 닦으면 욕조도 그렇게
그립지는 않다는 것과, 일주일에 한번은 뭔가의 볼일로 가는 히라
세의 집에서, 부탁해두면 물을 데워주기 때문이었다. 그러나 그것
도 기후가 좋은 동안만이고, 추워지고 나서의 일은 별도로 생각하
지 않으면 안 되었다. 같은 의미에서 부엌과 거실인 6첩 방 사이의
토방에 철판이 큰 스토브를 발견하자, 하기오카는 소리치듯 말했
다.

"우와, 이건 좋아."

타원형으로 되어 위에 두 개의 크고 작은 구멍이 있고, 큰 쪽
에는 솥이, 작은 쪽에는 냄비나 주전자가 걸리는, 취사와 난방을
겸한 조법의 스토브였다. 고원마을의 현재 거주자는 러시아의 농
가에 찻주전자인 사모바르가 꼭 있는 것처럼, 스토브를 하나쯤 갖
추고 있지 않은 사람은 없었다. 11월부터 시작되는 긴 겨울 칩거에
는 없어서는 안 되는 중요한 가재도구로, 사람들은 철판이 하얗게
탈 정도로 종일 불을 지핀다.

히라세의 부엌에서는, 취사는 지금도 아직 스토브였다. 목욕
탕을 빌리러 나가서, 급하게 차가운 비를 맞거나 하는 오후 같은
때에는,

"한 번 더 스토브로 데우고 가세요."

하며 히라세는 두 사람을 그곳으로 안내하고, 새로 한 개를 던져 넣는다. 남아있는 타다 만 큰 장작은 마른 장작에 곧 불꽃을 옮기며, 스토브는 활활 소리를 낸다. 작은 쪽 구멍의 주전자가 끓기 시작한다. 차가 완성된다. 단지 편리할 뿐 아니라, 산중의 집다운 소박함 때문에, 하기오카는 이 스토브를 도쿄의 집의 영국식 난로에 못지않게 좋아해서, 손에 넣고 싶다고 생각하고 있었던 것이다.

"이것은 이 일대에서는, 7.5킬로 정도 떨어진 건넛마을의 대장장이에게 부탁해 만든 것입니다. 그런데 대장간 주인장이라는 사람이, 솜씨는 좋은데 아마도 게으른 사람이라서, 올해 주문해서 그 해에 만들어낸 적이 없어서 곤란해요. 당신이 지금부터 주문해도, 글쎄요, 내년 겨울에도 힘들지 않을까요."

그 말투에서는, 스토브도 그 집을 좋은 매물로 만드는 것이었지만, 역시 그 말은 하지 않았다.

양호장은 뒤에 있었다. 철망으로 된 여우 축사도, 감시대의 높은 탑도, 옆집의 히라세와 완전히 같은 설비와 배치로, 그 모형인 것처럼 아담하게 만들어졌었다. 여우는 없었다. 땅주인이 철수했을 때부터 히라세가 맡았던 것이다.

어제의 답례로 점심을 대접하고 싶다는 것을, 두 사람은 거절하고 곧 돌아가기로 한 것은, 사양만이 아니라, 오늘아침 요시코가, 아래의 가루이자와에서 보내오는 빵이 끊겼을 때, 항상 하는 것처럼 이스트로 반죽해둔 것이, 너무 부풀어서 시큼해지는 것을 염려한 것이었다.

"일일이 베이커리에서 사지 않아도, 집에 있는 것으로 잘 구워지면 좋겠지만, 오븐으로는 역시 잘 안돼요."

"지금 정식으로 빵 가마를 마련하지. 그렇게 해서 당신은 빵집을 시작하고, 난 여우 사육사가 되는 거야. 어때?"

하기오카는 기분 좋은 웃는 얼굴로, 새하얀 치아를 내보였지만, 곧 진중해지고, 일종의 감개를 담아 말했다. "뭔가 직업을 가지는 건 좋은 일이야."

왜 그런 말을 갑자기 꺼내는 것인지, 요시코는 알 수 없었다. 그러나 그것을 묻기 전에, 그녀는 자신도 모르게 고함을 질렀다.

"어머나, 창문이 열려있어."

높직한 사면의 중턱에 어린 자작나무숲에 둘러싸인 그들의 작은 산장이, 이미 내다보였다. 이 일대의 태평한 방식으로 문을 잠그지는 않지만, 닫는 것만큼은 확실히 닫고 나왔는데, 분홍색 커튼이 보이고 있었다. 두 사람은 완만한 비탈길을 뛰어올라갔다. 문까지 도달하지 않은 사이에, 창 안쪽에서 발소리를 들은 사사키가, 조금 살이 찐 탄탄한 상반신을 내밀고 맞이했다.

"도둑인가 했어. 잘 와줬어."

"긴 산책이었군. 모처럼 도쿄에서 온 손님을 2시간이나 기다리게 하다니, 이게 뭔가 싶었지."

"그렇게 많이 기다리게 해서 죄송해요."

그렇지만 그 대신, 점심에는 맛있는 것을 듬뿍 만들 테니까,

하며 요시코가 부엌으로 들어가자, 하기오카는 등나무의자를 쓱 하고 오랜만인 친구에게 끌어당기면서 이야기하기 시작했다.

"오늘은 산책이 아니었어. 내 생활의 전기가 될지 모르는 중요한 용건으로 나간 거야."

"저런, 그건 또."

상대가 일부러 과장된 말을 사용하며, 그것을 재미있어하며 생긋생긋 웃고 있어서 사사키도 같은 어조로 물었다. "보도원을 지원해서 중국의 전쟁을 구경하러 갈 거라는 건 설마 아니겠지?"

"그런 평범한 게 아니야."

하기오카는 히라세가 가지고 온 양호장 이야기를 들려주었다. 사사키는 역시 놀란 듯 담배를 물고 있던 입을 그대로 다물며, 잠시 침묵하며 긴 연기를 코에서 내뿜었다.

"그것을 사들인다면 여우도 키우는 거야?"

"키워 봐도 좋다고 생각하고 있어."

"그렇게 된다면 기발한 생각 이상이지만, 여우 장수 아저씨가 선전하는 것처럼 그렇게 간단히 잘 될까? 돌보는 것이 건강에도 좋은 운동이 될 거라고 한다지만, 사료를 사거나, 모으거나 하는 것이, 특히 이런 시절이고, 힘들지 않을까 생각해."

"그런 일은 히라세가 자신의 것과 함께 해 준다고 약속했어."

"그렇다고 해도, 자네 이야기를 듣고 있으면, 집에 붙어 있는 욕조 내지 스토브, 내지는 작은 샘물 때문에 굳이 양호장을 사고, 굳이 여우까지 키우려고 하는 것 같아. 게다가 3000평의 땅이라 해도 그 일대에서는 들판 가격이고 도쿄의 10평도 안 돼. 상대가 상대라서 자칫하다간 바보 취급받아."

"그건 여우한테서야? 여우 장수한테서야?"

"어느 쪽이든 같은 요물단지야."

"난 그렇게는 생각하지 않아."

하기오카는 히라세를 위해 변호하고, 사할린 이후 여우 사육을 한 반평생 이야기를 전하고, 그 일관된 정열은 참 좋은 것이고, 칭찬해줘도 좋지 않은가 하고 말했다. 이번 양호장 중개라 해도 그것으로 좋지만, 때가 때인 만큼 점점 쇠퇴해 가는 일에, 한사람이라도 동업인을 만들려고 하는 기분에 거짓은 없고, 또 이 산의 혹독한 겨울을 처음 경험하려는 자에 대한 친절한 마음도, 다분히 더해진 것을 하기오카는 믿었다.

"어떤 인간이라도 자네는 나쁘게 생각하지 않기 때문에."

사사키는 깍지를 낀 양손으로, 영어교사라기보다 예술가처럼 머리카락을 텁수룩하게 한 후두부를 누르고, 양 팔꿈치를 좌우로 앞으로 내밀려 웃음소리를 냈다. 이 친구의, 이것이 가장 아름다운 마음씨라는 것은 잘 알고 있었다. 그 정도의 돈은 수표 한 장 쓰면 되는 것으로 어떻게든 해결되는 그였다. 해보는 것도 좋을 것이다. 그런 것을 생각해낸 것도 건강을 되찾은 증거라며 기뻐하는 사사키는, 마지막에는 격려하면서 그답게 위세 좋게 덧붙였다.

"시작하는 이상은 크게 발전시키는 거야. 일본의 은색 여우 왕이라면 제법 재미있지 않아? 확실히는 모르지만 네덜란드에는 틀립 벼락부자니 버터 벼락부자니 하는 것이 있다고 하니, 같은 벼락부자라도 느낌이 좋다고 생각했는데, 은색 여우 왕이라면 그것에 비할 바가 아니야. 나도 조만간 영어교사로 먹고 살아갈 수 없게 되면 네 조수를 지원할게. 어쨌든 이런 시절이니, 서양글자는, 독일어와 이탈리아어 이외에는 통용이 안 되니까."

"그런 점에서는, 여기는 아직 별천지야. 게다가 나도 병상에 누운 환자도 아니라서, 뭔가 직업을 가지는 편이 좋은 거지."

하기오카는 돌아오는 도중에 아내에게 흘린 말을 그때와 같은 어조로 대답했다. 또 그때와 마찬가지로 그 이상은 설명은 하지 않았지만, 요사이의 이유 없는 질투와 죽음에 대한 막연한 유혹은, 뭔가 단순하고 규칙적인 생활을 시작하는 것으로, 극복된 듯한 느낌이 드는 것이었다.

낮의 식사는 소중히 간직해둔 버건디 와인 한 병과 맥주로, 사사키를 한층 더 기운 나게 했다. 그는 지금 하고 있는 일본 고전의 영어번역으로 가루이자와에 있는, 영국인 고문에게 용무가 있어서 온 김에 들른 것으로, 3시 반 전차로 곧 돌아가야 했다.

"와 보고 안심했어. 자네들이 이렇게 잘 하고 있다고는 생각 못했어. 요시코씨, 내년에 왔을 때는, 하기오카 양호장에서 만든 은빛 여우 목도리를 선물로 주시는 거죠?"

"사주세요, 당신이 부인 것으로, 기념으로."

함께 스스럼없이 먹고 있던 요시코는, 그녀에게는 보기 드문 농담으로 대답했다.

"하지만 사사키씨, 저희들의 여우 사육, 아직 결정된 게 아니에요."

"결정됐어."

"그래요?"

남편의 말보다는 단호한 말투에, 요시코는 왠지 멍해져서, 입에 넣으려던, 감자튀김을 집은 포크를, 도중에 멈췄다. 하기오카도 그때까지 결심이 선 것은 아니었다. 그 순간의 그 말이, 모든 것을 결정해버렸다. 사사키는 조금 취기가 돌아 발그스름한 눈꺼풀 아래의, 동그란 장난꾸러기 같은 눈으로 두 사람을 번갈아보며 말했다.

"그러고 보면 자네들 알고 있어? 양호장이라면 반드시 붙어있는, 저 높은 탑 같은 건물은 대체 무엇을 위한 건지를."

"감시대일거야."

"물론이야. 하지만 무엇을 그렇게 망본다는 거지?"

"여우가 도망치지 않도록 하는 거겠지."

그 대답을 듣자, 사사키는 상반신을 젖혀 큰 소리로 웃었다. 어안이 벙벙해진 두 사람에게, 그는 설명했다. 저것은 그런 간단한 목적이 아니라, 한 달에서 석 달 꽉 채워서 여우의 교미기가 되면 어느 여우가 교미를 하는지, 혹은 하지 않는지를 관찰하는 감시탑이라고.

"털 결이 고운 새끼 여우를 낳게 하기 위해서는, 임신 중인 암컷 여우에게 특별히 맛있는 것을 줘야 하기 때문이야. 이삼년 전에, 구경하러 갔을 때 아저씨한테 들은 거지만, 자네들에게는 말하지 않은 건가?"

"못 들었어."

"자네는 그렇다고 치고, 요시코씨에게 환멸을 느끼게 해서는, 팔 수 있는 것도 못 팔게 될 거라 생각하고, 아저씨가 입을 다물고 있는 거군. 자네가 아무리 변호해도 그 자는 여우야."

"그 별명은 부인 쪽이야."

"그렇담, 부부 여우네."

약한 것은 오히려 강했다. 결혼의 경우도 그렇지만, 솔직하고 온순한 하기오카는, 한번 결심하면, 어떤 반대에도 꺾이지 않는 고집통이 된다. 이번에도 그런 식으로, 엄동설한인 1, 2월에, 높은 탑에서 여우의 교미를 지켜본다는, 뭔가 바보 같은 고생도, 그를 주저하게끔 하지는 않았다. 그는 지불할 만큼의 돈을 즉각 지불했다. 도쿄의 의붓어머니에게는 상의가 아니라, 통지했다. 다만 숙부인 간바에게만은 이것도 결정 후이기는 했지만, 자세한 편지를 보냈다. 그러자 대부분의 용무는 숙모의 대필로 끝내는 그가, 드물게 자신이 쓴 답장을 보냈다.

"배복, 그 후 건강은 점차 회복하고 있다는 소식 기쁘게 생각한다. 여우 사육은 좋아. 사사키군의 속지 않도록 주의하라는 충고도 그렇지만, 여우가 홀리는 정도는 뻔한 것이라 생각한다. 요즘 세상에 대규모로 서로 속이는 것이 대유행이라 참으로 난감하다. 소생은 조만간 다시 바다로 나가야 하는데, 가능하면 그 전에 한

번 면회의 기회를 얻었으면 하지만, 막연하다. 첫째도 건강, 둘째도 건강이다. 요시코씨에게도 안부 전해주길."

이 편지가 5일 걸려서 산장에 도착했을 때에는, 숙부는, 이미 그 즈음 확실히 발표하지 않았던 어느 대전함의 함장으로서, 바다로 간 것을, 하기오카는 나중에서야 알았다.

여름이 되기 전에, 하기오카는 양호장 쪽으로 옮겼다. 사사키는,

"우리 가족은 오랜만에 해안에 가고 싶어 해."

하고, 별장을 제공해 줄 때부터 말해주기는 했지만, 여름휴가를 이용하는 그의 책상에서의 일에, 그 산장이 없어서는 안 되는 것임을 잘 알고 있는 하기오카는, 우정을 이용하고 싶지는 않았다. 그때까지는 다른 빈 별장을 빌리든지, 매물이라도 있으면 살 생각이었다. 양호장의 계약을 서두른 이유의 하나에도 그것이 숨겨져 있었다.

이사는 그들의 생활을 일변시켰다. 젊은 부부는 매일 아침 5시에는 벌써 일어났다. 지금까지의 두 사람만의 간단한 식사 준비 대신에, 요시코는 부엌 토방의 스토브를 당장 이용해서 옆집에서 인수한 3쌍의 여우를 위해, 우선 큰 냄비를 올린다. 그렇게 해서 오나미에게 배운 방식으로, 보리와 옥수수, 그 밖의 잡곡가루를, 생선 육수로 푹 끓여서 일종의 스튜를 만드는 것이다. 사료는 모두 히라세가 알선해준다는 약속이고, 생선은 멀리 나오에쓰直江津 쪽의 어장에 특약이 있어서 보내오는 것을 나누었다.

"우리들이 먹어도 맛있을 것 같아요."

"그렇게 말해놓고, 여우보다 먼저 실례하는 건 아니겠지?"

"당신이야말로 수상하네요."

맛있는 냄새로 냄비가 끓어 넘치고, 스토브의 장작이 탁탁 소리를 내며 타오르는 가운데 두 사람은 즐겁게 웃었다. 마침내 완성된 여우의 아침밥을, 그 전에 청소가 끝난 여우 막사에 하기오카가 양동이로 날라서 여우들에게 나눠주고 오는 사이에, 요시코는 이번에는 자신들의 식사 준비에 임한다. 스토브의 또 하나의 구멍으로 밥은 이미 지어놓았기 때문에, 된장국을 만들고, 그것에 깬 달걀을 떨어뜨린다. 달걀 프라이보다 하기오카는 그것을 좋아했다. 반숙보다는 조금 단단하고, 딱딱해지지 않을 정도로 하는 것이 요령이었다. 그렇게 해서 만들어낸 아침밥도 도쿄의 집만큼은 아니지만, 어쨌든 하기오카에게는 이쪽으로 와서도 그저 습관으로 젓가락을 잡는 것에 지나지 않았고, 대개는 빵 한 조각에 홍차 한 잔으로 점심까지 허기도 느끼지 않았는데, 요즘은,

"어리석은 자만이 대식을 하는 거지."

하고 웃으며, 밥을 더 달라고 붉은 칠기 그릇을 내미는 식이었다. 여섯 마리의 여우는 지금은 그렇게 손이 많이 가지 않았다. 사료도 저녁에 한 번 더 만들어주면 되었고, 여우들은 하루 이식이었다. 그러나 하기오카는 자신들이 할 수 있는 범위의 것은 히라세의 원조를 기다리지 않겠다며, 산양을 한 마리, 닭을 세 마리 키웠다. 산양의 우유는 그들의 음료만이 아니라, 여우가 분만했을 때 모유

를 보충하는 것으로 새끼 여우에게 필요했다. 늦었지만, 지금부터라도 수확할 수 없지는 않다고 듣고, 감자 심기를 부탁한 도메留씨라 부르는 50대 남자가, 그 이후 고용되어 산양 우리와 닭장을 솜씨 좋게 만들었다. 그 어느 쪽에도 하기오카는 조수 역할을 했다. 7월에 들어서자, 갑자기 여름이 되어 내리쬐는 옥외의, 자외선으로 가득 찬 고원의 햇볕은, 그늘이 시원한 만큼, 반대로 쨍쨍하고 강렬했다. 하루에 두 번이나 땀으로 적시는 남편의 셔츠와 작업복을, 요시코는 앞의 초원의 실개천에서 세탁했다. 그 물은, 오래 담그고 있으면 손가락 끝이 오므라들 정도로 차가웠다.

여름 휴가철이 되어, 노선 반대편에서 처음으로 찾아온 사사키는, 그날도 집 앞에서 일하고 있던 그들을 발견하자, 그 변한 모습을 인사의 첫마디로 했다.

"완전 잘 어울리는데."

"정말, 당신들이 그런 일까지 하실 거라곤 생각 못 했어요."

외아들인, 네 살 되는 마코토眞의 손을 잡고 함께 온 부인 스마코すま子는, 더 한층 놀라며 말했다. 뒤편의 숲에서 벌목한 나무로 장작을 만들기 시작하던 차로, 도메씨가 톱으로 통나무를 쓱쓱 자르면, 하기오카는 자루가 긴 도끼를 휘둘러서 팬다. 남편의 헌옷을 그대로 받아 입은 회색 바지에, 하얀 수건으로 머리를 싸 맨 요시코는, 그것을 서너 개씩 안아서는, 창문 아래로 옮기고 있었다.

"겨울을 지내기 위해서는, 이런 장작이 엄청나게 많이 필요하다고 하니, 우리들 힘으로 어떻게든 되는 게 아니야. 조금 시험 삼아 해봐도 이런 정도니까 말이야."

하기오카는 목장갑을 벗고, 새빨갛게 부어오른 손을 내보이고 나서, 그 손으로 입에 나팔을 만들어 뒤를 돌아보며, 갑자기 유별나게 큰 소리로 고함쳤다.

"도메씨, 새참 먹기로 하고 잠시 쉬세요."

보기 드문 손님 모습에, 장작을 내팽개치고 달려와 있던 요시코는 스마코에게 속삭였다.

"귀가 잘 안 들려요."

"아아, 그렇군요."

두 사람은 얼굴을 마주보며 웃었다.

오기쿠보萩窪를 나온 스마코는, 선명한 얼굴 생김새에서 나타나는 성격에서도 요시코와는 모든 것이 달랐지만, 남편들의 우정을 이어가는 것에 지장을 줄 정도는 아니었다. 오히려 사사키와 하기오카가 성격이 반대라서 더욱더 강하게 연결되어있는 것처럼, 두 사람도 그 차이로 서로에게 끌리고 있었다.

오랜만에 여자들은, 이야기하는 것도 듣는 것도, 내보이는 것도 보는 것도, 많이 있고, 점점 힘들어지고 약고 거칠어진 도쿄의 생활을 전하는 것으로, 한층 더 다양해졌다.

"예를 들어 1홉의 우유라도, 어지간해서는 이제 쉽게 살 수 없어요. 우유가게에 엄청나게 비위를 맞추거나 뭔가를 주거나 해도, 월말에 계산할 때에는 잔돈도 주지 않는다니까요."

그 연상에서, 우유가게 안주인의 튀어나온 광대뼈까지 스마코에게 떠올리게 한 산양은, 초원의 말뚝에 밧줄로 묶여져, 그 줄이 도달하는 범위를 여기저기 바꾸며, 약간 담홍색으로 선이 그어진 듯한 동그란 눈으로, 음매 음매하고 사람을 잘 따르며 울고 있었다. 마코토는 그곳을 떠나지 않았다. 하기오카와 사사키는 여우 막사 앞에서 여자들을 기다리면서, 한사람이 켠 성냥불로 담뱃불을 서로 나눠붙였다.

"내가 은행을 어떻게 해서든 그만두고 싶었던 것은, 결국 저 철망에 대한 혐오였던 것 같아. 저 안에 갇혀서, 타인의 돈 계산으로 일생을 마치는 것을 참을 수 없었어. 그런데 지금은 그 철망에 여우들을 몰아넣고, 보살피는 게 일이야. 웃기는 일이라고 가끔 생각해."

"그렇게 말하면 뭔가 웃기지 않은 일이 이 세상에 있을까? 중국과의 일도 그렇지 않아? 불확대라니, 결코 전쟁이 아니라고 성명하면서, 결국 오늘날과 같은 참상이야. 그들의 기만과 허튼소리에는, 이 선생들 쪽이 꽁무니를 사리고 있어."

말의 강조와 어린애 같은 장난기로, 사사키가 철망을 튕겼기 때문에, 그때까지는 주뼛주뼛 곁눈질하면서, 모래 위에 나와 있던 한 쌍의 여우가, 당황해서 막사 안으로 뛰어 들어갔다. 하기오카는 숙부의 편지 이야기를 했다.

"여우가 홀리는 정도는 죄도 안 된다고 했어."

"정말 그래. 아마 숙부님들은, 정부라기보다 군부가, 얼마나 민중을 홀리고 있는지 그 과정을 자세하게 알고 있을 거야."

"그만큼 괴로울 거라 생각하면 불쌍해. 그 입장에서 입 밖으로는 내지 못하지만, 지금 일본이 전쟁을 하는 것에는, 숙부는 절대로 반대일 거니까."

"그것은 숙부의 반대라기보다, 해군 자체의 반대야. 거기로 가면, 육군 녀석들은 벽창호에다, 과대망상의 미치광이가 모인 거라서 어쩔 수 없는 거야."

"대체 어떻게 되는 걸까? 난 신문도 5일 늦게 보는 형편이지만."

"유럽도 마침내 위험해. 주독대사인 헨더슨이 런던과 베를린 사이를 계속해서 날아다니면서, 어떻게 해서든 막아보려는 것 같지만, 히틀러가 언제나의 수법으로 선수를 친다면 그것으로 끝장이니까. 유럽이 불바다가 되면, 결국 미국이 가만히 있지는 않아. 또 한 번 세계전쟁이야."

"인류는 왜 이렇게도 어리석을까? 지긋지긋할 만도 한 그 전의 전쟁에서 4분의 1세기도 아직 안 지났는데."

"도화선에 불을 댕긴 것은 분명 일본이니까. 이건 엄청난 거야. 지금은 경기 좋게 들떠 있지만, 나는 중국에 흘리게 한 피는, 언젠가 반드시 그만큼의 양을 일본에 흘리게 하는 날이 올 것을 의심하지 않아. 어떤 면에서 나는 운명론자야. 동시에 나 개인으로서는 이번의 전쟁에는 결코 무기를 쥐고 싶지 않아. 끌려 나가지 않고 끝내기 위해서는 어떤 교활한 짓이라도, 꼴사나운 흉내라도 해낼 거야. 그 점, 자네는 엄청 으스대고 있어."

"대신해 줄까?"

"하여튼 이런 이야기를 큰 소리로 할 수 있는 것만으로도 여기는 고마운 거야. 도쿄라면 당장 잡혀 들어가니까."

사사키는 담배꽁초를 버린 김에, 아직 산양이 있는데서 움직이려 하지 않는 마코토와 여자들을 자작나무의, 어린잎으로 된 시원한 나무숲 너머로 바라보며, 이번에는 어린 아들이 귀머거리이기라도 하듯 큰 소리를 질렀다.

"어이, 마코토, 이쪽에도 재미있는 게 있어. 빨리 와. 여우가 있어."

그날로부터 5주일이 지나지 않아서, 히틀러의 폴란드 침입으로 유럽전쟁이 시작되었다. 다음 겨울인 12월 8일에는, 진주만의 불시 습격으로 미일전쟁이 일어났다. 지구는 생성시대의 홍수를 또 한 번 피로 경험해야 했다. 인류의 예지는 그것이 만들어낸 모든 것과 함께 피의 홍수 바닥에 가라앉고, 그저 낮이 있고 밤이 있었던 것처럼 겨우 두 개만이 남겨졌다. 죽이는 것과 죽임을 당하는 것. 그것이 생활이고 철학이고 예술이며 사업이었다.

그런 와중에서 그런 대로 여우 사육을 계속할 수 있었던 하기오카는, 노아의 방주의 기적적인 행운이라고 해도 좋았다. 또 그들의 겨울 동면의, 무엇이든 넣을 수 있을 만큼 같은 장소에 채워 넣은, 어수선한 모양새로 봐도 그 방주를 쏙 빼닮았다.

여우에게는 특별한 방한장치는 필요 없었지만, 산양은 부엌과 연결된, 산양이 봄까지 먹게 될 사료인 풀을 쌓아올린 헛간의 한쪽을 가로막아서 안으로 들이고, 닭을 위해서도 겨울 한철만을 위한 작은 새장을 옆에 만들었다. 귀가 안 들리는 다메씨도 지금은 함께 지내고 있다. 부인을 세 명 얻었지만 세 명 모두 달아나버린, 의지할 데 없는, 볼일 외에는 돌멩이처럼 입을 다문, 귀머거리에 벙어리라고 해도 통하는 수염 달마인 그가, 하기오카부부에게는 없어서는 안 되는 사람이 되어있었다. 특히 1월 중순부터 슬슬 시작되는 여우들의 감시에는 도메씨는 소중한 사람이었다. 아침부터 점심때까지를 그에게 부탁하고, 오후에는 하기오카가 교대한다는 약속이었는데, 도메씨는 아무렇지도 않게 하루 종일 감시대에 앉아있었다. 그렇게 해서 이마와 둥근 코와 그 주변의 일부분만 겨우 무성한 수염에서 벗어난 얼굴로, 태연하게 말한다.

"무엇이든 일이죠."

도메씨에게 있어서는 여우들의 희롱거리는 모습도, 감시대 바로 정면의, 눈으로 덮인 아사마의 분연과 별 다르지 않은 하나의 현상에 지나지 않고, 놓치지만 않으면 되는 것이었다. 하기오카와 요시코는, 이런 도메씨와 토방의 스토브에 의자를 가까이 대고, 세 번의 식사도 함께 했다. 지구의 궤도가 태양에서 분리되지 않는 것처럼, 산의 동면생활은 스토브를 중심으로 회전한다. 도메씨만이 아닌, 바로 코앞에 얼굴을 쑥 내밀고 우는 산양도, 닭도, 지금은 그 한구역의 친구였다. 그 외에 암실에서 여분으로 꺼낸 감자, 양배추, 무와 같은 야채로, 내버려두면 금세 딱딱하게 얼어버리는 것은, 바구니째 담요로 싸서 옆에 두고, 종일토록 피우는 장작은 손을 뻗으면 잡히도록 벽 쪽에 쌓아두고, 셔츠, 기모노 세탁물은 그물망으로 머리 위에 걸쳐놓고 있다. 요시코는 그 안에서 여우의 스튜를 만들고, 새로 도착한 부인잡지를 보고 모양이 좋은 몸뻬 바지를 재단해서 이웃인 오나미에게 주거나 한다. 재단대는 식탁이고, 또 하기오카의 책상이었다. 방 정돈에는 결벽해서 펜 한 자루가 똑바로 놓이지 않아도 신경이 쓰였던 하기오카가, 2년째인 겨울에는 거기에서 태연하게 생활할 수 있었다. 히라세에게 자조적으로 그 이야기를 하자, 이 집이라서 겨울 칩거도 가능한 거니까, 좋은 매물이었다고 그는 새삼스레 또 얘기했다.

"도쿄의 피난 소동으로 이 근처도 집값이 오르는 것은 굉장한 거예요. 이 집도 지금이라면 배를 줘도 살 수 없어요. 역 앞의 방 세 칸도 안 되는 낡은 집이 요전에 5천 엔에 팔렸다고 하니까요."

"그건 굉장하네요."

"하지만 여우는 결국 손들 수밖에 없어요. 미국이 제일 큰 단골이었으니까요. 이렇게 되면 도매상도 받아주지 않아요. 게다가 통제다, 배급이다 하며 그쪽이 시끄러워지면 에치고의 생선도 언제까지 오겠어요? 지금이라도 알다시피 터무니없는 돈을 지불하고 주문한 양의 반도 보내주지 않잖아요. 여우만은 산양이나 닭과는 달리 풀과 잡곡으로 끝낼 수 없으니까요. 즉각 털 광택에 영향을 미치죠. 마누라란 여자는, 사람 입으로 들어가는 것까지 줄어들고 있는 시절에, 그런 사치스러운 것을 먹이지 않으면 사육할 수 없는 것 따위 키울 필요는 없다는 태도라서, 어제도 한바탕 논쟁을 벌였답니다."

히라세는 찾아올 때마다 이런 이야기를 했다. 하기오카는 그것에 대해 전쟁은 인류의 병과 같은 것으로 열이 내려가면 점점 회복하는 것과 마찬가지로, 언제까지고 하고 있을 수 있는 게 아니니까, 그도 그렇게 절망적으로 생각하지 않는 편이 좋다고 위로했다.

"맞아요. 게다가 저로서는 일생을 건 일이라서, 자신은 안 먹어도 여우에게는 어떻게 해서든 먹여주고 싶다, 최악의 경우 한 쌍이라도 두 쌍이라도 좋다, 씨 여우라 생각하고 키울 결심은 되어 있지만, 결국 돈 문제라서 말이죠. 우리는 벗긴 가죽을 곧 바로 돈으로 바꿀 필요가 없는 당신과는 다르기 때문에 참 곤혹스럽습니다."

"아니에요, 저희들도 마찬가지예요."

하기오카는 그렇게는 말했지만, 지난달인 5월, 처음으로 태어난 열 마리의 새끼 여우에서 절반을 남기고, 남은 다섯 마리를 히라세의 도살 상자에 넣어 클로로포름을 맡게 한 것은, 그때부터 8개월째인 지난달로, 마련하려고 하는 목도리도 기념 선물이었다. 지금은 군수품 털가죽을 완성시키는 것도 벅차서, 그런 것은 언제 가능할지 모른다고 일단은 거절한 가게에, 히라세의 지금까지의 관계로 무리하게 부탁한 것이었다. 가능하다면 우선 요시코에게, 그리고 도쿄의 의붓어머니와 여동생에게, 사사키의 부인에게, 또 하나는 숙모 대신에 그 외동딸로 히로시마로 시집간 사촌여동생에게 보내야지 하며 그날을 기대하고 있었던 것이었다.

"그래요, 말씀하신 대로, 전쟁은 병이라 생각하고 조바심 내지 말고 기다리면 될까요. 초장에 후려쳐서, 죽죽 해치우고 있는 지금의 전황이 계속되면, 예상외로 빨리 결말이 날 테니까요."

히라세는 그 말을 하며 의자를 비켜놓으며, 신고 있다기보다 그의 작은 몸이 반쯤 끼워 넣어져 있는 듯한 고무장화로, 엉거주춤한 자세로 창을 내다보며,

"또 한바탕 쏟아지겠네요."

라 말하며 나간다. 얼어붙은 눈을 밟는 무거운 신발 소리가 잠시 들려오고, 그 후엔 아무런 소리도 나지 않는 겨울 칩거 중인 2월의 적막을 깨고, 여우가 캥캥 운다. 짝짓기 계절에 들어감에 따라, 특징이 있는 그들의 울음소리는 사모의 구슬픈 가락으로 예리하게, 선명하게 커져갔다. 소위 여우 냄새의, 어떤 짐승 사이에서도 금방 알아차리는 농도의 냄새도 요즘은 한층 더 깊어지고, 작년 겨울의 첫 교미기에는 하기오카는 여우 막사에 들어갈 때마다 역해서 현기증이 날 것 같았다. 익숙해진 지금도 먹이를 배분하고 돌아오면 얼굴과 손을 비누로 씻고, 그래도 손가락 끝을 코에 대고 맡아보았다.

"난 이제 여우 냄새가 배어버렸어."

"설마. 하지만 히라세씨에게는 분명 여우 냄새가 났어요. 그렇게 생각하지 않아요?"

"그 사람에게는 오히려 자랑거리일지도 모르지. 전쟁으로 경

기가 안 좋은 것은 딱해."

"청일전쟁도 러일전쟁도 2년 이상은 걸리지 않았기 때문에, 이번에도 1년만 더 견디면 대승리로 끝나버린다고 부인에게 말하고 있다고 해요."

"글쎄 어떨까."

하기오카는 고개를 갸웃했다. 그러나 그의 의심도 그 후의 변화에 비하면, 아직 지나치게 자기중심적일 정도였다. 1년 지나면 다 끝나는 게 아니라, 전쟁은 그즈음부터 본격적으로 이루어졌다. 오히려 전쟁이란 어떤 것인가를, 그때까지는 전쟁을 하면서 전쟁을 몰랐던 것임을, 무진장한 석유와 석탄, 철, 고무, 면, 그 밖의 모든 자원을 이용하여 조직화한 헤라클레스적인 생산 앞에는, 단순한 정신력 고양과 그것을 부추긴 내용 없는 함성과 허세와 속임수는 도움이 되지 않는다는 것을, 일본인은 처음으로 알게 되었다.

4년째인 겨울 칩거에는 고원의 주민은 피난민을 합쳐서 두 배 가까이 늘어났다. 역 앞의 허름한 집의 비싼 거래가 소문이 된 것은 옛날이야기고, 지금은 벽이 허문 4첩 반짜리 방을 손에 넣는 것도, 그것에 가까운 돈을 내야 했다. 특히 기가 막힐 정도의 오름세는 취사 겸용 스토브로, 파손되어 헛간 깊은 곳에 밀어 넣어둔 고물까지 찾아내서, 그것도 좀처럼 얻기 힘든 것이 되었던 드럼통으로 두 개 만들어지는 신품이 4, 5백 엔 했다.

사사키도 아내인 스마코와 어린 마코토를 가을부터 산장으로 피난시키려고 했을 때에는, 우선 그것을 찾아내는 것에 고생했다. 수업은 없었지만, 공장으로 동원된 학생들 감독으로 도쿄를 떠날 수 없는 그는, 산에는 아내와 자식만 보내고, 신년에 잠시 오거나, 현縣 내의 시골마을에 분산시키고 있는 같은 공장에 볼일이 있었던 김에 갑자기 얼굴을 내밀거나 할 뿐이었다. 가족이 뿔뿔이 흩어져 사는 것은, 지금은 일반적이 되었다. 별장촌에서도 피난 온 사람들이 수십 채 생겨나있는 상태로, 젊은 아내와 어린 아들만의 산 생활도 그렇게 염려되는 것은 아니었지만, 그래도 30분도 안 걸리는 노선 맞은편에, 겨울나기에도 경험자로서 하기오카가 살고 있는 것은 든든했다. 하물며 여자끼리는 한층 더 친밀해지고, 마코토의 기분전환도 되기 때문에 스마코 쪽에서 자주 찾았다. 아사마를 비롯하여 주위의 산들과 들판은 새하얗지만, 길 위에는 20센티도 쌓이지 않는 눈에, 사람이 혼자 지날 수 있는 폭으로 얼어붙은 얇은 개울을, 앞장선 마코토는 고무밑창 신발을 준비해서 스키처럼 미끄럼을 타기도 했다. 모친과 한 쌍으로 도메씨가 자작나무 가지로 만들어준 지팡이로, 눈에 선을 그으며 가는 것도 재미있었다. 줄무늬로 팬 곳만 눈이 담청색이 된다. 모친도 같은 지팡이 끝으로 새 그림을 그려주거나 한다. 눈이 내릴 때 외에는 거의 흐려지지 않는 쾌청한 날씨가 이어지고, 쨍쨍하게 아주 맑아서, 해가 있는 동안은 따끈따끈한 바깥 공기 속에서 이렇게 하며 놀면서 외출해도, 여름보다 한층 상쾌했다.

"이런 거, 이제 뒤집어쓰고 나오지 않아도, 걷고 있으면 땀이 날 정도예요."

스마코는 방공용을 그대로 사용하고 있는 두터운 명주 두건을 벗으면서 말한다. 그것이 장애물 취급을 받는 것은, 마침내 3월이라는 계절 때문만은 아니었다. 그러나 그런 지역에서조차 강 건너 산기슭 마을과 역 앞에 있는 망루의 경종이 때때로 울리게 되었다. 전쟁이 일어나고 나서부터 라디오를 특히 싫어해서 달려고 하지 않는 하기오카는, 아직 대체로 땡·땡땡으로 끝나는 그 울림에 여자들과 함께 귀를 기울였다. 어느 군함에서, 어느 바다에 있는지도 모르는 숙부를 그는 걱정했다. 도쿄의 의붓어머니와 여동생은 산으로 옮긴 뒤에 들인 양자의 친가의 소개로 나라奈良에 피난 가 있었다.

"식량 사정도 있겠지만 일본의 피렌체[87]는 미국의 비행기도 폭격하지 않는다는 해석에 근거한 것 같아요."

그 이야기가 나와서 하기오카가 그렇게 말하자,

"그만큼 공장지대에 있는 것은 위험한 거군요."

하고 스마코는 지금 그곳에서 생활하고 있는 남편에 대한 생각을 하게 했다.

"사사키씨 일을 걱정하기 시작하면, 저런 침착한 스마코씨도 금방이라도 도쿄로 되돌아가고 싶다고 하네요."

"무리는 없지만, 마코토를 위해서도 그런 터무니없는 일은 할

---

87 일본의 고도(古都), 즉 교토(京都) 일대를 가리킴.

수 없어. 게다가 사사키는 그런 식의 남자야. 대부분의 경우 실패
는 하지 않아."

"저도 그렇게 말하고 만날 때마다 위로해주고 있어요."

그러나 위로하던 자가 위로받는 자가 된 것은 얼마 지나지 않
아서였다.

어느 아침 일찍, 도메씨가 데리러 왔다. 그런 일은 지금까지
없었다. 어떤 용무인가를 도메씨의 귓전에서 소리치고, 무거운 입
에서 대답을 끌어내는 동안에는, 목적지에 다다를 정도로 오래 걸
렸다. 스마코는 아무것도 묻지 않고 곧 외출할 준비를 했다. 도메
씨는 현관의 토방에 천천히 허리를 굽히고 마코토를 등에 업었다.
그 몸짓으로 그가 얼마나 기다리고 있는가를 알았다. 그녀는 갑자
기 성급해지고, 마코토를 업고 큰 걸음으로 앞에 선 도메씨에게 뒤
지지 않으려고 했다. 평소보다 몇 분 빨리 도착했다. 문을 연 요시
코는 말은 하지 못하고, 굵은 눈물을 뚝뚝 흘렸다. 승홍수昇汞水의
강한 냄새가 집안에 가득 차 있었다. 모든 것을 깨달았다. 작년 이
른 봄에도 하기오카는 한번 각혈했다.

"마코토는 또 산양에게 풀을 먹여주렴. 자, 도메씨가 갖다 줄
테니까."

스마코가 능숙하게 마코토를 헛간 쪽으로 쫓아버리고, 토방
의 스토브에서 둘만 있게 된 것은 자세한 이야기를 듣기 위해서만
이 아니라, 안에 함께 들어가지 않도록 하기 위함이기도 했다. 병
자는 어제 저녁부터 네 번 연속해서 각혈을 한 후 정신없이 잠들

어 있는 상태라고 한다. 첫 번째는 여우 막사에 도메씨와 스튜 냄비를 옮기고 있던 때로, 놀라서 달려온 도메씨는 진짜 벙어리가 된 것처럼, 목구멍에서 기묘하게 나오는 고함을 지를 뿐, 단지 그쪽으로 손을 흔들었다. 그 모습에 요시코는 무언가 덜컥해서 달려 나갔다. 여우 막사 앞의 눈에 새빨간 반점이 있었다. 그것을 발밑으로 둔 채 하기오카는 감색 스웨트로 감싼 장신을 철망에 기대어 손수건으로 입을 닦고 있었다. 그렇게 해서 요시코가 달려오는 것을 보자, 돌아가신 어머니를 쏙 빼닮았다고 하는, 눈가에 오히려 온화한 느낌이 있는 갈색 눈으로 애잔한 미소를 지었다. 슬퍼하고 있는 것도 놀라고 있는 것도 아니고, 가령 장난을 친 후의 어린애가 용서를 구하는 것과 비슷한 조심스런 응시였다. 그는 요시코가 옆에 다가올 때까지 눈빛을 바꾸지 않고 그 모습을 눈동자에 빨아들이려고 하는 것처럼, 오로지, 지긋이 응시하고 있었다.

병자가 자고 있는 안쪽 방은, 아래의 가루이자와의 본국으로 돌아가는 외국인에게 사들인 침대에, 제일 처음 각혈한 때부터 난방전용 스토브도 준비되어, 거실 겸 부엌인, 도메씨와 산양, 닭이 함께 쓰는 방과는 다른 집처럼 청결하게 정리되어 있었다.

"아아, 스마코씨였어요?"

반쯤 잠이 깨서, 얼음주머니 밑에서, 엷게 뜬 눈으로 졸고 있던 하기오카는, 창문을 뒤로 하고 앉은 그녀를, 요시코라고 생각한 모양이었다. 목소리는 쉬어 있었지만, 자고 난 후의 온화한 얼굴은 열로 빨개진 볼 색깔도 한몫해서, 평소의 그와 그리 다르지는 않은 것처럼 보였다.

"기분은 어떠세요? 요시코씨는 잠시 얼음을 교환하러 가셨어요."

"두통이 멈추고 좋은 기분입니다. 이제 안정되겠죠."

그 말의 의미를 받아들이고 스마코도 보증하듯 말했다.

"그렇고 말구요. 남은 건 이제 당분간 평온하게 계시면 돼요."

그러나 각혈은 일주일간 멈추지 않았다.

이 일대는 원래 의원이 없는 마을이었다. 그렇다기보다 의사를 필요로 하는 주민도 마을도 없었기 때문에, 사람이 살게 되어도, 환자는 구사쓰草津나 가루이자와나 고모로小諸 근처의 의사에게 가는 수밖에 없었다. 대부분은 그런 수고도 돈도 들이지 않는 사이에, 고원의 풀이 겨울과 함께 시드는 것처럼, 자연의 도태에 맡겼다. 그런데 전쟁으로 피난 온 마키牧씨라고 하는 의사가 역 앞에서 진찰을 시작했다. 치바千葉의 병원은 아들에게 이어가게 하고 있는 노의사로, 오랜 경험을 가지고 인물도 느낌이 좋은데다가 회화에 취미가 있거나 해서, 작년의 병 이후 하기오카와는 주치의와 환자만의 접촉이 아니게 된 그는, 이제는 찾아낼 수 없는 간호사를 아들의 병원에서 무리하게 오게끔 하기도 했다. 스마코도 묵을 생각으로 나간다. 그런 때 마코토는 옆집의 오나미가 맡았다. 그렇게 해서 히라세 자신은 여우를. ――일본 전지역이 위장을 비우고 있는 사정 속에서, 어떻게든 열 쌍 가까운 여우를 굶주려 말라죽지 않도록 할 수 있는 것은, 하기오카의 보조금 덕택이었다. 그래도 생선은 도저히 손에 넣을 수 없게 되고, 근처의 광산 관련

남자들이 밀살하는 소의 내장으로 대충 넘기는 형편이었다. 미식가인 여우를 히라세가 불쌍히 여기는 것 때문에, 가끔 오나미와 싸움이 일어난다.

"정말, 당신이라는 사람은 지금을 어떤 시절이라고 생각하고 있는 거죠? 정말이지 미국의 비행기가 올 거면 와서, 여우 막사에 폭탄을 꽝하고 던져주면 차라리 속이 시원하겠네."

화가 난 오나미는 부글부글 끓는 냄비를, 폭탄 대신으로 자기가 뒤집어엎을 기세로 그날도 아우성치고 있었을 때,

"오나미씨, 잠시 안으로 들어가겠습니다."

하고 말하며 스마코가 마키씨와 함께 들어왔다. 병자는 사사키를 만나고 싶어 했다. 불러도 좋을지 어떨지, 만나보는 것이 병세에 미칠 영향을 스마코는 두려워했다. 이런 이야기는 병실에서는 물론 요시코 옆에서도 거론되지 않았다. 그러고 싶다고 바라는 마음이, 그렇다고 철석같이 믿는 일반 심리로, 마침내 각혈이 멈춘 것을 그녀는 회복기에 들어선 증거라 생각하며 가슴을 쓸어내렸다. 게다가 하기오카가 단호하게 말하는 것이었다. 걱정하지 마, 난 죽지 않아, 분명 좋아져 보일게. 남편의 어떤 말에도 의심을 품은 적이 없는 요시코는, 이 경우도 그것이 거짓말이라고는 여겨지지 않았다. 오히려 남편이 자신을 내팽개쳐두고 어디론가 사라져버린다고 하는 상상은, 이 고원에서 일생을 마치는 사람이 바다를 생각할 수 없는 것과 같고, 그녀의 사유를 벗어난 것이었다.

마키씨는 사사키를 불러들이는 것에 반대하려고는 하지 않았

다. 그렇게 해서 이번에는 그쪽에서 물었다.

"나라奈良 쪽은 어떻게 하실 겁니까?"

"글쎄요."

"심장이 의외로 약해서요."

스마코는 메인 목을 꿀꺽 삼킬 뿐, 바로는 말을 잇지 못했다 그때까지 병세가 심해졌을 거라고는 그녀도 생각하지 않았던 것이다. 마키씨는 직업적인 냉정함으로 죽음은 시기 문제에 지나지 않는 것, 게다가 공습으로 기차도 정상적으로 움직이지 않는 상태로, 갑자기 달려올 수는 없을 것이라고 했다. 스마코는 하기오카와 의붓어머니와의 관계를 털어놓지 않을 수 없었다. 그들이 느닷없이 나타나는 것은 병자에게는 죽음의 선고와 같았다.

"사사키가 오고 나서라면."

"좋습니다."

지금까지도 병에 대해서는 마키씨와 미리 상의한 스마코가 맡았다. 요시코가 눈물만 흘리고 있는 경우도 재깍재깍 처리를 할 수 있었는데, 그때의 스마코는 마키씨를 배웅한 후에도 안정이 되지 않았다. 그만큼 중대한 일을 업무로 상담한 것이, 엄숙하게 그녀의 마음에 와 닿고, 또 그 기회에 오랜만에 남편을 만나는 기쁨도 은근히 샘솟는 것이 뭔가 죄를 지은 듯, 그만큼, 아무것도 모르는 요시코가 새삼 불쌍해지는 것이었다.

"뭐야, 별 대단한 것도 아니잖아."

사사키는 찾아와서 침대 옆에 털썩 앉자, 병에 대해서는 그 말 밖에는 하지 않았다. 그는 아내로부터의 편지가 일주일이나 걸린 것, 그 다음날 5시간 전부터 기다렸다가 겨우 탔다, 라기보다 자루 속 감자처럼 꽉 채운 야간열차가 구마가이熊谷 바로 앞에서 공습경 보로 암흑 속에서 오도 가도 못했던 것, 사이렌이 울릴 때마다 도 쿄는 도쿄가 아니게 되어가고 있는 중이라는 것, 요전 4월 13일의 공습의 맹렬한 화재는 역사적인 의미에서 봐둬서 손해가 없는 볼 거리였던 것, 다루기 어려운 것은 대낮에 머리 바로 위를 마구 날 아다니기 시작한 그러먼[88]이라는 것, 그것에 비하면 B29는 유유 히, 웅장하고 아름답게, 봄볕으로 가득 찬 푸른 하늘을 장대한 날 개와 앞머리의 발동기의 회전으로, 번쩍번쩍하며 진짜 관을 쓴 것 처럼 보이는 기체와의 나무랄 데 없는 균형으로, 은빛으로 반짝이 며 날아오는 편대는, 적이지만 넋을 잃고 볼 뿐이고, 그러한 다이 너믹한 아름다움은 그리스의 아크로폴리스 못지않은, 새로운 조 화미라는 것, 이런저런 일들을 그는 혼자서 떠들어댔다. 악한 척하 는 논법으로 그 비참함과 재해를 위장하는 뉴스 이외에는 사상자 가 단 한사람 있었는지 없는지 모르는 듯한 화술이었다.

"하지만 루시퍼가 어떤 아름다운 얼굴을 하고 있어도 악마는

---

88 미국의 군용기 제작업체로 1994년에 노스럽이 그러먼을 인수합병하여 노스럽 그러먼
이 되었다. 제2차세계대전 당시 그러먼(Grumman)이라는 이름은 미군전투기 혹은 미운
적기를 가리키는 대명사였다.

악마니까. 그들이 마구 설치는 권역 밖인 이 지역에서 살아갈 수 있는 자네들은 실제로 행복한 거야."

"응, 난 행복해."

하기오카는 메아리처럼 대답했다. 그러고 나서 신중한 어투를 꿰뚫어 보고 있는, 교활한 미소로 상대를 지긋이 바라보며, 낮지만 단호한 어조로 말했다.

"하지만 사사키, 자네한테 일부러 오도록 한 것은 도쿄의 공습 이야기를 듣기 위해서가 아니야."

"그럼 어떤 이야기가 달리 있을까, 지금의 도쿄에서 온 사람한테."

사사키는 일부러 지지 않고, 그렇게 해서 마찬가지로 정탐하는 듯한 미소로, 살이 빠진 창백한, 그만큼 이마에 엉클어진 머리카락이 더 새까매 보이는 침대 위의 얼굴을 다시 쳐다보았다.

"그건 그렇지만, 그런 것보다 내가 이야기하는 것을 들어줬으면 하는 거야. 그런데 자네는ーー"

"오자마자 쓸데없는 수다를 떨기 시작했다는 거겠지. 좋아, 당장 듣지 뭐. 서론 따윈 필요 없어."

환자와 문안 손님이라기보다, 그들은 고등학교 시절 기숙사의 늘 펴져 있는 이부자리에 드러누워 논쟁한 어조를 취했다. 마음 약하게 감상적으로 되지 않기 위한 서로의 속임수였지만, 그래도 하기오카는 휙 하고 머리를 벽 쪽으로 향해버렸다. 두 개를 겹친 새하얀 베개가 기울어져 움푹 들어간 데서 소년처럼 가늘게 야윈

뒷목을 보니, 사사키도 갑자기 눈시울이 뜨거워지는 것이었다.

"내일 하기로 하지." 하기오카는 다시 몸을 돌리며 말했다. "이제부터 슬슬 열이 나. 오전에 와줘."

"응, 그러지."

"그때까지는 괜찮아."

눈물에 젖은 얼굴로 하기오카는 조용히 웃었다.

무슨 바보 같은 소리를, 라고 해야 하는 말을, 사사키는 그대로 삼키고 의자에서 일어섰다.

다음날 오전의 병실은 5월 초순의, 저지대의 이른 봄에 내리쬐는 청명한 햇볕으로 충만해 있었다. 머리맡의 작은 탁자 위의 꽃병에 꽂힌, 둔탁한 은색의 벨벳 같은 광택으로 알알이 빛나고 있는 갯버들은, 고원의 쓸쓸한 겨울도 이미 지나간 것을 말하고 있었다. 환자도 어제보다 기분이 좋았다. 코 밑에서 턱에 걸쳐 거뭇거뭇하게 있던 수염을 깎아서, 야윈 얼굴도 깨끗해져 있었다.

"오늘아침에는 멋을 좀 냈어요. 당신이 오실 거라면서."

아침상을 물리면서 요시코는 즐거운 듯이 말했다. 사사키가 온 것이 그녀를 천진스레 기운 나게 했다.

"어제는 불쑥 찾아온 거니까."

하기오카도 생글거리며 말하면서 방을 나가고 있는 아내의 뒷모습에 대고 불렀다. "요시코, 사사키군과 잠시 의논할 일이 있으니까, 마키씨에게는 오후에 오라고 해줘. 도메씨가 아니라 당신이 가는 편이 좋아. 여기는 잠시 용무가 없으니까."

두 사람만이 남았다. 잠깐 동안 두 사람은 입을 열지 않았다. 그런 후에 하기오카는 갑자기 물었다.

"오늘은 며칠이지?"

"9일이야."

"그러면 우리들이 오고 나서 모레면 만4년이 되는군. 세월 참 빠르네."

하얀 회반죽을 바른 천정을 멍하니 올려다보고 있던 하기오카는 혼잣말처럼 하며, 반듯이 누운 자세를 그대로 한 채 또 말했다. "난 이제 틀렸어."

"두세 번 피를 토한 정도로 죽는다면 일본에 폐병은 없겠지."

"그렇게 말해주는 건 기쁘지만, 서로 속이는 건 그만두자. 난 각오가 되어 있어. 자네가 어제 나를 행복하다고 했을 때, 내가 실제 행복하다고 대답한 것은, 그건 거짓말이 아니야. 여기에 살면서, 자네들에게 이렇게 둘러싸인 채 죽어갈 수 있는 건, 지금으로선 행복 이상이야."

"그렇다고 해도 스스로 단념하고 서둘러 그렇게 되길 바랄만한 게 아니잖아. 어떤 순간에도 살아갈 의지를 버리는 것은 인간적으로 비겁해. 요시코씨 한사람을 생각한다 해도, 자네는 아직 죽을 수 없을 거야."

"그런 말을 들으면 괴로워."

이미 서로 마주하고 이야기하고 있던 하기오카의 얼굴에서는 눈물이 한없이 떨어져 내려서, 사사키가 자신의 손수건으로 닦아

주어야 했다. 하기오카는 그 손을 정맥이 튀어나온, 손톱의 색깔을 잃은 양손으로 잡았다.

"흥분하면 몸에 안 좋아, 이런 얘기는 그만두자."

"괜찮아, 괜찮아."

하기오카는 단호하게 반대하며 손을 놓고, 젖은 속눈썹을 겹쳐서 3, 4초 눈을 감았다. 떴을 때에는 진정되어 있었다.

"요시코의 일은 나중에 천천히 이야기해. 자네에게 모든 것을 부탁해야 하고, 여러 가지 소상하게 이야기해둘 필요가 있으니까. 하지만 한 마디로 말해, 그 사람을 만나지 않았다면, 난 어린 시절부터의 불행을 무덤까지 가지고 가서, 인생에도 즐거운 일이 있다는 걸 모르고 끝났을 거라 생각해. 그런 의미에서는 요시코는 나를 구원해주었지만, 그녀는 그녀 쪽이 구원받았다고 생각하고 있어. 그렇게 해서 이번에도 내가 죽지는 않는다고 하니, 진실로 받아들이고, 좋아질 거라 믿고 있어. 우리들은 결혼 전에도 그 후에도 거짓말은 서로 한 적은 없는데도, 난 감쪽같이 속이고 있어. 그런 만큼 내가 죽은 뒤의 요시코에게는 보통의 남편 이상으로 책임이 있어."

"그렇게 생각하면 다시 한 번 살아낼 결심을 해야 하는 게 아니야? 그런데 자네는 뭔가 원해서, 오히려 즐기면서 죽으려 하고 있는 것 같아. 그런 건 용서할 수 없는 사치야."

"사치인가."

화려한 솜털이불 깃에 턱을 올리고, 그 말을 반추하면서 잠시 입을 다문 하기오카는, 끄덕이면서 다시 말하기 시작했다. "듣고 보니 모든 게 자네 말대로야. 이 전쟁 중에 폐병으로 누워있는 것조차 대단한 사치지."

"그런 식으로까지 이야기를 갖고 갈 건 아니야."

"그냥 얘기하게 내버려둬 주게. 나도 말은 달라도, 결국 같은 생각을 요즘, 이라기보다 작년의 각혈 이후, 하고 있었어. 전세계가 결국 이런 상태가 되었어. 유럽은 유럽으로서 우리들 주위의 모든 전선에서, 인간과 인간이 서로 죽이고 있어. 원래 전쟁이라면 직접 피를 흘리지 않는 것까지, 공중폭격에는 예외가 없어. 집은 불타서 무일푼이 되고, 그렇게 해서 계속 굶주리고, 서로 증오하고, 서로 훔치고 있는 가운데서, 나는 여기에 느긋하게, 따뜻하게 누워 있어. 피를 토하지 않고 열이 없을 때에는 별로 고통도 없어. 모두가 친절하지, 암거래로 먹을 것도 땔감도 불편한 건 없어. 경보 종소리조차 고원과 숲을 통해서 들으면, 두려움보다도 일종의 시적인 정취를 느낄 정도야. 대체 이런 생활이 허락되어도 좋은 건가? 난 가끔 의심하곤 해."

"환자를 전쟁에 끌어낸다고 해도 쓸모도 없지 않은가."

"아니, 병 이전을 생각해도 그래. 우리들은――이것은 복수로 말해야 하지만, 타인이 곤혹스러운 것을 곤혹스러워하지 않고 살아온 거야. 물론 물질적인 것에 한정된다고 해도, 어쨌든 사회생활 면에서는 돈 덕분에 득을 봤어. 대학을 나온 것도, 또 즉시 은행을 그만두거나 반은 취미삼아 여우 사육이 가능하거나 한 것도, 이렇게 해서 누워 있을 수 있는 것도 같은 이유지만, 그것에 대해 내가 보답한 것은 없어. 그저 받기만 했지. 하지만 그런 뻔뻔스러운 것이 끝까지 계속되는 건 아니야. 그만큼의 지불은 분명 언젠가 해야 할 거야.”

“그것이 병으로 지불할 수 있는 것일까?”

사고의 흐름에서 보자면, 병은 죽음으로 직접 바꿔야 했다. 사사키는 일부러 서슴없이 말하면서도, 정말이지 그것만큼은 말할 수 없었지만, 입에 담지 않은 말이 들리고 있는 것을 알았다. 그러나 하기오카는 전혀 동요하지 않고,

“지불 방법은 사람마다 여러 가지가 있으니까. 그 점 은행원이었던 내 쪽이 더 잘 알아.”

하고 농담조차 하며, 그렇게 해서 이 지불은 개인과 계급만이 아닌, 국가와 국가 간에도 부과되어야 할 것이라는 것. 일찍이 사사키 자신이 일본이 중국에게 흘린 만큼의 피는, 반드시 언젠가 흘리게 될 거라고 한 것도 이것과 통하는 생각이고, 이탈리아, 독일이 굴복하고, 전세계를 상대하지 않으면 안 되게 된 일본에게는, 드디어 그 시기가 온 것이라는 것을, 하기오카는 절실히 느낀다고 하는 것이었다.

“나는 만주사변 당시부터 전쟁에는 반대였어. 그렇다고 해서 행동적으로 부정한 적은 한 번도 없지. 이것은 대부분의 지식인의 비겁함이었다고 하는 변명은 일단 가능하겠지만, 같은 생각을 가지고 있던 자라도 자기 자신이 전사하든가, 가족을 잃든가, 싫든

좋든 희생을 강요받고 있는데, 난 그것조차 모면해왔어. 게다가 이제 끝이 보인 패전 후에, 살아남은 자가 국가적으로 짊어질 고통도, 굴욕도 맛보지 않고 이대로 죽어간다면, 실제 사치스러운 지불 이상으로 에고이스트라 해도 좋지."

하기오카는 지금은 마치 남의 이야기라도 하고 있는 듯한 어조로, 그 정도의 침착함으로, 그렇게 해서 자나 깨나 그것만을 가슴에 담아두고 있던 것의 끈기로, 이제 혼자서 계속 이야기했다.

"크리스트교도라면 나의 사고방식은 곧 신으로 연결되겠지. 그렇다면 오히려 확실히 해결되겠지만, 유감스럽게도 나는 신앙을 갖고 있지 않아. 물론 나도 여기까지 오는 데에는 상당히 괴로웠어. 계속 고민했어. 기도도 하고 염원도 했어. 하지만 그것은 단지 막연한 큰 힘에 대한 염원이고, 크리스천이 크리스트와 성모의 이름으로 기도하는 듯한 그런 기도는 할 수 없어. 나무아미타불도 안 나와. 이렇게 되면, 종교적인 전통으로부터 방치되어 자란 우리들은 불행해. 하지만 말이야, 나는 자연을 좋아하는 탓인지, 하나의 원자로 분해했기 때문인지, 이 자연 속에서 또 뭔가로 형성되어서 새롭게 살아온다고 하는 생각이 꼭 맞게 익숙해졌어. 누워 있으면서 많이 생각해. 나는 아름다운 구름이 되어 이 고원의 하늘에 떠오를지도 몰라. 낙엽송의 새순이 될지도 모르지. 저 보랏빛이 짙은 용담이 될지도 모르고. 그렇지 않으면 시냇물의 한 방울의 물이 될지도 몰라. 안 그래?"

동의를 촉구하듯 올려단 본 눈을 머리맡의 갯버들로 옮기자,

하기오카는 싱긋 웃었다. "이 꽃도 내년에는 나일지도 몰라."

사사키는 너무 오래 이야기하게 하는 것을 걱정하면서도, 제지하려고는 하지 않았다. 그가 너무나도 유쾌한 듯 말하는 것과, 그들 전생의 공상은 분명 자연의 열애자인 그에게는 어울리는 종교이고, 펜으로는 한 줄도 쓰지 않았던 그의, 마지막 시인 것을 알고 있었기 때문이었다.

"난 언젠가 요시코에게 그리스신화의 필레몬과 바우키스 이야기를 해줬어. 그렇게 해서 우리들도 죽을 때에는 뭔가의 나무가 되어, 같은 시각 같은 순간에 죽자고 했지. 이 서약은 그 이전부터야. 나는 피를 토하기 전에는 자신도 놀라울 만큼 한때 건강해졌는데, 반대로 죽음의 예감이 시작되어, 요시코에 대해서도 일찍이 없었던 질투를 느끼기도 했어. 난 죽어도 요시코를 남겨두고 싶지는 않았던 거야. 하지만 지금 심정은 그때와는 완전히 달라졌어. 니혼바시 한가운데에서 태어난 그녀를, 이런 곳에 끌고 왔어. 도쿄의 집에서는 마음고생만 시키고, 여기에서는 간호야. 그것을 죽어서까지 동반자로 삼으려 했으니 잠시라도 생각한 것은 천벌을 받아 마땅해. 난 요시코와 한 약속을 그만두게 할 거야. 하지만 이런 얘기는 그녀와 마주보고는 할 수 없을 것 같으니까, 자네한테 부탁해두는 거야. 부디 내가 죽어도——"

아내의 이름으로, 어리기 시작한 눈물은, 움푹한 콧방울과, 윗입술을 압박해서 막으려고 해도, 가득 넘쳐서, 눈에서 베개가 닿은 부분과, 콧마루를 넘어 뒤섞였다. 그 따뜻한 흐름에 얼굴의 반을 적시면서, 하기오카는 부탁을 상세하게 말했다. 도쿄의 집은 아직 무사하지만, 언젠가는 불타버릴 테고, 거기서 장례식은 어려울 것이다. 요시코에게는, 그것이 가능할 때까지, 여기에 지금까지처럼 생활하게 했으면 한다. 유언의 첫 번째는 그것이었다고 전해달라는 것이었다. 보통의 연인들의, 단순한 정열의 서약이 아니라, 남편과 부인 사이에, 그만큼 엄숙한 약속이 있었다고 한다면, 이 유언은, 그것을 해제하는 데 가장 무리가 없는 말임에 틀림없었다. 사사키는 이제 순순히 받아들이고, 안심하라고 했다.

"고마워. 이 부탁이 있어서 자네를 빨리 만나고 싶었던 거야. 하지만 난 정말 행복해. 자네도 스마코씨도 정말 친절하게 대해줬고, 요시코는 저토록 선량한 여자야. 부디 나와 마찬가지로 그녀에게도 친절하게 해주게. 그런 것을 자네한테는 부탁할 필요도 없는 것이지만. 나리와도 난 화해할 생각이네. 특별히 싸움을 한 것은 아니지만, 어쨌든 의붓어머니와 여동생이 어떤 태도를 취해도, 내가 그것에 대해 마찬가지 감정을 가지는 건 좋지 않았어. 난 모든 것을 사죄하고, 요시코에게 다정하게 대해주도록 부탁할 거야. 생각해보면, 자신이 낳지도 않은 자식의 어머니가 된 것도 깊은 인연이니까. 우리는 좀 더 진심어린 마음으로 사이좋게 지내지 않으면 안 돼. 이런 식으로 생각하기 시작하면, 내가 요시코를 만난 것도 같은 인연이라고 할까, 운명이라고 할까, 이상한 일이고, 자네들과 이렇게 친하게 지내고 있는 것도 정말 이상하다고 생각해. 이 감정은 이 고장에도, 이웃인 히라세부부에게도, 도메씨에게

조차도 있어. 내가 다른 곳에 가지 않고 여기에 와서, 그들의 이웃이 되거나 주인이 되거나 여우 사육을 시작하거나 한 것도 이상한 인연이야. 저 여우들도 그런 의미에서 전보다 훨씬 사랑스러워. 3호 막사의 것은 임신 중이라, 일주일만 지나면 태어난다고, 그제였던가, 히라세가 와서 말했으니까, 난 새끼여우가 무사히 태어난 것을 보고 죽을 수 있다면 기뻐."

하기오카의 사소한 마지막 바람은 이루어졌다. 그는 2개월 남짓 더 살고, 종전 이주일 전에 죽었다. 나라에서는 6월 초, 의붓어머니와 여동생이 중앙선을 타고 와서, 나고야 바로 앞에서 받은 기총 소사의 끔찍했던 이야기를 하고 돌아갔다. 이번에는 알리지도 못했다. 친척으로서 온 것은 아래의 가루이자와에 피난해있던 두세 사람 정도이고, 의례적으로 얼굴을 내민 것에 지나지 않았기 때문에, 임종도 보지 못한 사사키에게 모든 것이 위임되었다. 이 고장에는 화장터는 없었다. 관은 저녁이 다 돼서 히라세와 도메씨, 출입이 있었던 역 앞의 사람, 인부들의 손으로 산기슭의 마을 변두리에 있는, 한창 여랑화와 도라지가 흐드러지게 핀 움푹 팬 땅으로 옮겨졌다. 사람들은 새로 구멍을 파고, 관을 누이고, 그 위에 목탄을 세 포대 놓고, 통나무 장작을 구멍 한가득 쌓아올리고 나서, 그것을 젖은 멍석으로 덮었다. 이것이 그들의 화장 의식이었다. 불은 상주가 붙이는 것이라, 그것도 사사키가 대신해야 했다. 여자들은 돌려보내졌다. 사사키 자신조차 이 시신 더미가 연기로 뒤덮이는 것을 보고나서는 오래 머무를 수 없었다. 이것도 지역의 약속이었다. 그는 마키씨를 데리고 돌아가려했다. 양쪽에서 무성히 자란 풀 때문에, 나란히는 걷기 어려운 작은 길의 이슬은 차갑고, 벌레가 울고 있었다. 산은 이제 가을이었다. 달은 없지만 별이 찬란하게 빛나서, 엷은 포도색 하늘에는, 아사마가 어슴푸레하게 드러나고, 밤과 함께 피는 백합과의 애기원추리가, 주변의 수풀 위에, 우뚝하니, 점점이 고개를 내밀고 있었다. 무언가 요정처럼 아름다운 이 꽃의 자태는, 깊은 산기운이 담긴 침묵과 조용함 속의 저녁 어둠을, 희미하게 몽환적으로 만들었다. 사사키는, 이 꽃을 하기오카가 특히 사랑한 것을 알고 있었다. 그는 희미하게 공기에 섞여서 전해지는 연기 냄새에, 보이지 않는 불쪽을 되돌아보면서, 숙연하게, 앞을 가는 마키씨에게 말을 걸었다.

"이런 것이 글자그대로 장송이라고 하는 거겠죠. 너무나도 하기오카다운 장례예요."

요시코에 대해, 여러 가지 걱정하고 있었던 것은, 별로 일어나지 않았다. 너무 많이 울어도 안 될 텐데 하며 걱정했는데, 그다지 울지도 않았다. 그저 멍하니 백치처럼 입을 다물고, 스마코가 억지로 끌어내오지 않으면 식사를 하려고도 하지 않았다. 종전 라디오가 울려 퍼지고, 누구나가 얼굴을 보면 그 이야기를 하지 않는 사람이 없을 때에도, 마치 무감동으로, 전쟁을 하고 있었던 것도 잊어버린 것 같았다. 하지만 그녀가 남편의 뒤를 따르려고 하지 않는 것은 서약을 잊은 것이 아니었다. 또 불성실하기 때문도 아니라면,

도쿄에서 정식 장례가 치러지는 때가 올 때까지, 유골을 지키며 머무르도록 남겨진 그 말을 따른 것도 아니었다. 남편의 죽음은, 벼락이 나무를 친 것처럼 그녀를 망가뜨리고, 사지오체의 부분품만은 그대로이지만, 안쪽의 중요한 것은, 퓨즈가 끊어지는 것처럼 날아가 버린 빈 기계로 만들어버렸다. 과학적으로 조립된 기계인간이 복잡한 것은 말할 수 없는 것과 마찬가지로, 요시코도, 네, 라든가, 아니오, 라든가 하는 짧막한 말밖에 하지 않았다. 본질적으로는 그녀는 서약을 지켜서 남편을 따라 간 것이라고 할 수 있을 것이다. 남겨진 것은 생리적으로 변하지 않을 뿐인 시체에 지나지 않았기 때문에.

"어쩐지 께름칙하네요. 요시코씨, 괜찮을까요? 어제 같은 경우, 침실 창문 쪽에 우두커니 서 있기만 했어요."

"무리도 아니니까. 하지만 광인은 폐병보다 골칫거리야."

사사키부부는 이런 내밀한 이야기까지 했다.

도쿄의 저택은 5월 25일의 공습으로 불타고, 의붓어머니와 여동생도 나라에 그대로 머무르고 있었다. 하기오카는 은행원 출신다운 면밀함으로, 요시코에 대해서도 세세하게 써서 남겨 두고, 그 처리는 모두 사사키에게 맡기고 있었다. 그러나 종전 후의 안정되지 않은 불편한 정세 속에서는, 성가신 교섭 일은 쉽지 않았다. 부상해서 대만의 병원에 있는 것만 알고 있는 숙부인 간바 중위의 귀환에, 사사키는 기대를 걸었다. 그렇게 빨리 돌아오지는 못할 거라고 생각했는데, 간바는 두 달 지나지 않아서 돌아와, 갑자기 산에 찾아왔다.

"어머, 누구신가 했어요."

안쪽에서 문을 연 스마코는, 놀라서, 그런 상태의 목소리로 안쪽으로도 불렀다. "요시코씨, 요시코씨, 숙부님이 오셨어요."

근래의 요시코는 몇 년이나 병상에 있어서, 일시적으로 목숨을 건진 환자 같았다. 야위고 홀쭉하고 안짱다리에 이상하게 다리를 내미는 듯한, 안정되지 않은 걸음걸이로 나와서, 왼손을 잃은 숙부가, 스마코의 도움을 받아 장화를 벗고 있는 뒷모습을, 단지 검고 둥글게 쑥 들어간 눈으로, 멍하니 바라보았다. 하기오카 못지않게 장신이고, 얼굴도 많이 닮은 숙부는, 겨우 올라서자 그녀를 내려다보며 말했다.

"오오, 욧짱, 신이치伸一도 불쌍하게 됐어."

오랜만에 듣는 애칭은 남편이 부르는 것과 똑같았다. 그녀는 답례의 인사도 하지 않고, 비틀비틀 숙부의 보기 드문 양복 가슴에 매달렸다. 하기오카의 임종 때에도 내지 않았던 큰 소리를 내며 울기 시작했다.

"왜 그래요, 정신 차려요."

요시코는 울음을 그치지 않았다. 떨어지려고도 하지 않았다. 지금까지 몸의 내부에서 얼어붙어 있던, 슬픔의 모든 감정이, 그 순간 전부 눈물이 된 것 같았다. 숙부는 언제까지고 흐느껴 우는 그녀를, 어린 아이처럼 스마코와 함께 안으로 데리고 가야 했다.

그날을 경계로 요시코의 생활은 서서히 부활했다. 그것은 또 그 자신의 군복과 함께 사회의 폐물이 되고, 아내는 히로시마에서 딸 일가와 원자폭탄으로 잃고, 천애 고독한 몸이 된 노중장이 발견한 새로운 생활이기도 했다.

겨우 자신의 산장에서 살아갈 수 있게 된 스마코가, 가끔 찾아와보면 숙부는 생전의 하기오카가 하고 있던 일을 맡아서 하고 있고, 요시코는 하기오카를 도와주던 대로 상냥하게 숙부를 보필하고 있고, 또 이웃인 히라세는, 여우 사육을 처음 시작할 때 하기오카에게 여러 가지로 가르쳐주었던 것처럼, 노인에게 가르치고 있었다. 63세의 중장은, 신참 수병이 갑판 청소부터 단련되는 듯한 얌전함으로, 모든 지도에 복종했다. 여우는 다시 되돌아와 있었다.

하기오카의 작업복인 낡은 바지에, 그것도 요시코가 소독한다는 의미로 풀어서 다시 짠 스웨터에, 그쪽만 자유롭게 쓸 수 있는 오른손에, 여우들의 스튜가 들어있는 양동이를 들고, 왼손은 텅 비어 있는, 소매뿐인 팔을 흔들거리면서 여우 막사를 도는 숙부에게는, 옛날 모습은 조금도 없었다. 그는 과거 이야기는 절대로 하지 않았다. 마찬가지로 집이 불타, 자신만 도쿄의 친구 집에 있는 사사키가 만나러 왔을 때에도,

"아이고 뭐라고 드릴 말씀이 없는 형편이라."

라는 한마디로, 그것에는 종지부가 찍혔다.

"하지만 사사키씨, 이렇게 여우 사육을 할 수 있는 것도 신이치 덕분이에요. 어떤 일도 일이니까요."

숙부는 도메씨와 같은 말을 했다. 패전은 장군과 산사나이를

한패로 만들었다.

　미드웨이해전에서, 함교에서 나가떨어졌을 때 죽었어야 할 목숨을 건지고, 지금은 이런 산에서 자신의 나이의 절반도 살지 못한 조카가 남긴 여우 사육을 하는 이상한 운명에, 그는 묵묵히 따르고 있었다. 요시코가 산송장인 것과 같은 의미에서, 그도 또한, 그 일대의 비행장에 파괴된 채로 가로놓여 있는 전투기와, 녹슨 철근만 남게 된 군수공장과 똑같은 잔해에 지나지 않았다. 그래도 완전히 귀가 먹은 도메씨를 상대로 고함칠 때만큼은 옛날에 호령하던 목소리가 나왔다.

　"무엇이든 쓸모가 있는 법이야."

　그는 혼자 껄껄 웃었다.

　이웃의 히라세는 왕년의 간바 중위를 사촌동생 취급하는 것이 조금 자신만만했다. 게다가 미군의 진주로, 은색 여우도 경기가 좋아질 것을 전망하고, 힘이 나 있었다. 그는 사할린 이래의 여우 사육의 고심도, 하기오카에게 했던 대로 들려주었다. 간바는 배급 담배가 없어지자, 그것을 대신해 줄, 그 고장 사람이 만드는 땅두릅과 여뀌를 잘게 썬 것을 피우면서, 종순한 청자가 되었다. 가네코 주미대사의 도움으로 처음으로 수입된 은색 여우에 대해서는, 그가 젊은 주재무관이었던 가을 무렵이고, 들어본 것 같다고 말한 것이, 지금까지 없던 존경의 마음을 히라세에게 조금 불러일으키게 했다.

　"그렇습니까? 그렇다면 각하도 여우와는 아주 인연이 없는 것은 아니네요."

그 이후 히라세는 원래의 존칭으로 가끔 간바를 부르고, 그때마다 간바는, 그것만큼은 그만두라고 사절했다. 하지만 그것에 대해 정면으로 반대한 것은 아내인 오나미였다.

"어머나, 당신이란 사람은 천황조차 지금은 우리들과 다르지 않다고 하면서 간바씨를 각하라고 하다니, 기가 막히네요. 그런 아첨을 해도 저 사람은 하기오카씨 같은 도련님이 아니라서, 이 이상한 푼이라도 빌려주지는 않아요."

겨울 칩거 시기가 되고, 새해가 밝아, 여우의 짝짓기 계절이 시작되었다. 정열에 불타오른 수컷 여우들은, 아침부터 밤까지, 또 밤은 밤대로, 20도나 내려가는 혹독하게 차가운 공기를 뚫고, 캥캥하고 울어댔다. 감시는 예전과 마찬가지로, 오전이 도메씨, 오후는 간바씨로 정해졌다. 교대를 위해 조금 이른 점심을 요시코의 시중으로 끝내자, 그는 곧 나가서 높은 탑 위의 도메씨에게, 여느 때처럼 호령하는 목소리로 밑에서 고함친다.

"도메씨, 교대해요."

느릿느릿 털북숭이 얼굴로 내려오는 도메씨와 엇갈리게, 탕탕 올라가는 간바는, 함상생활의 습관으로 젊은이처럼 민첩했다. 감시에 편리하도록, 창틀을 낮게 붙인 탑 위의 3첩의 작은 방은, 생각보다는 깔끔하게 만들어졌다. 귀퉁이를 자른 화로에는, 고장 사람이 공기와 같은 무관심으로 사용하는 목탄이, 새빨갛게 불타오르고, 화로에 걸어놓은 주전자가 끓고 있다. 간바는 차를 내기 전에 우선 한대 피운다. 그렇게 해서 유리창을 통해서, 바로 아래로 내려다보이는 여우 막사 하나하나에 눈을 주시하면서, 긴 연기를 내뿜는다. 여우들은 노란 햇살이 비치는 모래밭에 나와 있어도, 수 컷여우는 암컷의 탐스러운 꼬리에 붙어 다니고, 마음을 담아 울어 대는 소리가, 눈 덮인 고원에서, 주변의 먼 산들 쪽으로 예리하게 울려 퍼졌다. 간바는, 함교에서 적함을 감시하는 것 같은 진중한 주의로 눈앞의 짐승들의 화목한 모습을, 여유롭게 지켜보았다.

피리

"기미きみ도 나무랄 데 없는 남편을 만나서 잘 됐어요, 쓰네つね 씨, 당신도 이제 안심이겠네요."

"정말로 그래요. 공장에서도 손꼽히는 재간꾼이라는데, 술도 담배도 하지 않은 고지식한 사람이라니, 요즘 좀처럼 볼 수 없는 사람이죠."

사위인 신사쿠新作가 주변에서도 평판이 좋은 것은 쓰네에게 는 기뻤다. 분명, 기미는 지금 처지에서는 더할 나위 없는 결혼을 한 것이기 때문에, 모친의 짐이 이것으로 내려졌다. 더군다나 기 미는 신사쿠의 집으로 들어간 게 아니었다. 남편인 료조良造가 죽 은 뒤, 남동생인 기요타清太와 셋이서 살고 있던 집으로 신사쿠 쪽 이 온 것이기 때문에, 결혼으로 딸을 내주는 쓸쓸함도 맛보지 않고 끝났다. 신사쿠도 료조가 오랫동안 일하던 근처의 공장에 다녔다. 마치 꿈같은 좋은 상황이라니, 이것도 모두의 덕분이고 고마운 일 이다. 쓰네가 진심으로 이렇게 생각하는 것은, 료조의 생전의 동료 로, 기미도 공장에 넣어주고, 신사쿠와의 혼사에도, 부모를 대신해 서 수고를 아끼지 않고 애써 준 이른바 사이토斎藤아저씨부터, 쓰네가 열네 살에 야마가타山形[89]의 시골을 나오고서 10년간, 료조와 살림을 차릴 때까지 계속 봉공했던 우시고메牛込[90]의 목재 도매상 주인으로, 지금은 이쪽도 남편이 먼저 죽고 복스러운 백발의 노인이 되어 있는 요네코米子. 또 그 밑에서 착실히 배운 재봉을, 지금은 좋은 부업으로 하도록 쓰네에게 계속해서 일거리를 가져다주는, 역 앞의 요릿집 아주머니라든가 그럭저럭 두셋 단골로, 그것과 함께 료조가 저토록 좋은 사람이었기 때문에 신과 부처님의 공덕이, 남겨진 가족에게 복을 주신 것이라고 믿었다.

"여보, 이제 이것으로 안심이에요."

근처의 아주머니들에게 축복받은 것과 똑같은 말을 하고, 쓰네는 위패 앞에 합장했다.

불단 대신으로 쓰는 거실의 작은 장롱 위의 위패에는 과자, 제철 과일, 때로는 햄과 건어물까지 올라있었다. 종전 직후 위암으로 어차피 죽을 목숨이라면, 원하는 것은 마음껏 먹게 해달라고 안 달래도, 사탕 하나 마음대로 살 수 없었던 것을, 그나마 지금 채우려고 했다. '석 료쇼신지釈良正信士'라는 계명戒名이 된 료조는 기미가 근처의 100엔 숍에서 사온, 우단으로 된 가장자리에 장미꽃 자수가 붙은 사진걸이 속에서, 딸에게 그대로 물려준 동그랗고 사랑

---

89 동북지방 남서부에 위치한 현(県).

90 1947년에 도쿄도(東京都) 요쓰야구(四谷区)와 요도바시구(淀橋区)를 합병해서 신주쿠구(新宿区)가 되기 전의 우시고메구(牛込区).

스런 눈으로, 조금 짧은 윗입술에 앞니를 드러내고 있었다. 그것은 마침내 나이 예순이 다 된 쓰네에게, 두 사람의 젊었을 때의 일을 문득 부끄럽게 떠올리게 하는, 료조의 다정한 미소를 짓기 직전의 표정을 담고 있어, 그것과 관련하여 오늘까지 무사히 살아왔다면, 하고 그 일만이 너무나도 아쉬웠다.

그런 한편, 쓰네에게는 남모르는 불안이 없지는 않았다. 바람대로 료조가 탈 없이 잘 지냈다고 해도, 사위와 원만하게 잘 지낼지 어떨지. 그것이 걱정되었다. 이러한 걱정의 가장 큰 원인은, 신사쿠가 지독히도 과묵하다는 것에 있었다.

동거가 시작되고 나서는 안쪽의 6첩 방을 부부에게 주고, 쓰네는 아들 기요타와 입구의 현관인지 고방인지 구분이 안 되는 4첩 방에서 기거했다. 기요타도 작년에 열일곱 살이 된 봄부터 용접공이 되어, 신사쿠가 일하는 큰 공장의 하청 일을 하는 작은 공장에서 일하고 있기 때문에, 두 사람 모두 아침은 빠르다. 쓰네는 제일 먼저 일어나 아침 준비를 떠맡고, 기미의 손에는 두 개의 도시락을 싸는 정도의 일만 남겨졌다. 신혼초인 젊은 애를 새벽부터 깨우는 일이 없도록 하려는 부모 마음이다.

쓰네는 딸에 대한 애정을 사위에게도 똑같이 나눠주려 했다. 이윽고 신사쿠가 느릿느릿 6첩 방에서 나오자,

"잘 잤나?"라는 인사도 자신이 먼저 하고, 이어서 말했다. "신사쿠, 면도할 물은 저쪽의 연탄에 끓고 있어."

신사쿠는 그래도 아침인사에만은 답을 한다. 하지만 장모가 그 뒤에 하는 말에는 전혀 모른 척 하고, 그러면서 주전자 한가득인 뜨거운 물로 아낌없이 수건을 짜서, 거친 수염을 쓱쓱 깎았다. 세수하기에도 좁은 부엌 싱크대에서 하기 때문에, 가스곤로의 된장국 맛을 보거나 하는 쓰네가 거의 스칠 것 같이 서 있든, 날씨가 햇살이 좋든 구름이 끼든 한마디를 하려고 하지 않았다. 식사 때가 되어도 침묵은 깨지지 않는다. 밥을 더 달라고 할 때도 신사쿠는 밥그릇만 내밀고, 말없이 국을 마시고, 세 공기째를 물에 말아서 야채 절임을 씹고, 그리고는 숟가락을 놓자마자 일어나서 나가버린다.

공장 근무가 있는 아침의 부산함에는 완전히 익숙해진 쓰네지만, 신사쿠의 행동에는 지각을 걱정하며 성급하게 하고 있다기보다, 뭔가 더욱 다른 것이 있는 듯한 느낌이 들어도, 사람이 좋은 쓰네는 그 일을 골똘히 생각하려고는 하지 않았다. 그러나 내리는 정류장은 하나 앞이라도, 같은 산업지대의 전차를 타는 기요타가 화장실에서 튀어나오면서,

"매형, 기다려줘요."

하고 소리치는 것을 뒤돌아보지도 않고 가버리거나 할 때는, 잠시 발걸음을 멈춰도 1분도 안 늦을 텐데, 라고 생각하지 않을 수 없었다.

"뭐예요, 좀 더 빨리 해줘요."

저녁식사 때의 모습도 아침과 다르지 않다. 기요타가 잔업할

때에는, 다소 아직 소년 같은 무심함으로, 사위의 무뚝뚝함에도 개의치 않고 떠들어대는 목소리가 들리지 않아서, 쓰네는 더욱 쓸쓸했다.

신사쿠가 오고 나서 반 개월이나 지났을 무렵, 가을 햇살이 밝게 비치는 거실에서 쓰네는 바느질감을 펼치면서, 툇마루에서 신사쿠의 작업복을 수선하기 시작한 딸에게 별 생각 없이 물어보려고 했다.

"저래도 신사쿠는 너와는 다른 사람들처럼 이야기를 하는 거니?"

"당연하죠."

"말수가 적은 성격이라고는 처음부터 사이토씨에게도 들었지만, 설마 저 정도까지라고는 생각하지 않았어."

"남자는 말이 많지 않는 편이 좋은 거 아니에요?"

어머니를 닮은, 참깨를 몇 알을 뿌린 것처럼 입가에 주근깨는 있어도, 하얗고 매끄러운 볼로 빙그레 웃는 딸은, 이제 완전히 신사쿠의 것이 되어 있었다. 아버지는 특별했다고 기미는 말했다.

"그렇게 생각하니까 어머니에겐 저 사람이 지나치게 말수가 적은 것처럼 보이는 거예요."

"그러고 보면 그럴지도 모르겠네."

쓰네 자신도 그런 생각이 들지 않은 것은 아니지만, 죽은 료조는 밝은 이야기를 좋아하고, 밖에서 돌아오면 보고 들은 것을 전부 유쾌하고 즐겁게 이야기했다. 공장 동료의 농담을 비롯해, 최근 일대에 부쩍 늘어난 혹인 미국병사의 지프가, 엄청난 속도로 전신주에 부딪혀 전복해서, 몇 개의 골판지 상자에서 비누, 통조림, 담배가 길 한가득 흩어진 이야기, 백인 미국병사가 쓰루미鶴見[91]의 불교 용품점에서 위패를 닥치는 대로 모두 사들인 이야기, 미국에 가져가서 난로 장식장에라도 장식할 생각 같다는 등. 때가 때인 만큼 그런 이야기가 많았지만, 전쟁 전의 료조는 훨씬 더 활기찼다. 이야기뿐 아니라, 악기까지 더해졌으니까.

　게힌京浜의 공업지대[92]에서도 손꼽히는 큰 그들의 직장에서는, 동료끼리 여러 가지 오락 조직을 갖고 있고, 료조는 양악부에 들어가 플루트를 불었다. 쓰네와 같은 야마가타의 촌놈으로 태어나 대나무피리, 보리피리, 봄의 풀피리, 어릴 때부터 입에 대고 소리를 내는 것을 좋아한 때문일까, 플루트도 상당히 솜씨가 좋았다. 게다가 성실한 성격으로, 연주회라도 대규모로 하게 되면, 지휘자 선생을 부탁하러 가거나 할 때 뛰어다니는 것부터, 그밖에 귀찮은 일도 마다하지 않고 받아들였기 때문에, 어느 샌가 악단을 짊어진 것처럼 되어버렸다.

　"당신은 꼭 어린애 같아요. 시간만 있으면 삐삐 뿌뿌 하니까."

　일요일이면 집에 가져온 플루트를 하루 종일, 식사 때 외에는

---

91 가나가와현(神奈川県) 요코하마시(横浜市)에 위치한 지명.

92 도쿄도 오타구(大田区), 가나가와현 가와사키시(川崎市), 요코하마시를 중심으로 도쿄도, 가나가와현, 사이타마현(埼玉県)에 이르는 일본 3대 공업지대의 하나.

입에서 떼지 않는 료조를, 아직 아기인 기미를 안고 옆에서 웃는 쓰네는, 자신은 음치라고 믿고 있고, 「아름답고 푸른 도나우」[93]라든지 「아를의 여인」[94]이라든가 해서, 이름부터 이상하게 외울 수 없다고 했다. 하지만 검은 가죽의 훌륭한 주머니에 세 개로 나뉘어져 들어있고, 연결하면 번쩍번쩍하는 긴 은 파이프가 되는, 소위 서양 피리는, 료조가 보물처럼 소중히 여기는 것이 무리는 아니라고 여겨질 만큼 진귀하고 귀중해보였다. 게다가 취구에 입술을 대고, 비늘처럼 찬연하게 늘어선 은의 둥글고 작은 두껑을 손가락 끝으로 누르거나 떼거나 함에 따라, 가는 금속 막대기에서 맑고 깨끗한 물이 샘솟고, 숲의 새들이 재잘재잘 지저귀고, 맑게 갠 저녁 하늘에 석양을 받아 곱게 물든 구름이 흐트러지고, 그런가 하면, 냄비 속의 콩이 탁탁 터지고, 또 어딘가 먼 새하얀 모래사장에 부드러운 파도가 밀려와서는 돌아가고, 돌아가서는 밀려오고, 문득 누군가가 흐느껴 울고, 소리치고, 실성하고, 노래하거나, 춤추거나 한다. 평소에는 곡명 따위 전혀 모르지만, 그저 듣고 있는 것만으로, 이전에 장난감가게에서 자주 팔았던 작은 상자에서 형형색색의 유리 조각이 들어 있어, 조금 움직이면 끝없이 변하는 만화경의

---

93 「아름답고 푸른 도나우(An der schönen blauen Donau)」는 오스트리아의 요한 슈트라우스 2세(Johann Strauß II)가 1867년에 만든 왈츠로, 같은 해 빈에서 초연이 이루어졌다. 빈 왈츠 중의 최고 걸작으로 일컬어지고 있다.

94 「아를의 여인(L'Arlésienne)」은 알퐁스 도데(Alphonse Daudet)의 희곡 작품을 무대에 올리기 위해 조르주 비제(Georges Bizet)가 1872년에 작곡한 곡.

야릇한 아름다운 모양이, 마치 소리가 되어 귀에 전해 오는 것 같아 참으로 이상하고 재미있었다. 음치인 쓰네가 정말은 료조에 못지않을 정도로 음악을 좋아하는 것인지도 몰랐다. 하지만 그렇다고는 깨닫지 못하고, 남편인 료조가 좋아하기 때문에 싫어해서는 안 된다고 생각할 뿐이었다.

그런데 좀처럼 하지 않는 부부싸움은 반드시 이 서양 피리가 원인이 되었다.

휴일에 아침부터 밤까지 불고 있든, 공장 일이 끝나고 나서 연습으로 밤 12시, 1시에 귀가하는 일이 계속되든, 그런 일로는 쓰네는 싫은 얼굴을 한 기억은 없다. 하지만 동료들의 고양된 음악열은, 직장 내의 행사 때마다 출연하는 것만큼은 참을 수 없고, 관련이 있는 회사의 운동회에 중요한 역할을 맡거나, 지역 소학교의 자선 바자회에서 봉사하거나 하다가 결국 지방에까지 나갔다. 가까운 현県이라면 일요일, 먼 곳이라면 연휴를 택하지만, 가끔 예정대로 되지 않는 상황이 되어 공장장에게 호되게 질책받았다.

"요코타横田, 네가 붙어 있어서 칠칠치 못한 거야. 정말이라면 삐삐 뿌뿌 하고 있을 여유 따위 없을 거야. 시절이라는 걸 생각해."

공장장의 잔소리도, 첫째는 시절이라는 것의 조바심에서 오는 것이다. 그 무렵 공장은 거의 무기제조소로 바뀌기 시작했고 만주, 북중국으로 확대되는 전쟁은 료조들에게는 직장에서의 매일의 일과 직결되어 있었다. 그런 만큼 소집영장이 오면 끝이라고 생각하는 마음도 강하고, 철야에 가까운 잔업이 계속되거나 하는 사이에도 그들이 사랑하는 악단을, ――그렇다고는 해도 어느 새 인원수가 줄어 바이올린이 세 명, 첼로가 두 명, 북이 한 명, 그리고 플루트의 료조 정도에 지나지 않지만 어떻게 해서든 계속 유지해서, 군함행진곡과 애국행진곡을 우선 일절이라도 연주하고 싶었던 것이다.

징병검사에서는, 료조는 늑막염을 앓고 있어 을종을 받았기 때문에 소집영장이 날아올 걱정은 없고, 그 후에는 다행히도 완치되기도 했다. 하지만 중간키의, 남자로서는 연약한 체격으로 썩 튼튼하다고는 할 수 없고, 기미가 태어날 때까지 몇 년이나 아이가 없었던 것도, 료조는 자신이 어딘가 약해서라고 믿고 있었다. 쓰네도 그의 건강을 무엇보다 중요하게 생각하고, 무리해서 잔업 같은 것은 하지 말아달라고 부탁할 정도기 때문에, 가는 길도 돌아오는 길도 밤기차뿐인, 제대로 수면시간도 없는 음악 여행에는 가만히 있을 수 없는 것이다.

"그런 일 했다간 분명 몸을 망쳐요. 그렇지 않아도 요즘은 공장에서도 무리가 계속되고 있지 않나요?"

"그러니까 휴식이 필요한 거야."

"완전히 지쳐서 돌아와서 휴식이 되겠냐구요."

"돼."

"될 리가 없어요."

"잔소리가 많네. 내 몸은 내가 제일 잘 알고 있으니까 쓸데없는 얘기는 하지 마."

이 핀잔에 말다툼도 끝나고, 쓰네는 이제 아무 말도 하지 않겠다고 생각한다. 하지만 우시고메의 집에 가끔 가거나 하면, 자신도 모르게 푸념처럼 털어놓게 되는 것이었다.

"하지만 쓰네, 그것도 생각하기 나름 아니야?"

이제는 일선에서 물러난 안주인은 옛날처럼 경칭을 붙이지 않는 것을 도리어 친근함의 표시로 생각하며 말한다. "여자문제로 집을 비우는 것, 도박에 빠지게 되는 것도 아니고, 뭔가 하나는 누구에게라도 도락은 있는 거니까, 서양피리에 빠질 정도는 괜찮지 않아?"

"그건 이미 저도 그렇게 생각하지만, 다만 그 사람은 그다지 튼튼한 사람이 아니라서 몸을 망치기까지 하면서 해서는 안 된다고 생각해서 그만."

"그렇지, 건강 문제는 료조도 잊어서는 안 되지. 자네들도 이제 부모가 되었으니까 말이야."

그럴 때도 두고 갈 수 없어서 데리고 가는 기미는 겨우 세 살이고, 전차도 몇 번인가 갈아타거나 하는 먼 길에, 돌아가는 길에는 잠들어버려서 고생하는 것이다.

그 사이 악단의 연주여행 따위 옛날이야기가 되고, 한 달에 한 번 모여서 하는 연습도 두절되어버렸다. 진주만 기습으로 미국에서 영국까지 전쟁 상대로 끌어들이고 난 후의 노동강화는, 그럴 때가 아니었고 귀축, 영미의 것이 되는 서양음악의 끽끽, 삐삐하는 소리는 비국민 취급도 받기도 쉬웠다. 마침내 둘리틀 폭격기[95]는 한 마리 제비가 봄소식을 알리는 것처럼 일본 위에 와야 할 운명을 알렸다. 쓰네가 갓 태어난 아기인 기요타를 등에 업고, 기미의 손을 잡고, 그것도 한시도 놓지 않고, 얼마 되지 않는 배급물품 꾸러미를 잡고 방공호로 뛰어 들어가게 되는 날까지 2년은 걸리지 않았다. 피난문제가 일반적이게 되고, 료조의 동료들 중에도 노인이 있거나 자식이 많거나 하는 집은 시골에 가족을 보내는 사람도 적지 않았다.

"사이토 아저씨네도, 할머니와 세 아이를 후쿠시마福島[96]로 보내기 때문에, 안주인이 데리고 가서 당분간은 거기 있을 거래."

어느 날 2부제가 된 철야 근무에서 그런 이야기를 가지고 돌아온 료조는 말했다. "당신도 이런 도쿄에 있는 건 안 좋으니까 아이들과 야마가타에라도 가"

쓰네는 깜짝 놀라서 선반, 벨트, 재단되는 철의 불꽃과 망치소리 사이에서 야위고, 수면부족인 남편의 얼굴을 바라보았다.

"야마가타의 어디로 가라구요."

"아무튼 야마가타는 쌀 산지니까, 젖도 제대로 안 나오는 생활은 안 해도 되겠지."

---

95 제2차 세계대전 당시 제임스 해롤드 둘리틀(James Harold Doolittle) 중령이 지휘한 B-25 미첼 폭격기를 가리킨다.
96 동북지방의 남부에 위치하는 지역 명.

"하지만, 야마가타의 어디로 가냐구요."

다시 한 번 같은 말을 되풀이했을 때, 생각지도 못한 눈물이 한 방울 콧등을 따라 굴러 내렸다. 눈에서 흘러나왔다기보다, 더욱 깊은 마음의 벽에서, 평상시에는 잊고 있어도 얼룩처럼 어렸을 때부터 스며든 슬픔이 똑 하고 떨어진 것이다. "어디에도 갈 집 같은 건 없어요."

집만이 아니었다. 부모도 형제도 친척도 없는 고아로서, 쓰네는 마을의 사원 안에 지어진 양육원에서 자랐다. 우시고메의 다마루가田丸家는 지역 출신으로 절은 선조대대의 위패를 모신 곳으로, 그 시설에도 전부터 원조를 하고 있고, 열네 살의 쓰네를 거둬준 것도 그런 관계에 의한 것이지만, 아무리 잘해 준들, 고용된 여자임에는 틀림없었다. 그 때문에 10년 충실히 일한 후, 료조와 함께 되었을 때의 4첩 반의 셋방이 쓰네에게는 태어나서 처음으로 자기 집이었다.

사는 곳은 몇 번이고 바뀌었다. 사다리 같은 계단을 위험하게 오르는 2층이었거나, 농부가 닭장으로 썼던 오두막이었거나, 한때는 육교 밑의 창고에까지 살거나 하면서 또 10년 남짓 지나, 겨우 지금의 집에 안착하게 되었다. 그것은 회사가 마련한 노무자 주택의 하나로, 완전히 똑같은 건물이 늘어서 있어도 한 가구로 이루어졌고, 마당이라고도 할 수 있을 정도의 공터도 딸려 있었다. 그래도 바느질거리로 번 수입으로 마련하면 할 수 있었지만, 돈보다 둘장소가 없었던 정리서랍장도 겨우 샀다. 지금 료조의 위폐가 장식되어 있는 것이 그것이고, 거기서 태어난 기요타를 위해 혼자 힘으로 바느질한 배내옷에서 귀저기 일절을 제대로 갖추어 넣어둔 기쁨을, 쓰네는 아직도 잊을 수 없다.

료조도 숙사를 배정받을 만큼 공장에서도 평판이 좋아진 것이다. 또 여름에 걸쳐 쭉쭉 수요가 늘어난 선풍기의 톱니바퀴 공정은 누구도 흉내 낼 수 없는 솜씨를 가지고 있다고 하면서, 연청색을 칠한 모형 장난감 같은 것을 하나 가지고 돌아온 적도 있었다. 료조는 전등에서 나온 코드로 낮잠을 재우고 있는 아기 쪽으로 시원한 바람이 적당히 가도록 달고, 활짝 열어놓은 6첩 방의 기둥에 기대서 부웅부웅 소리 내는 회전음을 반주처럼 해서 서양피리를 불었다. 뭐라고 하는 자장가라고 했다. 이런 일요일 한때를 떠올리는 것만으로도, 이 집을 떠나 어디로 갈 수 있을까? 료조는 야마가타의 시골에 혼자 계시는 숙부집이라면 그저 명색뿐인 가난한 농부라도 의협심이 있는 분이니까 분명 돌봐 줄 거라고 했지만, 쓰네는 전에 없던 완고함으로 구두주걱 정도의 작은 턱을 흔들었다.

"당신은 공장을 떠날 수 없잖아요. 나도 이 집은 떠날 수 없어요. 공습으로 죽는다면 차라리 아이들과 모두 같이 죽는 게 나아요."

다행히도 부모 자식 네 명 모두 죽지 않고 전쟁이 끝났다. 그뿐인가. 집까지 무사했다.

지역이 지역인 만큼 매일같이 뿌려진 폭탄, 소이탄으로 인한 화재가 일대를 톱밥처럼 태운 속에서의 행운은, 근처에 있는 유명한 선종禪宗 절이 가지는 광대한 묘지 덕택이라고 해도 좋았다. 숙사는 거의 그것에 접해 있고, 불길한 것은 싫어했지만, 요즘 세상에 유령이 나오는 일도 없을 거라며 들어가서 산 동료에 료조도 합세했다. 하지만 모든 것이 무사했던 것은 아니다. 마치 가을 태풍으로 마구잡이로 떨어진 감나무에 불과 두세 개 붉은 열매가 달린 모습으로, 타다 남은 띄엄띄엄 있는 집들의 한 채에 섞여 있었던 것이었다.

부부 둘 다 마음씨가 좋고, 평소부터 누구에게나 거리낌 없이 들르는 곳이었던 그들의 집이, 그때 어떤 역할을 했는가는 설명할 필요도 없다. 공장이 불타고 조합은 물론이거니와, 알고 지낸 이재민이 부부도, 자식이 딸린 사람도, 홀몸인 자도 홍수 후에 떠내려가는 나무처럼 뒤섞여 굴러들어 왔다. 한때는 스무 명 가까이나 되어 어떻게 살았을까, 하고 나중에는 우스갯소리가 되었을 정도이다. 더구나 일본이라는 나라 자체가 폐허가 되었던 것처럼, 인간의 마음도 황량하게 식어 피폐해진 가운데, 동거자 중에는 자신이 주인인양 행동하는 자도 있는가 하면, 쓰네가 수제비를 만들려고 사발에 담아둔 밀가루가 물을 기르러 간 사이에 그릇만 남아 있다거나, 소중한 사탕 통이 부엌에 잠시 둔 시장바구니에서 마술처럼 사라지거나 했다. 이제 여섯 살과 아장아장 걷는 두 아이를 기쁘게 해 주고 싶다는 일심으로, 전부터 부탁해 두었다가 겨우 손에 넣은 것인 만큼, 그 대단한 쓰네도 포기할 수가 없어 우는 얼굴로 칠칠치 못한 자신을 한심해 하자, 료조는 타이르며 말하는 것이었다.

"뭐 집이 불타지 않은 것을 메꾼 거라 생각하고 참아. 조금 훔

쳐갔다고 해도 집까지 가져간 건 아니잖아."

그 때 쓰네에게는 이런 정도로 끝내버리는 료조가 답답했다. 범인은 대충 알고 있는데 한번 혼내줬으면 싶고, 게다가 남의 집에 들어와 있는 주제에, 라는 생각도 안 드는 것은 아니었다. 그런 쓰네인들 료조를 제쳐두고 자신이 이러니저러니 말할 수 있는 성격도 아니었기 때문에, 이 집의 전후의 이상한 잡거생활도, 결국은 부부의 선의와 조심성 있는 인내로 여기저기 암시장의 거센 활기 같은 와자지껄, 어수선한 채 오히려 밝게 지냈다.

종전 후의 료조는 먹은 게 채했다느니, 맛이 없다느니 하면서도 원래 다니던 공장에 그대로 근무했다. 독점자본에 대한 GHQ[97]의 단속법이 바뀔 때까지는, 늘어선 굴뚝도 사화산처럼 연기를 뿜어낼 수 없는 건가하고 걱정되었지만, 그 후의 부흥으로 무리가 많았던 일은 약해지기 시작한 몸을 더욱 힘들게 한 것 같다. 1년도 채 안 되어 병원에서 사망했다.

장례식 때는 같이 살던 사람들이 밀가루나 사탕을 슬쩍한 자도 포함해, 지금은 이제 인간답게 기특한 한탄도 해 보이면서 다시금 이 집에 모였다. 생전의 료조가 얼마나 마음씨가 좋고 친절한 사람이었는가를 그들은 새삼 서로 칭찬하고, 아무리 병이라 해도 이제 마흔을 갓 넘겼을 뿐인데 죽은 것을 안타까워했다. 굴러들어

---

97 연합군 최고사령관 총사령부.

온 한사람으로, 악단이 왕성했을 무렵 바이올린을 켰던 남자는, 병원에 병문안 왔을 때도 료조는 다시 한 번 음악부를 만들 것을 기대하고 있었던 이야기를 했지만, 입관할 때가 되어, 마침 끼기 시작한 원시 안경, 면도칼, 마음에 들어 했던 넥타이와 같은 것을 같이 넣었을 때 플루트 얘기를 꺼낸 사람도 그였다.

"어떻습니까? 저것도 넣어주는 건."

"그래, 그래요, 쓰네씨, 그렇게 해 주는 게 좋아요. 이 사람에게는 저 세상에 가서도 가장 큰 즐거움이 될 게 틀림없으니까요."

형님뻘 되는 사람으로 장례식도 관리 감독한 사이토 아저씨가 말을 보탰다.

"하지만, 어디에 두었는지 모르겠어요."

음악부가 자연소멸 형태가 되자, 각자의 악기는 동료끼리 나누고, 료조도 플루트를 가졌다. 공습이 시작되어, 뭔가를 땅에 묻는 것이 유행하기 시작했을 때, 쓰네는 아이들의 옷과 료조의 외출용 양복 등을 넣은 나무상자에 플루트도 함께 넣고, 그것은 직접 묻을 생각으로, 신문지에 대충 싼 설날의 명절음식을 담는 찬합과 계란찜 그릇과 같은, 얼마 없지만 소중히 여겼던 사기그릇과 함께, 뒤 공터에 판 구멍에 묻었음에 틀림이 없다. 하지만 나무상자를 꺼냈을 때는 굴러들어온 사람들로 집이 가득 찼고, 정리는 생각지도 못했다. 게다가 배낭 한 개나, 그렇지 않으면 보따리만 든 사람들 앞에서는 장롱 서랍을 여는 것도 죄스러운 생각이 들어, 물건을 아무렇게나 쌓아둔 3첩 방 한구석에 도리어 자신들이 객식구인 것처럼 살았고, 겨우 가족끼리만 지낼 수 있게 되었다 싶더니, 이번에는 료조의 병, 입원에 이어서 마침내 죽음이었다.

플루트는 훨씬 전부터 그 주변에는 보이지 않았다. 쓰네도 어디에 두었는지 기억이 없다. 방 세 개뿐인 곳에서, 6첩 방 벽장, 4첩 반의 작은 방 미닫이 안의 찬장, 온 집안을 뒤지고 다녀 봐도 소용 없겠지만, 자식이 없으면 함께 죽고 싶을 정도의 슬픔에 무너진 쓰네는 찾고자 하는 의욕조차 없었다.

"어딘가에 분명 뒤섞여 들어가 있을 거예요."

자신도 함께 어딘가에 뒤섞여 들어가 텅 비어있는 듯한 상태로, 쓰네는 멍하니 그저 그렇게 말했다.

그러고도 벌써 14년이 흘렀구나, 하고 어쩌다가 손가락을 꼽아가며 세어보니, 쓰네는 전생이라는 것이 정말 있어서, 모든 것이 그곳에서 일어났던 일처럼 느껴졌다. 그만큼 먼 옛날로 사라져버린 느낌이 들면서, 또 불과 두세 달도 안 되는 일처럼 여겨지기도 한다. 반짇고리의 실타래의 실처럼, 이 추억에 휘감겨 아직도 잊을 수 없는 것은, 말할 것도 없이 료조와의 반생을 살았던 것이다.

이제까지의 쓰네는 기미와 세이타를 데리고, 어떻게 해서든 생계를 꾸려가려는 것만으로도 벅찼다. 그런데도 부탁받은 바느질거리의 바늘을 움직이면서, 걸핏하면 과거의 감상 같은 생각에 빠져 들어가거나 하는 것은 신사쿠가 오고 나서부터로, 더 얘기하자면, 료조와는 닮지도 않은 그의 거부감을 주는 포동포동함에, 친숙해지기 어려운 쓸쓸함을 느끼게 되고나서이다.

그러는 사이에 쓰네의 마음에는 다시금 그런 여유는 없어졌다. 기미가 아이를 출산했다. 그것도 남자 쌍둥이였다. 다로太郎, 지로次郎라 이름을 지었다. 배가 옆으로 너무 부른 듯한 느낌은 들었지만, 설마하며 생각지도 못한 쌍둥이의 탄생은, 기저귀부터 배내옷까지 크게 당황하게 만들었으나, 그것도 처음에만 그렇고 다루는 것에 익숙해지다 보니, 도리어 귀여운 것이 한꺼번에 배가 된 생각으로, 아기엄마는 뒷전으로 하고 보살폈다. 밤에도 한 명은 자신이 안고 잤다. 그런데 손바닥에 얹은 두 톨의 쌀이 어느 쪽이 어느 쪽인지 분간할 수 없을 정도로 닮아서 자주 혼동했다.

"다로, 자, 할머니랑 자자."

하고 잠자리에 들이는 것이 지로였거나, 지로라 생각한 것이 다로였거나 한다. 기미는 이러한 실수를 재미있어 하기보다, 뭔가 화가 난다는 듯이 말했다.

"어머니는 정말 덜렁대시네. 금방 알 수 있잖아요."

분명 기미는 눈을 감고 가슴에 안아도 다로인지 지로인지 잘못 알아보지는 않는다. 하지만 그것은 아기엄마만의 감각이고 다른 사람은 그렇게는 되지 않는다. 다만 다로의 오른쪽 눈가에 어쩐지 기미의 주근깨 하나를 받은 것처럼, 이쑤시개로 찌른 정도의 보랏빛의 얼룩이 있어서 그나마 구별이 되었다. 하지만 그것이 눈에 띄는 것도 입을 크게 벌리고 울어댈 때이고, 기분 좋게 하고 있으면 전혀 모를 정도이며, 특히 시력이 나빠져 바늘귀도 잘 못 끼우게 된 쓰네에게는, 밝은 곳이 아닌 한 이 표식에도 의지할 수 없는 것이다.

피안彼岸[98]이 지나자, 갑자기 따뜻해졌다. 게다가 바로 옆의 불탄 자리에 원래대로 사택이 들어서도, 좁고 긴 뒤편의 공터까지는 비어져 나오지 않았기 때문에, 봄 햇살도 방해받지 않고, 안쪽의 6첩 방에는 새하얗게 비쳐 들어왔다. 쓰네는 거기에 두 개 나란히 둔 작은 침상을 번갈아 보면서 이런 이야기도 하는 것이다.

"아기 얼굴은 볼 때마다 달라지는 것이라고 하지만, 이 아이들도 점점 할아버지를 닮아가네. 쌍꺼풀은 태어날 때부터지만, 볼과 입까지 쏙 빼닮았네."

"그렇게 닮았어요?"

"그럼 닮았지."

그건 그렇다 치더라도 오늘날까지 무사해서 이 아이들을 볼 수 있었다면 얼마나 떠들썩했을까, 하고 항상 꺼내는 말로 이어져, 언젠가 살짝 조심스레 물어보려고 했다.

"있잖아, 신사쿠는 이 아이들 때문에 기분이 상해 있는 건 아니겠지?"

"어째서 기분을 상하게 하는 일이 있는 거죠?"

---

98 오히간(お彼岸)이란, 매년 춘분과 추분을 낀 일주일간을 지칭하는 말이다. 선조를 공경하여 돌아가신 분들을 추모하는 날로서 봄과 가을 두 차례 춘분과 추분을 사이에 두고 전후 3일간씩 1년에 2번 공양을 올리는 불교 행사의 하나이다.

"둘 다 남자라서 다행이었지만, 한 명이 여자아이였다면 축생 배畜生腹[99] 소릴 들었을 테니까."

"축생 배라구요?"

기미는 주근깨가 난 턱을 갸웃거리며 말똥말똥 어머니를 바라보았다. 의미를 몰랐기 때문이었다. 쓰네는 금세 쓸데없는 얘기를 했음을 깨달았기 때문에, 오히려 안심하고 시골에서는 시시한 소릴 잘 하는 법이라, 하며 얼버무렸다.

쓰네가 보기에는, 첫 아이가 태어난 것에 대해 신사쿠가 이리도 좋아하는구나 싶을 정도로는, 기쁨을 표시하지 않은 것 같았다. 할아버지인 료조와 비교해서임은 말할 필요도 없다. 남편이라면 무지하게 기뻐할 것을 아는 만큼, 한번이라도 안은 적이 없고, 공장에서 돌아올 때는 이미 잠들어 있는 한 쌍의 작은 얼굴을, 거친 수염 난 얼굴로 뭔가 마음이 무거운 듯 들여다보는 정도로, 신사쿠가 씽긋하고 웃지도 않는 것은 태어난 게 쌍둥이인 것에, 화를 내고 있는 것은 아닐까? 쓰네는 문득 남녀쌍둥이란 말까지 입에 담게 한 것은, 이런 걱정에서였다.

그러나 쓰네의 남모르는 불안은, 마침내 생각지도 못한 것으

---

99 '축생 배(畜生腹)'란 말 그대로 짐승의 배란 의미이다. 이것은 개나 고양이와 같은 동물이 한 번에 두 마리 이상의 새끼를 낳는 데서 온 말로, 여자가 한 번에 두 명 이상의 아이를 낳는 것을 '축생 배'라 부르며 경멸한 표현이다. 일본에서 쌍둥이와 관련된 미신으로 특히 남녀쌍둥이가 태어난 경우 전생에 동반자살한 남녀가 환생한 것이라 여겨 기피한 지역이 많았다고 한다.

로 깨끗하게 사라졌다.

"아버지가 아이들에게 유모차를 마련해 준대요."

처음 기미에게 그 이야기를 들었을 때는, 쓰네는 살 거라고 생각하고 어쨌든 두 사람의 일이고, 추워져서 옷을 많이 껴입을 즈음에는, 함께 태우는 것은 좀 무리일지도 모른다고 했다.

"그러니까 훨씬 대형의 것을 집에서 만드는 거예요."

"집에서 유모차를 만든다구?"

"자기가 만들어주겠다고 말하고 있는 걸요."

잘 들어보니 이러한 것이다.

전부터 유모차가 있었으면 하는 기미에게도, 어머니와 같은 걱정이 없지는 않았기 때문에, 신사쿠와 말이 나온 김에 그 얘기를 꺼내니까, 그는 생각하고 있는 게 있는 듯 자신이 마련해 주겠다고 했다.

그 뒤 얼마 안 지난 휴일, 홀쩍 외출한 그는 중고 유모차를 끌고 돌아왔다. 미군의 장교집이 미국으로 귀국하면서, 다른 잡동사니와 함께 고물상에 처분한 대형 유모차로, 두 명의 아기는 물론이고, 그러고도 강아지 한 마리 정도도 족히 탈 수 있을 정도로 여유가 있었다. 하지만 상태는 많이 낡았다. 빨간 에나멜은 벗겨지고 덮개 천은 찢어져 있고, 네 바퀴는 앞 쪽의 하나가 없어 기울어져 있고, 아무리 그렇다 해도 이것이 쓸 만한 물건이 될까 싶을 정도였지만, 자신이 하는 일에 참견받는 것을 무엇보다 싫어하는 신사쿠의 성격을 이미 잘 알고 있는 쓰네는, 마찬가지로 기가 막힌다는 표정의 기미와 함께 기묘한 물건을 그저 멍하니 바라보았다.

신사쿠는 어디에서 얼마에 사 왔는지도 설명하지 않은 것처럼, 여자들의 생각은 아예 무시했다.

"어때서? 기계는 아직 멀쩡한데."

신사쿠는 단지 그 한 마디만을, 게다가 아내와 장모에게 들으라기보다, 그쪽 방면의 직공다운 자신감으로 혼잣말로 중얼거렸을 뿐이다.

바로 그날부터 작업을 시작했다.

신사쿠는 낡은 데님 바지에 셔츠 한 장만 입고 도구상자를 꺼내 와서, 집 뒤 공터에 깐 돗자리 위에서 우선 유모차를 해체하기 시작했다. 몸체를 떼 내고, 스프링을 제거하고, 바퀴를 하나하나 떼고는, 신중하게 빼낸 크고 작은 각각의 나사는 빈 과자상자에 모았다.

그 후의 신사쿠는 자유로운 시간을 몽땅 유모차 만들기에 쏟아 부었다. 쉬는 날의 유일한 즐거움이었던 칼싸움하는 시대극 보는 것을 포기한 정도가 아니다. 지금까지는 아침에도 식사준비가 되어야 일어났는데, 보통 때와는 달리 쓰네가 아직 잠에서 깨지 않은 사이에 으스름한 새벽녘의 공터에 나가, 출근 전에 한 작업한다는 모습으로, 부분품을 광택유로 닦거나 드라이버로 끼워 넣거나 탕탕 하고 조금씩 망치소리를 내거나 했다.

신사쿠는 덩치가 큰 남자 부류에 속한다. 몸집이 클 뿐 아니라 살이 두툼하고 수염이 거칠며, 얼굴이 큰 편이고 코와 입은 얼굴 크기에 맞게 크지만, 눈은 눈꺼풀이 푹 들어가서 작다. 이 불균형은 안면만이 아니다. 몸통과 팔다리가 어딘지 모르게 균형이 안잡혀 조화롭지 못하고, 일견 둔중하고 몸동작이 세세하지 않는 느낌을 주지만, 유모차에 빠져 있을 때의 그는 완전히 다른 사람으로 변했다. 몸의 부피까지 세세한 일에 적합할 정도로 줄어든 것 같고, 더욱이 나긋나긋 멋있고 민첩했다.

가끔 쓰네는 부엌입구에서 불러야 했다.

"신사쿠, 슬슬 밥을 먹지 않으면 늦어져."

일언반구도 대답하지 않고, 아침밥이 준비된 거실에 느릿하게 툇마루에서 올라오는 신사쿠의 독특한 방식은 쓰네도 이제 신경쓰지 않는다.

기미는 어떤가 하면, 쌍둥이라서 뒤치다꺼리하는 데 두 배나 애를 태우게 하는 아기라서, 전보다 더 어머니에게 의존하고 있기 때문에, 신사쿠가 좋아하는 계란을 넣은 된장국을, 그런 날 아침에는 특별히 그만을 위해서 만들어주려는 것도 쓰네이다.

"자네는 오늘 아침에는 새벽부터 일했으니까, 원기를 돋워줘야 해"

신사쿠는 그래도 고맙다는 인사는 하지 않는다. 깨트리면 속의 노른자는 적당한 반숙이 된 계란이, 하얀 구슬 모양으로 떠 있는 그릇을 집어 들어도, 특별히 맛있게 먹는 것도 아니고, 옆에서 젓가락을 움직이고 있는 세이타의 된장국은, 미역과 무뿐인데도 무관심했다.

"신사쿠는 악의가 있는 사람이 아니라는 건 나도 알고 있어. 하지만 통나무를 상대하고 있는 것 같아 한심해"

쓰네도 딸에게는 역시 푸념하지 않을 수 없었지만, 그런 사이에도 신사쿠의 유모차 만들기는 근기 있게 진행되었다. 공장 관계로 필요한 것이 쉽게 공짜처럼 손에 들어오는 편리함도 있었다.

한개 사라진 바퀴는 완전 꼭 같은 정도의 것을 찾아내고, 주변의 고무는 원래의 것도 새 것으로 갈 생각으로 정확하게 네 개를 갖추고 있었다. 몸체의 직물은 기미에게 사도록 시켰다. 그 일로 그가 다른 사람의 도움을 빌린 것은 그것뿐이었다. 분명 그것뿐으로 직물을 교체하는 것은 기미에게도 장모에게도 손을 빌리지 않고, 면이 찢어진 부분에는 그것도 자신이 사 온 보충 솜을 채우고, 징으로 박는 것도 깨끗하게 혼자 힘으로 마무리했다.

"역시 신사쿠는 솜씨가 좋아. 저렇게 봉하는 것은 하라고 해도 난 도저히 안 돼."

바늘에는 자신이 있는 만큼, 쓰네는 평소의 불만 따위 날아간 듯 감탄하는 모습이었다. 드디어 완성되었을 때에는 곁을 떠날 수 없을 만큼 기뻐하고, 세이타가 어린 삼촌다운 친근한 애정으로, 다로와 지로에게는 아깝다며 미움받을 말을 하자, 어째서 그런 말을 하는 거냐, 이 아이들을 위해서 신사쿠는 휴일도 쉬지 않고 장만한 게 아니냐, 하고 정색하고는, 곧 유모차에 태워진 쌍둥이의, 겨우 몇 개월밖에 안 된 아기에게 마치 어른처럼 들려주는 것이다.

"그렇지 않아? 그러니까 둘 다 아버지에게 많이 감사해야 하는 거다. 어디를 찾아봐도 이런 유모차에 태워진 아이는 이 근처에는 없을 거니까."

유모차는 이웃 어머니들에게 부러움의 대상이 되었을 뿐 아니라, 기미가 장을 보러가는 시장 부근까지 화제가 되었다. 탄 아기가 털 스웨터에서 모자까지 파란색이면 파란색, 하얀색이면 하얀색으로 반드시 똑같은 차림이고, ――쌍둥이에게는 이것은 깨뜨려서는 안 되는 것이라고, 기미보다도 할머니인 쓰네가 믿고 있는 것으로――두 개의 양배추를 나란히 놓은 것처럼 쏙 빼닮은 것도, 큼직한 예쁜 유모차를 더욱 눈에 띠게 했다. 게다가 또 장소가 혼잡하고 어수선한 공장가이다.

기미는 처녀시절부터 다소 내향적인 성격이었지만, 신사쿠의 성격에는 오히려 맞는 것 같고 점차 서로 닮은 부부답게, 남의 생각 따위 신경 쓰지 않게 되었다. 그런 기미조차, 신사쿠는 몸체를 원래대로 빨갛게 칠하려는 것을, 훨씬 수수한 세피아 색으로 해달라고 하길 잘했다 싶었다. 그 정도로 유모차는 얼마간 화젯거리가 되었기 때문에, 가끔 쓰네가 아기를 볼 겸해서 끌고 장을 보러 나가, 지인들에게 칭찬받으면 기쁘면서도 조금 쑥스러웠다. 쓰네는 그때마다, 유모차는 미군의 집의 고물을 새로 만든 것에 지나지 않는 것임을 변명하듯 말하면서, 그 뒤에 꼭 덧붙여 말했다.

"이 아이들의 아버지는 공장에서도 솜씨가 좋다는 평판이지만, 이런 일에는 저희들도 좀 깜짝 놀랐답니다."

거기에는 어느 정도 사위 자랑이 섞여 있었다고는 해도, 정직하게 털어놓은 것이었다. 결혼할 때부터 사이토 아저씨에게 들었던 솜씨는, 뭔가 공장에서 제작한 것이 지방으로 보내지는 경우에는, 장치나 시운전 용무로 기사와 함께 그가 대체로 따라가는 것으로도 증명되었지만, 그런 대규모 기계에 비하면, 별거 아닌 장난감 같은 유모차를 새로 만들어 보인 신사쿠의 손재주에는, 오히려 깜짝 놀란 것이었다.

가을이 되자 두 아기는 이제 능숙하게 기어 다니고, 피안이 지나도 보슬비 정도의 고르지 못한 날씨로, 무엇보다 기저귀 때문에 애를 먹었다. 처마에 장대를 걸치거나 3첩 방 안까지 줄을 치거나 해도 마르지 않아, 쓰네는 연탄 화로에 나무로 짠 대를 얹어 말리지만, 신사쿠가 이번에는 욕실을 만들 생각인 것을 기미한테 들은 것은, 덜 마른 기저귀가 풍기는, 어딘가 달콤하게 노인네 냄새나는 수증기 속이었다.

"욕실은 또 왜?"

"제가 마쓰노유松の湯 이야기를 했기 때문일지 몰라요."

마쓰노유 온천은 그들이 이틀 걸러 다니는 목욕탕이다.

9월 초, 경영자가 바뀜과 동시에 청소가 전혀 이루어지지 않게 되었다. 씻는 물도 통도 아침부터 끈적끈적하고, 욕조의 물도 붐비는 시간에는 허리까지 오는 형편으로, 이 정도면 돈을 지불하고, 마치 목물하러 가는 것 같다고, 완전히 평판이 떨어져버렸다. 하지만 오전에 가면 그 정도는 아닌 것을 기미는 알고 있고, 대체로 그렇게 하고 있지만, 다만 다른 입욕자들과는 다른 싫은 일이 하나 있었다.

기미는 세상 사람들의 이러한 시선에는 익숙해져 있었다. 게다가 성격상으로도 능청맞아 보일 정도로 타인의 생각은 신경 쓰지 않는 편인데도, 이 여주인의 집요한 시선에는 뭔가 화가 나서 참을 수 없어, 어머니에게 그 얘길 하자, 쓰네는 또 태연했다.

"그럴까? 난 별로 잘 모르겠는데."

집의 문단속까지는 귀찮아서, 한 사람은 집을 보기로 하고, 목욕탕에도 함께는 좀처럼 가지 않는다.

"어머니, 좀 이상해요."

기미는 어머니에게까지 꺼림칙함을 털어놨지만, 결과적으로 그것이 유모차 때와 마찬가지로, 신사쿠에게 자신이 만들어주겠다는 말을 하게끔 만든 것이다.

"그런 사람이니까, 또 그것을 낙으로 삼고 분명 손수 완성할 생각일 거예요. 그러니까 나도 만들면 편리한 가스로 해 달라고 부탁했어요. 집에 욕조가 있으면 마쓰노유 같은 데 출입하는 일은 없을 거니까."

"그거야 그보다 좋은 건 없지만."

기를 쓰고 계속하는 딸의 말에, 쓰네는 평소와는 달리 맞장구치지 않을 수 없다는 식으로, 잠시 있다가 덧붙였다. "신사쿠는 어떤 식으로 지을 생각일까?"

"어떤 식이냐구요? 뒤쪽에 증축하면 욕실 정도 얼마든지 짓는 거 아닐까요?"

"그건 알고 있다."

쓰네는 자신도 모르게 격식을 차린 말투로 말했다.

공장 직원 사택이라 해도 전쟁 전의 대충해서, 6첩, 4첩, 3첩의 집이 30평의 대지를 갖고 있었다. 그 때문에 충분히 여유가 있는 집 뒤의 공터에 대해, 쓰네는 전부터 품고 있었던 혼자만의 희망을 딸에게 털어놨다.

세이타도 스물두 살이다. 언젠가는 가정을 가져야 하니까, 그 때까지는, 4첩 반에 부엌뿐인 집이라도 저기에 짓도록 하고 싶다. 료조의 보험금을 기미가 결혼 때 외에는 한 푼도 쓰지 않고 소중하게 예금해 둔 것도, 눈이 가물거리는 것을 한탄하면서 밤에까지 삯바느질을 계속하고 있는 것도, 평생의 마지막 딱 한 가지 이 염원을 위해서였다.

우메고시의 마나님이라 불리는 다마루가의 전 여주인은, 지금도 자신의 옷은 헌옷 수선까지 쓰네에게 맡겼다. 오래 전부터 친한 사이인 정원사 영감이 당초무늬의 큰 보자기를 안고 와서, 완성된 것도 찾으러 온다. 하지만 이번 7월에는 추석 인사를 겸해, 옷을 뜯어서 세탁한 후 다시 바느질할 것으로 보낸 옛날의 에치고越後[100]의 판자 같은 홑옷과, 얇은 견으로 된 여름용 하오리羽織[101]를 완성

---

100 옛 지방 이름으로 현재의 지금의 니가타현(新潟県) 일대.
101 위에 걸쳐 입는 짧은 겉옷.

해서 자신이 가지고 갔다. 오랜만에 보는 얼굴인데다, 쌍둥이가 무사히 자라고 있는 것에서 시작해, 신사쿠가 고물 유모차를 새로 만든 것과 세이타가 그런대로 실수도 없이 하고 있는 것, 그런 집안 얘기를 묻는 대로 숨기지 않고 이야기하는 사이에, 뭔가 바느질감을 펼친 무릎에서 실타래가 우연히 굴러간 것처럼, 쓰네의 딸에게도 아직 말하지 않은 사소한 꿈 얘기까지 하게 되었다. 그러자 마나님은 그게 좋아, 그게 좋아, 하며 이중이 된 하얀 턱으로 끄덕이며, 자네는 어쨌든, 세이타가 신부를 얻으면 지금처럼 함께 사는 것은 무리다. 집안싸움이 발생하고 나서부터는 성가시니까, 그 전에 분가하는 거군, 하며 설득력 있게 말했다.

그뿐이 아니었다. 그때는 가지고 계신 목재로 한번 힘써 주겠다고, 마나님은 약속했다. 땅부터 치자면 뼈대라도 세울 장소가 있는 거니까, 재활용 목재를 사용하면 그다지 비용은 들지 않을 것이다. 10년간이나 용케 그렇게 잘 해 줬다며, 요즘 파출부회 사람을 써 보니까 절실하게 그렇게 생각되어지는 거니까, 그런 일 정도야 해 주지 않으면 안 되지. 하며 크게 웃으시는 마나님은, 본가의 목재 창고 옆을 들어가면 한 걸음인, 말 그대로 뒤편에서 전쟁미망인이 된 질녀와 조용히 살고 있어도, 죽은 다마루 젠헤에田丸善兵衛가 잘 도와주라고 부탁한 무게를, 아직 잃지 않고 있는 것이었다.

쓰네는 그날의 마나님의 이야기도 딸에게 전하기는 했지만, 호의는 고마운 만큼 기대서는 안 되기 때문에, 어떻게든 자력으로 할 수 있을 정도의 것으로 하고 싶은 심정도 말했다.

"그렇다고 해도 세이타에게는 신사쿠 같은 솜씨는 없으니까, 신부라 해도 어떤 사람이 와줄지 모르겠지만, 그런 날이 되면 나도 저쪽으로 가는 것이 정상이라고 생각하고 있어. 2첩의 방 한 칸이라도 여분으로 만들어두면 일상생활에 지장은 없을 테니까."

"하지만 저 사람은 어떻게 말할까요?"

"어떻게 말하다니?"

"어머니만 그런 생각이라도, 저 사람은 그럴 마음이 없다면 이야기가 안 되는 거 아니에요? 이 집은 지금은 저 사람의 것이니까요."

신사쿠는 양자로 온 게 아니었다. 어쩌다 결혼한 상대가 아버지가 죽은 후에도 생전에 배당받은 사택에 살고 있었기 때문에, 그도 그곳을 집으로 삼은 것에 지나지 않는다. 또 같은 공장의 숙련공이라는 자격은, 먼저 살던 사람의 권리를 훌륭하게 이어받게 한 것이라서, 원래대로 자기 집에 있는 셈인 쓰네 모녀 쪽이 사실은 셋방살이고, 집 뒤의 공터에 대해서도 신사쿠의 승낙 없이는 손바닥만큼도 마음대로 할 수 없는 것이었다.

"그런 걸까?"

쓰네는 딸의 말에 반사적으로 그렇게는 대답해도, 기분 전환은 쉽게 되지 않았다. 그럴 것이, 이치로 따지자면 그렇지만, 하고 말하고 싶었다. 하지만, 쓰네는 생각하고 한숨을 쉬었다. "어쨌든 집세도 신사쿠가 내주고 있는 거니까."

욕실 만들기는 마련하기 어려운 부분품을 찾거나 하는 성가심도 없고, 신사쿠에게는 유모차보다 더 간단한 일처럼 보였다.

어느 휴일, 통나무, 널빤지, 함석지붕, 벽돌, 시멘트 부대와 같은 재료를 높게 쌓은 손수레를 물건을 구입한 가게의 점원에게 끌게 하고, 자신도 뒤에서 밀며 운반한 것이 시작이었다. 그 후 몇 번 정기휴일을 썼을 것이다. 마룻바닥으로 된 탈의장까지 붙은 한 평의 욕실이 마침내 완성되기까지, 만약 매일 일한 것이라 치고 보면 두 주일은 걸리지 않은 셈이 된다. 다만 한나절 정도는 전문가의 도움을 받았다. 게다가 공장과 관련된 친한 사이인 목수로, 상량식 때 심심풀이로 들여다보러 와서 척척 해준 것이다. 그 외에는 유모차와 마찬가지로 그가 혼자한 일로, 새벽녘에 일어나서 출근 전에 페인트칠을 하거나 하는 일솜씨도 변함이 없었다. 이렇게 해서 안쪽은 함석을 쳐도, 하부는 높게 둘러댄 판자 모양에 초록색, 상부는 천정까지 새하얗게 칠하고, 지붕은 원색에 가까운 붉은 색으로 해서, 씻는 곳의 발판에는 시멘트의 회색과 바둑판무늬가 되도록 색 타일까지 끼워 넣은 욕실은, 부엌에서 연결되는 전쟁 전부터의 방이 너무 오래되기도 해서, 더한층 선명하고 깨끗해 보였다.

"아타미熱海[102]의 온천에라도 간 것 같네."

쓰네는 첫 목욕 때부터 제일 먼저 가슴에 와 닿는 말을 얼마간

---

102 지명. 도쿄(東京) 남서, 시즈오카현(静岡県)의 동쪽 끝에 위치한 시.

되풀이했다. 그러자 기미는 자랑스러운 듯이 게다가 원료며, 물통이며, 가스 기구며, 정말 원가에 가까운 돈밖에 들지 않았잖아요, 라고 했다.

"저 사람 어디에도 연고가 있고, 저렇게 무뚝뚝한 것 같아도 사람이 견실하니까, 그 점을 인정받은 건지 모두가 잘 해주는 거예요."

쓰네도 그것을 믿지 않을 수는 없었다. 또한 애써 가정을 가지게 되어도 배우자가 못된 놀이를 하는 사람, 술을 너무 좋아하는 사람이라고 고생하는 이야기가 많은데 기미는 정말 운이 좋았던 것이고, 그것은 또한 자신의 행복이기 때문에, 신사쿠의 냉담한 정도는 참아야 한다고 생각했다. 쓰네는 새삼스런 체념으로, 욕실로 반 가까이 막힌 뒤의 공터는 세이타의 집은커녕, 쓰레기 구멍도 크게는 파지 못하는 것에도 푸념은 하지 않았다.

"여기라도 텃밭 정도는 만들 수 있어. 서리가 내리기 전에 씨를 뿌려둘까."

쓰네는 말했다.

장마기에 들어서는 오이 외에 가지 묘목을 몇 포기씩 사서 심었다. 그 두 고랑의 밭도 욕실에 장소를 양보했지만, 뒤쪽의 묘지는, 전화로 불타거나 그을리거나 한 가시나무 울타리 대신에 둘러쳐진 가시철사인 채로지만, 볕이 드는 것에는 문제없다. 더욱이 맑은 날이 이어지는 계절이고, 돌탑 군락에 반짝반짝 반사하는 가을햇살로, 그것도 지금까지와는 반대쪽 끝에 옮겨진 빨래 말리는 곳의, 남의 집의 첫 아이보다 두 배나 많은 기저귀도 문제없이 말라 버린다. 쓰네의 말은, 한 쪽의 통나무가 세워진 구석을 가리킨 것이다. 부근의 얼마 남지 않은 땅에 뿌린 텃밭 채소로, 욕실에 빼앗긴 소망을 그나마 보상받고 싶었다.

또한 그 일대는 사원 부지를 따라서 높직해져 있기 때문에, 방에서는 눈에 들어오지 않는 전망이, 거기까지 나오면 완만한 경사로 펼쳐진다. 그렇다고 해도 굴뚝만 웅긋쭝긋 늘어서서, 그렇게 멀지 않은 바다까지 매연 투성이의 공간에 지나지 않고, 그것을 더한층 무질서하게 정겨운 맛을 없애는 것은, 계속해서 들어서는 아파트의, 뭔가 큰 주형에서 찍혀 나온 듯 세로도 가로도 직선으로만 된, 음산한 회색으로만 된 물체가 뒤섞여 복잡한 것이었다.

이들 아파트가, 딸 기미와 어쩌다가 화제가 되자, 두 사람의 의견이 엇갈렸다. 기미는 제일 먼저 아파트의 편리함을 들어, 이 집도 신사쿠가 부지런히 손질해서 가지고 있는 거지, 차라리 없었다면 자신들도 이사하고 싶을 정도라고 하는 말을 듣자, 쓰네는 말도 안 된다고 고개를 저었다. 적어도 그런 것을 생각하는 것은, 이 사택을 겨우 우리 집으로 하기까지는 닭과 같이 살기도 한 자신들의 고생을, 전혀 모르기 때문이라 생각되어 한심스러웠다. 하지만 그 얘기를 하면, 또 옛날 얘기한다고 할 게 뻔하니까, 무릎의 바느질의 실매듭을 아직은 튼튼한 이빨로 싹둑 끊고 나서, 어쨌든 나는 싫어, 하고 그 한 마디만 평소와는 달리 완고하게 말했다.

쓰네가 아파트를 싫어하는 데에는 남모르는 이유가 있었다.

설령 낡은 덧문을 덜컹거리며 열고 닫는 수고를 덜려고, 열쇠 하나로 자유로운 출입이 가능하도록 하려고, 단지 사각형인 저 방에서 늘 산다면, 산 채로 관 속에 들어가 있는 기분이 들 것임에 틀림없었다.

어쩌다가 또 아파트 얘기가 나와 쓰네가 그 얘기를 하자, 딸은 동그란 검은 눈동자와 함께 그것도 아버지에게 물려받은, 미간이 좁아 보일만큼 짙은 눈썹을 찡그렸다.

"어머니는 어째서 그런 걸 생각해요?"

"어째서라니, 나도 모르게 그렇게 생각되는 걸 어쩌니."

"그래도 비유를 해도 비유하기 나름이지 그런 재수 없는 말을. 남편이 들으면 당분간 싫은 얼굴 할 거니까, 쓸데없는 말은 하지 말아주세요."

기미는 어머니를 나무랐다.

신사쿠가 투박스럽게도 골격이 큰 탓도 있어서, 뭔가를 느끼는 법도 둔해 보이지만, 실은 대단히 신경질적이고 기묘하리만치 길흉의 조짐에 마음을 졸인다는 사실에는, 쓰네가 처음엔 깜짝 놀랄 정도였다. 1미크론의 오차도 있어서는 안 되는 정밀기계 조작에, 몸의 전 세포를 연결시켜서 살고 있는 생활이 그런 편향에 빠지게 한 것인지도 모른다. 오늘은 날이 좋다느니, 나쁘다느니, 까마귀가 어쩌니, 찻잎이 섰다느니, 골목길에서 누렁이가 튀어나왔느니, 아무것도 하지 않았는데 찬장에서 접시가 떨어져 깨졌다느니 하고 일일이 문제 삼는다. 익숙하지 않을 때에는 어이없는 표정을 짓거나, 뒤에서는 킥킥 웃거나 한 기미까지 어느새 신사쿠에 물들어서, 쌍둥이 아기를 이발소에 데리고 가는 데에도, 말날午日이 아니었던가 하고, 운세부터 아내를 맞이하기 좋은 날, 사위를 맞이하기 좋은 날, 상량에 좋은 날, 이사에 좋은 날, 나쁜 날까지 기록해 두었다. 기둥의 달력과는 다른 고풍스런 책력을 넘겨보는 지경이었다.

쓰네는 어떤가 하면, 그런 것에는 전혀 개의치 않았다. 왜냐하면 죽은 남편인 료조가 불길한 방향이라는 귀문鬼門을 가미나리몬雷門[103]으로 잘못 알 정도로 신경쓰지 않았기 때문에, 남편에 물드는 점에서는 어머니와 딸 모두 닮았다고 할 것이다. 어쨌든 이런 식으로, 쓰네는 우메고시의 은퇴 마나님과 얘기할 때도 그 얘길 해서 웃었던 것이다.

"저희 집은 다른 집과는 반대예요. 노인네는 십간十干과 십이지十二支도 제대로 기억 못 하는데, 젊은 사람 쪽은 길흉을 따지며 마음을 졸이고 있으니까요."

그러나 이번만큼은 쓰네는 완전히 맥이 빠져버렸다. 아파트 얘기도 딸과의 별 것 아닌 얘기였는데, 그리고 얼마 지나지 않아서 사이토 아저씨의 부음訃音이 도착했다. 3년 전에 부인을 잃고 세일

---

103 도쿄 다이토구(台東区)에 위치한 센소시(浅草寺)의 정문.

즈맨인 장남 집에서 살고 있었던 사이토씨는, 후쿠시마의 시골에서 아직 건강한 누나와 설을 보내기 위해 귀성해서, 뇌일혈로 쓰러진 채 앓아 누웠던 것이다.

"어째서 또 나는 그런 걸 생각한 것일까?"

말할 필요도 없이, 살아 있으면서 관 속에서 생활하는 느낌이 들지 않을까, 라는 식으로 말한 것을 후회하는 것이다. 사이토 아저씨는 오랜만에 시골에 가는 것을 무척 기대하고 있었다. 게다가 역까지 표를 사러 왔다며 일부러 들러주었을 때도, 술을 한 잔 마시고 온 듯한, 평소의 발그스름한 윤기가 좋은 얼굴을 하고 있었는데, 갑자기 쑥 가버린 것은 불길한 소리를 한 탓이기라도 한 것처럼, 쓰네가 너무나도 죄송하고 또 죄송하다고 하니까, 이번에는 기미 쪽에서 미신이라며 부정하지 않을 수 없었다.

"아무리 그래도 잘못 한 거야. 난 사죄의 뜻으로 향을 올리고 있는 거야."

남편인 료조가 죽은 것은 이미 15년 전이 된다. 불단 대신으로 쓰는 정리장 위의 사진도 지금은 일종의 장식이고, 다로와 지로가 첫 생일날에 찍은 사진까지 옆에 놔 두고, 역 앞의 꽃집이 작은 꽃다발을 만들어 가게 앞의 통에 꽂아 둔 것을 사와서 향을 피우는 것도 좋아했지만, 먹을 것과 집에 있는 물건을 너저분하게 올리는 것도 매월 제삿날인 9일뿐이게 되었다. 그런데 요즘은 아침마다 향을 올리게 되었다. 마시코益子자기[104]의 절구통 같이 몽톡한 작은 꽃병을 이용한 향꽂이의, 한개는 료조, 또 한개는 사이토 아저씨 것으로, 덧붙여 말하자면, 작은 꽃병은 료조가 아직 건강하고 공장의 동료와 연주하러 나갔을 때, 쓰네한테 선물로 사온 것이다.

"아버지도 오랜만에 사이토 아저씨를 만나서, 아이들 얘기도 들으면서 기뻐하시고 계시겠지, 틀림없이."

아장아장 걷는 발도, 뭔가를 마구 휘젓는 손도 두 배인 쌍둥이에게 방해받지 않으려고, 요즘은 바느질도 3첩 방 쪽에 펼치는 쓰네는, 향냄새 속에서 옆의 거실에서 아이를 놀게 하고 있는 기미와 그런 이야기도 하는 것이다.

그러는 사이, 쓰네는 뒤의 정리장 위의 향을 또 하나 늘여야 했다.

목재 도매상의 여주인이었던 분이 지병이었던 심장판막증으로 죽었다. 그것도 급작스럽게 욕실에서 엎드린 채 병원에 데려가지도 못했다고 한다. 달려간 쓰네는 첫 7일이 지날 때까지 우시고메에 묵었다. 본가 쪽이라 해도 옛날만큼 부엌의 일손이 모이지 않은 데도, 장례는 선대의 격식을 떨어뜨리지 않고 성대하게 치러졌기 때문에, 모든 게 음식점의 배달요리에 맡겨도, 쓰네처럼 집안사

---

104 도치기현(栃木県) 하가군(芳賀郡) 마시코(益子) 마을 주변을 산지로 하는 도기로 에도 시대 말기부터 생산하기 시작했다. 이 도기는 표면에 다소 거친 흙의 질감이 느껴지고, 재료의 성질상 쉽게 깨지고 무겁다는 단점이 있다. 주로 꽃병이나 다기 등의 민예품으로 생산된다.

람과 마찬가지인 사람의 도움은 무엇보다 소중히 여겨지는 것이었다.

"힘들다, 힘들어."

몇 일만에 겨우 돌아온 쓰네는, 들러붙는 쌍둥이 손자에게도 내키지 않는 듯 볼을 비벼 줬을 뿐으로, 몇 백 킬로나 되는 도보여행이라도 하고 온 것처럼 거실에 녹초가 되어 들어갔다.

"그 정도면 장례도 축제 같으니까, 그 넓은 집이 가게도 안에도 혼잡해서 그저 바쁘게, 바쁘게 끝내버리고, 애통해 하며 울고 있을 여유 따위 없었던 거나 마찬가지야."

저녁식사 자리에서 신사쿠와 세이타를 앞에 두고, 쓰네는 그것을 여행담 삼아 오히려 밝을 만큼 장례식이 활기찼던 것도, 가신 분이 팔순 가까운 수명을 누리신 데다, 오래 앓지도 않고 눈을 감은 것을 더할 나위 없는 행운이라 생각하는 기분이 사람들에게 있었기 때문이라고도 덧붙였다. 두 달 전의 사이토 아저씨의 경우와는 쓰네라 해도 조금 달랐다. 그때는 생각지도 못한 죽음을 자신의 재수 없는 말 때문이라 여기고 심한 타격을 받았는데, 이번에는 둘도 없는 사람을 잃었다고 한탄은 해도 미신적인 마음의 병은 없었다. 그것도 음울하지 않은 장례식의 영향이었을 지도 모른다.

사십구재에는, 다음 날 유품을 나누는 것을 도와야 해서 역시 하룻밤 묵는다고 생각하고 갔다. 쓰네에게 주어진 것은, 그 밖의 옷과 마찬가지로 자신의 손으로 지은 붉은 기가 있는 엷은 회색의 비단 겹옷, 한 벌의 하오리羽織였다. 쓰네는 그것을 당일에 돌리는 선물이라 해도 고풍스런 타원형의 구운 만두과자 도시락과 함께 가지고 돌아왔지만, 사실은 쓰네가 가지고 돌아온 것은 그 두 가지만이 아니었다.

"실은 말이야, 기미, 아키코秋子부인이 이런 얘기를 했단다."

이틀날 오후, 다로와 지로가 함께 낮잠을 자고 있는 옆에서, 엄청나게 큰 만두과자 하나를 둘이서 나눠 먹기로 하고 차를 내오면서, 쓰네는 말을 꺼냈다. 아키코 부인은 다마루 집안의 막내딸을 의미한다. 결혼해서 이미 제일 위가 열네 살로 세 명의 자식이 있는데, 남편인 회사원이 뉴욕의 지점장으로 발령이 나서 이미 떠나고, 당분간 남을 생각으로 있던 가족도 역시 미국으로 건너가게 되었다. 그래서 지금의 집을 어떻게 할지가 문제가 되었고, 형편이 된다면 쓰네에게 세이타와 살아주지 않겠냐고 의논해 온 것이었다. 돌아가신 마나님도 그게 좋아, 그게 좋아. 남에게 빌려주거나 하면 나중에 복잡해지니까 쓰네에게 와 달라고 내가 얘기해 볼까, 하고 말했다고 한다.

"그러니까 쓰네씨, 어머니에게도 부탁받았다고 생각하고 맡아 주세요."

하얗게 살이 오르기 시작한 중년 부인의 관록을 검은 상복이 돋보이게 해도, 아키코는 어릴 때 그 등에 업힌 친근감을 담은 말투였다. 올케언니부터 큰 언니, 작은 언니, 숙모, 사촌, 육촌 모두 검정색의 오히려 청아한 아름다움으로 모여 있던 여자들이 저마다, 그야말로 사람을 가장 잘 골랐다고 한 것만이 아니다. 돌아갈 때 유품을 나눠준 것에 대한 인사를 한 번 더 하기 위해, 가게의 사장실을 들여다보니 현재 주인인 젠헤에가 수당 금액을 내밀며, 직장에서 멀어지는 세이타의 교통비는 따로 지급해도 좋다고까지 했다.

"하지만 노보리토역登戸駅[105]에서 한번 갈아타는 것뿐이잖아요. 그다지 멀어지지는 않아요."

어머니의 얘기가 끝나자, 기미가 우선 얘기한 것은 그 한 마디였다.

아키코의 집은 오다큐小田急 연선이라도 다마가와多摩川를 넘은 서쪽에 가까운, 한 학원学園을 중심으로 생겨난 주택들 중의 하나였다. 자동차라도 가장인 무라세村瀬의 통근에는 불편한 지역이 굳이 선택된 것도, 유치원에서 대학까지 이어져 있는 학교를 의존해서이고, 게다가 세 명이지만 전부 남자아이인데도 모두가 허약했기 때문에, 주입식 교육 방식의 공부는 시키지 않으려고 한 것이다. 하지만 뉴욕에 함께 데려 갈 수 있을 만큼 세 명을 건강하게 만든 것은, 옛날의 사가미노相模野의 전원풍경을 다른 교외보다도 아직 다분히 남기면서, 적당히 솟아올라 늘어선 작은 산, 구릉, 송림, 들판, 그 사이의 신선한 공기, 햇볕이었던 것은 말할 필요도 없다.

학교와의 관계로, 거기에 집을 가진 학부형의 대부분 공통된

---

105 가나가와현(神奈川県) 가와사키시(川崎市) 다마구(多摩区)에 위치한 철도 및 전철역.

목적은, 주택에도 나타나 있다. 집 구조부터 방 배치까지 모두 아이들 중심이고, 테라스를 뛰어내려 뛰어다닐 수 있는 잔디밭, 화단, 넝쿨장미꽃이 피는 낮은 하얗게 칠한 담, 모든 게 서로 닮았고, 창문에는 화려한 커튼을 없애고 여기저기의 작은 산 위, 산중턱, 골짜기에 가까운 경사면과 땅의 고저에 따라 산재해 있는 모습은, 그들 군락을 저변부의 골짜기에서 양단하며 달리는 전차에서는 굉장히 아름답게 보여도, 당당한 저택은 그다지 없다. 목적이 목적이기 때문이다.

무라세의 집도 처형인 젠혜에는 쓴 웃음 지을 정도의 재료로 지은 것에 지나지 않는다. 하지만 2층에는 부부 침실 외에, 우시고메의 노인네가 묵고 갈 수 있도록 다다미방이 마련되어 있고, 계단 아래에는 우선 아이들 방을 많이 만들고, 그 외 필요한 방이 부족하지 않고 상당히 넓었다. 게다가 뒷문 가까이 차고와 붙어서 작은 단층집이 있다. 운전수가 여기에 살고, 그의 아내는 부엌에서 일하고 있었다. 그러나 뉴욕으로의 전근으로, 운전수는 지금까지와 마찬가지로 부부가 다른 집에 들어가 살게 되어, 이미 집을 비워버렸다. 쓰네가 아들과 가게 되면, 그 집에서 사는 것으로, 우시코메의 사장이 약속한 수당은, 세이타가 공장에서 여러 가지 제하고 난 후에 가지고 돌아온 돈보다 적지 않았다. 그쪽에서 식사를 제공받기 때문이라는 이유에서이다.

"그 부근에서라면 난부센南武線[106]으로 한번 갈아타면 되는 거고, 세이타도 그렇게 멀어지지는 않아요. 게다가 교통비까지 내준다니, 그런 좋은 이야기는 없지 않아요, 어머니?"

"그렇게 생각하자면 그렇지만."

쓰네는 애매한 말끝을 식기 시작한 반차番茶[107]와 함께 목 안으로 넘겼다. 뭔가 자신에게 날아든 행복인 것처럼 의욕적인 딸의 말투가 오히려 섭섭했다. 쓰네도 생각지도 못한 수입의 약속은, 점점 시력도 약해지고 바느질일도 언제까지 할 수 있을지 모르기 때문에, 정말 구세주라고 해야 할 것이다. 그런데도 쓰네는 딸이 반대했으면 싶었다. 예를 들어 과분한 수당은 그만큼 빈집을 돌보는 책임을 중대하게 하는 것이고, 나이를 먹어서 그런 무리를 하지 않아도 좋지 않은가. 게다가 지금까지 계속 함께 살아왔는데 새삼 따로 살 건 없지 않나, 라고 이런 식으로라도 말해주었으면——그러나 모녀지간에 그런 원망하는 듯한 말까지 흘릴 수 없었다. 쓰네는 아직 새근새근 자고 있는 쌍둥이의 얼굴에 눈길을 주며, 이제부터 점점 더 사랑스러워질 아이들을, 아침저녁으로 볼 수 없는 슬픔을 호소하는 것으로 대신했다.

어머니의 그런 말에도 기미는 반응이 없고 담박했다.

---

106 가와사키시의 가와사키역과 도쿄 다치카와시(立川市)의 다치카와역(立川駅)을 연결하는 동일본여객철도(JR東日本)의 철도노선.
107 녹차의 일종이지만 여름 이후에 수확한 찻잎으로 만든 저급품의 차를 가리킨다.

"하지만 몇 백 리나 멀리 가버리는 것도 아니고, 아이들이 보고 싶으면 언제든지 올 수 있지 않아요?"

라고 말할 뿐이었다. 하지만 그 후 잠시 만두과자의 팥소라도 달라붙은 것처럼 혀끝으로 입술을 훑고 나서, 역시 어머니에게 말해버릴까, 하고 혼잣말처럼 덧붙였다.

"뭐니, 대체"

"세이타에 관한 거예요. 요즘 좋아하는 여자가 생겼어요."

쓰네가 새로 따른 찻잔의 차가 흔들렸다. 가슴 앞에서 멈춘 손을, 올리지도 내리지도 못하고, 쓰네는 하염없이 딸을 바라보았다. 요전 정기휴일 전날, 밤기차로 하이킹하러 간 것도, 그 여자와 둘이서만 간 것을 기미는 알고 있었다.

"그것을 어째서 나한테 지금까지."

겨우 움직인 입에서 튀어나온 것은 그 한 마디였다.

"세이타에게 자기가 말할 때까지 어머니에게는 말하지 말아 달라고 다짐받았거든요. 말하면 어머니가 금방 안절부절 못할 거라고 생각한 거겠죠. 하지만 세이타도 스물다섯 살이에요, 어머니, 본인이 좋아하는 색시를 찾아오면, 그것으로 됐다고 생각하지 않으면 안 돼요."

듣고 보니 틀린 말은 아니었다. 하지만 아버지가 없는 가엾음도 더해, 쓰네에게는 세이타는 언제까지나 아이처럼 여겨졌다. 게다가 용모만이 아니라 몸집도 료조를 닮아 중간 키에 훤칠하고, 덩치가 큰 신사쿠 옆에서는 어딘가 소년 같아서, 이제 한창 날뛰는 쌍둥이를 상대로 놓고 있는 모습은, 마치 그 애들의 큰 형인 것처럼 보였다. 무엇보다 한두 달 전부터, 야근도 아닌데 귀가가 늦어지거나 밖에서 식사를 하고 오거나 하는 일이 있고, 눈에 띄게 멋을 내기도 했다. 수염도 매일아침 깎고 포마드를 듬뿍 사용하고, 원래는 껌밖에는 씹지 않았는데 담배도 피우기 시작하고, 그것과 함께 주머니에서 화려한 격자무늬의 색깔 손수건이 나오기도 했다.

"뭐야, 그런 건 너한테 어울리지 않아."

쓰네는 도리어 밝게 웃었다. 그것도 자신이 준 게 아닌 다른 장난감을, 아이가 갖고 있는 것을 본 정도로밖에 생각하려고 하지 않았다. 그런 탓도 있어 지금 들은 얘기는, 눈앞에 벼락이 떨어진 것만큼이나 쓰네를 깜짝 놀라게 했다. 하지만 대체 어떤 상대인 걸까? 겨우 정신을 차리자마자 제일먼저 입에서 튀어나온 어머니의 질문에, 기미는 왠지 일부러 그러기라도 한 것처럼 천천히 대답했다.

"산코三光백화점 지하의 과자매장에서 일하는 여자예요."

"그래서 넌 그 여자를 알고 있는 거니?"

"그럴 것이 세이타가 나한테만이라며 털어놓고, 누나도 한번 봐 달라고 해서 쇼핑하는 척하면서 보고 왔어요. 히나마쓰리[108]로

---

108 히나마쓰리(雛祭り)는 3월3일에 여자아이의 성장을 축하하는 전통 축제로, 이 날은 히나인형이라 불리는 인형들을 붉은 천을 깐 단상에 장식하는 풍습이 있다.

손님들이 많을 때예요. 선물을 사온 비닐봉지 안에 볶은 콩이 든 과자를 바삭바삭 먹고, 저 애들도 여자애였더라면 다이리인형[109] 정도는 사줘야 했겠죠. 아무리 신사쿠라 해도 하나인형까지 본인이 만들겠다고는 하지 않을 거라며, 어머니 웃었잖아요. 기억 안 나요? 그 때예요."

"그런 일이 있었나…"

예순을 넘긴 지금도 쓰네는 기억력이 좋은 편으로 오래 된 일도 잘 잊지 않는데, 그 날의 일은 기억에 없었다. 그렇다기보다 뭔가 정체를 알 수 없는 것이 털썩 몸에 씌워진 것처럼, 떠올리려고도 생각하려고도 하지 않았다. 점원들은 한결같이 엷은 청색의 겉옷으로 누가 누군지 구분이 안 될 정도로 닮았지만, 요시에芳枝는 몸집이 작고 코가 조금 낮아, 가운데가 움푹 들어간 듯한 얼굴이지만 피부가 깨끗하고, 조금 사랑스런 여자라고 하는 기미의 말도, 쓰네는 귀에 들어오지 않고 그냥 지나치는 표정으로, 쌍둥이의 개인형 장난감이 어지럽혀진 채인 툇마루로 눈을 돌렸다 싶더니, 늘어진 눈물주머니 위에 한 방울 스며나온 물방울이, 4월의 오후 햇살이 밝게 빛나며 볼을 미끄러져 내렸다.

"왜 그래요 어머니."

"세이타한테 너무도 섭섭해서."

---

109 다이리인형(内裏人形)은 히나인형의 하나로 천황과 황후의 모습을 본떠 만든 남녀 한 쌍의 인형.

"하지만 다른 일과는 다르니까 말하지 못한 거예요."

그건 그럴지도 모른다. 그렇다고는 해도 기미가 신사쿠와 함께 되고나서는 때로는 타인처럼 서로 퉁명스럽고, 말다툼도 자주하는 누나에게 고백할 수 있으면서, 왜 이 어머니한테는 얘기해 주지 않았을까? 하지만 쓰네의 눈물은 그런 섭섭함에서만 흐르는 것이 아니다. 남편을 잃고 딸도 딸이라기보다는 신사쿠의 아내가 되어버린 지금에도, 그것만큼은 자신이 아직 확실히 쥐고 있었다고 생각한 하나가, 텅 빈 주머니가 된 것을 발견한 것이었다.

이런 어머니에 대해 딸은 반복해서 말했다. 세이타는 결혼문제도, 어머니보다 시원스럽고 분명한 생각을 하고 있어요. 게다가 말을 할 때에는 내가 할 테니까, 누나는 가만히 있어달라고 입을 막았던 것이고, 세이타는 자신도 약속에는 이상하게 완고하니까, 내가 말한 것을 알면 화를 낼 게 틀림없어요. 평소에는 얌전하면서 화를 내면 신사쿠에게도 요즘은 지지 않으니까, 하고 기미는 그런 말도 덧붙였다.

아버지인 료조가 죽었을 때 밤샘하며 지키는 자리에 모인 사람들이 료조야말로 평생 목소리 한 번 높인 적 없었을 것이라고, 모두들 추억거리처럼 얘기할 만큼 온순했어도, 실은 신경질적인 부분이 있었던 것을 쓰네는 알고 있었다. 세이타가 그런 점까지 아버지를 닮은 것은 오히려 사랑스러운데도, 그 순간의 어머니의 마음에는 이상한 쓰라림 같은 것이 있었다. 백화점 점원이든 어쨌든 자신에게는 비밀로 하고, 그 정도로 마음을 쏟는 여자가 있었다는 것에, 료조의 생전에 몰래 여자를 만나고 다닌다는 얘기라도 들은 것 같은 질투를, 자신도 모르게 느끼고 있었던 것인지도 몰랐다.

계속 자고 있던 쌍둥이의 한쪽인 다로가 그때 눈을 떴다.

"아이구, 잘 잤어?"

쓰네는 그 목소리와 함께 기미보다 먼저, 한 장으로 두 아이에게 덮었던 아기이불로 다가갔다. 지로도 잠이 깨서 그쪽은 울기 시작했다. 그러면 또 한쪽이 덩달아 울기 시작하는 것이 보통이다. 잠에서 깼을 때 주는 전병과 초콜릿 한 조각이 균등하게 주어졌다. 그런 것을 찻장에서 재빨리 꺼내오는 것도 엄마보다 조모 쪽이고, 덕분에 쓰네는 지금까지의 중대한 이야기를 잠시 잊을 수 있었다.

쓰네는 애써 모르는 척 하려고 했다. 하지만 계속되지는 않았다. 그날 오후부터 이틀이 지나지 않은 저녁, 공장에서 돌아오는 아들을 기다리고 있던 모친은 식사 후 설거지도 기미에게 맡겨두고는 말했다.

"세이타, 잠깐 재봉가게까지 같이 가주렴."

재봉가게는 실과 바늘을 사는 단골가게인데다 단골거래처이기도 했다. 두세 장 서둘러 부탁하고 싶다고 했는데, 절 옆의 언덕은 어두운 데다 도로공사로 파헤쳐 놓은 상태이고, 게다가 날치기가 있다고 들어서 어쩐지 무섭다고, 그것을 구실로 삼아 냉큼 문간으로 내려가는 어머니의 등에다 대고, 세이타는,

"내일가면 안 돼요?"

라고 했지만, 거참 하며 데님바지의 무릎을 세워 얌전하게 짚
으며 격자문을 나왔다.

집에서 세 걸음도 안 나온 사이에, 쓰네는 퉁명스럽게 말했다.

"할 얘기가 있어."

"그럴 거라고 생각했어요."

세이타는 예상했다는 듯한 반응이었다.

"누나가 말했죠?"

"기미에게 말할 정도라면 왜 나한테 숨기고 있었던 거냐."

"숨겼던 게 아니에요. 어머니에게는 얘기할 수 있게 되면 제대
로 말하려고 했을 뿐이에요."

정말 기미가 말한 대로 세이타는 소탈하게 이야기했다.

요시에와의 접촉은, 그 사촌오빠가 세이타의 공장에서 일하
고 있어서 시작된 것이라고 한다. 지금은 두 사람 모두 서로의 애
정을 확신하고 있으면서, 결혼 얘기가 되면 요시에는 뒷걸음질 친
다. 계모가 휘어잡고 있는 시골집은 없는 거나 마찬가지지만, 같은
매장에서 자매처럼 지내고 있던 동료의 한 사람으로, 서로 좋아해
서 살림을 차렸는데, 1년 반도 지나지 않아서 죽을 고생을 당하고
버려진 것을 보고 나서, 결혼이 두려워졌다고 하는 요시에의 말을
전하면서도, 세이타는 어둠 속에서 자신 있는 듯 짧게 웃었다.

"그런 말을 언제까지고 하게 내버려두지는 않을 거예요."

한쪽 편의 절의, 그 주변은 이미 콘크리트 담장이 된 비탈길
은, 파낸 흙더미 바로 옆에 둔 붉은 등도 그저 명색뿐인 표식이고,

발 디디기가 좋지 않았다. 나막신의 어머니가 비틀거리거나 하면, 오, 위험해 하며 세이타가 어머니의 어깨를 움켜쥐었다. 거친 아들의 손의 감촉도 지금의 쓰네에게는 오히려 친근해서 기뻤다. 게다가 이야기가 이야기인지라 비탈 아래의, 하늘까지 담홍색으로 빛나고 있는 상점가로 곧장 내려가려고는 하지 않았다.

원래는 밭으로도 못쓸 황무지 경사가, 계단식으로 정지되어, 입체적으로 늘어선 새로운 멋스러운 주택의 하나에는, 스님의 첩이 있다는 소문도 있는 적적한 길 쪽으로, 어머니와 아들은 일부러 돌아갔다. 그러는 사이에, 오늘저녁 세이타를 데리고 나오지 않을 수 없었던 초조함은 깨끗이 쓰네에게서 사라졌다. 자신에게는 비밀로 했던 것을 이제 힐책할 마음은 없다. 요시에의 결혼에 대한 망설임의 이유를 듣자, 쓰네는 오히려 화가 난 듯 말했다.

"네가 그런 남자와 같은 취급을 당해서야 참을 수 없지."

그것과 관련하여 학원촌의 빈집을 봐주는 이야기는 천만다행이었다. 며느리를 얻어서는 지금의 집에 그대로는 있을 수 없으니까, 어머니를 따라서 그곳으로 이사하는 것은, 세이타에게는 결혼에 무엇보다 필요한 준비가 되는 것이다.

"우시고메에서는 이미 결정된 것으로 보고 계시지만, 내일이라도 가서 대답을 하고 오마. 언제쯤부터가 될지, 그것도 확인해 두지 않으면 안 되고."

쓰네는 갑자기 마음이 분주해진 듯 그렇게 말하는가 싶더니, 요시에도 만나보고 싶다. 놀러 오지 않을까, 하고 말하기도 했다.

"좀처럼 여유가 없어요. 게다가 내성적인 편이라서."

"어머나, 그래? 나는 또 낯가림을 하지 않는 처자인가 했어. 근무처가 근무처다보니."

산코는 요코하마横浜에 본점을 가진 소규모 백화점이긴 해도, 보통의 마켓과는 점원들도 어딘가 격이 다른 모습을 하고 있다. 남편감 물색이라 해도, 하루 종일 기계 기름투성이로 살아가는 젊은이보다, 월부투성이라도, 또 수입의 대부분을 그것에 빼앗겨도, 겉보기에는 말쑥한 양복의 샐러리맨을 상대로 하고 싶어 하는 것이니까, 요시에는 분명 분별이 있는 여자임에 틀림없다며, 그 선택을 기뻐했다. 동시에 상급학교는 보내지 못했지만, 세이타는 아버지의 피를 물려받아 정직한 일꾼이고 외모가 좋은 것도, 또래의 남자들 누구에게도 지지는 않을 테니까, 요시에에게 사랑받는 것은 당연하다고 자랑하고 싶었다.

"어쨌든, 그 얘기로 네가 마음을 바로잡는다면, 어머니는 언제라도 안심하고 눈을 감을 수 있으니까."

절의 언덕과는 반대쪽의, 그 주변은 이미 큰길과 다를 바 없는 아스팔트의 밝은 길로 나올 때까지, 쓰네는 몇 번이고 그 말을 되풀이해서, 결국에는 세이타에게 타박을 받았다.

"그만 해요, 그런 말 하는 거, 어머니."

"그래, 그래."

재봉가게는 역의 맞은편 골목길에 있었다.

세이타도 소년 시절은 완성된 바느질감을 배달하기도 해서,

그 어느 곳보다 친한 가게이다. 하지만 지금은 역시 모퉁이의 주유소에서 그를 기다리게 하고, 자신만 금사와 명주 옷감 보자기를 받아들고 나온 쓰네는, 붉은 색이 너무도 짙은 조화 벚꽃을 처마 끝에 늘어세운 공장거리의 밤의 번화가의 잡다함 속에서, 아들이 왠지 멍하니, 휘파람이라도 불 것 같은 모습으로 서 있는 것을, 훨씬 아까부터 발견했다.

주유소는 얼마 전에 새로 색칠했다. 미끄러져 들어가는 자동차를, 양팔로 받아 안는 것처럼 좌우로 뻗어, 상부를 푸른 띠로 선을 두른 하얀 새 페인트 벽, 중앙에 새빨갛게 솟구치며 하늘을 달리는 페가수스, 같은 청색과 백색과 적색의 명쾌한 사각형의 석유 탱크. 이들이 형광등으로 어딘가 깊은 바다의 물 같은 희미한 푸른색을 띠고 빛나면서, 근처의 조잡한 웅성거림 속에 일종의 고요한 환몽적인 조명을 만들어내고, 싼 블라우스에 샌들로, 밤에는 반값으로 내려가는 채소와 생선을 노리는 아낙들까지, 그 권내에서는 조금 미인으로 보인다.

쓰네는 아들 쪽으로 다가가면서, 그것도 장바구니를 가득 채워 들고 있는 젊은 여자를 스쳐 지나면서 보고 나서 말했다.

"요시에도 뭔가 장을 보러 나와 있지 않을까?"

"여기저기 돌아다닐 여유는 없어요. 귀가해도 부업으로 재봉틀을 밟는다고 하니까요."

"그런 일까지 하는 거니? 부지런한 사람이었네."

모친은 놀라움과 만족의 소리를 함께 냈다. 돌아가는 길은 둘러가지 않고, 곧장 절의 어두운 언덕을 오르기 전에, 그 밑의 길에서 쓰네는 팥소가 든 과자를 샀다. 노점이지만 요즘 번창해서, 나오면 자주 사오는 것이다. 오늘밤은 그뿐이 아니다. 과일가게에도 들러 1킬로에 2백 엔 하는 바나나를 쌍둥이 아이들에게도 하나씩 줄 수 있을 만큼 인심을 써서 샀다. 두 시간 전, 언덕을 내려올 때와는 전혀 다른 안심과 만족을, 이런 것을 사는 것으로 쓰네는 한가득 나타내려고 한 것이었다.

쓰네의 기분은 이틀 후에 요시에를 보고 온 것으로 더욱 들떴다.

산코백화점은 재봉가게와는 반대쪽이고, 쓰네는 국철로 연결되는 사설 전차의 건널목을 건너거나 해서, 이 백화점까지는 거의 가지 않는다. 이곳을 필요로 하는 물건이 있어도 딸을 보내고 손자와 집을 봤지만, 그때는 기미에게 함께 가자고 했다.

"거기는 상황을 잘 몰라서 그래."

"하지만, 바로 지하층으로 가버리면 되는데. 게다가 과자 매장에는 두세 명 정도밖에 없으니까."

기미는 그렇게 말하고, 요시에한테는 오른쪽 볼 위에 작은 점이 있어서, 하얀 피부라 금방 눈에 들어온다. 세이타한테 들어서 자신도 그 점에 의지했다고 알려줬을 뿐으로, 함께 가려고는 하지 않았다. 아이들까지 줄줄이 데리고 가서, 눈치 채기라도 하면 싫다고도 했다. 아이들까지란 말에는 이런 경우 쌍둥이란 뜻이 섞이는 것이다.

　쓰네는 혼자서 가기로 마음먹었다. 하지만 나갈 때에는 기미에게 불만스런 얼굴을 하고 있었지만, 돌아와서는 대단히 싱글벙글하는 얼굴로, 한눈에 찾아낸 요시에가 들은 대로 사랑스러운 처녀였을 뿐 아니라, 마음씨가 아주 고운 것을 칭찬했다.

　그날은 4월의 벚꽃이 필 무렵의, 갑자기 빗방울이 떨어질 것 같은 날씨였다. 그 대비를 해야지 하면서도, 접는 우산 같은 건 갖고 있지 않은 쓰네는, 손잡이가 긴 고풍스런 우산을 들고 있었다. 다행히도 비는 내리지 않았기 때문에 물건을 사는 동안에, 그렇다고 해도 '하마미야게浜みやげ'[110]라고, 빨간 팻말이 붙은 봉투에 든 강정과 초콜릿을 산 것에 지나지 않지만, 과자 진열대에 세워둔 우산을 그대로 두고, 계단 입구 쪽으로 몇 미터 걸어갔을 때, 뒤에서 불러 세웠다.

　"이거, 손님의 잊으신 물건 아닙니까?"

　뒤쫓아 와서 쓰네의 낡은 우산을 가지고 와 준 점원이 요시에였던 것이다.

　기미가 그 얘기에 모친만큼의 반응을 보이지 않고 당연하잖아요, 라는 말밖에 안 했을 때, 모녀는 다소 말다툼 같은 대화를 했다.

---

110 전국적으로 지명도가 높은 교토(京都)의 대표 명과로, 대합조개 껍데기 속에 호박색의 한천을 넣은 과자.

"그래도 못된 여자가 많으니까."

"가게에서 성가시게 잔소리를 하고 있겠죠."

"시킨다고 그대로 하는 여자는 좀처럼 없어."

"아이고, 어머니는."

요시에를 그 보기 드문 한사람이며 싸고도는 어머니에게, 기미는 마침내 웃음이 나왔다.

백화점 쪽을 먼저 간 것과 재봉가게의 바느질감으로, 쓰네가 우시고메의 다마루가를 방문하는 것은 조금 늦었지만, 가보니 모든 것이 갑작스런 이야기가 되어버렸다.

아키코가 미국으로 건너가는 것은 세 아들을 데리고 가는 것이고, 여러 가지 준비로 학원촌에서는 불편해서, 쓰네가 와주기를 기다리고 자신들은 우선 친정으로 옮겨, 출국도 우시고메에서 하는 것으로 정해졌다는 것을 현재 주인인 젠혜에게 들었다.

"쓰네씨 집에도, 아키코는 한번 얼굴을 내밀어야 한다며 마음에 두고 있었지만, 여자의 준비로 이래저래 바빠서 다니는데, 회화 선생까지 와서 아들들과 함께 재잘재잘하고 있는 것 같아요. 어차피 일을 당해서야 허둥지둥 준비하는 거니까 당분간은 정신없을 것 같다고."

부유한 상가의 주인다운 관활함으로, 그런 일도 담소로 전하고 나서, 빈집을 봐주는 것도 빨라질수록 그쪽도 사정이 더 좋다고 했다.

이사는 세이타가 공장을 쉬는 날이 아니면 곤란하기 때문에, 5월에 들어서고 난 어느 하루로 정했다. 그날은 가게 트럭이 짐을 옮기러 와 준다는 약속이라, 무엇이든 모조리 실을 생각이었다. 아키코의 남편이 뉴욕에서 또 어디론가 전근이 될 때까지는 몇 년이라도 있지 않으면 안 되고, 더욱이 세이타에게 거기서 살림을 차리게 할 것이라는 생각에, 쓰네는 신사쿠들과 동거하기 전부터 가지고 있어서, 기미에게도, 그런 것을 두고 간다면 오히려 자리를 차지할 뿐인 것은, 대부분 가지고 가려고 했다. 그 때문에 삼사일 걸려 이것저것 확인하고 있는 사이에, 의외의 것이 발견되었다. 료조의 생전의 플루트가 나온 것이었다.

"관에 넣어주고 싶다고 그때 모두가 말해주었는데, 이런 곳에 있었으니."

장소는 벽장의 천장 아래로, 비가 새고 있었던 것 같고, 습기가 차서 썩기 시작한 판자가, 덜컹거리는 찰나에 한 장이 벗겨져, 포대로 둘둘 말아둔 가느다란 것이, 툭하고 떨어졌다. 종전 당시에도 료조에게는 사탕과 밀가루 이상으로 소중했던 이 악기를, 집안 가득한 객식구로부터 지켜내기에는, 그곳 정도밖에 없다고 생각했음에 틀림없다.

어찌되었든 유품인 서양 피리를, 붉은 장미꽃 자수가 있는 사진첩의 사진과 함께 가지고 갈 수 있는 것은, 세이타뿐 아니라 료조도 함께 학원촌에 살게 된 느낌이 들어 기쁘고, 그것만큼은 포기할 수 없는 쌍둥이 손자와의 한없이 서운한 이별에도, 쓰네는 이런 말을 했다.

"할머니 집에도 놀러 오렴. 세이타 삼촌도 저쪽으로 가는 것이고, 할아버지도 너희들이 오는 것을 기다리고 있을 테니까. 게다가 넓은 정원이 있고 꽃이 예쁘게 피어있단다."

이것도 말 그대로였다. 무엇보다 가을부터 심어서 모자이크식으로 일대를 채색하는 구근을 이식한 꽃은 물론 본관의 잔디만으로도, 장소가 장소인지라 부지 내에 정원이 연결된 것과 마찬가지이다. 게다가 집들이 대체로 그런 것처럼 울타리에서 포치, 안에는 정자의 지붕까지 타고 오른 넝쿨장미가 5월의 한창일 때의 색으로 향기롭고, 뒷문에 가까운 쓰네의 집에까지 담을 따라 뻗어, 벌레들이 윙윙하고 얼굴에 부딪칠 것처럼 날았다.

어머니와는 달리, 세이타에게는 이 집은 처음이었다. 이사가 끝나고 그쪽은 닫힌 채로인 본관을, 바깥쪽에서 바라보고 정원을 한 바퀴 돌고 오자, 그는 말하는 것이었다.

"저쪽에 머무르는 것이 아니라서 다행이에요."

"왜?"

"영화에 나오는 집 같지 않아요? 분명 싫어져 버릴 거예요. 안정되지 않고."

그런 말을 해도 세이타의 풀이 죽은 기세는 악의가 없고 자연스럽게 들렸다.

쓰네도 이미 예순으로, 본관은 가끔 환기를 시키는 정도로 나머지는 신경쓰지 않아도 좋다는 약속이 아니라면, 빈집 관리 부탁도 받아들이지 않았을 것이다. 그렇다고 해도 할 수 있을 정도의 일은 할 생각이고, 청소도 방 하나나 두 개씩 마음 내키는 대로 하면 그렇게 고생하지 않아도 깨끗이 해둘 수 있다고 생각했다.

"그러니 요시에도 한번 데리고 오렴."

모친은 즉시 아들에게 그렇게 말했다.

이쪽은 지금까지 사용하던 4첩 반과 조금도 다르지 않는 느낌이 드는 거실로, 가지고 온, 그것도 오래되어 친숙한 도구들로 둘러싸여, 트럭 운전수에게도 권하고 남은 김으로 경단처럼 싼 소금 간을 한 주먹밥으로, 이사 첫날 째의 저녁밥을 때우려고 하던 때이다. 쓰루미에 있는 동안에도 생각하지 않았던 건 아니지만, 여기는 그들의 집이 되는 것이기 때문에, 오히려 옮기고 나서 하기로 했다는 말도 덧붙였다. "전골요리 정도라면 내 손 하나로 할 수 있으니까, 함께 밥이라도 먹으면 좋지 않니?"

"응."

"장미꽃도 마침 아름답게 한창이고, 햇살의 색깔도 저쪽과는 다르니까 좋은 곳이라고 분명 기뻐할 거야."

"응."

"다만 도심지와는 다르니까 조금 쓸쓸해하지는 않을까 생각한다만, 뭐, 모두 사이좋게 살아가기만 하면 어디에 산들, ──아니 너 듣고 있는 거니?"

응, 응, 하기는 해도 세이타는 건성인 듯한 대답이고, 또 조림과 같이 먹고 있는 주먹밥도 조금 입에 넣고 있을 뿐으로 보이는 것을, 쓰네는 알아차렸던 것이다.

"듣고 있어요."

"그런데 그런 관심 없는 얼굴을 하고는."

"어머니."

세이타는 젓가락을 가지런히 놓고 말했다. "요시에를 만난다면 어머니가 이렇게 이야기하고 있다는 것을 말하고, 가까운 시일 안에 데리고 올게요. 하지만, 어머니, 무엇이든 어머니 바람대로는 되지 않는 일이 생길 지도 모르지만, 그 부분은 어머니도."

"대체 그건 무슨 말이냐?"

"조만간 얘기해 볼게요. 이제 막 이사했는데 무엇이든 장황하게 말하지 않아도 되잖아요. 게다가 내일 아침부터는 엄청 빨라져요, 어머니. 그래요, 지금까지보다 한 시간은 충분히 여유를 두지 않으면 지각해버릴 거예요. 어머니도 늦잠 자지 않도록 해주세요."

세이타가 사무적으로 내일 공장 출근에 관한 얘기를 꺼냄에 따라서, 그때까지 이야기하는 사이에 뭔가 막연히 쓰네를 붙잡고 있던 걱정도 얼버무려져 있었다. 또 이사로 인한 피로도 식사로 도리어 부쩍 느껴져서, 무엇보다 먼저 자는 것이었다.

쓰네는 소중히 간직해 온 자명종을 마포로 만든 가방에서 꺼내, 4시에는 일어날 수 있도록 드르륵드르륵 태엽을 감으면서 안쪽의 6첩 방으로 가니, 세이타는 이미 잠자리에 들어가 있고, 모친 것도 깔아놓았다.

"아이고 고마워라."

쓰루미의 집에서는 자신이 먼저 눕기 때문에 하는 김에 깔아줬던 것이다.

딸 기미보다는 세이타 쪽이 정이 깊다는 생각이 드는 것이 지금까지도 없지는 않았지만, 오늘밤의 이부자리는 어쩐지 이상하게 기뻤다. 집이 바뀌고 모자 둘만이 된 것으로, 그도 지금까지보다 훨씬 효심 깊은 아들이 되어줄 것처럼 여겨졌다.

새로운 생활에 익숙해지기까지, 쓰네는 매일 바빴다. 아침을 일찍 시작해야 하는 것은 힘들지는 않지만, 앞전에 살던 사람의 빈 껍데기에 들어간 듯한 것이라서, 모든 것이 익숙하지 않아 빗자루 하나 걸 못이 있는 곳조차 모르는데다가, 수돗물은 나오지만, 취사는 프로판가스다. 이것이 무엇보다 쓰네를 당혹케 했다. 원래의 언덕 아랫길의 작은 중화요리점이 프로판가스 폭발로 화재가 나서, 일하던 여자가 불에 타서 죽은 일이 있어, 그것도 원인으로, 쓰네에게는 프로판가스는 방심할 수 없는 두려운 것이 되어 있었다. 아침은 하는 수 없다. 하지만 그 외 밥을 짓고 반찬을 만들고 하는 일까지 그런 위험한 것에 의지할 수 없다고 생각한 쓰네는, 헛간에서 오래된 곤로를 가지고 나와 사용했다. 시골에서 자란 솜씨는, 뒤편 숲의 솔방울과 마른 가지로 불을 피우는 것도 문제없었다. 다만 시간과 수고는 성냥 한 개비처럼은 되지 않는 것으로, 본관 쪽도 창문을 여는 것만 할 수 없어, 잔디밭의 풀도 뽑게 되므로 저녁이 되면 녹초가 되어서, 세이타를 기다리기는커녕, 식사도 혼자서 후다닥 끝내고 잠들어버렸다. 요시에를 부르는 이야기가 진척이 없는 상태인 것과, 그것에 관해 세이타가 흘린 마음에 걸리는 말이, 쓰네의 잠을 방해하지 않았던 것은, 당분간 이런 상태가 계속되었기 때문이다.

　세이타의 귀가도 지금까지보다 자주 늦어졌다. 거리 때문만은 아니겠지만, 요시에와 만난 것은 전에도 그랬던 대로 특별히 모친에게 말하려고 하지는 않았다. 쓰네도 푹 잠들어 문이 열리는 소리도 어렴풋하고, 아침은 아침대로 황급하게 나가버린다. 하지만 세이타는 전보다는 눈에 띄게 상냥한 마음씀씀이를 보여주었다. 그는 크로켓이라든가 치쿠와[111]라든가 소금에 살짝 절인 건어물이라든가 공장 부근의 가게의 것으로, 모친의 수고를 덜어줄 야채를 부탁도 하지 않았는데 사 오는가 하면, 나갈 때 분주한 가운데에도 쓰네의 재봉 상자를 가지고 나와, 대여섯 개의 바늘에 일일이 긴 실을 꿰어주기도 했다. 시력이 약해져서 바늘귀가 잘 안 보이게 된 쓰네, 바느질일을 열심히 할 때에는 자주 기미에게 실을 꿰는 것을 부탁했다. 가끔 세이타가 옆에 있으면 뭐예요, 어머니, 저한테 주세요, 하고 몇 번이고 실 끝을 다시 꼬아서는 실패하는 모친에게서 손에 든 것을 낚아챘다. 세이타는 그것에 준한 것으로, 이 정도

---

111 치쿠와(竹輪)란 어육을 다져 으깬 것을 대나무 등의 봉에 붙여서 굽거나 찐 어묵의 일종. 봉을 뽑아내면 가운데가 빈 통의 형상이 되어, 그 모습이 대나무의 동그란 모습을 닮았다고 하여 붙여진 이름.

한꺼번에 많이 실을 꿰어두면 기모노 한 장 정도는 만들 수 있을 것이라고 했다.

"그런 것으로 충분할까?"

쓰네는 부정하면서도 오히려 가슴에 스미는 만족을 드러내면서, 게다가 요즘은 바늘을 쥘 시간 따위 전혀 없다고 덧붙였다. "정말이지 넓은 집은 손이 많이 가기 때문에 말이야."

"약속 이상의 일까지 하려고 하니까 그래요. 풀 뽑기 따위 밭의 할아버지 담당이니까, 전혀 신경쓰지 말고 두라고 했잖아요."

밭일하는 할아버지는 무라세의 소유지인 소나무 숲 일부를 경작하고 있고, 정원사를 대신한 일도 하는 지역의 농민이다.

"그렇다고 해도 지금의 풀은 뽑으면 또 자라나니까요."

잔디밭 정도는 항상 예쁘게 해 두고 싶다, 우시고메에서도 한번은 상태를 보러올 것이고, 좀 더 어떻게 안 될까, 하는 말을 듣는 것은 싫었다. ――어느 날 아침, 그런 얘기에까지 이르렀을 때, 쓰네는 뭔가 잊은 것이라도 떠올린 듯 요시에 얘기를 꺼내기 시작했다.

"대체 언제 데려올 생각인 거니?"

"응, 말은 해두고 있어요."

"하지만, 날을 정해두지 않으면."

"그게 말이죠, 둘 다 쉬는 날이 아니면 곤란하니까, 다음 달이 되면 시간을 낼 수 있어요. 어머니는 성급한 사람이 되었네요. 이사하고 이제 열흘째잖아요."

"그런가, 난 벌써 한 달이나 지난 것 같아."

그렇다고 해도 쓰루미는 어떻게 지내고 있을까? 귀여운 손자들임에는 변함이 없지만, 이쪽이 당분간 빠져나갈 수 없는 것은 알고 있을 것이고, 요시에는 요시에라 치고, 기미 쪽은 잠시 들여다보러 와도 좋을 텐데, 라며 조금 화를 내면서도 그리워하고 있었다.

그 마음이 전해진 것처럼, 어느 날 기미는 갑자기 찾아왔다. 공장 거리와는 풍경이 다른 전원의 전차에서부터 이미 신이 나 있었던 세 살이 된 형제는, 오랜만에 조모를 만난 기쁨도 더해져서, 두 마리의 작은 경주마처럼 넓은 뜰을 뛰어 돌아다니고, 쓰네가 그들을 위해 특별히 사용한 테라스에서 피크닉처럼 가져 온 샌드위치, 김밥, 과자, 과일로 배를 그득히 채웠다.

아이들의 만족과는 반대로, 기미는 오늘은 정말 큰 여행이었던 것을 말하고, 둘이 조금 더 손이 가지 않도록 되기까지는, 좀처럼 데리고는 올 수 없다고 투덜댔다.

"신사쿠가 쉬는 날에 함께 오면 편하지 않니?"

"그렇기는커녕 그 사람은 곧바로 취미생활을 시작하고 있어서."

"아니 뭘 또."

신사쿠는 쓰네와 세이타가 이사함과 동시에 평소의 뭔가를 만드는 취미에서, 가족이 일상생활을 하던 3첩 방을 새로 치장하는 작업을 시작했다. 하지만 기미는 그것보다도 요시에에 대한 애기를 전하려고 했다.

신사쿠가 지도적으로 보살피고 있고, 집에도 자주 오기 때문에 쓰네와도 친하게 지내는 공장 직원의 여동생도 산코백화점에 근무하고 있었다. 이쪽은 본점이었는데 봄 즈음부터 지점의, 매장은 다르지만 요시에와 같은 층에 있는 것을 알았기 때문에, 넌지시 상황을 들을 수 있었던 것이라고 한다.

"있잖아요, 그 얼굴은 어딘가 장난꾸러기 같은 부분이 있는데, 상당히 고집이 센 것 같아요."

"칠칠치 못한 것보다는 낫지 않니. 살림을 차려도 안주인이 게을러서야 하는 수 없으니까."

"하지만."

말은 꺼냈지만, 기미도 역시 세이타가 휘둘러지기 쉽다고까지 노골적으로는 말하지 않았다. 모친의 일부러 지지 않으려 기를 쓰는 태도는, 내심 걱정하고 있었던 것을 들은 반발인 것을, 육친의 감으로 알아챈 것만은 아니다. 아이들이 지쳐서 잠들거나 하면 곤란하기도 하고, 저녁시간의 전차의 혼잡을 피하기 위해서도, 감정적인 긴 이야기가 되기 전에 슬슬 돌아가려고 했기 때문이었다.

달이 바뀌자 요시에도 찾아왔다. 점심 전부터 세이타가 환승역까지 마중하러 가서 데리고 온 것이다.

"자, 자, 들어와요. 먼 곳을 잘 와줬어요."

쓰네는 신바람이 나서 맞아들이며 물방울무늬의 새 여름옷에, 그것도 차양이 좁은 새 밀짚모자의 요시에는, 그 근처의 아가씨 못지않은 것처럼 보였다.

　"어머니, 여기서가 좋아요."

　세이타는 모친이 6첩 방에 깔려고 한 방석을 가지고 와서, 요시에와 함께 거실에 앉았다.

　"저것이 아버지야."

　정리장 위에, 쓰루미에 있었던 것과 같이 장식된 료조의 사진을, 세이타는 식반 앞에서 요시에에게 가르쳐주었다. 그런 행동도, 말하는 것도, 세이타는 거침없고 자연스러웠다. 쓰네는 또 오늘을 기대하면서, 요시에를 외고집의 견실한 사람이라고 한 기미의 말도 있고, 이전보다 오히려 가슴 한구석을 흐리게 한 걱정이, 뭔가 딱지가 떨어진 것처럼 소멸한 것도, 이렇게 해서 처음이 좋았기 때문이었을 것이다.

　"저것은 뭐예요?"

　요시에는 사진을 올려다보면서 물었다. 그것은 모조 가죽 케이스인 채로 눕혀져 있는 플루트에 관한 것이었다.

　이 설명은 또 쓰네에게 마침 좋은 역할을 하게 했다. 료조가 젊은 시절부터 음악을 좋아했던 것, 공장의 악단, 거기서 담당해서 분 서양 피리는 그가 목숨 다음으로 소중히 여기던 것으로 죽었을 때, 관에 넣어 주려고 했는데 발견되지 않았다. 그것이 이번 이사 때 생각지도 않게 나와서 사진과 함께 장식해 두었다. ――이런 얘기는 아무리 해도 부족한 것처럼 계속하면서, 마지막에 덧붙였다.

"지금까지 무사했더라면, 오늘도 얼마나 기뻐했을까하는 생각이 들어서."

스키야키는 점심으로 정했다. 이참에 근처에 있는 유원지를 요시에에게 보여줄 생각이기 때문이다. 또 세이타는 그의 소위 영화 같은 집인 본관의, 아직 남아있는 장미가 아름다운 정원 쪽으로도 안내했다. 하지만 되돌아와서 쓰네가 식사 준비를 시작하고 있는 것을 알자, 요시에는 함께 부엌에 들어와서 파를 자르거나, 곤약을 끓이거나 하며 도왔다. 기미는 그런 말을 했지만, 오히려 순수한 것 같은 좋은 아가씨가 아닌가. 쓰네는 만족해서 접시와 사발을 쟁반에 놓거나 하면서, 산코백화점에 그녀를 보러 간 것과 잊었던 양산을 뒤쫓아 와서 가져다주었을 때의 일을 이야기하려다가, 무엇 때문인지 거기까지는 말하지 않았다. 요시에가 필요한 대답은 확실해 해도, 말수가 많은 편이 아니었기 때문이었는지도 모른다.

하지만 식사가 끝나고 슬슬 돌아가려고 모자를 쓰거나 하는 요시에에게, 쓰네는 부탁하듯이 말했다.

"이것으로 이쪽의 상태도 이해해 준 것 같으니, 부디 빨리 와 줘요. 기다리고 있을게요."

요시에는 미소를 지었다. 평소보다 눈에 띄게 움푹 패어 보인 순간의 하얀 얼굴도, 쓰네에게는 조심스런 동의로밖에 받아들여지지 않았기 때문에, 이제 모든 것이 매듭지어진 느낌이 들어 안심했다.

"하지만 요즘 젊은 사람은 대단히 개방적이네."

유원지를 향해 함께 나가려고 하는 세이타가, 새로운 화려한 알로하셔츠를 입고 뭔가 들떠있을 때의 버릇으로, 오른팔을 휘두르거나 하며 걷는 옆에 나란히 선 요시에도, 척척 하얀 하이힐로, 아직 장미가 남아 있는 울타리를 따라 역 쪽으로의 비탈길을 내려가는 뒷모습을, 쓰네는 뒷문에서 언제까지나 배웅했다. 무엇이든 혼자서 정하는 방식은 방식이라도 상대방 아가씨를, 마치 공장 동료만큼이나 구애받지 않고 데려 와서 태연한 세이타가, 정말이지 자연스럽게 보일뿐 아니라, 요시에도 또한 전혀 주눅 들지 않고, 평소에 자주 와서 친숙한 집 같은 표정인 것이, 쓰네에게는 진귀하고 기묘해서 놀란 듯 하고, 그래서 어딘가 귀여운 생각도 드는 것이었다.

장마가 시작되어 뜨뜻미지근한 가랑비가 내리는 날이 많아졌다. 이런 날에는 쓰네는 앉은 채 재봉일을 열심히 했다. 지금까지와 같은 옷을 만드는 일이 아니다. 세이타의 결혼을 대비해서, 두 사람분의 이불속을 쓰네는 이사 전에 사놓았다. 그것이 요시에가 왔을 때부터 갑자기 쓰네를 들썩이게 해서, 하루라도 빨리 완성시키고자 하는 것이다.

이불 바느질에도, 쓰네는 어설픈 직인에게 지지 않는 솜씨를 지니고 있었다. 더욱이 비참하게 자랐어도 추운 지역 사람의 관습으로, 덮는 이불 아래에도 면을 듬뿍 넣은 침구를 포개고 싶어, 그것은 비단, 그 외에는 다홍색을 섞은 꽃 모양의 사라사였다. 원래부터 더운 동안은 이런 것은 필요 없다. 여름 이불은 요사이 유행하는 타월 천이 그렇게 비싸지도 않고, 잘 세탁되고 편리하기 때문에 그것을 사는 편이 좋다.

이런 생각으로 이불 바느질이 시작되고 나서는, 세이타의 실꿰기도 자주 모친에게 재촉받았다. 원래는 서투른 긴 실로 꿰어서, 너무 길어도 싫어했지만, 지금은 트집을 잡지 않았다. 비 때문에 어두운 방은 바늘귀가 더욱 꿰기 어렵기 때문이다. 노안 안경을 콧등에 낮게 얹고, 쓰네는 그것을 푸념하며, 이런 식으로 점차 몸도 움직일 수 없어지게 되겠지, 하고 불안한 이야기까지 시작하면서, 결국 이야기는 하나의 문제로 결집되어버린다. 대체 결혼은 언제가 될 것인가? 아무리 간단하게 한다고 해도 일단은 형태만은 취해야 할 것이다. 중매는 누구에게 부탁할 생각인가? ——쓰네와 료조가 가정을 가질 때도, 어쨌든 다마루의 가게 지배인이 자진해서 그 역할을 맡아주었다.

그러나 세이타는 이 이야기에는 몹시 소극적이었다. 쓰네가 끈질기게 되풀이하자, 성가신 듯이 일축했다.

"우리들이 어떻게든 할 테니까, 어머니가 그렇게 걱정할 건 없어요."

"하지만 아내를 맞이하는데 걱정하지 않고 있을 수 있을까, 너의 색시라도 나에게는 딸이 아니냐."

"————"

"어쨌든 지금처럼 그러면 곤란하니까, 대체 언제쯤 와줄 생각인 건지, 그것만은 이제 확실히 정해주렴."

이러한 쓰네의 호소에도 반응이 없는 채 날이 흘렀다. 장맛비는 본격적으로 내리기 시작하고 시간은 계속 흘렀다. 세이타는 매일 완전히 마르지 않은 비옷을 입고 일어나자마자 튀어나갔고, 밤에는 밤으로 언덕의 비탈면을 깎은 정도의 언덕길이어서 고무장화를 흙투성이로 해서 돌아왔다. 게다가 늦게 거의 마지막 전차가 되는 일이 많았다.

아침밥을 급히 먹는 사이에도, 세이타는 부친을 닮아 눈썹도 눈도 움직이지 않고, 뭔가 마음이 딴 곳에 빼앗겨, 젓가락은 건성으로 쥐고 있는 듯한 얼굴을 했다. 스물다섯인 아들은 모친에게도 종종 아들이 아니게 된다. 이런 경우에도, 제법 어엿한 남자다운 위엄 있는 관록이 붙은 세이타에게는, 어째서 그런 불만스런 얼굴을 하고 있는 거냐고 대놓고 물어보는 것을 모친에게도 허락하지 않는 거부가 있었다. 쓰네는 자신도 꾹 누르고 맛이 없는 된장국을 먹었다.

막내아들다운, 스스럼없는 고집과 밝고 솔직함으로, 뭔가 모친을 서먹서먹하게 느끼게 만든 뒤에는, 말로서는 사과하지 않는 대신, 세이타는 행위로 보상을 한다. 하루 이틀 지나고 평소의 식재료 외에, 쓰네가 아주 좋아하는 것이면서 과분한 것으로 여기고 있는 카스테라를, 한 상자 사온 것도 그 마음의 표시였을 것이다. 그러나 바늘에 실을 꿰는 것은 쓰네가 거절했다. 전에 없던 일로, 요즘은 곧 어깨가 결리고 눈앞이 가물가물하고, 아프지도 가렵지도 않은데 눈물이 흘러서 힘들어, 당분간 이불속을 바느질하는 것도 보류하도록 한다고 하는 것이었다.

"무리를 하니까 안 되는 거예요, 어머니."

세이타는 일부러 매정하게 모친을 질타했다. 눈은 무엇보다 소중하니까, 한번 쓰루미에 가서 친하게 지내던 의사선생님에게 진찰받아라, 간 김에 누나 집에 들러서 다로와 지로의 얼굴을 보고 올 수 있지 않냐고도 했다. 하지만 쓰네는 그 말을 들으려고는 하지 않았다. 빈집 관리도 겨우 한 달인데, 집을 비우고 외출하는 것이 주저되었던 것만은 아니다. 줄기차게 계속되는 빗속을 멀리 외출하는 것이 귀찮고, 쌍둥이 손자를 만날 수 있는 즐거움조차, 기분을 설레게 하지 않는 쇠약해짐이 쓰네에게는 있었다. 말할 것도 없이 그들은 피크닉처럼 온 날 이후는 나타나지 않았다. 손가락을 꼽아보면 아직 두 주가 지났을까 지나지 않았을까, 날씨도 안 좋아져버려서 기미가 아이를 데리고는 나오기 어려운 것은 당연하다고 해야 한다. 하지만 요시에 쪽이라면,――쓰네의 의식은, 시소처럼 한쪽을 건드리는 것으로, 다른 한쪽을 튀어 오르게 한다. 하지만, 아니다, 요시에도 매일의 근무가 있는 거니까, 라며 고쳐 생각해도, 그것이 계기가 되어 아직까지도 일이 결정되지 않는 불안을 끌어낸다.

처음 세이타에게 들은 것처럼, 친구의 비참한 결혼이 요시에를 제자리걸음하게끔 했다 해도, 이제 그런 상태는 넘긴 것을, 쓰네는 모친답게 못 보고 놓치진 않았다. 그런데도 변함없이 이도저도 아닌 채 지내는 것은, 대체 두 사람 모두 어떤 기분인 건지 알 수 없고, 더욱이 그 이야기를 세이타가 언짢아하며 피하려고 하는 것은, 새로운 걱정거리이기조차 했다. 지금에 와서 사이가 틀어지거나 할 이유도 없을 텐데. ――쓰네에게 이불속 바느질을 그만두게한 것은, 어깨 결림이나 눈앞이 가물가물하는 것만이 아니다. 망막의 그 이상한 반점과 함께 그저 생리적인 작용처럼 쏟아지는 눈물도, 실은 쓰네의 가슴 속으로부터 알아차리지 못하고 배어나온 것과 반반이었을 지도 모른다.

날씨도 마찬가지로 끄물거렸다. 한때 정도 비가 많이 쏟아지지도 않는 대신, 맑은 날씨도 없고, 회색의 무더운 하늘이 낮게 드리워져, 아침부터 개구리의 탁한 소리가 들려왔다. 뒤편의 소나무 숲으로 이어지는 좀 높은 낭떠러지를 따라, 숨은 물벌레라도 있는지 적지만 개구리가 운다. 이 근처까지는 예전 지역 사람인 농민이 마음대로 하고 있지만, 손질은 하지 않아 풀은 제멋대로 자라있었다. 잡목에 휘감긴 넝쿨풀은, 우두둑 비를 동반하며 갑자기 바람이 불거나 하면, 하얀 나뭇잎 뒷면을 뒤집으며 공연히 흔들리고, 갈색의 송이가 된 꽃으로 높게 돌출되어있는 죽자초는, 파인 곳이 많은 넓은 잎에서 큰 빗방울을 떨어뜨렸다. 쓰네는 거실에 쓸쓸히 앉아, 거의 백발이 되어 어쩐지 자못 어린애 같은 얼굴로, 낭떠러지의 덤

불도 시야에 들어와 그저 보고 있는 모습으로, 한나절이나 멍하니 한 채 보내는 것이다.

정말 기묘한 것이, 쓰네가 료조의 유품인 플루트를 문득 불어 보려고 한 것은, 이런 날인 추적추적 비가 내리는 오후이고, 그것 도 이상한 것이 계기는 쥐에게 있었다.

그 주변의 것은 들쥐로 보이고, 몸은 작지만 예리한 이빨로 무 엇이든 갉아먹는다. 요즘은 쓰네가 혼자뿐이라는 걸 아는지, 낮에 도 쪼르르 달려 나와 지금도 끊이지 않는 료조의 사진 앞의 과자나 먹을 것을 노렸다. 세이타가 사온 카스테라도 큼직한 한 조각을 먹 어치웠기 때문에 투덜투덜하면서, 내친 김에 사진과 함께 놓아둔 것을 바닥에 내리고, 정리장 위를 깔끔하게 정리하려고 했을 때, 어느 샌가 플루트의 모조가죽 케이스 끝 부분을 갉아먹은 것을 알 아차렸다. 쓰네는 깜짝 놀라서 열어보았다. 물론 안쪽에 이상은 없 다. 하지만 쓰네는 그냥 그대로 닫는 대신, 케이스에서 세 개로 나 뉘어져 들어있는 은도금 봉을 꺼내서 순서대로 연결해보았다. 그 뿐인가, 료조가 무사한 무렵에도 죽고 나서는 더더욱 그런 것을 한 적도 없지만, 그럴 마음이 생긴 적도 없는데, 조립한 악기의 취구 에 입술을 대었다. 은 버튼 같은 마개를 누르거나, 떼거나 하는 것 도 료조가 했던 대로 흉내 내 보았지만, 플루트는 금속성의 차가움 으로 반응 없이 침묵한 채였다. 료조의 방식으로, 입술과 손이 단 지 조금 닿는 것만으로, 금세 아름다운 음악이 흘러나오는 것이라 고 믿었던 관악기의, 삐하고도 뿌하고도 소리 내지 않는 쌀쌀맞음은, 쓰네를 어린애같이 기를 쓰게 만들었다. 어떻게 해서라도 소리를 내 보고 싶었다. 시골의 목욕탕에서 아궁이에 쭈그리고 앉아, 불 피우는 대통을 부는 듯한 모습으로 볼을 부풀리고, 구멍의 손가락을 마구 이동시키는 사이에, 우연히 울림 같은 것을 파악했다고 생각해도, 그저 일순간이고, 그것은 잎사귀 끝에 맺힌 이슬처럼 약하게 취구를 흘러내리고, 두 번 다시는 되돌아오지 않았다. 쓰네는 끈기가 부족하지만, 그렇다 치더라도 료조는 얼마나 훌륭하게 분 것이었을까 하고, 회사를 빼 먹으면서까지 나가는 연주여행으로 가끔 말다툼한 것도 정겹게 떠올리거나 하고 있자, 참 소질이 없다. 자, 나한테 줘 봐, 라고 료조의 공원답지도 않은 손톱이 예쁘고 매끈한 손이, 주체 못 하고 있는 플루트를 옆에서 가로챌 것 같은 느낌조차 드는 것이었다.

그 이후 쓰네는 언제까지 계속될 지도 모르는 빗속에서 기운 없어 하면서, 걸핏하면 정리장에서 플루트를 내려놓았다. 옆에 털썩 주저앉아, 그녀의 이른바 서양 피리의, 반짝반짝 빛나는 은관에 입술을 대고 있는 것은 대단히 이상한 모습이긴 했지만, 그런 것에는 신경도 쓰지 않았다. 또 삐하고도 뿌하고도 좀처럼 울리지는 않는다. 쓰네는 단지 그것에 의해 새로워진 남편에 대한 추억을 은근히 즐겼던 것일까? 그렇지도 않았다. 그저 그런 일이라도 하지 않으면 견딜 수 없을 만큼, 쓰네의 마음은 근래의 하늘을 닮아, 그 안쪽까지 축축하게 곰팡이로 뒤덮인 것처럼 답답했다. 세이타와 요시에와의 확실하지 않은 관계로 인한 것이다. 말하자면 쓰네는 소리가 나지 않는 서양 피리로 지금의 미덥지 못함, 애달픔, 쓸쓸함을 호소하는 노래를 부르고 있었던 것이었다.

"어머니 오늘 저녁에는 좀 할 얘기가 있어요."

어느 날 저녁 드물게 일찍 돌아온 세이타는, 그것도 드물게 함께 먹은 저녁밥의 설거지를 하려고 모친이 일어서려 했을 때 그렇게 말했다. 쓰네는 접시와 사발을 설거지통에 담가둔 채로 두고 부엌에서 되돌아왔다. 웃는 얼굴이었다. 아들의 기세는 기다리고 있던 이야기임에 틀림없었다.

"언제로 된 거냐?"

"언제라고 날짜까지 정한 건 아니지만, 하여간 우리들도 결혼할 거예요."

"이런 말을, 새삼스럽게 뭐니?"

"하지만 그것에 관해 어머니에게 말해 두고 싶은 게 있어요. 우리들은 아파트에서 가정을 가지기로 했어요."

"————"

쓰네는 귀에 들린 것이, 정말로 세이타의 말이었는지 의심하듯이, 도리어 멍하니 아들을 응시했다.

"어머니, 저는 어머니의 기분을 너무나도 잘 알고 있어요. 이 집으로 요시에가 와서, 셋이서 살아가는 것을 낙으로 삼고 계시죠. 요시에도 그건 충분히 알고 있어요. 그러니 우리들의 결혼 얘기는 항상 그것이 문제가 돼서, 어떻게 해서라도 어머니를 실망시키지 않고 끝냈으면 하고 생각했지만."

역시 둘이서만 아파트에 살고자 하는 이유를 세이타는 설명했다.

2개월 가까운 왕복으로 생각해도, 그 자신은 그렇다 치더라도, 요시에가 매일 다니기에는 여기서부터는 너무 먼데다가, 일주일에 세 번, 부기와 타자기 학습이 있었다. 결혼하면 조만간 백화점은 그만두어야 하고, 원래 판매원 따위 언제까지고 하고 있을 수 있는 것도 아니라서, 뭔가 배워두기만 하면, 하고 믿고 시작한 일이라서 요시에는 훌륭하게 마무리할 생각으로 있고, 그것에는 자신도 찬성인 것이다, 라고 세이타는 말하고, 요시에는 계모라서 고생하며 자랐기 때문에, 그런 일도 보통의 여자보다 훨씬 강하게 생각하는 것 같다고 덧붙였다. 역시 쓰네의 희망대로 함께 산들, 아침에는 일어나자마자 튀어나가고, 저녁에는 저녁으로 자기 위해서만 돌아오게 되기 십상이다. 그렇지 않아도 서로가 서먹서먹해져서 별거니 어쩌니 소란스러워지는 것은 싫어서, 처음부터, 자신들은 자신들만의 가정을 가지고 우선 살아가는 것이, 오히려 옥신각신하지 않는 방법이라고 하는 요시에의 변명과, 당신의 어머니라면 나에게도 어머니니까, 가능한 사이좋게 지내고 싶다고 말하면서도, 친부모 친자식이 아닌 모친에게 당한 괴로운 경험 때문에, 혈연관계가 아닌 '모친'인 것에, 요시에가 어쩔 수 없는 일종의 두려움을 안고 있는 것은, 쓰네에게는 흘리지 않으려고 했다.

"다만 어머니가 혼자서 여기에 계실 수 있겠어요?"

"그래도 너는 가버리는 게 아니냐. 혼자서 있을 수 있다, 없다 같은 문제가 아니야."

"하지만 우시고메의 집에 이유를 말하면, 누군가 다른 빈집 관리인을 찾아주지 않을까라고도."

"어림없다."

아파트로 별거라는 너무나도 의외인 아들의 말에, 무언가 짓밟아 뭉개져서 화도 낼 수 없을 만큼 공허하게 기력이 빠진 쓰네는, 그때 그 비명에 온 몸의 반발과 절망을 폭발시켰다. "그런 제멋대로인 짓은, 난 죽어도 할 수 없어."

"어머니는 그렇게 생각하시겠지만, 우시고메의 주인장은 그런 사람이니까 잘 사정을 이야기하면, 이런 지역에서 외톨이로 빈집을 관리하는 건, 무리라는 것을 알아줄 거예요."

쓰네의 모든 감정은 지금은 모두 눈물이 되어있었다. 늙었지만 젊을 때의 북쪽 지방 여자의 피부결을 아직 완전히는 잃지 않은, 작고 둥근 얼굴을 흠뻑 적신 채 닦으려고도 하지 않고, 아들이 무슨 말을 하고 있는지 듣지도 않았다. 약속은 지켜야 한다, 아키코 부인이 미국에서 돌아오실 때까지는 절대로 여기를 떠나지는 않는다, 고 쓰네는 그 말만 흐느껴 우는 사이에 반복했다.

오열이 잠시 멈춘 것은, 이것을 기회로 다시 한 번 쓰루미의 집에 돌아가서, 드디어 사랑스러워질 뿐인 쌍둥이 손자와 생활하는 것은 즐거울 거라고 세이타가 권했을 때였다. 하지만, 그 이야기에 신사쿠가 만약 달가워하지 않는다든가, 쓰네 쪽도 되돌아오는 것은 싫다든가 하는 이야기가 되면, 달리 방법이 없지는 않다. 같은 공장에서 부서는 다르지만 솜씨도 좋고 인품도 좋은 선반공으로, 요시에의 사촌과는 소학교부터 함께라는 관계로 세이타도 친해진 남자가, 함께 사는 형의 집에서 나오고 싶어 하고 있기 때문에, 이 집으로 오게 하면 어머니도 마음이 든든할 것이고, 세이타도 안심이라는 말을 듣자, 쓰네의 울음은 갑자기 절규로 바뀌었다.

"싫다, 싫어, 그런 일 싫어."

쓰네는 아들 쪽으로 목을 내밀고 노려보며 격하게 고개를 저었다. 손은 옆에 재가 된 채로 이어서 늘이는 것도 잊은 모기향 상자를, 자신도 모르는 사이에 쥐고 있었다. 역시 던지는 대신에 필사적으로 마구 고함을 질러댔다. "어디서 굴러먹던 자인지도 모르는 인간을 일부러 끌어들이지 않아도 난 혼자서 충분하다. 너도 아침에 나가면 요즘은 마지막 전차로만 돌아오지 않았냐. 너는 이제 요시에만 있으면 나 따위는 어떻게 되든 상관없는 거야. 나도 단념했다. 그러니 따로 가정을 꾸리든, 어디에서 어떻게 생활하든, 둘이서 하고 싶은 대로 하면 돼. 다만 모두가 미국에서 돌아오실 때까지는 나는 약속대로 이 집은 무슨 일이 있어도 떠나지 않을 테다. 빈집 관리 정도 충분히 혼자서 해보일 테니까. 요시에에게 그렇게 전해. 뭐 마지못해 와서 함께 살아주길 바라지는 않는다고. 너도 그렇지, 세이타, 나가고 싶으면 언제든 가버려. 나는 혼자서, 혼자서ーー"

이튿날 아침 쓰네가 잠이 깼을 때에는 모기장 저편의 침상은 비어있었다.

눈물로 부은 눈은 밤새 제대로 감기지 않았는데, 역시 새벽이 되어 소르르 잠이 든 것으로 보이고, 세이타가 일어난 것도 나가 버린 것도 알지 못했다. 찻장 위의 시계는 6시를 10분 지나고 있었다. 사계절 내내 5시에는 반드시 일어나는 쓰네가 드물게 한 시간 남짓 늦잠을 잔 것이다. 세이타도 항상 6시 반에 집을 나가기 때문에 오늘아침은 특별히 빨랐던 것이다. 어쩌면, 하고 어젯밤의 말다툼 때문에 불안이 솟구쳤다. 하지만 옷걸이에는 가스리[112] 천의 홑옷과 나란히, 산 지 얼마 안 된 알로하셔츠가 걸려 있고, 그것도 소중히 여기고 있는 트랜지스터 라디오가 식반에 놓인 채로여서, 말도 없이 뛰쳐나갈 리는 없다며 진정하고 보니, 오차즈케[113]를 급히 먹은 것 같고 사발에 오이와 가지 절임이 먹다 남아있으며, 그래도 젓가락, 밥공기는 제대로 씻어서 싱크대의 선반에 엎어놓은 것도 어쩐지 사랑스럽고, 하고 싶은 말을 다 퍼부은 뒤인 만큼 아침밥도 먹이지 않은 것이 후회되었다.

쓰네는 기분보다도 더, 생리적으로 위축되어 있었다. 무엇을 어떻게 생각하면 좋을지 몰랐다. 다만 어젯밤의 전말은 모두 악몽에 지나지 않았다면. ——그렇게 생각하고 싶었다. 그러나 반목의

---

112 오차즈케(お茶漬け)란 밥에 차를 부은 요리 혹은 차를 밥에 부어먹는 식사법을 가리킴.
113 가스리(絣)란 붓으로 스친 듯한 잔무늬가 나도록 짠 무명 직물.

원인이 결혼해도 요시에와 둘이서 아파트에서 따로 살겠다고 하는, 세이타의 숨김없는 이야기에 있었던 것은, 뭔가 무능력하게 완전히 시든 의식도 섬뜩하게 꿰뚫고 있었다. 아, 아, 꿈이 아닌 것이다. 어떻게 할까? 지칠 대로 지쳐 모기장을 접고, 침상을 이부자리를 개는 것도 겨우 했던 쓰네로 하여금, 갑자기 성급하게 옷을 갈아입게 하고, 문단속을 하게 하고, 이사하고 나서 처음으로 집을 비우고 외출하게 한 것도, 초조해서 견딜 수 없는 이 생각에서였다.

"할머니다."
"할머니야."
　미닫이문을 열고 들어온 쓰네를 보자, 거실에서 장난감을 흘트리고 있던 쌍둥이 다로와 지로가 날카로운 2부 합창으로 달려왔다. 평소라면 이제 이것으로 가슴 속의 응어리 정도는 날아가 버렸을 것이다. 쓰네는 아직 눈물이 들러붙어있는 듯한 약간의 미소로, 그것만큼은 전차를 내렸을 때 잊지 않고 산 비닐의 작은 과자봉지를 하나씩, 형제의 오동통한 손에 쥐어주고 있는 차에,
　"어머니예요?"
　라고 기미의 목소리가 열어놓은 욕실에서 들리고, 세탁물이 산더미로 쌓인 양동이를 들고 마당에 나왔다. 오늘은 드물게 비만은 그쳐 있었다. 전차 길가에서도 집집마다 그러했던 것처럼 시답지 않은 엷은 햇살이라도 어떻게든 이용하려는 기미는, 모친은 우선 거들떠보지도 않고 셔츠, 샌들, 바지, 잠옷 등을 세 개의 장대에

가득히 널어놓은 후에 겨우 툇마루로 올라오면서 말했다.

"점심때에 제가 가 보려던 참이었어요. 세이타에게도 부탁받았고."

"세이타에게——"

"오늘 아침에 왔어요. 어젯밤 이야기를 전부 들었어요."

세이타는 공장에 가기 전에, 그러나 매형인 신사쿠는 나갔을 즈음을 가늠해서 온 것 같다. 그는 누나에게는 무엇이든 숨기지 않았다. 요시에가 부기 자격증을 따두는 것에는 자신도 찬성이고, 그것만으로도 저 불편한 먼 집에는 생활할 수 없는 것을 알아줄 것이라고 했다. 더욱이 예상했던 것 이상으로 모친의 혼란이 격심했기 때문에 말하지 못했지만, 결혼과 함께 그들이 살려고 하는 아파트는, 아이가 딸려 있으면 거부당한다. 지금 있는 같은 공장의 동료가, 살기 좋은 방을 버리는 것도, 아내에게 아이가 태어나기 때문인 것이다. 자신들도 그런 때가 올 것이다. 그렇게 되면 자연히 어머니와도 함께 생활하게 될 테니까, 그때까지는 자신들이 내키는 대로 하게 해줬으면 한다고, 세이타가 말한 것을 기미는 모친에게 전했지만, 쓰네는 반항적으로 턱을 떨었다. "이제 아무래도 좋아. 그때는 난 어차피 죽어있을 테니까."

"그런 말 하지 마세요, 어머니."

"하지만 단 하나 낙으로 삼고 있었던 것이 빗나가 버렸으니까, 오히려 죽고 싶어."

쓰네는 갑자기 풀썩 주저앉아 울기 시작했다.

쌍둥이는 저쪽에서 놀아야지, 하고 안쪽의 6첩 방으로 내몬 것과, 아이들이 보기에도 평소와는 분위기가 다른 것을 감지하고, 조모에게 달라 붙으려고는 하지 않았다. 하나는 선물로 사온 사탕이 아직 충분히 있었던 것과, 세 마리의 붉은 앞치마를 한 새끼 곰이 원판 위를 나르거나 뛰어오르거나 공중회전하거나 하는 새 장난감에 까르르대고 있었기 때문이다. 그저 명색뿐인 싼 것에 지나지 않았지만, 그것도 부친인 신사쿠가 마침 손을 봐서 샀을 때보다 훨씬 재미있는 것으로 다시 제조한 것이다.

기미는 모친이 마시다 만 식은 차를 뜨거운 것으로 다시 따라주면서, 그런 이야기도 들려주고, 더욱이 언덕 아래에 최근 개점한 메밀국수집이 대할인이라는 사실, 특히 한 그릇 백 엔의 오다마키[114] 는 다른 가게보다도 건더기도 많지만, 맛도 대단히 좋다는 소문이지만, 아직 먹어보지 못했다. 오늘은 마침 어머니도 오셨으니 사드리겠다. 아이들도 기뻐할 것이다. 절의 문지기인 할아버지에게 전화를 걸게 하면 금방 가지고 올 것임에 틀림없다는 것도 기미는 장담했다.

정밀기계의 숙련공으로서의 신사쿠의 지금의 수입은, 어설픈 상급 샐러리맨은 따라잡지 못할 정도인데, 기미는 어쩌다가 세이타에게, 누나는 구두쇠라는 말을 들을 정도로 인색한 사람이 되어,

114 오다마키(小田巻)란 자완무시(계란 찜) 건더기에 우동을 넣은 음식.

음식점에서 시키는 음식으로 모친을 대접하는 일은 여태까지 한 번도 없었다. 이날의 특별한 배려는, 적어도 음식으로 쓰네의 충격 받은 기분을 위로하려고 한 것일까? 그렇기도 할 것이고, 또 그뿐만도 아니었다. 오히려 그렇게 하는 것으로, 기미는 거의 무의식이지만 자신의 가슴 속에 있는 떳떳하지 못함을, 얼버무리려고 한 것일지도 모른다.

오늘아침, 세이타가 찾아와서 털어놓은 이야기 중에 누나 쪽에서 모친에게 돌아와 달라고 권유해 주지 않겠냐는 의논도 있었다. 쓰네는 집을 나가는 세이타 대신에 다른 사람을 둘 마음은 없고, 빈집 관리 약속을 지키기 위해서도, 그 집은 떠나지 않을 거라고 말하고 있지만, 누나가 어떻게 말하느냐에 따라 마음을 고쳐먹지 않을 거라는 보장은 없으니까, 매형의 생각도 확인해 주었으면 한다. 식비, 용돈은 자신 쪽에서 낼 테니까 폐는 끼치지 않는다. 그 점에 대해서도 확실히 말한 세이타의 부탁이었다. 그것을 기미는 거절했다. 그렇게 할 수밖에 없었다.

신사쿠는 쓰네와 세이타가 학원촌으로 이사하자마자 곧바로 평소의 도락을 계획했다. 아내와 자식이 생활하던 3첩 방을 아이 방으로 개조해 주려고 하는 것이다. 내년 봄에 유치원에 들어가면 이윽고 소학교, 중학교다. 신사쿠는 마음속에서는 대학을 나온 기술자를 우습게 볼 정도의 솜씨를 가진 만큼, 배움이 없는 것이 때로 분해서, 적어도 자식만큼은 공부를 시키고 싶다, 이러한 부친에게 공통의 기대가 강했다. 입구의 토방도 일부 이용하는 것으로 3

첩 방은 더욱 넓어진다. 완전히 마룻바닥으로 해두면 좋은 놀이터로서 뛰어다닐 수 있고, 학교에 가게 되면 둘의 책상과 의자를 나란히 놓으면 훌륭한 공부방이 된다. 신사쿠는 설계도를 그리고, 견적도 전문적으로 뽑아냈다. 또 욕실 때처럼 재료는 저렴한 매입을 단골가게와 약속해두고, 비가 계속되는 날씨가 가라앉는 대로 내일이라도 작업이 시작될 것이기 때문에, 어머니가 잘 곳은 이제 없다.

기미의 이 말에 대해, 세이타는 말했다.

"하지만 누나가 권유해 줘서, 어머니가 되돌아올 마음을 먹게 되면, 거실 한 구석이라도 잘 수 있지 않아?"

"그렇다고 해도 남편이 어떻게 말할지 몰라. 무엇보다 돌봐야 할 너희들이 도망치는 것이 잘못된 것이니까."

"도망치다니, 그런 게 아니야."

"하지만 그런 게 분명해."

"아니야."

형제의 대화는 다소 말다툼 같은 것이 되기 시작했지만, 세이타는 갑자기 입을 다물고 짙은 눈썹 끝을 올리고 일순간 침묵한 후에, 누나에게 말하기보다 오히려 자기 자신에게인 것처럼 말했다.

"요시에도 노인을 돌보는 것이 싫다고 하는 게 아니야. 따로 사는 이야기라 해도 단지 마음 편하려는 게 아니라, 이치에 맞는 얘기라서 나도 거절할 수 없고, 오히려 찬성이야. 원래 나는 콤팩트를 들여다보고 콧등을 두들기는 것밖에 모르는 여자는 싫어해.

그 근방에 알짱대고 있는 건 대체로 그런 여자지만, 요시에만은 그렇지 않아. 난 그걸 높이 평가하고 있어. 어머니의 마음을 헤아리면 불쌍하지만, 그런대로 아직 건강하고, 우리들이 옆에 있어서 돌보지 않으면 안 되는 것도 아니까, 당분간 별거하며 자신들의 생활을 꾸려가자는 요시에의 바람을 이루어주고 싶어. 누나도 그건 이해해 줄 거야."

　배달 점원이 가지고 온 점심밥을 대신한 오다마키를, 쌍둥이 아이에게도 제각기 나눠줘서 먹는 사이에, 기미가 몇 번이고 되풀이하듯 하며 어머니에게 전한 것은 세이타의 이런 말들이었다. 저런 상태로는 별거 결심은 바꿀 수 없을 것이라고 했다. 그러나 세이타에게 부탁받은 대로, 그때는 이 집으로 돌아오는 게 어떠냐고 권유하려고는 하지 않았다. 기미는 신사쿠가 새롭게 계획하고 있는 3첩 방의 개조는, 어떤 이유에서라도 중지는 하지 않을 것을 알고 있었다. 기미는 그 대신에 열심히 모친을 위로하려고, 요시에는 억척스러운 노력가인 만큼, 부기 자격증을 따는 것도 그렇게 오래는 걸리지 않을 거니까, 그것이 끝나면 함께 사는 이야기도 할 거라고 했다.

　"원래부터 어머니는 아파트를 싫어하잖아요."

　"특별히 그런 것은 아니야."

　"어쨌든 어머니의 마음은 세이타가 잘 알고 있고, 요시에도 따로 나쁜 마음은 없는 거 같으니까, 어머니도 괴롭겠지만 잠시 참고 있으면 분명 상황이 좋아질 거예요."

쓰네는 더 이상 아무 말도 하지 않았다. 하룻밤의 번뇌가 어쩐지 몸을 절반으로 나누어버릴 정도로 홀쭉해진 채, 쓰네는 입을 꾹 다물고 있었다. 내 기분을 알까, 알지는 못 해. 세이타도 그 누구도. ――

아버지, 어머니의 얼굴도 모르고 야마가타의 시골의 절에 부속된 고아원에서 자란 쓰네가 가장 부러웠던 것은 '집'이다. 주변의 처마가 기운 초가지붕이라도, 집이면 그곳에는 부모가 있고, 형제자매가 있고, 또 할아버지, 할머니가 있는 곳도 많았다. 그들이 누더기 옷을 입고 있으면서도 웃거나 서로 고함치거나, 꾸지람 듣고, 맞고, 울거나 하면서 화롯가에서 말처럼 긴 목을 내밀고 함께 떠들고 있는 것이, 쓰네한테는 집이라는 것이었다. 하지만 그것은 그녀와는 거리가 먼 것이었을 것이다. 료조와 처음 가정을 가진 기쁨도, 그 때문에 쓰네한테는 남들이 모르는 특별한 기쁨이었고, 이 환상은 아들의 결혼에도 그대로 연결되어 있었다. 세이타가 요시에를 아내로 맞아들이는 것은 료조의 죽음으로 잃은 집을 다시금 만들 수 있는 것이고, 본래 쓰네는 한 지붕에 그들과 함께 사는 것이고, 계속해서 태어나는 손자들로 그 옛날 정말로 부러운 것으로 여겨졌던 집을 부여받는 것이었다. 그런데 쓰네의 집은 어떠한 모습이 되어버린 것일까?

기미에게 배웅받으며 탄 근교전차의, 오후의 텅 빈 자리 한구석에, 쓰네는 아주 작은 짐이라도 둔 것처럼 기운 없이 앉아 있었다. 분명 한개의 무기물이 아무런 감각도 없는 것처럼, 공허하게

명하니, 세이타를 분가하도록 유도한 요시에를 미워하는 마음조차 사라져 있었다. 그래도 가끔 볼에 흘러내리는 눈물을 닦으려고도 하지 않고, 다마가와多摩川 연변의 환승역에 도착해도, 옆에 앉아서, 동정적인 눈으로 그 노인을 보고 있던 중년의 부인이 가르쳐 주지 않았더라면, 쓰네는 그대로 움직이지 않았을지도 모른다.

학원촌은 환승한 전차로는 여섯 번째 역이 된다. 그런데 쓰네는 하나를 지나쳐버렸다. 몇 분만 있으면 다음 전차가 오는데도, 그것을 기다리려고 하지 않고 개찰구에서 나와 버렸다. 요사이 교외에도 진출한 유명 점포 거리 같은 슈퍼마켓이, 이 역 앞에도 있어서 쓰네도 두세 번 장을 보러 오고 있고, 한 정거장 거리로, 전차가 떠난 뒤라면 걷기도 했던 터라, 오늘은 그렇게 하려고 한 것이다. 그렇다기보다 자신도 모르는 새 그렇게 된 것이었다.

오후의 하늘도 완전히는 개이지 않았다. 곳곳에 구름이 엷은 막이 되어 끊기고, 그 사이의 가느다란 틈새가 확연히는 나타나지 않는 태양의 서광이, 남빛의 도자기를 끼운 것처럼 빛나보였다. 역에서 멀어짐에 따라, 원래는 지역 일대가 그러했던 소나무 숲이 아직 많아 남아있고, 도쿄로부터의 이주자의 집인 붉은 지붕이 여기저기 흩어져 있고, 이미 누렇게 익은 보리밭, 채소밭과 섞여 소가 놀고 있는 목장이 있거나 한다. 그것은 이 전차 연선을 통한 신개척지의 모습으로, 순간적으로 내리면 어디가 어느 역인지도 모를 정도이다.

서로 닮은 것은, 산이라고도 할 수 없을 정도의 높이에서 이어지는 언덕에도 있었다. 다만 학원촌은 학교의 높은 교사校舍와 다양한 건물, 그것을 둘러싼 색채적인 집들의 군락으로, 그것도 새로운 주택지로 변모하려고 수목이 베어넘겨지고 사면이 깎이고, 황갈색의 산의 표면을 드러내게 한 근처의 언덕과는, 어디에서 바라봐도 확실히 달랐다. 쓰네는 건너편 역의 마켓에서 장을 보고 돌아올 때에는, 봉긋한 대지의 숲에 유달리 높게 튀어나온 강당의 탑을, 그냥 무심히 표적으로 한 것이다. 그런데 그날은 전혀 탑이 보이지 않았다. 양쪽에는 어디까지 걸어도 소나무 숲이 있고, 보리밭이 있고, 풀이 마구 우거진 들판이 있고, 가끔 눈에 들어오는 농가조차 보이지 않았다. 길을 잘못 들어선 것이다. 하지만 쓰네는 알아차리지 못했다. 오히려 그런 것은 의식에도 없었다. 쓰네는 다른 묘한 것을 생각하기 시작했다. 세이타와도 기미와도 쌍둥이 손자와도 헤어져서 혼자 먼 곳을 향해 걷고 있는 느낌이 들었다. 외롭지도, 슬프지도 않았다. 그대로 그저 걸어가기만 하면, 료조가 먼저 가서 기다리고 있는 곳에 갈 수 있을 것 같았다. 어딘지 모른다. 하지만 그곳에는 료조만이 아니라, 우시고메의 주인장도, 사이토 아저씨도 모두 있음에 틀림이 없다는 생각이 들었다. 그렇다, 모두 기다려주고 있다. 료조는 그곳에서도 플루트를 불고 있는 것 같다. 아아, 플루트의 아름다운 소리가 들려온다. ──비로 질퍽해진 초지의 구렁텅이에서 어느 샌가 신발조차 잃은 쓰네는 양말만 신고 있었다. 하지만 쓰네는 즐거웠다. 료조의 플루트가 아직 들려오고 있다. ──

하코네箱根행의 은색과 붉은 색으로 칠해진 예쁜 급행 로맨스 카는, 칙, 칙 칙, 칙 하고 경적만은 울려도 차단기는 없는 무인건널목에서, 한 노파를 너무도 손쉽게 치었다.

이틀 후, 쓰루미의 집에서 치러진 장례 전송에서 계절의 꽃에 묻힌 쓰네의 관에는, 플루트도 들어있었다. 기다리고 있던 남편에게 줄 가장 좋은 선물이었음에 틀림없다.

■ 노가미 야에코

메이지 18년(1885)에 태어나 쇼와60년(1985)에 한국 나이로 100세에 사망한 노가미 야에코野上彌生子는 메이지, 다이쇼, 쇼와라는 세 시대를 아우르며 작품 활동을 한 대표적인 여성작가이다. 야에코의 경우 특히 근대문학의 대문호인 나츠메 소세키夏目漱石의 지도를 받으며 문인의 길에 들어섰다는 사실로 널리 알려져 있다. 야에코가 스물한 살에 쓴 습작「명암明暗」을 당시 소세키산방漱石山房에 출입하던 남편 도요이치로豊一郎를 통해 서신 형태로 비평을 받았고, 첫 문단 데뷔작인「인연緣」또한 소세키의 추천으로『호토토기스ホトトギス』(1922.02)에 발표할 수 있었다. 이후『새로운 생명新しき命』,『가이진마루海神丸』,『오이시 요시오大石良雄』,『마치코真知子』,『미로迷路』,『히데요시와 리큐秀吉と利休』, 미완성 장편『숲森』등, 생을 마감하기까지 80년간 수많은 작품을 남

겼고, 이들 작품은 총 55권에 이르는 전집(제1기 별권3권을 포함한 26권과 제2기 29권)에 수록되어 있다. 야에코는 소설 장르만이 아니라, 다수의 희곡과 수필, 여행기 등 다방면에 걸쳐 작품을 남기고 있으며, 번안을 포함한 번역 작품의 경우 제2기 전집 29권 중 6권을 차지하고 있고, 아동문학은 제1기 전집에 총 56편이 수록되어 있다.

문학적 출발이 소세키의 비호 아래 시작된 야에코는 아쿠타가와 류노스케芥川龍之介와도 친분이 두터웠다. 그러나 그녀는 소위 말하는 일본의 문단과는 거리를 두고 작품 활동을 했다. 여성문예지『청탑靑鞜』 창간에 참여하기도 했으나 곧 일반투고자로서의 위치로 물러난 것처럼, 야에코는 문단과는 일정거리를 유지하며 자신만의 작품세계를 구축해 간 작가라 할 수 있다.

여성이 작가로 활동하기에는 제약이 많았던 시대에 오이타현大分県에서 고등교육을 받기 위해 상경한 야에코가 오랜 세월 작가로서의 견지를 유지할 수 있었던 것은 남편의 적극적인 후원과 지지가 있어 가능했다. 그녀가 창작에 흥미를 가지기 시작한 것은 남편을 통해 소세키산방 소식을 접하고 나서부터이고, 그를 통해 간접적으로 소세키의 비평을 받을 수 있었으며, 이후 번역으로 활동 범위를 넓힐 수 있었던 것도 영문학 전공자인 남편의 조력이 있었기 때문이다. 그리고 도요이치로는 야에코가 집안일에만 매달리지 않도록 가사와 육아를 각각 전담해 줄 가정부를 고용해 줄 만큼 배려깊은 남편이었다.

일본문학사에 일획을 긋고 있는 여성작가들의 대부분이 파란

만장한 삶을 살아온 것에 비하면 야에코의 경우 대단히 순탄한 삶이었다. 결혼과 함께 글을 쓰기 시작한 야에코는 작가로서 또 한편으로는 자식의 교육을 위해 헌신한 열성 어머니로서 세 아들을 각각 이탈리아문학, 이론물리학, 실험물리학 분야의 학자로 키워내기도 했다. 사생문에서 출발한 야에코의 초기작은 이러한 아들들의 성장과정을 비롯한 신변소설이 다수를 차지하고 있고, 아동문학에 대한 관심도 그녀가 처한 환경에서 자연스레 생겨난 것이라 볼 수 있다.

이와 같이 경제적으로 윤택한 가정에서 자랐고, 결혼 후에도 대학교수 부인으로 비교적 순탄한 결혼생활을 유지했으며, 무엇보다 그녀의 활동을 물심양면 돕는 남편을 둔 야에코는 히구치 이치요樋口一葉, 요사노 아키코与謝野晶子, 사타 이네코佐多稲子와 같이 생계를 위해 글을 쓸 필요가 없었다. 또한 다무라 도시코田村俊子, 하야시 후미코林芙美子, 히라바야시 다이코平林たい子 등과 같이 이혼이나 가출 등 결혼생활의 파탄을 경험하거나, 갖가지 가정의 질고를 경험한 여성작가와도 사뭇 다르다. 야에코에게 있어 글을 쓴다는 것은 절실한 현실문제에서 비롯되었다든가 고통스런 자기경험을 토로해 내는 장이 되고 있다고 보기는 어렵다. 지치지 않는 지적 호기심과 학구열, 그리고 흐트러짐 없는 생활과 성실한 노력이 87세라는 고령에도 자전적인 장편소설 『숲』을 집필하게끔 한 것이다.

1986년 9월, 야에코의 고향인 오이타현大分県 우스키시臼杵市

에 노가미 야에코 문학기념관野上彌生子文学記念館이 개관했다. 이곳에는 야에코의 어린 시절부터 99세로 사망하기까지의 유품 약 200점이 전시되어 있어 한 세기에 걸친 야에코의 문학적 흔적을 살펴볼 수 있다. 또한 우스키공원臼杵公園에는 그녀의 장편소설『미로』의 일절이 새겨져 있는 문학비가 건립되어 있다.

작가생활이 길었던 만큼 다작이었던 야에코지만, 비교적 호평을 받은 작품은 『마치코』와 『미로』, 역사소설인 『히데요시와 리큐』와 같은 장편소설이다. 그러나 이 책에서는 장편보다는 야에코의 작품 성향과 그 변화과정을 파악할 수 있도록 초기와 중기의 단편작을 중심으로 소개했다. 초기의 신변소설 「새끼손가락小指」과 「어머니의 편지母親の通信」, 인육문제를 최초로 다룬 작품으로 알려진 「가이진마루海神丸」, 『마치코』를 간행한 이듬해에 발표된 작품으로 이후 『미로』로 연결되는 「어린 아들若い息子」, 만주사변과 만주국 건설 이후 대륙 침략으로 나아가는 일본의 정세를 어린이의 시선으로 그린 「슬픈 소년哀しき少年」, 제2차 세계대전을 시대적 배경으로 여우 사육이라는 독특한 소재를 도입하여 전란을 폐결핵 환자 부부의 시선으로 그린 「여우狐」, 삯바느질로 자식을 키워내며 단란한 가정을 꿈꾼 한 여인의 비참한 말로를 그린 「피리笛」, 총 7작품이다. 가정의 틀 안에서 활동 반경이 넓지 않은 야에코는 점차 초기의 신변적인 내용을 탈피하여 소설의 제재면에서 다양성을 추구하고는 있다. 그러나 군국주의 노선에서 대륙 침략으로

의 전쟁을 단행하던 시기부터 제2차 세계대전에서의 패전과 이후를 살아온 여성으로서 반전주의자임을 자처하면서도 시대의 추이에 민감하게 반응하며 행동으로 혹은 소설(글)로써 저항한 흔적은 드러나지 않는다. 제2차 세계대전 중에도 야에코는 공습과 혼란을 피해 기타가루이자와北軽井沢의 산장에서 지냈고, 전쟁에 대한 그녀의 시각은 전후에 발표된 두 작품을 통해 엿볼 수 있다.

본 여성문학선집 시리즈를 통해 다양한 개성을 가진 여성작가들의 작품세계를 들여다볼 수 있으나, 야에코의 소설은 시대적 상황과 그녀의 삶에 대한 기본적인 이해 없이 읽을 경우, 현대의 독자들은 난색을 표할지도 모른다. 가령, 자신의 집에 고용된 육아전담 가정부를 관찰한 내용을 다룬 「새끼손가락」이라든가 아들의 성장과정을 보고하는 형식의 「어머니의 편지」와 같은 초기의 신변잡기적인 소설은 너무도 평이하고 시야가 좁아 따분함을 느낄 수도 있을 것이다. 「새끼손가락」(「新潮」 1915.04)은 소녀에서 어엿한 숙녀로 이행하는 과도기의 가정부에 대해 전지적 시점의 화자가 고용인 소요코曾代子의 시선으로 서술하고 있다. 소설 전체를 통해 불행한 가정환경과 신체에 대한 콤플렉스로 인해 자살까지 시도한 기미きみ에 대해, 소요코의 신뢰와 배려, 그녀를 걱정하는 마음은 잘 드러나고 있다. 그러나 피고용인을 관찰대상으로 하여 일방적인 묘사를 하고 있고, 기미의 갈등과 복잡한 내면은 들여다보지 못하는 서술구조를 취하고 있다. 왼쪽 새끼손가락이 남들

보다 짧고 못생겼다며 고민하고, 낮은 코를 시술을 통해 높이기도 한 기미의 내면과 우울증세에 대해서는 여전히 관찰자적 시점만이 고수되고 있고, 자살을 감행했으나 다행히 구조되어 돌아온 기미가 아이들을 다시 돌봐주기로 했지만, 소요코는 기미의 내면에서 사라지지 않고 있는 어두운 무언가를 감지하는 것으로 소설은 끝이 나고 있다. 이 작품이 발표된 것은 1915년이다. 소설에서 코를 높인 기미와 얼굴 곳곳을 성형한 기미의 친구가 등장하고 있는데, 당시의 일본여성들 사이에 성형은 어떤 식으로 받아들여졌고, 또 얼마나 많은 여성들이 시술을 받았는지에 대해서는 실제적인 조사연구가 필요한 부분이지만, 다이쇼시대의 여성들의 성형에 대한 관심을 엿볼 수 있는 작품이라는 점에서는 흥미롭다.

「어머니의 편지」(「大阪毎日新聞」1919.06.08.~06.29)는 문예지가 아닌 신문지상을 통해 발표된 작품으로 자식들의 성장과정을 친정어머니에게 보고하는 편지 형식을 취하고 있다. 어린이의 심리와 자식을 키우는 어머니의 심리 묘사가 탁월한 작품으로, 자식의 성장과정을 애정 어린 시선과 관심으로 지켜보는 화자를 통해 동화작가로서의 야에코의 또 다른 면모가 자연스레 표출되고 있다.

1922년작 「가이진마루」(「中央公論」1922.09)는 야에코의 전반기의 대표작의 하나로, 난파선에서 발생한 살인사건을 모티브로 하여 인육문제로 그려낸 작품이다. 선장과 선장의 조카, 2명의 승무원이 탄 가이진마루가 조난을 당해 표류하는 바다위에서 식량

이 바닥나고 기아상태가 이어지자, 인육을 먹기 위해 선장의 조카를 살해하지만, 결국 먹는 장면에까지는 이르지 않는다. 소설의 모델이 된 선박은 다카요시마루高吉丸로, 1916년 오이타현에서 미야자키현宮崎県 일대에 산재한 섬들을 향해 출항했으나 돌풍을 만나 조난을 당해 57일간에 걸쳐 표류하던 끝에 미드웨이 부근에서 일본 선박에 의해 구조되었다. 야에코는 이러한 사실을 바탕으로 그때까지의 신변소설적 성향을 탈피하여 인육문제를 통해 지옥과도 같은 극한 상황에 처해진 인간의 구원의 가능성을 묻는 작품으로 픽션화했다. 고향의 남동생을 통해 정보를 입수했다고는 하지만, 선박의 구조와 선원의 일상과 성격, 거친 바다와 난파 과정, 그리고 표류생활에서 구조되기까지의 생생한 과정은 야에코의 상상력에 의한 것이다.

한편, 「가이진마루」 발표 후 반세기가 지난 시점에 조난자들을 구출한 선박의 선원의 등장을 계기로 야에코는 「『가이진마루』 후일담『海神丸』後日物語」을 집필하기도 했다. 「가이진마루」는 일본문학에서 카니발리즘cannibalism을 다룬 선구적 작품으로 오카 쇼헤이大岡昇平의 『들불野火』(1951)과 다케다 다이준武田泰淳의 『빛 이끼ひかりごけ』(1954)와 함께 논의되어지는 야에코의 대표작의 하나로 평가받고 있다.

「어린 아들」(「中央公論」1932.12)은 장편 『마치코』와 『미로』 사이에 발표된 작품으로 내용적으로도 두 장편의 중간적 성격을 띠고 있다. 이 소설은 쇼와 초년기의 좌익학생운동을 다루고 있다. 고급관료를 지낸 아버지의 여성편력으로 인해 어머니와 둘이서 생활하고 있는 주인공 구도 게이지工藤圭次의 이야기로, 소설은 좌익운동에 참가하게 되는 게이지의 사상적인 측면에서의 갈등과 사촌여동생과의 미묘한 감정 기류가 스토리의 중심을 이루고 있다. 그러나 이러한 내용을 좌익운동의 내부자가 아니라 좌익운동에 참여한 아들을 둔 외부자의 시선으로 그리고 있어, 게이지의 사상과 연애를 포함하여 그 모든 것을 지켜보는 어머니의 아들에 대한 맹목적인 사랑이 더욱 부각되는 작품이라 할 수 있다. 좌익의 독서모임 R·S의 리더인 다키무라瀧村의 권유로 모임에 나간 게이지는 좌익사상을 지지하는 비행동파의 전형이었다. 다키무라를 중심으로 한 일파가 노동쟁의를 응원하는 불법 전단지를 배포한 혐의로 구속되자, 게이지는 한동안 별장에서 혼자 지내게 된다. 게이지의 기타가루이자와에서의 생활은 일기 형식으로 서술되고 있고, 그 평온함도 잠시, 함께 했던 친구들이 퇴학 처분을 받는 등 학교 당국의 과도한 처벌 사실을 알게 되자, 이 사실에 분노한 게이지는 부당처분 취소 운동의 중심에 서게 된다. 이를 만류하려는 어머니의 눈물과 하소연으로도 게이지의 행동을 저지하지는 못한다. 사상과 연애에 눈뜨기 시작한 게이지의 사촌여동생과의 관계는『미로』에서 보다 발전적인 형태로 전개된다. 이 작품은 쇼와 초기의 학생운동을 제재로 한 미야모토 유리코宮本百合子와 같은 다른 여성작가의 작품과 비교하면서 읽으면 흥미로울 것이다.

「슬픈 소년」(「中央公論」1935.11)은 네 살에 아버지를 잃고 반항
아처럼 자란 소년의 내면의 세계에 초점을 맞추어 전개되는 소설
이다. 두 형과 누나, 그리고 어머니에게도 자신을 잘 드러내지 않
는 주인공 류隆는 누나를 가장 좋아한다. 풍족하지는 않지만 소소
한 일상생활 속에서 점차 자아를 형성해 가는 시기의 류의 내면묘
사가 뛰어난 작품이다. 이 소설에서 가장 주목할 부분은 1930년대
중반 중국대륙으로의 침략이 소시민의 생활상에 특히 중학생이
된 소년에게 어떻게 비치고 있는가 하는 것이다. 류는 자신의 가
정교사이자 누나를 좋아하는 소기曾木와 함께 전쟁영화를 보고 심
한 충격을 받는다. 그리고 그 압박과 공포는 다음 날 군사교육 시
간에 교관과 배속된 분대장의 지시를 거부하고 학교를 도망쳐 나
와 버리는 행동으로 이어진다.

전쟁 시기를 기타카루이자와의 산장에서 보낸 야에코는 그곳
에서의 생활의 기록을 패전 직후 『산장기山莊記』(生活社, 1945.11)로
발행한다. 그리고 전후에 발표된 「여우」(「改造」1946.09)는 이러한
산장에서의 생활 경험이 탄생시킨 작품이라 할 수 있다. 「여우」는
결핵 요양을 위해 도시 생활을 접고, 기타카루이자와의 산장에서
여우를 키우며 지낸 젊은 부부 하기오카萩岡와 요시코芳子의 이야
기이다. 여우 사육은 부부가 대자연 속에서 전쟁의 시기를 견뎌낼
수 있었던 일종의 동기부여 역할도 했지만, 종전을 목전에 두고 병

세가 악화된 남편이 사망한 후, 남편의 빈자리를 전역한 숙부가 채워주었기 때문이기도 하지만, 절망한 요시코로 하여금 다시금 삶을 선택할 수 있게 한 것도 결국 여우 사육이다. 군국주의 노선으로 나날이 전쟁으로 치닫고 있는 일본의 현실에서 벗어나, 아사마산을 바라보는 산장에서 자연이 가져다주는 사계절의 풍미를 즐기며 살아가는 부부의 모습은 결핵 요양이라는 명목 하이기는 하지만, 도발전쟁에 침묵하는 지식인의 모습이라고도 할 수 있다. 대도시를 중심으로 공습이 시작되자, 가루이자와쪽으로 피난을 오는 사람들로 인해 변모해 가는 일대의 풍경과 친구인 사사키佐々木가 전해주는 전황이 전시기의 혼란을 상기시키고 있다. 그러나 소설은 가정부였던 요시코를 집안의 반대에도 불구하고 아내로 맞아들인 하기오카의 투병기와 죽는 날까지 혼자 남겨질 아내에 대한 애틋한 사랑 이야기가 중심이 되고 있다. 부부에게 여우 사육을 권유한 히라세平瀬라는 인물은 소설에서 트릭스타 역할을 하고 있다. 사할린에서 1915년부터 여우 사육을 시작했다는 히라세는 전쟁으로 인해 물자가 부족한 시절에도 힘들게 여우 먹이를 조달할 만큼 여우에 대한 강한 애착과 여우 사육에 대한 자부심을 가진 자로 그려지고 있다. 전쟁을 배경으로 하고 있으나, 전쟁소설과는 또 다른 정취를 자아내는 작품이다.

마지막으로 1964년작인 「피리」(「新潮」1964.10)는 장편 『히데요시와 리큐』를 출판한 직후, 야에코가 79세의 나이에 발표한 작

품이다. 「피리」의 주인공은 전쟁이 끝나자 겨우 마흔을 넘긴 나이에 남편이 병사하고, 생활고에 시달리면서도 혼자서 남매를 길러낸 쓰네つね라는 60대 여성이다. 소설의 제목인 '피리'는 게이힌京浜공업지대의 공원이었던 남편이 직장의 양악부에서 활동하던 시절, 자나 깨나 불어대던 플루트를 가리키는 것으로, 쓰네는 이것을 서양피리라고 불렀다. 결혼한 딸과 함께 생활하던 쓰네에게 예전에 신세를 진 사람으로부터 갑자기 미국으로 떠나게 되었다며 그 사이 빈집을 관리해 달라는 부탁을 받게 된다. 그렇게 해서 신흥주택지의 집으로 아들과 함께 옮겨 와서 살게 되지만, 결혼을 앞둔 아들은 모친과 함께 사는 것을 거부하고 아파트로 분가하겠다고 한다. 야마가타의 시골 고아원에서 자란 쓰네의 소망은 자식이 결혼해서 손자가 생기면 3대가 함께 살아가는 '집'을 가지는 것이었다. 아들의 태도에 절망한 쓰네는 이튿날 딸을 찾아가지만 역시 절망하고 만다. 딸의 집에서 돌아오는 길, 삶의 목표를 상실한 쓰네의 귓전에는 환청처럼 죽은 남편이 부는 플루트 소리가 들려오고, 그 소리에 이끌리듯 쓰네는 하코네箱根행 로망스카에 치어 숨지고 만다. 고도경제성장으로 인해 아파트 단지가 늘어나고, 서민들의 삶의 형태도 전통적인 가족의 형태가 무너지면서 핵가족화가 진행되는 당시의 시대상황을 쓰네라는 구세대의 한 여성의 삶을 통해 그려내고 있다. 중상류층의 야에코가 드물게 서민의 삶의 애환을 그린 작품이다.

야에코는 1923년 7월 31일부터 일기를 기록하기 시작하여, 사망하기 17일 전인 1985년 3월 13일까지 무려 62년간에 걸친 방대한 기록을 남기고 있다. 이 일기에는 여학교 시절 야에코의 첫사랑이었던 작가 나카 간스케中勘助와의 교류, 철학자 다나베 하지메田辺元와의 플라토닉한 사랑이 그려져 있어, 남편의 사후에 전개되는 노년의 사랑이라는 야에코의 새로운 면모를 발견할 수 있다. 87세의 나이에도 장편『숲』을 집필하기 시작한 야에코에게 있어 노년의 사랑은 영원히 식지 않은 그녀의 문학에 대한 열정과도 같은 것이었는지 모른다.

한 세기를 살다간 노가미 야에코의 작품세계는 동시대에 활약한 여성작가들과 어떤 점에서 다를까? 혹은 유사할까? 이에 대한 판단은 독자 여러분에게 유보한다.

년도	나이	경력
1885(明治18)	0	■ 오이타현大分県 출생. 본명은 오테가와 야에小手川ヤエ
1891(明治24)	6	■ 우스키臼杵심상소학교 입학.
1895(明治28)	10	■ 우스키심상고등소학교 입학. 이 즈음부터 국학자 구보 가이조久保会蔵를 사사하여『만엽집万葉集』,『고금 와카집古今和歌集』,『겐지이야기源氏物語』,『마쿠라노소시枕草子』및 사서四書를 강독.
1900(明治33)	15	■ 도라노몽여학관虎ノ門女学館 입학을 목적으로 상경, 혼교本郷의 숙부 집에 기거. ■ 숙부 오테가와 도요지로(小手川豊次郎: 미시건대학을 졸업하고 귀국 후 일본은행에 근무, 이후 언론활동과 정치활동을 하지만 좌절)가 당시 마이니치신문毎日新聞 주필이던 시마다 사부로島田三郎를 통해 기노시타 나오에木下尚江를 소개 받고 이를 계기로 메이지여학교明治女学校 보통과 입학.

1902(明治35)	17	■ 동향 출신인 노가미 이치로野上豊一郎에게 영어를 배움
1906(明治39)	21	■ 明治女学校 졸업. ■ 8월, 당시 도쿄대학東京大学에 재학 중이던 도요이치로와 결혼. ■ 습작「명암明暗」을 써서 도요이치로를 통해 나츠메 소세키夏目漱石의 지도를 받음.
1907(明治40)	22	■ 2월, 소세키의 소개로 野上八重子라는 필명으로「인연緣」(『ホトトギス』)을 발표.
		■ 6월에「칠석님七夕さま」(『ホトトギス』), 7월에「광대나물仏の座」(『中央公論』) 등을 발표.
1908(明治41)	23	■ 1월,「자완紫苑」을 『新小説』에,「감양갱柿羊羹」를 『ホトトギス』에 발표. ■ 3월,「이웃집お隣」을 『ホトトギス』에,「연못가池畔」를 『中央公論』에 발표. ■ 11월,「환자病人」를 『ホトトギス』에 발표. ■ 12월 8일부터「여동지女同志」를 『国民新聞』에 연재(~27일), 이후 野上彌生子라는 필명으로 작품 활동.
1909(明治42)	24	■ 4월에「비둘기 이야기鳩公の話」, 10월에「사과林檎」, 12월에「묘지를 지나다墓地を通る」를 『ホトトギス』에 발표.

1910(明治43)	25	■ 1월, 장남 소이치(素一) 출생. ■ 4월, 「어머님母上樣」을 『ホトトギス』에 발표. ■ 6월, 「조용한 거처閑居」를 『ホトトギス』에 발표. ■ 10월, 「기르는 개飼犬」를 『ホトトギス』에 발표. ■ 12월, 「인형人形」을 『中央公論』에 발표.
1911(明治44)	26	■ 9월, 히라즈카 라이쵸平塚らいてう 등을 중심으로 한 『청탑青踏』이 창간되어, 다무라 도시코田村俊子, 미즈노 센코水野仙子 등과 함께 사원으로 참가했으나, 10월에 퇴사. 이후 기고 형태로 협력.
1913(大正2)	28	■ 7월, 나츠메 소세키의 서문을 실어 번역 『전설의 시대―신들과 영웅 이야기伝説の時代―神々と英雄の物語』尚文堂를 간행. ■ 9월, 차남 모키치로茂吉郎 출생. ■ 11월부터 이듬해 8월까지 9회에 걸쳐 번역 「소냐 코왈레프스키의 자전ソニャ・コヴァレフスキイの自伝」을 『청탑青鞜』에 연재 개시(필명은 野上彌生), 1924년 단행본 간행.
1914(大正3)	29	■ 8월, 동화 『인형의 소망人形の望』(実業之日本社) 간행, 이후 아동문학 다수 발표.

1916(大正5)	31	■ 11월, 첫 단편집 「새로운 생명新しき命」(岩波書店) 간행(수록 작품은 「新しき命」「五つになる児」「小指」「渦」「死」「二つの話」「運命」「洗礼の日」「飼犬」「二人の小さいヴァガボンド」). ■ 12월 9일, 나츠메 소세키 사망.
1918(大正7)	33	■ 1월, 희곡 「영혼의 아기靈魂の赤ん坊」를 『中央公論』에 발표. ■ 4월, 삼남 요조耀三 출생. ■ 9월, 「조교수B의 행복助教授Bの幸福」을 『中央公論』에 발표.
1919(大正8)	34	■ 6월 8일부터 29일까지 20회에 걸쳐 「어머니의 편지母親の通信」를 『大阪毎日新聞』석간에 연재.
1920(大正9)	35	■ 2월, 번역 『하이디ハイヂ』(精華書院)간행, 이후 번역·번안 아동문학 다수 간행.
1922(大正11)	37	■ 3월, 나카죠 유리코中条百合子를 알게 됨. 여름에 러시아 기근구제 유지부인회 찬조원으로 요사노 아키코与謝野晶子 등과 활동에 참가. ■ 4월, 작품집 『소설 6편小説六つ』(改造社) 간행(수록 작품은 「一つの家」「助教授Bの幸福」「或る男の旅」「或る女の話」「多津子」「母親の通信」). ■ 9월, 「가이진마루海神丸」을 『中央公論』에 발표, 12월 단행본 간행春陽堂.

1926(大正15·昭和元)	41	■ 4월, 희곡집『인간 창조人間創造』(岩波書店) 간행. ■ 9월, 「오이시 요시오大石良雄」를『中央公論』에 발표, 2년 후 이와나미문고岩波文庫에서 단행본 간행.
1928(昭和3)	43	■ 8월, 장편『마치코真知子』 분재 개시, 1930년에 완결, 이듬해에 단행본 간행. ■ 여름, 기타카루이자와北軽井沢의 대학촌에 별장을 짓고 이후 여름을 이곳에서 지내게 됨.
1932(昭和7)	47	■ 12월, 「어린 아들若い息子」을『中央公論』에 발표, 이듬해 岩波書店에서 단행본 간행.
1936(昭和11)	51	■ 11월, 「검은 행렬黒い行列」(『미로迷路』제1부의 원형이 된 작품, 1937년에『迷路』제2부 발표)을『中央公論』에 발표.
1938(昭和13)	53	■ 10월, 영일교환교수로 영국으로 떠나는 남편과 동행, 이듬해 말에 귀국.

1942(昭和17)	57	■ 5월, 여행기『구미 여행欧米の旅』상권 간행(岩波書店, 하권은 1943년 간행) ■ 8월, 기행문『조선·대만·하이난섬(朝鮮·台湾·海南諸島)』(拓南社)을 남편 도요이치로와의 합작으로 간행. ■ 9월, 작품집『마귀할멈山姥』(中央公論社) 간행(수록 작품은「山姥」「ははき木の歌」「丸尾の死」「夢」「運命」「おつねの小説」「明月」).
1945(昭和20)	60	■ 11월,『산장기山荘記』(生活社) 간행. 이후 수필집으로는 1947년 2월,『메아리山彦』(生活社), 3월에는『명월明月』(東京出版社) 등 간행.
1948(昭和23)	63	■ 10월,『미로迷路』제1부를, 12월에는 제2부를 岩波書店에서 간행. ■ 12월, 작품집『열쇠鍵』(実業之日本社) 간행(수록 작품은「鍵―へんな村の話」「ロンドンの宿」「父親と三人の娘」「狐」).

1949(昭和24)	64	■ 1월부터 『미로迷路』 제3부 이후의 분재 개시, 순차적으로 단행본 간행(1952년에 전 6부 완결). 이 작품으로 1958년 제9회 요미우리문학상讀賣文学賞 수상. ■ 11월부터 전7권의 『노가미 야에코 선집野上彌生子選集』(中央公論社) 간행 시작, 1952년 6월에 완결.
1950(昭和25)	65	■ 2월, 남편 도요이치로 사망.
1953(昭和28)	68	■ 7월, 수필집 『정치에 대한 개안-젊은 세대의 벗에게政治への開眼—若き世代の友へ』(和光社) 간행.
1957(昭和32)	72	■ 6월 1일부터 약 40일간 중국대외문화협회와 중국작가협회 초청으로 중국 여행, 10월부터 「연안기행(延安紀行)」을 『世界』에 연재(12월까지).
1962(昭和37)	77	■ 1월부터 「히데요시와 리큐秀吉と利休」를 『中央公論』에 연재, 이듬해 완결, 1964년에 中央公論社에서 단행본 간행, 제3회 여류문학상 수상.
1966(昭和41)	81	■ 6월, 『피리 · 은방울꽃笛 · 鈴蘭』(岩波書店) 간행. ■ 전년도 10월에 문화공로자로 선정.
1971(昭和46)	86	■ 문화훈장 수상.

1972(昭和47)	87	■ 장편『숲森』을 단속적으로 연재를 시작하지만, 완결하지 못하고 사망(1985년에 단행본 간행).
1980(昭和55)	95	■ 6월부터 岩波書店에서『노가미 야에코 전집野上彌生子全集』(전 23권과 별책 3권) 간행 개시, 1982년에 완결. 현대문학에 대한 공헌을 평가받아 아사히상朝日賞 수상.
1985(昭和60)	100	■ 3월 30일 사망. ■ 1984년에 간행한『노가미 야에코 일기野上彌生子日記』(岩波書店)로 이듬해인 1986년 일본문학 대상 수상.

소명선蘇明仙

제주대학교 일어일문학과 교수. 부산대학교를 졸업하고 규슈대학 대학원에서 오에 겐자부大江健三郎 연구로 박사학위 취득. 오에 겐자부로를 연구의 중심축으로 하면서 오키나와문학과 재일조선인문학 연구를 병행하고 있으며, 최근에는 재일조선인이 발행한 잡지 미디어에 관해 연구 중. 「오에 겐자부로의『만년양식집』론:자기언급을 통해 본 카타스트로피와 '만년의 스타일'」(「일어일문학」77집. 2018.02)과 「사키야마 다미의『당신의 정』론 : 기억의 계승을 위한 문학적 상상력」(「동북아문화연구」52집. 2017.09)을 비롯한 다수의 논문과 『大江健三郎論 :〈神話形成〉の文学世界と歴史認識』(花書院, 2006.01) 등의 저서가 있다.

일본 근현대 여성문학 선집 5

노가미 야에코 野上彌生子

초판 1쇄 발행일 2019년 3월 31일

지은이 노가미 야에코
옮긴이 소명선
펴낸이 박영희
편집 박은지
디자인 박희경
표지디자인 원채현
마케팅 김유미
인쇄·제본 태광인쇄
펴낸곳 도서출판 어문학사
　　　서울특별시 도봉구 해등로 357 나너울카운티 1층
　　　대표전화: 02-998-0094 / 편집부1: 02-998-2267, 편집부2: 02-998-2269
　　　홈페이지: www.amhbook.com
　　　트위터: @with_amhbook
　　　페이스북: https://www.facebook.com/amhbook
　　　블로그: 네이버 http://blog.naver.com/amhbook
　　　　　　　다음 http://blog.daum.net/amhbook
　　　e-mail: am@amhbook.com
　　　등록: 2004년 7월 26일 제2009-2호

ISBN 978-89-6184-908-1 04830
ISBN 978-89-6184-903-6(세트)
정가 18,000원

이 도서의 국립중앙도서관 출판예정도서목록(CIP)은 서지정보유통지원시스템 홈페이지(http://seoji.nl.go.kr)
와 국가자료공동목록시스템(http://www.nl.go.kr/kolisnet)에서 이용하실 수 있습니다.
(CIP제어번호: CIP2019014859)

※잘못 만들어진 책은 교환해 드립니다.